Knaur.

Knaur.

Im Knaur Taschenbuch Verlag sind bereits folgende Bücher des Autors erschienen:

Julia-Durant-Krimis:
Jung, blond, tot
Das achte Opfer
Letale Dosis
Der Jäger
Das Syndikat der Spinne
Kaltes Blut
Das Verlies
Teuflische Versprechen
Tödliches Lachen
Mörderische Tage

Peter-Brandt-Reihe:
Tod eines Lehrers
Mord auf Raten
Schrei der Nachtigall
Das Todeskreuz
Teufelsleib

Sören-Henning-Krimis:
Spiel der Teufel
Eisige Nähe

Außerdem von Andreas Franz:
Der Finger Gottes
Die Bankerin

Über den Autor:
Andreas Franz' große Leidenschaft war von jeher das Schreiben. Bereits mit seinem ersten Erfolgsroman »Jung, blond, tot« gelang es ihm, unzählige Krimileser in seinen Bann zu ziehen. Seitdem folgt Bestseller auf Bestseller, die ihn zu Deutschlands erfolgreichstem Krimiautor machten. Seinen ausgezeichneten Kontakten zu Polizei und anderen Dienststellen ist die große Authentizität seiner Kriminalromane zu verdanken. Andreas Franz ist verheiratet und hat fünf Kinder.
Mehr über Andreas Franz erfahren Sie auf seiner Homepage:
www.andreas-franz.org

ANDREAS FRANZ

Unsichtbare Spuren

Roman

Knaur Taschenbuch Verlag

Bitte besuchen Sie uns im Internet:
www.knaur.de

Vollständige Taschenbuchausgabe September 2007
Knaur Taschenbuch.

Redaktion: Dr. Gisela Menza
Umschlaggestaltung: ZERO Werbeagentur, München
Umschlagabbildung: buchcover.com
Satz: Ventura Publisher im Verlag
Druck und Bindung: CPI – Clausen & Bosse, Leck
Printed in Germany
ISBN 978-3-426-63507-0

12 14 15 13 11

Für meine Frau Inge, ohne deren unendliche Geduld
dieses Buch nie zustande gekommen wäre.
Und für meine Schwiegermutter Ulla Nöske aus Schleswig,
die es bestimmt gerne gelesen hätte.

FREITAG, 3. DEZEMBER 1999

In der kalten und stürmischen Nacht vom 2. auf den 3. Dezember packte Sabine Körner heimlich ihre Reisetasche und den Rucksack mit den nötigsten Sachen, wartete bis ein Uhr und schlich sich, als sie sicher war, dass die andern schliefen, klammheimlich aus dem Haus. Sie nahm nicht den Vordereingang, wo die automatische Beleuchtung angehen würde, sobald sie über die Schwelle trat und damit in den Bereich des Sensors gelangte, sondern ging durch die Terrassentür, die sie nur anlehnte. Es wird schon nicht ausgerechnet heute jemand einbrechen, dachte sie für einen kurzen Moment, auch wenn es ihr im Grunde nicht viel ausgemacht hätte. Nicht nach diesen Wochen und Monaten und schon gar nicht nach diesem Tag. Sie wollte nur noch weg, an einen Ort, wo sie hoffentlich keiner finden würde. Sie hatte mit einer Bekannten in Flensburg telefoniert, von der in ihrer Familie keiner etwas wusste, weil sie sich übers Internet in einem Chatroom kennen gelernt hatten. Christiane war zwar schon Mitte zwanzig, aber sie hatte eine eigene Wohnung, wo Sabine so lange bleiben konnte, wie sie wollte. Das hatte Christiane jedenfalls bei einem Treffen vor ein paar Tagen gesagt, als sie sich in Hannover aufhielt und dabei einen Abstecher nach Kleinburgwedel machte. Sie könne jederzeit kommen, hatte sie gesagt. Christiane kannte Sabines Probleme, den ewigen Streit mit den Eltern, vor allem mit dem Vater, der seit einigen Jahren an der Flasche hing und seine Familie nur noch tyrannisierte. Sabine wunderte sich, dass er bei seinem Alkoholkonsum überhaupt noch arbeiten konnte, aber es schien nur eine Frage der Zeit, bis er seinen Job verlor. Das Schlimmste jedoch war, dass er in

letzter Zeit auch noch gewalttätig geworden war, sowohl ihr als auch ihrer Mutter gegenüber, nur ihren Bruder Thomas verschonte er.
Aber auch ihre Mutter hatte sich verändert, war längst nicht mehr so zugänglich und offen wie früher. Sie schottete sich von der Außenwelt ab und tat so, als wäre zu Hause alles in bester Ordnung, wobei sie es sehr gut verstand, ihr hin und wieder blau geschlagenes Auge durch eine dunkle Sonnenbrille und mit viel Make-up zu kaschieren. Wenn sie geschlagen wurde, ließ sie es einfach über sich ergehen, als hätte sie es nicht anders verdient. Was ihren Vater so verändert hatte, wusste Sabine nicht, und sie wollte es auch gar nicht wissen. Ihre schulischen Leistungen hatten rapide nachgelassen, und wenn es so weitergegangen wäre, hätte sie dieses Schuljahr wiederholen müssen.
Das Fass zum Überlaufen hatte jedoch ein Vorfall gestern gebracht, als ihr Vater, wieder einmal betrunken, ohne ersichtlichen Grund fast alle Teller aus dem Küchenschrank gerissen hatte, während sie mit ihm allein zu Hause war. Anschließend wollte er Sabine verprügeln, doch sie schloss sich in ihrem Zimmer ein. Daraufhin hämmerte er gegen die Tür, und sie hoffte angsterfüllt, dass die Tür halten würde. Nach zehn endlosen Minuten gab er auf, und nach weiteren zehn Minuten wagte sie sich aus ihrem Zimmer und hörte ihn laut schnarchen.
Sabine war einsfünfundsechzig groß, hatte kurzes blondes Haar, das ihrem Gesicht einen lebendigen Ausdruck verlieh. Sie war hübsch, auch wenn sie behauptete, in ihrer Klasse seien die meisten Mädchen viel hübscher, aber die Jungs verdrehten sich immer wieder die Köpfe nach ihr, und auch einige Mädchen waren neidisch auf ihre natürliche Schönheit. Eine Natürlichkeit und auch eine Offenheit, die einfach anziehend auf andere wirkte. Allerdings hatten ihre strahlend

blauen Augen in letzter Zeit immer häufiger einen melancholischen Ausdruck, denn ihr Freund Kevin, mit dem sie fast zwei Jahre zusammen gewesen war und der ihr Halt gegeben hatte, war mit seinen Eltern nach Spanien gezogen, und nun gab es niemanden mehr, mit dem sie über ihre Probleme sprechen konnte. Sie hatten nur noch ein paarmal telefoniert, bis der Kontakt endgültig abbrach.
Als sie über die Terrasse lief, prasselte der Regen, getrieben von einem böigen Wind, gegen ihre Jacke. Sabine hatte die Kapuze ihrer Wetterjacke aufgesetzt und hielt den Kopf gesenkt, um dem Regen weniger Angriffsfläche zu bieten, aber es half nur notdürftig. Im Nu war sie durchnässt bis auf die Haut, vor allem ihre Beine und Füße, die nur durch eine Jeans und ein paar Turnschuhe geschützt waren. Aber sie hatte noch vor einer Stunde mit Christiane gechattet und ihr versprochen, spätestens am Freitagnachmittag bei ihr zu sein. Nach diesem letzten Chat hatte sie alles gelöscht, was auf ihren künftigen Aufenthaltsort hinwies. Sie lief eine Viertelstunde, bis sie an die Hauptstraße gelangte, wo auch jetzt noch reger Verkehr herrschte. Sabine streckte den Arm aus und hielt den Daumen hoch, bis nach etwa zehn Minuten ein Trucker anhielt und sie einsteigen ließ.
»Wo soll's hingehen?«, fragte er.
»Flensburg.«
»Ich kann dich bis Neumünster mitnehmen.«
»Okay.«
Er war ein wortkarger Mann, der keine Fragen stellte. Sie fuhren gut drei Stunden, bis er sie an der Raststätte Brokenlande absetzte. In der Fahrerkabine war es warm gewesen, doch sie fror, als sie ausstieg, denn ihre Kleidung war noch nicht ganz trocken. Aber das machte ihr nichts aus, viel wichtiger war, dass sie ein neues Leben beginnen würde. Sie nahm ihre Tasche und den Rucksack und bewegte sich auf das Restaurant mit den gro-

ßen gelben Lettern zu. Auf dem Parkplatz standen zahllose Trucks, im Innern der Raststätte herrschte reger Betrieb.
Sabine hatte sich im Laufe der vergangenen Monate fast siebenhundert Mark zusammengespart, zu wenig, um über einen längeren Zeitraum damit auszukommen. Sie hoffte jedoch, in Flensburg eine Stelle zu finden, auch wenn sie gerade erst siebzehn war und Arbeitsstellen, wie Christiane ihr gesagt hatte, in Norddeutschland rar waren. Aber sie würde es schaffen, da war sie sicher, und wenn Christiane Wort hielt, würde sie ihr auch bei der Jobsuche helfen.
Sabine betrat die Raststätte, überlegte einen Moment, ob sie es sich leisten konnte, und holte sich schließlich einen Kaffee und ein belegtes Brötchen. Sie betrachtete die Menschen um sich herum, aber sie traute sich nicht, auch nur einen von ihnen anzusprechen. Sie wollte sich noch einen Moment hier aufhalten und wärmen und dann wieder an den Parkplatz stellen, in der Hoffnung, jemand würde sie bis nach Flensburg mitnehmen.
Um halb sechs verließ sie die Raststätte. Es hatte aufgehört zu regnen, dafür blies ein stürmischer Wind über die Ebene. Nur kurz darauf hielt ein dunkelblauer Audi. Sie öffnete die Tür und fragte den Mann, den sie auf Mitte dreißig schätzte und der ein offenes, sympathisches Gesicht hatte, ob er zufällig nach Flensburg fahre. Er trug einen grauen Anzug, ein blaues Hemd und eine rote Krawatte und lächelte Sabine an.
»Nein, leider nur bis Schleswig, aber von dort ist es ja nur noch ein Katzensprung bis Flensburg. Steig ein. Ich heiße übrigens Georg. Und du?«
»Sabine.«
Sie verstaute ihre Sachen auf dem Rücksitz, schnallte sich an und legte den Kopf an die Nackenstütze. Sabine war müde und erschöpft und froh, so schnell wieder jemanden gefunden zu haben, der sie mitnahm.

»Was machst du um diese Zeit hier?«, fragte er.
»Ich bin schon seit ein paar Stunden unterwegs.«
»Wohnst du in Flensburg?«
»Nee, ich will nur 'ne Freundin besuchen.«
»Und warum fährst du nicht tagsüber?«
»Einfach so«, antwortete sie schulterzuckend.
»Bist du abgehauen?«
»Warum interessiert Sie das?«
»Du kannst mich ruhig duzen. Na ja, Erfahrung. Ich nehm öfter Anhalter mit, und wenn jemand in deinem Alter nachts unterwegs ist, hat's meist zu Hause gekracht.«
»Hm.«
»Wie alt bist du?«
»Achtzehn«, log sie.
»Verstehe«, antwortete er nur und gab Gas. »Ich muss aber vorher noch kurz nach Eckernförde, hab dort einen Termin, der aber nicht lange dauert. Dann bring ich dich nach Schleswig.«
»Was machst du beruflich?«
»Ich warte und repariere Maschinen in Großbetrieben.« Immer wieder beobachtete er Sabine aus dem Augenwinkel, was sie jedoch nicht bemerkte.
Kurz hinter der hohen und langgezogenen Brücke über den Nord-Ostsee-Kanal fuhren sie bei der Ausfahrt Rendsburg/Büdelsdorf von der Autobahn und passierten nach weiteren zwanzig Minuten das Ortsschild von Eckernförde und bogen direkt danach rechts ab. An einem großen weißen Gebäude hielten sie. Georg sagte, bevor er ausstieg: »Das ist mein erster Kunde heute. Ich muss nur ein Ersatzteil wechseln. Halbe, höchstens Dreiviertelstunde.«
Er holte eine große schwarze Tasche aus dem Kofferraum und betrat das Gebäude. Noch war es dunkel, der Regen hatte wieder eingesetzt und hämmerte aufs Dach. Sabine war müde und schloss die Augen. Sie hörte ihren Herzschlag bis in den Kopf,

alles in ihr vibrierte. Sie fragte sich, ob es richtig war, einfach abzuhauen, ohne eine Nachricht zu hinterlassen. Wenn sie merken, dass ich weg bin, werden sie sich Sorgen machen, zumindest Mama und Thomas. Aber das geschieht ihnen recht. Und wenn alles schief geht, fahr ich eben wieder heim.
Sie stellte die Musik lauter, um nicht einzuschlafen, gähnte herzhaft, klappte die Sonnenblende herunter und betrachtete sich im Spiegel. Sie legte etwas Make-up auf und bürstete sich das inzwischen trockene Haar.
Georg kam nach vierzig Minuten wieder und startete den Motor. Es war kurz nach sieben.
»Was ist das für eine Firma?«, fragte sie.
»Fleischgroßhandel. Davon gibt's hier 'ne ganze Menge. Mein nächster Kunde sitzt in Böklund. Du kennst doch sicher die berühmten Böklunder Würstchen.«
»Klar.«
Der Morgenverkehr war dichter geworden. An einer Baustelle mussten sie fast zehn Minuten warten, bis sie endlich durchgewunken wurden. Am Ortsausgang von Eckernförde stand linker Hand ein Schild »Schleswig 19 km«.
»Hast du eigentlich genug Geld dabei?«, fragte Georg wie beiläufig.
»Geht so. Nicht gerade umwerfend viel, aber für eine Weile wird's schon reichen.«
»Pass auf, du brauchst nur ja oder nein zu sagen, aber ich geb dir zweihundert Mark für 'ne kleine Gegenleistung.« Er sagte es, ohne Sabine dabei anzuschauen.
»Was für 'ne Gegenleistung?«, fragte sie, obwohl sie ahnte, was er damit meinte.
»Nur 'ne kleine Gefälligkeit. Du kannst doch bestimmt jeden Pfennig gebrauchen. Ich steh nun mal auf Frauen wie dich.«
Sabine sah Georg von der Seite an und antwortete: »Ich bin nicht so eine.«

»Das weiß ich selbst. Aber zweihundert Mark für höchstens eine halbe Stunde? Und ich tu dir auch bestimmt nicht weh, Ehrenwort.«

»Und was ist mit Kondomen?«

»Ich hab nicht damit gerechnet, dass jemand wie du in mein Auto steigt. Aber ich hab mich erst vor zwei Wochen von meinem Arzt durchchecken lassen, ich bin sauber. Und außerdem bin ich ein eher treuer Typ. Ich find dich nur unheimlich sexy, und dumm bist du auch nicht. Das gefällt mir an Frauen. Du weißt, was du willst.«

Sabine fühlte sich geschmeichelt, so etwas hatte noch keiner zu ihr gesagt. Dass sie hübsch ist, schon, aber das andere schien bisher keinem aufgefallen zu sein, im Gegenteil, immer wieder wurde sie als blöde Kuh oder hirnlos betitelt, vor allem von ihrem Vater. »Einverstanden. Bist du eigentlich verheiratet?«

»Schon, aber so toll läuft's nicht zwischen uns. Ich bin viel unterwegs und ... Ach, was soll ich dir Geschichten erzählen, die du wahrscheinlich sowieso nicht glaubst.«

»Warum sollte ich dir nicht glauben? Mir geht's auch nicht besonders gut.«

»Tja, man kann nicht alles haben. Ich bin einigermaßen erfolgreich im Beruf, dafür hapert's privat. Das Leben ist manchmal ungerecht. Wie bei dir auch, wenn ich dich recht verstanden habe?«

»Mein Vater ist nur noch besoffen und prügelt, und mit meiner Mutter kann ich nicht mehr reden. Die will nur nicht, dass ihre heile Welt kaputtgeht. Die Nachbarn sollen bloß nicht merken, was bei uns zu Hause abläuft.«

»Und was willst du jetzt machen?«

»Erst mal bei einer Freundin unterkommen und dann weitersehen. Ich geh auf keinen Fall mehr zurück. Die kommen auch ohne mich aus.«

Georg bog bei Ahrensberg ab und fuhr noch etwa einen Kilometer, bis er in ein einsames Waldstück unweit vom Internat Louisenlund kam. Er schob den Fahrersitz bis zum Anschlag zurück, zog die zweihundert Mark aus seinem Portemonnaie, reichte sie Sabine und sah sie erwartungsvoll an. Sie steckte das Geld ein und lächelte etwas verschämt, denn es war das erste Mal, dass sie mit einem Mann schlief, den sie noch gar nicht richtig kannte und der auch noch dafür bezahlte. Sie hatte überhaupt erst mit zwei Jungs geschlafen, das erste Mal mit vierzehn, danach ein paarmal mit Kevin.
»Machst du's auch mit dem Mund?«, fragte Georg vorsichtig und öffnete seine Hose.
»Wenn du willst«, antwortete Sabine und begann ihn zu befriedigen. Nach ein paar Minuten fasste er sie sanft beim Kopf und sagte mit belegter Stimme: »Du bist heiß. Komm, zieh die Hose aus und setz dich auf mich drauf.«
Sie folgte seiner Aufforderung, er tat ihr nicht weh, aber es ging alles sehr schnell. Nach kaum zehn Minuten zog sie sich wieder an und ließ sich auf den Beifahrersitz fallen. Sie fühlte sich nicht schmutzig, denn Georg war nett und hatte sein Versprechen gehalten. Und außerdem lebte sie ab jetzt ohnehin ihr eigenes Leben. Und die zweihundert Mark waren ein schneller Nebenverdienst gewesen, damit würde sie leicht und locker eine, vielleicht auch anderthalb Wochen über die Runden kommen. Sie hätte es nicht mit jedem gemacht, ganz bestimmt nicht, aber bei ihm hätte sie sich vorstellen können, es wieder zu machen. Auch ohne Geld. Und wenn er gesagt hätte, sie solle bei ihm bleiben, so hätte sie es sich überlegt. Sie war frei, und keiner würde ihr mehr Vorschriften machen, mit wem sie sich traf oder abgab.
Georg startete den Motor, hielt inne, stieg aus, rannte zum Kofferraum und stieß einen derben Fluch durch die Zähne. »Verdammte Scheiße, jetzt hab ich meinen Koffer dort stehen

lassen.« Er knallte die Klappe zu und sagte zu Sabine: »Hör zu, es tut mir leid, aber ich muss zurück nach Eckernförde. Das mit dem Koffer ist mir wirklich noch nie passiert. Ich setz dich vorne an der Straße ab, da nimmt dich bestimmt gleich jemand anders mit. Sind ja nur noch ein paar Kilometer bis Schleswig. Tut mir echt leid, ich hätte dich sogar ... Ah, Scheiße! Schlimm?«, fragte er und gab ihr einen Kuss auf die Stirn und umarmte sie.

»Kein Problem. Danke, dass du mich überhaupt bis hierher mitgenommen hast.«

Sabine stieg an der Bundesstraße aus. Georg sagte, während er hinter den Fahrersitz griff und einen Schirm hervorzog: »Hier, nimm den, damit du nicht zu nass wirst ...«

»Und was ist mit dir?«

»Ich kauf mir einen neuen. War echt schön mit dir. Tschüs und toi, toi, toi. Und pass vor allem gut auf dich auf.«

Sie stand keine zwei Minuten an der Straße, als ein dunkelgrüner Ford anhielt.

»Wohin?«

»Flensburg.«

»Meine Richtung«, sagte der Mann freundlich. Er wirkte nicht sonderlich groß, was jedoch täuschen konnte, denn wenn jemand saß, war es schwer, die Größe zu bestimmen. Er hatte ein offenes Gesicht, kurze braune Haare und braune Augen, wohlgeformte, sehr gepflegte Hände, und er schien kräftig zu sein, auch wenn er nicht dick war. »Pack dein Zeug einfach auf den Rücksitz. Wie heißt du?«

»Sabine. Und du?«

»Nenn mich Butcher.«

»Du fährst nach Flensburg?«

»Hm. Muss aber vorher noch einen kleinen Abstecher machen, jemandem was vorbeibringen.«

»Das kenn ich schon. Der, der mich vorhin mitgenommen

hat, musste auch über Eckernförde fahren«, sagte sie lachend. »Und jetzt hat er seine Tasche dort vergessen und musste umkehren, sonst hätte er mich bis nach Schleswig mitgenommen.«

»Wo kommst du her?«, fragte er, den Blick stur und konzentriert geradeaus auf die nasse Straße gerichtet.

»Aus der Nähe von Hannover.«

»Hm.« Er bog bei Haddeby links ab, wo sich in etwa vierhundert Meter Entfernung ein großer Parkplatz befand, der in den Sommermonaten meist stark frequentiert war. Jetzt jedoch war kein Fahrzeug dort zu sehen.

»Wo sind wir hier?«, fragte Sabine misstrauisch.

»Wikingermuseum«, antwortete er nur, drehte eine Runde auf dem riesigen Parkplatz, der ringsum von blattlosen Bäumen, die wie Skelette wirkten, und leichten Hängen umgeben war, was jetzt zu dieser Jahreszeit und bei diesem Wetter die ganze Szenerie noch düsterer erscheinen ließ, als sie ohnehin schon war.

Sabines Herzschlag beschleunigte sich. Sie fühlte sich unwohl, vor allem auch, weil Butcher mit einem Mal nichts mehr sagte und seine Miene einen dumpfen Ausdruck bekam. Sie wagte kaum zu atmen, stieß aber hervor, wobei ihre Stimme leicht schrill klang und das Lachen gekünstelt wirkte: »Wikingermuseum. Ist bestimmt toll dort, oder? Du warst doch bestimmt schon oft dort, oder? Oder?!«

»Hm.«

»Ist das jetzt offen? Ich hab mich schon immer für Geschichte interessiert, in der Schule ist das neben Deutsch mein Lieblingsfach.«

Er reagierte nicht, er schien gar nicht wahrzunehmen, was Sabine sagte.

»Interessierst du dich auch so für Geschichte?«, fuhr sie unbeirrt fort, in der Hoffnung, das, wovor sie sich am meisten fürchtete, würde nicht eintreten, während ihr Herz bis zum Hals klopfte. »He, sag schon, du auch? Ich meine Geschichte.« Und als er wieder nicht antwortete, sagte sie kehlig: »Warum halten wir hier?«

Es war fünf vor acht, und kein Mensch weit und breit zu sehen. Kein Mensch, kein Haus, nicht einmal ein Tier. Dafür regnete es unaufhörlich in Strömen, der Wind heulte und drückte gegen das Auto.

»Was willst du hier?«, fragte Sabine ängstlich, nachdem Butcher den Motor und das Licht an der dunkelsten Stelle des Parkplatzes ausgeschaltet hatte, wo das Fahrzeug mit der Umgebung praktisch verschmolz.

»Ausziehen!« Er klang gefährlich ruhig.

»Lass mich raus«, sagte Sabine mit heiserer Stimme. Ihre eben noch vorhandene unterschwellige Angst wandelte sich in Panik vor dem Mann mit den dunklen Augen, die nichts Freundliches mehr hatten, obwohl er sie kaum ansah, nur leicht von der Seite, während seine Finger das Lenkrad umklammerten.

»Ausziehen!«, herrschte er sie diesmal schärfer an, ohne dabei zu laut zu werden.

»Lass mich gehen, bitte«, flehte Sabine, deren Herz immer schneller raste.

Er lockerte den Griff um das Lenkrad und wollte etwas aus dem Seitenfach ziehen, doch sie war schneller, stieß blitzschnell die Tür auf und ließ sich hinausfallen. Und dann rannte sie. Sie rannte und schrie, doch jeder Laut wurde von dem ihr entgegenschlagenden Wind verschluckt. Mit einem Mal spürte sie, wie etwas fast ihren Rücken zu zertrümmern schien. Sie verlor das Gleichgewicht und fiel mit dem Gesicht voran zu Boden. Als sie sich umdrehte, sah sie nur noch etwas Schwarzes auf sich zukommen, immer und immer wieder, bis sie die Besinnung verlor.

Butcher schaute emotionslos auf sie hinab, auf den blutverschmierten Kopf, dessen Gesicht kaum noch zu erkennen war, die verdreckten Haare und das unnatürlich weit aufgerissene linke Auge, und sagte leise: »Dumm gelaufen. Wird wohl nichts mit Flensburg.«
Er begab sich zurück zum Wagen, fuhr bis zu der Stelle, wo Sabine lag, hielt an, vergewisserte sich, dass er auch allein war, durchsuchte ihre Kleidung und ihr Gepäck, fand die neunhundert Mark und steckte sie zusammen mit einer weißen Tennissocke, die er ihr ausgezogen hatte, ein. Er fasste Sabine bei den Fußgelenken und schleifte sie zu einem nur wenige Meter entfernten Gebüsch, wobei ihr Kopf ein paarmal hin und her pendelte, wenn sie über Unebenheiten im Boden gezogen wurde. Die Reisetasche und den Rucksack warf er neben sie. Er nahm ein Messer und stach in beide Augen. Abschließend veränderte er ihre Lage und machte drei Fotos von dem Mädchen, das seine Hilfe erbeten hatte. Ein letzter Blick auf Sabine, er drehte sich um, setzte sich in seinen Wagen und fuhr wieder auf die Bundesstraße 76. Niemand hatte ihn gesehen.

FREITAG, 15.50 UHR

»Da ist jemand im wahrsten Sinn des Wortes ausgetickt«, murmelte Sören Henning, Hauptkommissar und leitender Ermittler bei der Mordkommission Kiel, während der Regen gegen seine Kleidung peitschte, die Jeans und die Regenjacke, deren Kapuze er über den Kopf gezogen hatte. Obwohl sie für Delikte in und um Schleswig nicht zuständig waren, wurden sie gebeten, den Fall zu übernehmen, da die Kollegen vom K 1 in Flensburg bis auf zwei von einem Grippevirus befallen waren. »Wer richtet jemanden so zu?« Er begab sich in die Hocke und schaute auf das zertrümmerte Gesicht der Toten mit den Höhlen, in denen bis vor kurzem noch Augen waren. »Welche verdammte Drecksau macht so was?« Er sagte es, ohne dabei seine Stimme zu erheben.

»Keine Ahnung, aber auf jeden Fall muss der Typ über eine gewaltige kriminelle Energie verfügen«, bemerkte Lisa Santos ratlos, angehende Oberkommissarin und Kollegin von Henning. »Weiß man schon, wer sie ist?«, fragte sie einen Beamten der Spurensicherung, die seit einer halben Stunde vergeblich den aufgeweichten Boden absuchten.

»Sabine Körner, Kleinburgwedel. Siebzehn Jahre alt.«

»Kleinburgwedel?«

»Gleich bei Hannover.«

»Wer hat sie gefunden?«

»Ein Ehepaar, sitzt dort drüben im Streifenwagen. Waren hier spazieren und haben sie mehr zufällig entdeckt. Wie so oft war's der Hund.«

»Wer geht denn bei diesem Schweinewetter spazieren? Was ist mit Spuren?«, fragte Henning.

»Es schüttet ja schon seit gestern Abend ununterbrochen, da ist alles weg. Tut mir leid«, erwiderte der Angesprochene. »Das Einzige, was wir gefunden haben, ist dieser Stein. Lag direkt neben ihr. Da klebt auch noch ein bisschen Blut dran. Damit hat er aller Wahrscheinlichkeit nach zugeschlagen.«

Henning und Santos betrachteten den Stein. »Das ist doch kein normaler Stein. Wo kommt der her?«, fragte Lisa Santos verwundert.

»Da hinten sind 'ne ganze Menge davon. Scheint so, als ob am Parkplatz was gemacht werden soll«, sagte der Beamte der Spurensicherung und deutete auf den aufgeschichteten Steinhaufen, der in einiger Entfernung schemenhaft auszumachen war. »Irgendwas in ihren Taschen, das uns weiterhelfen könnte?«

»Nur Klamotten, ein Buch und Schminkzeug.«
»Na dann, ab mit ihr in die Rechtsmedizin. Sie scheint aber nicht vergewaltigt worden zu sein. Sie ist vollständig bekleidet, bis auf ...« Henning fasste mit einer Hand an sein Kinn und sagte weiter: »Wo ist die linke Socke?«
»Keine Ahnung. Wir suchen sie, aber es könnte sein, dass ...«
»Dass was? Sie nicht hier umgebracht wurde? Na ja, auszuschließen ist es nicht, obwohl, sie wurde mit einem dieser Steine erschlagen, also wird es wohl doch hier passiert sein. Egal, sucht die Socke. Wenn ihr sie nicht findet, kann man nichts machen.«
Henning erhob sich wieder und wandte sich an den neben ihm stehenden Arzt. »Wie lange ist sie schon tot? Ungefähr.«
»Bei dem Wetter schwer zu beurteilen. Irgendwo zwischen acht und zwölf Stunden, würde ich mal schätzen. Genaueres kann aber erst nach der Autopsie gesagt werden.«
»Und wie lange dauert es, bis wir das Ergebnis kriegen?«
»Vielleicht morgen, aber eher am Sonntag. Wird ein langes Wochenende. Noch was?«
»Schickt mir das Ergebnis so schnell wie möglich. Und untersucht die Kleine auf Fremd-DNA, ihr wisst schon. Auch wenn's nicht so aussieht, als ob sie vergewaltigt wurde.«
»Hätten wir sowieso gemacht.«
Henning sah seine Kollegin an und sagte: »Ich hoffe, die finden was. Ansonsten haben wir schlechte Karten.«
Lisa Santos entgegnete trocken: »Tja, sieht im Moment nicht gut aus. Fahren wir, für uns gibt's hier nichts weiter zu tun.«
Sören Henning stand zu diesem Zeitpunkt kurz vor seinem achtunddreißigsten Geburtstag. Er war verheiratet und hatte zwei Kinder, Elisabeth, acht, und Markus, zwölf Jahre alt. Seit knapp drei Jahren Hauptkommissar, bearbeitete er Mord- und Vermisstenfälle, wobei die Vermisstenfälle bei weitem überwogen, doch in der Regel recht schnell aufgeklärt werden konn-

ten. Bei der Mehrzahl der Vermissten handelte es sich um Kinder und Jugendliche, die sich wegen häuslicher Differenzen abgesetzt hatten, aber meist schon bald wiedergefunden wurden. Nur einige dieser Verschollenen blieben bis heute verschwunden, darunter drei junge Frauen und ein Mann, von denen angenommen wurde, dass sie sich vielleicht ins Ausland abgesetzt oder unter falschem Namen und mit falschen Papieren irgendwo in Deutschland untergetaucht waren, denn die Nachforschungen hatten ergeben, dass alle vier massive private und zum Teil auch berufliche Probleme hatten. Am meisten Sorge bereiteten ihm jedoch drei Kinder im Alter zwischen acht und elf Jahren, zwei Mädchen und ein Junge, von denen seit vier beziehungsweise sechs Jahren ebenfalls jede Spur fehlte. Als hätten sie sich in Luft aufgelöst. Doch Henning gab die Hoffnung nicht auf, sie wiederzufinden, auch wenn die Wahrscheinlichkeit mit jedem Tag ein wenig mehr schwand.
Henning war einsachtzig groß, schlank und hatte hellbraunes, ins Rötliche gehendes, sehr kurz geschnittenes Haar und strahlend blaue Augen, die jeden sofort an Terence Hill erinnerten, auch wenn Henning keinerlei sonstige Ähnlichkeit mit dem Schauspieler aufwies. Sein Vorgesetzter schätzte ihn wegen seines Einsatzes, einige Kollegen standen ihm jedoch reserviert gegenüber, weil er mitunter recht dominant war und ungern andere Meinungen zuließ.
Auch mit Lisa Santos geriet er hin und wieder aneinander, was vor allem an ihrem Temperament lag, das sie von ihrem spanischen Vater in die Wiege gelegt bekommen hatte. Sie war fast einen Kopf kleiner, hatte halblange dunkelbraune Haare und ausdrucksstarke haselnussbraune Augen und einen vollen Mund. Sie war gerade dreißig geworden und ausgesprochen hübsch, und kein Außenstehender hätte bei ihr vermutet, dass sie eine enorm durchsetzungsfähige und im Nahkampf erprobte Polizistin war. Doch jene Gauner, die bereits mit ihr

Bekanntschaft gemacht hatten, hielten lieber Distanz zu ihr. Sie hatte eine kleine Wohnung in der Innenstadt von Kiel. Ihre Eltern lebten in Schleswig, wo sie auch ein Restaurant mit vorwiegend spanischen Spezialitäten betrieben. Mindestens dreimal pro Woche besuchte sie ihren Heimatort, manchmal half sie im Lokal aus, einfach, weil es ihr Spaß machte, aber auch, weil sie gerne mit ihren Eltern zusammen war.
Und obwohl Sören Henning und Lisa Santos, die beiden so unterschiedlichen Charaktere, bisweilen ebenso unterschiedlicher Meinung waren, so bildeten sie doch ein hervorragendes Team, das zusammen mit den Kollegen eine überdurchschnittlich hohe Aufklärungsquote aufzuweisen hatte.
Der Regen, der für ein paar Minuten nachgelassen hatte, hatte wieder zugenommen, als sie sich auf die Fahrt zurück nach Kiel machten. Jetzt im Winter waren die Straßen fast leer, ganz anders als im Sommer, wenn die Touristen in Strömen über das Land zwischen den Meeren hereinbrachen, die Ferienzimmer und Hotels zwischen Juni und August zum größten Teil ausgebucht waren und auch die zahlreichen Campingplätze entlang der Ostsee sich großen Zuspruchs erfreuten.
»Was ist deine Meinung?«, fragte Henning, während sie an Ahrensberg vorbeikamen und die Scheibenwischer gegen den Regen ankämpften.
»Ich hab noch keine Meinung. Ich frag mich nur, was die Kleine hier gemacht hat. Ausgerissen?«
»Möglich. Oder sie wollte jemanden besuchen. Das heißt, sie könnte getrampt sein. Jemand nimmt sie mit und bringt sie um. Wäre ja nicht das erste Mal.«
»Das ergibt aber keinen Sinn, schließlich wurde sie nicht vergewaltigt. Zumindest müssen wir davon ausgehen. Sie war bekleidet, als sie gefunden wurde«, bemerkte Lisa Santos und sah aus dem Seitenfenster, wo die triste Landschaft an ihr vorüberzog. »Ich möchte nicht diejenige sein, die ih-

ren Eltern die Nachricht überbringt. Siebzehn Jahre alt, das ganze Leben noch vor sich. Und dann kommt so ein Arschloch daher und macht alles kaputt. Ich hab so was zum Glück noch nie machen müssen. Und warum hat er ihr die Augen ausgestochen?«

»Manche Killer sind der irrigen Meinung, dass sich ihr Bild in den Augen der Opfer festgebrannt hat wie auf einem Film. Deshalb stechen sie sie aus. Andere tun's, weil sie den Anblick der toten Augen nicht ertragen können. Egal, wir kriegen ihn. Irgendjemand hat ihn gesehen«, entgegnete Henning mit stoischer Ruhe, die Lisa Santos manchmal in Rage brachte, auch wenn sie es nicht zeigte. Er wusste, was jetzt in ihr vorging, und er konnte es ihr nicht verdenken. Auch er war aufgewühlt von dem Anblick der Leiche, aber er war ein Pragmatiker, der zwar des öfteren mit dem Kopf durch die Wand wollte, doch wenn es darauf ankam, kühl und nüchtern an die Fälle heranging, während Lisa sich gerne auf ihre Intuition und ihr Gespür verließ, ohne dabei den Verstand außen vor zu lassen. Aber vielleicht war diese Gegensätzlichkeit genau das, was sie und ihn so unschlagbar machte.

»Wenn sie seit acht bis zwölf Stunden tot ist, ist die Wahrscheinlichkeit gleich null, dass irgendwer die Tat beobachtet hat. Es war dunkel, es hat die ganze Nacht geschüttet wie aus Kübeln … Lass den Mord heute früh um sechs geschehen sein, da ist keine Sau in der Gegend. Wir können froh sein, dass sie jetzt schon gefunden wurde und nicht erst in ein paar Tagen oder Wochen.«

Sören Henning erwiderte nichts darauf. Insgeheim musste er Lisa Recht geben, auch wenn er die Hoffnung hatte, dass wenigstens die rechtsmedizinische Untersuchung ein verwertbares Ergebnis erbrachte.

Von Kiel aus informierten sie die zuständigen Kollegen in Hannover, die den Eltern von Sabine Körner die grausame Mittei-

lung überbringen mussten, dass ihre Tochter einem Gewaltverbrechen zum Opfer gefallen war. Noch am selben Abend wurde in mehreren Radio- und TV-Sendern um Hinweise gebeten, die zur Aufklärung des Mordes dienlich sein könnten. Doch nicht ein einziger Anruf ging bei der Polizei ein.
Um halb zehn fuhren Henning und Santos nach Hause, er zu seiner Familie, die ihn bereits erwartete, weil seine Tochter Elisabeth ihren achten Geburtstag feierte, Lisa Santos in ihre kleine, aber gemütliche Zweizimmerwohnung, wo sie sich als Erstes ein heißes Bad einließ, denn ihre Kleidung war nass, sie hatte kalte Füße, und überhaupt fror sie. Sie drehte die Heizung auf, zündete Kerzen an und machte sich, bevor sie ins Wasser stieg, eine große Tasse heißen Tee. Während sie badete, dachte sie an das Mädchen, das so bestialisch ermordet worden war. Und sie hoffte, dass der Autopsiebericht ein brauchbares Ergebnis brachte, auch wenn sie dies für eher unwahrscheinlich hielt. Ein Gefühl sagte ihr, wer immer das gemacht hatte, hatte es nicht zum ersten Mal getan. Sie schloss die Augen und dachte an das Gespräch mit ihrem Vorgesetzten Volker Harms, der sie heute Morgen um halb neun in sein Büro zitiert hatte, um ihr zu sagen, dass er sie zur Beförderung vorgeschlagen hatte. Oberkommissarin sollte sie werden, und das mit dreißig. Sie hatte sich riesig gefreut, doch diese Freude hatte durch den Mord an Sabine Körner einen kräftigen Dämpfer erhalten.

SONNTAG, 5. DEZEMBER 1999

Der Bericht der Rechtsmedizin traf am Vormittag ein. Sören Henning und Lisa Santos hatten bereits ungeduldig darauf gewartet und lasen ihn gemeinsam. Henning sah Lisa von der Seite an und meinte mit einer Spur von Triumph in der

Stimme: »Mein lieber Scholli, das ging aber fix. Wir haben den Mistkerl. Der hat wohl nicht damit gerechnet, dass wir seine Daten gespeichert haben. Ein Hoch auf die moderne Kriminaltechnik. Und der Typ ist alles andere als ein Lamm. Zwei Jahre wegen Vergewaltigung, liegt allerdings schon sechzehn Jahre zurück. Dann wollen wir uns den Kerl mal vorknöpfen.«
»Das hätte ich nicht gedacht«, sagte Lisa und schenkte sich einen Kaffee ein. »Ich meine, dass wir den Fall so schnell lösen. Wo wohnt er?«
»Moment«, sagte Henning und gab die Daten ein. Lisa sah ihm über die Schulter. »Pinneberg. Den holen wir uns gleich jetzt. Aber vorher brauchen wir noch einen Haftbefehl.« Er rief beim zuständigen Haftrichter an, schilderte in kurzen Worten, was die Ermittlungen im Mordfall Sabine Körner ergeben hatten, worauf der Richter sagte, Henning und Santos könnten den Haftbefehl in einer halben Stunde bei ihm abholen.
Sie brauchten eine Stunde von Kiel bis nach Pinneberg, dann hielten sie vor dem Einfamilienhaus mit der Doppelgarage. Es war kalt und windig, als sie an der Tür klingelten. Ein Mann kam heraus. Henning hielt seinen Ausweis hoch. »Kripo Kiel, Mordkommission. Herr Nissen, Georg Nissen?«, fragte er obligatorisch.
»Ja, was ist?«
»Hauptkommissar Henning, meine Kollegin Frau Santos. Sie sind vorläufig festgenommen.« Er zog den Haftbefehl aus der Jackentasche. »Ich muss Sie über Ihre Rechte belehren. Sie haben das Recht, die Aussage zu verweigern, allerdings kann alles, was Sie von nun an sagen, gegen Sie verwendet werden. Haben Sie das verstanden?«
Nissen sah die Beamten entgeistert an. »Moment! Was ist hier eigentlich los? Warum werde ich festgenommen? Was hab ich verbrochen?«

»Das müssten Sie doch am besten wissen. Ich sage nur Sabine Körner.«
»Ich …«
»Wenn Sie sich bitte Schuhe anziehen würden und eine Jacke, alles andere kriegen Sie von uns gestellt.«
»Was ist mit Sabine?«
»Herr Nissen, das wissen Sie doch genau. Sie werden gleich genügend Zeit auf dem Präsidium haben, uns die Details zu schildern. Wenn Sie sich bitte beeilen wollen.«
Von hinten kam eine Frau, die die Beamten kritisch musterte.
»Wer ist das?«, fragte sie ihren Mann und legte einen Arm um ihn, als wollte sie ihn beschützen.
»Polizei. Ich habe keine Ahnung, was die von mir wollen. Sie sagen, ich bin verhaftet, aber ich weiß nicht, warum.«
»Ihr Mann ist verdächtig, eine gewisse Sabine Körner getötet zu haben. Die Beweislast ist erdrückend«, sagte Henning kühl.
»Das ist lächerlich, Georg könnte keiner Fliege was zuleide tun«, fuhr sie die Beamten entrüstet an, woraufhin ihr Mann nur den Finger auf den Mund legte.
»Da sind wir anderer Ansicht, vor allem, da Ihr Mann ja nicht unbescholten ist. Können wir?«
»Schatz, ich bin bald wieder da, das ist alles ein riesengroßer Irrtum. Ich habe niemanden umgebracht.«
»Ich glaube dir. Und ich werde dir einen guten Anwalt besorgen.« Und zu Henning: »Und was soll das heißen, mein Mann ist nicht unbescholten?«
Henning nahm die Handschellen und sagte: »Hat er Ihnen das noch gar nicht gebeichtet? Hände auf den Rücken, wir wollen doch nicht, dass Sie im Auto Blödsinn machen.«
Georg Nissen drehte sich wie in Trance um und schüttelte immer wieder nur den Kopf. »Das ist verrückt, das ist total verrückt! Ich …«
»Auf geht's, wir haben unsere Zeit auch nicht gestohlen.«

SONNTAG, 17.30 UHR

»Ich habe Sabine nicht umgebracht«, beteuerte Georg Nissen zum wiederholten Male und schüttelte den Kopf. Schweiß hatte sich auf seiner Stirn, in den Handflächen und unter den Achseln seines Hemdes gebildet, auf dem sich zwei große Flecken abzeichneten. Seit über zwei Stunden wurde er abwechselnd von Sören Henning und Lisa Santos verhört, wobei die Fragen zunehmend schärfer wurden.
Henning, der allmählich ungeduldig wurde, stützte sich auf den Tisch, während Lisa Santos an die Wand gelehnt dastand, die Arme über der Brust verschränkt und die Vernehmung aufmerksam verfolgte. Besonders aber beobachtete sie die Reaktionen von Georg Nissen auf die Fragen, seine Mimik, seine Gestik, wie er sprach.
»Herr Nissen, Sie haben vor sechzehn Jahren schon einmal eine Frau vergewaltigt und sind dafür verurteilt worden. Was Sie in der Zwischenzeit getrieben haben, entzieht sich unserer Kenntnis, aber eines wissen wir, Sie hatten Geschlechtsverkehr mit Sabine Körner. Ich wiederhole mich ungern, aber der Todeszeitpunkt wurde auf die Zeit zwischen halb sieben und acht Uhr am Freitagmorgen festgelegt. Wie lange wollen Sie eigentlich noch leugnen, wo doch alles gegen Sie spricht? Sie haben sie mitgenommen, Sie haben sie gevögelt und sich dann wie ein Stück Dreck ihrer entledigt. Und Sie sind mit einer Brutalität und Grausamkeit vorgegangen, wie ich es in meiner Dienstzeit bisher nicht erlebt habe.«
Nissen fuhr sich verzweifelt durchs Haar und verschränkte schließlich die Hände im Nacken, den Kopf gesenkt. »Das stimmt alles nicht, ich habe sie nicht umgebracht, ich könnte so was überhaupt nicht. Verdammt noch mal, ich habe ja schon zugegeben, mit ihr geschlafen zu haben, aber ich habe sie bei Ahrensberg an der B 76 wieder abgesetzt und bin zu-

rück nach Eckernförde gefahren, weil ich meinen Koffer vergessen hatte. Wie oft soll ich das noch sagen?! Prüfen Sie das doch nach. Woher soll ich denn wissen, wer sie danach mitgenommen hat.«

»Niemand, weil Sie der Letzte waren, der sie lebend gesehen hat. Es gibt keinen anderen, schon gar nicht diesen ominösen großen Unbekannten. Sagen Sie uns nur, wie sich alles abgespielt hat. Hat sie sich gewehrt, oder hat sie mehr Geld verlangt, als sie bereit waren ihr zu geben? War es so?«, sagte Henning hart und stützte sich mit beiden Händen auf den Tisch und sah Nissen durchdringend an.

»Nein, nein, nein!«, schrie Nissen und sprang auf. »Ich habe ihr zweihundert Mark gegeben, damit sie mit mir schläft. Ich weiß, ich weiß, das war ein Fehler, aber sie war ... Verdammt, sie hat mich einfach angetörnt. Sie wollte nach Flensburg zu einer Freundin, weil sie es zu Hause nicht mehr ausgehalten hat. Ich konnte sie aber nicht nach Flensburg bringen, weil ich nach Eckernförde gleich einen Termin in Böklund hatte.«

»Setzen Sie sich wieder«, herrschte Henning ihn an. »Wieso fahren Sie nach Böklund über Schleswig? Gibt es keinen kürzeren Weg? Für mich ist das ein ziemlicher Umweg.«

»Nein, es gibt keinen schnelleren Weg als über Schleswig. Man kann natürlich auch die Fähre bei Missunde nehmen, aber das dauert. Ich habe es nicht getan, ich habe Sabine nicht umgebracht!«

Henning griff sich ans Kinn und sah Nissen an. »Seltsam, wir haben bei ihr kein Geld gefunden, nicht einen Pfennig. Dafür haben wir aber einen Regenschirm gefunden, der Ihnen gehört ...«

»Auch das habe ich Ihnen doch schon ausführlich erklärt ...«

»Ja, ja, die alte Geschichte, dass Sie Mitleid mit ihr hatten und ihr den Regenschirm schenkten. Mir bricht es fast das Herz.«

Henning ging zu Santos und flüsterte ihr etwas ins Ohr. Daraufhin löste sie sich von der Wand und setzte das Verhör fort.
»Herr Nissen, wie ist Ihre Ehe? Glücklich?«, fragte sie.
Nissen sah Santos erschöpft und hilfesuchend an und antwortete nach einer Weile: »Was spielt das für eine Rolle? Für Sie bin ich doch sowieso der Täter. Sie haben meine DNA, Sie wissen, dass ich Sabine mitgenommen und mit ihr geschlafen habe, und Sie meinen auch zu wissen, dass ich sie umgebracht habe. Was sollen also diese Fragen noch?«
»Von Ahrensberg beziehungsweise Louisenlund bis nach Haddeby sind es morgens um die von Ihnen angegebene Zeit maximal zehn Minuten. Und es war noch dunkel, sodass Sie mit an Sicherheit grenzender Wahrscheinlichkeit davon ausgehen konnten, von niemandem gesehen zu werden. Warum haben Sie es getan? Erleichtern Sie doch endlich Ihr Gewissen ...«
»Halten Sie den Mund! Ich habe ein reines Gewissen, da gibt es nichts zu erleichtern. Das ist alles ein verdammter Zufall, nichts als ein großer, gottverdammter Zufall. Aber einmal Verbrecher, immer Verbrecher, was? So denkt ihr Bullen doch, oder?«
»Beweisen Sie uns Ihre Unschuld, und Sie können als freier Mann dieses Gebäude verlassen«, sagte Henning kalt und hart, mit einer Spur Zynismus in der Stimme, denn er wusste, Nissen würde nichts vorbringen können, das ihn entlastete.
»Wie soll ich Ihnen meine Unschuld beweisen? Sie haben sich doch schon alles so zurechtgelegt, dass ich da gar nicht mehr rauskomme. Und das nur, weil ich Sabine mitgenommen und mit ihr eine schnelle Nummer geschoben habe. Ist das ein Verbrechen?«
»Nein, aber der Mord. Was für ein Gefühl ist das, wenn man einem jungen Mädchen immer und immer wieder einen Pflasterstein ins Gesicht schlägt, bis dieses Gesicht nicht mehr zu

erkennen ist? Oder wie ist das, wenn man diesem Mädchen am Ende noch die Augen aussticht? Ist das ein zusätzlicher Kick, noch ein Orgasmus obendrauf?«, fragte Henning noch einen Tick zynischer und deutete auf die Fotos der Toten, die er bewusst vor Nissen ausgebreitet hatte. »Hm, wie ist das? Schauen Sie sich noch mal an, was Sie angerichtet haben! Hier, hübsches Gesicht, was?!«
Georg Nissen atmete tief durch und erwiderte: »Egal, was ich sage, Sie glauben mir sowieso nicht. Ich möchte mit meinem Anwalt sprechen.«
»Der ist noch nicht aufgetaucht. Leider«, sagte Henning kalt lächelnd. »Und es stimmt, ich glaube Ihnen nicht. Ich glaube nämlich nicht an diese berühmten Zufälle. Es ist dumm gelaufen für Sie, Sie hätten alles, zumindest fast alles mit ihr machen dürfen, nur das mit dem Umbringen, das war ein saudummer Fehler.«
Ein Kollege vom K 1 kam herein und bat Henning nach draußen. »Hier«, sagte er und reichte ihm eine Notiz, »wir haben die Aussage von dem Mitarbeiter in Eckernförde. Er bestätigt, dass Nissen zurückgekommen ist, aber er kann sich nicht genau erinnern, wann das war. Er meint, irgendwann zwischen halb acht und halb neun. Jetzt kommt aber das Interessante. Nissen hat seiner Meinung nach ziemlich nervös gewirkt. Und in Böklund war er erst um neun, das haben wir inzwischen auch rausgefunden.«
Henning klopfte ihm auf die Schulter und begab sich wieder in das Vernehmungszimmer. »Es wird immer enger für Sie. Herr Schneider hat unseren Kollegen gegenüber ausgesagt, dass Sie zwischen halb acht und halb neun nach Eckernförde zurückgekommen sind, um Ihren Koffer zu holen. Und Sie sollen recht nervös gewesen sein. Kann ich mir vorstellen. Man bringt schließlich nicht jeden Tag jemanden um. Oder war es gar nicht Ihr erster Mord?«

»Ja, ich war nervös, weil ich meinen Termin nicht einhalten konnte. Und jetzt lassen Sie mich zufrieden, ich habe keine Lust mehr, mir Ihre dummen Unterstellungen anzuhören. Ich möchte erst mit einem Anwalt sprechen, bevor ich weitere Fragen beantworte.«
»Wenn Sie Sabine so nett fanden, warum haben Sie sie nicht mit nach Eckernförde genommen? Für die Kleine wäre es doch auf die Stunde nicht angekommen«, sagte Henning, ohne auf den letzten Satz von Nissen einzugehen.
»Keine Ahnung, aber ich hätte es tun sollen, dann würde sie heute noch leben, und ich müsste nicht hier sitzen und …« Er winkte ab und fuhr fort: »Lassen Sie mich einfach zufrieden. Ich weiß nicht, was passiert ist, ich weiß nur, dass ich unschuldig bin.«
»Wie Sie wünschen. Ich lasse Sie in Ihre Zelle bringen, und sobald der Anwalt da ist, haben Sie Zeit, sich mit ihm zu besprechen.«
Nachdem Nissen abgeführt war, meinte Lisa Santos nachdenklich: »Du bist so verdammt sicher, dass er es war. Was aber, wenn er die Wahrheit sagt?«
Henning lachte kurz und trocken auf und nahm einen Schluck Wasser. »Der kann doch zwischen Wahrheit und Lüge schon gar nicht mehr unterscheiden. Wie viele Beweise brauchst du noch, damit du überzeugt bist?«
»Sicher, es spricht alles gegen ihn, aber ich traue ihm irgendwie keinen Mord zu. Schon gar nicht so einen bestialischen.«
»Wie viele Mörder hast du schon gesehen? Zwei, drei?«
»Ein paar, warum?«
»Und wie sehen die aus? Steht auf ihrer Stirn in großen Lettern ›MÖRDER‹? Weißt du, ich bin schon ein bisschen länger in dem Geschäft, und glaub mir, den meisten von diesen Typen siehst du nichts an, aber auch rein gar nichts. Er

war's, er hat nur Angst, den Rest seines Lebens im Knast verbringen zu müssen. Aber genau dahin werden wir ihn bringen.«

»Trotzdem, lass es so gewesen sein, wie er sagt, was dann?«

Henning setzte sich auf den Tisch und antwortete: »Okay, spielen wir's durch, auch wenn ich eigentlich längst zu Hause sein wollte. Er gabelt Sabine bei Neumünster auf, fährt mit ihr nach Eckernförde, repariert dort eine Maschine, vögelt die Kleine im Wald bei Louisenlund, bemerkt danach, dass er seinen Koffer vergessen hat, drückt ihr die zweihundert Mark und den Regenschirm in die Hand und setzt sie an der Straße ab. Und da soll sie ausgerechnet in diesem Augenblick, ich meine, ausgerechnet in dieser kurzen Zeitspanne ihrem Mörder begegnet sein? Ein Zeitfenster von vielleicht zwei oder drei Minuten? Ziemlich weit hergeholt, oder?«

Lisa Santos atmete tief durch und sagte: »Ich halte es ja auch für ziemlich unwahrscheinlich, aber nicht für ausgeschlossen. Sorry, aber …«

Henning stellte sich vor sie, fasste sie bei den Schultern und entgegnete mit einer Sicherheit, die über jeden Zweifel erhaben war: »Denk dran, Lisa, er hat schon mal eine Frau vergewaltigt. Diese Typen ändern sich nicht, auch wenn er jetzt eine Familie hat. Was glaubst du wohl, warum seine Frau bis heute nichts davon weiß? Der Kerl hat vermutlich mehr Dreck am Stecken, als wir uns vorstellen können. Er ist beruflich ständig unterwegs, wer weiß, wie viele Anhalterinnen er schon mitgenommen hat. Und wer weiß, ob nicht auch einige von unsern vermissten Mädchen und Frauen auf sein Konto gehen.« Er schüttelte den Kopf und fuhr sich übers Kinn. »Wir blicken gerade eben in tiefste menschliche Abgründe, die wir wohl nie begreifen werden. Wir machen morgen weiter. Und du denk nicht länger dran, dass er es nicht gewesen sein könnte, sondern überleg dir, wie wir ihn dazu bringen können, ein Ge-

ständnis abzulegen. So, und jetzt machen wir Schluss für heute, es war ein langer Tag.«
Auf der Heimfahrt dachte Lisa Santos über das Verhör und über die Worte von Henning nach. Sie hatte dieses unbestimmte Gefühl, das ihr sagte, den Falschen verhaftet zu haben, auch wenn Henning so überzeugt von dessen Schuld war. Und wenn er sich in etwas verbissen hatte, war es beinahe unmöglich, ihn davon abzubringen. Aber sie selbst war auch unsicher, ihr Kopf und ihr Bauch sprachen unterschiedliche Sprachen. Und schließlich sprach auch alles gegen Georg Nissen. Nein, dachte sie, Sören wird schon Recht haben, er hat sich bisher noch nie geirrt.

APRIL 2000

Der Prozess gegen Georg Nissen begann am 26. April und dauerte sechs Verhandlungstage. Die Presse hatte sich schon lange auf den Angeklagten eingeschossen, in mehreren Überschriften wurde er als die »Bestie aus Pinneberg« betitelt. Sein gesamtes Umfeld war durchleuchtet worden, in einem Interview mit einem Journalisten eines Boulevardblattes hatte seine Frau gesagt, niemals auch nur im Geringsten vermutet zu haben, dass ihr Mann zu einer solch grausamen Tat fähig sein könnte. »Doch der Teufel lässt sich eben nicht hinter die Stirn blicken«, waren einige ihrer markantesten Worte, die ebenfalls für eine Schlagzeile gut waren.
Zwei Gutachter waren überdies zu dem Schluss gekommen, dass Nissen über ein gesteigertes Aggressionspotential verfüge und vor allem Probleme im Umgang mit Frauen habe.

Die von Sören Henning vorgelegte Indizienkette und insbesondere die sie stützenden Gutachten waren laut Staatsanwaltschaft derart erdrückend, dass sie den Antrag stellte, den Angeklagten zu einer lebenslangen Freiheitsstrafe mit anschließender Sicherungsverwahrung zu verurteilen. Außerdem werde geprüft, ob Nissen auch mit zwei weiteren Morden an jungen Frauen, die zwischen 1996 und 1998 im westlichen Mecklenburg-Vorpommern bei Rostock und in der Nähe von Elmshorn getötet worden waren, in Verbindung gebracht werden könne, da sie eine ähnliche Handschrift aufwiesen wie der Mord an Sabine Körner, denn man konnte nachweisen, dass Nissen an den Tagen des Verschwindens der Frauen sowohl in Rostock als auch in Elmshorn zu tun hatte. Er selbst hatte keine Erklärung für diese Zufälle. Alles, was er tun konnte, war, immer und immer wieder zu beteuern, mit den Morden nichts zu tun zu haben. Doch es gab niemanden, der ihm glaubte. Lediglich Lisa Santos hegte nach wie vor Zweifel an seiner Schuld.
Noch vor Prozessbeginn hatte Helga Nissen die Scheidung eingereicht und betont, mit ihrem Mann, einem kaltblütigen Mörder, nichts mehr zu tun haben zu wollen. Dennoch war sie während des gesamten Prozesses anwesend, und als ihr Georg nach dem Urteilsspruch einen hilfesuchenden Blick zuwarf und sie noch einmal umarmen wollte, hatte sie nur verächtlich den Mund verzogen und ihm zugeflüstert: »Teufel!«
Nissen hatte eine Einzelzelle, isoliert von den andern Gefangenen, die ihn bereits während seiner Untersuchungshaft einmal zusammengeschlagen und vergewaltigt hatten. Er ging jeden Tag allein für eine Stunde auf den Hof, um frische Luft zu schnappen, aber es gab auch unter den Wärtern nicht einen, der ihm einigermaßen respektvoll begegnete. Nur fünf Tage nach dem Urteil verfasste Nissen einen Brief an seine Frau.

»Liebe Helga,
ich möchte dir nur ein paar Zeilen schreiben und dir sagen, dass ich dich über alles liebe. Ich kann verstehen, dass du mit einem Mörder nichts mehr zu tun haben willst, ich kann auch verstehen, dass du die Scheidung eingereicht hast. Aber ich bitte dich mir zu glauben, dass ich niemals einem Menschen etwas angetan habe. Auch die Sache mit der Vergewaltigung, weswegen ich vorbestraft bin, hat sich nicht so abgespielt, wie es immer behauptet wurde. Ich habe Carola damals nicht vergewaltigt, sie hat sich nur an mir rächen wollen. Sie hat sich immer wieder an mich rangemacht, doch ich habe nichts für sie empfunden. Aber in dieser einen Nacht war ich angetrunken und dachte, ich könnte ja wenigstens mal mit ihr ins Bett gehen, vielleicht hätte ich dann meine Ruhe vor ihr.
Schon am nächsten Morgen stand die Polizei vor meiner Tür und hat mich verhaftet. Die Verletzungen, die sie hatte, muss sie sich selbst beigebracht haben, denn ich habe noch nie in meinem Leben eine Frau geschlagen, das müsstest du am besten wissen. Aber auch damals sprach alles gegen mich, und ich frage mich, was ich der Welt getan habe, dass man mich immer wieder für Dinge verantwortlich macht, die ich nicht begangen habe.
Es scheint, dass sich alles gegen mich verschworen hat. Das Schicksal hat es eben nicht gut mit mir gemeint.
Ich bin *kein* Mörder! Und ich war auch noch nie gewalttätig einem andern gegenüber, das musst du mir glauben. Ich weiß, ich werde den Rest meines Lebens hinter Gittern verbringen, aber dieser Rest wird nicht mehr lange dauern. Ich kann nur immer wieder betonen, wer Sabine auch umgebracht hat, ich war es nicht, Gott weiß das!
Vielleicht kommst du ja ab und zu mal an mein Grab,

und wenn nicht, dann ist das auch nicht so schlimm.
Pass gut auf dich auf und sei den Kindern eine gute Mutter. Ich gehe mit reinem Gewissen, aber ich halte es hier drin nicht aus. Es wären vielleicht dreißig oder vierzig Jahre, aber was wäre das für ein Leben?!
Ich weiß, dass ich dir wehgetan habe, aber es gab einige Frauen, denen konnte ich nun mal nicht widerstehen.
Bitte verzeih mir meine Fehltritte. Und ich bitte dich um einen Gefallen – sorge dafür, dass auch Kommissar Henning und Staatsanwalt Kieper diesen Brief lesen, denn Sie sollen wissen, dass ich unschuldig bin und möchte, dass sie den Mörder finden, für dessen Tat ich im Gefängnis sitze und auch sterbe.
Ich liebe euch alle, und gib Patrick und Michaela einen Kuss von mir. Ich liebe und ich küsse dich,
dein Georg«

Er faltete den Brief zusammen und legte ihn auf das Bett. Er wartete, bis das Licht gelöscht wurde, zog das Laken und die Bettwäsche ab und verknotete alles miteinander. Er trank noch einen Schluck Tee, stellte sich auf den Stuhl, atmete einmal tief durch und stieß den Stuhl von sich.

Die Nachricht von Georg Nissens Selbstmord erreichte Sören Henning und Lisa Santos auf einem Fortbildungsseminar in Plön. Sie lasen während einer Pause den Abschiedsbrief, der ihnen durchgefaxt worden war. Henning sagte nichts, warf seiner Kollegin nur einen kurzen Blick zu und wollte sich schon abwenden, als sie ihn zurückhielt.
»He, du kannst nichts dafür. Du hast deinen Job gemacht, genau wie ich.«
»Nett von dir, dass du mich aufmuntern willst, aber das geht

ganz allein auf meine Kappe. Du hast an seiner Schuld gezweifelt, und ich habe nicht auf dich gehört. Aber soll ich dir ganz ehrlich was sagen? Ich war zum Schluss auch nicht mehr von seiner Schuld überzeugt. Nur, da wäre es sowieso schon zu spät gewesen, Kieper hatte sich längst auf den Prozess vorbereitet. Und außerdem sprachen doch alle Fakten gegen Nissen, oder?«

Henning sah Lisa Santos an, als würde er eine Zustimmung erwarten, doch sie antwortete nur: »Kann schon sein. Es war alles ein dummer, unglücklicher Zufall.«

»Sicher. Aber jetzt läuft da draußen einer rum, der ein Menschenleben auf dem Gewissen hat. Und ich auch.« Er machte eine kurze Pause, dann sagte er: »Ich fahr nach Hause, ich brauch 'ne Auszeit. Sorry.«

Lisa Santos sah ihm hinterher und verbrachte die restlichen zwei Tage in Plön. Henning ließ sich eine Woche krankschreiben, bevor er wieder zum Dienst erschien. Er verlor kein Wort mehr über Georg Nissen, sondern widmete sich seiner Arbeit, einem neuen Fall, einem achtjährigen Jungen, der seit zwei Tagen vermisst wurde. Henning wurde zusammen mit Lisa Santos mit den Ermittlungen betraut, die fast ausschließlich vom Büro aus geführt wurden. Fast anderthalb Jahre vergingen, bis das Skelett des Jungen im Unterholz eines Waldstücks in der Nähe von Stralsund von Spaziergängern entdeckt wurde. Erst eine DNA-Analyse brachte den Eltern, die verzweifelt gehofft hatten, ihr Kind würde noch leben, die traurige Gewissheit, es nie wiederzusehen. Henning hatte zu diesem Zeitpunkt die Ermittlungen längst Lisa Santos und andern Kollegen überlassen. Er hingegen verschanzte sich hinter seinem Schreibtisch und bearbeitete Akten. Mehr wollte er nicht.

DONNERSTAG, 6. MAI 2004

Die letzten Tage waren schlecht gewesen. Er hatte zwar genug zu tun gehabt, und doch war er unzufrieden. Zu Hause hatte sich Butcher wieder einmal die alte Leier anhören müssen, nicht genug für seine Familie da zu sein, sich nicht wie ein liebevoller Ehemann um seine Frau zu kümmern, Dinge, die er schon seit Jahren vorgeworfen bekam. Einmal mehr waren ihm seine Frau und seine Mutter mit ihren ständigen Sticheleien und Vorwürfen auf die Nerven gegangen, und als sie auch noch seine Fähigkeiten als Vater in Frage stellten, hatte er genug. Butcher, der nur selten Widerworte gab, der alles scheinbar gelassen hinnahm, setzte sich an diesem milden, aber regnerischen Frühlingstag in seinen dunkelblauen VW Golf und fuhr übers Land. Er machte dies immer, wenn ihm zu Hause alles zu viel wurde, wenn er die Freiheit suchte, die er nur fand, wenn er wie jetzt ziellos durch die Gegend streifte. Wie ein einsamer Wolf auf der Suche nach Beute. Oder wie ein einsamer Wolf, der nach einem Opfer Ausschau hielt. Seit dem späten Nachmittag war er unterwegs. Er hatte gesagt, er müsse noch etwas Geschäftliches in Flensburg erledigen, was natürlich gelogen war. Er legte eine CD mit den harten, düsteren Beats von Rammstein ein und drehte die Lautstärke hoch. Alles in ihm vibrierte, er schaute nur auf die Straße, seine Kiefer mahlten ein paarmal aufeinander. Nach einer halben Stunde hielt er auf einem Waldparkplatz, begab sich zum Kofferraum und öffnete den darin liegenden Kleidersack. Er schaute sich kurz um, er war allein. Rasch zog er sich um. Etwas sagte ihm, heute würde es wieder so weit sein. Die andern Sachen legte er fein säuberlich zusammen und schloss den Kofferraum.

Weitere zwei Stunden vergingen. Es wurde allmählich dunkel, der Himmel war bedeckt, es fing wieder an zu regnen. Butcher war zuerst nach Kappeln gefahren, von dort aus nach Eckernförde und wollte bereits wieder den Rückweg nach Hause einschlagen, als eine innere Stimme ihm sagte, noch einen Abstecher nach Rendsburg zu machen. Kurz hinter Groß Wittensee erblickte er an einer Bushaltestelle auf der andern Straßenseite eine junge Frau, die schweres Gepäck bei sich hatte. In beiden Händen hielt sie ein Schild, dessen Aufschrift nicht zu erkennen war, da es in die andere Richtung zeigte. Er tat, als nähme er keine Notiz von ihr, setzte seinen Weg noch einen Kilometer fort und wendete. Sein Atem ging ein wenig schwerer, sein Blut schien schneller als gewöhnlich durch die Adern zu fließen, sein ganzer Körper war wie ein Druckluftkessel kurz vor dem Explodieren.

Als er nach kaum fünf Minuten zurückkam, stand sie noch immer dort, als hätte sie auf ihn gewartet. Jetzt erkannte er im Scheinwerferlicht »Husum«, das in großen Lettern auf dem Pappschild stand. Sie trug eine grüne Regenjacke, die Kapuze über den Kopf gezogen, um so dem Wind und dem Regen zu trotzen.

Butcher hielt an und ließ das Beifahrerfenster herunter. »Husum?«, fragte er, als hätte er es auf dem Schild nicht gelesen.

»Können Sie mich mitnehmen?«, fragte die junge Frau und warf einen prüfenden Blick in den Wagen und schien erleichtert, als sie die Uniform sah.

»Da haben Sie aber Glück«, sagte Butcher freundlich. »Ich fahr fast bis nach Husum, hab dort gleich einen Einsatz. Packen Sie Ihre Sachen einfach auf den Rücksitz, der Kofferraum ist voll.«

»Danke.« Sie hievte ihren Trekkingrucksack und die Reisetasche hinein, holte ein Taschentuch aus ihrer Jacke und schnäuzte sich noch draußen die Nase, bevor sie sich ins Auto setzte.

»Wieso stehen Sie hier?«, fragte er. »Ich meine, hat Sie jemand hier in der Einöde abgesetzt?«

»Ach, nur so ein Idiot, der mir an die Wäsche wollte. Ich hab ihm eine gescheuert, und er hat mich rausgeschmissen. Zum Glück war er nur geil, aber ansonsten harmlos.« Sie schob ihre Kapuze zurück und schüttelte einmal kräftig den Kopf.

»So was kann auch schief gehen«, sagte Butcher.

»Ich hab schon 'ne ganze Menge erlebt, ich kann mich wehren.«

»Sie sollten trotzdem in Zukunft aufpassen. Darf ich fragen, wie Sie heißen?«

»Miriam. Was dagegen, wenn ich meine Jacke ausziehe?«

»Tun Sie sich keinen Zwang an.« Er beobachtete aus dem Augenwinkel, wie sie die Jacke auf den Rücksitz zu den andern Sachen legte und ihren Kopf an die Nackenstütze lehnte. Butcher schätzte sie auf achtzehn, neunzehn, höchstens zwanzig, vielleicht eine Studentin, dachte er. Sie war groß, mindestens einsfünfundsiebzig, hatte halblange hellbraune Haare und ausdrucksstarke blaue Augen, das war ihm sofort aufgefallen, als sie ins Auto geschaut hatte. Miriam trug ein weißes Sweatshirt, eine Jeans und Sportschuhe. Sie war schlank, doch sie hatte ungewöhnlich große Brüste, die auch von dem weit geschnittenen Shirt nicht verdeckt werden konnten. Aber eigentlich interessierte es ihn gar nicht, wie sie aussah, wie sie gebaut war, das Einzige, was ihn interessierte, war, dass sie neben ihm saß, ohne auch nur im Geringsten zu ahnen, dass dies ihre letzte Fahrt in einem Auto sein würde, dass es überhaupt ihre letzte Fahrt sein würde.

»Und was machen Sie in Husum?«

»Ich wohne dort.« Sie schloss die Augen und fuhr fort: »Sie glauben gar nicht, was ich im letzten halben Jahr alles erlebt

habe. Möchten Sie's hören?«, fragte sie, als wäre er der Erste, dem sie sich mitteilen konnte.
»Klar.«
»Ich war in Frankreich, Spanien, Portugal und Nordafrika. Ich hab dort wirklich alle Arten von Menschen kennen gelernt. Marokko aber, das war der Hammer. Mein lieber Scholli, bin ich froh, dass ich da wieder lebend rausgekommen bin …«
»Warum sind Sie allein gereist?«, wollte Butcher wissen.
»Ich musste mal weg von zu Hause. Mein Vater ist vor fünf Jahren bei einem Unfall ums Leben gekommen, und meine Mutter hat sich einen neuen Typ ins Haus geholt, mit dem ich einfach nicht zurechtkomme. Lange Geschichte. Also hab ich mir im November gesagt, Miriam, pack deine Sachen und mach dich auf die Socken. Meine Mutter wollte mich natürlich unter allen Umständen davon abhalten, aber ich musste erst mal andere Luft schnuppern. Sie hat gemeint, ich sei noch viel zu jung, um allein zu reisen, aber ganz ehrlich, lieber allein in ein fremdes Land, als … Um meine kleine Schwester tut's mir ein bisschen leid, denn sie kann den Typ auch nicht ausstehen, aber ich musste jetzt erst mal an mich denken. Eigentlich wollte ich schon letzten Herbst mit meinem Studium anfangen, doch leider waren alle Plätze vergeben. Na ja, im Oktober geht's endlich los. Weit weg von hier, in Heidelberg. Aber vorher hab ich zumindest noch einen Teil von der Welt gesehen.«
»Sie sind die ganze Zeit getrampt?«
»Klar, das heißt, die meiste Zeit. Und komischerweise war das ganz easy. Jedenfalls viel leichter, als ich's mir vorgestellt hatte. Bloß in Nordafrika ist das nicht so einfach, da muss man schon aufpassen, dass man nicht an den Falschen gerät, vor allem in Marokko und Algerien. Dort bin ich meistens mit dem Bus gefahren.«

»Und woher hatten Sie das Geld?«
»Mein Vater hat mir was hinterlassen. Ich hab's bekommen, als ich achtzehn wurde. Ich hab aber nur 'nen Teil davon gebraucht, den Rest nehm ich für mein Studium. Heidelberg ist nicht gerade billig. Und Sie, was machen Sie?«
Butcher zuckte mit den Schultern und meinte: »Eigentlich bin ich bei der Polizei, aber ehrenamtlich auch noch bei der Feuerwehr. Wir haben gleich eine Nachtübung.«
»Bei der Polizei! Wow! Und was genau machen Sie da?«
»Ich bin bei der Kripo, Mordkommission«, antwortete Butcher, während er auf der B 76 Richtung Schleswig fuhr. Der nasse Asphalt glänzte im Licht der Scheinwerfer, ein paar letzte Tropfen fielen aus dem schwarzen Himmel.
»Und, gibt es irgendwelche interessanten Fälle? Ich meine, hier oben ist ja nicht gerade viel los, oder?«
»In der letzten Zeit schon. Wir haben mehrere Vermisste und … Na ja, ich darf leider nicht über aktuelle Fälle reden, wenn Sie verstehen. Dienstgeheimnis.«
»Schon gut, ist nur meine Neugier. Nach einem halben Jahr im Ausland will ich eben alles wissen. Mein Vater war übrigens bei der Staatsanwaltschaft. Vielleicht kannten Sie ihn ja, Ingo Hansen, Oberstaatsanwalt in Flensburg.«
»Tut mir leid, aber ich hab nie was mit ihm zu tun gehabt. Ich bin erst seit vier Jahren beim K 1 in Flensburg, vorher war ich in Bremen.«
Als Butcher bei Haddeby abbog, fragte Miriam: »Wohin fahren Sie?«
»Nur einen Kollegen abholen. Wohnt dort hinten«, sagte er ruhig und griff mit der linken Hand in das Seitenfach der Tür. Auf dem Parkplatz befand sich kein Fahrzeug. Er fuhr weiter in das Dunkel hinein, drehte eine Runde und stoppte abrupt am äußersten Ende des Parkplatzes.
»He, was gibt das?«, fragte Miriam lachend, obwohl sie Angst

hatte, die sie jedoch so gut wie möglich zu verbergen versuchte.
»Siehst du das hier?« Butcher hielt den Elektroschocker hoch. »Damit machen wir Verbrecher kampfunfähig. Manchmal. Aber auch böse Mädchen. Böse Mädchen, die am besten nachts nicht trampen sollten.« Er sah Miriam an, deren Konturen er in der Finsternis nur verschwommen wahrnahm. Doch allmählich gewöhnten sich die Augen an die Dunkelheit. »Zieh dich aus, ich will ficken.« Seine Freundlichkeit war schlagartig dahin, sein Blick, den Miriam nur erahnen konnte, düster und unheilvoll.
»Sie sind gar nicht bei der Polizei, oder?«, fragte sie und versuchte dabei so ruhig wie möglich zu bleiben. Ihr Vater hatte ihr einmal gesagt, sollte sie jemals in eine derartige Situation geraten, was hoffentlich nie der Fall sein würde, so sollte sie immer genau die Anweisungen des Täters befolgen. Dann hätte sie die größte Chance, ihm lebend zu entkommen. Und er hatte ihr Tricks gezeigt, wie sie auch einen starken Mann kampfunfähig machen konnte. Ihr Vater hatte gewusst, wovon er sprach, er war fast zwanzig Jahre bei der Staatsanwaltschaft gewesen, bis ein tragischer Verkehrsunfall ihn jäh aus dem Leben gerissen hatte. Doch jetzt, am späten Abend, mit Butcher neben sich, der den Schocker in der Hand hielt, fühlte sie sich ohnmächtig. Alles, was ihr einfiel, war, ihn durch Reden von seinem Vorhaben abzubringen.
»Doch, ich bin bei der Polizei. Aber ich werde dir nicht helfen. Und jetzt mach schon, ich hab meine Zeit nicht gestohlen. Oder willst du, dass ich dir wehtue?«
»Okay, okay, aber Sie versprechen mir, mich laufen zu lassen?« Sie knöpfte ihre Jeans auf und streifte sie mit der Unterhose ab. Keine Hektik, sagte sie zu sich selbst, auch wenn ihre Bewegungen schnell, aber gleichmäßig waren.
»Alles«, befahl er.

»Ja, schon gut«, erwiderte Miriam und zog ihr Sweatshirt, das Unterhemd und den BH aus. Sie bemerkte den stechenden Schmerz in der Hüfte erst, als er ihr fast die Sinne raubte, wie ein Stromstoß nach dem andern sekundenlang durch ihren Körper raste und sie bewegungsunfähig machte. Der letzte gegen ihren Hals raubte ihr das Bewusstsein. Ihr Kopf schlug gegen das Fenster, ihr Atem war flach.

Butcher stieg aus, ging um das Fahrzeug herum, öffnete die Beifahrertür, doch bevor Miriam herausfallen konnte, fing er sie auf und legte sie so hin, dass er sich an ihr vergehen konnte, ohne seine Uniform am Auto oder dem nassen Boden schmutzig zu machen.

»Bitte«, röchelte sie mit schwacher Stimme, als sie wieder zu sich kam, »bringen Sie mich nicht um.«

»Sorry, meine Süße, aber diesen Wunsch kann ich dir leider nicht erfüllen. Deine große Reise ist hier zu Ende«, sagte er nach einem letzten heftigen Stoß. Er packte sie kräftig am Kinn und fuhr fort: »Ist das nicht ein Jammer, da trampst du um den halben Globus, kommst in die gefährlichsten Ecken, und so kurz vor dem Ziel ist alles vorbei. Aber du kannst ja deinen Stiefvater sowieso nicht leiden, und deine Mutter ist wahrscheinlich so 'ne alte Dorfschlampe. Ist ein Scheißleben, was? Auch wenn ich normalerweise nicht so bin, bei dir will ich es kurz und schmerzlos machen.«

Miriam wollte schreien, doch er hielt ihr den Mund zu und ein weiteres Mal den Schocker an ihre Brust. Er schloss die Beifahrertür wieder und fuhr bis zu einem Zaun. Etwa zweihundert Meter weiter herrschte reger Verkehr auf der Bundesstraße, am andern Ufer der Schlei war die nächtliche Silhouette von Schleswig zu erkennen, Lichter von Autos durchstachen die Nacht, während er seine Scheinwerfer schon vor einigen Minuten ausgeschaltet hatte.

Butcher packte Miriam unter beiden Armen und schleifte sie

zu einem Gebüsch. Er wartete, bis sie wieder aufwachte, und sagte: »Weißt du, dass ich an ziemlich genau dieser Stelle schon mal jemanden umgebracht habe? Sie war ein bisschen jünger als du, aber ein echtes Luder. Ich kenne mich da aus, es steht euch Weibern ins Gesicht geschrieben. Aber hinterher war ihre Fresse nur noch Matschepampe, da konnte man gar nichts mehr lesen. Und jetzt sag dieser schönen Welt adieu, ich muss leider nach Hause, sonst werden die noch ganz unruhig. War übrigens nett, mit dir zu plaudern. Schade, dass wir uns nicht unter anderen Umständen getroffen haben.«
Er hob Miriams Oberkörper hoch. Es sah aus, als würde sie sitzen. Sie hatte keine Kraft mehr, sich zu wehren, nur ihre Augen waren vor Todesangst unnatürlich geweitet. Angst, Flehen, Schmerz, alles lag in ihrem Blick. Er sah es nicht, weil er es nicht sehen wollte, legte eine Hand an ihren Rücken und eine an die Stirn und stieß mit einem gekonnten Ruck ihren Kopf nach hinten. Ihr Genick brach mit einem lauten, unwirklich klingenden Knacken, wie wenn jemand auf einen dicken Ast trat, und doch hörte es sich anders an. Er ließ sie einfach fallen, betrachtete noch einmal ihre Umrisse und legte sie schließlich so hin, dass es aussah, als würde sie auf der Seite schlafen. Ihre Augen waren weit geöffnet. Er nahm das Messer, das er stets bei sich trug, und murmelte: »So schöne Augen, meine Süße, du hast wirklich wunderschöne Augen. Schade drum.« Er stach zweimal zu.
Anschließend holte er Miriams Sachen aus dem Wagen und warf sie neben den toten Körper. Alles, was er behielt, war ihr BH. Im Seitenfach der Reisetasche fand er ihren Personalausweis und den Reisepass. Butcher merkte sich die Daten und steckte beides wieder zurück. Er zog seine Jeans, das Sweatshirt mit dem riesigen Aufdruck »The Greatest« und seine Lederjacke an, stopfte den BH in die Innentasche und legte die Uniform fein säuberlich in den Kleidersack im Kofferraum.

Darüber breitete er eine Decke aus. Wenn es auch nichts gab, das vor den Schnüffelattacken seiner Frau sicher war, dieses Auto war es. Noch nie hatte sie einen Blick hineingeworfen, er hätte es sofort gemerkt. Als Letztes vergewisserte er sich ein weiteres Mal, dass er unbeobachtet war, und machte mit einer Infrarotkamera drei Aufnahmen von Miriam. Er spulte den Film zurück, holte ihn aus der Kamera und steckte ihn in seine Jackentasche. Auf der Heimfahrt drehte er die Musik wieder lauter und sang mit. Der Druck hatte sich gelegt, aber er würde wiederkommen, wieder und wieder und wieder.

DONNERSTAG, 22.55 UHR

Durch ein paar Ritzen der heruntergelassenen Rollläden schimmerte noch Licht, als Butcher den Wagen vor der großen Garage abstellte und ihn mit der Funkfernbedienung abschloss, auch wenn dies eigentlich nicht nötig war. Hier kannte jeder jeden, und Fremde durchquerten kaum einmal diesen Ort, höchstens im Sommer, aber es war kein Touristenmekka wie die Städte und Dörfer entlang der Nord- und Ostsee. Hier wehte der Wind fast das ganze Jahr über den Geruch aus den Ställen und von den Viehweiden und den mit Gülle gedüngten Feldern durch die Straßen, ein Geruch, an den er sich nach nunmehr fast zehn Jahren gewöhnt hatte.
Vor dem Eingang standen die Gummistiefel der Mädchen, im Flur ein langgezogenes Schuhregal mit Abteilungen für jedes Familienmitglied. Für seine Frau Monika, seine Töchter Laura und Sophie und seine Mutter. Nur für seine Schuhe war kein Platz mehr. Er musste sie immer daneben abstellen, und wenn sie dreckig waren, draußen ausziehen und auf einen großen Lappen direkt neben der Tür stellen. Laura und Sophie la-

gen längst im Bett, genau wie seine Mutter, die nie später als einundzwanzig Uhr auf ihr Zimmer ging. Seit er denken konnte, hatte sie einen festen Lebensrhythmus, den zu durchbrechen sie keinem gestattete, nicht einmal sich selbst. Sogar als sein Vater im Sterben lag, behielt sie diesen Rhythmus bei, während er, neun Jahre alt, die Hand seines Vaters in der Stunde des Todes hielt.

Er warf einen Blick in die Küche, die wie abgeleckt aussah, kein Krümel auf der Arbeitsplatte oder dem Boden, das Ceranfeld des Herdes blitzte, ebenso die Schränke und das Fenster. Eine sterile, abweisende, fast feindliche Atmosphäre, die er kaum ertrug und an die er sich dennoch längst gewöhnt hatte. Und wie immer abends brannte das kleine Licht der Dunstabzugshaube, und es roch nicht nach Küche, sondern nach Putz- und Desinfektionsmitteln, und manchmal meinte er sich in einem Krankenhaus zu befinden. Wie oft hatte er sich eine Änderung herbeigewünscht, aber wie sollte sich etwas ändern, wenn es doch schon zum Alltag gehörte, seit er denken konnte? Seine Frau Monika und seine Mutter ergänzten sich hervorragend, und manchmal kam es ihm vor, als wären sie Geschwister und nicht Schwiegermutter und Schwiegertochter. Beide legten größten Wert auf Sauberkeit, Ordnung, Pünktlichkeit – und dass das getan wurde, was sie befahlen.

Er ging ins Wohnzimmer, wo Monika vor dem Fernseher saß und sich eine Serie auf RTL ansah. Sie war klein, sehr zierlich, aber wer dachte, sie wäre zerbrechlich, täuschte sich, denn sie hatte eine unglaubliche Energie, eine solche Energie, dass er sich manchmal winzig und schwach vorkam. Oft hatte er das Gefühl, von dieser enormen Energie erdrückt zu werden, obwohl er Monika leicht mit einer Hand hätte töten können, was er jedoch nie gewagt hätte.

Vor ziemlich genau elf Jahren hatten sie sich kennen gelernt.

Sie war die Tochter einer Bekannten seiner Mutter. Nur zwei Monate später fand die Hochzeit im engsten Familienkreis statt, er, Monika, ihre Mutter und seine Mutter, drei Frauen, die bestens miteinander harmonierten und in deren Umgebung er ein Fremdkörper war. Kurz nach der Eheschließung wurde Monika schwanger und wollte unbedingt in ihre Heimat Schleswig-Holstein zurückziehen, wo sie geboren war und wo sie ihre Kindheit und Jugend verbracht hatte. Er tat ihr den Gefallen unmittelbar nach Sophies Geburt, auch wenn ihn immer wieder das Heimweh nach Marburg plagte. Und eigentlich hätte alles sehr harmonisch verlaufen können, wäre seine Mutter nicht auf die Idee gekommen, mit ihnen in den Norden zu ziehen, in das Haus, das er gekauft hatte, auch wenn sie einen erheblichen Teil zum Kaufpreis beisteuerte. Es war sein Alptraum, der wahr geworden war. War Monika schon dominant, seine Mutter übertraf sie noch bei weitem. Und doch konnte er sich keiner von beiden entziehen. Nur wenn es ihm zu viel wurde und er sich zu sehr von ihnen bedrängt fühlte, setzte er sich in seinen Wagen und fuhr wie heute Abend einfach übers Land und durch die Dörfer und kleinen Städte.
Monika wandte den Kopf und meinte mit gewohnt spitzer Zunge: »Ziemlich spät, was?«
»Hat länger gedauert, als geplant. Tut mir leid, Schatz. Ich hab noch was zu erledigen und geh dann bald schlafen.«
»Ohne mich?«, fragte sie mit Schmollmund und setzte sich aufrecht hin. Das eben noch Spöttische in ihrer Stimme war urplötzlich einer Sanftheit gewichen, doch Butcher ließ sich nicht täuschen, denn auch dies machte ihr Wesen aus.
»Warum?«
»Fragst du das im Ernst? Es ist schon so lange her, seit wir das letzte Mal so richtig miteinander gekuschelt haben. Ich meine, so richtig gekuschelt. Bestimmt drei oder vier Wochen.« Sie sah ihn mit einem mädchenhaften, etwas lasziven

Blick an, den sie immer aufsetzte, wenn sie etwas von ihm wollte. Ein Blick, der ihn früher wild gemacht hatte. Aber das war eine Ewigkeit her, mindestens zehn Jahre. Er wollte schon lange nicht mehr, er hatte keine Lust mehr auf sie, auf eine gewisse Weise ekelte sie ihn sogar an. Und er sie, auch wenn sie gerade so tat, als würde sie sich nach ihm sehnen. Aber es war keine Liebe, die er für sie empfand, es war nie Liebe gewesen, auch wenn seine Mutter und Monika es ihm einzureden versuchten.

»Ich weiß, Schatz«, sagte er und trat näher an den Sessel heran, »und ich verspreche dir auch, dass wir bald wieder kuscheln. Aber nicht heute, ich bin müde. Es war ein anstrengender Tag. Außerdem muss ich noch was in den Computer eingeben, ist sehr wichtig.«

»Ach ja?! Deine Tage sind wohl immer anstrengend, was? Immer die alte Leier. Wozu bin ich eigentlich deine Frau? Nur, damit du regelmäßig was zu essen hast und ich dir die Wohnung putze und bügle und den ganzen andern Kram mache?!«

Da war sie wieder, diese Schärfe, mit der sie ihn unter Druck setzen wollte, was jedoch in den letzten Jahren immer seltener funktionierte. Wenn ihm alles zu viel wurde, zog er sich zurück, entweder mit einer Ausrede oder wortlos.

»Tut mir wirklich leid, aber ich hab auch Kopfschmerzen.«

»Hast wohl deine Tage!«, rief sie ihm mit schriller Stimme hinterher, eine Stimme, die in seinen Ohren dröhnte. »Aber an den Computer kannst du dich jetzt noch setzen, dafür bist du nicht zu müde!«

Er machte erneut kehrt, ging zu ihr, nahm sie in den Arm, auch wenn es ihm schwer fiel, drückte sie an sich und gab ihr einen langen Kuss, den sie kaum erwiderte. »Nicht böse sein, bitte. Ich liebe dich, das weißt du, und du bist die beste Frau, die ich mir nur wünschen kann. Aber ich fühle mich heute einfach miserabel. Ich komm so schnell wie möglich ins Bett, versprochen, doch wenn ich das jetzt nicht erledige, gerät mein Zeitplan völlig durcheinander. Ich hab ja auch nicht geahnt, dass es so spät werden würde. Verzeih mir, Liebes.«

»Du wirst dich nie ändern. Aber das ist wohl mein Los, mit dem ich mich abfinden muss. Und jetzt geh, mir ist die Lust sowieso vergangen.«

Er drehte sich um und schlich mit langsamen Schritten nach draußen. Leck mich, du alte Fotze, dachte er und stieg die Treppe hinauf. Er warf einen Blick in die Zimmer seiner Töchter, die friedlich schliefen. Bei Laura, die an Silvester acht geworden war, brannte eine kleine Lampe mit einem Halbmond darauf, die spärliches Licht spendete, aber Laura hatte Angst vor der Dunkelheit, und auch wenn seine Mutter und seine Frau meinten, sie solle sich nicht so anstellen, so verstand er ihre Ängste nur zu gut. Er hatte sich als Kind auch lange Zeit vor dem Dunkeln gefürchtet, vor den Monstern, die überall gelauert hatten, im Schrank, unter dem Bett, hinter den Vorhängen. Er hauchte ihr einen Kuss auf die Stirn und betrachtete sie noch einen Moment, seine kleine Süße, wie er sie nannte. Sie hatte lange braune Haare und große rehbraune Augen, und er würde alles dafür tun, sie vor den Gefahren dieser Welt zu beschützen. So wie Sophie, die übermorgen ihren zehnten Geburtstag feierte und allmählich zu einer jungen Dame heranwuchs. Er würde nie zulassen, dass ihnen etwas Böses passierte, denn er war ein guter Vater und wachte mit Argusaugen darüber, dass es ihnen gut ging. Auch wenn seine Frau oft anderer Meinung war, doch das interessierte ihn wenig. Wenn es überhaupt Menschen auf dieser Welt gab, die er liebte, dann waren es Laura und Sophie.

Er ging in den Keller, wo sein Arbeitszimmer lag, zu dem niemand außer ihm Zutritt hatte. Er tippte eine fünfstellige Ziffernkombination ein, ein leises Summen ertönte, er drückte die Tür auf. Seine Mutter und auch seine Frau hatten ihn schon oft gefragt, was er denn so Geheimnisvolles dort treibe, aber er hatte nur geantwortet, es sei eben sein Büro, und er möchte nicht, dass irgendjemand dort Unordnung mache. Und auf die Frage, warum er es nicht mit einem ganz gewöhnlichen Schlüssel abschloss, sondern mit einer elektronischen Sicherung wie in Fort Knox, entgegnete er, die Elektronik sei lediglich eine Spielerei, sie würden ihn doch kennen. Aber er wusste, würde diese Tür mit einem Schlüssel zu öffnen sein, dann würden beide Frauen auch einen Weg finden, diesen Raum zu betreten. Nicht einmal Laura und Sophie waren je hier drin gewesen, und er würde sie auch nie hereinlassen, denn dies war sein Zimmer, in dem es Dinge gab, die kein anderer sehen durfte. Direkt an das fensterlose Arbeitszimmer grenzte ein kleines Fotolabor. Er ging hinein und machte auch diese Tür zu. Schon vor Jahren, noch bevor er nach Schleswig-Holstein zog, hatte er einen Kurs an der Volkshochschule in Marburg besucht, wo er unter anderem lernte, Filme zu entwickeln. Kurz darauf hatte er sich sein erstes Labor eingerichtet, später, als er hierher zog, dieses, von dem seine Frau und seine Mutter glaubten, er würde dort nur Familienfotos entwickeln. Familienfotos, auf denen alle lächelten, auf denen eine heile Welt vorgegaukelt wurde, die nicht existierte, die nie existiert hatte.

Er brauchte eine gute Stunde, bis er den Film, auf dem außer den Fotos von Miriam noch andere waren, entwickelt und von den Negativen Abzüge im Format 18 x 24 gemacht hatte. Er hängte sie zum Trocknen an die Leine und verließ die Dunkelkammer, nicht ohne vorher noch einen ausgiebigen Blick auf die drei Fotos von Miriam zu werfen. Friedlich sah sie aus, so friedlich, als würde sie nur schlafen. Er lächelte und machte die Tür hinter sich zu und schloss sie ab. In seinem gemütlich eingerichteten Arbeitszimmer, das auch sein Refugium war, schaltete er den Computer an und wartete, bis er hochgefahren war. Er öffnete ein spezielles Programm und sah sich ein paar Fotos an, von denen keiner etwas wusste oder ahnte. Er lehnte sich zurück, die Hände über dem Bauch gefaltet, und betrachtete mit verklärtem Blick ein vierzehnjähriges Mädchen. Schließlich schlug er ein Buch auf und tippte ein Gedicht ab. Er schaltete den PC aus, legte den BH von Miriam zu den andern Sachen in eine Kiste, sah sich noch einmal um und ging nach oben. Monika schlief bereits tief und fest und schnarchte leise. Er zog sich aus und legte sich neben sie.

FREITAG, 7. MAI, 8.45 UHR

Der Anruf ging um Viertel vor neun bei der Kripo Kiel ein. Lisa Santos meldete sich, Fischer, ein älterer Kollege aus Flensburg, war am Apparat.

»Moin, moin, wir sind hier gerade am Haddebyer Noor, eine Frauenleiche. Erinnert mich ziemlich stark an einen Fall vor viereinhalb Jahren, den ihr bearbeitet habt. Wollt ihr herkommen und euch das mal anschauen?«

»Wir sind so schnell wie möglich da«, antwortete Lisa Santos und legte auf. Sie presste die Lippen zusammen und warf einen Blick zu der Tür, hinter der Sören Hennings Büro lag. Er war seit dem frühen Morgen da, wann genau er gekommen war, wusste sie nicht. Er kam meistens sehr früh und verließ häufig als Letzter das Büro. Sie klopfte an seine Tür und machte sie auf. Er sah sie kurz an, ohne etwas zu sagen.

»Sören, ich brauch deine Hilfe. Es gibt eine Tote.«

»Und, was hab ich damit zu tun?« Henning schaute auf. Durch seine braunen Haare zogen sich einige graue Strähnen. Er hatte tiefe Ränder unter den Augen, als würde er regelmäßig zu wenig Schlaf bekommen. Und er schien zu trinken, auch wenn er nie mit einer Alkoholfahne zum Dienst erschien, aber sein Gesicht war leicht gerötet. Ein Dreitagebart ließ ihn älter als zweiundvierzig aussehen. Er hatte auch angefangen zu rauchen, obwohl er noch bis vor vier Jahren militanter Nichtraucher war, doch seit dem Mord an Sabine Körner hatte sein Leben eine Wende genommen, die keiner aus der Abteilung für möglich gehalten hätte. Auch wenn er nie darüber sprach, so wusste doch jeder seiner Kollegen, dass er sich die Alleinschuld am Tod des vermeintlich Verdächtigen und schließlich Verurteilten Georg Nissen gab. Seine Ehe war dadurch in Mitleidenschaft gezogen worden und schließlich in die Brüche gegangen. Seitdem lebte seine Frau mit den beiden Kindern Markus und Elisabeth in Elmshorn. Er bewohnte eine kleine und sehr preisgünstige Wohnung in dem wenig einladenden Kieler Stadtteil Gaarden-Ost. Der Unterhalt für seine Familie ließ ihm nur wenig zum Leben übrig. Er machte nur noch selten Außendienst, die meiste Zeit verbrachte er im Büro, wo er sich hinter Akten verkroch, die ihm von Kollegen auf den Tisch gelegt wurden. Akten, die er früher gehasst hatte, weil er das Büro wie ein Gefängnis empfand und sich am liebsten außerhalb des Präsidiums aufhielt. War er früher schon nicht gerade der Gesprächigste, so beschränkte sich sein Wortschatz nun in der Regel auf einen kurzen Gruß am Morgen und ein »Wiedersehen«, bevor er mit dem Fahrrad nach Hause fuhr. Keiner wusste, was er in seiner Freizeit trieb, aber es ging die Runde, dass er die Abende und Nächte vor dem Fernseher verbrachte, viel trank und sich hin und wieder eine Frau aus irgendeiner Kneipe holte. Doch es waren Gerüchte, auf die Lisa Santos wenig gab, denn keiner, der das behauptete, war jemals bei Henning in der Wohnung gewesen oder hatte ihn mit einer Frau gesehen. Gerüchte, die zwangsläufig entstanden, wenn jemand sein Privatleben geheim hielt.

»Die Leiche liegt am Haddebyer Noor«, sagte sie ruhig, ohne ihn dabei aus den Augen zu lassen, weil sie seine Reaktion testen wollte.
Für einen Moment herrschte absolute Stille. Henning kniff die Augen zusammen, warf den Kugelschreiber auf den Tisch, ließ sich zurückfallen und stieß schließlich hervor: »Scheiße, Mann!« Es entstand eine Pause. Seine Mundwinkel waren heruntergezogen, als er dann sagte: »Na gut, da liegt also 'ne Leiche. Und was soll ich da? Mich noch mal zum Arsch der Nation machen? Nimm jemand andern, aber lass mich in Ruhe.«
Lisa Santos schloss die Tür und setzte sich Henning gegenüber. Sie waren allein im Raum, und sie wollte nicht, dass irgendein anderer ihr Gespräch mitbekam.
»Sören, hör mir bitte kurz zu. Irgendwann muss Schluss sein mit deiner selbstgewählten Isolation. Seit vier Jahren schottest du dich ab und verkriechst dich hinter deinen Akten und machst einen auf Selbstmitleid …«
»Halt die Klappe! Du hast doch überhaupt keine Ahnung. Ich habe einen Fehler gemacht und bin gerade dabei, die Rechnung zu begleichen. Kapiert?!«
»Nein, du hast keine Rechnung zu begleichen. Wenn, dann müsste ich das auch. Und Staatsanwalt Kieper und Richter Johannsen und die Gutachter und so weiter und so fort. Selbst Nissens Frau hat sich von ihm abgewandt und ihn als Teufel bezeichnet. Wir alle tragen eine Teilschuld, aber wir können es nicht mehr rückgängig machen. Was glaubst du, wie oft ich mir Vorwürfe gemacht habe … Mein Gott, jetzt raff dich auf und komm mit. Ich möchte dich dabeihaben …«
»Ach ja, damit ich wieder einen Fehler begehe?! Ich bin zufrieden mit dem, was ich tue, und das reicht mir vollkommen.«
»Du und zufrieden? Sören, mach dir doch nichts vor, ich brauch dich doch nur anzusehen …«

»Und, was siehst du? Komm, spuck's schon aus! Kannst du vielleicht in mich reinschauen?«
»Und ich hab geglaubt, du würdest irgendwann wieder zur alten Form zurückfinden. Suhl dich doch weiter in …«
»Was hast du denn verloren? Deinen Mann, deine Kinder?«, fragte er höhnisch. »O nein, geht ja nicht, du hattest ja nie einen Mann und auch keine Kinder! Also erzähl mir nichts von Selbstmitleid. Ich komm kaum über die Runden mit dem bisschen, was mir noch übrig bleibt von dem, was ich abdrücken muss und …«
»Wenn ich dich unterbrechen darf«, entgegnete sie kühl und leicht verletzt, weil er einen ihrer wenigen wunden Punkte getroffen hatte, »die Kollegen aus Flensburg warten. Kommst du jetzt mit, oder geht dir das wirklich alles am Arsch vorbei? Wenn du nur noch ein bisschen von dem Sören Henning in dir hast, dessen Partner ich damals werden durfte, dann hebst du auf der Stelle deinen Hintern hoch und kommst mit. Wenn nicht, kannst du mich mal kreuzweise. Ich hab dich mal bewundert, weißt du das eigentlich? Du warst so was wie mein Vorbild.«
»Schönes Vorbild, was?! Bringt einen Unschuldigen hinter Gitter, und der hängt sich auf … Scheiß drauf, das Leben geht weiter, irgendwie, irgendwo, irgendwann.«
»Ich hab keine Zeit mehr. Dann muss ich eben doch jemand anders mitnehmen. Mach's gut. Und ich dachte, in dir wäre wenigstens noch ein Funke von dem alten Kämpfergeist.« Sie erhob sich und ging zur Tür, als Hennings Stimme sie zurückhielt.
»Warte«, sagte er und stand auf, »du hast gewonnen. Diesmal. Aber glaub bloß nicht, dass ich deshalb ein anderer Mensch werde. Dazu ist zu viel Mist passiert.«
»Ich glaub gar nichts. Gehen wir.«
Lisa Santos saß am Steuer, Sören Henning schaute aus dem

Seitenfenster und fuhr sich immer wieder mit den Fingern über das stoppelige Kinn. Der Regen, der seit dem gestrigen Abend und auch fast die ganze Nacht über das Land gezogen war, hatte aufgehört, dicke Wolken hingen aber noch zum Greifen nah über dem flachen Land. Seit Tagen schon kündigte der Wetterbericht eine Besserung an, Sonnenschein, steigende Temperaturen, doch bis jetzt waren diese Vorhersagen nichts als Seifenblasen. Es regnete, es war kalt, ein Wetter, das nicht gerade dazu da war, die Stimmung zu heben. Santos hatte das Radio angemacht, die Hitparade wurde hoch und runter gespielt, dazwischen ein paar ältere Songs und ein paar belanglose Sätze des Moderators, der versuchte witzig zu sein, was ihm jedoch nur ansatzweise gelang. Wenige Kilometer, bevor sie ihr Ziel erreichten, sagte Henning: »Warum willst du mich unbedingt dabeihaben?«

»Keine Ahnung. Vielleicht, weil du der Beste bist.«

Ohne auf die letzte Bemerkung einzugehen, entgegnete er: »Ich hab so was schon lang nicht mehr gemacht, ich meine, ich hab schon lange nicht mehr ermittelt.«

»Das verlernt man nicht. Außerdem denke ich, dass dir ein bisschen frische Luft mal wieder gut tun würde, du bist schon ganz staubig im Gesicht von den vielen Akten«, erwiderte sie schmunzelnd.

»Wenn du meinst«, sagte er und musste unwillkürlich lächeln, was Lisa jedoch nicht sah, weil er aus dem Seitenfenster schaute.

Vor dem Parkplatz standen zwei Streifenwagen, der Tatort war großräumig abgeriegelt, Polizisten hielten Schaulustige davon ab, das Gelände zu betreten.

Sie wurden durchgelassen, nachdem Lisa Santos ihren Dienstausweis gezeigt hatte. Fischer begrüßte beide mit Handschlag. Die Beamten der Spurensicherung in ihren weißen faserfreien Spezialanzügen waren schon von weitem zu erkennen, wie unnatürliche Flecken in der reizvollen Landschaft um die ehemalige Wikingersiedlung Haithabu, an die jetzt nur noch ein Museum erinnerte. Auf der gegenüberliegenden Seite der B 76 und der Schlei konnte man deutlich den Schleswiger Dom, die Möweninsel und einen Großteil der Stadtsilhouette ausmachen, nur wenige Meter entfernt schimmerte der kleine Turm der Ansgarkirche durch die Bäume. Lisa Santos war regelmäßig in Schleswig, ihre Großeltern mütterlicherseits lebten hier, wie schon früher deren Eltern und noch weitere fünf Generationen davor. Und nie hätte sie es für möglich gehalten, dass am andern Ufer dieser malerischen kleinen Stadt solch brutale und sinnlose Verbrechen geschehen könnten. Verbrechen, die sie nie bearbeiten wollte und jetzt doch dazu gezwungen wurde.

Fischer und die andern waren schon seit über einer Stunde hier, er begrüßte Henning und Santos. Der Fotograf schoss unzählige Bilder vom Opfer und der direkten Umgebung. Viel finden werdet ihr nicht, dachte Henning, als er über den noch nassen Asphalt lief. Verdammter Regen!

»Kommt mit, da hinten liegt sie. Kann noch nicht sehr lange tot sein, maximal zwölf Stunden, sagt jedenfalls unser Doc. Ein Jogger hat sie gefunden, als er mal musste.«

Santos und Henning gingen mit ihm zu der Fundstelle, die sie nur allzu gut in Erinnerung hatten, und begaben sich in die Hocke. Die Tote lag seltsam verkrümmt da, bis auf die weißen Tennissocken war sie nackt. Fischer hatte Recht gehabt, der Fundort war fast auf den Millimeter genau der gleiche, und auch die restlichen Details erinnerten stark an den Mord an Sabine Körner. Henning würde das Bild nie vergessen, vor allem aber nicht das, was hinterher alles geschehen war. Sein ganzes Leben war aus den Fugen geraten. Erst hatte er seinen Kummer im Alkohol zu ertränken versucht, was ihm nicht gelungen war, dann hatte er sich immer mehr von seiner Fami-

lie entfernt, bis seine Frau das manchmal tagelange Schweigen nicht mehr aushielt und vor zweieinhalb Jahren bei Nacht und Nebel die Kinder genommen und abgehauen war. Genau ein Jahr und drei Tage später wurde die Ehe geschieden. Die gemeinsamen Kinder sah er einmal im Monat, und bei jedem Treffen merkte er, wie sehr vor allem Elisabeth noch an ihm hing. Und jedes Mal, wenn das Wochenende vorbei und er wieder allein in seiner bescheidenen, kärglich eingerichteten Wohnung war, überkam ihn das heulende Elend, das er jedoch keinem zeigte, denn dazu war er zu stolz. Er hatte immer noch Gefühle für seine Exfrau und hätte eine Menge dafür gegeben, wieder mit ihr und den Kindern zusammen zu sein. Aber das war Wunschdenken, denn wenn sie sich sahen, verhielt sie sich äußerst reserviert, fast feindlich ihm gegenüber. Er kannte auch die Gerüchte, die über ihn im Präsidium verbreitet wurden. Angeblich sei er Alkoholiker und würde sich Huren ins Haus holen, wenn die Einsamkeit ihn übermannte und der Druck in den Lenden kaum noch zu ertragen war. Doch nichts von dem stimmte. Er trank zwar ab und zu ein Bier, aber er war schon lange nicht mehr betrunken gewesen. Sein einziges Laster war das Rauchen, mit dem er vor fast vier Jahren begonnen hatte, obwohl ihm Zigaretten gar nicht schmeckten.
Aber all dies wurde hier und jetzt bedeutungslos, als er vor der Toten stand, einer jungen Frau, die noch ihr ganzes Leben vor sich gehabt hätte. Jung, hübsch und tot. Die Reiseutensilien achtlos neben sie geworfen wie damals bei Sabine. Mit der Ausnahme, dass diese junge Frau nackt war. Alles, was sie noch trug, waren ehemals weiße Socken.
»Und?«, fragte Santos und sah Henning an.
»Er fängt an zu spielen«, war die knappe Antwort, während er das sich ihm bietende Bild in sich aufnahm. »Wie heißt sie?«

»Miriam Hansen aus Husum. Neunzehn Jahre alt. Scheint gerade von einer längeren Reise zurückgekommen zu sein. Sie war so bummelig ein halbes Jahr unterwegs.«
»Woher weißt du das? Hat sie dir das gesagt?«, fragte Henning, ohne aufzuschauen.
»Sie hat einen Reisepass dabei. Sie war unter anderem in Marokko, Algerien und Tunesien. Vermutlich ist sie per Anhalter zurückgefahren, hat's aber nicht ganz bis nach Hause geschafft«, sagte Fischer, der alte Fuchs, trocken. »Was meinst du mit ›er fängt an zu spielen‹?«
»Kann ich jetzt nicht erklären, aber der Fundort ist identisch mit dem vor viereinhalb Jahren. Nur mit dem Unterschied, dass der Täter sich diesmal vermutlich an seinem Opfer vergangen hat. Wie ist sie gestorben?«
»Wahrscheinlich durch Genickbruch. Und außerdem solltet ihr euch das mal anschauen. Hier«, sagte Fischer und deutete auf die verschiedenen roten Stellen am Körper der Toten, »wonach sieht das aus? Elektroschocker?«
»Gut möglich. Sie ist ziemlich groß, vielleicht wollte er auf Nummer sicher gehen. Er hat sie kampfunfähig gemacht, kann sogar sein, dass sie das Bewusstsein verloren hat. Er hat sie vergewaltigt und anschließend umgebracht. Ob sie's miterlebt hat …« Henning zuckte mit den Schultern. »Und er hat auch ihr die Augen ausgestochen. Fragt sich nur, warum, es war doch vermutlich dunkel, als sie gestorben ist.«
»Meinst du, es ist derselbe wie damals?«, fragte Lisa Santos in einem Ton, der schon die Antwort enthielt. Sie wusste es, Henning wusste es, sie wollte es nur noch bestätigt bekommen.
»Schon möglich, aber ich werde einen Teufel tun und mich festlegen. Schafft sie in die Rechtsmedizin, und dann sehen wir weiter. Wer bringt es den Angehörigen bei?« Henning hatte sich erhoben und zündete sich eine Zigarette an, wäh-

rend Santos mit ihrem Vorgesetzten Volker Harms telefonierte und ein paar wesentliche Fakten durchgab.

»Wenn ihr schon den Fall bearbeitet, dann wollen wir euch nicht auch noch die Freude verwehren, diese Aufgabe zu übernehmen«, entgegnete Fischer lapidar. »Aber solltet ihr uns brauchen, stehen wir euch natürlich gerne zur Verfügung.«

Ohne eine Miene zu verziehen, sagte Henning: »Okay, Lisa und ich fahren nach Husum. Aber ob ich an dem Fall weiterarbeite, weiß ich noch nicht. Macht's gut.«

»Warum weißt du das noch nicht?«, fragte Fischer mit gerunzelter Stirn und begleitete seine Kollegen zum Auto.

»Einfach so.« Henning wollte schon einsteigen, als ein etwa fünfunddreißigjähriger Mann auf ihn zukam.

»Koslowski, *Schleswiger Nachrichten*. Können Sie schon Näheres sagen?«

»Nein«, antwortete Henning abweisend. »Wenn es etwas gibt, werden Sie es rechtzeitig erfahren.«

Der Reporter ließ sich nicht beirren und fragte: »Aber das ist doch schon der zweite Mord innerhalb kurzer Zeit hier ...«

»Ich weiß nicht, welchen Zeitbegriff Sie haben, aber der andere Mord liegt fast viereinhalb Jahre zurück. Und jetzt lassen Sie meine Kollegen in Ruhe ihre Arbeit verrichten.«

»Eine Frage noch ...«

»Verschwinden Sie.« Henning nahm wieder auf dem Beifahrersitz Platz.

Lisa Santos sagte zu Koslowski: »Geben Sie mir Ihre Karte, ich rufe Sie an.« Er reichte ihr seine Karte, sie lächelte ihm zu und stieg ein. Nachdem sie den Motor angelassen hatte, fragte sie: »Warum warst du so unfreundlich zu ihm? Wir hätten ihm doch ein paar Infos zustecken können.«

»Kannst du ja machen, aber erst, wenn ich wieder im Präsidium bin.«

»Und was sollte das eben heißen, dass du nicht weißt, ob du an dem Fall weiterarbeitest?«
»Genau das, was ich gesagt habe. Es gibt andere, viel fähigere Leute. Du zum Beispiel.«
»Schwachsinn! Warum verkriechst du dich in deinem Schneckenhaus? Ich begreif's nicht. Na ja, das musst du mit dir ausmachen. Erklär mir lieber, was du vorhin mit dem Spielen gemeint hast.«
»Zwei Opfer, zwei Anhalterinnen, derselbe Fundort, der vermutlich auch Tatort war. Zufall? Eher nicht. Außerdem lagen beide in der gleichen Art und Weise da, falls du dich an Sabine erinnerst.«
»Was meinst du?«
»Fötale Lage, die Beine angewinkelt, die Hände gefaltet. Und das Gepäck einfach neben sie geworfen.«
»Und wenn es ein Nachahmungstäter war?«
»Möglich ist alles, aber woher sollte ein Nachahmungstäter wissen, wie die erste Leiche dagelegen hat? Dann müsste es schon einer von uns sein. Was soll's, ich werde mich bestimmt nicht festlegen. Es ist dein Fall, ich habe dir lediglich meine Vermutung mitgeteilt.«
»Ah, so läuft das also. Okay, wenn wir nachher im Präsidium sind, lass ich dich in Ruhe und werde eine Mannschaft zusammenstellen. Da draußen läuft jemand rum, der mindestens zwei Morde begangen hat, vielleicht sogar mehr, von denen wir aber noch gar nichts wissen. Dieser Kerl ist eine tickende Zeitbombe, und du könntest uns helfen, sie zu entschärfen.«
»Ich hab noch nie was mit Bomben zu tun gehabt.«
Lisa Santos hatte keine Lust mehr auf die fruchtlose Konversation mit Henning. Er war verschlossen wie eine Auster, und sie fand kein Mittel, zu ihm durchzudringen. Aber sie würde sich etwas einfallen lassen, denn sie wusste, er war einer der fähigsten Beamten, die sie kannte. Natürlich verstand sie ihn bis

zu einem gewissen Punkt, aber dennoch sagte sie sich, dass er irgendwann die um sich gebaute Mauer einreißen musste. Allein, wie er vorhin die Tote betrachtete, hatte ihr gezeigt, dass sein Jagdinstinkt noch vorhanden war, wie es in ihm kribbelte und er am liebsten gleich mit den Ermittlungen losgelegt hätte. Er erinnerte sie an den Sohn einer Bekannten, einen Autisten, der außerhalb seiner gewohnten Umgebung nach einer gewissen Zeit keinen Bissen zu sich nahm. Wenn er auf Klassenfahrt war, so hatte die Lehrerin erzählt, saß er manchmal am dritten oder vierten Tag vor seinem Teller, das Wasser lief ihm im Mund zusammen, und doch war er unfähig, den Löffel oder das Besteck zu greifen und mit den andern zu essen. Henning kam ihr ein wenig wie dieser Junge vor. Er würde gerne, aber da war eine Blockade, die ihn hinderte, wieder das zu tun, was er am besten konnte – ermitteln. Sich statt im Büro wieder draußen aufzuhalten, Menschen zu befragen und Fälle zu lösen. Und wenn sie nicht gelöst werden konnten, war er unzufrieden, grummelig und manchmal auch unausstehlich. Diesen Sören Henning wollte sie wiederhaben, aber sie hatte noch kein Rezept gefunden, ihn aus seinem Schneckenhaus herauszuholen.
Schweigend fuhren sie nach Husum und hielten vor dem Backsteinhaus, in dem Miriam Hansen gelebt hatte. Ein gepflegter Vorgarten, ein niedriger Zaun, Vorstadtidylle. Eine Idylle, die gleich keine mehr sein würde.
Lisa Santos legte den Finger auf die Klingel und wartete. Sie warf einen kurzen Blick auf Henning, der angespannt war, sich das aber nicht anmerken lassen wollte und deshalb einen eher gelangweilten Eindruck machte. Aber Santos kannte ihn schon zu lange, als dass er ihr etwas vormachen konnte. Ein etwa zwölfjähriges, sehr hübsches Mädchen mit langen blonden Haaren steckte den Kopf aus der Haustür und fragte: »Ja?«

»Sind deine Eltern da?«, fragte Santos.
»Meine Mutter. Wer sind Sie?«
»Kannst du sie bitte mal holen, wir würden gerne mit ihr sprechen.«
»Mama, da sind zwei Leute für dich«, rief sie ins Haus und verschwand auch gleich wieder.
Kurz darauf erschien eine große, schlanke Frau und musterte die Beamten kritisch. Bevor sie etwas sagen konnte, stellte sich Lisa Santos vor.
»Santos, Kripo Kiel. Das ist mein Kollege Herr Henning. Dürften wir Sie kurz unter vier Augen sprechen?« Sie hielt ihren Ausweis hoch.
Frau Hansen kam näher, warf einen Blick darauf und sagte mit hochgezogenen Brauen: »Kriminalpolizei? Was …«
»Können wir ins Haus gehen?«
»Bitte.«
Sie folgten ihr ins Innere und wurden in das Wohnzimmer geführt, das nüchtern und in hellen Farben eingerichtet war, modern und doch leblos. Ein riesiges Fenster gab den Blick auf den Garten frei, den kurzgeschnittenen Rasen, die symmetrisch angeordneten Sträucher und kleinen Bäume. Auf der Terrasse waren eine Hollywoodschaukel, ein weißer Tisch und vier Stühle darum. Santos hätte am liebsten gleich wieder kehrtgemacht, um den Raum zu verlassen, denn diese kühle Sachlichkeit behagte ihr nicht.
Ohne den Beamten einen Platz anzubieten, sagte Frau Hansen mit rauchiger Stimme: »Also, was kann ich für Sie tun?«
»Frau Hansen, wir müssen Ihnen leider mitteilen, dass Ihre Tochter Miriam tot ist.« Santos wollte vorerst keine weiteren Details über die Art und Weise preisgeben, wie Miriam gestorben war. Sie würde erst die Reaktion der Mutter abwarten und dann entscheiden, wie viel sie ihr erzählte.

»Was? Miriam ist tot? Wie ist sie gestorben?«, fragte sie mit starrer Haltung und ungläubigem Blick.
»Sie wurde Opfer eines Gewaltverbrechens. Dürfen wir uns setzen?«
»Sicher«, sagte Frau Hansen und deutete auf die Sitzgarnitur. »Wann und wo ist es passiert?«
»In der Nähe des Wikingermuseums bei Schleswig. Vermutlich gestern Abend. Wie es aussieht, ist sie per Anhalter gefahren und dabei ihrem Mörder in die Hände gefallen.«
Frau Hansen schüttelte den Kopf und meinte mit ausdrucksloser Stimme und ohne sich eine Gefühlsregung anmerken zu lassen: »Ich habe ihr so davon abgeraten zu fahren, aber sie wollte partout nicht auf mich hören. Hätte sie nur auf mich gehört! Wie oft liest man von jungen Mädchen oder Frauen, die per Anhalter unterwegs sind und nie wieder zurückkommen. Aber dass es Miriam passieren könnte, daran habe ich nicht gedacht. Nur manchmal hatte ich in den letzten Monaten Angst, dass ihr etwas zugestoßen sein könnte. Na ja, ich wusste ja nicht, wo sie sich überall rum ... Wo sie überall war.«
Lisa Santos war erschrocken über die Emotionslosigkeit, mit der Frau Hansen sprach. Sie wirkte überaus unzugänglich und distanziert, als würde es ihr nicht leid tun, ihre Tochter verloren zu haben. Oder als hätte sie mit einer solchen Nachricht bereits gerechnet. Doch mit einem Mal änderte sich die Situation. Nach ein paar Momenten des Überlegens nahm sie auf einem Sessel Platz und schlug die Beine übereinander. Ihre Hände zitterten, die Finger krallten sich in das beige Leder, ihr Blick war gesenkt, die Mundwinkel zuckten. Sie ist doch nicht so kalt, dachte Santos, sie will oder kann nur nicht ihre Gefühle zeigen. Aber nachher, wenn wir weg sind, wird der große Knall kommen. Sie wird alte Fotos herauskramen und sich vielleicht sogar die Seele aus dem Leib heulen. Aber nur,

wenn kein anderer dabei ist. Sie hat wohl gelernt, stets die Beherrschung zu wahren.
»Wann haben Sie Miriam zum letzten Mal gesehen?«
»Im November. Sie hat gesagt, sie würde es hier nicht mehr aushalten und für eine Weile weggehen.«
»Warum hat sie es nicht mehr ausgehalten?«, fragte Santos.
»Private Gründe, die unerheblich sind. Ich habe auf sie eingeredet, aber sie hat meine Warnungen einfach in den Wind geschlagen. Nur weg von hier, das war ihre Devise. Sie war eben noch jung und meinte, alles müsse nach ihrem Kopf gehen.«
»Frau Hansen, für uns ist bei der Aufklärung des Mordes wichtig, warum Miriam so plötzlich ihr Zuhause verlassen hat. Und vor allem, wo ist sie gewesen?«
»Also gut, wenn Sie's unbedingt wissen wollen«, sagte sie leise, während die ersten Tränen über ihr Gesicht liefen. Sie stand auf und holte sich ein Päckchen Taschentücher und wischte sich über die Augen und putzte sich geräuschlos die Nase. »Entschuldigung …«
»Kein Problem, lassen Sie sich Zeit.«
Es vergingen vielleicht zwei Minuten, bis sie mit stockender Stimme fortfuhr: »Miriams Vater ist vor fünf Jahren gestorben, und das hat sie nie richtig verwunden. Als ich wieder jemanden gefunden habe, hat sie das nicht verstanden oder nicht verstehen wollen. Auch ihre Schwester Heike, die Sie eben kennen gelernt haben, hat Probleme mit meinem neuen Lebensgefährten. Ich habe oft versucht, Miriam meine Situation zu erklären, aber sie hat mich nicht an sich herangelassen. Sie hat ihr …«
»Wenn ich Sie kurz unterbrechen darf«, sagte Santos und beugte sich nach vorn. »Warum hatte Miriam etwas gegen Ihren neuen Lebensgefährten?«
»Genau weiß ich das selber nicht, mal war es dies, mal jenes. Sie hat sehr an ihrem Vater gehangen und konnte wohl nicht

begreifen, dass ich mir wieder einen Mann ins Haus geholt habe. Sie war vierzehn, als ihr Vater starb. Das ist so das Alter, wo man mit einem Bein noch zu Hause steht, mit dem andern schon in der Welt da draußen. Und als ich vor drei Jahren Werner kennen gelernt habe, war ich zum ersten Mal seit langem wieder glücklich. Aber er hat nicht zu Miriams Leben gehört, sie hat ihn von Anfang an abgelehnt. Und bei Heike ist es nicht viel anders.«

Eigentlich interessierte Santos die Lebensgeschichte von Frau Hansen nicht, aber sie hörte trotzdem geduldig zu. »Wo ist Herr …?«

»Carstensen. Er hat ein eigenes Architekturbüro. Er lebt nicht dauernd hier. Er hat ein Haus auf Sylt, wohin er sich des Öfteren zurückzieht.«

»Kommen wir wieder zu Miriam zurück. Wann genau ist sie weggefahren?«

»Am 12. November. Seitdem haben wir nichts von ihr gehört. Sie hat lediglich vor zwei Monaten eine Karte aus Marokko geschickt und geschrieben, dass es ihr gut geht und sie irgendwann wieder nach Hause kommt. Aber dass das gestern sein sollte, davon wusste ich nichts. Vielleicht wollte sie uns überraschen.«

»Woher hatte sie das Geld?«

»Mein verstorbener Mann hat uns einiges hinterlassen, natürlich auch Miriam. Sie hat einen Teil davon genommen und gesagt, sie müsse mal Abstand von zu Hause gewinnen. Na ja, sie hatte ihr Abi in der Tasche, für das Hauptstudienfach, das sie belegen wollte, gab es keine freien Plätze mehr, aber sie hatte eine feste Zusage für das im Herbst beginnende Semester. Und nun sagen Sie mir bitte, wie sie gestorben ist? Hat sie sehr leiden müssen?«

»Sie ist offenbar einem Sexualverbrecher in die Hände gefallen. Mehr können wir im Augenblick nicht sagen. Tut mir leid.«

»Kann ich sie sehen?«
Santos warf einen Blick zu Henning, der nur mit den Schultern zuckte. Seit sie hier waren, hatte er geschwiegen, als würde ihn das alles nicht interessieren. Dabei hätte sie sich gewünscht, er würde wenigstens jetzt einmal den Mund aufmachen.
»Oder sieht sie so schrecklich aus, dass ...« Frau Hansen sprach nicht weiter. In ihren Augen war Angst vor der Antwort, die Santos ihr geben würde.
»Ich denke, Sie können sie sehen.«
»Wurde sie vergewaltigt?«, fragte sie zaghaft. Das Kühle und Abweisende war verschwunden.
»Das wissen wir erst nach der Obduktion.«
»Wurde sie erstochen oder erwürgt oder ...?«
»Nein, wie es aussieht, hat der Täter ihr das Genick gebrochen.«
»Mein Gott, wie schrecklich«, stammelte sie und wischte sich wieder mit dem Taschentuch über die Augen. Ihr ganzer Körper zitterte. Heike, die ihnen die Tür geöffnet hatte, stand mit einem Mal im Zimmer und machte einen verstörten Eindruck. Santos und Henning hatten sie nicht kommen hören. Santos wunderte sich nur, dass sie nicht in der Schule war.
»Was ist mit Miri?«, fragte sie, ohne sich von der Stelle zu rühren. Ihre Mundwinkel zuckten verdächtig. »Mama, was ist mit ihr?«
»Komm her«, sagte Frau Hansen und nahm Heike in den Arm. »Miri ist tot.«
»Warum Miri?«
»Hast du etwa gelauscht?«
»Das ist doch egal. Warum Miri?«
»Das weiß ich nicht, das weiß keiner. Sie war wohl zur falschen Zeit am falschen Ort.«
Heike löste sich von ihr und rannte aus dem Zimmer und die

Treppe hinauf. Oben knallte sie mit der Tür. Santos wusste, was jetzt in dem Mädchen vorging. Sie hoffte, ihre Mutter würde ihr zur Seite stehen. Für einige Sekunden herrschte Stille. Santos fühlte sich zwanzig Jahre zurückversetzt und dachte unwillkürlich an ein Ereignis, von dem keiner ihrer Kollegen etwas ahnte, das sie aber für den Rest ihres Lebens geprägt hatte. Und sie wäre wahrscheinlich nie zur Polizei gegangen ohne diesen tragischen und sinnlosen Vorfall, der nicht nur ihr Leben, sondern das ihrer ganzen Familie auf dramatische Weise verändert hatte.

»Warum ist Heike nicht in der Schule?«, fragte sie.

»Sie ist seit gestern unpässlich, wenn Sie verstehen.«

Santos nickte, griff zum Handy und wählte die Nummer der Rechtsmedizin. »Hier Santos. Habt ihr schon mit der Obduktion begonnen? ... Gut, dann wartet bitte damit, die Mutter möchte sie noch einmal sehen. Moment.« Sie schaute Frau Hansen an und fragte: »Können Sie gleich mit nach Kiel kommen?«

»Natürlich.«

»Wir sind in einer bis anderthalb Stunden mit Frau Hansen bei euch.« Sie steckte das Telefon wieder in die Tasche und wandte sich erneut Miriams Mutter zu. »Wir sollten uns ein wenig beeilen. Hat Heike sehr an ihrer Schwester gehangen?«

»Die beiden haben sich sehr gut verstanden, Miriam war Heikes großes Vorbild. Wenn Sie mich bitte kurz entschuldigen wollen, ich werde Herrn Carstensen anrufen und ihm Bescheid geben.«

»Einen Moment noch«, meldete sich plötzlich Sören Henning zu Wort. »Dürften wir vielleicht einen Blick in Miriams Zimmer werfen?«

»Was erwarten Sie dort zu finden?«, fragte Frau Hansen, die Augenbrauen wieder hochgezogen.

»Wir wollen uns nur einen Eindruck von ihrer Tochter ver-

schaffen. Es könnte bei der Aufklärung des Verbrechens hilfreich sein.«
»Ich weiß zwar nicht, was das bringen soll, aber bitte, wenn Sie wünschen. Ich begleite Sie nach oben.«
Aus einem Zimmer hörten sie lautes Schluchzen. Heike. Eine Tür weiter lag das Zimmer von Miriam.
»Ich habe seit ihrem Weggehen hier nichts angefasst. Ich möchte Sie deshalb bitten, keine Unordnung zu machen. Ich rufe schnell an, dann können wir fahren.«
»Geben Sie uns zehn Minuten«, sagte Santos.
»Ich dachte, wir müssten uns beeilen«, entgegnete Frau Hansen nur und verließ das Zimmer und machte die Tür hinter sich zu.
Nachdem sie gegangen war, sahen sich Santos und Henning um. Es war ein in bunten Farben eingerichteter Raum, der sich wohltuend von dem Wohnzimmer unterschied. Obwohl Miriam seit Monaten nicht hier drin gewesen war, so war er doch von Leben erfüllt. Ein Bett, eine kleine Sitzgarnitur, eine Stereoanlage, ein kleiner Fernseher, ein aufgeräumter Schreibtisch, ein Kleiderschrank, vor dem großen Fenster ein Balkon.
»Ziemlich gemütlich«, bemerkte Santos leise.
»Hm«, murmelte Henning und las ein paar Notizen, die er unter der Schreibtischunterlage entdeckt hatte, während seine Kollegin vor dem CD-Regal stand und die Titel durchging.
»Sie hat offensichtlich auf die härteren Sachen gestanden. Deep Purple, Led Zeppelin, Iron Maiden, fast nur Hardrock und Heavy Metal. Ziemlich ungewöhnlich für jemanden in ihrem Alter, oder? Ich meine, die meisten jungen Leute stehen doch eher auf Rap, Hip-Hop oder Techno.«
»Hm.«
»Mein Gott, kannst du nicht mal mehr als nur ›Hm‹ sagen?«, entfuhr es Lisa Santos, der allmählich der Geduldsfaden riss.
»Hm.« Henning sah sich weiter um, zog die Schreibtisch-

schubladen heraus, blätterte in einem Klarsichtordner und meinte: »Hier, die Zusage für den Studienplatz im Oktober.«
»Und?«
»Nichts weiter. Sie hat sich wohl 'ne Auszeit genommen, bevor der Ernst des Lebens beginnt oder besser beginnen sollte. Ihren Platz kriegt jetzt jemand anders«, fügte er noch hinzu.
»Und was hältst du davon?«, fragte Santos nach ein paar Sekunden und hielt ihm eine Art Tagebuch hin, das als Kalender getarnt war und das sie im Kleiderschrank zwischen der Unterwäsche gefunden hatte. Henning nahm es und las den Eintrag, auf den Santos deutete.
»Gibt's noch mehr davon?«, fragte er mit undurchschaubarer Miene.
»Mal sehen.« Sie blätterte weiter und nickte. »Massig. Die ist nicht nur einfach so abgehauen, die hatte die Schnauze gestrichen voll. Wenn das stimmt, was sie hier schreibt, dann kann ich sie verstehen.«
»Sie war sechzehn, als dieser Carstensen in die Familie kam. Sechzehn und alles andere als ein hässliches Entlein. Könnte mir schon vorstellen, dass der sich an sie rangemacht hat. Und ihre kleine Schwester ist ...«
»Stopp! Hier, lies selbst.«
Henning überflog die Zeilen und sagte: »Das ist also die heile Welt der Hansens. Sauber. Und die Mutter macht die Augen zu, weil sie den Kerl nicht verlieren will.«
»Ich werde Frau Hansen darauf ansprechen. Mal sehen, was sie dazu meint. Die Kleine hat noch ihr ganzes Leben vor sich, und wenn ich mir vorstelle, dass da ein Typ ist und ... Ich krieg 's Kotzen!«
Sie hatte kaum zu Ende gesprochen, als Frau Hansen ins Zimmer kam.
»Ich bin fertig. Herr Carstensen wird in wenigen Minuten hier sein und mich begleiten.«

Lisa Santos steckte das Tagebuch ein und sagte: »Gut, dann warten wir. Nachher, wenn wir in der Rechtsmedizin fertig sind, würde ich gerne noch ein paar Worte mit Ihnen wechseln.«
»Worüber?«
»Nicht jetzt, die Zeit, Sie verstehen.«
»Natürlich«, sagte Miriams Mutter. »Kann Heike mitkommen? Ich meine, ich werde sie nicht mit hineinnehmen, sie soll ihre Schwester so in Erinnerung behalten, wie sie sie zuletzt gesehen hat.« Sie presste die Lippen zusammen und schüttelte den Kopf. Ein paar Tränen liefen erneut über ihr Gesicht, die sie schnell wegwischte.
»Kinder dürfen sowieso nicht in die Rechtsmedizin, nur in absoluten Ausnahmefällen«, entgegnete Santos. »Wir brauchen übrigens noch ein Foto von Miriam.«
»Wozu?«
»Für Fahndungsplakate und so weiter. Sie wollen doch sicher auch, dass ihr Mörder so schnell wie möglich gefasst wird.«
»Natürlich«, antwortete sie erneut, als würde sie dieses Wort regelmäßig gebrauchen. Natürlich, natürlich, natürlich. Wie eine Maschine, dachte Santos. »Hier, nehmen Sie das, es wurde im vergangenen Sommer aufgenommen. Ein neueres habe ich leider nicht. Sie wird sich in der kurzen Zeit ja wohl nicht so sehr verändert haben.«
»Nein, hat sie nicht«, sagte Santos nach einem Blick darauf und steckte das Foto ein.
Sie begaben sich wieder ins Erdgeschoss und zur Eingangstür mit den Butzenscheiben. Der böige Ostwind hatte die Wolken vertrieben und der Sonne Platz gemacht, und sollte der Wetterbericht Recht behalten, so würde zumindest das Wochenende regenfrei werden. Aber Lisa Santos war hier aufgewachsen und wusste, dass das Wetter wohl nirgendwo in Deutschland unberechenbarer war als in Schleswig-Holstein.

Heike hatte sich inzwischen umgezogen. Ihr Gesicht war verheult, die Augen rot und hilfesuchend auf Santos gerichtet, die sich fragte, ob ihre Befürchtungen stimmten oder es doch nur heiße Luft war. Sie hätte das Mädchen am liebsten in den Arm genommen. Vielleicht hätte sie es auch getan, wäre die Mutter nicht da gewesen, die ihre Tochter sofort an sich drückte.
Ein Wagen fuhr vor, die Tür wurde aufgeschlossen, und ein sehr großgewachsener, schlanker Mann, den Santos auf Anfang bis Mitte fünfzig schätzte, kam herein. Er stürzte auf Frau Hansen zu, ohne die Beamten eines Blickes zu würdigen, und umarmte sie.
»Es tut mir so leid, so schrecklich leid«, sagte er, und es klang in Santos' Ohren wie »Sorry, aber das hat sie sich selbst zuzuschreiben. Wäre deine kleine Schlampe hier geblieben, würde sie noch leben«. Werner Carstensen war ihr vom ersten Moment an unsympathisch. Er hatte etwas an sich, das sie nicht beschreiben konnte, das sie jedoch trotzdem abstieß. Vielleicht hing es aber auch nur damit zusammen, dass sie vor wenigen Minuten einige Dinge über ihn gelesen hatte, die nicht sehr erfreulich waren. Und sie glaubte nicht, dass Miriam sich das einfach nur ausgedacht hatte. Womöglich hatte er sich nur an die Mutter rangemacht, weil sie zwei sehr hübsche Töchter hatte. Allerlei Gedanken schossen ihr auf einmal durch den Kopf, unschöne Gedanken. Vielleicht auch unfaire.
»Können wir?«, sagte sie und schaute demonstrativ auf die Uhr.
»Entschuldigung, ich habe mich noch gar nicht vorgestellt. Werner Carstensen. Es ist furchtbar, einfach furchtbar«, sagte er kopfschüttelnd. »Da hat eine junge Frau noch das ganze Leben vor sich, und dann kommt so ein gestörter Dreckskerl daher und bringt sie einfach um. Das verstehe, wer will.«
»Oberkommissarin Santos, mein Kollege Herr Henning. Ich will wirklich nicht drängen, aber wir müssen los«, entgegnete sie, ohne auf die letzten Worte von Carstensen einzugehen.

»Natürlich«, sagte Frau Hansen, die von ihrem Lebensgefährten zum Auto geführt wurde. Heike ging ein paar Meter hinter ihnen. Sie wirkte hilflos und warf Santos immer wieder einen Blick zu.
»Möchtest du bei uns mitfahren?«, fragte sie einer Eingebung folgend und lächelte Heike an.
Sie nickte nur und stieg hinten ein. Henning hielt ihr die Tür auf. »Schnall dich bitte an«, sagte er fürsorglich, als würde es sich um seine eigene Tochter handeln, und schlug die Tür zu.
Carstensen kam zu ihnen und meinte mit gerunzelter Stirn: »Warum fährt Heike bei Ihnen mit?«
»Sie wollte es so. Haben Sie etwas dagegen? Sie brauchen keine Angst zu haben, bei uns passiert ihr schon nichts.«
»Das hab ich auch gar nicht gedacht, ich meine nur …«
»Lassen Sie sie, nachher fährt sie ja bei Ihnen wieder mit. Bleiben Sie einfach hinter uns, damit Sie sich nicht verfahren.«
Santos wartete, bis Carstensen eingestiegen war, und sagte leise zu Henning: »Fährst du bitte? Ich würde mich gerne zu Heike setzen. Die Kleine ist völlig durch den Wind. Und dass sie lieber bei uns mitfahren will, sagt ja wohl alles, oder?«
»Möglich, aber steigere dich nicht in etwas hinein«, antwortete er nur und setzte sich hinters Steuer. Er startete den Motor und fuhr los, Carstensen folgte ihm in seinem silberfarbenen Mercedes.
Während der ersten Minuten unterhielt sich Santos mit Heike über Belangloses, wobei das Mädchen trotz des Schmerzes, der in ihm war, sehr schnell Vertrauen zu Santos fasste. Als sie merkte, dass das Eis gebrochen war und Heike immer zutraulicher wurde, sagte sie: »Wie war denn Miriam so? Gab's bei euch auch oft Streit, ich meine, du warst die kleine Schwester, und die Großen sind immer gleich genervt, wenn …«
»Miri war toll. Mit ihr konnte ich über alles reden. Sie hat mir auch oft bei meinen Schulaufgaben geholfen. Wir haben uns

fast nie gestritten, nur ganz selten. Aber dann war auch immer gleich wieder alles gut. Warum ist sie tot?«

»Weil ihr irgendein böser Mensch etwas Schlimmes angetan hat. Warum ist sie eigentlich so lange von zu Hause weggegangen?«

Heike zuckte nur mit den Schultern.

»Gab es Streit?«

»Schon.«

»Du kannst mir ruhig alles sagen, ich erzähl's bestimmt nicht weiter, auch nicht deinem Vater oder deiner Mutter. Großes Ehrenwort.«

»Werner ist nicht mein Vater. Mein Vater ist tot, genau wie Miri«, erwiderte sie leise und immer wieder aufschluchzend.

»Das hört sich gerade so an, als würdest du ihn nicht mögen. Er ist doch ein netter Mann, oder magst du ihn nicht?«

»Weiß nicht. Miri war immer da, wenn ich sie gebraucht habe. Wir haben oft zusammen in ihrem Zimmer gesessen und haben uns unterhalten oder Musik gehört oder uns irgendwas im Fernsehen angeschaut. Ihr konnte ich alles erzählen.« Sie machte eine lange Pause. Santos ließ die letzten Worte auf sich wirken.

»Was meinst du mit ihr konntest du alles erzählen?«

»Eben alles.«

»Und was ist mit deiner Mutter?«

»Geht so.«

Santos spürte, dass Heike noch viel mehr sagen wollte, aber sich doch nicht traute. Sie meinte eine verletzte Kinderseele zu sehen, doch sie konnte sich auch täuschen. Vielleicht verrannte sie sich nur in etwas, vielleicht waren die Aufzeichnungen von Miriam gar nicht so ernst zu nehmen. Aber warum wollte Heike dann lieber mit ihr und Henning fahren und nicht mit ihrer Mutter?

»Weshalb ist Miri denn weggefahren? Gab's zu Hause Streit?«

Heike krampfte die Hände ineinander und atmete schneller. Sie schaute aus dem Seitenfenster und sagte nichts. In diesem Moment wusste Santos, dass sie ins Schwarze getroffen hatte. Dass das, was Miriam geschrieben hatte, nicht erfunden war, sondern der Realität entsprach. Und sie wurde sich gleichzeitig ihrer eigenen Hilflosigkeit bewusst.

»Ist Miriam wegen Herrn Carstensen weggegangen? Du kannst es mir ruhig sagen, ich schwöre, es niemandem zu verraten.«

Heike presste die Lippen zusammen und nickte kaum merklich.

»Und du, wärst du gerne mit ihr mitgegangen?«

Nicken.

»Du magst ihn also nicht. Was sagt denn deine Mutter dazu?«

»Nichts, weil es sie nicht interessiert. Sie behauptet immer, ich würde lügen.«

»Das verstehe ich nicht«, gab sich Santos ahnungslos. »Wieso lügen?«

»Einfach so. Ich lüge aber nicht.«

Henning warf Santos durch den Rückspiegel einen Blick zu. Sie zuckte nur mit den Schultern. Jede weitere Frage wäre eine intime gewesen, und das erschien ihr nun doch zu gewagt.

»Hat Herr Carstensen dich jemals angefasst?«, fragte Henning unvermittelt. »So wie deine Schwester?«

Heike schaute erschrocken nach vorn. »Woher wissen Sie das?«

»Wir haben da was bei Miriam gefunden. Das war auch der Grund, weshalb sie abgehauen ist. Sie hat dich nur sehr ungern allein zurückgelassen.«

»Ich weiß. Sie hat mich ein paarmal angerufen und mich gefragt, wie es mir geht.«

»Sie hat dich angerufen?«, fragte Santos überrascht. »Weiß deine Mutter davon, oder habt ihr das geheim gehalten?«

»Nein, Miriam hat immer am Mittwochabend angerufen, wenn meine Mutter mit Werner weg war. Sie hat mir immer alles erzählt, was sie so erlebt hat. Vorgestern hat sie mich noch angerufen. Sie hat sich so gefreut, mich wiederzusehen. Und ich mich auch.« Heike weinte, und Santos reichte ihr ein Taschentuch, das sie so fest in die Hand nahm, als wollte sie es zerquetschen. Die Tränen tropften auf die Jeans und den Pullover, ihre Nase lief.

Santos fühlte mit Heike, und dieses Gefühl machte sie wütend. Wütend und ohnmächtig, weil sie nichts unternehmen konnte. Sie konnte nichts für ein Mädchen tun, das gerade in die Pubertät kam und von einem Mann, der fast ihr Großvater sein könnte, bedrängt und womöglich belästigt und von der Mutter als Lügnerin hingestellt wurde. Und jetzt war auch noch die große Schwester tot, die ihr wenigstens ein bisschen Halt gegeben hatte. Andererseits wäre Miriam im Herbst nach Heidelberg gezogen und … Es hat keinen Zweck, darüber nachzudenken, dachte Santos. Aber ich werde mit Frau Hansen sprechen, nachher, nachdem sie Miriam ein letztes Mal gesehen hat. Wenn sie geschockt von dem Gesehenen und dadurch für eine Weile nicht sonderlich widerstandsfähig ist.

Nach fast anderthalb Stunden Fahrt erreichten sie das Institut für Rechtsmedizin, wo sie bereits von Prof. Reinhardt erwartet wurden. Santos bat Carstensen und Heike, in der Eingangshalle Platz zu nehmen, sie wollte ihn nicht dabeihaben. Er protestierte, doch sie ließ sich nicht umstimmen. Zusammen mit Henning und Frau Hansen betraten sie den nicht sehr großen Raum, in dem Miriam auf einem Metalltisch lag, zugedeckt mit einem grünen Laken. Prof. Reinhardt, ein knapp sechzigjähriger Pathologe, dem nichts mehr fremd war, zog das Laken vom unnatürlich weißen Gesicht. Die Lippen hatten einen bläulichen Schimmer. Frau Hansen streichelte Miriam übers Haar und brach in Tränen aus.

»Meine Miri, meine kleine Miri«, schluchzte sie. »Warum, warum, warum? Warum bist du nicht zu Hause geblieben, wie ich dir geraten habe? Warum?«

Nach fünf Minuten nahm Santos sie vorsichtig am Arm und führte sie in einen Nebenraum, wo sie ungestört waren. Henning blieb bei Reinhardt, der sich eine Zigarre angezündet hatte, und wechselte einige Worte mit ihm.

»Frau Hansen«, sagte Santos, nachdem sie sich gesetzt hatten, »es gibt da ein paar Dinge, die ich mit Ihnen besprechen möchte. Und ich bitte Sie, mir genau zuzuhören. Geht das?«

»Natürlich.«

Sie zog das Tagebuch aus ihrer Tasche und schlug es auf. »Hier, das hat Miriam geschrieben. Und ich glaube nicht, dass sie übertrieben hat. Sie wissen, warum sie Husum verlassen hat, und auch, warum sie nicht in der näheren Umgebung, sondern weit weg in Heidelberg studieren wollte, oder?«

»Worauf wollen Sie hinaus?« Frau Hansen war urplötzlich wieder kühl und sehr beherrscht.

»Lesen Sie selbst, auch wenn ich glaube, dass es nicht neu für Sie ist.«

Sie überflog die Zeilen und schüttelte den Kopf. »Herr Carstensen ist nicht so, Miriam hat maßlos übertrieben, sie …«

»Nein, das glaube ich nicht. Und hören Sie auf, sich etwas vorzumachen. Sie mögen Ihr Glück gefunden haben, aber es ist oder war nicht das Glück Ihrer Töchter. Verschließen Sie nicht die Augen vor der Wirklichkeit, das könnte fatale Folgen haben. Es täte mir leid um Heike. Sie ist sehr hübsch, und manche Männer stehen auf solche Mädchen.«

»Sie haben doch eine kranke Phantasie! Nichts von dem stimmt. Miriam und ich hatten einen fürchterlichen Streit deswegen. Ich kenne die ganze Geschichte, es ist alles, aber auch alles erfunden. Und außerdem, was wissen Sie schon von Glück oder Unglück?! Und bitte, unterlassen Sie diese infamen Unterstellungen! Werner gehört zur Familie, und Heike wird sich wohl oder übel damit abfinden müssen. Kinder schustern sich manchmal Sachen zurecht, die einfach nicht fair sind. Wenn Sie mich jetzt bitte entschuldigen wollen, ich möchte wieder nach Hause.«

»Das wollte Miriam auch«, entgegnete Santos leise, aber bestimmt, »sie ist Tausende von Kilometern gereist und ist kurz vor dem Ziel ermordet worden. Ich kann Ihnen leider nicht vorschreiben, wie Sie Ihr Leben zu gestalten haben, aber eines weiß ich, Miriam ist nicht grundlos für ein halbes Jahr verschwunden. Keine Achtzehn- oder Neunzehnjährige verlässt einfach so das Nest. Passen Sie gut auf sich auf, vor allem aber auf Heike, sie braucht Sie mehr denn je.«

»Sparen Sie sich Ihre Belehrungen, Frau Kommissarin, ich weiß sehr wohl, was ich zu tun und wie ich mein Leben zu gestalten habe. Und noch viel besser weiß ich, was für Heike gut ist.«

»Es ist Ihre Entscheidung. Trotzdem wäre ein Gespräch unter vier Augen mit Herrn Carstensen vielleicht ganz sinnvoll. Hier, nehmen Sie das Tagebuch von Miriam mit. Und tun Sie nicht alles als erfunden oder Lüge ab, was Heike Ihnen anvertraut.«

»Sie haben doch überhaupt keine Ahnung! Sie sind ja nicht mal verheiratet«, stieß sie mit Blick auf einen fehlenden Ehering an Santos' Finger hervor.

»Stimmt. Sie aber auch nicht. Und für noch ein Kind sind Sie doch inzwischen bestimmt zu alt, oder?«, konterte Santos zynisch.

»Auf Wiedersehen, Frau Kommissarin«, sagte Frau Hansen und ging mit schnellen Schritten nach draußen, ohne Henning und Reinhardt eines weiteren Blickes zu würdigen.

»Und?«, fragte Henning, während Reinhardt sich wieder der Leiche widmete.

»Vergiss es einfach. Es kann eben nicht sein, was nicht sein darf. Die macht die Augen zu und denkt, alles sei in bester Ordnung. Und wir stehen da wie die Idioten. Wir haben schließlich keine Beweise, dass dieser Carstensen auf junges Fleisch steht.«
»So schlimm wird's schon nicht sein. Die Kleine hat auf mich zumindest keinen so verstörten Eindruck gemacht, dass ...«
»Hör zu, ich hatte mit einigen Missbrauchsopfern zu tun, und denen hat man nicht im Geringsten angesehen, was sie durchgemacht haben.«
»Wer sagt dir denn, dass er gleich das volle Programm abspielt? Du hast vollkommen Recht, wir können nichts machen. Zu was anderem: Sie wurde vergewaltigt. Aber schau selbst oder lass es dir erklären.«
Santos begab sich an den Tisch. Reinhardt sah sie über den Brillenrand hinweg an, während er an seiner Zigarre paffte. Er war relativ klein, untersetzt und schien nie zu lachen. Auch verfügte er nicht über den morbiden Humor anderer Rechtsmediziner. Aber er war ein Meister seines Fachs, von den Kollegen respektiert, in den letzten Jahren zu einer Art Medienstar avanciert, weil er als Fachmann für diverse gerichtsmedizinische Sendungen agierte.
»Was haben Sie rausgefunden?«, fragte sie.
Reinhardt zog das Laken von Miriams Körper und legte es auf einen neben ihm stehenden Hocker. Mit schnarrender, monotoner Stimme begann er: »Sie wurde mehrfach mit einem hochvoltigen Elektroschocker außer Gefecht gesetzt, vermutlich verlor sie dabei sogar das Bewusstsein. Ich habe insgesamt sieben Stellen gefunden, wo der Schocker angesetzt wurde. Hier am Hals wurde er längere Zeit aufgesetzt, was mit ziemlicher Wahrscheinlichkeit zur Bewusstlosigkeit geführt hat. Gestorben ist sie aber durch Genickbruch. Der Täter muss meiner Meinung nach über gewisse anatomische Kenntnisse verfügen,

denn es ist nicht ganz einfach, jemandem das Genick zu brechen. Die junge Dame war zudem ziemlich durchtrainiert und verfügte über eine doch recht ausgeprägte Nackenmuskulatur. Aber das nur am Rande. Ich habe bereits einen Abstrich gemacht und kann sagen, dass sie unmittelbar vor oder nach ihrem Ableben penetriert wurde, und zwar sowohl vaginal als auch anal. Entsprechende Risswunden und auch Spermaspuren belegen das. Unser Täter hatte seinen Samenerguss, kurz nachdem er seinen Penis aus dem Anus gezogen hat. Spermaspuren fanden sich auch auf dem Bauch. Das war's fürs Erste.«

»Todeszeitpunkt?«

»Zwischen zweiundzwanzig und dreiundzwanzig Uhr, genau lässt sich das erst nach den Laboruntersuchungen sagen.«

»Hat sie sehr leiden müssen?«

»Kommt drauf an, was Sie darunter verstehen. Wir wissen nicht, wie lange sie ihm ausgeliefert war, ob sie die Vergewaltigung mitbekommen hat, welche Todesängste sie ausstehen musste, bevor es endlich vorbei war. Wissen Sie denn schon, wo in etwa sie in sein Auto gestiegen ist?«

»Das kann so ziemlich überall gewesen sein. Wir werden ein Foto von ihr in die Zeitung setzen, vielleicht meldet sich jemand, der sie mitgenommen hat. Auch wenn uns das nicht viel weiterhelfen wird. Wann können wir mit dem endgültigen Ergebnis rechnen?«, fragte Santos.

»Am Montag. Es sei denn, ich finde heute noch etwas ganz Wesentliches, dann lasse ich Sie das natürlich wissen. Aber ich denke, dass das nicht der Fall sein wird. Sie leiten die Ermittlungen, wie Herr Henning mir sagte?«

»Vorläufig ja. Und vielen Dank für die Infos.«

»Keine Ursache.«

»Ach ja, noch was. Gibt es von rechtsmedizinischer Seite Parallelen zum Mord an Sabine Körner vor viereinhalb Jahren?«

»Nicht, dass ich wüsste. Ich müsste mir die Unterlagen ansehen, aber soweit ich mich erinnern kann, war da die Vorgehensweise völlig anders. Ich sag's Ihnen, nachdem ich mir die Akte angeschaut habe.«
Santos und Henning fuhren ins Präsidium, es war kurz nach vierzehn Uhr.
»Ich hab Hunger«, sagte Santos. »Gehen wir in die Kantine?«
»Nee, ich hab mir was mitgebracht«, antwortete Henning.
»Ich lad dich ein, ich hab keine Lust, alleine zu essen.«
»Danke, aber ich brauch kein Almosen.«
»Sören, das ist eine Einladung und hat mit Almosen nichts zu tun. Bitte.«
Henning überlegte und stimmte schließlich zu. »Ausnahmsweise.«
Außer ihnen befanden sich nur noch zwei Schutzpolizisten in der Kantine, die leeren Teller vor sich. Einer der beiden jungen Männer rauchte. Santos und Henning nahmen sich jeder ein Tablett und bestellten Gulasch mit Nudeln und Salat.
»Ihr habt Glück, sind gerade noch zwei Portionen da«, sagte die Küchenchefin, eine freundliche, noch recht junge Frau lächelnd und füllte auf. Seit sie das Zepter vor einem halben Jahr übernommen hatte, war das Essen abwechslungsreich und vor allem genießbar, ja, oft schmeckten die Gerichte sogar wie in einem besseren Restaurant. Nur, dass sie hier wesentlich preiswerter waren.
»Danke, mir hängt der Magen in den Kniekehlen.«
Santos zahlte, und sie und Henning stellten ihre Tabletts auf einem Tisch ab. »Was möchtest du trinken? Cola, Wasser oder irgendwas anderes?«
»Wasser.«
Sie zog eine Flasche aus dem Automaten, holte zwei Gläser und schenkte ein. Henning murmelte ein kaum hörbares »Danke« und begann zu essen.

»So, und jetzt raus mit der Sprache, ein und derselbe oder einfach nur Zufall?«
Henning zuckte mit den Schultern. »Du hast gehört, was Reinhardt gesagt hat. Du kennst aber auch meine Meinung, oder war ich vorhin nicht deutlich genug?«
»Dein Gefühl, ich will wissen, was dein Bauch dir sagt.«
»Im Augenblick sagt er mir, dass es ihm schmeckt.«
»Das ist doch schon mal was. Aber bist du auch sicher, dass wir es mit einem Täter zu tun haben?«
»Wie oft soll ich's noch sagen, ich lege mich nicht fest. Nie mehr.«
»Hab schon verstanden. Trotzdem, warum legt jemand sein Opfer so hin, als wäre es ein Fötus? Hast du eine Erklärung dafür?«
»Frag Jan, ich bin kein Psychologe. Wenn ich einer wäre, würde Nissen noch leben.«
»Hör doch auf mit den alten Geschichten, das Rad der Zeit lässt sich nicht zurückdrehen …«
»Da hast du wohl Recht. Und jetzt Schluss mit dem Thema. Ich habe dir heute assistiert, mehr ist nicht. Und danke für das Essen.« Er schob den letzten Bissen in den Mund und trank sein Glas leer.
»Ich will gleich zum Chef. Kommst du mit?«, fragte sie.
»Warum? Du leitest die Ermittlungen und wirst den Fall auch lösen, da bin ich sicher.«
»Wie du meinst. Und ich dachte, ich könnte auf deine Hilfe zählen.«
»Nur, wenn ich dazu gezwungen werde. Doch das kann keiner. Nicht mal Harms.«
»Okay, aber ich darf noch neben dir nach oben gehen, oder?«, fragte sie spöttisch.
Henning antwortete nichts darauf, nahm sein Tablett und stellte es auf die Ablage für das schmutzige Geschirr.

Schweigend gingen sie in ihre Abteilung, wo sie auf Harms trafen.
»Da seid ihr ja endlich«, empfing sie Volker Harms, der Kommissariatsleiter. »Kommt doch rein. Was habt ihr an Neuigkeiten?«
»Bis dann«, sagte Henning und wollte bereits in sein Büro weitergehen, doch Harms' Stimme hielt ihn zurück.
»Stopp! Du bleibst wenigstens ein paar Minuten hier.«
»Auf meinem Schreibtisch stapeln sich die Akten«, murrte Henning.
»Die können warten. Also, wenn ich bitten darf.«
Lisa Santos erstattete Bericht, Harms hörte aufmerksam zu. Er war Anfang fünfzig, groß und sehr drahtig, mit vollem braunem Haar, das von unzähligen silbernen Fäden wie Lametta durchzogen schien. Es gab nur selten Tage, an denen er nicht gut aufgelegt war. Lisa Santos mochte ihn, seit sie beim K 1 angefangen hatte. Harms war verheiratet und hatte sechs Kinder, sein Schreibtisch glich einer Fotogalerie mit Bildern seiner Familie.
»Und wie habt ihr euch das weitere Vorgehen vorgestellt?«, fragte er, nachdem Santos geendet hatte.
»Wir müssen rausfinden, wo Miriam Hansen zuletzt mitgenommen wurde und wer sie zuletzt lebend gesehen hat. Am besten wäre es, wenn wir eine Soko bilden würden, vorausgesetzt, wir haben genug Kapazitäten frei.«
»Sören, was ist deine Meinung?«, fragte Harms.
»Lass mich da raus. Ich bin hier drin besser aufgehoben. Lisa sollte die Ermittlungen leiten.«
»Und wenn es derselbe Täter ist wie damals? Juckt es dich dann nicht in den Fingern?«
»Nein«, antwortete Henning schroff. »Ich helf euch gerne, aber nur von hier aus.«
»Wie du meinst. Dann mach bitte die Tür hinter dir zu, ich

hab mit Lisa was zu besprechen.« Er wartete, bis Henning gegangen war, und sagte: »Was ist mit dem bloß los? Spätestens jetzt hätte ich erwartet, dass er Zähne zeigt.«
»An ihn ist nicht ranzukommen. Ich hab's versucht und bin kläglich gescheitert. Wir schaffen's auch ohne ihn.«
Harms schüttelte den Kopf. »Mag sein, aber mit ihm würde es schneller gehen. Es kann nicht sein, dass ein Bulle mit seinen Fähigkeiten und seinem Gespür einfach alles hinschmeißt. Ich meine, ich kann ja verstehen, dass die letzten Jahre nicht leicht für ihn waren und …«
»Das ist ja wohl leicht untertrieben. Ich möchte jedenfalls nicht in seiner Haut stecken. Was hat er denn noch, außer seinem Job? Nichts. Er wollte eben nicht mal mit in die Kantine gehen, um was zu essen. Ich hab ihn eingeladen, weil er kein Geld hat.«
»Dann soll er verdammt noch mal mit der elenden Qualmerei aufhören, die acht oder zwölf Euro jeden Tag könnte er wahrlich besser investieren …«
»Volker«, sagte Lisa und beugte sich nach vorn, »ich hätte es auch am liebsten, wenn Sören wieder bei uns wäre und die Leitung der Soko übernehmen würde. Ich weiß nur nicht, wie ich das anstellen soll. Er lässt niemanden an sich ran, das müsstest du doch am besten wissen.«
»Ich kann ihn nicht zwingen, wieder Außendienst zu machen. Dabei hat er früher nichts mehr gehasst als das Büro.« Er atmete tief durch und fuhr fort: »Also, wir bilden eine Soko, aber frühestens am Montag, wir müssen schließlich die entsprechenden Leute dafür haben. Ob ich Sören mit einbeziehe, das überleg ich mir noch …«
»Warte«, sagte Santos und hob die Hand. »Angenommen, nur angenommen, ich krieg ihn doch dazu, an dem Fall direkt mitzuarbeiten, was er ja bis jetzt kategorisch ablehnt, würdest du ihm dann die Leitung der Soko übertragen?«

Harms lachte auf und antwortete: »Lisa, angenommen, nur angenommen, du schaffst das Unmögliche, dann werde ich dir diesen Wunsch ganz sicher nicht verwehren. Ich frag mich nur, wie du das hinkriegen willst.«
»Ich versuch's, und wenn's nicht klappt«, sie zuckte mit den Schultern, »Pech gehabt. Aber mir ist da gerade eine Idee gekommen, wie ich ihn doch rumkriegen könnte ...«
»Und das wäre?«, fragte Harms neugierig.
»Lass mich einfach machen. Was anderes: Ist die Presse schon informiert?«
»Bis jetzt nicht, ich wollte warten, bis ihr wieder hier seid. Aber ich hab mir bereits einige Notizen gemacht, die ich nur noch weiterleiten muss. Allerdings hab ich schon Handzettel drucken lassen, die wohl gerade oder in Kürze in Haddeby verteilt werden. Jedenfalls heute noch.«
»Mit Foto?«, fragte Santos leicht irritiert, die ihm gleich jenes geben wollte, das sie von Miriams Mutter erhalten hatte.
»Wir haben einige in ihren Sachen gefunden. Wie gesagt, ich hab mir Notizen gemacht und ...«
»Notizen allein reichen nicht. Morgen sollte meiner Meinung nach in allen Zeitungen Schleswig-Holsteins ein Foto von Miriam Hansen mit einem allerdings nicht zu ausführlichen Bericht über ihre Ermordung abgedruckt sein. Den Text geben wir vor, denn für eine Pressekonferenz dürfte es jetzt zu spät sein. Außerdem sollte in dem Bericht stehen, dass eine Soko gebildet wird, et cetera pp.«
Harms kniff die Augen zusammen und sagte: »Kannst du mir deine Absichten etwas näher erläutern?«
»Sören hat vorhin am Tatort wortwörtlich gesagt, ›er fängt an zu spielen‹. Wenn er Recht hat, dann wird unser Mann sicher schon ganz wild drauf sein, etwas über seine Tat beziehungsweise Taten zu lesen. So können wir ihn vielleicht aus der Reserve locken.«

»Nicht schlecht.« Harms schaute auf die Uhr und fuhr fort, indem er den Kopf von einer Seite zur andern pendeln ließ: »Es wäre noch nicht zu spät für eine Pressekonferenz. Oder nein, wir geben eine Meldung so raus. Ich werd mich gleich mal mit unserer Pressestelle kurzschließen. Hast du noch irgendwas, das ich wissen sollte?«

»Eigentlich nicht. Sind die Fotos vom Tatort schon eingetroffen?«

»Liegen auf deinem Schreibtisch. Wie lange bist du heute noch hier?«

»Bis gegen sechs. Wir legen am Montag los, wir haben ja im Moment nichts, wo wir ansetzen könnten.«

»Gut. Bis nachher.«

Lisa Santos erhob sich und ging in ihr Büro. Sie hatte einen exzellenten Draht zu Harms, der zwar manchmal hart, aber immer fair war. Das Betriebsklima hätte nicht besser sein können, was nicht zuletzt auch sein Verdienst war. Und Harms war es auch gewesen, der sie im Dezember 1999 zur Beförderung zur Oberkommissarin vorgeschlagen hatte, und er würde es auch sein, der sie noch eine Gehaltsstufe weiter nach oben bringen würde, als Hauptkommissarin. Aber das interessierte sie jetzt wenig. Sie ging zu ihrem Schreibtisch, auf dem die Fotos von Miriam lagen, zog ihre Jacke aus, hängte sie über die Stuhllehne und setzte sich. Sie legte die Beine auf den Tisch, nahm die Fotos in die Hand und betrachtete sie, als wollte sie jedes Detail speichern oder als würde sie nach etwas suchen, was sie am Tatort übersehen hatten. Sie fand nichts, legte den Kopf in den Nacken und schloss die Augen. Ein Kollege, den sie nicht hatte kommen hören, stand plötzlich neben ihr und sprach sie an.

»Müde?«, fragte Jan Friedrichsen, Kriminalpsychologe und Fallanalytiker, den es vor gut drei Jahren von Hamburg hierher verschlagen hatte, weil seine Frau die Großstadt nicht

mehr ertrug und sie deshalb jetzt in Laboe wohnten. Er war ein ruhiger, unaufdringlicher Mensch, kaum einssiebzig groß, schlank, beinahe schmächtig, wäre da nicht das kleine spitze Bäuchlein gewesen, das wie ein Fremdkörper wirkte. Die wenigen noch verbliebenen Haare verteilten sich hauptsächlich auf dem Hinterkopf und über den Ohren, seine blaugrauen, stets hellwachen Augen schienen durch die Nickelbrille alles um sie herum geradezu aufzusaugen. Er war ein exzellenter Analytiker, hatte sich mehrfach in den USA aufgehalten, um sich in der Erstellung von psychologischen und Täterprofilen weiterzubilden, und versuchte jetzt das Gelernte auch in seinem Tätigkeitsbereich umzusetzen.
»Nein, ich denke nur nach. Nimm Platz«, sagte sie und deutete auf einen Stuhl.
»Danke. Ich hab mir vorhin erlaubt, die Fotos zu begutachten. Das war kein normaler Mord, und ich denke, du weißt, was ich damit meine.«
»Ich bin lange genug in dem Geschäft. Es gibt keine normalen Morde, nur der ist besonders unnormal. Warum bahrt jemand sein Opfer in dieser fötalen Lage auf? Der Begriff stammt übrigens von Sören. Und warum faltet er ihm auch noch die Hände? Er geht ziemlich ordentlich bei seinen Opfern vor, ganz im Gegensatz zum Gepäck, das er einfach daneben geworfen hat. Hast du eine Erklärung?«
Friedrichsen verzog die Mundwinkel und antwortete: »Es gibt sicher unzählige Erklärungen, die aber letztlich allesamt nur Erklärungsversuche bleiben, solange wir nichts Näheres über den Täter wissen. Es könnte damit zusammenhängen, dass unser Mann sich unbewusst die Geborgenheit wünscht, die er nie erfahren hat. Womit wir bei fehlender Mutterliebe wären. Aber das ist mir zu billig, irgendwie zu klischeehaft. Ich kann noch nichts damit anfangen. Ich habe auch keine Erklärung, die auch nur ansatzweise schlüssig wäre.«

»Hätte ja sein können. Es gibt derart starke Parallelen zum Mord an Sabine Körner, dass wir sicher sind, es mit ein und demselben Täter zu tun zu haben.«
Friedrichsen wurde hellhörig und schlug die Beine übereinander. »Inwiefern?«
»Der gleiche Fundort, die gleiche Lage der Opfer, beides Anhalterinnen.«
»Ich habe die Akte Körner mal überflogen, aber das liegt schon ein bisschen zurück. Soweit ich mich erinnern kann, wurde sie nicht vergewaltigt und …«
»Richtig«, wurde er von Santos unterbrochen, »sie wurde nicht vergewaltigt, ihr wurde das Gesicht zertrümmert, während Miriam nur das Genick gebrochen wurde. Das sind die Unterschiede in der Vorgehensweise. Haben wir es nun mit einem zu tun, oder ist hier ein Nachahmer am Werk?«
»Zeig mir die Fotos vom ersten Fall, und ich kann dir vielleicht Genaueres sagen.«
»Warte, ich hol sie.« Santos stand auf und zog die Akte Sabine Körner, die noch nicht abgeschlossen war, aus dem Schrank. Sie entnahm die Fotos und legte sie auf den Tisch.
Friedrichsen betrachtete sie eingehend und verglich sie miteinander und meinte schließlich: »Das ist auf den ersten Blick die Handschrift von einer Person. Mir ist auch kein anderer Fall bekannt, wo die Opfer in einer solchen Lage aufgebahrt wurden. Was sind das für rote Stellen bei der Hansen?«
»Elektroschocker.«
»Interessant. Er setzt den Schocker ein, damit sie sich nicht wehren können. Wurde bei der Körner auch ein Elektroschocker eingesetzt?«
»Nein. Aber wieso hast du im Plural gesprochen?«
»Nur so«, entgegnete Friedrichsen und fuhr sich mit einer Hand übers Kinn. »Es kann sich nur um einen handeln. Und er muss über sehr gute Ortskenntnisse verfügen. Er weiß,

wann sich in dieser Gegend kein Mensch aufhält. Und es ist für mich kein Zufall, dass er auch sein zweites Opfer an fast der gleichen Stelle abgelegt hat. Er geht strategisch vor.«
»Und er holt sich seine Opfer von der Straße«, bemerkte Santos.
»Wie immer man das auslegen mag«, sagte Friedrichsen ernst.
»Sinnbildlich gesprochen«, verbesserte sich Santos.
»Ich weiß schon, was du meinst. Gab es in der Vergangenheit hier in der Gegend ähnlich gelagerte Fälle?«
»Nicht, dass ich wüsste. Warum?«
»Weil es eher ungewöhnlich ist, dass jemand so viel Zeit verstreichen lässt, bevor er wieder mordet«, sagte er nachdenklich. »Aber wenn es in den vergangenen vier Jahren ruhig geblieben ist«, er zuckte mit den Schultern, »dann umso besser. Trotzdem könnte ich mir vorstellen, dass er öfter als zweimal gemordet hat.«
»Also, ich bin jetzt seit bald zehn Jahren beim K 1, und mir sind lediglich diese beiden Fälle bekannt.«
Friedrichsen stand auf und sagte mit Blick auf die Fotos: »Trotzdem wird es Zeit, dass dieser Kerl geschnappt wird. Wir können nur hoffen, dass er jetzt erst mal wieder für eine Weile genug hat. Was ist mit Sören?«
»Kein Kommentar«, antwortete Santos leise.
»Das heißt, er weigert sich …«
»Wart's einfach ab. Ich hab noch ein paar Telefonate zu erledigen. Unter anderem muss ich einen Reporter von den *Schleswiger Nachrichten* anrufen, den Sören vorhin ziemlich schroff abgekanzelt hat. Bis Montag.«
Santos wartete, bis Friedrichsen außer Sichtweite war, und griff zum Hörer. Nach einer guten Stunde hatte sie ihre Anrufe beendet und sah sich ein weiteres Mal die Fotos an und verglich sie miteinander. Sie machte sich Notizen, holte sich zwischendurch einen Kaffee, sprach mit Kollegen, rief bei der

Spurensicherung an, die ihr noch keine Ergebnisse mitteilen konnten, und verließ schließlich um kurz nach sechs das Büro. Sören Henning hatte sich eine Viertelstunde vor ihr in das Wochenende verabschiedet, ohne noch einmal einen Kommentar zum Fall Miriam Hansen abzugeben.
Sie ging zu ihrem Wagen, einem Mini Cooper, den sie vor einem Jahr gesehen und in den sie sich verliebt hatte, und wenn sie sich auch sonst nicht viel leistete, dieses Auto musste es einfach sein, weil es zu ihr passte wie ein maßgeschneidertes Kostüm. Und sie war noch immer glücklich mit ihrem Auto.
Sie fuhr nach Hause, stellte sich unter die Dusche, aß eine Banane und einen Apfel und trank ein Glas Orangensaft, zog sich um und machte die Wohnungstür schon nach einer Stunde wieder hinter sich zu. Sie wollte sehen, ob ihr Plan funktionierte.

FREITAG, 17.58 UHR

Butcher war wie jeden Morgen um halb sieben aufgestanden, hatte gefrühstückt und um acht mit der Arbeit begonnen. Bis sechzehn Uhr hatte er an einem 69er Aston Martin DB S Coupé »Vantage« geschraubt (die einzige Unterbrechung war das Mittagessen, das wie stets um Punkt eins eingenommen wurde), anschließend geduscht und sich in seinen Golf gesetzt, um einen Kunden zu besuchen. Auf der Rückfahrt hörte er die Nachrichten auf RSH. Die erste Meldung war die von Miriams Ermordung. Nüchtern und sachlich, wie es sich für Nachrichtensprecher gehörte. Ein wenig mehr Gefühl dürftet ihr schon an den Tag legen, sie war schließlich noch ein Mädchen, und dazu noch ziemlich gut gebaut, dachte er diabolisch grinsend. »Für sachdienliche Hinweise wenden Sie

sich bitte an die Kriminalpolizei in Kiel, Telefonnummer ... blablabla«, sprach er mit und trommelte während der Fahrt mit den Fingern auf das Lenkrad. Wenn ihr wüsstet, was ich alles weiß. Wenn ihr überhaupt nur irgendetwas wüsstet! Er machte einen Umweg und kam an der Stelle vorbei, wo er Miriam aufgegabelt hatte, und nahm genau die Strecke wie am Vorabend. Er bog ab und fuhr zum Parkplatz des Wikingermuseums, der noch immer zur Hälfte mit Autos besetzt war, obwohl das Museum bereits seit einer Stunde geschlossen hatte. Zwei Streifenwagen waren das Auffälligste. Die Beamten verteilten Handzettel mit einem Foto von Miriam und der Bitte um Hinweise. Er beobachtete die Umgebung sehr genau aus dem Augenwinkel und bemerkte noch weitere Beamte, davon einige in Zivil, die sich so unauffällig verhielten, dass es schon wieder auffällig war. Idioten, dachte Butcher nur.
»Hier, bitte«, sagte einer der Schutzpolizisten und reichte ihm einen Handzettel.
»Ist das hier passiert?«, fragte Butcher entsetzt und kopfschüttelnd. »Ich hab gerade eben kurz was im Radio gehört, aber nicht, dass das hier war.«
»Etwas weiter vorn«, sagte der junge Beamte und deutete mit dem Kopf zu der Stelle, wo man Miriams Leiche gefunden hatte.
Butcher holte tief Luft und erwiderte: »Schande. Man ist wohl nirgends mehr sicher vor diesem Gesocks. Ich hoffe, Sie finden ihn bald. Ich habe selbst zwei Töchter.«
»Dann passen Sie gut auf sie auf«, sagte der Beamte und wandte sich gleich darauf einem Ehepaar zu.
Butcher lief zum Wikingermuseum und warf einen langen Blick über das Haddebyer Noor. Die Sonne schien durch ein paar Wolkenlücken und ließ lauter kleine Sterne auf dem Wasser tanzen. Er blieb eine Viertelstunde, bevor er sich zurück zum Parkplatz begab. Die Polizisten waren noch immer da-

mit beschäftigt, Handzettel zu verteilen. Er nickte einem von ihnen zu und stieg in seinen Wagen.
Er legte wieder die CD mit dem hämmernden, dumpfen, anarchischen Beat von Rammstein ein, die Stimme des Sängers erinnerte ihn an die der Agitatoren im Dritten Reich, und drehte die Lautstärke fast bis zum Anschlag hoch, sobald er auf der Bundesstraße war. Butcher spürte wieder diesen Druck in seinen Lenden und seinem Kopf, alles in ihm war ein einziger, fast unerträglicher Druck. Er kam immer öfter und wurde von Mal zu Mal stärker. Für halb sieben hatte er sich mit zwei Kollegen von der freiwilligen Feuerwehr in einem Lokal verabredet, um ein oder zwei Bier zu trinken. Aber Butcher trank nie viel, er war auch noch nie betrunken gewesen, und er rauchte nicht und verabscheute Drogen. Seine Mutter hatte ihm beigebracht, welch verheerende Wirkungen Drogen haben konnten. Und natürlich hatte sie Recht, schließlich hatte er miterlebt, wie sein Vater am Alkohol zugrunde gegangen war. Er würde nie so enden, denn er hatte sich unter Kontrolle. Nicht immer, aber meistens.
Er wurde bereits erwartet.
Sie saßen um einen Tisch, Johann Koslowski, Dieter Matuschek und Werner Claussen.
»Scheiße, das mit der Toten am Noor«, sagte Claussen, nachdem sie sich erst über die Übung am Sonntag unterhalten hatten. Wortkarg wie immer, ein introvertierter Typ, der nie aus sich herausging, nur, wenn er einen über den Durst getrunken hatte.
»Das Schwein sollte man aufhängen. Dort drüben hat's doch vor ein paar Jahren schon mal 'ne Tote gegeben«, bemerkte Matuschek wütend. »War bestimmt derselbe.«
»Kann schon sein«, sagte Koslowski. »Aber der ist bestimmt viel zu clever, um sich kriegen zu lassen.«
»Die kriegen ihn«, entgegnete Matuschek entschieden, leerte

sein Glas und bestellte gleich ein neues. »Ich hab mal gelesen, dass die Aufklärungsquote bei Mord in Deutschland bei etwa neunzig Prozent liegen soll.«
»Bleiben immer noch zehn Prozent, die davonkommen«, erwiderte Claussen.
»Ich wusste gar nicht, dass du rechnen kannst«, meinte Koslowski grinsend und hob sein Glas.
»Noch so 'ne Bemerkung, und ich hau dir aufs Maul«, sagte Claussen, der am wenigsten Spaß von allen verstand, der sich schon einige Kneipenprügeleien geliefert hatte und von dem es hieß, dass er zu Hause unter dem Diktat seiner Frau litt. Aber beweisen konnte es keiner, weil er nie jemanden zu sich einlud. Und wenn er eingeladen wurde, lehnte er stets ab, als wollte er mit seiner Frau nicht gesehen werden oder als wollte seine Frau nicht mit ihm weggehen. So wusste niemand etwas aus seinem Privatleben, außer, dass er ab und zu in den höchsten Tönen von seinen Kindern schwärmte. Nur bei der Feuerwehr war Claussen nicht so mundfaul, dort fühlte er sich offenbar am wohlsten, und er war stark und konnte kräftig anpacken. Aber auch Matuschek war eher in sich gekehrt, nur Koslowski war ein offener, bisweilen jovialer Typ, und dennoch wusste man nicht viel vom andern, selbst wenn man wie jetzt in der Kneipe saß und sich über allgemeine Themen unterhielt, wie etwa den schrecklichen, sinnlosen und bestimmt auch qualvollen Tod einer jungen Frau am Haddebyer Noor. Die ganzen anderthalb Stunden wurde darüber gesprochen, wurden Theorien gestrickt und Hypothesen aufgestellt, doch nur einer von ihnen wusste, was sich wirklich abgespielt hatte. Er beteiligte sich rege an der Diskussion, und das sonst Wortkarge und Introvertierte, das sein Wesen ausmachte, schwand von Minute zu Minute. Aber auch dies gehörte zu seinem Spiel, das er perfekt beherrschte. Die andern im Glauben zu lassen, er sei so, wie er sich gab, simpel und zu keinen geistigen

Höhenflügen fähig. Und schon gar nicht fähig, einen Mord zu begehen. Vielleicht jemanden zu verprügeln, aber das war etwas anderes. Er wusste, es ging die Runde, auch er würde, wie die andern beiden, von seiner Frau beherrscht. Und natürlich stimmte es, aber er würde es nie zugeben. Alle sollten denken, er hätte die heile Familie schlechthin. Innerlich musste er während der hitzigen Diskussion grinsen, ließ die andern beiden das jedoch nicht spüren.

Butcher blieb bis um acht in der Kneipe. Er trank zwei Bier und auf Drängen seiner sogenannten Freunde, die eigentlich gar keine waren, einen Köm, der in seinem Magen brannte.

FREITAG, 19.45 UHR

Lisa Santos hielt vor dem achtstöckigen Gebäude, das schon von außen einen heruntergekommenen Eindruck machte. Graffiti an den Wänden und eine beschmierte Eingangstür, ein paar Briefkästen, die von Reklame überquollen, ein Boden, der scheinbar seit Jahren nicht gesäubert worden war, und zwei Aufzüge, die mit gefährlich anmutendem Getöse durch die Schächte ratterten, was sie schon von draußen hörte. Sören Hennings Namensschild war eines der wenigen leserlichen an der Klingelwand. Viele der Bewohner hatten gar keinen Namen angebracht, als wollten sie anonym bleiben. Siebter Stock, las sie, die Haustür stand offen, sie ging hinein, ein unangenehmer Geruch schlug ihr entgegen. Sie überlegte, den Aufzug zu nehmen, entschied sich aber doch für die Treppe. Ein junges Pärchen kam ihr Hand in Hand entgegen, sie klein und dick, voller Pickel und mit fettigen Haaren, er groß und

schlank und sehr gepflegt. Santos wunderte sich für ein paar Sekunden über diese Ungleichheit und ging weiter nach oben. Im siebten Stock angekommen, zog sie die Zwischentür auf und sah sich in dem großen dunklen Flur um. Sie hatte keine Ahnung, hinter welcher der sechs Türen Henning wohnte. Sie drückte den Lichtschalter und musste gleich feststellen, dass auch hier kaum ein Name an den jeweiligen Klingeln stand. Nur ein türkischer und ein deutscher Name, S. Henning. Sie atmete erleichtert auf, lauschte kurz an der Tür und hörte leise Geräusche von drinnen. Gehen wir's an, dachte sie und legte den Finger auf die Klingel. Als sich Henning durch die Sprechanlage meldete, klopfte sie und stellte sich direkt vor den Spion, die Tür wurde geöffnet.
»Was machst du denn hier?«, fragte Henning überrascht und nicht sonderlich erfreut über den Besuch seiner Kollegin.
»Ich wollte mal schauen, was du so machst«, entgegnete sie mit entwaffnendem Lächeln. »Darf ich reinkommen?«
»Warum? Es passt mir im Augenblick nicht besonders ...«
»Hast du Besuch? Dann komm ich ein andermal wieder.« Sie schaute ihn an, wie nur eine Lisa Santos schauen konnte, wenn ihre großen braunen Augen selbst den härtesten Mann weich werden ließen.
»Nein, das nicht, aber ...«
»Aber?«
»Ah, verdammt, dann komm eben rein. Aber du kannst dir die Mühe sparen«, sagte er abweisend und ließ sie eintreten. Sie kam durch einen schmalen und kurzen Flur, von dem zwei Türen abgingen, und gelangte in das Wohnzimmer.
»Ich weiß überhaupt nicht, wovon du sprichst. Ich wollte nur mal hallo sagen.«
»Aha, und das ausgerechnet heute. Meinst du, ich merk nicht, was da läuft? Ich kann nur sagen, vergiss es.«
Bevor sie etwas auf diese Bemerkung erwiderte, sah sie sich in

dem nicht sehr großen Zimmer um, das mit einer Schlafcouch, einem Korbsessel, einem runden Holztisch, einer schlichten Regalwand voller Bücher, einem kleinen Fernseher und einem Kofferradio eingerichtet war, aus dem leise Musik spielte. Was fehlte, waren Pflanzen, nicht eine einzige konnte Santos entdecken. Sie war vor einigen Jahren, als er noch verheiratet war, mehrmals bei ihm zu Hause gewesen, wo eine beinahe heimelige Wohlfühlatmosphäre geherrscht hatte. Nichts von dem fand sie hier vor. Alles war schlicht, fast trostlos. Als hätte er mit seinem früheren Leben komplett abgeschlossen. Auf dem Tisch, auf dem keine Decke lag, standen eine Flasche Wasser, ein Glas und ein Aschenbecher mit mehreren Kippen darin. Die Balkontür war geöffnet, ein kühler Wind wehte herein.

»Da läuft gar nichts, damit das klar ist«, sagte sie und ließ ihren Blick kurz über den Hafen schweifen.

»Und was führt dich dann hierher?«, fragte Henning, ließ sich auf die Couch fallen und trank sein Glas aus.

»Was ist das?«, fragte Santos mit zusammengekniffenen Augen und deutete auf eine etwa zwei mal zwei Meter große Karte von Norddeutschland, von Flensburg bis Hannover und von der niederländischen bis zur polnischen Grenze. Daneben war eine etwas kleinere Deutschlandkarte. Sie trat näher heran. Beide Karten waren übersät mit Pins, als würden sie etwas markieren. Zwei dieser Pins auf der Karte von Norddeutschland waren direkt nebeneinander an einer Stelle, die sie nur zu gut kannte. Als er nicht antwortete, wiederholte sie ihre Frage: »Was bedeutet das?«

»Nichts weiter. Also noch mal, was willst du?«

»Mit dir reden«, antwortete sie, ohne ihren Blick von der Karte zu nehmen. »Sag mir, was das ist?«

»Nach was sieht's denn deiner Meinung nach aus?«, fragte Henning scheinbar gelangweilt und lehnte sich zurück, die

Beine übereinander geschlagen. Er zündete sich eine Zigarette an und inhalierte tief und stieß den Rauch durch die Nase wieder aus.
»Erklär's mir. Ich halt auch garantiert meinen Mund.«
»Was soll ich dir groß erklären, so dumm bist du doch nicht, dass du's nicht erkennen würdest, oder?«
»Nein, wahrscheinlich nicht. Sind das alles Tatorte?«
»Nein«, erwiderte Henning und schenkte sich Wasser nach. »Auch was zu trinken? Ich hab aber nur Wasser oder Cola.«
»Wasser.«
Er holte ein Glas aus der kleinen Küche und füllte es. »Danke«, sagte Santos, deren Augen wie gebrannt auf den verschiedenfarbigen Pins klebten. Sie nahm einen Schluck, Henning stand wortlos neben ihr, eine Hand in der Hosentasche, in der andern hielt er die Zigarette. Er nahm einen letzten Zug und drückte sie aus.
»Wenn es keine Tatorte sind, was ist es dann?«, ließ Santos nicht locker.
»Ich kann mich drauf verlassen, dass du die Klappe hältst?«
»Hab ich schon jemals mein Wort gebrochen? Das ist wohl das spanische Blut in meinen Adern«, entgegnete sie spöttisch.
»Also gut. Die roten Pins markieren Tatorte, die zugleich Fundorte sind, die gelben mögliche Tatorte, die blauen Fundorte und die weißen Pins Orte, an denen Personen verschwunden sind, die bis heute nicht gefunden wurden.«
Santos schluckte schwer. Sie sah ihren Kollegen verwundert an. »Warum hast du das gemacht?«
»Was glaubst du denn? Bestimmt nicht zum Spaß. Hier, heute ist ein zweiter gelber und blauer am Haddebyer Noor hinzugekommen«, bemerkte er trocken.
»Ich versteh trotzdem nicht ganz, was ...«
»Setz dich«, sagte Henning und deutete auf den Korbsessel. »Ich habe mir die Mühe gemacht, alle ungeklärten Tötungsde-

likte an Kindern, Jugendlichen und Frauen sowie Vermisstenfälle in Norddeutschland seit 1990 zusammenzutragen, und das ist dabei rausgekommen. Insgesamt sind es zweihunderteinundfünfzig Pins.«
»Warum?«
»Keine Ahnung, vielleicht hab ich einfach zu viel Zeit«, antwortete er ironisch, worauf Santos jedoch nicht einging.
»Nein, das kauf ich dir nicht ab. Also?«
Henning seufzte genervt auf und entgegnete: »Was würde es dir bringen, wenn du es wüsstest? Du würdest mich fragen, ob ich wieder im Team mitarbeite, und ich würde dir antworten, auf keinen Fall. Womit wir erneut beim Ausgangspunkt wären.«
»Na toll! Du spielst in deiner Freizeit Hobbydetektiv und ...«
»Ich spiele nicht Hobbydetektiv, damit das klar ist ...«
»Und warum dann dieser ganze Aufwand? Das ist doch kein Gesellschaftsspiel wie Mensch ärgere dich nicht.«
»Kannst du dir das nicht denken?«
»Bitte, hör auf mit dieser Geheimnistuerei. Das alles hast du doch nicht grundlos gemacht.« Santos stellte ihr Glas ab und fuhr, nachdem sie von Henning keine Antwort erhielt, fort: »Okay, lassen wir die Frage mal offen. Mich interessiert in erster Linie, warum du auf einer Karte Fälle markierst, die bis zu vierzehn Jahre zurückliegen, wo du doch angeblich keine Lust mehr hast, aktiv in irgendwelche Ermittlungen einbezogen zu werden?«
»Hab ich doch schon gesagt, zu viel Zeit«, antwortete er und steckte sich eine Zigarette an.
Santos schüttelte verständnislos den Kopf. »Können wir uns mal wie Erwachsene unterhalten? Nur einmal?«
Henning sah Santos eine Weile stumm an und kaute auf der Unterlippe. Schließlich sagte er: »Und dann?«
»Hast du Zeit? So zwei bis drei Stunden? Ich würde dir gerne etwas zeigen.«

»Und was?«
»Lass dich überraschen. Keine Angst, ich setz dich nachher wohlbehalten wieder hier ab. Was ist? Wenn ich es recht sehe, hast du heute Abend nichts weiter vor, oder?«
Er zuckte mit den Schultern, erhob sich, zog seine Schuhe an und nahm die Jacke vom Haken. Bevor sie gingen, schloss er die Balkontür und machte den Vorhang zu.
»Nehmen wir die Treppe, die Aufzüge bleiben ständig hängen. In diesem Haus kümmert sich keiner um irgendwas, der Hausmeister ist mehr besoffen als nüchtern, und irgendwelche Chaoten machen sich einen Spaß, alles zu demolieren.« Er öffnete die Tür und wartete, bis Santos im Treppenhaus war. Sie duftete nach einem orientalischen Parfum, ein Duft, den er erst jetzt bemerkte.
Unten setzten sie sich in Santos' Mini Cooper, sie startete den Motor, wendete und gab Gas.
»Und wohin geht die Reise?«, fragte Henning, als er merkte, dass sie aus Kiel hinausfuhren.
»Wie schon gesagt – lass dich überraschen.«
Es herrschte wenig Verkehr an diesem Freitagabend. Sie fuhren durch Eckernförde und weiter Richtung Schleswig.
»Willst du etwa noch mal an den Tatort?«, fragte Henning leicht genervt.
»Nein, der interessiert mich im Augenblick nicht.«
Mehr sagte Santos nicht. Sie kamen durch die Innenstadt von Schleswig, bis sie in der Nähe des Landeskrankenhauses waren.
»Komm«, sagte sie, nachdem sie den Wagen auf dem Parkplatz vor einem von lauter Bäumen umgebenen Gebäude abgestellt hatte. Henning stieg wortlos aus und ging neben ihr auf den Eingang zu. Sie begaben sich in den ersten Stock, wo Santos von einer Nachtschwester begrüßt wurde, als würden sie sich seit einer Ewigkeit kennen.

»Ist sie schon im Bett?«
»Nein, sie sieht fern.«
Santos öffnete vorsichtig eine Tür und trat mit ihrem Kollegen ein. Es war ein Einzelzimmer. Eine Frau mit kurzen dunkelbraunen Haaren saß in einem Rollstuhl, die Arme und Beine fixiert. Der Fernsehapparat lief, sie starrte auf den Bildschirm, ohne von den Eintretenden Notiz zu nehmen. Santos zog sich einen Stuhl heran und nahm die Hand der Frau.
»Hallo, Carmen. Wie geht's dir heute?«, fragte sie sanft und streichelte ihr übers Gesicht, wobei sie eine Haarsträhne aus Carmens Stirn strich. Erst jetzt wandte die Angesprochene den Kopf und sah Santos an, und ein kaum merkliches Lächeln huschte über ihre Lippen. »Du, ich hab einen Freund und Kollegen mitgebracht, der dir auch mal hallo sagen wollte. Carmen, das ist Sören.« Und als Henning keine Anstalten machte, näher zu kommen: »Keine Scheu, sie beißt nicht.«
»Wer ist das?«
»Ich hab's mir heute Nachmittag überlegt«, sagte Santos, ohne die Frage zu beantworten, und hielt Carmens Hand, »ich dachte mir, du solltest sie sehen. Du lässt uns ständig alle spüren, wie dreckig es dir geht, und ich hab auch die ganze Zeit meinen Mund gehalten, aber vorhin in der Kantine ist mir die Hutschnur gerissen. Erst heute Vormittag Miriam und dann auch noch die Hansen. Weißt du, als ich mit Frau Hansen allein war und sie auf Heike und Miriam angesprochen habe, hat sie zu mir gesagt, und ich zitiere wortwörtlich: ›Was wissen Sie schon von Glück oder Unglück?‹ Dann kam dein Kantinenauftritt, und da hab ich mir gedacht, ich bring dich mal hierher, damit du siehst, dass es auch andere Menschen gibt, die nicht auf der Sonnenseite leben.«
»Und, was hab ich mit ihr zu tun?«, fragte Henning leise und deutete auf Carmen.

»Gar nichts. Aber ich erzähl dir ihre Geschichte, und ich bitte dich, einfach nur zuzuhören. Carmen wurde vor ziemlich genau zwanzig Jahren von mindestens drei Männern eine ganze Nacht lang vergewaltigt und misshandelt, ihr ganzer Körper war übersät mit Hämatomen, vier Rippen waren gebrochen, von den Unterleibsverletzungen ganz zu schweigen. Einer von ihnen muss versucht haben sie zu erwürgen. Er hat wohl gedacht, sie sei tot, war sie aber nicht. Und einer der andern hat anscheinend Gewissensbisse bekommen und am nächsten Morgen bei der Polizei angerufen und genau geschildert, wo die angebliche Leiche liegt. Als man sie fand, war sie aber nicht tot, sie lebte, doch sie hat so schwere Schäden davongetragen, dass sie nie wieder in ein normales Leben zurückfinden wird. Große Teile ihres Gehirns sind aufgrund der lange unterbrochenen Sauerstoffzufuhr abgestorben. Sie kann nicht mehr allein zur Toilette gehen, und was das bedeutet, kannst du dir denken. Sie kann nicht mehr sprechen, sie kann nur mit Hilfe laufen, sie muss gefüttert werden, und sonst? Na ja, sie stiert eigentlich den ganzen Tag von morgens bis abends entweder aus dem Fenster oder in die Glotze. Ob und was sie davon wahrnimmt, kann keiner sagen.«

»Das ist ein tragisches Schicksal, aber ich versteh immer noch nicht, was du oder ich damit zu tun haben.«

Sie ließ einen Moment verstreichen und flüsterte Carmen etwas ins Ohr. Ohne Henning anzusehen, sagte sie schließlich, während sie Carmen weiter liebevoll streichelte: »Carmen ist meine Schwester. Das hier ist ein privates Pflegeheim, weil weder meine Eltern noch ich sie in eine geschlossene Anstalt geben wollten.« Sie presste für einen Moment die Lippen zusammen, dann fuhr sie fort: »Was immer Carmen auch durchgemacht hat, es war die Hölle, und keiner von uns kann sich das vorstellen, aber wir wollten unter allen Umständen verhindern, dass sie in ein sogenanntes normales Pflegeheim kommt, wo sie mit zwei oder drei andern Frauen auf einem Zimmer liegt, wo man sich nur notdürftig um sie kümmert und der Rest ihres Lebens, wie lange der auch dauern mag, auch noch beschissen ist. Wir hätten sie natürlich auch zu Hause behalten können, aber eine erwachsene Frau mit allem Drum und Dran zu pflegen, das wäre für meine Eltern zu viel gewesen.«

»Warum hast du mir nie davon erzählt?«, fragte Henning mit belegter Stimme, stellte sich mit dem Rücken ans Fenster und betrachtete Carmen genauer, die ihn jedoch nicht zu beachten schien.

»Weil es meine Privatangelegenheit war und ist. Ich wollte keinen von euch mit meinen Problemen belasten. Aber ich denke, jetzt ist der richtige Zeitpunkt, dass ihr auch mal etwas mehr über mich erfahrt, vor allem du. Ich komme mindestens jeden zweiten Tag her, sofern es mein Dienstplan erlaubt. Als das damals passiert ist, ist für mich eine Welt zusammengebrochen. Mein Gott, ich war fünfzehn und Carmen meine große Schwester. Wir haben uns phantastisch verstanden, ich konnte mit ihr über alles reden. So ähnlich, wie es wohl auch bei Heike und Miriam war. Aber ob du's glaubst oder nicht, damals ist in mir der Wunsch gereift, zur Polizei zu gehen und Leute hinter Gitter zu bringen, die andern solches Leid zufügen. Meine Eltern wären an der Situation fast zerbrochen, sie haben sich zum Glück aber wieder gefangen. Sie zahlen jeden Monat zweitausend Euro, meine Großeltern tausend, und ich steure auch meinen Teil bei, den Rest übernimmt die Pflegekasse.«

»Hat man die Schweine je gefasst?«

»Nein, die laufen immer noch frei rum. Sie haben wahrscheinlich Familie, Kinder, ihre eigene heile Welt eben.« Santos machte eine Pause, legte ihren Kopf an Carmens Schulter und fuhr fort: »Sie war siebzehn und mit Freunden unterwegs. Die haben sich aber so besoffen, da wollte sie nicht mehr mit ihnen im Auto fahren. Eine ehemalige Freundin erinnerte sich, dass sie ein Taxi nach Hause nehmen wollte, aber es wurden alle Taxifahrer im Umkreis befragt, doch keiner hat sie in jener Nacht mitgenommen. Kann sein, dass sie versucht hat heimzulaufen, die Disco war maximal eine Stunde zu Fuß von unserm Haus entfernt, aber Genaues weiß man nicht. Keiner hat gesehen, zu wem sie ins Auto gestiegen ist, ob es freiwillig geschah oder sie gezwungen wurde. Es gibt bis heute keine Spuren und auch keine Hinweise. Das war am 12. Mai 1984, ein Samstag.«

Henning atmete ein paarmal tief durch und wollte sich gerade eine Zigarette anstecken, doch Santos schüttelte den Kopf.

»Bitte, nicht hier. Warte, bis wir draußen sind. Ich will nur noch ein paar Minuten bei ihr sein. Wenn ich nur wüsste, was sie denkt und was sie fühlt, was sie wahrnimmt und mir gerne sagen würde. Doch seit fast zwanzig Jahren ist da nichts mehr. Nur manchmal habe ich das Gefühl, als würde sie mir gerne etwas mitteilen, manchmal lächelt sie, wie vorhin, als wir reingekommen sind, mehr ist aber nicht drin. Es mag sich hart anhören, doch ich hab mich nicht nur einmal gefragt, ob es nicht besser gewesen wäre, sie wäre gestorben. Dann wieder gibt es Zeiten, da bin ich bei ihr und merke, wie gut ihr die Besuche tun. Meine Eltern kommen auch fast jeden Tag, obwohl sie mit dem Restaurant eine Menge zu tun haben … Tja, das war's, was ich dir mitteilen wollte.«

»Was sagen die Ärzte, wie lange sie noch …«

»Du kannst es ruhig aussprechen. Das kann keiner sagen. Aber Carmen ist körperlich fit, sie wird regelmäßig untersucht, und es ist durchaus möglich, dass sie noch dreißig oder vierzig Jahre lebt. Unsere Eltern werden zwar dann schon tot sein, aber ich hoffe, dass ich Carmen überlebe. Und vielleicht geschieht ja irgendwann ein Wunder, und sie wacht wieder auf. Ich sage mir, solange sie gerne fernsieht, so lange besteht Hoffnung. Hört sich komisch an, aber ich werde nicht aufgeben, weiter an das Unmögliche zu glauben.« Und nach ein paar Sekunden: »Hast du sie schon mal richtig angeschaut? Sie ist immer noch bildhübsch, viel hübscher als ich, aber das war sie immer schon. Sie hat eine makellose Haut, doch das Schönste sind ihre Haare und ihr Mund, und natürlich ihre Augen, auch wenn sie nicht mehr so glänzen wie früher. Einmal im Monat kommt eine Friseurin, meistens mach ich ihr aber die Haare und schmink sie.«

»Das machst du alles noch neben deinem Job?«

»Würdest du das nicht für den Menschen tun, der dir am meisten bedeutet? Ich habe zu Hause ein Poster hängen, da ist ein Indianermädchen drauf, das seinen kleinen Bruder auf dem Rücken einen steinigen Berg hochträgt. Jemand sagt zu ihr: ›Du trägst aber eine schwere Last‹, woraufhin sie erwidert: ›Das ist doch keine Last, das ist mein Bruder‹. Tja, Sören, und das ist meine Schwester. Ich weiß, sie würde für mich genau dasselbe tun.«

»Und wo bleibst du dabei?«

»Es geht nicht um mich. Und ich weiß genau, worauf du abzielst, aber der Mann, der mich haben will, muss auch akzeptieren, dass es neben ihm noch jemand anderen gibt. Ich hatte einige Beziehungen, die aber alle in die Brüche gegangen sind. Oft hab ich gedacht, das ist der Richtige, aber irgendwann hatte jeder von ihnen die Schnauze voll. Also werde ich warten. Und sollte ich keinen finden, auch gut. Ich hab inzwischen gelernt, allein zu leben. Es ist alles eine Frage der Einstellung. Was ist wichtig und was nicht. Ich brauch keinen Mann, der von mir verlangt, dass ich mich nur auf ihn konzentriere.« Und nach einer kurzen Pause: »Tja, das war's eigentlich, was ich dir zeigen wollte … Carmen, ich muss jetzt leider los, aber ich komm dich morgen wieder besuchen. Und dann

machen wir einen Schönheitstag und lassen es uns so richtig gut gehen. Einverstanden?«
Carmen lächelte wieder für einen kurzen Moment, als hätte sie ihre Schwester verstanden. Lisa küsste sie auf die Wange und umarmte sie noch einmal, bevor sie das Zeichen zum Aufbruch gab.
Draußen zündete sich Henning eine Zigarette an, während sie um kurz vor zehn langsam zum Auto gingen. Der Himmel war wolkenlos, unzählige Sterne bedeckten das Schwarz, ein kühler Wind ließ die Blätter der Bäume rascheln. Bevor sie einstiegen, sagte Santos: »Hast du was dagegen, wenn wir uns in Kiel eine Pizza und eine Flasche Wein holen und ich noch mal mit zu dir komme? Keine Angst, ich hab keine Hintergedanken.«
»Von mir aus. Und jetzt sag schon, warum hast du so ein Geheimnis aus deiner Schwester gemacht?«, wollte Henning wissen.
»Hätte ich von ihr erzählt, was hättet ihr dann alle gedacht? Die ist doch nur zu den Bullen gegangen, um sich zu rächen oder ihr schlechtes Gewissen zu beruhigen. Oder? Das stimmt aber nicht. Ich habe mir lediglich geschworen, alles zu tun, damit wenigstens ein paar Menschen sicherer leben können. Hat aber bisher mehr schlecht als recht geklappt. Mittlerweile hab ich kapiert, dass ich nichts verändern kann. Als ich auf die Polizeischule gegangen bin, da war ich noch der Überzeugung, etwas bewirken zu können, aber dann kam der Polizeialltag, und ich merkte, dass auch bei uns nur mit Wasser gekocht wird.«
»Hör zu, wir können nicht alle beschützen. Außerdem ist unsere Hauptaufgabe, Fälle zu lösen, und nicht, Präventivmaßnahmen zu ergreifen. Da müsste der Gesetzgeber schon etwas aktiver werden.«
»Und wie stellst du dir das vor?«

»Keine Ahnung. Ist auch nicht meine Aufgabe, drüber nachzudenken.«
»Mir würde da schon einiges einfallen. Wenn eine Frau von einem Stalker belästigt wird, schreiten wir doch in der Regel erst ein, wenn sie tot ist. Oder ein Mann, der seine Frau immer und immer wieder verprügelt und misshandelt, kommt erst dann in den Knast, wenn sie nicht mehr aufsteht, weil sie sich vorher nicht traut, zur Polizei zu gehen. Und warum? Weil sie weiß, dass ihr Schlägergatte vielleicht ein oder zwei Tage in der Zelle verbringt, und dann? Dann kommt er nach Hause und knöpft sie sich erst richtig vor. Na ja, du wirst schon Recht haben, wir sind eben nur da, um zu funktionieren, und nicht, die Gesetze zu kritisieren.«
Wie fast immer um diese Zeit waren die Straßen leer, beinahe ausgestorben, selbst in Kiel war kaum noch etwas los. Santos hielt vor einer Pizzeria in der Nähe von Hennings Wohnung. Bevor sie ausstieg, fragte sie: »Was nimmst du auf deine?«
»Das geht auf mich«, antwortete er. »Du musst dein Geld auch zusammenhalten.«
»Ach komm …«
»Nein, entweder übernehm ich das oder gar nicht«, sagte er, keinen Widerspruch duldend.
»Danke.«
Um Viertel nach elf betraten sie Hennings Wohnung. Er öffnete die Flasche Wein und bemerkte: »Ich hab aber keine passenden Gläser, nur die hier.« Er hielt sein Wasserglas hoch und zuckte mit den Schultern.
»Na und? Meinst du vielleicht, der Wein schmeckt deswegen anders?« Während sie ihre Pizza aßen, sagte Santos: »Erklärst du mir jetzt mal etwas ausführlicher, was es mit der Karte auf sich hat?«
»Du lässt ja doch nicht locker«, meinte er und verzog den Mund, »aber das ist nicht so einfach, wie du denkst. Außer-

dem muss ich dir dazu noch einige Sachen zeigen. Aber erst nach dem Essen, ich hasse nämlich kalte Pizza.«
Als er fertig war, stand er auf und holte zwei Aktenordner mit Material, das er gesammelt hatte.
»Fangen wir 1990 an. Das ist Paul aus Wismar. Der Fall wird dir nichts sagen, da warst du noch nicht bei uns. Aber lies selbst.«
Nach anderthalb Stunden hatte Santos das Wesentliche gelesen, einiges nur überflogen, während andere Einträge sie geradezu fesselten. Doch sie tat es, ohne einen Kommentar abzugeben. Sie stand auf und streckte sich und stellte sich ans Fenster, die Hände auf die Fensterbank gestützt. »Und du bist der Überzeugung, diese Fälle hängen irgendwie zusammen?«
Henning schüttelte den Kopf. »Nein, natürlich nicht alle. Aber bei einigen gibt es mehr oder weniger markante Übereinstimmungen. Zum Beispiel hier. Claudia aus Tübingen. Zweiundzwanzig Jahre, Anhalterin, ermordet am 3. Juni 2002. Sie wollte eine Reise ans Nordkap machen, hat es aber nur bis in die Nähe von Bad Segeberg geschafft. Sie wurde erdrosselt und vergewaltigt, in genau der Reihenfolge. Aber keine Fremd-DNA, weil er ein Kondom benutzt hat, wie die rechtsmedizinische Untersuchung ergab. Und ihr wurden die Augen ausgestochen. Ihr Gepäck hat der Täter wie bei Sabine und Miriam einfach neben sie geworfen. Nur ihre Lage war anders, als ob er sie wie ein Stück Müll entsorgt hätte ... Oder Christine aus Kassel. Acht Jahre alt, vermutlich erdrosselt oder erwürgt und die Augen ausgestochen. Zuletzt gesehen am 2. Oktober 1992, als sie gegen halb sieben für ihren Vater noch eine Zeitung holen sollte. Die Zeitung hat sie gekauft, aber auf den wenigen Metern nach Hause muss sie ihrem Mörder in die Hände gefallen sein. Fötale Lage, soweit das auf den Fotos überhaupt noch erkennbar ist, aber auch hier keine Fremd-DNA mehr feststellbar. Kein Wunder, man hat ihre

vollkommen skelettierten Überreste erst sieben Jahre später und über vierhundert Kilometer entfernt in einem Waldstück bei Wolgast, Mecklenburg-Vorpommern, entdeckt ... Torben aus Wilhelmshaven. Ebenfalls acht Jahre alt. Verschwunden am 4. Juli 2002 um die Mittagszeit. Er hat am Vormittag mit Freunden gespielt und sollte um halb eins zum Mittagessen zu Hause sein. Dort kam er aber nie an. Die genaue Todesursache konnte nicht mehr ermittelt werden, aber man geht entweder von Erwürgen oder Erdrosseln aus, doch auch hier keine Fremd-DNA. Und auch hier die schon bekannte fötale Lage. Interessante Parallele zu Christine. Seine Leiche wurde gut ein Jahr später etwa sechshundert Kilometer von zu Hause entfernt in der Nähe von Hof in Oberfranken gefunden.« Er hielt kurz inne, räusperte sich und fuhr fort: »Und davon gibt's noch einige Beispiele mehr. Unser Mann scheint gerne mit Leichen unterwegs zu sein. Überall gibt's Polizeikontrollen, doch der gerät offensichtlich nie in eine ... Und hier was ganz anderes: Das Ehepaar Richter aus Hameln. Vierunddreißig und sechsunddreißig Jahre alt. Ermordet am 11. oder 12. Juni 1991. Der Mann mit einem stumpfen Gegenstand erschlagen, die Frau mit zweiunddreißig Messerstichen förmlich abgeschlachtet und in fötaler Lage aufs Bett gelegt, ihre Augen waren ausgestochen. Sie waren bekannt dafür, dass sie gerne einen flotten Dreier schoben und sich ihre Bekanntschaften aus einschlägigen Bars holten oder auch über Annoncen in diversen Sex- und Pornoheftchen. Sie war laut Aussage einer Freundin nymphoman veranlagt, ihrem Mann scheint es gefallen zu haben, zuzugucken, aber auch, mitzumachen. Egal.« Er steckte sich eine Zigarette an, inhalierte tief und blätterte in den Akten. »Lukas aus Kiel. Acht Jahre alt, vermisst seit fünf Jahren ... Und zu guter Letzt Miriam aus Husum.«
Henning sprach fast eine halbe Stunde ohne Unterbrechung,

legte ein Foto neben das andere und meinte abschließend: »So, das war's fürs Erste.«
»Moment, Moment«, sagte Santos irritiert und hob die Hand, »ich bin davon ausgegangen, dass unser Mann sich ausschließlich auf Anhalterinnen konzentriert. Du glaubst allen Ernstes, er mordet wahllos? Kleine Jungs und kleine Mädchen, Erwachsene, Männer und Frauen?«
»Ich schließe es zumindest nicht aus.«
»Aber das würde dann ja heißen, dass er gar nicht unbedingt aus dieser Gegend kommen muss. Du hast ja ganz Norddeutschland abgedeckt.«
»Richtig. Es ist durchaus möglich, dass wir es mit einem rast- und ruhelosen Wanderer zu tun haben. Aber nicht alle dieser zweihunderteinundfünfzig Pins weisen auf ein und denselben Täter hin. Ich denke jedoch, dass er für mindestens einunddreißig Morde in Frage kommt, ich hab dir nämlich längst nicht alles Material gezeigt. Und das wären dann schon mal neunundzwanzig mehr, als man bisher annimmt.«
»Also gut, das lässt mir jetzt keine Ruhe«, sagte Santos, unfähig, den Blick von den Fotos der vielen Toten zu nehmen. »Warum hat er Miriam Hansen vergewaltigt und Sabine Körner nicht? Und bei allen andern hier gibt es auch keine verwertbaren DNA-Spuren, oder hab ich da was überhört oder überlesen?«
»Natürlich gibt es Spuren, aber sie sind offenbar nicht miteinander verglichen worden. Bei Frau Richter zum Beispiel hat man zwei Sorten Sperma gefunden, die von ihrem Mann und eine fremde. Das Problem ist, die Richters wurden vor fast dreizehn Jahren umgebracht, da steckte die DNA-Analyse noch in den Kinderschuhen. Zumindest bei uns in Deutschland. Ob der Täter von Miriam auch der der Richters ist, keine Ahnung. Könnte aber immerhin sein, denn eine Übereinstimmung gibt es – die Lage der weiblichen Leiche.«

Santos schüttelte den Kopf und meinte: »Wenn ich mir das vorstelle, da draußen läuft ein Monster rum, das wahllos mordet. Einfach so.«
»Ich weiß nicht, ob er wahllos mordet«, warf Henning ein. »Es könnte auch ein System dahinterstecken.«
»Und was für ein System sollte das bitte schön sein?«
»Keine Ahnung. Aber meiner Meinung nach ist der Typ ziemlich intelligent. Vorausgesetzt natürlich, es handelt sich um eine Person.«
Lisa Santos holte tief Luft. »Verrat mir eins: Warum bist du nicht früher damit gekommen?«
Er zuckte wieder mit den Schultern. »Mein Gott, das klingt doch alles ziemlich hanebüchen, das musst du doch zugeben. Ihr hättet mich nur ausgelacht, vor allem nach dem Bockmist, den ich verzapft habe.«
»Nein, ich bestimmt nicht, und das weißt du auch, so gut solltest du mich kennen. Ich hab nur in der letzten Zeit nicht verstanden, warum du dich so eingeigelt hast. Wir waren doch früher ein gutes Team und könnten es auch wieder sein …«
»Nein …«
»Lass mich ausreden. Was du hier hast, ist so heiß, dass wir dich brauchen. Du kannst das nicht für dich behalten. Hörst du, du kannst nicht in deinem stillen Kämmerlein Informationen über einen Serienkiller verwerten, als wären es Briefmarken … Mann o Mann, du bist vielleicht ein Sturkopf! Und außerdem kannst du nicht wollen, dass noch mehr Menschen ihr Leben verlieren. Was würdest du sagen, wenn eines deiner Kinder ihm in die Krallen käme? Hände in den Schoß und abwarten?«
»Blödsinn. Aber ich hab einfach zu viele Fehler gemacht.«
»Nee, höchstens einen, und an dem war ich ebenso beteiligt. Was danach passiert ist, tut mir leid, dafür kann ich nichts. Da hat sich wohl eine Eigendynamik entwickelt, die nur du selbst

stoppen kannst. Und jetzt los, gib dir einen Ruck und arbeite mit uns zusammen. Wir werden am Montag beginnen eine Soko zu bilden, und ich möchte, dass du die Ermittlungen leitest.«

Henning tippte sich an die Stirn. »Spinnst du? Ich hab seit vier Jahren an keinem …«

»Seit zwei«, verbesserte ihn Santos.

»Okay, seit zwei Jahren. Und außerdem wird Volker bestimmt nicht begeistert sein von dem Vorschlag. Und er hat das letzte Wort.«

»Er wird begeistert sein, das garantiere ich dir hier und jetzt. Ich sprech mit ihm.«

Henning schüttelte den Kopf. »Da muss ich erst drüber schlafen …«

»Nein, ich will deine Zusage sofort. Ja oder nein, es ist deine Entscheidung. Aber nach alldem, was du mir so plausibel geschildert hast, hast du keine Wahl. Du leitest die Soko, ich bin deine Assistentin.« Santos streckte die Hand aus. »Komm, schlag ein.«

Henning holte tief Luft, trank noch einen Schluck von dem Wein und nahm die Hand seiner Kollegin.

»Gut, du hast gewonnen …«

»Nein, du hast gewonnen. Du wirst es sehen. Büroluft bekommt dir außerdem nicht.«

Ohne darauf einzugehen, erklärte Henning: »Aber sollte ich noch einmal versagen, will ich nie wieder gefragt werden, ob ich bei irgendwas mitmache. Dann bleib ich für die nächsten zwanzig Dienstjahre in meinem Büro.«

»Einverstanden. So, und jetzt trinken wir beide noch den Rest, und dann hau ich ab.«

»Das war ziemlich geschickt von dir«, sagte Henning mit einem anerkennenden Unterton, während er die Gläser voll schenkte.

»Was meinst du?«, fragte Santos gespielt ahnungslos, obwohl sie es genau wusste.
»Das mit deiner Schwester. Sowohl taktisch als auch strategisch nicht schlecht. Hätte glatt von mir stammen können.« Er hob das Glas und prostete ihr zu.
»Danke für das Kompliment. Aber vor allem danke, dass du wieder mit im Boot sitzt. Es wird Zeit, dass unsere Maschine mal richtig in Fahrt kommt.«
Henning ließ sich zurückfallen und schloss die Augen. Der vergangene Tag, vor allem aber der Abend und auch die Nacht waren ganz anders verlaufen, als er es sich vorgestellt hatte. Aber vielleicht war es auch gut so, gut, dass Lisa so hartnäckig geblieben war und nicht lockergelassen hatte. Und dennoch überkam ihn wieder, aber diesmal nur für einen kurzen Augenblick, dieses unsichere Gefühl, das er seit Jahren schon verspürte – Angst vor dem Versagen, Angst vor sich selbst.
»Was denkst du gerade?«
»Nichts weiter. Es ist spät, und ich sollte schlafen. Was mit deiner Schwester passiert ist, tut mir echt leid.«
»Lassen wir doch das Private beiseite. Dann müsste ich jetzt sagen, dass es mir leid tut, was mit deiner Familie ist. Und wir könnten uns gegenseitig hochschaukeln und uns vorjammern, wie schlecht es uns doch geht. Aber so schlecht geht's uns ja gar nicht, wir sind gesund, und wer weiß schon, was die Zukunft bringt? Mein Vater sagt immer, ich soll von einem Tag zum nächsten leben und nicht schauen, was wohl in einer Woche oder einem Monat oder einem Jahr sein mag. Keiner von uns weiß es. Und das ist auch gut so.«
»Aber jeder sieht das Leben aus einem anderen Blickwinkel. Ich glaub, Lisa, noch schlimmer als der Tod von Nissen hat mich die Trennung von meiner Familie getroffen. Das Schlimme ist, ich weiß, dass ich sowohl das eine als auch das andere hätte verhindern können. Das macht mich fertig.«

»Siehst du deine Frau noch ab und zu?«
»Einmal im Monat, wenn ich nach Elmshorn fahre, um die Kinder zu besuchen. Öfter kann ich es mir nicht leisten. Und ich darf sie nur dort sehen, denn sie hat per Gerichtsbeschluss erwirkt, dass sie mich hier nicht besuchen dürfen. Wahrscheinlich fürchtet sie, ich könnte einen schlechten Einfluss auf sie haben.«
»Ich will nicht indiskret sein, aber hat sie …«
Henning zuckte mit den Schultern. »Keine Ahnung. Möglich, aber sie ist zu gerissen, um eine eventuelle Beziehung zuzugeben. Doch ich denke, Markus und Elisabeth hätten mir das schon erzählt. Oder auch nicht«, murmelte er vor sich hin.
»Hast du sie jemals danach gefragt?«
Henning antwortete nichts darauf.
»Also nein. Das ist ganz schön blöd von dir. Sollte sie in einer Beziehung leben, kannst du den Unterhalt unter Umständen kürzen. Oder gehört das auch zu deinem …« Sie hätte sich auf die Zunge beißen können, aber es war zu spät.
»Gehört zu meinem was?«
»Tut mir leid, ich … Vergiss es.«
»Jetzt rück schon raus mit der Sprache, ich kann's vertragen.«
»Na gut, aber bitte nicht sauer sein. Weißt du, du legst schon seit Jahren ein Märtyrerverhalten an den Tag, das gar nicht zu dir passt. Ich könnte mir vorstellen, dass Claudia ein relativ gutes Leben führt, während du jeden Cent zehnmal umdrehen musst, bevor du dir irgendwas kaufst. Ich würde sagen, es wird Zeit zu kämpfen.«
»Ich weiß, ich hab nur nicht mehr die Kraft dazu. Und dass sie vollkommen abstinent lebt, kann ich mir auch nicht vorstellen, da ist mit Sicherheit jemand. Wahrscheinlich hat sie die Kinder geimpft, mir nichts zu sagen. Ich hab Markus seit drei Monaten nicht zu Gesicht bekommen, als ob er mich nicht sehen will. Bei Elisabeth ist das anders. Sie hat mich sogar schon

mal gefragt, ob sie nicht bei mir wohnen darf. Sie würde gerne wieder nach Kiel ziehen, sie findet dort unten einfach keinen Anschluss. Aber Claudia versucht das natürlich mit allen Mitteln zu verhindern, wahrscheinlich auch deshalb, weil sie dann gezwungen wäre, wieder arbeiten zu gehen, denn Markus ist immerhin schon sechzehn und Elisabeth zwölf. Es ist eine verdammt verfahrene Situation, und egal, was ich auch anstelle, ich kann nichts ändern. Und dann auch noch in dieser stinkenden Bude zu hocken, ohne zu wissen, wann ich hier wieder rauskomme. Aber was Besseres kann ich mir nun mal nicht leisten.« Er hob die Hand und sagte: »Okay, okay, ich hatte mir vorgenommen, nicht zu jammern. Kommen wir wieder zum eigentlichen Thema zurück. Ich bin bereit, im Team mitzuarbeiten, und sollte Volker irgendwas Besonderes mit mir vorhaben, auch gut. Aber nur, wenn du meine Assistentin bist.« Und nach einer kurzen Pause und mit einem zögerlichen Lächeln: »Das wird ein ganz schöner Hammer für die, wenn sie sehen, was ich zusammengetragen habe, oder?«
»Ganz sicher sogar. Ich hab vorhin gedacht, ich spinn, als ich die Karte gesehen habe. Aber je länger ich drüber nachdenke, desto mehr Sinn macht es.« Lisa Santos stand auf und reichte Henning die Hand. »Wird Zeit, dass ich verschwinde, war ein langer Tag. Und danke.«
»Beruht auf Gegenseitigkeit. Ich bring dich noch nach unten, diese Gegend ist nachts nicht gerade einladend.«
Er wartete, bis sie in ihren Wagen eingestiegen war. Sie ließ das Seitenfenster herunter und sagte: »Hättest du was dagegen, wenn ich morgen, das heißt heute Volker anrufe und ihm von unserm Gespräch berichte? Vielleicht wäre es ganz gut, wenn wir vor Bildung der Soko alles mit ihm und auch Jan besprechen würden.«
»Von mir aus, du kannst mich auf jeden Fall auf dem Handy erreichen.«

Er winkte ihr nach und ging wieder nach oben. Es war mittlerweile halb vier. Er stellte sich noch für ein paar Minuten auf den Balkon und rauchte eine Zigarette, bevor er sich fürs Bett fertig machte, das aus einer schlichten Matratze, einer dünnen Zudecke und einem alten Kopfkissen bestand, dessen Bezug er zuletzt vor Monaten gewechselt hatte. Er lag noch eine Weile wach und dachte an den zurückliegenden Abend. Seine Kiefer mahlten aufeinander, und er sagte leise zu sich selbst: »Diesmal krieg ich dich. Diesmal bist du fällig, du verdammter Hurensohn!«

SAMSTAG, 8.00 UHR

Butcher war seit halb sieben auf. Er hatte als Erstes die Zeitung hereingeholt und las die Schlagzeile auf Seite eins, doch er würde den dazugehörigen Artikel später in aller Ruhe lesen. Er hatte noch einmal den Geburtstagstisch mit den liebevoll eingepackten Geschenken für Sophie begutachtet, den er am Abend zuvor mit seiner Frau gedeckt hatte. Seine Frau Monika war noch im Bad, seine Mutter stand in der Küche und bereitete das Frühstück vor, und Butcher wusste, dass Sophie bestimmt schon ganz aufgeregt vor dem Moment war, da sie endlich ihre Geschenke auspacken durfte, sie sich aber noch nicht aus ihrem Zimmer traute.
Butcher ging zu seiner Mutter in die Küche und begrüßte sie mit einem »Moin«.
»Guten Morgen, mein Sohn. Gut geschlafen?«, fragte sie, ohne aufzuschauen, während sie die gekochten Eier abschreckte.
»Ja. Und du?«
»Wieso fragst du mich das jedes Mal? Du weißt doch genau,

dass ich immer wie ein Murmeltier schlafe«, antwortete sie, was auch stimmte, denn wenn sie schlief, konnte im Haus eine Bombe einschlagen, und sie würde nicht aufwachen. Im Gegensatz zu seiner Frau war Butchers Mutter recht groß, schlank und alles andere als unattraktiv. Sie hatte kurzes blondes Haar, das sie regelmäßig blondieren ließ, tiefblaue Augen, die je nach Stimmung warm oder kalt wirkten, markante Wangenknochen, schmale, doch nicht unsinnliche Lippen und Hände, die ihr Alter nicht verrieten. Wer sie sah, schätzte sie auf höchstens Mitte vierzig, obwohl sie zehn Jahre älter war. Zahlreiche Männer hatten ihr seit dem Tod seines Vaters Avancen gemacht, doch sie hatte alle mehr oder minder schroff abgewiesen. Obwohl erst Mitte fünfzig, hatte sie angeblich kein Interesse mehr an einem Mann. Warum, das hatte Butcher bisher nicht herausgefunden, aber eigentlich gab es für ihn nur einen triftigen Grund – sie wollte unbedingt weiterhin die absolute Kontrolle über ihn haben, sie wollte wissen, was er machte, ob er gut zu seiner Frau und seinen Kindern war, ob er auch regelmäßig arbeitete und genügend Geld nach Hause brachte. Eigentlich hatte sie nie an einem andern männlichen Wesen außer ihm Interesse gezeigt. Sie wollte immer noch die Mutter sein wie damals, als er klein und schutzbedürftig war. Doch ihr Schutz ging weit über das hinaus, was er gebraucht hatte, weit über das, was andere Kinder brauchen.

Jeden Tag hatte sie ihn zur Schule gebracht und auch wieder abgeholt (den Kindergarten hatte er gar nicht erst besuchen dürfen), sie hatte seine Hausaufgaben überwacht, und wenn er in einem Fach schlechter als zwei stand, wurde er bestraft, manchmal mit drakonischen Maßnahmen, wobei das Harmloseste noch ein zweiwöchiger Stubenarrest war. Und sie hatte jeden seiner Schritte wie eine Glucke überwacht.

Sein erstes Fahrrad hatte er mit fünfzehn bekommen, weil sie meinte, dies sei das richtige Alter dafür, erst dann sei man alt genug, um die Gefahren im Straßenverkehr auch abschätzen zu können. Aber das genügte ihr nicht. Anfangs war sie stets neben ihm gefahren und hatte ihm Instruktionen erteilt, wie er zu fahren hatte, worauf er besonders achten musste und dass er immer nur den Fahrradweg oder den Bürgersteig benutzen durfte. Jeden Abend hatte sie die Sachen zurechtgelegt, die er am nächsten Tag anziehen musste, ob sie ihm gefielen oder nicht. Sie hatte ihm bis zum sechzehnten Geburtstag erlaubt, maximal eine halbe Stunde fernzusehen, denn sie meinte, das würde den Augen schaden, und überhaupt sei Fernsehen schädlich für den Geist. Er solle lieber Bücher lesen, und schon als er zwölf war, wusste er mehr über die Werke von Eichendorff, Fontane, Tolstoi, Goethe, Schiller und den andern großen Dichtern und Denkern als die meisten Erwachsenen. Nicht, weil es sein Wunsch war, sondern weil sie es befohlen hatte. Alles in seiner Kindheit und Jugend war von seiner Mutter durchgeplant und bestimmt worden, bis ins kleinste Detail. Er durfte alles, nur nicht Kind sein. Und wenn es nach ihr gegangen wäre, hätte er auch nie erwachsen werden dürfen. Er hatte zwar ein eigenes Zimmer gehabt, doch nachts hatte sie verlangt, dass er in ihrem Bett schlief, während sein Vater in ein winziges Zimmer verbannt worden war.

Das Schlimmste jedoch war, dass sie ihn noch ankleidete, als er bereits sechzehn war. Jeden Morgen musste er sich in seinem Zimmer an einen vorgegebenen Punkt stellen, während sie sich vor ihn kniete, ihm die Unterwäsche, das Hemd, die Hose, den Pullover und die Schuhe anzog. Manchmal, vor allem, als er schon älter war, hatte sie ihn an den Penis gefasst und gemeint, dies sei ja schon ein ganz schön großer Mann, was er anfangs nicht verstand, doch ihm war es unangenehm gewesen, aber er traute sich nicht, ihr das auch zu sagen. Er ließ es über sich ergehen, so wie er es ertrug, wenn sie ihn badete und ihm die Haare wusch und ihn rasierte, bis er siebzehn war. Und die Badezimmertür durfte er nie abschließen, und als er es dennoch einmal wagte, den Schlüssel umzudrehen, stand sie so lange draußen davor und schrie und hämmerte gegen die Tür, bis er endlich aufmachte. Danach hatte sie den Schlüssel versteckt.

Sein Vater hatte nie etwas davon mitbekommen. Er war ein gutmütiger, liebenswerter Mann gewesen, für den die Ehe die reinste Hölle war, die er nur ertrug, indem er den Frust im Alkohol ertränkte. Er tat dies so lange, bis er eines Tages – Butcher war acht Jahre alt – einfach im Bad umfiel und ins Krankenhaus gebracht werden musste. Dort stellten die Ärzte neben einem durchgebrochenen Magengeschwür zudem eine so weit fortgeschrittene Leberzirrhose fest, dass sie sagten, er habe vielleicht noch ein halbes, höchstens ein Jahr zu leben. Butcher kümmerte sich um seinen todkranken Vater, und er war auch der einzige Mensch an seinem Bett und hielt seine Hand, als er die Augen für immer schloss.

Er trauerte lange und intensiv. Seine Mutter hingegen sagte, sein Vater sei eben ein Schwächling gewesen, einer, der mit seinem Leben nicht zurechtgekommen sei. Doch als er älter wurde, begriff Butcher, was oder besser wer seinen Vater in den Tod getrieben hatte. Und obgleich er seine Mutter liebte, hasste er sie auch. Aber er konnte sich nicht entscheiden, welches dieser Gefühle überwog, bis er vor Jahren beschloss, nicht mehr darüber nachzudenken. Sein Vater war tot, seine Mutter lebte. Das allein zählte.

Butcher hatte nie einen Freund gehabt, Bekannte schon, aber wenn einmal einer von ihnen zu ihm nach Hause kam, so war es das erste und auch letzte Mal. Seine Mutter hatte es bestens verstanden, jeden von ihnen zu vergraulen, und wenn es nur durch eine simple Bemerkung war wie: »Habt

ihr zu Hause eigentlich kein Wasser?« Deshalb spielte er meistens allein im Garten oder ging zum nahe gelegenen Wald (der einzige Ort, zu dem er allein gehen durfte), der einen kleinen See umrahmte, fing Frösche, denen er die Beine ausriss und die Körper wieder ins Wasser warf, oder er lockte Eichhörnchen an oder fing Vögel, um ihnen bei lebendigem Leib den Kopf abzureißen oder sie an Bäume zu nageln. Einmal, Butcher war siebzehn, kam ihm ein entlaufener Hund entgegen, den er erst streichelte und später mit unzähligen Fußtritten wie im Rausch tötete. Er hatte so lange auf die hilflose Kreatur eingetreten, bis auch das letzte Winseln verstummt war.
Mit achtzehn machte er sein Abitur, das er als Jahrgangsbester abschloss, worauf seine Mutter besonders stolz war und ihm zum Dank nicht nur den Führerschein, sondern obendrein noch ein Auto schenkte. Doch als er es hatte, durfte er anfangs nur damit fahren, wenn sie neben ihm saß und er ihre Anweisungen befolgte. Aber dieser Zustand hielt glücklicherweise nicht lange an. Bald fuhr er einfach so durch die Gegend, dachte nach und schaltete ab.
Und er war immer noch achtzehn, als er eine fast zwanzig Jahre ältere Frau näher kennen lernte, die mit seiner Mutter befreundet war und die des Öfteren zu ihnen nach Hause kam. An einem Tag, seine Mutter hatte einen wichtigen Arzttermin und vergessen, ihrer Freundin abzusagen, stand sie vor ihm, eine auffallend schöne und wohlgeformte Frau, die ihn nach ein paar Worten zwischen Tür und Angel fragte, ob er sie nach Hause bringen könne, da sie zu Fuß da sei. Er tat es ohne Hintergedanken. Sie bat ihn mit hinein und begann ihn zu verführen. Sie zog, während er im Wohnzimmer stand, einfach ihren Rock und ihre Bluse aus und fragte ihn, ob er schon einmal mit einer Frau geschlafen habe. Er wurde rot und nickte verlegen, obgleich dies gelogen war, denn er hatte noch

nie mit einer Frau geschlafen, er hatte noch nicht einmal eine berührt oder gar geküsst. Für ihn war es etwas Neues, unbeschreiblich Schönes, doch mittendrin fing sie an zu lachen. Ihm schien es, als würde sie ihn auslachen, vielleicht, weil er zu früh ejakuliert hatte oder weil er sich zu ungelenk anstellte. Und irgendwie legten sich seine Hände wie von selbst um ihren Hals, als wäre sie ein kleiner Hund oder eine Katze oder ein Eichhörnchen, und er drückte zu, er drückte so fest und so lange zu, bis sie nicht mehr atmete und ihre weit aufgerissenen Augen, die aus den Höhlen zu treten schienen, leb- und glanzlos an die Decke starrten.
Danach hatte er sich schnell angezogen und überlegt, was er mit der Leiche machen sollte, und kam zu dem Schluss, sie einfach liegen zu lassen. Irgendwann würde schon jemand kommen und sie finden. Sie hatte keinen Mann und keine Kinder, und jeder wusste, dass viele Männer sich bei ihr die Klinke in die Hand gaben. Später hieß es sogar, sie hätte ihren aufwendigen Lebensstil durch Liebesdienste bestritten. Und dennoch hatte er ein mulmiges Gefühl und ein wenig Angst davor, dass die Polizei kommen und ihn befragen und womöglich sogar überführen könnte, doch nichts von dem war geschehen. Sie hatten seiner Mutter Fragen gestellt, aber nicht Butcher.
»Ich geh mal hoch zu den Mädchen«, sagte er.
»Aber weck sie nicht, wenn sie noch schlafen«, bemerkte seine Mutter mahnend.
»Keine Sorge.«
Sophie war bereits wach. Sie schaute ihren Vater mit großen erwartungsvollen Augen an. Er setzte sich zu ihr auf die Bettkante und sagte: »Guten Morgen, Häschen. Ich wünsche dir alles, alles Liebe zum Geburtstag. Zieh dir was über und komm runter, ich glaube, da wartet eine Überraschung auf dich.«

»Was denn?«, fragte sie und zog die Bettdecke über ihre Nase.
»Das verrat ich nicht, denn dann wäre es ja keine Überraschung mehr.« Er tippte ihr auf die Nasenspitze und begab sich in das Zimmer nebenan, wo Laura noch schlief. Er überlegte, was er tun sollte, und dachte, dass sie bestimmt traurig wäre, nicht dabei zu sein, wenn Sophie ihre Geschenke auspackte. Er fasste sie vorsichtig bei der Schulter und flüsterte: »Hallo, guten Morgen.«
»Hm«, knurrte sie und machte die Augen auf.
»Deine Schwester hat Geburtstag, das hast du doch bestimmt nicht vergessen«, sagte er lächelnd.
»Nein. Ist sie schon unten?«
»Wenn du dich beeilst, nicht.«
»Hm.«
Sophie bestaunte im Beisein der Familie ihre Geschenke, bis Butcher sagte: »Ich glaube, da wurde noch was vergessen.« Er machte ein bedeutungsschweres Gesicht, und alle sahen ihn verwundert an.
»Da wurde nichts vergessen«, sagte seine Frau und warf ihm einen kühlen und verständnislosen Blick zu.
»Doch«, entgegnete er, »komm mal mit vor die Tür.« Er nahm Sophie bei der Hand und ging mit ihr nach draußen, und die andern folgten ihnen.
»Ein Fahrrad!«, rief sie aus. »Danke, danke, danke!« Sie sprang ihrem Vater in die Arme und drückte ihm einen langen Kuss auf die Wange. »Das hab ich mir schon so lange gewünscht.« Laura kam dazu und bewunderte zusammen mit Sophie das rote Fahrrad, während Butcher zu den beiden Frauen ging.
»Du hast ihr ein Fahrrad gekauft?!«, zischten seine Mutter und seine Frau fast synchron, aber so, dass die Mädchen, die viel zu beschäftigt waren, es nicht hören konnten. »Hatten

wir nicht ausgemacht, dass sie es dieses Jahr noch nicht bekommt?!«

»Ich habe mich aber anders entschieden. Sie ist alt genug dafür.«

»Darüber reden wir noch in aller Ruhe«, sagte Monika mit eisiger Stimme, die alles erfrieren ließ. »So nicht, mein Freund!«

»Willst du es ihr wieder wegnehmen?«, fragte er leise.

»Wenn es sein muss. Aber ganz sicher nicht heute, heute ist ihr Geburtstag, und ich will ihr die Freude nicht verderben. Außerdem solltest du daran denken, wie alt du warst, als du dein erstes Fahrrad bekommen hast.«

»Junge«, sagte seine Mutter beschwichtigend, »Monika hat Recht. Die Straßen sind heutzutage viel zu gefährlich, und du willst doch nicht, dass Sophie … Mein Gott, ich wage gar nicht, daran zu denken. Sei einsichtig und erklär es ihr.« Und als er nicht reagierte: »Schau mich an, wenn ich mit dir rede. Hörst du, du wirst es ihr erklären, hast du mich verstanden? So wie ich dir immer alles erklärt habe. Das ist nun mal die Aufgabe von Eltern.«

Butcher sah seine Mutter kurz an und sagte: »Kommt ihr alle, mir hängt der Magen in den Kniekehlen.«

Während des Frühstücks sagte Butchers Mutter mit einem Mal: »Sophie, du bist jetzt zehn Jahre alt. Weißt du denn schon, was du mal werden willst?«

»Nö. Vielleicht Tierärztin oder Schauspielerin.«

»Na ja, erst musst du dein Abitur machen und danach studieren. Mach es bloß nicht wie dein Vater, der nach dem Abitur nicht studieren wollte. Die ganze Welt hätte ihm offen gestanden, aber er wollte lieber an alten Autos rumschrauben.«

»Mutter, bitte«, wurde sie von Butcher unterbrochen.

»Nein, nein, lass mich ausreden, Sophie soll ruhig wissen, dass man aus den Fehlern anderer lernen kann. Sie ist sehr gut in der Schule, und das warst du auch, und ich verstehe bis heute nicht, wie du all die Chancen, die du gehabt hast, einfach so vergeuden konntest.«

»Ich verdiene doch genug Geld mit dem, was ich mache.«

»Du könntest aber noch viel mehr verdienen, wenn du damals auf mich gehört hättest. Ich frage mich manchmal, wozu ich mir all die Jahre über so viel Mühe mit dir gemacht habe. Eigentlich habe ich mein ganzes Leben für dich geopfert.«

»Oma hat Recht«, sagte er, obwohl es in ihm rumorte und er ihr am liebsten ins Gesicht geschrien hätte, dass es purer Eigennutz gewesen sei. Und noch viel lieber hätte er ihr gesagt: »Halt's Maul, du dumme, egoistische Gans«, doch dies wagte er nicht. Sie sah sich, so gab sie ihm immer wieder zu verstehen, um die Früchte ihres Einsatzes gebracht und ließ es ihn bei jeder sich bietenden Gelegenheit spüren. Und sie hatte es schon sehr früh geschafft, auch Monika von seiner Unfähigkeit zu überzeugen. Als er sie kennen gelernt hatte, war sie eine unbeschwerte, liebevolle junge Frau gewesen, doch in dem Moment, in dem seine Mutter ins Spiel gekommen war, hatte sie sich verändert. Es schien, als hätten sie sich gegen ihn verbündet, und wenn sie so weitermachten, war es nur eine Frage der Zeit, bis auch Laura und Sophie so werden würden wie sie. Er hätte alles dafür gegeben, dies zu verhindern, aber er wusste, solange seine Mutter das Regiment führte, hatte er keine Chance.

»Etwas späte Einsicht«, bemerkte seine Mutter, »etwas zu spät. Aber es ist dein Leben. Nur bitte, sag deinen Töchtern nicht, dass sie es genauso machen sollen wie du. Es würde mir das Herz brechen.«

»Und mir auch«, erklärte Monika. »Aber reden wir jetzt nicht länger davon, heute ist schließlich Sophies Ehrentag, und den willst du ihr doch bestimmt nicht verderben, Schatz.«

»Nein, natürlich nicht«, erwiderte er. »Macht es euch was aus, wenn ich mich kurz in mein Büro zurückziehe? Ich muss noch ein wichtiges Telefonat führen.«
»Heute?«, fragte seine Mutter verständnislos.
»Es ist geschäftlich.«
»Sag nicht, dass du auch noch wegmusst.«
»Könnte sein. Tut mir leid.«
»Du bist mir vielleicht ein Vater! Lässt seine Tochter an ihrem Geburtstag allein und …«
»Wieso, sie hat doch genug Gesellschaft«, meinte er kurz angebunden und verließ das Esszimmer. Er hörte auch nicht mehr, was seine Frau und seine Mutter ihm nachriefen, es interessierte ihn nicht. Er nahm die Zeitung und begab sich in den Keller, tippte die Zahlenkombination ein und wartete, bis die Tür hinter ihm ins Schloss gefallen war. Er holte die Fotos von Miriam aus der Dunkelkammer und legte sie auf den Schreibtisch neben den PC. In der Zeitung wurde ausführlich über den brutalen Mord berichtet, und es hieß, dass die Polizei bereits eine heiße Spur verfolge. Butcher lächelte maliziös und dachte: Die Fotos, die ich gemacht habe, sind aber besser. Er schaltete den Computer ein und rief das Gedicht auf, das er am Donnerstagabend eingetippt hatte, druckte es aus und legte eines der Fotos dazu. »Okay«, sagte er leise zu sich selbst, während er einen Umschlag aus der Schublade holte und beides hineinsteckte, »dann wollen wir doch mal sehen, wie clever ihr seid und ob ihr wirklich eine heiße Spur habt. Ihr Idioten glaubt wohl allen Ernstes, ihr könnt mich verarschen. Hättet ihr nämlich eine heiße Spur, dann wüsste ich das längst.« Er klebte eine Briefmarke auf den Umschlag und nahm den Telefonhörer in die Hand.
»Moin. Ich sollte mich wegen des Horch heute bei Ihnen melden. Wann passt es Ihnen denn zeitlich … In Ordnung, ich bin

so in zwei bis zweieinhalb Stunden bei Ihnen. Mal sehen, was ich machen kann ... Ja, tschüs.«
Er legte auf, atmete tief durch, steckte den Umschlag in die Innentasche seiner Lederjacke und zog sie an. Er vergewisserte sich wie jedes Mal, ob die Tür auch ordnungsgemäß verschlossen war, und ging nach oben. Butcher hielt die Zeitung in der Hand und sagte zu seiner Frau und seiner Mutter, die die Küche aufräumten: »Hier, die Zeitung. Ist schon wieder eine junge Frau am Haddebyer Noor umgebracht worden. Das ist eine verdammt brutale Welt.«
»Was? Wieso schon wieder?«
»Erinnert ihr euch nicht an den Fall vor vier oder fünf Jahren? Hier scheint jemand rumzulaufen, der es auf Mädchen abgesehen hat. Da kriegt man richtig Angst, wenn man bedenkt, dass Laura und Sophie ...«
»Zeig her«, sagte seine Mutter und riss ihm die Zeitung aus der Hand. Sie überflog den Artikel und stieß fassungslos den Kopf schüttelnd hervor: »Das gibt es doch nicht! Da meint man, in dieser Gegend sei man einigermaßen sicher, und dann so was. Unglaublich. Neunzehn Jahre alt. Aber die Polizei hat wenigstens schon jemand im Visier. Aufhängen sollten sie dieses Schwein, aber ganz langsam.«
»Find ich auch«, erwiderte Butcher. »Ich muss jetzt los, mein Kunde wartet. Ich bin am Nachmittag zurück.«
»Wir müssen uns noch über das Fahrrad unterhalten«, sagte Monika.
»Später, ich hab keine Zeit, der Kunde ist hinter Hamburg. Wenn ich diesen Auftrag kriege, fließen ein paar tausend Euro in die Kasse.« Er nahm beide Frauen gleichzeitig in den Arm und fuhr fort: »Wer weiß, ob ich in der freien Wirtschaft jemals so viel verdient hätte. Eher nicht.«
»Ja, ja, schon gut, hau ab. Aber zum Kaffee bist du wieder da.«

»Spätestens um vier.«
Draußen atmete Butcher einmal tief durch, setzte sich in seinen Golf und fuhr los. Er war froh, diesem Horrorhaus für ein paar Stunden entfliehen zu können.

SAMSTAG, 10.30 UHR

Lisa Santos hatte nur drei Stunden geschlafen, zu sehr beschäftigte sie das Gespräch mit Sören Henning. Immer und immer wieder kreiste es in ihrem Kopf, waren diese Gedanken, es mit einem Mörder zu tun zu haben, der vor nichts und niemandem Halt machte. Sie lag noch im Bett und sah aus dem Fenster. Sie hatte vergessen, die Vorhänge zuzuziehen, bevor sie schlafen gegangen war. Santos setzte sich auf, fuhr sich mit beiden Händen kräftig durchs Haar und gähnte herzhaft. Die Müdigkeit steckte in ihren Knochen, ihr Geist war jedoch hellwach. Sie griff zum Telefonhörer auf dem Nachtschrank und tippte die Privatnummer von Volker Harms ein. Sie wartete lange und wollte bereits auflegen, als eine weibliche Stimme sich meldete.
»Hier Santos. Könnte ich bitte Herrn Harms sprechen?«
»Moment, ich hole ihn.«
»Harms.«
»Ich bin's, Lisa. Tut mir leid, wenn ich störe, aber wir müssten uns treffen. Am besten im Präsidium …«
»Stopp mal. Warum heute?«
»Das erklär ich dir, wenn du dort bist. Meinst du, Jan könnte auch kommen?«
»Warum tust du so geheimnisvoll?«
»Mein Gott, wenn du's unbedingt wissen willst, ich war gestern bei Sören. Er macht mit, aber wir müssen uns unterhal-

ten, bevor wir die Soko bilden. Sören hat Informationen, da haut's dich aus den Latschen.«
»Was?!«
»Sagen wir um zwölf? Im Besprechungszimmer?«
»Lass mich wenigstens noch zu Mittag essen. Halb zwei, okay?«
»Einverstanden. Wer benachrichtigt Jan?«
»Das übernehm ich. Ich bin sehr gespannt.«
»Danke. Und noch was: Lasst Sören bitte nicht auflaufen. Keine Kommentare, hört ihm einfach nur zu. Ich hab mein Versprechen gehalten und ihn zurückgeholt, dafür erwarte ich von euch, dass ihr ihm gegenüber fair seid.«
»Kein Problem.«
Sie drückte auf Aus und rief bei Henning an. Zu Hause erreichte sie ihn nicht, weshalb sie es auf seinem Handy probierte.
»Ja?«
»Lisa. Ich hab eben mit Harms telefoniert. Kannst du um zwei im Präsidium sein? Wir treffen uns im Besprechungszimmer. Und bring am besten alles Material mit, das du mir vorhin gezeigt hast.«
»Nee, ganz bestimmt nicht alles, nur das Wesentliche. Bis nachher.«
Er unterbrach einfach die Verbindung. Lisa starrte noch einen Augenblick auf den Hörer, stand auf und legte ihn auf die Einheit. Sie schnappte sich einen Apfel, den sie am Ärmel ihres Hemdes abwischte. Sie schlief seit Jahren nur noch in XXL-Männerhemden, die fast bis zu den Knien reichten und genügend Bewegungsspielraum boten, wenn sie sich unruhig im Bett herumwälzte. Sie war eine intensive Träumerin, kaum eine Nacht verging, ohne dass sie sich am nächsten Morgen nicht wenigstens an einen Traum erinnern konnte. Lisa lehnte sich an den Tisch und aß den Apfel, warf den abgeknabberten

Strunk in den Abfalleimer und ging ins Bad. Nach einer halben Stunde fühlte sie sich einigermaßen frisch, machte sich zwei Scheiben Toast mit Marmelade und einen Becher Kaffee und räumte anschließend noch auf, obwohl ihre Wohnung immer so wirkte, als wäre gerade eine Putzfee durch die Zimmer gewirbelt. Doch Lisa hasste nichts mehr als Unordnung, alles musste seinen Platz haben und keiner, der sie besuchte, sollte sagen können, sie sei schlampig.

Um kurz vor zwölf ging sie in den Supermarkt um die Ecke, um ein paar Sachen für das Wochenende einzukaufen, unter anderem zwei Steaks, Kartoffeln und frisches Gemüse sowie Salat. Es war dreizehn Uhr, als sie alles, bis auf die Bananen, im Kühlschrank verstaut hatte. Sie überflog den Bericht über den Mord an Miriam, der in den *Kieler Nachrichten* abgedruckt war, und nickte zufrieden. Wir haben eine heiße Spur, dachte sie. Wenn der Kerl wüsste, wie kalt sie ist. Hoffentlich liest er überhaupt Zeitung, wenn nicht, war alles umsonst. Aber er darf nicht weitermachen, wir müssen es verhindern. Nur wie? Nein, er wird weitermachen, und wir können nur beten.

Sie schloss die Fenster und sah sich noch einmal um, wie jedes Mal, bevor sie für längere Zeit die Wohnung verließ. Um fünf vor halb zwei traf sie im Präsidium ein. Sie war die Erste, kurz nach ihr erschienen Harms und Friedrichsen.

»Also, was gibt es so Wichtiges, dass du mich um mein verdientes Wochenende bringst?«, fragte Harms schmunzelnd.

»Nicht nur um deins, auch um meins«, konnte sich Friedrichsen nicht verkneifen zu bemerken.

»Setzt euch. Wie ich schon sagte, ich war gestern bei Sören. Wir haben bis heute Morgen um halb vier zusammengesessen. Ihr glaubt nicht, was der in den vergangenen Jahren an Informationen zusammengetragen hat. Ich hab gestern auch zuerst

gedacht, ich bin im falschen Film, aber das klingt alles so verdammt logisch, was er sagt.«
»Aber wie hast du ihn rumgekriegt?«, wollte Harms wissen. »Hast du ihn unter Drogen gesetzt?«
»War nicht nötig. Ist auch 'ne lange Geschichte, ich will euch nicht damit langweilen. Wichtig ist doch, dass er überhaupt wieder mit im Boot sitzt. Und nach dem, was ich erfahren habe, kann ich nur sagen, er hat sich mächtig viel Mühe gemacht. So, und jetzt bitte tut mir einen Gefallen und seid einfach ganz normal, wenn er kommt. Wir wollen ihn doch nicht gleich wieder vergraulen.«
»Wenn er wirklich mitmacht, hast du etwas geschafft, womit ich niemals gerechnet hätte. Ich dachte wirklich, der versauert noch in seinem Büro.«
Harms hatte den Satz kaum beendet, als Henning eintraf. Unter seinen Arm hatte er zwei dicke Aktenordner geklemmt, in der rechten Hand trug er einen Pilotenkoffer. Seine Miene war ernst, die ganze Situation schien ihm nicht ganz geheuer zu sein. Lisa lächelte ihm aufmunternd zu.
»Hi«, begrüßte er die Anwesenden und legte die Ordner auf den Tisch und stellte die Tasche daneben.
»Moin, moin«, sagte Harms, der sich seine Freude, Henning wieder im Team zu haben, nicht anmerken ließ. Er gab sich wie immer freundlich und auf eine gewisse Weise unverbindlich. »Was hast du denn alles dabei?«
»Das hat euch doch Lisa bestimmt schon längst erzählt.«
»Nein, hat sie nicht. Wir sind völlig unbelastet. Aber sie hat es ziemlich dringend gemacht.«
Henning zuckte mit den Schultern und nahm Platz. »Womit soll ich beginnen?«, fragte er und sah seine Kollegin hilfesuchend an.
»Sag einfach, was du rausgefunden hast. Mach's wie gestern Abend.«

»Von mir aus. Ich brauch dazu aber die Magnettafel und am besten auch den Bildprojektor.«
»Wie lange wird es dauern?«, fragte Friedrichsen.
»Kommt drauf an, wie oft ihr mich unterbrecht«, entgegnete Henning trocken. »Fangen wir am besten gleich an. Wenn Lisa euch tatsächlich noch nichts gesagt hat, umso besser. Doch um eins gleich vorwegzuschicken, alles, was ich sage, ist hypothetisch und noch nicht untermauert. Aber wir können versuchen das Fundament zu legen. Lasst mich einfach reden, macht euch Notizen und stellt mir eure Fragen hinterher, dann geht's schneller.« Er öffnete seinen Koffer und holte eine dicke Mappe mit Fotos heraus. »Ich habe mir die Mühe gemacht, alle ungeklärten Vermissten- und Todesfälle in Norddeutschland der vergangenen vierzehn Jahre einmal genauer unter die Lupe zu nehmen. Das sind bis jetzt zweihunderteinundfünfzig ...«
»Augenblick«, warf Harms ein. »Erstens, warum gehst du so weit zurück, und zweitens, was hat das mit unserem aktuellen Fall zu tun?«
»Wenn du mich ausreden lässt, erklär ich's dir. Wir haben zwei tote Anhalterinnen in der Nähe des Haddebyer Noors gefunden. Auffällig bei beiden war die unnatürliche, ich nenne es fötale Lage, weil sie wie ein Fötus im Mutterleib aufgebahrt wurden, sowie die Tatsache, dass der Täter das Gepäck einfach neben sie geworfen hat. Uns allen ist klar, dass wir es mit ein und demselben Mann zu tun haben ...«
»Das ist gar nicht klar, er hat sie schließlich auf unterschiedliche Weise getötet«, bemerkte Harms.
»Es ist klar. Hier, die Fotos von den Fundorten, die zu neunundneunzig Prozent auch Tatorte sind. Der einzige Unterschied ist, dass Sabine Körner der Schädel zertrümmert wurde, während Miriam Hansen durch Genickbruch zu Tode kam. Aber wir wissen alle aus der Kriminalgeschichte, dass

manche Serientäter nicht immer das gleiche Tatwerkzeug benutzen. Beispiele hierfür gibt es genug.« Er nahm die Mappe mit den Fotos, schaltete den Bildprojektor an und legte das erste Bild darauf. Und an Lisa gewandt: »Könntest du bitte mal dunkel machen, manche Aufnahmen sind sonst schlecht zu erkennen.«

Sie ging zum Fenster und drückte einen Knopf, woraufhin sich die Jalousien automatisch schlossen.

»Paul Franke aus Wismar. Acht Jahre alt, vermisst seit 8. September 1997. Zuletzt wurde er von einem Schulfreund gesehen, als dieser sich von Paul gegen halb eins verabschiedet hat. Es war helllichter Tag in einer um diese Zeit ziemlich stark frequentierten Gegend. Wo ist der Junge abgeblieben? Keiner hat sein Verschwinden bemerkt. Die Eltern, die Verwandtschaft, Freunde und Bekannte der Familie wurden zum Teil langen Verhören unterzogen, ohne Erfolg. Paul ist und bleibt verschwunden.« Harms wollte wieder etwas sagen, doch Henning ließ ihn nicht zu Wort kommen. »Keine Unterbrechung bitte. Ihr werdet alle gleich merken, worauf ich hinauswill.« Er legte das nächste Foto auf den Projektor und fuhr fort: »Claudia Meister aus Tübingen. Zweiundzwanzig, ermordet am 3. Juni 2002. Sie war als Anhalterin auf dem Weg ans Nordkap, fiel aber offensichtlich bei Leezen, das liegt zwischen Bad Oldesloe und Bad Segeberg, ihrem Mörder in die Hände. Ein Autofahrer hat sich nämlich nach dem Fahndungsaufruf gemeldet und ausgesagt, Claudia auf der A 21 bis kurz hinter die Abfahrt Leezen mitgenommen zu haben. Er wurde eingehend verhört, aber er kommt als Täter nicht in Frage. Bereits am Tag darauf, am 4. Juni, wurde ihre Leiche in einem Waldstück am Neversdorfer See gefunden. Sie wurde mit über dreißig Messerstichen getötet und anschließend vergewaltigt und die Augen ausgestochen. Aber natürlich keine Fremd-DNA, der Täter hat nämlich ein Kondom benutzt.

Das Gepäck, wie auf dem Bild ersichtlich, achtlos neben sie geworfen. Markant ist auch die Art und Weise ihrer Aufbahrung, sie ist nämlich diesmal nicht fötal ... Christine Seiler aus Kassel. Acht Jahre, ob missbraucht oder nicht, konnte nicht festgestellt werden. Auf jeden Fall wurde sie entweder erdrosselt oder erwürgt. Zuletzt gesehen am 2. Oktober 92. Ihre Leiche wurde ziemlich genau sieben Jahre später mehr als vierhundert Kilometer entfernt bei Wolgast, Mecklenburg-Vorpommern, entdeckt. Und jetzt seht euch das Skelett an – fötale Lage ...« Er legte ein Foto nach dem andern auf den Projektor und erklärte schließlich: »Und last but noch least Miriam Hansen, neunzehn Jahre, et cetera pp. Das waren jetzt einunddreißig Fälle, aber ich bin sicher, dass das noch längst nicht das Ende der Fahnenstange beziehungsweise alles ist, was auf das Konto unseres Mannes geht, denn viele der Vermissten gelten immer noch als vermisst. Aber sollte es wider Erwarten bei den einunddreißig bleiben, dann ergibt das pro Jahr immerhin gut zwei Morde, eine ziemlich ordentliche Quote. So, und nun dürft ihr Fragen stellen.«
Für einen Moment herrschte atemlose Stille.
Lisa Santos wollte bereits die Jalousien öffnen, doch Henning sagte: »Mach lieber das Licht an, wir brauchen den Projektor noch.«
Harms fragte ruhig, und doch war in seiner Stimme ein Timbre, das sein Entsetzen widerspiegelte: »Woher hast du das alles?«
»Aus dem Polizeicomputer, aus diversen Akten, zum Teil auch aus der Zeitung. Scheint mir aber, dass ich der Einzige bin, der sich bisher die Mühe gemacht hat, die Fälle miteinander zu vergleichen.«
»Und wieso bist du nicht vorher damit gekommen?«
»Weil ich keine Beweise habe, nur meinen Bauch, der mir sagt, dass das, was ich denke, richtig ist. Und um gleich ein

paar noch nicht gestellte Fragen vorweg zu beantworten, ich war mir nicht sicher, ob ihr mir überhaupt glauben würdet. Ich habe einen gravierenden Fehler gemacht. Im Nachhinein glaub ich fast, ich musste ihn machen, um überhaupt erst einmal diese Recherchen anzustellen. Es ist verdammt viel passiert in den letzten mehr als vier Jahren, aber jetzt bin ich hier und bereit, mit euch über meine neuen Erkenntnisse zu reden.«

»Du hast vier Jahre lang recherchiert?«, fragte Harms ungläubig.

»Nein, erst seit ... Ah, ist nicht so wichtig.«

»Seit Sören alleine lebt«, warf Lisa Santos schnell ein. »Außerdem ist das unwichtig.«

Friedrichsen sah Henning zweifelnd an. »Und du bist wirklich überzeugt, dass alle diese Opfer einem Täter zugeschrieben werden können?«

Henning zuckte mit den Schultern. »Nicht nur diese, ich bin sogar sicher, dass mindestens doppelt so viele auf sein Konto gehen. Ich habe euch nämlich bis jetzt nicht die Fälle gezeigt, und Lisa weiß bisher auch noch nichts davon, die sich südlich von Hannover ereignet haben. Alle Ermordeten, die ihr bisher gesehen habt, wurden in Norddeutschland getötet, und alle Vermissten stammen ebenfalls aus Norddeutschland. Aber es gibt einige Tötungsdelikte außerhalb, zum Beispiel in Hessen, Sachsen, dem nördlichen Bayern, dem südlichen Nordrhein-Westfalen, Rheinland-Pfalz und Saarland, die auch seine Handschrift aufweisen. Es gibt sogar drei Mordopfer aus dem Ausland. Das heißt, wir haben es mit einem äußerst umtriebigen Täter zu tun. Nehmen wir Torben aus Wilhelmshaven. Acht Jahre alt, verschwunden am Vormittag des 4. Juli 2002.« Er legte das Foto des Jungen auf den Projektor, Lisa Santos schaltete das Licht aus. »Umgebracht wurde er meiner Meinung nach in der Nähe seines Wohnorts, gefunden wurde

seine Leiche aber in Oberfranken, sechshundert Kilometer entfernt. Die Lage der Leiche ist eindeutig und, was meine Theorie zusätzlich untermauert, auch bei ihm fehlte ein Kleidungsstück, nämlich die Unterhose. Er wurde erdrosselt oder erwürgt.«
Er tauschte die Fotos aus und legte ein anderes auf den Projektor, das eine offene, freundliche und sehr hübsche junge Frau mit langen dunklen Haaren zeigte.
»Hier geht es um einen Fall südlich von Hannover. Chiara Antonelli aus Florenz. Dreiundzwanzig Jahre alt, am 15. Juni 1991 mit dem Zug unterwegs bis Frankfurt am Main, wo sie ihren Bruder und seine Familie besuchen wollte. Spätere Aussagen des Bruders und der Schwägerin belegen, dass sie Chiara vom Bahnhof abholen wollten, aber auf der Fahrt dorthin in einen Stau geraten sind. Sie trafen erst eine halbe Stunde nach der Ankunft des Zuges am Hauptbahnhof ein. Aber keine Chiara weit und breit. Sie kam morgens um halb zehn in Frankfurt an, sie ist ausgestiegen, hat auf ihren Bruder gewartet, er kam nicht, na ja, was immer dann auch passiert ist, kurz nach ihrer Ankunft verliert sich jedenfalls ihre Spur. Bis zum 9. Dezember desselben Jahres. Forstarbeiter finden ihre verweste und von Wildtieren angefressene Leiche bei Braunlage im Harz. Moment, hier ist das Foto vom Fundort.«
Henning legte es auf den Projektor und deutete auf die Lage der Toten. »Nackt, ihr Gepäck wie bei Sabine Körner und Miriam Hansen neben ihr. Auch die Kleidung war vollständig, bis auf den Slip, den sie getragen haben muss. Sie wurde durch zahlreiche Messerstiche getötet, allerdings konnte die genaue Anzahl nicht mehr festgestellt werden. Und ihre Augen waren ausgestochen. Die Frage ist, warum hat sie nicht auf ihren Bruder gewartet? Hat sie jemanden kennen gelernt, der ihr gesagt hat, er würde sie zum Bruder bringen? Es ist ein absolutes Rätsel, für das es keine Lösung gibt, oder besser gesagt, es gibt

eine Lösung, nur, sie wurde bisher nicht entdeckt. Aber Fakt ist, dass sie in Frankfurt aus dem Zug stieg, ihre Leiche jedoch bei Braunlage gefunden wurde, fast dreihundert Kilometer von Frankfurt entfernt, doch diesmal ging die Reise wieder Richtung Norden. Wie kam sie dorthin, mit wem hat sie gesprochen beziehungsweise wer hat sie angesprochen? Lauter Fragen und keine Antworten. Oder habt ihr eine?«

»Sören«, sagte Friedrichsen nachdenklich, »deine Ausführungen in allen Ehren, aber das widerspricht jeder kriminalistischen Logik. Ich meine, du behauptest doch, dass irgendwo in Deutschland jemand rumläuft, der kleine Jungs, Mädchen, Teenager und sogar Erwachsene umbringt. Das wäre ein absoluter Präzedenzfall, denn mir ist nicht bekannt, so etwas schon jemals in der deutschen Kriminalliteratur gelesen zu haben.«

»Tja, das haben Präzedenzfälle so an sich – sie geschehen alle zum ersten Mal. Unser Mann passt in kein der deutschen Polizei bisher bekanntes Täterprofil, da er seine Opfer auf unterschiedliche Weise tötet, er keinen Unterschied zwischen den Geschlechtern macht und sich auch nicht auf Kinder oder Erwachsene spezialisiert hat. Er ist pädophil, nekrophil, eigentlich deckt er das komplette Spektrum ab. Manche Opfer bringt er um, ohne sich an ihnen zu vergehen, wie zum Beispiel Sabine Körner, andere wieder foltert er bestialisch, wieder andere tötet er und vergeht sich dann an ihnen. Aber eins ist immer gleich, er behält von jedem seiner Opfer ein Souvenir. Einen Strumpf, eine Socke, Slip, Unterhose, BH … Ihr könnt mich ruhig alle für verrückt halten, aber ich bin überzeugt, es ist nur einer, mit dem wir es zu tun haben.«

»Von wie vielen Morden gehst du aus?«, fragte Friedrichsen mit kehliger Stimme.

»Schwer zu sagen, aber es könnten meinen Berechnungen nach zwischen vierzig und siebzig sein.«

»Das ist Wahnsinn«, bemerkte Harms kopfschüttelnd, »das ist der blanke Wahnsinn! Damit würde er als einer der größten Serienkiller aller Zeiten in die Geschichte eingehen.«

»Gut möglich«, entgegnete Henning lapidar. »Oder glaubt ihr, alle in Anführungsstrichen großen Serienkiller müssten in den USA ihr Unwesen treiben? Das wäre blauäugig. Ich erinnere nur an Andrej Tschikatilo, den sogenannten Ripper von Rostow in Südrussland. Er hat zwischen Dezember 78 und November 90 dreiundfünfzig Frauen und Kinder umgebracht, wobei die Dunkelziffer laut Ermittlern noch wesentlich höher liegt. Und er hat zu einer Zeit mit dem Morden begonnen, als die Sowjetunion noch bestand. Auch er machte keinen Unterschied zwischen den Geschlechtern oder dem Alter seiner Opfer. Er mordete scheinbar wahllos, womit ein Präzedenzfall nunmehr ausgeschlossen sein dürfte, denn was in den USA oder in Südrussland möglich ist, kann genauso gut auch bei uns geschehen. Es gibt im Übrigen weltweit mehr solche Fälle. Jan, du warst doch einige Male in den Staaten und hast mit renommierten Profilern und Fallanalytikern zu tun gehabt. Du müsstest eigentlich am besten wissen, dass es Täter gibt, die in keine Schublade passen ... Jedenfalls, dieser Tschikatilo ist der Polizei mehrfach durchs Netz geschlüpft. Schon nach seinem ersten Mord hätte man ihn festnehmen müssen, aber das beim Opfer gefundene Sperma passte nicht zu seiner Blutgruppe, bis japanische Wissenschaftler später herausfanden, dass es in extrem seltenen Fällen vorkommen kann, dass Blutgruppe und Sperma nicht identisch sind. Aber das nur am Rande. Es könnte sein, dass auch unser Mann bereits auffällig geworden ist, vielleicht wurde er sogar schon erkennungsdienstlich behandelt, wer weiß?«

»Aber dann hätte man ihn doch längst geschnappt, wenn seine Fingerabdrücke in der Datenbank gespeichert wären.«

»Möglich, doch es soll auch schon vorgekommen sein, dass

Daten verschwinden. Es war nur eine Idee, ich selber glaube nicht, dass er schon mal mit der Polizei in Konflikt geraten ist, und wenn, dann höchstens wegen einer Lappalie, wegen der er nicht erkennungsdienstlich behandelt wurde. Andererseits, wenn ich mir vorstelle, dass auch unser Mann in diese Extremgruppe fällt ... Weit hergeholt, ich weiß, aber im Moment halte ich nichts für unmöglich.«

Harms stand auf, ging in sein Büro und holte zwei Flaschen Wasser und Gläser. »Ich brauch jetzt was zu trinken. Wenn's hier Bier oder Schnaps gäbe, würde ich mir einen hinter die Binde kippen.« Er schenkte sich ein und prostete den andern zu. Nachdem er ausgetrunken hatte, sagte er: »Warum um alles in der Welt bist du nicht früher damit rausgerückt? Warum?«

»Hab ich doch vorhin schon erklärt. Ich hatte Angst, ihr würdet mir nicht glauben. Ich zweifle doch selber hin und wieder noch daran, ob das alles wahr sein kann. Aber die Fakten sprechen für sich, und jedes Mal, wenn ich mir das ganze Zeug anschaue, werde ich sicherer mit meiner Vermutung. Irgendwann wäre ich damit schon gekommen. Ihr habt es allein Lisa zu verdanken, dass es heute schon so weit ist. Und es hat auch ein bisschen was mit dem Tod von Miriam Hansen zu tun.«

Friedrichsen fragte: »Wie kommst du darauf, dass er auch für die diversen Vermisstenfälle verantwortlich sein könnte?«

»Ganz einfach, sie haben sich alle nach einem ähnlichen Schema abgespielt. Nehmen wir zum Beispiel Alexander aus Visselhövede. Seine Leiche wurde zwar inzwischen gefunden, aber der Junge steht stellvertretend für die meisten der von mir genannten Personen, auch die Vermissten. Alexander, acht Jahre alt, wird am Samstag, dem 21. September 2002 von seinem Vater zum Zigarettenautomaten geschickt. Es ist halb sieben am Abend, die Sportschau läuft. Der Zigarettenautomat befindet sich in unmittelbarer Nähe des Hauses auf der gegenüberliegenden Straßenseite. Nur ist ausgerechnet an diesem Abend der Automat kaputt. Also geht der Junge zwei Straßen weiter zum nächsten Automaten. Er wird noch von einer Nachbarin gesehen, die dem Jungen begegnet. Sie wechselt ein paar Worte mit ihm, fragt ihn, wo er hingeht, und er antwortet, Zigaretten holen für seinen Vater. Die Nachbarin geht weiter, der Junge aber kommt nicht nach Hause. Nach etwa zwanzig Minuten wundert sich der Vater, wo sein Sohn bleibt, macht sich aber noch keine großen Gedanken, denn Alexander ist bekannt dafür, dass er gerne trödelt und die Zeit vergisst. Es vergeht eine Stunde, die Sportschau ist längst zu Ende, der Junge aber noch immer nicht zurück. Die Eltern beginnen sich Sorgen zu machen, auch, weil es bald dunkel wird. Sie suchen nach ihm, telefonieren mit Freunden von Alexander, doch keiner hat ihn gesehen. Der Junge ist wie vom Erdboden verschluckt. Nach seiner Begegnung mit der Nachbarin scheint es, als wäre er in einem schwarzen Loch verschwunden. Einfach so.« Henning schnippte mit den Fingern. »Die Polizei wird eingeschaltet, eine großangelegte Suchaktion gestartet, doch erfolglos. Am 24. Oktober 2002, also gut einen Monat später, wird seine Leiche etwas mehr als hundert Kilometer entfernt bei Meldorf gefunden, in der bereits bekannten Lage. Der Junge ist nackt, seine Unterhose ist das einzige Kleidungsstück, das fehlt. Er wurde erwürgt, aber nicht missbraucht. Was ich damit sagen will, ist, dass vermutlich noch einige Vermisste irgendwo in Deutschland liegen. In einem Wald, in einem See oder einem Fluss oder einem verlassenen Keller. Und was bei allen Fällen auch übereinstimmt, die Opfer verschwanden urplötzlich und wurden in der Zeit ihres Verschwindens von niemandem gesehen, zum Beispiel, als sie in ein fremdes Auto stiegen oder gar, wie dieses Auto aussah. Nichts, aber auch rein gar nichts wurde bemerkt. Manche verschwanden um die Mittagszeit oder am Nachmittag, manche von ihnen an stark frequentierten Plätzen, und doch gibt es nicht einen einzigen Hinweis. Ihr könnt die Akten durchwälzen, es gibt keinen Eintrag unter Zeugen. Wer immer auch dahintersteckt, er hat das Glück auf seiner Seite, auch wenn das höhnisch klingt.«

Lisa Santos erhob sich und lief im Zimmer auf und ab wie eine Tigerin in einem Käfig. Nach einigem Überlegen fragte sie leise und doch eindringlich, als könnte sie noch immer nicht begreifen, was sie eben erfahren hatte: »Warum ist bis jetzt noch kein anderer auf die Idee gekommen, dass diese Fälle zusammenhängen könnten? Ich meine, allein die fehlenden Kleidungsstücke hätten doch schon die Aufmerksamkeit von zumindest einigen Kollegen erregen müssen.«

Henning lachte trocken auf. »Ganz einfach. Weil man eben, wie Jan auch, nicht davon ausgeht, dass in Deutschland ein Serienmörder sein Unwesen treibt, der so ziemlich alles tötet, was ihm zwischen die Finger kommt. Was lernen wir denn auf der Polizeischule und bei den diversen Seminaren über Serienmörder, wenn wir denn überhaupt etwas darüber lernen? Sie greifen sich entweder kleine Jungs oder kleine Mädchen, blonde Frauen, rothaarige Frauen, Schwule, Prostituierte und so weiter. Wir gehen stets davon aus, dass ein Serientäter einem bestimmten Muster folgt oder besser gesagt folgen muss. Das heißt, er konzentriert sich auf eine Opfergruppe, entweder Jungs oder Mädchen, Prostituierte oder Schwule oder, oder, oder ... Literatur dazu gibt es massenweise, Literatur zu Serientätern, Täter- und Opferprofilen, es gibt Fallanalysen, die stellvertretend für die jeweiligen Täter- und Opfertypen stehen. Aber der, mit dem wir es zu tun haben, hat nichts mit dem typischen Serienkiller gemein. Was immer ihn auch zu seinen Taten bewegt, wir wissen es nicht. Erfüllt er eine Mission?« Henning zuckte mit den Schultern. »Keine Ahnung. Ich wüsste nicht, wie die aussehen könnte. Warum bringt er

Kinder, Jungs und Mädchen, Teenager, aber auch Männer und Frauen um? Keine Ahnung. Warum, und das scheint ziemlich offensichtlich zu sein, vergewaltigt er nur weibliche Opfer, die, sagen wir, älter als vierzehn sind? Keine Ahnung. Warum hat er bisher seine DNA nicht hinterlassen, aber ausgerechnet bei Miriam Hansen zum ersten Mal? Keine Ahnung, aber ich habe eine vage Vermutung, die ich gestern schon geäußert habe, nämlich, dass er zu spielen beginnt. Warum sammelt er Trophäen? Keine Ahnung. Wie viele Menschen hat er überhaupt umgebracht? Keine Ahnung. Ich weiß nur eins – der Mord an Miriam Hansen an fast genau der Stelle, wo auch Sabine Körner umgebracht wurde, war kein Zufall. Er will meiner Meinung nach ein Zeichen setzen. Vielleicht will er uns mitteilen, dass wir endlich auf sein Spiel eingehen sollen. Vielleicht sagt er uns: Hallo, wie lange soll ich denn noch warten, bis ihr endlich kapiert, was abgeht. Was dafür spricht, ist, dass er bis vorgestern nicht zweimal an einem Ort zugeschlagen hat. Deshalb fand ich es gut, dass heute in der Zeitung das mit der heißen Spur steht, die wir angeblich verfolgen. Kann sein, dass er dadurch unsicher wird und bald einen Fehler begeht. Kann aber auch sein, dass er sein Spiel intensiviert. Wenn dem so sein sollte, müssen wir uns auf einiges gefasst machen.«
Lisa Santos schlug sich gegen die Stirn und sagte: »Jetzt kapier ich endlich, was du gestern damit gemeint hast – er fängt an zu spielen. Du hast da schon gespürt oder gewusst, dass er uns ein Zeichen oder einen Hinweis gibt, weil du all diese Informationen hier hattest.«
»Ja.«
»Und du kennst diesen verdammten Saukerl in- und auswendig, stimmt's?« Sie stellte sich vor Henning, ihre Augen funkelten wütend, spanisch wütend, heißblütig wütend. Sie war leicht reizbar, aber ebenso leicht wieder zu besänftigen, vorausgesetzt, man kannte sie und fand die richtigen Worte.

Henning schüttelte den Kopf, legte für ein paar Sekunden seine Hand auf Lisas Schulter und antwortete: »Nein, ich kenne ihn überhaupt nicht. Ich kenne weder seine Beweggründe noch seinen Hintergrund, ich kann ihn mir nicht einmal vorstellen. Alles, was ich weiß, habe ich euch gezeigt. Aber ich möchte ihn gerne kennen lernen und weggesperrt wissen, denn erst dann ist sichergestellt, dass er kein Unheil mehr anrichten wird. Tut mir leid, wenn ich dich enttäuschen muss, aber ich kenne dieses Monster so wenig wie du.«
Friedrichsen, der lange still zugehört hatte, sagte: »Mal angenommen, du hast Recht mit deiner Theorie, wo könnte er deiner Meinung nach wohnen? Nur in etwa. Du sagst ja selbst, dass seine Spur bis nach Bayern und das Saarland führt, das sind sechs- bis achthundert Kilometer von hier.«
»Ich denke, er wohnt in Norddeutschland, zumindest sprechen gewisse Indizien dafür. Es gibt zum Beispiel eine Häufung von Fällen in Schleswig-Holstein, Mecklenburg-Vorpommern und Niedersachsen. Außerdem halte ich es für ziemlich unwahrscheinlich, dass er sich rein zufällig das Haddebyer Noor zweimal als Tatort ausgesucht hat.« Henning schüttelte den Kopf und verbesserte sich: »Nein, nicht nur das Haddebyer Noor, sondern auch fast auf den Zentimeter genau die gleiche Stelle. Es steckt ein Plan dahinter, doch welcher? Eins ist sicher, er muss über exzellente Ortskenntnisse verfügen und wissen, wann er wo ungestört ist, und gleichzeitig muss er auch wissen, dass man ihn nie mit derartigen Verbrechen in Verbindung bringen würde. Eben der nette Nachbar von nebenan, der liebende Ehemann, der gute Vater. Kann auch sein, dass er alleinstehend ist, aber unauffällig lebt. Doch nicht so unauffällig, dass man ihn nicht kennen würde. Wie gesagt, einer aus der Nachbarschaft, dem niemand solch schreckliche Verbrechen zutrauen würde. Nur, er würde nie in der unmittelbaren Nachbar-

schaft zuschlagen, das wäre für ihn dann doch ein zu großes Risiko. Nur angenommen, ausgerechnet dann beobachtet ihn jemand, wie er eine Person mitnimmt, die kurz darauf als vermisst gemeldet wird. So hoch pokert er nicht. Und trotzdem, ich bin fast überzeugt, dass er in einem Raum zwischen Flensburg und Hamburg sowie Bremen und Lübeck wohnt, denn in dieser Gegend gibt es eine auffällige Häufung von ungeklärten Tötungsdelikten und Vermisstenfällen. Das Problem ist nur, dass man bis jetzt nicht in Betracht gezogen hat, bei dem Mörder des Ehepaars Richter aus Lübeck und zum Beispiel der kleinen Maike aus Niebüll und von Robert Jensen hier aus Kiel könnte es sich um ein und denselben Mann handeln. Grund: Er passt nicht ins Schema. Die Richters Mitte dreißig, Maike acht, Jensen sechsundvierzig und dazu schwul. Deshalb werden diese Fälle auch völlig getrennt voneinander behandelt, obwohl alle drei Morde in unserer unmittelbaren Umgebung verübt wurden.«
»Über das Täterprofil unterhalten wir uns später noch«, warf Harms ein. »Andere Frage: Wenn sein Schwerpunkt in diesem nicht gerade kleinen Gebiet liegt, warum dann die Morde in den andern Bundesländern?«
»Hab ich die Frage richtig verstanden? Warum? Hallo, das Warum möchte ich auch gerne wissen. Warum mordet er hier in der Gegend? Keinen Schimmer. Aber eins scheint doch ziemlich klar zu sein, er ist viel unterwegs. Der spult Kilometer um Kilometer runter, und keiner fragt sich, wo er ständig ist, weil es wahrscheinlich zu seinem Job gehört. So, ich bin fertig, ihr könnt fragen. Ach ja, eins noch: Für meine Begriffe ist er hochintelligent, aber emotional total gestört.«
Einen Moment lang herrschte Stille, bis Friedrichsen sagte: »Ich möchte und kann mich noch nicht über ein psychologisches Profil auslassen, dazu muss ich die Informationen erst einmal verarbeiten und analysieren. Darf ich kurz zusammen-

fassen, was ich mir notiert habe und was ich für besonders wichtig erachte?«

»Bitte.«

»Gut. Deiner Meinung nach mordet er seit mindestens vierzehn Jahren. Gab es wirklich in keinem Fall auch nur eine vage Täterbeschreibung oder eine Beschreibung des Fahrzeugs, mit dem er unterwegs war beziehungsweise ist?«

»Nein. Aber dazu kann ich nachher noch einiges erklären.«

»Okay. Du gehst von vierzig bis sechzig Opfern aus. Wie wahrscheinlich ist es, dass jemand so viele Menschen tötet, ohne Spuren zu hinterlassen?«

»Er hinterlässt Spuren, er hinterlässt sogar Spuren ohne Ende, zum Beispiel, indem er an seinen Opfern ein Ritual vollzieht, nämlich die fötale Lage. Er hat vorgestern zum ersten Mal seine DNA hinterlassen, wir wissen, welche Kondomsorte er benutzt, er scheint nämlich auf Erdbeergeschmack mit Noppen zu stehen. Er sammelt Trophäen oder Souvenirs, kommt ganz drauf an, als was er es betrachtet. Es wurden bei zwei Opfern definitiv seine Fingerabdrücke sichergestellt, die aber offenbar nicht miteinander verglichen wurden, weil die einzelnen Fälle eben zu unterschiedlich gelagert sind. Aber mittlerweile scheint er wütend zu werden wegen unserer Blödheit. Der sagt sich wahrscheinlich, irgendwann müssen die doch endlich mal begreifen, dass ich der große Magier bin, der David Copperfield unter den Serienmördern. Und ich will, dass ihr das endlich anerkennt.«

»Heißt das, du denkst, er will gefasst werden?«

»Nee, er will ganz sicher nicht gefasst werden, er will spielen. Und jetzt müssen wir uns fragen: Gehen wir auf sein Spiel ein, oder ermitteln wir unter Ausschluss der Öffentlichkeit? Ich will damit ausdrücken, dass er Wert darauf legt, dass über seine Morde in den Medien berichtet wird. Oder gibt es eine Möglichkeit, seine Herausforderung anzunehmen, ohne die

Öffentlichkeit zu sehr zu beunruhigen? Das heißt, wenn wir auf sein Spiel eingehen, wie tun wir das? Ich weiß es nicht.«
Harms meldete sich zu Wort. »Wir dürfen die Öffentlichkeit nicht mit allen Fakten konfrontieren, sonst bricht eine Massenhysterie aus, und das würde unsere Ermittlungen nur unnötig erschweren. Außerdem würden uns die Medien ganz genüsslich in der Luft zerreißen, denn sobald die spitzkriegen, dass der gesamte Polizeiapparat Norddeutschlands all die Jahre über gepennt hat, dann haben wir ein echtes Problem. Damit hätte er sein Ziel erreicht.«
»Stimmt«, sagte Lisa Santos und schenkte sich ein Glas Wasser ein. »Aber ...«
»Darf ich meine Fragen noch zu Ende bringen?«, sagte Friedrichsen.
»Sicher.«
»Ich habe mir während deiner Ausführungen notiert, wie er wohl an seine Opfer rankommt. Laufen sie ihm zu, sind es zufällige Begegnungen oder wendet er einen Trick an? Aber was für einen Trick gibt es, mit dem man sowohl Kinder als auch Erwachsene für sich gewinnt? Ich meine, bei Kindern bis zu einem gewissen Alter, acht oder neun Jahre, ist es relativ einfach, vor allem, wenn die Person vertrauenswürdig erscheint und entsprechend auftritt. Wobei mir bei deinen Ausführungen aufgefallen ist, dass es kein Opfer gibt, das jünger als acht war. Das heißt, an Kleinkindern vergreift er sich nicht. Aber bei Erwachsenen ...«
Henning stellte sich zu Lisa Santos ans Fenster und sagte nach einer kurzen Pause: »Alle drei stimmen. Sie laufen ihm zu, es sind zufällige Begegnungen, und er wendet einen Trick an. Welchen, kann ich nicht sagen. Aber lasst uns mal das Prinzip Zufall ein wenig näher beleuchten, wofür ich dir übrigens dankbar bin, dass du es angesprochen hast, sonst hätte ich's gleich getan ...«

»Wieso das Prinzip Zufall?«, fragte Friedrichsen leicht irritiert. Er nahm seine Brille ab und putzte sie mit einem Papiertaschentuch.
»Oh, Entschuldigung«, antwortete Henning still lächelnd, »nennen wir es den Begriff Zufall.« Er sah Lisa an, die ebenfalls lächelte, obwohl ihr nicht danach zumute war. Er legte seine Hand auf ihre und nickte ihr aufmunternd zu. »Über was wollen wir sprechen? Über Zufall oder zufällige Begegnungen?«
»Worauf willst du hinaus?«, fragte Harms ungeduldig und schaute auf die Uhr.
»Ich möchte mal ein paar Beispiele nennen und gleichzeitig Fragen in den Raum werfen, denn ich denke, das ist einer der interessantesten Teile, über den wir jetzt sprechen. Alexander wird von seinem Vater losgeschickt, um Zigaretten aus dem Automaten gegenüber vom Haus zu ziehen. Der Automat war, so weit der Vater sich erinnern kann, nie zuvor kaputt, denn er hat sich die Zigaretten meist selbst geholt. Es war das erste Mal überhaupt, dass er seinen Sohn losgeschickt hat. Aber ausgerechnet an dem Tag ist der Automat defekt. Also muss der Junge zwei Straßen weiter gehen, ein Weg von etwa hundert Metern. Keine Entfernung in einer reinen Wohngegend. Alexander kommt aber nicht zurück, und der Nachbarin ist auch kein Mensch aufgefallen, der nicht in diese Gegend gehört hätte ... Maike hat sich mit ihrer Mutter nach der Schule an einem Schuhgeschäft in Niebüll verabredet. Die Mutter will um Punkt halb eins dort sein, schafft es aber nicht rechtzeitig, weil sie einen Arzttermin hat, der länger als geplant dauert. Sie verspätet sich um genau zehn Minuten ... Chiara trifft mit dem Zug morgens um halb zehn in Frankfurt ein, wo sie von ihrem Bruder und dessen Frau abgeholt werden soll. Die beiden verspäten sich jedoch um eine halbe Stunde, weil sie auf der Fahrt zum Bahnhof in einem Stau ste-

cken bleiben. Chiara war übrigens noch nie zuvor in Frankfurt gewesen ... Die noch immer vermisste Melanie aus Wolfenbüttel verabredet sich mit einer Freundin auf einem Spielplatz in einem belebten Park. Die Freundin wird jedoch unversehens krank, vergisst aber, Melanie abzusagen. Melanie wird noch gesehen, wie sie den Spielplatz nach einer Weile wieder verlässt, ab da verliert sich ihre Spur ...« Er senkte den Blick und machte eine längere Pause, als würde er überlegen, ob er fortfahren sollte, und entschloss sich schließlich, es zu tun. »Und als vorerst letztes Beispiel Sabine Körner. Sie ist als Anhalterin unterwegs, wird von Georg Nissen an der Raststätte Brokenlande mitgenommen, er will sie mit nach Schleswig nehmen, muss aber vorher noch in einer Großfleischerei in Eckernförde eine Maschine reparieren. Als er fertig ist, fahren sie in ein Waldstück zwischen Ahrensberg und dem Internat Louisenlund, haben Geschlechtsverkehr, wofür er sie bezahlt, danach bemerkt er, dass er seinen Arbeitskoffer in Eckernförde vergessen hat, was ihm zuvor noch nie passiert ist. Er setzt Sabine an der B 76 ab, schenkt ihr noch einen Regenschirm, und kaum hat er sich verabschiedet, taucht unser Killer auf. Alle Indizien sprechen gegen Nissen, vor allem seine frühere Verurteilung wegen Vergewaltigung. Na ja, die Story kennt ihr ja zur Genüge. Jedenfalls kann das Zeitfenster zwischen dem Absetzen von Sabine an der B 76 und dem Auftauchen des Killers nicht größer als fünf Minuten gewesen sein ... Verdammt viele Zufälle, oder? Und ich könnte noch eine Menge mehr aufführen, doch ich will eure Zeit nicht überstrapazieren. Aber das ist genau der Punkt, an dem ich ins Grübeln komme – wie können all diese Zufälle passieren? Der kaputte Zigarettenautomat, die Mutter, die sich um zehn Minuten verspätet, der Bruder, der sich aufgrund höherer Gewalt um eine halbe Stunde verspätet, die Freundin, die vergisst, einen Termin abzusagen, der Koffer, den Nissen zum ersten Mal vergessen hat. Ein Zufall reiht sich an den andern. Und warum ist unser Mann jedes Mal genau zu jener Zeit an jenem Ort, wo ein Opfer quasi auf ihn wartet? Das ist für mich so, als würde sich die Erde auftun und eine riesige Hand diese Menschen greifen und nach unten ziehen. Hört sich wahrscheinlich bescheuert an, aber so stell ich mir das vor. Ich habe keine Erklärung, würde das aber gerne mit euch diskutieren, denn bei sämtlichen Opfern waren es zufällige Ereignisse, die Täter und Opfer zusammengeführt haben. Sagt mir, wenn ich falsch liege.«

Friedrichsen schüttelte den Kopf. »Können wir uns auf morgen vertagen? Ich muss das erst mal durchdenken. Würdest du mir deine Unterlagen leihen? Ich würde gerne einen Blick reinwerfen, du bekommst sie morgen wieder. Du hast uns in den letzten zweieinhalb Stunden mit Informationen bombardiert, ich hab jetzt keinen Kopf mehr, mich mit Zufällen und so 'nem Schwachsinn auseinander zu setzen.«

Henning kniff ungläubig die Augen zusammen und fuhr Friedrichsen an: »Schwachsinn? Hab ich da eben Schwachsinn gehört?! Das kannst du vielleicht sagen, nachdem du die Akten studiert hast. Verdammt, nimm den Kram mit und lies selbst, und dann sag mir, wo mein Denkfehler liegt. Tu mir nur einen Gefallen und geh sorgfältig damit um. Es hat mich eine Menge Zeit und Mühe gekostet, das alles zusammenzutragen, und wir werden es noch brauchen, es sind die einzigen Kopien, die ich habe.«

»Komm wieder runter von deiner Palme, ich hab's nicht so gemeint. Und ich fass das Zeug auch nicht mit Fettfingern an«, sagte Friedrichsen mit einem süffisanten Lächeln.

»Das würde ich dir auch nicht raten«, entgegnete Henning kalt.

Harms mischte sich ein und sagte: »Jetzt beruhigt euch mal wieder. Es war wirklich ziemlich viel und vor allem heftig.« Er

war ebenfalls aufgestanden und klopfte Henning auf die Schulter. »Gratuliere, das war exzellente Arbeit. Ich bin aber auch der Meinung, dass wir uns morgen noch mal treffen sollten. Ich würde sagen, so gegen zehn. Doch das mit dem Zufall, ich weiß nicht. Das würde ja bedeuten, dass ...«
Henning unterbrach ihn. »Nur eins noch. In dem Material wimmelt es nur so von vermeintlichen Zufällen. Ich hab sie in dem grünen Ordner angestrichen. Und noch was – ich glaube nicht an Zufälle, ich habe nie daran geglaubt. Alles hat seine Ordnung, und alles hat seinen Sinn, auch wenn vieles sinnlos erscheint.«
Friedrichsen entgegnete etwas unwirsch: »Hör zu, das ist mir alles zu weit hergeholt. Das ganze Leben ist von Zufällen bestimmt, meins, deins, unser aller Leben. Wir müssen rational an die Sache rangehen und sollten uns nicht mit irgendwelchem esoterischen Humbug beschäftigen ...«
»Hallo, darf ich daran erinnern, dass deine liebe Gattin sich selbst mit diesem esoterischen Humbug abgibt«, unterbrach ihn Henning scharf.
»Lass bitte meine Frau aus dem Spiel ...«
»Wenn du gleich so abblockst ... Natürlich müssen wir die Sache rational betrachten, auch wenn sich Zufall nicht rational erklären lässt. Ich versuche lediglich den Begriff Zufall in den uns bisher bekannten Fällen zu analysieren beziehungsweise zu definieren. Die Wahrscheinlichkeit, dass so viele Zufälle auf einmal geschehen, müsste doch auch mathematisch zu berechnen sein, oder? Ich komm noch mal auf die von mir geschilderten Beispiele zurück. Ein Vater schickt seinen Jungen zum ersten Mal Zigaretten holen, und zum ersten Mal ist der Automat kaputt. Hat da jemand etwas manipuliert, weil er wusste, da kommt gleich ein kleiner Junge, den er sich schnappen kann? Wohl kaum. Woher hätte unser Mann auch wissen sollen, dass da ein Achtjähriger kommt, um Zigaretten

zu ziehen. Außerdem verschwand Alexander nicht an dem kaputten Automaten, sondern an dem zwei Straßen weiter, plus minus ein paar Meter. Dasselbe gilt für fast alle andern Opfer, kannst du alles nachlesen. Frage: Ist es nicht viel wahrscheinlicher, dass ein Hans Müller zum ersten Mal in seinem Leben ein Kästchen eines Lottoscheins ausfüllt und gleich den Jackpot knackt, als dass eben dieser Hans Müller rein zufällig einem Serienkiller über den Weg läuft? Einem Killer, der zufällig an einem Ort ist, wo sich rein zufällig mehrere Zufälle ereignen? Wie wahrscheinlich ist das? Sag's mir, du bist der Psychologe und Analytiker. Wie wahrscheinlich ist so was?«

»Ich kenne bisher nur das, was du berichtet hast, aber ich kenne nicht die Akten!«, herrschte der sonst so ruhige Friedrichsen seinen Kollegen an.

Lisa mischte sich in die hitzige Debatte ein und sagte in beschwichtigendem Ton: »Jetzt beruhigt euch mal wieder, es bringt doch nichts, wenn wir uns hier gegenseitig angiften. Es gibt keine Definition von Zufall, er ist auch nicht berechenbar ...«

Henning pflichtete ihr bei: »Ich bin zwar kein Mathematiker, doch ich sehe das genauso. Aber nachdem ich diese Akten wieder und wieder studiert habe, frage ich mich, ob der Täter den Zufall bestimmen kann. Weiß er, hier und jetzt wird ein zufälliges Ereignis stattfinden, das ich mir zunutze machen kann?«

Friedrichsen lachte ironisch auf. »Wenn dem so wäre, dann könnte er hellsehen ...«

»Wie deine Frau?«, bemerkte Henning bissig.

»Was willst du eigentlich immer mit meiner Frau?!«, fuhr Friedrichsen Henning aufgebracht an. Sein Gesicht war knallrot angelaufen, als würde er gleich explodieren. »Die hat doch hier in diesem Kreis gar nichts verloren. Noch mal, wenn dem so wäre, könnte er hellsehen – oder er wäre Gott. Junge, vergiss es, das ist Blödsinn, ausgemachter Blödsinn!«

»Wenn du meinst. Aber warum haben wir dann bis heute nicht den Hauch einer Ahnung, um wen es sich bei dem Täter handeln könnte? Wieso hat ihn nie jemand gesehen, wenn er sich zufällig ein Opfer gekrallt hat? Wieso gibt es nicht mal ansatzweise eine Beschreibung von ihm? Er ist und bleibt vorläufig ein Phantom.«

Santos, die aufmerksam den Schlagabtausch zwischen Henning und Friedrichsen verfolgt hatte, sagte: »Bis er einen entscheidenden Fehler begeht.«

»Und wann wird das sein?«, fragte Henning. »Nach dem hundertsten oder zweihundertsten Mord? Er spielt mit uns und setzt uns mit jedem Mord schachmatt. Das ist eine Tatsache, der wir ins Auge sehen müssen. Wisst ihr, wenn Lisa gestern nicht zu mir gekommen wäre, würden wir heute nicht hier sitzen, und ihr hättet keinen blassen Schimmer, dass der Mann, den wir suchen, nicht nur Sabine Körner und Miriam Hansen umgebracht hat, sondern eine ganze Menge mehr Menschen. Ihr würdet darauf warten, dass vielleicht ein Hinweis aus der Bevölkerung eintrudelt, aber dieser Hinweis wird nicht kommen, weil dieser Saukerl in den entscheidenden Momenten eine Tarnkappe aufhat. Dieser Typ ist eine Bestie in Menschengestalt, der sich offenbar gar keine große Mühe machen muss, um an Opfer zu gelangen, sie werden ihm einfach in die Hände gespielt. Zufällig. Zum Beispiel, wenn er mal wieder unterwegs ist, was wohl ziemlich häufig ist. Ich will wissen, wo er lebt, wie er lebt, was er beruflich macht und vor allem, was ihn antreibt. Er spielt Gott, aber er tötet Menschen, die ihm nicht das Geringste getan haben. Menschen, die ihm zufällig über den Weg gelaufen sind. Ich weiß von ihm nur eins mit Gewissheit – er muss eine sehr vertrauenerweckende Person sein, jemand, dem keiner etwas Böses zutraut. Aber wo finden wir den Mann mit der anscheinend perfekten Fassade?« Henning holte tief Luft und zündete sich eine Zigarette an, obwohl in dem Zimmer Rauchverbot herrschte, doch keiner der andern sagte etwas, im Gegenteil, auch Friedrichsen holte eine Zigarette und ein goldenes Feuerzeug aus seiner Jackentasche. Henning nahm sein Glas und schnippte die Asche hinein. »Jan, zieh dir die Akten rein und sag mir morgen, ob du immer noch glaubst, dass all diese Zufälle zufällig geschehen sind. Ich möchte fast wetten, du wirst nach der Lektüre anderer Meinung sein. Ach ja, sollte ich Recht behalten, dass er zu spielen beginnt, dann haben wir eine reelle Chance, ihn bald kennen zu lernen. Allerdings hängt es davon ab, ob wir es schaffen, die Regeln zu bestimmen.«

»Wie wollen wir die Soko nennen?«, fragte Harms.

»Phantom«, antwortete Santos schnell.

»Gut. Sören, du übernimmst die Leitung, Lisa ist deine Assistentin. Wir werden ab Montag eine Mannschaft zusammenstellen und uns dabei auch mit Kollegen aus andern Bundesländern zusammenschließen. Außerdem müssen wir verhindern, dass die Pressefritzen hier bei uns ihre Zelte aufschlagen. Deshalb gilt vorerst absolutes Nachrichtenverbot. Es werden klar abgestimmte Meldungen von der Pressestelle an die Medien weitergeleitet, Anfragen jedoch nicht beantwortet. Über alles Weitere unterhalten wir uns morgen oder am Montag. Bis wir die Soko komplett haben, vergehen sowieso drei oder vier Tage. Ich denke, wir sollten jetzt alle nach Hause gehen. Sören, ich würde dich gerne noch kurz sprechen, am besten in meinem Büro.«

»Von mir aus.«

Henning folgte Harms in dessen Büro und machte die Tür hinter sich zu. »Was gibt's?«

»Sei nicht so gereizt«, sagte Harms ruhig. »Nimm Platz.«

»Ich steh lieber. Also?«
»Das war wirklich hervorragende Arbeit, ich muss das einfach noch mal betonen. Ich bin voll und ganz auf deiner Seite. Ich muss dir aber auch sagen, dass du Jan ganz schön hast auflaufen lassen. Du kennst ihn doch, er lässt sich nicht gerne die Butter vom Brot nehmen ...«
»Aber hallo, ich hab ihm keine Butter vom Brot genommen. Der reagiert wie eine Mimose. Und ich habe das Gefühl, er stellt alles in Frage, was ich ...«
»Nein, tut er nicht, dazu kenn ich ihn zu gut. Er kann es nur nicht haben, wenn ein anderer seine Arbeit macht. Und so kam das vorhin rüber.«
»Verdammt noch mal, ich habe zwei Jahre lang an diesem Scheiß gesessen, ich hab mir unzählige Gedanken gemacht und versucht ein scheinbar unlösbares Puzzle zu lösen. Und ich behaupte einfach mal, dass mir das bis jetzt ganz gut gelungen ist, mit der Ausnahme, dass ich nicht weiß, wer sich hinter dem Phantom verbirgt. Oder bist du da anderer Meinung? Weißt du eigentlich, wie viel Arbeit da drinsteckt?«
»Ich kann's mir vorstellen ...«
»Nein, das glaub ich eben nicht. Aber noch mal zu Jan. Ich habe nicht vor, ihm in seine Arbeit zu pfuschen. Der soll ein anständiges und aussagekräftiges psychologisches Profil erstellen, damit wir wenigstens einigermaßen wissen, mit wem wir es zu tun haben. Ich bin kein Psychologe, ich bin nur ein Bulle. Fertig und basta! Und wenn du schon mit mir unter vier Augen redest, dann bitte auch mit ihm. Lisa hat schon Recht, es hat keinen Sinn, wenn wir uns hier gegenseitig niedermachen, denn dann bin ich sofort wieder raus, und ihr macht euern Kram alleine. Klar?«
»Sören, die beleidigte Leberwurst steht dir nicht. Ich rede mit Jan, versprochen. Ich freu mich jedenfalls, dass du wieder im

Team bist, und möchte auch, dass es so bleibt. Und Lisa ist eine hervorragende Ermittlerin, ihr beide werdet das schon schaukeln.«
»Mal sehen. Brauchst du mich noch, ich möchte gern nach Hause.«
»Morgen um zehn?«
»War doch so abgemacht, oder?«, sagte Henning schulterzuckend. »He, noch was. Danke, dass ich wieder dabei sein darf.«
»Der Dank ist auf meiner Seite. Tschüs und bis morgen.«
»Tschüs.«
Henning ging hinunter auf den Parkplatz, wo Lisa Santos in dem Moment, da sie ihren Kollegen erblickte, aus ihrem Mini Cooper stieg und ihre Arme auf das Dach legte. Er zog verwundert die Augenbrauen hoch. Sie sah ihn mit diesem typischen Lisa-Santos-Blick an.
»Was machst du denn noch hier? Ich denke, du bist längst …«
»Hast du Lust, mit essen zu gehen?«, unterbrach sie ihn schnell.
»Essen gehen? Weiß nicht so recht, ich …«
»Jetzt zier dich nicht so und sag ja. Ich kenne da ein hervorragendes Restaurant, beste spanische Küche.« Sie zwinkerte mit den Augen. »Wir können natürlich auch zu mir gehen, mein Kühlschrank ist voll. Du musst auch keine Angst haben, ich beiß nicht. Ich brauch nur ein bisschen Gesellschaft.«
»Lass mich überlegen«, sagte Henning, fasste sich mit Daumen und Zeigefinger an die Nasenspitze und lächelte schüchtern wie ein kleiner Junge vor seinem ersten Date. »Wenn ich's richtig bedenke, hab ich heute nichts mehr vor. Na ja, warum eigentlich nicht.«
»Genau das wollte ich hören. Steig ein.« Und nachdem sie Platz genommen und sich angeschnallt hatten: »Wohin nun, zu meinen Eltern oder zu mir?«

»Zu dir.«
»Okay, dann dauert's aber noch ein bisschen, ich muss nämlich noch kochen.«
»Wenn ich dir helfen darf, geht's schneller. Außerdem hat meine … Na ja, es heißt, ich sei ein geradezu begnadeter Koch.«
»Was zu beweisen wäre.«
»Mein Gott, wenn uns jemand zusammen sieht, die denken doch gleich wer weiß was.«
»Na und? Seit wann kümmert es dich, was die andern denken? Und mir ist es auch egal. Sollen sie sich doch die Mäuler zerreißen.«
»Auch wieder wahr.«
Es war fünf vor halb sieben am Abend, als Lisa auf den für sie reservierten Parkplatz vor dem gepflegten Mehrfamilienhaus fuhr. Henning war noch nie bei ihr gewesen. Früher, als er noch verheiratet war, wäre er nie auf die Idee gekommen, und später hatte er sich so zurückgezogen, dass selbst eine Lisa Santos bald keine Möglichkeit mehr sah, an ihn ranzukommen.
»Mach's dir bequem, ich muss mal für kleine Mädchen.«
Henning sah sich um. Er war beeindruckt, wie schön und gemütlich Lisa ihr kleines Reich eingerichtet hatte, mit viel südländischem Flair, vielen Kerzen, vor allem aber vielen Familienfotos, die auf einem Regal standen. Als sie noch klein war, zusammen mit ihren Eltern, Großeltern und mit ihrer Schwester Carmen, als sie noch voll im Leben stand. Beide hielten sich umarmt wie ein Herz und eine Seele. Und er glaubte Lisa, dass Carmen ihr großes Vorbild gewesen und vielleicht noch immer war. Auf einem davon, so schätzte Henning, war Carmen etwa in dem Alter, als das Verbrechen geschah, ein Verbrechen, das sie für den Rest ihres Lebens in ein Pflegeheim gebracht hatte.

Auf jeden Fall hatte er Lisa gestern Abend zum ersten Mal von einer Seite kennen gelernt, von der er bislang nichts wusste, denn Lisa konnte die verschwiegenste Person überhaupt sein. Stolz und verschwiegen. Er hatte auch kaum ein Wort über sein Privatleben verloren und doch alle spüren lassen, wie schlecht es ihm ging. Es mussten nicht immer Worte sein, oft reichten schon Gesten oder ein demonstratives Sich-Zurückziehen, so wie er es getan hatte. Für einen Moment kam wieder dieses Selbstmitleid in ihm hoch, doch er ließ es nicht zu, weil er es nicht wollte. Er sah sich weiter um und wartete, bis Lisa aus dem Bad kam.
»Du hast dir ja ein richtiges Nest geschaffen. Sehr gemütlich.«
»Danke. Aber wenn ich schon allein lebe, will ich wenigstens was davon haben. Die Wohnung ist zum Glück viel preiswerter, als sie aussieht, und die meisten Möbel ... Nein, das erzähl ich dir vielleicht ein andermal. Wollen wir loslegen? Die Küche ist gleich nebenan.«
»Ich wasch mir auch erst mal die Pfoten«, sagte er und ging ins Bad.
Lisa Santos und Sören Henning verbrachten eine Stunde in der Küche, brieten Steaks, bereiteten Salat und ein Dressing sowie Folienkartoffeln, unterhielten sich dabei und lachten ein paarmal, etwas, das Henning schon lange nicht mehr getan hatte. Das Essen nahmen sie bei Kerzenschein und leiser Musik ein, tranken spanischen Rotwein aus Ribera del Duero und räumten anschließend gemeinsam den Tisch ab und spülten das Geschirr. Zum ersten Mal seit einer schier endlosen Zeit fühlte sich Sören Henning wieder richtig gut, als ob eine große Bürde von ihm abgefallen wäre. Um halb drei sagte er, dass er gehen müsse, doch Lisa meinte wie selbstverständlich, er könne ruhig bleiben und auf der Couch schlafen. Er nahm das Angebot zögernd und doch gerne an.

SAMSTAG, 11.45 UHR

Butcher war exakt anderthalb Stunden unterwegs. Er fand sofort die Straße, in der sein potentieller Kunde, Herr Reuter, wohnte. Ein Wohnviertel am Stadtrand von Buxtehude mit gepflegten Vorgärten und Häusern, die aussahen, als wären sie erst vor kurzem gebaut worden, obwohl einige von ihnen schon älteren Datums waren. Er hielt vor der Nummer 45, stieg aus und klingelte. Ein etwa fünfzigjähriger großgewachsener schlanker Mann mit grauen Haaren kam heraus und reichte Butcher die Hand. Er meinte, Reuters Gesicht schon einmal gesehen zu haben, aber ihm fiel nicht ein, wo das gewesen sein könnte.

»Tag. Das ging ja schneller als erwartet. Wollen wir erst ins Haus gehen, oder möchten Sie sich gleich ein Bild von dem Prachtstück machen?«

»Ich sage immer, nicht lange drum herumreden, sondern gleich zur Sache kommen. Wo steht denn das gute Stück?«

»In der Garage. Wenn Sie mir bitte folgen wollen. Hatten Sie eine angenehme Fahrt? Auf der A 7 ist samstags doch meist die Hölle los.«

»Überhaupt kein Problem.«

Sie betraten die geräumige Garage, die Platz für drei Autos bot, durch einen Seiteneingang. Reuter machte das Licht an.

»Normalerweise ist er abgedeckt, aber ich hab schon alles vorbereitet. Nehmen Sie sich so viel Zeit wie nötig, und sagen Sie mir, ob Sie diesen Schatz wieder hinkriegen.«

Butcher ging um das fast siebzig Jahre alte Fahrzeug herum und nickte ein paarmal anerkennend.

»Kann er gestartet werden?«

»Der Motor läuft, aber das müssen Sie sich selber anhören, Sie haben mit Sicherheit das bessere Gehör. Warten Sie, ich lasse ihn an.«

Reuter stieg ein. Es dauerte eine Weile, bis der Motor ansprang und nicht rund und leise lief, sondern klackerte und ratterte, dass Butcher das Gefühl hatte, gleich würde ihm alles um die Ohren fliegen. Er machte die Motorhaube auf und sagte: »Die Lager der Kurbelwelle müssen ausgetauscht werden, im Prinzip ist eine Generalüberholung fällig. Die Frage ist, wie viel Sie ausgeben möchten. Ich will ganz ehrlich sein, billig wird es nicht, aber wenn er fertig ist, haben Sie einen echten Schatz. Im Moment ist es noch ein ungeschliffener Diamant. Wer hat denn diese Reifen aufgezogen?«
Reuter lächelte entschuldigend und antwortete: »Dieser Wagen ist nur einer von zwölf, die mir gehören. Die andern stehen in einer Garage ein paar hundert Meter von hier. Ich habe sie nach dem Tod meines Vaters geerbt. Er hatte ein Faible für Oldtimer, doch er hat seltsamerweise nie etwas an ihnen machen lassen. Aber ich dachte mir, warum soll man es nicht wenigstens mal probieren. Man gönnt sich ja sonst nichts.«
»Trotzdem, ein original Horch 853, Baujahr 37 hat Weißwandbereifung, das heißt, derjenige, von dem Ihr Vater ihn gekauft hat, hat diese ziemlich üblen Reifen aufgezogen …«
»Nennen Sie mir Ihren Preis«, unterbrach ihn Reuter schnell.
»Für die Generalüberholung?«
»Ja.«
»Geben Sie mir eine Viertelstunde, damit ich ihn mir genauer anschauen kann.«
Butcher legte sich unter den Wagen, inspizierte ihn mit einer Taschenlampe, besah sich das Wageninnere sowie das Faltdach und meinte schließlich: »Mit allem Drum und Dran um die vierzigtausend, Neulackierung und die entsprechenden Reifen inklusive. Im Innenraum müsste auch einiges gemacht werden. Ich arbeite mit einem Kollegen zusammen, der auf Verkleidung, Polsterung, Faltdächer und so weiter spezialisiert ist, und ich garantiere Ihnen, nach der Generalüber-

holung ist Ihr Wagen mindestens das Sieben- bis Achtfache wert. Das heißt, Sie investieren in ein Liebhaberstück, von dem nur einige hundert gebaut und verkauft wurden und das, wenn es fertig ist, so viel kostet wie ein schönes Einfamilienhaus. Überlegen Sie es sich.«

»Sie sind mir wärmstens empfohlen worden, von einem Herrn Schenk, Sie erinnern sich bestimmt. Er zeigte sich höchst zufrieden mit Ihrer Arbeit. Ich erteile Ihnen hiermit den Auftrag, wenn Sie möchten, auch schriftlich. Ich habe die Unterlagen bereits vorbereitet. Sind die von Ihnen genannten Kosten Fixkosten, oder kann das noch variieren?«

»Es ist eine Schätzung, den genauen Preis kann ich erst nennen, wenn ich den Motor aufgemacht und das Chassis, die Achsen, die Karosserie und so weiter in Augenschein genommen habe. Aber selbst wenn wir am Ende bei fünfzigtausend landen sollten und Sie haben vor, ihn zu verkaufen, machen Sie immer noch einen satten Gewinn. Es liegt bei Ihnen.«

»Kein Problem. Sie schreiben mir eine detaillierte Rechnung?«

»Natürlich, aber das wissen Sie sicherlich von Herrn Schenk. Sie erhalten die Originalrechnungsbelege aller Ersatzteile sowie der geleisteten Arbeitsstunden.«

»Gut, gehen wir rein und erledigen das Schriftliche«, sagte Reuter, wartete, bis Butcher die Garage verlassen hatte, löschte das Licht und machte die Tür zu. Sie gingen ins Haus, das bereits im Flur von dem erlesenen Geschmack der Bewohner zeugte, und kamen in das geräumige Wohnzimmer, in dem nur die erlesensten Materialien für die Einrichtung verwendet worden waren. Butcher hatte ein Auge dafür, denn auch seine Mutter hatte stets darauf geachtet, nur das Beste zu kaufen. Sie sagte, nur das Beste sei gut genug. Nur bei ihm zu Hause funktionierte das nicht so, wie sie es sich wünschte. Sie waren gut, aber nicht teuer eingerichtet, obwohl er es sich hätte leisten können, denn in manchem Monat nahm er zehntausend Euro oder sogar mehr ein, aber er sah nicht ein, dieses Geld für unnütze Dinge wie Möbel aus südamerikanischem Holz oder Marmorböden auszugeben. Zum Glück wussten weder seine Frau noch seine Mutter über sein Einkommen Bescheid, und er würde es ihnen auch nie sagen. Zudem liefen die meisten Aufträge unter der Hand, denn die Besitzer der kostbaren Oldtimer gaben zwar gerne viel Geld für die Reparaturen aus, aber die Mehrwertsteuer wollten sie sich dann doch sparen. Und so bekam Butcher das Geld häufig in bar oder auf ein Konto in Österreich überwiesen, worauf der Fiskus keinen Zugriff hatte.

»Nehmen Sie doch Platz«, sagte Reuter und deutete auf einen Stuhl. »Darf ich Ihnen etwas zu trinken anbieten? Saft, Wasser oder ein Bier?«

»Ein Wasser. Danke.«

Reuter kam zurück und stellte die gefüllten Gläser auf den Tisch und setzte sich ebenfalls.

»So, ich habe alles vorbereitet. Wie lange schätzen Sie wird es dauern, bis Sie mit der Restaurierung fertig sind?«, fragte Reuter.

»Schwer zu sagen, aber mit zwei Monaten sollten Sie schon rechnen. Es hängt davon ab, wie schnell die Ersatzteile geliefert werden.«

»Kein Problem, lassen Sie sich Zeit. Zu etwas anderem: Von Herrn Schenk weiß ich, dass Sie ihm die Rechnung ohne Mehrwertsteuer gestellt haben. Wäre das auch …«

»Natürlich.«

»Und wie wollen wir das Finanzielle abwickeln? Bar oder auf ein bestimmtes Konto?«

»Das überlasse ich gerne Ihnen«, antwortete Butcher und trank einen Schluck Wasser.

»Machen wir es in bar. Sowie Sie das Auto liefern, gebe ich Ihnen den Betrag. Brauchen Sie einen Vorschuss für die Ersatzteile?«
»Zwanzig Prozent des veranschlagten Preises, aber nur, wenn Sie damit einverstanden sind. Meine Devise lautet, erst wenn der Kunde zufrieden ist, braucht er zu bezahlen.«
»Prima, dann sind wir uns ja einig. Und Sie können sich darauf verlassen, dass ich Ihnen noch weitere Aufträge zukommen lassen werde. Hier bitte, lesen Sie sich den Vertrag durch, die Originalpapiere brauchen Sie ja sicherlich für die Teile …«
»Wollen Sie das Auto behalten oder verkaufen?«, fragte Butcher.
»Ich habe vor, wegzuziehen, weit, weit weg, und brauche Geld. Ich denke, ich werde ihn verkaufen. Ich habe ihn bereits von jemand anderem schätzen lassen, und dessen Schätzung wich von Ihrer kaum ab.«
»Darf ich fragen, wohin es Sie zieht?«
»Ans andere Ende der Welt, Neuseeland oder eine Südseeinsel, ich weiß es noch nicht. Wenn man allein ist wie ich, was hält einen dann hier? Nichts, aber auch rein gar nichts«, sagte er mit einer leichten Bitterkeit in der Stimme, auch wenn er lächelte, und reichte Butcher die Papiere. »Ich lasse Ihnen den Wagen am Dienstag liefern. Nochmals danke.«
»Keine Ursache, es ist mein Job.« Er drehte sich um, und sein Blick fiel auf ein großes Foto auf einem Sideboard, das Reuter mit einer Frau und einem jungen Mädchen zeigte. Er zuckte kurz zusammen und sagte: »Ich will nicht indiskret erscheinen, aber wer ist das auf dem Foto?«
»Meine Frau und meine Tochter. Haben Sie Kinder?«
»Zwei Töchter, eine von ihnen wird heute zehn.«
»Dann passen Sie gut auf sie auf. Das Foto wurde vor sechs Jahren gemacht. Kurz darauf ist Emma, meine Tochter, einem

Sexualverbrecher in die Hände gefallen. Sie wurde bestialisch ermordet. Sie wäre heute achtzehn, würde vielleicht ihr Abitur machen und studieren ...«

»Das tut mir leid. Hat man den Täter wenigstens gefasst?«

»Nein, bis heute gibt es keine Spur von ihm. Meine Frau hat das nicht verwunden und ist genau ein Jahr später von einem Tag auf den andern verschwunden. Es gibt bis heute kein Lebenszeichen von ihr. Wir haben immer gedacht, Emden wäre eine sichere Stadt, aber heute ist man offenbar nirgends mehr sicher vor dem Bösen dieser Welt. Ich bin erst nach dem Tod meines Vaters vor einem halben Jahr nach Buxtehude gezogen. Ich will Sie aber nicht länger aufhalten.«

»Ja dann, auf Wiedersehen«, sagte Butcher, nicht ohne noch einmal einen Blick auf das Foto zu werfen.

»Kommen Sie gut heim. Und grüßen Sie unbekannterweise Ihre Tochter von mir.«

»Werd ich machen. Tschüs.«

Um Viertel vor eins stieg Butcher in seinen Golf. Reuter blieb am Tor stehen, die Hände in den Hosentaschen vergraben. Auf der Rückfahrt hielt er auf einem Waldparkplatz, holte eine seiner drei Uniformen aus dem Kofferraum und zog sich um, wobei er sich zweimal vergewisserte, auch unbeobachtet zu sein. Nach kaum fünf Minuten setzte er die Fahrt fort und nahm diesmal die A1 Richtung Lübeck. Er fuhr auf die Raststätte Buddikate und stellte sich auf den fast leeren Parkplatz. Nur ein paar Trucks standen verlassen da und ein Reisebus mit lauter jungen Damen, die entweder auf die Toilette mussten oder sich nur die Beine vertreten wollten und die gerade angekommen zu sein schienen. Einige von ihnen rauchten, lachten und waren offenbar bester Dinge. Butcher beobachtete sie. Er kurbelte das Fenster herunter, um frische Luft hereinzulassen. Der Himmel war, wie schon den ganzen Tag über, bedeckt, die Luft war kühl, ein teils kräftiger Wind blies übers Land, und hin und wieder gab es einen Schauer. Auch für morgen hatte der Wetterbericht Regen angesagt, es sollte weiterhin für die Jahreszeit zu kühl sein, und eine Wetterbesserung wurde erst für Mitte nächster Woche in Aussicht gestellt.

Der Druck, den er nie beschreiben konnte – er war in seinem ganzen Körper, im Kopf, in der Brust, im Magen und zwischen den Beinen – und den er schon seit dem Morgen verspürt hatte, war noch stärker geworden, vor allem, nachdem er das Foto von Emma Reuter gesehen hatte. Emma, ein bezauberndes Ding, zwölf Jahre alt, das Gesicht voller Sommersprossen, rote Haare und grüne Augen. Er sah sie noch vor sich, wie sie ihn anstrahlte, als er, der gute Polizist, ihr anbot, sie nach Hause zu fahren, nachdem sie ihren Bus verpasst hatte. Sie war von einer Freundin aus einem Nachbarort gekommen, es war Abend, der Vater war geschäftlich unterwegs gewesen, und die Mutter hatte ihr gesagt, sie solle an diesem Abend ausnahmsweise mal den Bus nehmen, weil sie einer Bekannten beim Renovieren helfen wollte. All das hatte sie ihm erzählt, während sie in seinem Auto saß und munter drauflosplapperte. Sie hatte eine helle, klare Stimme gehabt, und die ersten Zeichen dafür, dass sie bald eine Frau werden würde, waren auch bereits vorhanden, auch wenn er schon Zwölfjährige gesehen hatte, die wie reife Frauen ausschauten. Er konnte sich auch noch daran erinnern, wie er sie urplötzlich mit dem Elektroschocker bewusstlos gemacht hatte, wie sie im Sitz zusammengesunken war und sich für einige Minuten nicht mehr rührte. Er hatte ihr kurz zuvor den Schocker gezeigt und gesagt, so etwas sollten alle jungen Frauen mit sich führen, damit könne man sich hervorragend gegen zudringliche Männer oder Burschen wehren. Emma hatte ihn naiv gefragt, ob so was gefährlich sei, worauf er geantwortet hatte, nein, überhaupt nicht, aber es

könne ziemliche Schmerzen verursachen. Allerdings, so hatte er auch gesagt, sei dieser gar nicht geladen, er brauche so etwas nicht, bei ihm reiche schon die Uniform aus, um Verbrecher abzuschrecken. Und schließlich hatte sie ihn gefragt, ob er auch eine Pistole habe, was er mit einem schlichten »Ja« beantwortet hatte, doch sei diese Pistole im Kofferraum. Ob sie sie mal sehen könne, hatte sie weiter gefragt, aber er hatte nur den Kopf geschüttelt.
Sie war bewusstlos, als er sie in den Kofferraum legte, ein paar Kilometer fuhr, sie ein weiteres Mal mit dem Elektroschocker behandelte, sich an dem zarten, unberührten Körper verging und schließlich in einem Waldstück seine großen Hände um ihren zierlichen, schmalen Hals legte und kräftig zudrückte, bis sie nicht mehr atmete. Gut hundert Kilometer von ihrem Heimatort entfernt legte er den Körper der kleinen Emma bei Dunkelheit in einem Wald ab, die Hände gefaltet, die Beine angewinkelt, die Fersen berührten fast den Po. Sie war noch Jungfrau gewesen, eine kleine niedliche Jungfrau. Und er war der erste Mann gewesen, der diese Jungfräulichkeit spüren durfte, wenn auch nicht wirklich, denn er hatte wie immer ein Kondom benutzt. Was wohl aus ihr geworden wäre? Eine laszive junge Dame, die im zarten Alter von vierzehn schon mit zig Männern geschlafen hätte? Oder eine keusche Prinzessin? Er wusste es nicht, nie würde irgendjemand dies herausfinden.
Armes kleines Ding, dachte er und verzog den Mund zu einem Lächeln, während er aus dem Augenwinkel scheinbar teilnahmslos das Treiben der Mädchen beobachtete, die von ihm keine Notiz zu nehmen schienen. Und die arme Mutter, so verzweifelt. Abgehauen, verschwunden. Die Ärmste. Wo sie wohl sein mag?, dachte er still vor sich hin lächelnd.
Zwei Lehrkräfte bliesen zum Aufbruch, Zigaretten wurden auf den Boden geworfen, der Bus füllte sich wieder und star-

tete fünf Minuten nach dem Kommando. Er war längst außer Sichtweite, als ein Mädchen aus der Raststätte gerannt kam und fassungslos auf den leeren Parkplatz blickte. »Scheiße! Scheiße, Scheiße, Scheiße!«, hörte er sie fluchen. Mit dem rechten Fuß stampfte sie auf den Boden. Sie wirkte hilflos, enttäuscht und wütend zugleich. Butcher schaute sich um, doch keiner der wenigen Menschen auf dem Parkplatz schenkte ihr Beachtung. Er stieg aus, ging zu ihr hin und sagte: »Kann ich Ihnen irgendwie helfen?«
»Ach Scheiße, dieser Arsch von Busfahrer!«, entfuhr es ihr zornig. Sie war groß, größer als Butcher und sehr schlank. Sie trug ein pinkfarbenes, sehr enganliegendes Oberteil mit Paillettenbesatz, unter dem sie offensichtlich nichts weiter anhatte, und einen weißen Minirock, der kaum über ihren Po reichte, sowie weiße Leinenschuhe an den strumpflosen Füßen. Ihre Lippen und die Augen waren stark geschminkt, was ihrem Gesicht einen gewöhnlichen Touch verlieh. Etwas Billiges, Ordinäres, wie Butcher fand. Sie kaute lässig auf einem Kaugummi und blickte immer wieder von einer Seite zur andern.
»Wo fährt denn Ihr Bus hin?«, fragte er mit beruhigender Stimme.
»Nach Wismar, wir kommen gerade von 'ner Klassenfahrt aus Frankreich zurück.«
»Ich kann Sie bis Lübeck mitnehmen, von da finden Sie bestimmt jemanden, oder Sie rufen Ihre Eltern an und bitten sie, dass sie Sie dort abholen. Oder wir können versuchen den Bus einzuholen.«
»Das würden Sie machen?«, fragte sie misstrauisch und sah Butcher forschend an. Die Uniform schien ihr nicht vertrauenerweckend genug zu sein, aber schließlich sagte sie: »Mir bleibt ja wohl nichts anderes übrig. Wenn meine Eltern das erfahren, werden die nicht gerade begeistert sein.«

Sie stieg ein, schob den Sitz zurück, und Butcher fragte: »Wie heißen Sie?«
»Melanie. Sie können ruhig du zu mir sagen, ich bin erst fünfzehn. Dieser alte Dreckarsch! Dieser Fettsack würde doch am liebsten jede von uns ficken, das hat er schon in Frankreich versucht. Aber den hat keine von uns rangelassen. Na ja, der hat sich wohl jeden Tag ein paarmal einen runtergeholt. Die ganze Zeit war der nur am Meckern, der alte Flachwichser.«
»Wer?«
»Der Busfahrer, wer sonst.« Sie streifte ihre Schuhe ab.
»Was habt ihr denn gemacht?«, fragte Butcher grinsend, der in einem Moment, als Melanie aus dem Seitenfenster schaute, ihre Endlosbeine betrachtete. Sie hatte die nackten Füße auf die Ablage gelegt, und der Minirock war dadurch so weit nach oben gerutscht, dass ihr hautfarbener Slip zu sehen war. Fünfzehn, aber ihr Körper war der einer erwachsenen Frau. Eine vulgäre erwachsene Frau, die eigentlich noch ein halbes Kind war. Wie unterschiedlich Menschen doch sein können, dachte er.
»Nichts weiter, aber der Typ war die ganze Zeit über genervt, und er hat uns alle tierisch genervt. Ganz ehrlich, so ein alter Wichser sollte doch kein Busfahrer sein, oder? Dass es mal ein bisschen laut wird, ist doch ganz logisch, oder? Wir sind schließlich kein Taubstummenverein, oder?«
»Vielleicht hat er Probleme. Und du, wieso hat das bei dir so lange gedauert?«
Melanie zuckte mit den Schultern. »Hat eben länger gedauert«, antwortete sie pampig. »Warum haben die Arschgeigen bloß nicht auf mich gewartet?! Die wussten doch genau, dass ich ein paar Minuten länger brauche.«
»Noch 'nen Joint geraucht?«
»Und wenn? Komm ich jetzt in den Knast?«, sagte sie

grinsend. »Man gönnt sich doch sonst nichts. Und jetzt erzählen Sie mir bloß nicht, dass Sie so was noch nie gemacht haben.«
»Du hast Recht, ich war auch mal jung. Das Zeug ist aber trotzdem nicht gut für die Gesundheit.«
»Das sagen Sie doch nur, weil Sie 'n Bulle sind.«
»Nein, das sage ich, weil ich schon zu viele Menschen an Drogen krepieren sah.«
»Schon mal einen probiert? Ist 'n echt geiles Gefühl. Muss natürlich der richtige Stoff sein, sonst merkt man nichts. Ich hatte nur noch ganz wenig, deswegen merk ich eigentlich gar nichts. Können Sie vielleicht die Heizung anmachen, mir ist saukalt.«
Man sieht's, dachte Butcher, als er einen kurzen Blick auf ihr Shirt warf, unter dem sich die nackte Brust deutlich abzeichnete. Er drehte den Heizungsregler bis zur Mitte hoch.
»Gut so?«
»Hm.«
»Du bist auch ziemlich dünn angezogen.«
»Na und? Mir gefällt's. Und Ihnen?«
»Du kannst mich ruhig auch duzen. Sieht ganz hübsch aus. Ehrlich. Nur eben nicht passend für das Wetter.«
»In Frankreich hat's gepasst. Gab nur keine Jungs oder Männer, mit denen man mal so richtig abhängen konnte.«
»Auf was für eine Schule gehst du?«
»Gesamtschule. Meine Alten wollen unbedingt, dass ich Abi mach, aber das können die sich abschminken. Ich brauch diesen Scheiß nicht, ist nur vergeudete Zeit. Ich will Kohle verdienen und dann nix wie weg.«
Mit einem Mal streckte sie die Hand aus und meinte aufgeregt: »Da drüben ist mein Bus. Die Dumpfbacken haben wohl endlich geschnallt, dass ich …«
»Das wird jetzt ein bisschen kompliziert«, sagte Butcher.

»Wenn ich bei Bargteheide umdrehe, verfehlen wir uns mit Sicherheit wieder. Ich würde sagen, ich bringe dich nach Lübeck und …«
»Hast du ’n Handy? Da könnte ich meine Freundin anrufen und ihr sagen, dass ich gleich wieder an der Raststätte bin.«
»Tut mir leid, ich hab keins dabei«, log er.
»’n Bulle ohne Handy. Im Fernsehen haben die immer eins dabei.«
»Ich leider nicht. Jetzt mach dir keine Gedanken, in ein paar Stunden bist du zu Hause. Was habt ihr eigentlich in Frankreich gemacht?«
»Eine Woche Schüleraustausch. Aber nur Mädchen. War total ätzend, kein bisschen Action. Das nächste Mal sind die Jungs dran. Hat unsere Direx so beschlossen, die alte Kuh, ’ne Lesbe hoch zehn. Wenn die mich nur einmal anfassen würde, ich würde der so eins in die Fresse hauen, dass sie …«
»Dass sie was?«, fragte Butcher. Melanie bemerkte nicht, wie er am Kreuz Bargteheide auf die A 21 abbog.
»Na ja, die Alte würde ihre Lesbenfresse nicht wiedererkennen. He«, fuhr sie fort und sah Butcher von der Seite an und legte eine Hand auf seinen Arm, »kleine Frage – gefall ich dir eigentlich?«
»Hm.«
»Wenn ich dir einen blasen würde, ich mein, ich würd auch noch was anderes machen, würdest du mich dann nach Hause fahren? Ist nur ’ne Frage.«
»Machst du so was öfter? Ich meine, dass du so offen bist?«
»Nee, meist fragen mich die Männer. Aber ich bin keine Nutte, falls du das denkst, ich will nur meinen Spaß haben.«
»Von mir aus. Dann aber das volle Programm, und ich bring dich bis vor die Haustür.«
»Nicht vor die Haustür, lieber an die Schule, dann kriegen

meine Alten vielleicht nicht mit, dass ich, na ja, du weißt schon.«
»Kein Problem.«
Erst als er bei Leezen die Autobahn verließ, sagte sie gelangweilt und knetete weiter ihren Kaugummi: »Wo geht's denn hier lang?«
»Abkürzung. Keine Sorge, als Polizist kenne ich jeden Winkel.«
»Wo sind wir eigentlich?«
»Kurz vor Lübeck«, log Butcher.
»Was ist das denn hier für 'n Kaff? Neversdorf. Nie gehört. Wie weit ist es denn bis Lübeck?«
»Etwas über zwölf Kilometer. Aber vorher wollten wir doch noch ein bisschen Spaß haben.«
»Klar, versprochen ist versprochen. O Scheiße, meine Alten machen bestimmt einen tierischen Terz, wenn die das rauskriegen. Die wollten sowieso nicht, dass ich mitfahre. Die meinten, ich würde nur Dummheiten machen, wie mein Alter so gerne sagt. Aber ehrlich, jeder will doch ab und zu mal ein bisschen Spaß haben, oder?«
»Hm.« Butcher durchquerte das wie ausgestorben daliegende Neversdorf und fuhr in einen Waldweg in unmittelbarer Nähe eines kleinen Sees. Melanie sah wieder aus dem Seitenfenster und wollte etwas sagen, als er ihr den Elektroschocker an den Hals hielt und mehrere Sekunden die volle Voltzahl durch ihren Körper schoss. Sie sackte in sich zusammen. Butcher ging um den Wagen herum, packte Melanie unter den Armen und zog sie heraus. Er schleifte sie durch hohes, nasses Gras und ließ sie fallen, ging zurück zum Auto, holte die Leinenschuhe, machte die Tür zu und begab sich wieder zu dem Mädchen, das allmählich aus seiner Bewusstlosigkeit erwachte.
»He, du Drecksau, was …«
»Halt's Maul, du kleine Schlampe«, zischte er. »Ein Ton, und

ich mach dich kalt. Ich will ficken, klar, aber zu meinen Bedingungen. So, wie du dich anhörst, hast du bestimmt schon oft gefickt, oder? Oder?«

»Ja«, stöhnte sie.

»Na also, geht doch. Und keinen Mucks, sonst kriegst du wieder was verpasst.« Er riss erregt ihren Slip herunter, Butcher war erregt wie selten zuvor, und drang in sie ein. Sie wollte nach ihm schlagen, doch ihre Bewegungen waren kraftlos, und er war schneller und drückte ihren Arm auf den Boden und hielt gleichzeitig den Schocker ein weiteres Mal an ihren Körper, diesmal unter ihre linke Brust. Sie zuckte mehrmals, bis ihre Sinne schwanden.

»Du hast einen absolut perfekten Körper«, flüsterte er, während er ihr Shirt auseinander riss, »aber du bist nur ein elendes kleines Flittchen. Wenn du dich reden hören könntest, du würdest vor dir selbst auskotzen. Aber du wirst dich ja nicht mehr reden hören, du wirst nie mehr dein kleines dreckiges Maul aufmachen, du verdammte kleine Hure.«

Als er fertig war, zog er ein Messer aus seiner Tasche und stach so oft auf Melanie ein, bis er sicher war, dass sie nie wieder aufwachen würde. Danach legte er sie hin, wie er es bei fast allen machte, betrachtete ein letztes Mal sein Werk und ging zu seinem Wagen, um sich umzuziehen. Dabei bemerkte er, dass er sich auf dem nassen Boden schmutzig gemacht hatte, und stieß einen kurzen Fluch aus, doch als er sah, dass es nur Erde war, beruhigte er sich gleich wieder. Er würde sie trocknen lassen und später abbürsten. Außerdem hatte er noch einige Mittel gegen bestimmte Flecken zu Hause. Und sollte alles nichts helfen, würde er die Hose eben in die Reinigung bringen.

Er holte die kleine Digitalkamera aus dem Handschuhfach und machte drei Fotos von Melanie, steckte ihren Slip ein und setzte sich wieder ins Auto. Er wendete, ein prüfender Blick nach allen Seiten, er war allein. Erst am Ortseingang von Neversdorf kam ihm ein älteres Ehepaar auf Fahrrädern entgegen, ohne Notiz von ihm zu nehmen. Um zwanzig vor drei fuhr er wieder auf die A 21 Richtung Kiel, in der Hoffnung, es bis vier Uhr nach Hause zu schaffen, wenn die Geburtstagsparty in vollem Gang war und Kaffee getrunken wurde. In Kiel warf er den Umschlag mit Miriams Foto und dem Gedicht in einen Briefkasten direkt beim Polizeipräsidium, der am Sonntagmorgen geleert wurde. Um fünf nach vier kam er zu Hause an.

»Da bist du ja endlich«, wurde er von seiner Frau empfangen. »Wo warst du eigentlich?«

»Buxtehude. Am Dienstag kommt ein richtig fetter Auftrag hier an. Wie läuft's sonst so?«

»Hörst du doch selbst. Der Kaffeetisch ist gedeckt, wir können gleich anfangen.«

»Ich mach mich nur schnell ein bisschen frisch. Die Fahrt war ziemlich anstrengend. Stau am Elbtunnel«, log er.

»Beeil dich, die Kinder werden schon ganz unruhig.«

Butcher ging ins Bad, wusch sich die Hände und das Gesicht und kämmte sich. Er besah sich kurz im Spiegel und war zufrieden. »Okay, let's party.«

Die Feier dauerte bis um acht, die eingeladenen Freundinnen wurden von ihren Eltern abgeholt, Butchers Frau und seine Mutter räumten auf, während er sich in den Keller zurückzog und die von Melanie gemachten Fotos auf seinem PC speicherte. Er blieb eine ganze Weile davor sitzen und sah auf den Bildschirm. Fast perfekt, dachte er. Fast perfekt. Aber das nächste Mal muss es noch perfekter sein, es soll schließlich keiner sagen können, ich würde schlampig arbeiten. Alles muss perfekt sein, einfach alles. So hab ich es gelernt, Mutter. Das ist aber auch das Einzige, was ich von dir gelernt habe. Perfektion.

Um zehn, seine Mutter war längst zu Bett gegangen, setzte er sich im Wohnzimmer zu seiner Frau und legte einen Arm um sie, nicht, weil ihm danach war, sondern weil er nicht noch einmal hören wollte, er würde sich nicht genug um sie kümmern.
»Na, kaputt?«, fragte er und küsste sie auf die Stirn.
»Was glaubst du denn? Zum Glück haben wir nur zweimal im Jahr Kindergeburtstag. Ich bin müde und will ins Bett. Kommst du auch?« Ihre Stimme war sanft und säuselnd.
»Ja.«
Er hatte bereits geduscht und lag im Bett, als Monika hereinkam. Sie trug ein durchsichtiges schwarzes Negligé, das kaum etwas verhüllte. Damals, als sie sich kennen lernten, war sie für ihn die begehrenswerteste Frau von allen, die Frau, von der er sich erhoffte, dass sie sein Leben verändern würde. Und vielleicht hätte es auch geklappt, wäre da nicht seine Mutter gewesen, die sich schon kurz darauf in ihre Beziehung hineingedrängt hatte.
Er hatte die Arme hinter dem Kopf verschränkt und die Augen halb geschlossen und tat, als wäre er kurz vor dem Einschlafen. Sie machte das Licht aus und kuschelte sich an ihn, und ihre Hand glitt immer tiefer. Während er mit ihr schlief, was er nur mit äußerstem Widerwillen tat, dachte er an Melanie, an diesen makellosen Körper, einen Körper, wie er ihn selten zuvor gesehen und gespürt hatte. Der Gedanke an sie war wie Doping. Er liebte seine Frau fast zwei Stunden lang, sie schrie ein paarmal auf, bis sie ihn schließlich anfuhr: »Hör endlich auf, ich kann nicht mehr! Mir tut schon alles weh.«
»Gleich«, stieß er hervor. Schweiß rann ihm übers Gesicht, und ein paar Tropfen fielen auf das Kissen.
»Du sollst aufhören, hab ich gesagt!« Sie versuchte sich ihm zu entziehen und ihn wegzustoßen, doch er hielt sie an den Armen fest und machte einfach weiter, bis er endlich zum Höhepunkt kam.

»Du Idiot!«, schrie sie ihn an. »Wenn ich sage, es ist Schluss, dann ist auch Schluss! Du bist und bleibst eben ein ungehobelter Klotz.«

»Sei doch nicht schon wieder böse, es hat mir nur so viel Spaß gemacht.«

Sie atmete schnell und sagte nach einer Weile: »Dir vielleicht, aber mir tut alles weh. Wie kommt es eigentlich, dass du so lange durchhältst, wo wir doch nur so selten miteinander schlafen? Gibt es da eine andere?«

»Nein, Schatz, es gibt keine andere, ich kann mich nur gut unter Kontrolle halten.«

»Ich geh ins Bad, mich sauber machen«, sagte sie und stand auf. »Mach du dich auch sauber, ich hab die Betten erst heute frisch bezogen.«

»Ja, Schatz«, erwiderte er, erhob sich ebenfalls und begab sich ins zweite Bad. Ich hab die Betten erst heute frisch bezogen, ich hab die Betten erst heute frisch bezogen! Bei dir ist immer alles frisch geputzt oder frisch bezogen oder meine Schuhe sind zu dreckig oder meine Hände oder ich stink aus dem Mund. Du bist wie Mutter, alles muss frisch und sauber sein. Du kotzt mich an, du alte Schlampe! Er wusch sich notdürftig und legte sich wieder hin und wartete, dass Monika kam. Sie hatte ihr Negligé aus- und ein hochgeschlossenes, bis zu den Knöcheln reichendes hellblaues Nachthemd angezogen.

»Ich bin müde«, sagte sie und zog die Bettdecke bis zum Kinn hoch. Und war sie vor einer Stunde noch wild und hatte ihm das Gefühl gegeben, ihn zu lieben, so war in ihrer Stimme wieder jene Kälte und Gleichgültigkeit, die er so hasste. Er hasste Monika, und er hasste seine Mutter. Aber er konnte sich nicht gegen sie wehren, sie waren einfach stärker. Vor elf Jahren hätte er nie für möglich gehalten, dass Monika auch einmal wie seine Mutter werden könnte. Vor elf Jahren war sie noch zärtlich, fürsorglich, sanft und zerbrechlich und hatte stets ein

Lächeln auf den Lippen. Aber es dauerte nur bis zu Sophies Geburt, bis aus dem Lamm Monika eine Löwin wurde. Oft fauchend, kratzend und bissig. Ab da wurde ihm klar, dass er sie verloren hatte. Es gab eben niemanden in seinem Umfeld, den seine Mutter nicht in ihren Bann zu ziehen vermochte.
»Schlaf gut.« Er küsste sie noch einmal auf den Mund, ihre Lippen waren verschlossen, und er stellte sich vor, es wäre Miriam oder Melanie. Nein, Miriam, sie hatte den schöneren Mund, und sie war viel gebildeter und besser erzogen. Ich habe Melanie gefickt und Miriam geküsst. So ist es am besten. Und nun sind beide tot. Mausetot.
Monika sagte nichts, kein »Gute Nacht«, kein »Schlaf gut«, es war sogar Jahre her, seit sie zuletzt gesagt hatte, dass sie ihn liebe. Er drehte sich auf die Seite und schlief sofort ein.

SONNTAG, 10.00 UHR

Sören Henning war um sieben Uhr aufgewacht. Er fühlte sich in der fremden und doch auf seltsame Weise vertrauten Umgebung wohl, auch wenn er leichte Kopfschmerzen hatte und die vergangenen beiden Nächte extrem kurz und der gestrige Tag sehr anstrengend gewesen waren. Dennoch hatte ihm die Zeit bei und mit Lisa Santos gut getan, sehr gut sogar. Vor allem der Abend hatte ihm gefallen, das Essen, das sie gemeinsam zubereitet hatten, das Beisammensitzen bei Kerzenschein und Musik, die Unterhaltung. Er hatte eine Menge aus ihrem Leben erfahren, wie ihr Vater von Spanien nach Deutschland gekommen war, wie ihre Eltern sich kennen gelernt hatten. Worüber sie jedoch nicht sprachen, war seine Ehe. Er wollte es nicht, und Lisa hatte auch gar nicht erst versucht, das Thema darauf zu lenken. Während sie noch schlief, ging er ins

Bad, wusch sich und zog sich an, schob leise die Schlafcouch zusammen und wartete, dass Lisa aufstand. Um halb neun kam sie aus dem Schlafzimmer. Sie wünschte ihm einen guten Morgen und verschwand im Bad. Nach zwanzig Minuten war sie fertig. Sie brauchte kaum Make-up, ihr südländischer Teint machte es beinahe überflüssig.
»Und, konntest du schlafen?«, fragte sie.
»Geht so. Und du?«
»Ich könnte noch mindestens zehn Stunden pennen. Was soll's. Lass uns was frühstücken, wir müssen um zehn im Präsidium sein. Bin schon auf Jans Ausführungen gespannt. Ich hab aber nur Kaffee, Toast und ein bisschen Aufstrich da.«
»Mach dir keine Umstände, ich hab sowieso keinen Hunger«, sagte er.
Lisa sah ihn zweifelnd und mit einem Lächeln an und gab ihm mit dem Kopf ein Zeichen. »Los, alter Mann, hilf mir, dann geht's schneller.«
Gegen Viertel vor zehn fuhren sie ins Präsidium, wo sie bereits von Harms und Friedrichsen erwartet wurden.
»Moin«, sagte Harms in einem Ton, der sowohl Henning als auch Santos aufhorchen ließ. Doch bevor diese etwas erwidern konnten, fragte er: »Schon Nachrichten gehört?«
»Nein«, kam es wie aus einem Mund.
»Ein Mädchen wird seit gestern Nachmittag vermisst.«
Henning nahm Platz, beugte sich nach vorn, die Arme auf die Oberschenkel gestützt, und sagte: »Wo?«
»Raststätte Buddikate an der A1. Eine Melanie Schöffer, fünfzehn Jahre alt, aus Wismar.«
»Ist sie getrampt?«, wollte Santos wissen.
»Nein, sie wurde dort vergessen. Sie war mit der Schule eine Woche in Frankreich. Die beiden Lehrkräfte sagen aus, dass sie an der Raststätte gehalten haben, weil einige der jungen Damen auf die Toilette mussten, während die andern sich

draußen die Beine vertraten. Der Busfahrer hat aber darauf bestanden, dass sie genau zehn Minuten Zeit hätten, dann würde er weiterfahren. Die Mädchen stiegen nach zehn Minuten wieder ein, aber wie es aussieht, wurde nicht nachgezählt, ob sie auch vollzählig waren. Ein paar Klassenkameradinnen bemerkten es erst, als sie schon auf der Autobahn waren. Am Kreuz Bargteheide ist der Bus umgekehrt, aber sie mussten ja bis Ahrensburg fahren, bis sie wieder auf der andern Seite waren. Es verging jedenfalls reichlich eine halbe Stunde. Als sie ankamen, war Melanie spurlos verschwunden. Man nahm zunächst an, dass sie vielleicht per Anhalter weitergefahren ist, denn sie gilt als ziemlich kontaktfreudig und nicht auf den Mund gefallen. Noch am Abend wurde eine Suchmeldung rausgegeben, auf die sich allerdings noch niemand gemeldet hat. Das heißt, wir könnten es mit unserm Mann zu tun haben.«

Henning ließ sich zurückfallen und schüttelte den Kopf. »Mein Gott, das kann doch nicht wahr sein. Was sagen die Eltern?«

»Was sagen Eltern schon, wenn so was passiert? Du weißt es doch selbst am besten.«

»Und keiner hat was gesehen oder bemerkt. Es würde in das bekannte Muster passen. Er steht zufällig an der Raststätte, wo zufällig ein Bus hält und zufällig ein Mädchen vergessen wird. Womit wir wieder beim Thema wären.«

Harms hob die Hand und meinte beschwichtigend: »Noch ist nicht klar, wo sie abgeblieben ist und ob ihr überhaupt etwas passiert ist. Laut Eltern und Mitschülern gilt sie als schwierig und nicht sehr anpassungsfähig. Große Klappe, aber nichts dahinter. Sie soll angeblich auch schon mal damit gedroht haben, abzuhauen, weil ihr zu Hause alles stinkt. Ist nur eine Aussage, die die Eltern gegenüber der Polizei gemacht haben und die auch von Klassenkameradinnen bestätigt wurde. Deshalb würde ich sagen, keine Panik, es kann sein, dass sie einfach die Gunst der Stunde genutzt hat.«

Henning lachte auf. »He, Alter, mach dir doch nichts vor. Hat sie Geld dabeigehabt? Klamotten? Ich meine, um abzuhauen, musst du Vorbereitungen treffen. Du packst wenigstens ein paar Sachen ein und vor allem Geld. Wo sind ihre Sachen und wie viel Geld hatte sie insgesamt dabei?«

Harms verzog den Mund und entgegnete: »Du magst ja Recht haben. Ihr Koffer war im Bus, und an Geld hatte sie hundertfünfzig Euro mit, Taschengeld, das sie aber fast bis auf den letzten Cent ausgegeben hat.«

»Und was hatte sie an?«

»Ein pinkfarbenes Oberteil mit silbernen Pailletten, einen weißen Minirock und weiße Leinenschuhe«, antwortete Harms leise.

»Na toll! Weißt du eigentlich, wie kalt es letzte Nacht war? So sechs, sieben Grad. Und gestern war auch nicht gerade ein Frühlingstag, wie er im Buche steht, falls du dich erinnerst. Die Kleine ist nicht abgehauen, wohin denn? Hat sie Verwandte oder Bekannte, bei denen sie untergekommen sein könnte? Ist sie auf die Toilette gegangen, und was hatte sie da bei sich? Sind diese Fragen schon geklärt?«

»Ja, zum Teil. Sie ist weder bei Verwandten noch bei Bekannten, die Eltern und die Polizei haben alle gefragt. Und ja, sie ist laut einer Klassenkameradin auf die Toilette gegangen, um sich dort einen Joint zu drehen. Das hat wohl ein bisschen länger gedauert, weshalb sie auch den Bus verpasst hat.«

»Ja und? Was hatte sie außer Zigarettenpapier, Tabak und Gras noch bei sich?«

»Nichts.«

»Na, wunderbar! Geld wird sie ja wohl keins zwischen den Arschbacken versteckt haben. Und eine Fünfzehnjährige hat selten Freunde oder Bekanntschaften weit außerhalb ihres

Wohnorts. Wurden schon entsprechende Maßnahmen eingeleitet?«
»Seit heute früh wird die Gegend um die Raststätte abgesucht, aber bisher Fehlanzeige.«
Henning lachte wieder auf. »Das kannst du auch vergessen. Sollte es sich um unsern Mann handeln, dann hat *er* die Gunst des Augenblicks genutzt und sie mitgenommen. Du sagst ja selbst, die Kleine war sehr kontaktfreudig. Das dürfte dem Killer sehr entgegengekommen sein. Wer weiß, wo er mit ihr hingefahren ist, aber es ist garantiert ein ganzes Stück von der Raststätte entfernt. Fragt sich nur, in welcher Richtung.«
»Du sprichst in der Vergangenheit, dabei wissen wir doch noch gar nicht, ob sie tot ist …«
»Sie ist tot. Er hat sie sich geholt, und weiß der Geier, woher er wusste, dass ausgerechnet an diesem Rastplatz ein Opfer nur darauf wartet, von ihm mitgenommen zu werden. Wie sieht sie aus? Hast du ein Foto von ihr?«
»Ja«, sagte Harms kleinlaut, holte es aus einer dünnen Akte, die er von den Kollegen des KDD erhalten hatte, und schob es über den Tisch.
»Hübsch, hübsch. Passt.«
»Was meinst du mit passt?«
»Na ja, passt alles ins Schema. War viel los auf dem Rastplatz?«
»Nein. Die Angestellten der Raststätte und auch der Tankstelle sagen, dass gestern ein sehr ruhiger Tag war. Es herrschte ja auch nicht gerade Ausflugswetter.«
Henning sah zu Santos und dann zu Friedrichsen, der bis jetzt nichts gesagt hatte.
»Und du«, sprach Henning ihn an, »was hältst du davon?«
»Ich erspare mir eine Meinung, bis wir Gewissheit haben. Es ist alles möglich.«

»Oh, wunderbar! Diplomatischer könnte man es nicht ausdrücken. Jan, hast du die Akten gelesen?«
»Ja.«
»Und?«
»Es deutet sehr viel auf einen Einzeltäter hin. Es könnte …«
»Komm, werd doch mal ein bisschen konkreter. Könnte, hätte, wäre, wenn interessiert mich nicht. Ich will deine ganz eigene Meinung hören.«
»Also gut, nach meinem Dafürhalten ist es wahrscheinlich, dass du Recht hast. So viele Zufälle sind ziemlich unwahrscheinlich.«
»Oh, das muss dich aber eine Menge Überwindung gekostet haben, das auszusprechen …«
»Sören«, sagte Harms, »ich bitte dich, diesen sarkastischen Ton zu unterlassen. Wir wollen zusammenarbeiten und nicht gegeneinander.«
»Tut mir leid. Jan, ehrlich, tut mir leid. Ich hab nur die Schnauze voll von diesem ganzen Mist. Donnerstag Miriam, Samstag Melanie. Zwei Mädchen innerhalb von zwei Tagen. Und ich verwette mein kärgliches Gehalt, dass er schon wieder Ausschau nach einem neuen Opfer hält. Der Typ ist TNT pur. Den hält nichts und niemand auf. Fragt sich nur, wie er es anstellt, immer unerkannt zu bleiben. Egal, ob tagsüber oder nachts, das ist ihm alles scheißegal. Der fühlt sich so verdammt sicher, wobei ich mich frage, woher er diese Sicherheit nimmt.« Und wieder an Friedrichsen gewandt: »Kannst du schon irgendwas über seine Persönlichkeit sagen?«
Friedrichsen zuckte mit den Schultern und erwiderte: »Dazu brauch ich mehr Zeit. Auffällig ist nur, dass er sich wie ein Jäger verhält, der Trophäen sammelt. Was ihn jedoch antreibt, vermag ich noch nicht zu sagen. Auch wenn es dir nicht gefällt, aber er könnte unter einem starken Minderwertigkeitskomplex leiden. Eine verkorkste Kindheit und Jugend, nicht

genügend Anerkennung, keine Liebe, keine Freunde, ein Ausgegrenzter wie eben dieser Andrej Tschikatilo. Und so weiter, und so fort. Aber das ist mir alles noch viel zu vage und klischeehaft. Ich brauche einfach etwas mehr Zeit.«
Henning sah gedankenverloren aus dem Fenster. Es hatte wieder leicht angefangen zu regnen, dicke Wolken zogen übers Land. Er dachte: Sollte der Täter diesmal Spuren hinterlassen haben, dann werden sie einmal mehr vom Regen weggespült. Das alte Spiel.
»Und jetzt?«, fragte er in die Runde.
»Ich weiß es nicht«, antwortete Harms.
»Dann machen wir das, was wir uns gestern vorgenommen haben. Ich möchte heute noch mit den Eltern und der besten Freundin reden.«
»Du willst nach Wismar?«, fragte Harms mit hochgezogenen Brauen. »Lass das doch die Kollegen vor Ort machen. Was bringt es dir, wenn du die Eltern befragst? Gar nichts. Sie haben gewartet, dass ihre Tochter nach Hause kommt, und sind jetzt völlig am Boden, wie du dir vorstellen kannst. Wir können nichts tun als abzuwarten.«
»Okay, dann instruier bitte die Kollegen aus Wismar, dass sie besonders mit jenen sprechen sollen, die mit Melanie im Bus und auch in Frankreich die meiste Zeit zusammen gewesen sind. Ich will Folgendes wissen, schreib's bitte auf: Die Aussagen bezüglich der Persönlichkeit dieser Melanie sollen verglichen werden. Damit meine ich, wie haben die Eltern ihre Tochter gesehen und wie die Mitschüler und die Lehrer. Und mich interessiert, ob Melanie während der Fahrt einer oder mehreren Freundinnen gegenüber geäußert hat, dass sie abhauen wollte. Außerdem sollen unsere Kollegen fragen, ob den Lehrerinnen oder Mitschülerinnen während ihres Aufenthalts an der Raststätte irgendjemand Ungewöhnliches aufgefallen ist. Vielleicht hat auch eine von ihnen ein Foto ge-

macht oder eine Videoaufnahme. Außerdem will ich das Videoband der Tankstelle von gestern Nachmittag haben, und zwar im Zeitraum zwischen … Moment, wann ist sie überhaupt verschwunden? Ich meine, wann wurde die Rast eingelegt?«

»Gegen halb zwei.«

»Also, dann das Band oder die Bänder der Tankstelle zwischen elf und zwei. Und man soll sich erkundigen, ob es noch weitere Videokameras dort gibt. Hast du das?«

Harms nickte, griff zum Telefon und wählte die Nummer des Kriminaldauerdienstes und sagte, die Kollegen mögen sich bitte sämtliche Videobänder der Raststätte Buddikate von gestern zwischen elf und vierzehn Uhr beschaffen. Anschließend sprach er mit einem Kollegen aus Wismar und trug ihm auf, was Henning ihm diktiert hatte. Nachdem er aufgelegt hatte, lehnte er sich zurück und sagte: »Zufrieden?«

»Nee. Ich hoffe nur, dass auf den Bändern irgendwas zu erkennen ist. Oder dass irgendwer ein Foto geschossen hat. Wenn nicht, haben wir wieder mal die Arschkarte gezogen.«

Lisa Santos meldete sich zu Wort. »Wenn er, wie du glaubst, wirklich schon so viele Menschen auf dem Gewissen hat und keiner bis jetzt einen Zusammenhang erkennen konnte, dann dürfen wir jetzt eins auf gar keinen Fall – ungeduldig werden. Selbst wenn er sich Melanie geholt haben sollte, was ich für nicht ausgeschlossen halte, müssen wir nüchtern und sachlich vorgehen. Sören?«

»D'accord.«

»Gut. Jan, du hast eben gesagt, dass du noch kein Profil des Täters erstellen kannst. Aber irgendwas wird dir doch bestimmt aufgefallen sein. Ich meine, du musst dich nicht festlegen, trotzdem würde es uns alle interessieren.«

Friedrichsen rückte seine Brille gerade und erklärte: »Er spielt, wie Sören bereits treffend festgestellt hat. Das heißt, er

verfügt über eine überdurchschnittliche Intelligenz. Und wenn ich schon bei dem Begriff spielen bin – es gibt Menschen, die ziehen das Glück förmlich an. Mir sind etliche Fälle bekannt von Personen, die praktisch bei jedem Preisausschreiben gewinnen …«
»Aber …«
»Lass mich ausreden«, sagte er zu Henning. »Der Unterschied hier ist, dass jemand, der im Preisausschreiben gewinnt, niemandem wehtut. Unser Täter gewinnt auch, aber gleichzeitig verliert ein anderer. Du hast von Zufall gesprochen. Ich gebe dir in einem gewissen Maß Recht, dass der Zufall bei allen Morden eine gewichtige Rolle gespielt hat und offensichtlich noch immer spielt. Trotzdem halte ich es für gewagt, alles auf diesen einen Begriff zu reduzieren. Zufall lässt sich nicht definieren, er lässt sich nicht einmal beschreiben. Ist es Zufall, wenn ein Auto verunglückt und drei Personen ums Leben kommen und einer unverletzt bleibt? Oder hat eine höhere Macht mitgeholfen, wobei ich aber bitte Religion jeglicher Couleur außen vor lassen möchte? Ich habe mir erlaubt, gestern mit meiner Frau darüber zu sprechen, nicht über unsern aktuellen Fall, sondern einfach über Zufall. Ihr alle wisst, und Sören hat das gestern ja auch mehr als deutlich zur Sprache gebracht, dass sie sich mit Esoterik beschäftigt, aber auch sie konnte mir keine Definition davon geben. Sie hat nur gemeint, dass es Menschen gibt, die sich auf eine eigenartige Weise anziehen, ohne dass es eine Erklärung dafür gibt. Sie hat das Wort Synchronizität gebraucht, was nichts anderes bedeutet als Zeitgleichheit und Sinngleichheit. Das heißt, dass die äußeren Ereignisse und die psychischen Abläufe in einer Weise miteinander korrespondieren, dass eine kausale Erklärung nicht möglich ist …«
»Augenblick mal, könntest du das auch auf Deutsch rüberbringen?«, wurde er von Henning unterbrochen.

»Sicher. Es beschreibt ein zeitgleiches, kausal oder ursächlich nicht erklärbares Zusammentreffen von physischen und psychischen Vorgängen, was lediglich eine vage Umschreibung des Begriffs Zufall ist. Nehmen wir in unserm Fall den Täter und das Opfer, zwei Menschen, die sich vollkommen fremd sind. Sie befinden sich zufällig zur selben Zeit am selben Ort. Der eine ist auf der Suche, in dem Fall der Täter, der andere ist an diesem Ort, weil er vielleicht eine Zeitung kaufen oder Zigaretten holen will. Beide begegnen sich, es findet eine Art Anziehung statt, wobei der Täter ein Ziel vor Augen hat, nämlich zu töten, während der andere vielleicht nur Sympathie für den Fremden hegt und ihm folgt, ohne zu ahnen, welche Konsequenzen das letztendlich hat.«

»Dann lag ich also gestern gar nicht so falsch mit meiner Einschätzung, wenn ich dich richtig verstanden habe? Es geht doch darum, dass der Täter ein vertrauenerweckender, sympathischer Mann sein muss, der eine Art magnetische Anziehung ausübt. Korrigier mich, wenn ich falsch liege«, sagte Henning, dem der Triumph in den Augen stand, was Friedrichsen jedoch entweder nicht bemerkte oder geflissentlich überging.

»So kann man es auch ausdrücken. Aber es steckt noch viel mehr dahinter. Warum wurde nie von einer dritten Person beobachtet, wie unser Täter und seine Opfer sich getroffen und weggegangen beziehungsweise weggefahren sind? Zufall? Keine Ahnung. Aber mir ist eine Begebenheit aus den sechziger Jahren in den Sinn gekommen, wo ein Mädchen bei einer Freundin zu Besuch war und normalerweise vom Vater dieser Freundin regelmäßig bei Dunkelheit nach Hause gefahren wurde. Es war nur ein Weg von wenigen Minuten. Eines Tages ist das Mädchen wieder bei seiner Freundin, doch diesmal kann sie nicht heimgefahren werden, weil der Vater krank im Bett liegt. Also verabschiedet sich das

Mädchen von der Freundin gegen zehn Uhr abends und ruft, da das Telefon ihrer Freundin kaputt ist, von einer Telefonzelle aus ihren Vater an und bittet ihn, sie abzuholen. Er sagt jedoch, dass er erst in einer halben Stunde dort sein kann, sie soll doch bitte wieder zur Freundin hochgehen. Das Mädchen, siebzehn Jahre alt, denkt sich, okay, dann warte ich eben und verschweigt ihrem Vater, dass die Freundin auch zu Bett gehen wollte. Sie wartet und wartet, eine halbe Stunde vergeht, doch der Vater kommt nicht. Dafür in wenigen Minuten der Bus. Sie überquert die Straße, und genau in diesem Augenblick trifft sie auf ihren Mörder. Eine normalerweise stark frequentierte Straße, doch an jenem Abend ist sie wie ausgestorben. Kein Mensch weit und breit, außer diesem Mädchen und ihrem Mörder. Er fackelt nicht lange, sondern zerrt sie eine Böschung hinunter, vergeht sich auf brutalste Weise an ihr und tötet sie. Das alles geschah, während der Vater ankam, seine Tochter nicht vorfand und sich dachte, sie habe vielleicht den Bus genommen, weil es ihr zu lange dauerte. Der Mörder dieses Mädchens war ein amerikanischer Soldat, der ein knappes Jahr später in den Staaten verhaftet wurde. Auf sein Konto gehen circa zwanzig Morde, und hätte er nicht einen fatalen Fehler begangen, wer weiß, ob man ihn je gefasst hätte. Bei seiner Vernehmung hat der Täter ausgesagt, dass dem Mädchen, wäre es auf der andern Straßenseite geblieben, nichts passiert wäre. Warum also hat sie die Straße überquert? Warum hat der Vater sich verspätet?« Er räusperte sich und trank einen Schluck Wasser, bevor er fortfuhr: »Es gibt keine Antworten.«

»Doch«, sagte Henning und griff sich an das unrasierte Kinn, »es gibt Antworten, nur, wir kennen sie nicht. Es gibt eben doch Dinge zwischen Himmel und Erde, die sich nicht erklären lassen. Wie eben der berühmte Zufall.«

Lisa Santos meldete sich erneut zu Wort. »Diese Diskussion ist zwar ganz schön, aber ich frag mich ernsthaft, was das bringen soll. Egal ob Zufall oder Fügung oder Schicksal, das bringt uns dem Täter nicht einen Schritt näher. Oder seid ihr da anderer Meinung?«

»Ich schon«, entgegnete Henning lapidar. »Wir müssen herausfinden, wie der Kerl an seine Opfer rankommt. Plant er seine Morde, oder geschehen sie zufällig? Wenn er sie plant, dann ist das so geschickt, dass er mit dem Zufall spielt. Oder anders ausgedrückt, er spielt Gott. Ich denke, er steht unter einem permanenten Druck, der sich in immer kürzeren Abständen entlädt. Ein Druck, den er nicht kontrollieren kann oder will. Oder ein Druck, den er einfach nicht aushält. Er fährt durch die Gegend und findet jedes Mal ein Opfer ...«

»Das wissen wir doch gar nicht. Es kann doch auch sein, dass er nur hin und wieder eins findet, denn wir wissen ja nicht, wie oft er unterwegs ist«, bemerkte Harms.

»Stimmt. Trotzdem hat er erstaunlich oft Erfolg, wie wir sehen können. Mag sein, dass er auch genauso häufig frustriert wieder nach Hause fährt, weil er eben kein Opfer gefunden hat ...«

Lisa Santos wollte etwas erwidern, doch Henning hob die Hand und ging auf die Karte von Norddeutschland zu, die an der Wand hing. Er betrachtete sie eine Weile, stellte sich davor und folgte mit dem Finger dem Lauf der A 1 von Hamburg an, bis er an der Raststätte Buddikate angelangt war. Er war wie elektrisiert und sagte: »Warte mal, ich glaub, ich hab's. Jan, schlag mal den Fall Claudia Meister auf. Sag mir, wo man ihre Leiche gefunden hat.«

»Moment.« Friedrichsen blätterte in einem Ordner. »Hier, in der Nähe des Neversdorfer Sees.«

»Das ist an der A 21«, sagte er nachdenklich. »Genau dort sollten wir suchen. Am Neversdorfer See. Melanie Schöffer

liegt dort. Sie wurde vergewaltigt und erstochen oder umgekehrt.«
»Was macht dich da so sicher?«, fragte Harms.
»Von der Raststätte sind's nur ein paar Kilometer bis zum Kreuz Bargteheide. Er ist mit ihr an genau die Stelle gefahren, wo er auch Claudia Meister getötet hat. Die Kollegen können aufhören, die Umgebung der Raststätte zu durchkämmen, es ist vergebene Liebesmüh. Sie liegt in Neversdorf.«
Er kam zurück, setzte sich und steckte sich eine Zigarette an. Schweigen. Bis Santos sagte: »Wie bist du darauf gekommen?«
»Weil ich allmählich beginne ihn zu begreifen. Ich versuche einfach mich in ihn hineinzuversetzen. Der Tötungsakt ist für ihn wie eine Befreiung. Aber nur kurzfristig. Mit der Vergewaltigung hat er Macht über seine Opfer, indem er sie umbringt, befreit er sich. Mich würde nicht wundern, wenn wir bald von ihm hören würden.«
»Was meinst du damit?«, fragte Harms, der ahnte, worauf Henning hinauswollte.
»Vielleicht nimmt er Kontakt zu uns auf. Ich sag doch, er ist ein Spieler, dem es nicht mehr reicht, Menschen umzubringen, er will endlich auch entsprechend gewürdigt werden. In den Medien zum Beispiel. Wenn sie ihn als Monster oder Bestie titulieren, geht ihm vermutlich einer ab. Er sucht nach Aufmerksamkeit. Aber so weit dürfen wir es nicht kommen lassen. Die Medien sollen ruhig über Miriam Hansen und Melanie Schöffer berichten, doch sie dürfen unter gar keinen Umständen eine Verbindung zu all den andern Fällen herstellen, denn genau das ist seine Absicht. Vermute ich zumindest.«
Friedrichsen hatte aufmerksam zugehört und warf ein: »Möglich. Aber wie gedenkst du gegen ihn zu spielen? Du kennst ihn nicht und kannst dich auch nicht in ihn hineinversetzen, wie du behauptest. Sich in jemanden hineinzuversetzen oder

zu wissen, wo er seine nächste Leiche deponiert hat, sind zwei völlig unterschiedliche Dinge.«
»Mag sein, dann versteh ich eben seine neue Taktik«, entgegnete Henning unwirsch. »Es ist doch auch völlig egal, wichtig ist, dass wir ihm das Gefühl geben, wir würden auf sein Spiel eingehen. Volker, du bist der Boss. Du bestimmst, was jetzt geschehen soll. Aber ich mach dir einen Vorschlag. Lisa und ich fahren jetzt sofort nach Neversdorf und schauen, ob wir diese Melanie finden. Falls ja, melden wir uns gleich bei dir, und du schickst uns die Kollegen von der Spurensicherung. Ich weiß, ich weiß, das gehört nicht zu unserm Gebiet, aber gib mir diesen Tag. Wenn sie tot ist, kommt es auf ein paar Stunden auch nicht mehr an.«
Harms klopfte mit dem Finger monoton auf den Tisch und schüttelte den Kopf. »Und wie bitte schön soll ich dem Staatsanwalt dein eigenmächtiges Vorgehen erklären? Und wie den Kollegen aus den andern Dienststellen? Dass du rein zufällig über die Leiche gestolpert bist? So einfach läuft das nicht, und das weißt du auch, du bist schließlich lange genug bei unserm Verein.«
»Mein Gott, kannst du mir nicht wenigstens ein paar Stunden geben? Dir wird doch nachher bestimmt was einfallen. Das heißt, mir fällt da was ein. Wir tun so, als ob wir einen anonymen Hinweis erhalten hätten, nachprüfen kann das keiner. Danach geben wir die Meldung an die Presse raus. Wenn ich diesen Kerl richtig einschätze, wird er sich daraufhin bei uns melden ...«
»Nein, nein, und nochmals nein!« Harms war aufgestanden und stützte sich mit beiden Händen auf dem Tisch ab. »Du kannst mit Lisa dorthin fahren, aber die Suchmannschaft wird vor euch dort sein. Das mit dem Hinweis können wir an die Presse weitergeben, mehr aber auch nicht. Ich will mir keine blöden Fragen anhören müssen. Ich werde jetzt als Erstes mit

dem diensthabenden Staatsanwalt telefonieren und ihn bitten, die Leute nach Neversdorf zu beordern, weil wir eben einen anonymen Hinweis erhalten haben, dass die Leiche der vermissten Melanie Schöffer dort zu finden sei. Gibt er sein Okay, wovon ich ausgehe, könnt ihr euch auch gleich auf den Weg machen.«

»Volker, wie lange kennen wir uns jetzt schon? Kannst du nicht mal über deinen eigenen Schatten springen und mir diesen einen klitzekleinen Gefallen tun? Ein anonymer Anruf, wen interessiert das schon und wer kann das nachverfolgen? Aber wie gesagt, du bist der Boss. Andererseits, wer zwingt dich denn, dem Staatsanwalt meine Vermutung schon jetzt auf die Nase zu binden. Was verlieren wir oder was verlierst du, wenn Lisa und ich uns dort erst mal allein umschauen, um sicherzugehen, dass ich auch Recht habe? Doch gar nichts. Sollte ich wider Erwarten nicht Recht behalten, haben wir wenigstens nicht unnötig die Pferde scheu gemacht. Gib dir einen Ruck und tu einfach so, als wüsstest du noch von gar nichts.«

»Mann o Mann, du und dein Dickschädel. Also gut, ihr könnt losfahren, ich halte hier die Stellung. Aber bitte, ruf sofort an, solltet ihr fündig geworden sein. Ich verständige danach den Staatsanwalt und werde auch alles Weitere in die Wege leiten.« Und als Henning und Santos noch keine Anstalten machten zu gehen: »Worauf wartet ihr noch? Auf einen schriftlichen Einsatzbefehl? Haut schon ab.«

»Du bist ein Schatz«, sagte Henning, warf ihm ein Küsschen zu und verabschiedete sich mit Santos. Er nahm den Schlüssel für den 5er BMW und ging mit seiner Kollegin nach unten. Der Regen hatte zugenommen, sie rannten über den Parkplatz und stiegen ein.

»Ich wünsche mir, dass ich nicht Recht habe, aber ich fürchte das Schlimmste«, sagte Henning, während er sich anschnallte.

»Ich auch. Bringen wir's hinter uns.«

SONNTAG, 8.30 UHR

Als Butcher aufwachte, war das Bett neben ihm leer. Er blieb noch einen Augenblick liegen, die Arme hinter dem Kopf verschränkt. Auf dem Flur hörte er die Stimmen von Laura und Sophie. Er stand auf, öffnete die Tür und sah die beiden in ihren Nachthemden, wie sie gerade in Sophies Zimmer verschwinden wollten.
»He«, rief er leise, »wollt ihr ein bisschen zu mir kommen?«
»Und Mama?«, fragte Sophie vorsichtig nach.
»Ist bestimmt schon unten.«
Sie krochen unter seine Bettdecke, Laura auf der linken, Sophie auf der rechten Seite, und kuschelten sich an ihren Vater.
»Habt ihr süß geträumt?«, fragte er.
»Nö, von lauter Monstern. Warum träumt man eigentlich immer von Monstern?«, fragte Sophie.
»Du weißt doch, Monster sind gar nicht so schlecht. Wir haben doch den Film *Die Monster AG* gesehen. Waren die vielleicht böse? Die haben nur so getan. Die wollen, dass man Angst hat, aber wenn man keine hat, wenn man ihnen sagt, hau ab, ich weiß, dass du viel mehr Angst hast als ich, dann ziehen sie ganz schnell Leine. Wie oft hab ich euch das jetzt schon erzählt? Zehnmal, hundertmal?«, fragte er lachend.
Die Mädchen kicherten und fingen an ihn zu kitzeln. Innerhalb weniger Sekunden wurde daraus lautes Geschrei. Sie machten eine Kissenschlacht, bis Sophie sagte: »Du stinkst aus dem Mund.«
Als Sophie das sagte, meinte er die Stimme seiner Frau zu hören. Du stinkst aus dem Hals, du stinkst nach Öl, du stinkst nach Werkstatt …!
»Jeder stinkt morgens aus dem Mund. Und weißt du auch, warum?«, erwiderte er und sah Sophie und Laura gespielt

ernst an. Sie schüttelten die Köpfe. Mit tiefer Stimme fuhr er fort: »Weil der Magen Hunger hat und in dem Magen ein Monster sitzt und sagt: ›Wenn ich nichts zu essen kriege, dann werde ich stinkig. Dann werde ich so stinkig, dass ich die ganze Luft verpeste.‹ Ich stink aus dem Mund, du stinkst aus dem Mund, die ganze Welt stinkt aus dem Mund. Es ist ein riesengroßer Gestank, der erst dann aufhört, wenn wir was gegessen haben. Wollen wir was essen, bevor wir vor lauter Gestank platzen?«
»Haha, man kann doch vor Gestank nicht platzen«, sagte Laura.
»Da hab ich aber schon ganz andere Geschichten gehört. Aber die erzähl ich euch nicht, die sind so unglaublich gruselig, da krieg selbst ich Angst.«
»Das stimmt nicht, das stimmt nicht!«, rief Laura und sprang auf der Matratze auf und ab. »Du kriegst doch nie Angst, höchstens wenn Mama oder Oma böse ist.«
Butchers Miene verdüsterte sich für einen kurzen Moment, bevor er wieder lachte und sagte: »Ich soll Angst vor Mama oder Oma haben? Warum das denn? Die tun mir doch nichts.«
»Manchmal ...« Laura hielt inne, als die Tür aufging und ihre Mutter ins Zimmer trat.
»Was ist denn hier los? Was soll das? Hab ich nicht ausdrücklich gesagt, dass das Bett kein Spielplatz ist? Ab in eure Zimmer, und zieht euch an, wir frühstücken gleich.«
»Monika, bitte ...«
»Nichts bitte. Wieso machst du eigentlich immer meine Erziehung kaputt? Kannst du nicht einmal respektieren, wenn ich etwas sage? Laura und Sophie haben ihre eigenen Zimmer, wo sie tun und lassen können, was sie wollen. Aber das Schlafzimmer ist tabu. Und wenn du das nicht einsehen willst, bitte, es steht dir frei, in Zukunft in deinem Kellerloch zu übernach-

ten. Da kannst du tun und lassen, was du willst, was du ja sowieso tust. Und jetzt steh auf, ich will die Betten machen und lüften.«
»Ja, gleich. Was ist eigentlich mit dem Fahrrad?«
»Darüber wollte ich auch noch mit dir sprechen. Ich bin voll und ganz der Meinung deiner Mutter, dass es noch zu früh ist, aber ich will ein Auge zudrücken. Sie kann es von mir aus behalten, allerdings nur unter der Bedingung, dass vorerst immer eine von uns beiden, entweder ich oder deine Mutter, sie begleitet. Allein darf sie nur fahren, wenn es hier auf dem Grundstück ist. Aber darüber werde ich noch mit ihr reden, sie wird es sicherlich verstehen.«
Ohne etwas zu erwidern, ging Butcher ins Bad, erledigte seine Morgentoilette, und als er zurückkam, hatte Monika die Betten abgezogen.
»Du hast doch erst gestern ...«
»Und? Sie sind dreckig, oder hast du etwa vergessen, was letzte Nacht war? Das Frühstück ist fertig, deine Mutter wartet auch schon.«
»Ich hab nicht viel Zeit, ich muss bald los«, sagte er. »Wir haben eine Übung.«
»Was für eine Übung und wo? Davon hast du bis jetzt nichts erwähnt.«
»Wir überprüfen die Geräte und die Hydranten und so weiter.«
»Dann bist du zum Mittagessen gar nicht zu Hause?«
»Wahrscheinlich nicht. Hängt davon ab, wie lange es dauert.«
Er ging zu ihr und wollte sie umarmen, doch sie entwand sich seinem Griff.
»Lass mich, ich mag nicht.«
»Warum?«
»Mir ist einfach nicht danach. Ich sag dir schon, wenn ich umarmt werden will. Laura! Sophie! Beeilt euch!«, rief sie.

»Beantworte mir nur eine Frage. Was hab ich getan, dass du mich so behandelst? Früher warst du ganz anders.«

»Früher ist früher, und heute ist heute. Außerdem habe ich keine Lust auf fruchtlose Diskussionen.«

»Eine Frage noch. Liebst du mich eigentlich?«

»Wir sind verheiratet, schon vergessen?«, antwortete sie schnippisch.

»Nein, hab ich nicht, Schatz.«

Monika hatte die angeblich schmutzige Bettwäsche unter den Arm geklemmt und verließ das Zimmer. Butcher zog sich an. In ihm waren finstere Gedanken. Er ging nach unten. Es duftete nach frisch gebrühtem Kaffee, der Tisch war wie jeden Sonntagmorgen opulent gedeckt. Er war der Letzte, der Platz nahm. Es wurde kein Wort gesprochen, eine bleierne, unerträgliche Stille lag über dem Raum. Selbst die Mädchen waren davon angesteckt und aßen lustlos. Seine Mutter würdigte ihn keines Blickes, als wüsste sie, was letzte Nacht im Schlafzimmer, das schräg gegenüber von ihrem lag, geschehen war. Aber was war geschehen?, fragte er sich. Ich habe mit Monika geschlafen, mit meiner Frau. Gut, ich habe dabei nicht an sie gedacht, aber das ist doch auch egal. Ihr blöden Weiber, ich möchte wirklich zu gern wissen, was ich euch getan habe. Er aß zwei Scheiben Toast mit Marmelade und trank eine Tasse Kaffee. Als er ging, war er einmal mehr froh, dieses Haus verlassen zu dürfen.

Auf der Fahrt zum Feuerwehrhaus hörte er die Nachrichten. Zum Schluss wurde folgende Meldung verlesen: »Und hier noch eine Vermisstenmeldung der Polizei. Seit gestern Nachmittag wird die fünfzehnjährige Melanie Schöffer aus Wismar vermisst. Sie ist einsachtundsiebzig groß, schlank und trägt ein pinkfarbenes Oberteil mit Pailletten, einen weißen Minirock und weiße Leinenschuhe. Melanie Schöffer wurde zuletzt auf dem Autobahnrastplatz Buddikate gesehen. Hinweise über den Aufenthaltsort von Melanie Schöffer nimmt jede Polizeidienststelle entgegen.«

Na, dann sucht mal schön. Bin schon ganz gespannt, ob ihr sie finden werdet. Er stellte den Golf auf der Straße vor dem Feuerwehrhaus ab und stieg aus. Die meisten seiner Kollegen waren bereits da, sie schienen nur auf ihn zu warten.

»Moin«, begrüßte er die Anwesenden und holte die Uniform aus dem Kofferraum. Sie befand sich in einem blauen Kleidersack, damit er sie nicht mit den andern verwechselte. Blau für die Feuerwehr, grün für die Polizei und rot-weiß für den Krankenwagen, den er ab und zu fuhr, wenn ein anderer Fahrer ausfiel, was aber in letzter Zeit kaum noch vorkam.

Er schloss ab, ging in den Umkleideraum und zog die Uniform an. Butcher sah an sich hinunter, betrachtete sich im Spiegel und war zufrieden mit seinem Äußeren.

Wieder draußen, wurde eine kurze Besprechung abgehalten. Das Feuerwehrauto stand noch in der Halle. »Also, Kollegen, dann mal auf in den Kampf. Die Übung ist auf drei Stunden angesetzt, wenn's länger dauert, haben wir ein Problem. Es handelt sich um eine Einsatzübung, wir überprüfen die Schläuche und die Hydranten und sehen mal zu, ob wir den Neulingen etwas beibringen können. Dieter, Werner und Peter fahren wie gehabt, Kurt und ich bilden die Vorhut. Wir üben wieder an der bekannten Scheune.«

Sie überprüften die Pumpen, maßen die Geschwindigkeit, in der die Schläuche ab- und wieder aufgerollt wurden, zwei Neulinge wurden in die Technik der korrekten Sprühhaltung eingewiesen, wobei der Sprühstrahl allmählich von schwach auf stark gesteigert wurde. Alles wurde mehrfach geprobt, für den Ernstfall, der immer nur simuliert wurde, auch wenn die meisten von ihnen schon bei mehreren Bränden dabei gewesen waren und im vergangenen Jahr einer der Kollegen sein Leben bei einem Einsatz verloren hatte, als ein herabstürzender Eisenträger ihn unter sich begrub. Aber Johann Koslowski bestand darauf, dass mindestens einmal im Monat eine solche Übung abgehalten wurde, dass das Fahrzeug sich stets in einem perfekten Zustand befand, im Feuerwehrhaus alles picobello aufgeräumt war und jeder seine spezielle Aufgabe im Notfall auch im Schlaf hätte erledigen können. Er schaute zur Uhr, Punkt eins. Die Schläuche waren längst aufgerollt, Koslowski sagte: »Gute Arbeit, Männer, aber beim nächsten Mal muss noch mehr Dampf dahinter sein. Manchmal kommt ihr mir wie lahme Ackergäule vor, aber ich will, dass ihr Rennpferde seid. Kapiert?«

»Aye, aye, Captain«, schallte es wie aus einem Mund, und alle salutierten grinsend.

»So ist's recht.«

Wieder im Gerätehaus, sagte Werner Claussen: »Hat irgendeiner von euch noch was vor? Wir könnten noch was trinken gehen.«

»Warum nicht«, antwortete Dieter Matuschek, auch Klaus Börnsen und Peter Müller stimmten zu, während Johann einen Moment überlegte, bevor er meinte: »Was soll's, ein Bierchen in Ehren kann niemand verwehren.«

Gegen halb zwei verließen sie das mitten im Ort gelegene Haus und gingen in ein Lokal, das sie oft nach einer Übung aufsuchten. Sie bestellten sich jeder ein großes Bier. Die Rede kam sofort wieder auf den Mord an Miriam Hansen und das seit gestern vermisste Mädchen.

»Wenn ich die Drecksau in die Finger kriegen würde«, sagte Claussen und wischte sich den Schaum vom Mund, »ich würde ihn breitbeinig übern Stacheldrahtzaun ziehen. Ganz, ganz langsam.«

»Ich auch«, meinte Matuschek und fügte hinzu: »Ich frag

mich nur, wer so was macht. Dieser Typ muss doch krank im Kopf sein.«

»Quatsch«, entgegnete Koslowski, »der weiß genau, was er tut. Diese Typen werden immer als krank hingestellt, aber von den Opfern spricht schon bald keiner mehr. Die Kleine war doch gerade mal neunzehn. Und die, die seit gestern verschwunden ist, ist erst fünfzehn. Würde mich nicht wundern, wenn die auch tot ist. Vielleicht ist es ein und derselbe. Ich werde auf jeden Fall an der Sache dranbleiben.«

»Aber die ist doch unten bei Hamburg verschwunden«, bemerkte Matuschek zweifelnd. »Ich glaub nicht, dass das eine mit dem andern was zu tun hat.«

»Ich auch nicht«, stimmte Claussen zu, der schon nach dem ersten Bier etwas redseliger wurde. »Trotzdem, möglich ist alles. Weiß einer von euch, wie die am Haddebyer Noor umgebracht wurde?«

»Nee, darüber erfährt man wohl nichts«, sagte Matuschek. »Außerdem ist das unwichtig. Fakt ist, dass sie tot ist und noch das ganze Leben vor sich gehabt hätte. Und das macht mich wütend.«

»Und wenn sie ihn geschnappt haben, was passiert dann mit ihm?« Koslowski schaute in die Runde, als würde er eine Antwort erwarten. »Ein paar Gutachter werden ihn auf seine Schuldfähigkeit hin untersuchen, und vielleicht kommt er dann nur in die Klapse und führt ein angenehmes Leben, bis ihm irgendwann jemand bescheinigt, dass er keine Gefahr mehr für die Öffentlichkeit darstellt.«

»Stimmt«, sagte Claussen, »davon hört man ja immer wieder. Ist schon ein Scheißland. Für so jemand müsste man die Todesstrafe wieder einführen. Der Staat und wir Steuerzahler würden eine Menge Geld sparen.«

»Na ja, weiß nicht so recht«, erwiderte Matuschek. »Dann passiert hier vielleicht das Gleiche wie in Amerika, wo schon manch einer hingerichtet wurde und sich später seine Unschuld rausgestellt hat. Ich bin da immer ein bisschen vorsichtig, was die Todesstrafe angeht ...«

»Mag sein, aber wenn ein Fall ganz klar ist und man den Täter definitiv überführt hat, dann könnte man doch mal drüber nachdenken, oder?«, sagte Koslowski. »Natürlich darf ich als Journalist so was nicht schreiben, aber denken und im privaten Kreis drüber sprechen, das kann mir keiner verbieten.«

»Da geb ich dir Recht. Aber auch hier werden immer wieder Urteile aufgrund von Indizien gefällt, dabei heißt es doch in dubio pro reo.«

»In dubio was?«, fragte Claussen.

»Im Zweifel für den Angeklagten«, antwortete Matuschek. »Ich frag mich nur, was so einen Kerl antreibt. Ich meine, wenn er sich mit einem von uns messen würde, das wär was anderes, aber junge Mädchen?«

»Ist wahrscheinlich so ein Weichei, der sich nicht an richtige Männer rantraut, weil er genau weiß, dass er von denen gewaltig eins in die Fresse kriegen würde«, bemerkte Claussen lapidar, trank sein Glas leer und bestellte sich gleich ein neues.

»Ob Weichei oder nicht, er ist eine Gefahr für die Gesellschaft. Deshalb sollten die Bullen sich beeilen, damit nicht noch mehr passiert. Ich finde, zwei tote Frauen bei Haddeby reichen.«

»Die kriegen ihn schon«, meinte Koslowski gelassen. »Die haben ja auch schon eine heiße Spur, sagt der Polizeisprecher jedenfalls. So, ich trink auch noch ein Bier, und dann ab nach Hause, sehen, was die Familie so treibt. Und ihr?«

»Meine Leute warten bestimmt auch schon auf mich«, antwortete Claussen. »Aber die werden's schon noch ein paar Minuten ohne mich aushalten. Es heißt sowieso gleich: ›Wo kommst du jetzt her? Hast du etwa schon wieder was getrunken?‹«

»Kenn ich irgendwoher«, meinte Matuschek grinsend.
»Jungs, wir sind doch arme Schweine«, sagte Koslowski. »Aber wir haben's uns selbst ausgesucht.«
Sie blieben noch zwanzig Minuten, zahlten und begaben sich zu ihren Autos. »Bis Mittwoch um sechs«, verabschiedete sich Koslowski. »Oder früher, sollte es einen Alarm geben, was ich nicht hoffe. Bis dann, und haltet die Ohren steif.«

SONNTAG, 11.50 UHR

Sie nahmen die Abfahrt Leezen und erreichten nach weniger als fünf Minuten Neversdorf. Als würde er die Strecke jeden Tag fahren, fand Sören Henning sofort die Stelle, an der vor knapp zwei Jahren Claudia Meister ermordet worden war.
»Gleich hier vorne ist es. Fällt dir was an dem Gras auf?«, fragte Henning.
»Sieht aus, als ob da jemand ...«
»Korrekt. Komm, ganz vorsichtig, obwohl, die Spurensicherung wird hier eh nichts mehr finden bei diesem Regen. Dieser Bastard hat auch noch den Wettergott auf seiner Seite.« Nach gut zwanzig Metern stoppte Henning und meinte ohne jeglichen Triumph in der Stimme: »Das war's wohl.« Er sah Santos an und schüttelte den Kopf. »Wie ich gesagt habe, er spielt. Aber das ist so ein perverses Spiel ... Schau dir nur an, wie er sie zugerichtet hat.«
Santos blickte regungslos auf das tote Mädchen in der unnatürlichen Lage, der nackte Körper vom Regen nass, die Haare klebten am Kopf, wo einst Augen waren, befanden sich nur noch dunkle Höhlen, und der Torso war von Messerstichen übersät und voll von verkrustetem Blut. Außerdem erkannte

sie bei näherem Hinsehen auch bei Melanie die typischen Zeichen einer Elektroschockbehandlung.

»Warum tut er das? Sie war fünfzehn«, sagte sie mit tonloser Stimme.

»Das Warum werden wir vermutlich erst erfahren, wenn wir ihn haben. Das hier war für ihn jedenfalls ein Schlachtfest. Und er wird weitermachen, das ist so sicher wie das Amen in der Kirche. Der Kerl ist wütend, zornig, in dem ist alles in Aufruhr. Er kommt mit sich und der Welt nicht klar«, erwiderte Henning mit beinahe stoischer Ruhe, während er die Hülle von Melanie Schöffer betrachtete, das unnatürliche Weiß der Haut, überzogen von getrocknetem Blut, das auch der Regen nicht wegwaschen konnte, die Lippen blau angelaufen.

»Eine Menge Menschen kommen mit sich und der Welt nicht klar und morden trotzdem nicht …«

»Das ist was anderes. Jeder Mensch ist ein Individuum … Lass uns nicht jetzt darüber reden.«

»Doch, ich will jetzt darüber reden, auch wenn es regnet und ich friere und mir dieser ganze Mist gewaltig an die Nieren geht.«

»Okay. Du kannst Serienmörder nicht mit Normalsterblichen vergleichen. Er hat etwas Furchtbares erlebt, das er nie verarbeiten konnte. Und irgendwann ist bei ihm ein Schalter umgelegt worden. Im Alltag ist er wahrscheinlich der anpassungsfähigste Mensch, aber er will sich nicht mehr anpassen. Möglicherweise würde er gerne aufhören mit dem Morden, aber er kann nicht mehr. Das ist wie bei einem Alkoholiker, der noch gar nicht weiß, dass er gefährdet ist. Aber schon der erste Griff zur Flasche reicht, und er kann nicht mehr aufhören. Er trinkt mehr und immer mehr, weil er das zum Überleben braucht, zumindest glaubt er das. Ich weiß, ein hinkender Vergleich, trotzdem für mich der einzige Vergleich, der mir spontan einfällt.«

»Na toll! Aber der geilt sich doch auch auf. Schau sie dir doch an, die hat einen perfekten Körper. Nenn mir einen Mann, der nicht auf so was abfährt.«
»Lisa, ihm geht es nur sekundär um geschlechtliche Befriedigung. Im Vordergrund steht der Tötungsakt. Ich weiß, das klingt unglaublich pervers, aber so ticken manche nun mal ... So, und jetzt werde ich Volker Bescheid geben.« Er holte sein Handy aus der Jackentasche und tippte die Kurzwahl ein. »Ja, hi. Die Suchmannschaft brauchen wir nicht mehr. Wie ich gesagt habe, sie ist hier. Du kannst alles in die Wege leiten, und zwar das volle Programm. Und du kannst von mir aus dem Staatsanwalt mitteilen, dass Lisa und ich sie gefunden haben, weil wir einem anonymen Anruf nachgegangen sind. Blöde Fragen wird er nicht stellen. Und ich muss mit den Eltern sprechen, ich will wissen, wer und vor allem wie Melanie war. Gib mir doch mal die Adresse durch, ich fahr dann gleich mit Lisa hin, um die freudige Botschaft zu überbringen.«
»Das ist ein ganzes Ende bis Wismar. Lass das doch die Kollegen vor Ort erledigen. Warum ausgerechnet du?«
»Weil *ich* es erledigen muss. Erklär ich dir alles später. Ich ruf dich an, wenn wir wieder zurück sind. Wir treffen uns dann im Präsidium.«
Harms gab ihm die Adresse, Henning bedankte sich und wollte bereits auf Aus drücken, als ihm noch etwas einfiel. »Ach ja, lass sie unbedingt in die Rechtsmedizin nach Kiel bringen. Und beordere sofort einen Streifenwagen hierher, wir warten so lange. Ich möchte nämlich nicht, dass irgendwer sich hier noch zu schaffen macht.«
»Aber ...« Zu mehr kam Harms nicht, Henning hatte das Gespräch beendet.
»Dann werde ich meine Schwester heute wohl nicht besuchen können«, meinte Santos etwas enttäuscht und begab

sich mit Henning zurück zum Wagen. Der Regen hatte wieder eingesetzt und prasselte aufs Dach und die Windschutzscheibe.
»Tut mir leid, aber du wolltest doch unbedingt, dass ich die Ermittlungen leite, und ich wollte, dass du meine Assistentin bist. Carmen wird es auch mal einen oder zwei Tage ohne dich aushalten. Oder meinst du, sie vermisst dich so sehr, dass sie … Entschuldigung, war nicht so gemeint.«
»Schon gut. Ich bin eben nur an den Rhythmus gewöhnt. Ich wollte ihr heute die Haare machen und sie schminken und ihr dabei wieder ein paar Sachen von früher erzählen. Gestern kam ich ja nicht dazu. Manchmal kotz ich mich bei ihr einfach auch nur aus, eine bessere und geduldigere Zuhörerin könnte ich mir gar nicht vorstellen.«
»Du liebst sie sehr, was?«
»Sie ist meine große Schwester.«
»Und ich habe zufälligerweise nichts vor«, bemerkte er grinsend.
Lisa Santos wusste, dass er normalerweise den Sonntag in seiner schäbigen Bude verbracht hätte, und er schien froh zu sein, endlich einmal etwas zu tun zu haben, außer im Büro zu sitzen. Allmählich fand er zur alten Form zurück, worüber sie sich natürlich freute.
»Na ja, du könntest dich mal wieder rasieren und …«
»Haha. Schauen wir doch mal lieber, wie wir am schnellsten nach Wismar gelangen, ich war nämlich noch nie dort.« Er gab die Daten in das Navigationssystem ein und sagte: »Das sind etwas über hundert Kilometer. Kaum ’ne Stunde von hier, und wenn ich ein bisschen auf die Tube drücke … Wer sagt es ihnen? Möchtest du es wieder übernehmen?«
»Nee, diesmal bist du dran. Wir wechseln uns ab«, bemerkte sie trocken, als wüsste sie, dass dies nicht ihr letzter Einsatz dieser Art sein würde.

Sie warteten fünf Minuten, bis der angeforderte Streifenwagen kam. Henning instruierte die Beamten, stieg wieder ein, startete den Motor und wendete.

SONNTAG, 13.05 UHR

Die Eltern von Melanie Schöffer waren zu Hause. Wo sonst, dachte Henning, sie warten schließlich darauf, dass ihre Tochter wiederkommt oder irgendeiner ihnen sagt, wo sie ist. Lebend. Doch damit konnte er nicht dienen. Zum zweiten Mal innerhalb von zwei Tagen überbrachten er und Lisa Angehörigen eine Todesnachricht, und er kam sich mittlerweile vor wie ein Todesbote. Es war ein Gang, vor dem er sich jedes Mal fürchtete, denn die Reaktion der Angehörigen war meist Entsetzen, Schreien oder die Unfähigkeit, irgendetwas zu sagen oder sich die Seele aus dem Leib zu heulen, bis hin zum Zusammenbruch, bis ein Arzt kam und die entsprechenden Maßnahmen durchführte, meist in Form einer Beruhigungsspritze.
Vor dem Eingang hing ein goldenes Schild: *Gemeinschaftspraxis Dr. med. Jürgen Schöffer und Dr. med. Katja Schöffer, Fachärzte für Innere Medizin, Allgemeinmedizin und Naturheilverfahren* und darunter die Sprechzeiten. Na ja, einen Arzt werden wir nicht holen müssen, dachte Henning nur.
Ein großgewachsener, schlanker Mann, den Henning auf knapp vierzig schätzte, öffnete die Tür. Er trug eine beige Stoffhose und darüber ein weißes Hemd, dessen beide obersten Knöpfe offen standen. Ein attraktiver Mann, wie Santos feststellte.
»Ja?«, sagte er mit müder Stimme, während er die Beamten

musterte. Er wirkte übernächtigt, dunkle Bartstoppeln sprossen in seinem Gesicht, die Stirn hatte er hochgezogen.
»Herr Schöffer?«
»Ja, wer denn sonst? Wenn Sie von der Presse sind, können Sie gleich wieder verschwinden, ich ...«
»Henning, Kripo Kiel, das ist meine Kollegin Frau Santos.« Er hielt seinen Ausweis hoch, Schöffer warf einen kurzen Blick darauf.
»Bitte? Wieso Kripo Kiel? Ich hab doch schon alles gesagt ...«
»Dürfen wir reinkommen, wir hätten noch ein paar Fragen zu Ihrer Tochter.«
»Bitte. Meine Frau ist im Wohnzimmer, sie ist völlig mit den Nerven runter. Und ich auch, wie Sie sich vielleicht vorstellen können. Wenn wir nur wüssten, wo Mel ist.«
Sie begaben sich vom Flur im Parterre aus, wo sich auch die Praxisräume befanden, in den ersten Stock. Sehr viele Grünpflanzen rundeten das gemütliche Gesamtbild ab. Hinter dem Haus erstreckte sich ein großer Garten mit vielen Bäumen und einer ausgedehnten Rasenfläche. Der Boden war mit Teppichen belegt, an den Wänden hingen moderne Bilder, so modern, dass Henning nichts damit anfangen konnte. Im Wohnzimmer stand eine Frau am Fenster und schaute hinaus auf den Garten, der jetzt durch den wolkenverhangenen Himmel trüb und trist wirkte.
»Katja, hier sind zwei Beamte der Kriminalpolizei Kiel. Sie würden gerne mit uns reden.«
Die Angesprochene drehte sich wie in Zeitlupe um. Ihr Gesicht war unnatürlich blass, sie zitterte leicht, dunkle Ränder unter den Augen und die vielen gebrauchten Taschentücher in einem kleinen Papierkorb neben der Couch zeugten von wenig oder gar keinem Schlaf in der vergangenen Nacht und vielen Tränen. Sie ging mit schweren Schritten zur Couch, wo sie sich vorsichtig hinsetzte. Vor ihr auf dem Tisch stand ein Glas

Wasser, während ihr Mann sich aus einer Flasche Bourbon bediente, indem er ein Glas im Beisein von Henning und Santos wieder füllte.
»Dürfen wir?«, fragte Henning und deutete auf die Sitzgarnitur.
»Entschuldigen Sie, natürlich«, sagte Schöffer und kippte den braunen Inhalt des Glases in einem Zug hinunter. Henning fragte sich, wie jemand überhaupt dieses Zeug trinken konnte. Er hatte es einmal probiert und sich beinahe erbrochen, weil es in seinen Augen wie Seife schmeckte. Das Wohnzimmer strahlte eine einladende Gemütlichkeit aus. Es war modern und teuer eingerichtet und wirkte keineswegs überladen, ganz im Gegenteil, hier herrschte Understatement pur. Arzt müsste man sein, dachte Henning, der gleichzeitig seine bescheidene Wohnung vor Augen hatte.
»Herr und Frau Schöffer«, begann Henning, nachdem sie Platz genommen hatten, nur Schöffer blieb stehen, »wir müssen Ihnen leider die traurige Mitteilung machen, dass Ihre Tochter einem Gewaltverbrechen zum Opfer gefallen ist. Es tut uns leid, Ihnen keine bessere Nachricht überbringen zu können.« Er wartete auf eine Reaktion der Eltern, die jedoch anders ausfiel, als er vermutet hatte.
»Ich habe damit gerechnet«, sagte Schöffer ruhig, was vielleicht auch am Alkohol lag, und setzte sich nun ebenfalls. »Wo …?«
»In einem kleinen Ort zwischen Bad Oldesloe und Bad Segeberg, deshalb sind auch wir gekommen.«
»Was …«
»Sie wurde ermordet.«
»Mein Gott«, sagte Katja Schöffer und schüttelte den Kopf. »Warum Melanie?«
»Sie muss ihrem Mörder zufällig begegnet sein«, meldete sich Lisa Santos zu Wort. »Wir gehen davon aus, dass es auf der

Raststätte Buddikate war. Sind Sie in der Lage, uns ein paar Fragen zu beantworten?«

»Können wir sie sehen?«, wollte Schöffer wissen, als hätte er die Frage von Santos nicht gehört.

»Nein, das wäre nicht gut. Es ist kein schöner Anblick. Behalten Sie sie so in Erinnerung, wie Sie sie zuletzt gesehen haben.«

»Was hat man mit ihr gemacht? Hat man sie so übel zugerichtet? War es einer, oder sind gleich mehrere über sie hergefallen?«, fragte Schöffer.

»Wir gehen von der Tat einer Einzelperson aus«, antwortete Henning.

»Was hat er mit ihr gemacht? Sagen Sie schon, wir können es vertragen.«

»Also gut, wenn Sie darauf bestehen. Wie es aussieht, hat er sich an ihr vergangen, er hat sie mit zahlreichen Messerstichen getötet, und er hat ihr die Augen ausgestochen. Vielleicht verstehen Sie jetzt, warum es nicht so gut wäre, sie noch einmal zu sehen.«

»Ich würde es trotzdem gerne«, erwiderte Jürgen Schöffer und blickte Henning an. »Sie werden das nicht verstehen, aber ich möchte ihr noch einiges sagen.«

Henning überlegte, Santos antwortete für ihn: »Ich werde veranlassen, dass sie nach der Autopsie entsprechend hergerichtet wird. Allerdings nur das Gesicht. Dürfen wir Ihnen jetzt unsere Fragen stellen, auch wenn Sie einige davon sicher schon unseren Kollegen aus Wismar beantwortet haben?«

»Bitte, nur zu.«

»Was für ein Mädchen war Melanie?«

Schöffer lachte kehlig auf und meinte: »Mein Gott, was für eine Frage! Sie war fünfzehn, und Sie werden doch wohl wissen, wie die heutigen Fünfzehnjährigen so sind ...«

Santos unterbrach ihn schnell: »Es geht nicht darum, wie Mädchen in diesem Alter für gewöhnlich sind, sondern wir möchten ein paar Dinge über Melanie erfahren, die sie zu etwas Besonderem gemacht haben.«
Schöffer sah zu seiner Frau, die seinen Blick für einen Moment erwiderte. Er goss sich noch einen Bourbon ein, drehte das Glas zwischen den Fingern und trank es wieder in einem Zug leer.
»Meine Medizin, die ich selten und auch dann nur in Maßen zu mir nehme«, versuchte er sich zu rechtfertigen. »Aber heute ist eine Ausnahme. Also gut. Melanie ist nicht unsere leibliche Tochter, wir haben sie adoptiert, als sie sechs Monate alt war. Ich bin leider zeugungsunfähig, aber wir wollten unbedingt ein Kind haben.« Er stockte und sah gedankenverloren zu Boden, bevor er fortfuhr: »Das mag sich jetzt vielleicht pietätlos anhören, aber sie war ein schwieriges Kind. Wir hatten sehr viele Probleme mit ihr, obwohl wir sie wie unser eigen Fleisch und Blut behandelt haben. Als wir sie bekommen haben, war sie kränklich und hat viel geschrien. Erst später haben wir über Umwege erfahren, dass ihre Mutter drogenabhängig war. Ob sie noch lebt, kann ich nicht sagen. Aber je älter Mel, so haben wir sie genannt, wurde, desto mehr entglitt sie uns. Wir haben einfach keinen Zugang mehr zu ihr gefunden. Sie hat in den letzten Monaten immer wieder damit gedroht, abzuhauen, aber wir haben das natürlich nicht so ernst genommen. Ihre schulischen Leistungen waren auch nicht gerade berauschend. Dazu kam, dass wir herausgefunden haben, dass sie schon seit längerem mit verschiedenen Jungs und sogar älteren Männern intime Beziehungen pflegte. Und wir haben erfahren, dass sie regelmäßig Haschisch und Marihuana geraucht hat, und ich denke, da waren auch noch ein paar andere Drogen mit im Spiel. Kann sein, dass sie da etwas von ihrer Mutter geerbt hat, obwohl dic Abhängigkeit von Drogen

eigentlich nicht erblich ist, zumindest gibt es bis heute keinen wissenschaftlichen Beleg dafür.«

»Wusste Melanie, dass sie adoptiert war?«, fragte Henning.

»Ja, wir haben es ihr vor etwa zwei Jahren gesagt. Sie hat ganz gelassen reagiert, als wäre es das Selbstverständlichste von der Welt. Meine Frau und ich dachten, dass wir dadurch vielleicht einige Missverständnisse klären könnten, aber das war nicht der Fall.«

»Melanie war eine in sich vollkommen zerrissene Person«, unterbrach Katja Schöffer ihren Mann mit energischer Stimme, was sowohl Henning als auch Santos überraschte. »Jürgen, es hat keinen Sinn, wenn wir versuchen, Dinge zu entschuldigen, für die wir nichts können. Oder vielleicht können wir doch was dafür, aber darüber nachzudenken würde sowieso zu nichts führen. Glauben Sie mir, mir wäre lieber, ich müsste nicht so von ihr sprechen, aber Melanie war aufsässig, sie hat sich in der Schule etliche Male mit Mitschülerinnen geprügelt, das erste Mal mit acht, danach wurde sie immer aggressiver. Sie hat sogar einmal eine Lehrerin körperlich angegriffen, weil sie keine Widerworte ertragen konnte. Mel musste immer das letzte Wort haben. Sie hat gestohlen, sie hat sich rumgetrieben, und ihre Ausdrucksweise war alles andere als gewählt. Ihre Lieblingsausdrücke entstammten alle der Gossensprache, und die wird in diesem Haus nicht gesprochen. Sie hat sogar mich einmal geschlagen, das ist noch gar nicht so lange her. Eigentlich wollten wir sie nach diesem Vorfall nicht mit auf Klassenfahrt schicken, aber schließlich dachten wir, vielleicht ändert das etwas an ihrem Verhalten. Wie gesagt, sie war aggressiv, unberechenbar und gewalttätig. Sie hat gelogen, wenn sie den Mund aufgemacht hat, und wir haben kein Mittel gefunden, das zu ändern. Mein Mann und ich haben uns immer wieder gefragt, was wir wohl falsch gemacht haben, aber wir wissen es nicht. Wir haben uns den Kopf zermartert, nächtelang diskutiert, aber wir sind zu keinem Ergebnis gelangt. Wir kennen durch unsern Beruf einige Therapeuten, die bereit gewesen wären, sich ihrer anzunehmen, aber Melanie hat es nicht zugelassen. Als ob sie gespürt hätte, was wir wirklich von ihr wollten. Ich weiß, es ist schlimm, so über ein Kind zu sprechen, das man großgezogen hat, aber es ist die ungeschminkte Wahrheit.« Sie zuckte mit den Schultern, ein paar Tränen liefen ihr über die Wangen. Sie nahm ein Taschentuch und putzte sich beinahe geräuschlos die Nase und behielt das Tuch in der Hand. »Wir haben Melanie nie greifen können, sie war wie ein Aal, der einem permanent entgleitet. Sicher bin ich traurig, dass sie ein solches Ende genommen hat, auf der andern Seite bin ich froh, endlich zu wissen, was passiert ist.«

Santos atmete ein paarmal tief durch. Sie hatte mit allem gerechnet, doch nicht mit einer derartigen Offenheit seitens der Eltern.

»Darf ich Ihnen etwas zu trinken anbieten?«, fragte Katja Schöffer. »Ich kann auch einen Kaffee kochen, wenn Sie möchten. Sie haben noch eine lange Fahrt vor sich. Ich stamme nämlich auch aus Kiel«, sagte sie mit einem liebenswürdigen Lächeln. Noch vor wenigen Minuten schien sie einem Nervenzusammenbruch nahe, und jetzt wirkte sie wie befreit. Die Ungewissheit hatte ein Ende. Die Ungewissheit, ob sie ein Kind verloren hatten, das nicht das eigene war, das viele Probleme bereitet hatte und das doch irgendwann fehlen würde.

»Machen Sie sich keine Umstände«, sagte Santos, doch Katja Schöffer war bereits aufgestanden und ging in die Küche.

»Meine Frau hat Recht, es hat keinen Sinn, etwas zu beschönigen, wo es nichts zu beschönigen gibt. Melanie war kein schlechtes Mädchen, allein die Chemie zwischen uns und ihr hat zu keiner Zeit gestimmt. Ich habe sogar schon mit dem

Gedanken gespielt, sie auf ein Internat zu schicken, wo sie aber mit Sicherheit nicht lange geblieben wäre. Entweder wäre sie abgehauen, oder sie wäre rausgeflogen.«
Schöffers Frau kam zurück und sagte: »In fünf Minuten ist der Kaffee fertig.«
»Ich habe gerade erzählt, dass wir darüber nachgedacht hatten, Mel aufs Internat zu schicken. Mel hat nie zur Ruhe gefunden, sie war ständig aktiv, ständig auf Achse, eine vollkommen ruhelose Person. Wir haben versucht ihr Anstand und Manieren beizubringen, nicht mit Schlägen, wie Sie vielleicht denken mögen, nein, wir haben sie nie angerührt, denn ich hasse es, wenn Kinder geschlagen werden, aber sie hat sich geweigert, auch nur einen Ratschlag anzunehmen. Sie ist zweimal von der Schule verwiesen worden, und zweimal habe ich es geschafft, dass sie doch bleiben durfte. Und was hat sie gemacht? Sie hat mich ausgelacht, sie hat mich verhöhnt und als Schlappschwanz bezeichnet. Das ist vielleicht ein Gefühl, wenn eine Vierzehn- beziehungsweise Fünfzehnjährige einem so etwas ins Gesicht schleudert. Na ja, das wird jetzt nicht mehr geschehen, obwohl ich zu gerne erfahren hätte, was in ihr all die Jahre über vorgegangen ist. Wir werden es nie herausfinden.«
»Hatte sie auch gute Seiten?«, fragte Henning lakonisch, der sich nicht vorstellen konnte, dass ein fünfzehnjähriges Mädchen, das fast seit seiner Geburt in einem Akademikerhaushalt groß geworden war, so viele negative Eigenschaften besessen haben sollte.
»Ich kann mir vorstellen, was für einen Eindruck Sie jetzt von uns haben müssen, und ich bitte dies zu entschuldigen. Natürlich hatte sie auch gute Seiten, aber die hat sie hervorragend zu verbergen gewusst. Sie hat sie nur gezeigt, wenn sie damit etwas bezwecken oder erreichen wollte. Tut mir leid, wenn sich das alles für Sie vielleicht kalt und gefühllos anhört, aber die

vergangenen Jahre sind nicht spurlos an uns vorübergegangen. Es gab oft Momente, in denen wir verzweifelt waren und mit dem Schicksal gehadert haben, warum ausgerechnet wir ein solches Kind bekommen haben. Aber es hat wohl so sein müssen, denn wir haben dadurch auch eine Menge über uns gelernt. Es ist schlimm, was mit ihr passiert ist, und ich wünschte, ich könnte sie wieder lebendig machen. Andererseits hat sie oft genug mit ihrem Leben gespielt, wenn sie sich mit Leuten eingelassen hat, die nicht gut für sie waren. Möglicherweise ... Nein, das würde zu weit führen.«

»Was wollten Sie sagen?«, fragte Santos, als Schöffer nicht weitersprach.

»Also gut. Möglicherweise ist sie diesmal an jemanden geraten, der nicht mit sich hat spielen lassen. Vielleicht hat sie aber das Unglück selbst heraufbeschworen. Sie hätten sie einfach kennen müssen, dann wüssten Sie, wovon ich spreche.«

Santos warf Henning einen Blick zu und meinte: »Wir haben gehört, Melanie soll sehr kontaktfreudig gewesen sein ...«

»Kontaktfreudig ist leicht untertrieben. Die Worte schüchtern oder zurückhaltend waren ihr fremd. Uns sind Dinge zu Ohren gekommen, bei denen wir uns fragten: Wie kann eine Dreizehnjährige so was machen? Angeblich hat sie sich schon in dem Alter von einem Typ entjungfern lassen, der leicht ihr Großvater hätte sein können. Das haben wir aber auch erst später von einer ehemaligen Freundin erfahren, mit der Melanie sich zerstritten hatte. Bei ihr war das so: Sie hatte Freundinnen und Freunde en masse, sie warf sie weg wie Müll und hatte im nächsten Moment schon wieder neue Freunde. Keine Ahnung, wie sie das angestellt hat, es muss mit ihrer Fähigkeit zusammengehangen haben, andere auf eine sehr subtile Weise zu manipulieren. Wissen Sie, ich dachte immer, man muss eine gewisse Lebensreife und -erfahrung haben, um so vorgehen zu können, aber sie hat jeden, wirklich jeden locker um den

Finger gewickelt.« Er machte eine Pause und lehnte sich zurück. Seine Frau war aufgestanden, holte Tassen aus dem Schrank und den Kaffee sowie Milch und Zucker aus der Küche und schenkte ein.

»Milch und Zucker nehmen Sie sich bitte selbst«, sagte sie und setzte sich wieder.

»Danke, sehr freundlich. Haben Sie das, was Sie uns berichtet haben, auch den Kollegen hier erzählt?«

»Nein, die haben auch ganz andere Fragen gestellt. Welche Freunde Mel hatte und so weiter. Warum interessiert Sie eigentlich, was für eine Persönlichkeit Mel war?«

»Einfach so«, antwortete Henning. Schöffers Gesichtsausdruck verriet, dass er ihm diese Antwort nicht abkaufte, aber er stellte keine weiteren Fragen.

»Möchten Sie Melanies Zimmer sehen?«, fragte Katja Schöffer.

»Gerne.«

Sie erhoben sich und folgten ihr ein Stockwerk höher und gelangten in ein überdimensional großes Zimmer mit einer Dachschräge.

»Nicht übel«, bemerkte Henning, als er sich umsah. Ein ganzes Stück größer als meine Stinkbude, dachte er.

»Wir haben versucht, und das war vielleicht unser größter Fehler, ihr jeden Wunsch zu erfüllen. Sie hat sich etwas gewünscht, und wir haben es ihr gekauft. Sie sehen ja selbst, was hier alles rumsteht. Aber hinterher kann man viel sagen und spekulieren, was wäre besser gewesen, wo hätten wir härter durchgreifen müssen, wo hätten wir auch mal nein sagen müssen und so weiter. Tatsache ist, dass Melanie zu keiner Zeit bereit war, sich unterzuordnen. Das fing schon an, als sie noch ein kleines Kind war. Wenn sie etwas nicht bekommen hat, hat sie so lange geschrien, bis wir es nicht mehr ausgehalten haben und auf ihre Forderungen eingegangen sind. Und im Laufe der Jahre hat sich das alles gesteigert, bis daran fast unsere Ehe zerbrochen wäre.«

»Darf ich Ihnen eine ganz persönliche Frage stellen?«, sagte Santos, die direkt neben Katja Schöffer stand.

»Ja.«

»Haben Sie Melanie geliebt?«

»Ja, das habe ich, denn ich hatte mir nichts sehnlicher als ein Kind gewünscht, und mein Mann auch. Es hat lange gedauert, bis wir endlich unser Wunschkind in den Armen halten durften. Wir wollten auch unbedingt ein Mädchen haben. Es sind eben so Träume und Vorstellungen, die man damit verbindet. Schöne Kleider, die kleine Prinzessin, na ja … Sie wurde aber keine Prinzessin, ganz im Gegenteil. Und ich sage noch etwas. Es ist noch gar nicht so lange her, da tauchte sie splitterfasernackt im Schlafzimmer auf und legte sich zu meinem Mann ins Bett, während er schon schlief und ich im Wohnzimmer noch ein Buch las. Sie hat ihn verführen wollen, aber als er merkte, wer ihn da streichelte, Sie wissen schon, wo, da hat er sie ganz schnell rausgeschmissen. Ich höre ihr Lachen heute noch. Sie hat ihn ausgelacht. Das hat so wehgetan. Ich bin sofort hin, um sie zur Rede zu stellen, aber sie hatte ihre Zimmertür von innen verriegelt. Alles, was sie gesagt hat, war: ›Ich wollte nur mal sehen, ob dein Mann auch gut ficken kann. Er ist ja nicht mein Vater, also könnte er mich auch ficken.‹ Exakt diese Worte hat sie benutzt. Ich höre es noch, als hätte sie es eben erst gesagt.«

Sie fuhr sich mit der Zunge über die Lippen und wollte noch etwas hinzufügen, als Santos fragte: »Wann war das?«

»Kurz nachdem sie erfahren hatte, dass sie adoptiert war. So vor knapp zwei Jahren. Sie war da schon sehr gut gebaut. Sie sah wesentlich älter und reifer aus als die meisten andern in ihrem Alter. Und sie hatte eine Figur, um die sie fast alle Mädchen und Frauen beneidet haben. Aber das nur nebenbei. Jedenfalls, ich habe sie am nächsten Morgen zur Rede stellen wollen, aber sie hat mich gar nicht zu Wort kommen lassen. Sie hat gesagt, ich soll nicht so einen Stress machen, es sei doch nur Spaß gewesen. Und außerdem soll ich mich nicht so anstellen, ich müsste doch wissen, auf was Männer in seinem Alter so abfahren. Das war wie ein Schlag ins Gesicht.«

»Sind Sie traurig, dass Melanie tot ist?«

»Natürlich, schließlich hat sie fünfzehn Jahre in diesem Haus gelebt. Ich bin im Augenblick noch ziemlich durcheinander, ich kann das alles noch gar nicht realisieren. Ich denke, es wird einige Zeit dauern, bis ich begreife ... Sie verstehen schon. Zum Glück haben wir unsere Arbeit, die uns doch ziemlich ausfüllt.«

»Ich wünsche Ihnen alles Gute«, sagte Santos, während sie wieder nach unten gingen, wo Jürgen Schöffer immer noch im Sessel saß. »Wir danken Ihnen für Ihre Offenheit, das hilft uns sehr weiter. Wir müssen los, es wartet noch ein langer Arbeitstag auf uns. Und sollte noch irgendetwas sein, hier ist meine Karte.« Santos legte sie auf den Tisch und trank den Kaffee aus. »Auf Wiedersehen. Und wir geben Ihnen Bescheid, wann Ihre Tochter zur Bestattung freigegeben wird und wann Sie sie noch einmal sehen können.«

»Sehr freundlich von Ihnen«, entgegnete Schöffer und erhob sich. Er reichte erst Santos, dann Henning die Hand und lächelte, als wäre mit dem Ende der Ungewissheit auch so etwas wie Erleichterung eingetreten. »Kommen Sie gut heim.«

Katja Schöffer begleitete die Beamten bis zur Haustür und verabschiedete sich dort von ihnen. »Aber das, was wir Ihnen erzählt haben, wird doch hoffentlich niemand von der Presse erfahren?«

»Nein, ganz sicher nicht. Es sei denn, einer oder eine von Melanies Freunden oder Freundinnen sagt was, aber darauf haben wir leider keinen Einfluss. Nochmals danke und auf Wiedersehen.«

Sie blieb in der Tür stehen, bis Santos und Henning eingestiegen und losgefahren waren. Im Auto sagte Henning: »Mein lieber Scholli, wenn nur die Hälfte von dem stimmt, dann war das ein richtiges Früchtchen. Wie wird man so?«

»Ich denke, ihre Eltern wissen das. Sollte ihre leibliche Mutter tatsächlich an der Nadel gehangen haben, dann ist es möglich, dass Melanie schon im Mutterleib einen Schaden davongetragen hat. Sie war hyperaktiv, wie der Vater ja selbst gesagt hat, und das findet man häufig bei solchen Kindern. Hab ich zumindest mal gelesen. Und was denkst du jetzt?«

Henning kaute auf der Unterlippe und antwortete: »Das erspar ich dir lieber.«

»Jetzt komm schon, raus mit der Sprache. Vielleicht ist es ja das Gleiche, was ich denke.«

»Na ja, ich frag mich eben, ob das Zufall oder Fügung war. Puh, ziemlich verwerflich, was?«

»Nee, die Kleine scheint eine echte Belastung für ihre Umwelt gewesen zu sein. Aber lass das mit der Fügung lieber unerwähnt, wenn Jan dabei ist. Der flippt sonst völlig aus.«

»Trotzdem, warum wird Melanie an der Raststätte vergessen und unser Mann ist genau zu dem Zeitpunkt auch dort? Ich will diese Frage beantwortet haben. Ich möchte alle diese Fragen beantwortet haben, warum er immer ausgerechnet an einem Ort ist, wo etwas nicht wie jeden Tag ist. Ich erinnere an den Zigarettenautomaten, an den Vater, der sich verspätet, den Bruder, der in einem Stau hängen bleibt, an die Mutter, die länger als erwartet beim Arzt ist. Ich brauche diese Antworten. All diese Zufälle können doch kein Zufall sein, oder?«

»Mir kommt das ja auch unheimlich vor, aber ich kann mit Antworten leider nicht dienen«, sagte Santos. »Und ich kann mir nicht vorstellen, dass wir jemals welche erhalten.«

Sie nahmen denselben Weg zurück, den sie gekommen waren, obwohl sie auch durch Lübeck hätten fahren können, doch an der Stadtgrenze zu Lübeck befand sich ein Nadelöhr, das jeder umfuhr, der sich in der Gegend auskannte und nicht unbedingt in die Innenstadt musste.
Santos schaute aus dem Seitenfenster, wo die Landschaft an ihr vorbeiflog. Eine lange Zeit wechselten sie kein Wort, jeder hing seinen eigenen Gedanken nach. Erst kurz vor Kiel sagte Henning: »Ruf mal Volker an und sag ihm, dass wir uns in einer Stunde im Präsidium treffen. Vorher gehen wir noch was essen. Und diesmal lade ich dich ein.«
»Kommt gar nicht in Frage.«
»Das werden wir ja sehen«, sagte er grinsend, während Santos Harms anrief.

SONNTAG, 17.30 UHR

Der Regen hatte aufgehört – wie lange, das wusste wohl keiner –, die Wolkendecke war an vielen Stellen aufgerissen, die Sonne bahnte sich einen Weg zur Erde, und sollte der Wetterbericht ausnahmsweise einmal Recht behalten, so würden die nächsten Tage schöner und auch wärmer werden. Henning und Santos waren in einem italienischen Restaurant gewesen und hatten noch einmal den Besuch bei den Schöffers Revue passieren lassen. »Ist schon merkwürdig«, sagte Santos mitten im Gespräch, »diese Leute haben alles, was man zum Leben braucht, das Einzige, was ihnen verwehrt bleibt, sind eigene Kinder. Sie adoptieren eins und kriegen einen kleinen Satansbraten. Ich finde die beiden nett und frag mich, womit sie das verdient haben.«
»Meine Mutter hat immer gesagt, jeder bekommt das, was er

verdient«, entgegnete Henning lapidar, wobei Santos nie genau wusste, ob er es scherzhaft oder ironisch meinte.
»Haben sie es verdient?«, hakte sie nach.
»Blödsinn. Meine Mutter hat ihr Leben lang immer solche Sprüche von sich gegeben. Ich weiß auch nicht, warum. Genauso könnte ich fragen, womit ich es verdient habe, dass ich einen Unschuldigen in den Knast gebracht habe. Oder andersrum, womit hat er es verdient, wo er doch nachweislich ein unbescholtener Bürger war? Warum musste er sterben, und warum habe ich nicht auf meine innere Stimme gehört, die mir gesagt hat, er war es nicht? Auch darauf werde ich nie eine Antwort bekommen.«
Santos hatte aufmerksam zugehört, nippte an ihrem Wein, behielt das Glas in den Händen und sagte: »Das hör ich zum ersten Mal, das mit deiner inneren Stimme. War es wirklich so?«
Henning seufzte auf und erwiderte: »Ob du's glaubst oder nicht, es war so. Ich hab nur gedacht, ich müsste mich unbedingt auf meinen Verstand verlassen. Ich habe vorher nie falsch damit gelegen, und doch war da dieses Gefühl, das mir sagte, er war's nicht. Aber ich habe mein Leben lang immer verstandesmäßig gehandelt, warum sollte ich es also in diesem Fall nicht tun? Was bringt man uns denn auf der Polizeischule bei? Fakten sammeln, sie zu einem Bild zusammenfügen und die Schlinge um den Verdächtigen immer enger ziehen. Wir hatten Fakten ohne Ende, wir hatten ein Bild und waren ...«
»Du hattest ein Bild, ich meine Zweifel, und das weißt du auch.«
»Gut, ich hatte ein Bild, und ich war überzeugt, dass Nissen allein durch seine Vorstrafe als Einziger für den Mord in Frage kommt. Dazu die ganzen andern Teilchen, wie zum Beispiel die psychologischen Gutachten, dass er seiner Frau nie etwas von seiner Vorstrafe erzählt hatte, sein Sperma, das Geld, das er angeblich Sabine gegeben hat, was wir aber nicht gefunden

haben, dazu noch die Rückendeckung durch Harms ... Tja, damit war das Bild für mich komplett. Er war für mich ein kaltblütiger Mörder, der im Verhör perfekt geschauspielert hat, um seinen Kopf aus der Schlinge zu ziehen, die ich immer fester um seinen Hals gezogen habe. Aber etwas in mir drin hat trotzdem die ganze Zeit gesagt, lass ihn gehen. Und das Letzte, woran ich geglaubt habe, waren diese unerklärlichen Zufälle. Das waren mir einfach zu viele. Aber jetzt weiß ich, dass es diese Zufälle gibt, nur leider zu spät.«

»Und wenn es so kommen musste? Ich meine, wenn genau das passieren musste, damit du so arbeiten kannst wie jetzt? Hättest du jemals herausgefunden, dass der Mann, der Sabine Körner umgebracht hat, vermutlich einer der größten Serienkiller aller Zeiten ist? Ich glaube nicht, denn du hättest nie eine Verbindung zwischen all den Morden hergestellt. Sieh's mal von der Seite. In diesem Land gibt es Tausende von Polizeibeamten, und nicht einer von ihnen hat in all den Jahren für möglich gehalten, dass bei uns einer rumlaufen könnte, der sich an Kindern und Erwachsenen vergreift. Und warum nicht?«

»Keine Ahnung.«

»Weil nicht sein kann, was nicht sein darf. Hast du gestern selber so ähnlich gesagt. Du hast *jetzt* ein Bild geschaffen, auch wenn es mir überhaupt nicht gefällt, wenn ich ganz ehrlich bin.«

»Meinst du, mir?« Henning winkte die Bedienung herbei und beglich die Rechnung, obwohl Santos ihren Teil selber übernehmen wollte. Auf dem Weg nach draußen sagte Henning: »Bei Nissen hat ein Zufall den andern gejagt. Er hat nie einer Frau etwas angetan, selbst seine Vorstrafe war unberechtigt gewesen, denn in einem Abschiedsbrief hat man keinen Grund mehr zu lügen, und außerdem hat die werte Dame, die ihn damals angezeigt hat, reumütig eingestanden, nicht von ihm vergewaltigt worden zu sein. Aber all dies hat Nissen nichts mehr genutzt. Er wurde ein Opfer vieler tragischer Umstände. Ich weiß nur eins, ich werde mir diesen Fehler nie verzeihen können. Verdrängen vielleicht, aber vergessen, auf keinen Fall.«

»Keiner verlangt von dir, es zu vergessen. Verdrängen hilft aber auch nicht, du müsstest dir einfach klar machen, dass es eben diese tragischen Umstände gibt, gegen die wir machtlos sind. Und die Zeit zurückdrehen kannst du auch nicht. Was bringt es dir also, wenn du dich immer noch mit Selbstvorwürfen quälst? Nichts, aber auch rein gar nichts. Du machst Nissen nicht wieder lebendig und …«

»Lisa«, sagte Henning und stützte sich aufs Autodach, »ich will die Zeit nicht zurückdrehen, und ich werde auch über den Verlust meiner Familie hinwegkommen. Und jetzt rein hier, Volker und Jan wollen auch irgendwann mal nach Hause, sonst geht's denen noch so wie mir.«

SONNTAG, 17.45 UHR

Harms und Friedrichsen saßen zusammen und unterhielten sich angeregt, als Henning und Santos zur Tür hereinkamen.

»Und, wie ist es gelaufen?«, fragte Harms, der genau wusste, wie sehr Henning diese Frage hasste. »Wie ist es gelaufen?« hörte sich für ihn gelangweilt an, eine stereotype Frage, auf die er gerne eine ebensolche Antwort gegeben hätte.

»Die Eltern von Melanie sind sehr nett. Sie sind beide Ärzte, und Melanie war nur adoptiert«, sagte Santos, die sich wieder ans Fenster stellte. »Ist sie in der Rechtsmedizin?«

»Sie wird wohl noch obduziert. Sonst irgendwelche Besonderheiten?«

»He«, sagte Henning leicht genervt, »bist du auf dem Sprung nach Hause oder zu deiner Geliebten? Wir haben uns den ganzen Tag um die Ohren geschlagen, also …«
»Piano, piano, aber ich wollte mein Wochenende mit der Familie verbringen und nicht hier im Präsidium«, verteidigte sich Harms. »Und den letzten Satz hättest du dir sparen können.«
»Sorry, war nicht so gemeint. Haben wir Fotos?«
»Liegen vor dir in der Mappe.«
Henning nahm sie heraus und legte sie nebeneinander. Santos stellte sich neben ihn und sagte: »Das mit den Augen versteh ich nicht.«
»Hab ich das noch nicht erwähnt?«, fragte Henning. Kopfschütteln. »Er sticht die Augen grundsätzlich nur bei weiblichen Opfern aus, nicht bei Jungs oder Männern. Auch eine seiner morbiden Eigenarten.« Und nach einer kurzen Verschnaufpause: »Sind die Überwachungsbänder der Raststätte schon gesichtet worden?«
»Ja, aber da ist nur die Tankstelle drauf. Kannst du vergessen. Ich glaub auch nicht, dass unser Mann so blöd ist, sich fotografieren zu lassen. Der ist, falls er tatsächlich so clever ist, um die Tankstelle rumgefahren, wo keine Kameras installiert sind. Unsere Wismarer Kollegen haben auch die Mitschüler von Melanie Schöffer befragt, aber keine von ihnen hat auf dem Rastplatz ein Foto gemacht. Die haben ja auch nur zehn Minuten Zeit gehabt.«
»Na ja, es war einen Versuch wert. Trotzdem würde ich mir die Überwachungsbänder bei Gelegenheit gerne noch mal selbst anschauen.«
In der folgenden Stunde berichteten Henning und Santos von ihrem Besuch bei Melanies Eltern, und als sie geendet hatten, sagte Henning: »Mir kommt es vor, als ob dieser Typ überall und nirgends wäre. Er ist praktisch unsichtbar, weil wir nicht

wissen, wo er sich gerade aufhält. Und seine Spuren waren bisher auch unsichtbar, aber allmählich kommt Licht ins Dunkel. Er hinterlässt Spuren, jetzt ganz offensichtlich. Bis vor kurzem hat er auch welche hinterlassen, nur, er hat sie so geschickt zu verbergen gewusst, dass sie einfach übersehen wurden. Wie geht ein guter Schachspieler vor? Er denkt fünf, sechs oder gar mehr Züge im Voraus. Sprich, er kennt die Züge seines Gegners, ohne dass dieser es weiß. Wir sind der Gegner, und dass er Melanies Leiche in Neversdorf getötet und abgelegt hat, zeugt für mich davon, dass er uns herausfordert. Ihn langweilt allmählich dieses Spiel gegen sich selbst, oder es langweilt ihn, weil keiner bis jetzt darauf eingegangen ist. Er will wissen, ob wir ihn endlich verstehen. Ich weiß nicht, wo er als Nächstes zuschlagen wird, ich bin nur recht sicher, er wird sich erneut einen Ort aussuchen, wo er schon einmal gemordet oder eines seiner Opfer abgelegt hat.«
»Moment«, meldete sich Friedrichsen zu Wort, »Miriam Hansen und Melanie Schöffer wurden beide an dem Ort getötet, wo sie auch gefunden wurden. Wie wahrscheinlich ist es, dass er das Spiel erneut ändert? Ich meine, dass er sein Opfer an einem Ort tötet und an einem andern ablegt?«
»Das ist das Problem, noch bestimmt er die Regeln. Aber er wird, und da bin ich mir sicher, ab sofort nach einem Muster vorgehen. Es ist ein mathematisches Spiel, was bedeutet, dass er tatsächlich weit überdurchschnittlich intelligent ist. Ein tumber Killer mit einem IQ von siebzig wäre zu so was gar nicht in der Lage. Jan, ich will dir ja nicht deine psychologischen Kompetenzen streitig machen, aber mein amateurhaftes Profil sieht folgendermaßen aus: Er ist häufig unterwegs, wie schon erwähnt sehr intelligent, er hat gravierende private Probleme, und er ist ein Instinktmensch. Eine sehr seltene Kombination. Aber nur so einer kann nach meinem Dafürhalten die sogenannten Zufälle erkennen und für seine Zwecke

ausnutzen. Versteht ihr, was ich meine? Tiere verfügen über diesen Instinkt, der ihnen sagt, hier und dort werde ich auf Beute stoßen. Sie werden ganz automatisch geführt. Und unser Mann ist in dem Bereich mit einem Tier vergleichbar. Aber das ist nur meine Sicht, es kann auch sein, dass ich vollkommen danebenliege. Alles Weitere, ob er ein Einzelgänger oder ein Gruppenmensch ist, ob er verheiratet oder Single ist, eben die ganze Palette, für die du ausgebildet und auch zuständig bist, musst du herausfinden. Da bin ich überfragt. Ich denke, das ist eine Aufgabe, bei der du all deine Kenntnisse und Erfahrung einbringen kannst. Was glaubst du, wie lange du für ein einigermaßen aussagekräftiges Profil benötigst?«
Friedrichsen zuckte mit den Schultern, nahm die Brille ab und putzte sie an seiner Krawatte. Henning hatte ihn noch nie ohne Krawatte gesehen, es schien, als wäre sie ein Teil von ihm. Grauer Anzug, schwarze Schuhe, weißes Hemd und rote Krawatte.
»Ich muss das gesamte Material in aller Ruhe sichten und kann erst dann ein Psychogramm erstellen. Eine Woche? Aber nur, wenn ich nicht durch andere Aufgaben gestört werde.«
»Wenn wir dir alles vom Hals halten, schaffst du es dann auch in drei oder vier Tagen?«, fragte Henning.
Friedrichsen schnaufte einmal tief durch und nickte. »Ich werd's probieren, versprechen kann ich's nicht. Kann ich das Zeug wieder mitnehmen?«
»Wir kopieren alles, es ist sowieso besser, wenn wir es in doppelter Ausfertigung haben. Sind knapp zweihundertfünfzig Seiten plus die Fotos. Hat aber Zeit bis morgen, du kannst es also heute mitnehmen. Was hat eigentlich unser werter Staatsanwalt von sich gegeben?«, fragte Henning und sah Harms an.
»Er fordert uns auf, eine Soko zu bilden, was wir ja ohnehin vorhatten. Aber er ist auch äußerst zufrieden mit deiner Arbeit ...«

»Was?«, fragte Henning überrascht. »Kieper ist zufrieden? Seit wann ist der mit irgendwas zufrieden?«
Harms holte tief Luft und antwortete: »Lass mal deine Aversion gegen Kieper außen vor. Ich konnte nicht umhin, ihm zu berichten, was deine Vermutungen sind. Und natürlich war er nicht gerade sehr erfreut, im Gegenteil, er war sogar ziemlich konsterniert, als ich ihn mit den ganzen Fakten konfrontiert habe. Er hat vorgeschlagen, dass wir mit den zuständigen Dienststellen in Niedersachsen, Bremen, Hamburg und Mecklenburg-Vorpommern kooperieren. Ich hab ihm jedoch gesagt, dass ich erst deine Meinung dazu einholen möchte. Das ist doch in deinem Sinn, oder?«
»Von mir aus können wir mit denen kooperieren, aber ich bin fast überzeugt, dass er nicht weit von uns entfernt wohnt. Und das Letzte, was ich will, ist, dass mir irgendwelche Hochnasen vom LKA dazwischenpfuschen. Bist du sicher, dass Kieper noch keine Informationen weitergeleitet hat?«
»Er hat es mir zugesagt.«
»Okay, dann werde ich noch mal mit ihm sprechen und ihm meinen Standpunkt klar machen. Zusammenarbeit ja, aber nur unter bestimmten Bedingungen. Ich will jedenfalls nicht noch mal so etwas wie mit Nissen erleben. Es ist mein Fall, und ich werde erst wieder ruhig schlafen, wenn ich ihn gelöst habe. Sonst noch was? Ich würde nämlich auch ganz gern für heute Schluss machen.«
»Wann willst du dich mit Kieper kurzschließen?«
»Morgen Vormittag.«
»Dann ruf ich ihn an und gib ihm Bescheid, dass du dich morgen um zehn bei ihm meldest. So, und jetzt haut alle ab, ich erledige noch das eine Telefonat und mach mich auch vom Acker. Wann treffen wir uns morgen? Halb neun?«
»Hm.«
Auf dem Parkplatz sagte Lisa Santos, nachdem Friedrichsen

losgefahren war: »Hast du Lust, noch für einen Schluck Wein zu mir zu kommen? Ich weiß nicht, ich brauch im Augenblick ein bisschen Gesellschaft.«
»Gerne, wenn ich dir nicht auf die Nerven falle.«
»Dann hätt ich dich nicht gefragt.«
»Ich muss aber nachher unbedingt heim, ich hab seit gestern Morgen nicht geduscht und ...«
»Jetzt quatsch nicht so viel und steig endlich ein.«

SONNTAG, 15.15 UHR

Butcher befand sich auf dem Weg nach Flensburg und kam durch den kleinen Ort Handewitt, der durch seine Handballmannschaft selbst über die Grenzen Deutschlands hinaus bekannt geworden war, und fuhr weiter bis nach Ellund an der dänischen Grenze. Er hatte noch längst keine Lust auf zu Hause, er hatte eigentlich nie Lust, nach Hause zurückzukehren. Er verlangsamte die Geschwindigkeit, als er durch den Ort fuhr, der wie ausgestorben war. Kaum ein Mensch war zu sehen, obwohl es nur noch tröpfelte, aber der Wind war kühl und hielt die meisten davon ab, einen Sonntagsspaziergang zu machen. Er wendete und fuhr Richtung Flensburg und gelangte, nachdem er mehrere kleine Straßen durchquert hatte, mit einem Mal auf einen Parkplatz inmitten eines Waldes. Butcher hielt an, stellte die Musik aus, schaltete auf Polizeifunk um und verfolgte die Durchsagen. Plötzlich durchfuhr es ihn, als er »Neversdorf« hörte. Oh, wer von euch ist denn der Schlaue? Vielleicht der liebe Hauptkommissar Sören Henning?, dachte er grinsend und kaute auf der Unterlippe. Bestimmt sogar, wenn die Kripo Kiel sich einmischt.
Auch hier kein Mensch weit und breit, nur zwei Autos. Er

öffnete das Fenster und hörte das Singen der Vögel und stand etwa eine halbe Stunde dort, ohne dass jemand vorbeikam. Er wollte bereits wieder starten, als ein kleines Mädchen in einem viel zu dünnen Sonntagskleid auf den Parkplatz rannte. Er sah sie im Rückspiegel. Sie weinte, schien orientierungslos und rief nach ihrer Mutter. Butcher überlegte ein paar Sekunden, stieg schließlich aus und ging zu dem Mädchen. Er beugte sich zu ihr hinunter und sagte: »Wie heißt du denn?«

»Jule«, schluchzte sie.

»Jule. Das ist ein hübscher Name. Und wie heißt du mit Nachnamen?«

Sie zuckte mit den Schultern und wischte sich mit einer Hand übers Gesicht. »Jule Nieslu.«

»Nieslu?«, fragte Butcher nach.

»Hm.«

»Und wo ist deine Mama?«

»Weiß nicht.« Sie sah ihn mit großen Augen an.

»Wie alt bist du?«

»Fast fünf.« Sie hielt die Finger ihrer rechten Hand hoch.

»Und kannst du mir zeigen, wo du wohnst?«

»Dort hinten«, antwortete sie und deutete mit dem Finger auf eine Stelle, wo nur Bäume standen.

»Wieso bist du denn alleine hier? Bist du etwa ausgerissen?«

Jule schüttelte den Kopf. »Bist du von der Polizei?«, fragte sie stattdessen neugierig.

»Ja, deswegen trag ich ja auch diese Uniform. Wollen wir deine Mama suchen?«

»Hm.«

»Und wo ist dein Papa?«

»Meine Mama sagt, ich hab keinen Papa.«

»Und was machst du hier, wenn du nicht ausgerissen bist?«

»Spielen. Dort ist doch der Spielplatz«, antwortete Jule und deutete dorthin, wo sie hergekommen war.

»Du bist doch viel zu dünn angezogen bei dem Wetter. Du erkältest dich noch. Pass auf, wir machen jetzt Folgendes: Du zeigst mir den Weg, den du gekommen bist, und dann sind wir ganz bestimmt auch gleich bei deiner Mama. Sie macht sich sicher schon große Sorgen, wo du sein könntest. Wollen wir das so machen?«
»Hm.«
»Jetzt hör mir gut zu. Bist du so, wie du eben vom Spielplatz gekommen bist, auch reingegangen?«
»Hm.« Jule nestelte an ihrem geblümten Kleid und sah Butcher von unten herauf an.
»Gut. Jetzt stellen wir uns mal direkt vor den Spielplatz. Von wo bist du gekommen? Von dort oder von dort?« Er zeigte nach links und nach rechts.
»Dort.« Sie deutete mit dem ausgestreckten Arm nach links.
»Prima, das ist doch schon mal was. Komm, wir setzen uns in mein Auto, und dann zeigst du mir den Weg zu dir nach Hause. Einverstanden?«
»Hm.«
»Du darfst auch ausnahmsweise vorne sitzen, aber ich muss dich anschnallen«, sagte Butcher, der wartete, bis Jule sich richtig hingesetzt hatte, und dann den Gurt festmachte. Nach etwa fünfhundert Metern Fahrt rief Jule ganz aufgeregt: »Da ist meine Mama, da ist meine Mama!«
Butcher hielt an, stieg wieder aus und ging auf eine junge Frau zu, die vollkommen aufgelöst schien. Sie war mittelgroß und hatte, soweit er das ausmachen konnte, eine sehr weibliche Figur, kurze braune Haare, blaue Augen und ein ausgesprochen anmutiges Gesicht, das keine Poren zu haben schien. Ihre Wangen waren gerötet, was entweder von dem kühlen Wind oder der Aufregung um die verschwundene Tochter herrührte.
»Hallo, suchen Sie Jule?«

»Ja«, stieß sie erleichtert hervor, wobei sie zitterte. »Wo haben Sie sie gefunden?«
»Sie sitzt bei mir im Wagen, ich wollte gerade sehen, ob sie mir zeigen kann, wo sie wohnt. Sie hat offensichtlich die Orientierung verloren.«
»Mein Gott, ich weiß gar nicht, wie ich Ihnen danken soll. Mit einem Mal war sie weg. Ich bin nur froh, dass sie einem Polizisten begegnet ist. Sie hat das noch nie gemacht. Danke, vielen, vielen Dank. Und du, Jule, ab nach Hause. Und wenn du noch einmal einfach so abhaust, ohne mir Bescheid zu sagen, muss ich leider alle Türen verschließen. Verstanden?« Ihr strenger Blick schien Jule für einen Moment zu beeindrucken, sie sank auf dem Sitz ein wenig zusammen.
»Hm. Aber …«
»Nichts aber. Ich habe mir große Sorgen gemacht, weißt du das eigentlich?«, sagte Jules Mutter mit eindringlicher und doch warmer Stimme, eine Stimme, wie Butcher sie selten zuvor gehört hatte.
Er sagte: »Darf ich Sie nach Hause fahren?«
»Danke, aber das ist nicht nötig, wir wohnen nicht weit von hier, ist gleich dort vorne. Ich will Ihnen wirklich keine Umstände machen.«
Butcher lächelte verständnisvoll. »Das sind keine Umstände. Wie heißt es doch so schön – die Polizei, dein Freund und Helfer. Ich hatte mich mit einem Kollegen verabredet, der mich aber leider versetzt hat. Bitte«, sagte er, »das Taxi ist umsonst.«
»Danke«, erwiderte sie leicht verschämt, »Sie sind sehr freundlich.«
»Keine Ursache, ich hatte sowieso vor, wieder nach Hause zu fahren.«
Sie dirigierte ihn bis zu einem kleinen Haus, das inmitten vieler anderer kleiner Häuser stand.

»Darf ich Sie wenigstens zu einer Tasse Kaffee einladen?«, fragte Jules Mutter und sah Butcher von der Seite an.
Er schaute auf die Uhr und sagte: »Na ja, da mein Kollege mich unerklärlicherweise versetzt hat, habe ich noch ein wenig Zeit. Und zu einer Tasse Kaffee sag ich eigentlich nie nein.«
Sie gingen ins Haus. Es roch nach Duftkerzen, es war eine heimelige, gemütliche Atmosphäre, die Butcher so noch nie gespürt hatte. Er meinte den süßen Duft von etwas völlig Unbekanntem einzuatmen, holte tief Luft und nahm alles um sich herum auf. Sie kamen durch einen schmalen Flur und in ein kleines Wohnzimmer, das fast wie eine Puppenstube eingerichtet war, obwohl die Möbel eher modern waren – ein Schrank mit großen Glastüren, der oben fast an die niedrige Decke stieß, eine hellbraune Stoffgarnitur, bestehend aus einem Sofa und zwei Sesseln, und in der Mitte ein zur Größe des Zimmers passender Tisch, auf dem eine Häkeldecke lag. In der Ecke neben dem Fenster stand ein Fernseher, der aber ausgeschaltet war, und darunter eine Stereoanlage. Alles passte zusammen, nichts war zu viel und nichts zu wenig. Zwei Salzkristallleuchten spendeten in der dunklen Jahreszeit bestimmt angenehmes Licht, und an der Decke war eine dreistrahlige Halogenleuchte angebracht. Auf der Fensterbank waren mehrere Pflanzen. Butcher konnte einen Blick auf den kleinen Garten erhaschen. Der Holzfußboden knarrte bei jedem Schritt unter den Flickenteppichen.
»Wissen Sie, ich habe mich nur ein wenig hingelegt und bin wohl eingeschlafen, da muss Jule abgehauen sein, weil ich vergessen habe, die Haustür abzuschließen. Aber nehmen Sie doch bitte Platz. Ich schmeiß nur schnell die Kaffeemaschine an.«
Jule sah Butcher, der sich noch ein wenig umschaute, eine Weile an, bis sie fragte: »Wie heißt du?«

»Werner.«
»Und wo kommst du her?«
»Aus einem kleinen Ort nicht weit von hier.«
»Und wie heißt der Ort?«
»Lass mich überlegen«, sagte Butcher und machte ein nachdenkliches Gesicht. »Ich glaube, der heißt Taka-Tuka-Stadt. Warst du schon mal dort?«
»Nö.«
»Schade, ist sehr schön. Vielleicht zeig ich's dir mal. Dort gibt es bunte Kühe und fliegende Pferde und lauter Sachen, die es hier nicht gibt.«
»Das glaub ich nicht.« Sie blickte ihn zweifelnd an.
»Es ist aber so. Du kannst mich ja gerne mal besuchen kommen.«
»O ja. Aber Mama muss mitkommen.«
»Natürlich, ist doch Ehrensache.«
Jules Mutter kam zurück, deckte den Tisch und holte ein Schälchen mit Gebäck aus der Küche. Danach brachte sie auf einem Tablett die Kaffeekanne und Milch und Zucker. Sie setzte sich zu Jule auf das Sofa und schenkte ein. »Zucker, Milch?«, fragte sie.
Sie hat schöne Hände, dachte Butcher, sehr schöne Hände. Und diese Augen, sie liebt Jule bestimmt über alles.
»Sie haben es schön hier«, sagte er und nickte anerkennend.
»Danke für das Kompliment. Ich hab die Möbel und auch das meiste andere behalten dürfen, wenn Sie verstehen.«
»Sicher. Was machen Sie beruflich, wenn ich fragen darf?«
»Ich bin Krankenschwester. Jule, gehst du ein bisschen in dein Zimmer spielen? Ich würde mich gerne mit Herrn …«
»Carstensen.«
»Ich würde mich gerne mit Herrn Carstensen allein unterhalten.«
»Ach nö.«

»Bitte. Ich komm auch gleich nach, wenn Herr Carstensen wieder weg ist.«
Jule erhob sich murrend und stapfte mit über der Brust verschränkten Armen aus dem Zimmer.
»Sie ist manchmal nicht zu bändigen. Es tut mir leid, wenn wir Ihnen Unannehmlichkeiten bereitet haben, aber sie wächst ohne Vater auf. Der hat es nämlich vorgezogen, sich direkt nach ihrer Geburt eine andere zuzulegen. Ich weiß nicht mal, wo er sich heute rumtreibt, jedenfalls habe ich nie wieder etwas von ihm gehört. Ich vermute, er ist im Ausland, damit er keinen Unterhalt zu zahlen braucht. Seine Eltern wollen mir auch nicht verraten, wo er sich aufhält, angeblich wissen sie's nicht. Na ja, wer's glaubt.«
Die redet ja wie ein Wasserfall, aber es geht mir nicht auf die Nerven, dachte Butcher und nahm einen Schluck von dem heißen Kaffee. Wahrscheinlich hat sie sonst niemanden, mit dem sie quatschen kann. Außerdem mag ich ihre Stimme.
»Und wie schaffen Sie das, ich meine, Jule und Ihre Arbeit? Haben Sie wenigstens eine neue Beziehung?«
Sie schüttelte den Kopf. »Das klappt schon. Ich habe einen festen Dienstplan. Ich arbeite entweder von sieben bis drei oder von neun bis fünf. Etwas ungewöhnlich für eine Krankenschwester, aber Jule geht in den Krankenhauskindergarten, und es gibt noch einige andere alleinerziehende Mütter bei uns, die dieses Privileg genießen. Das heißt, ich muss keinen Nachtdienst schieben und, na ja, wie gesagt, es geht schon. Ich frag mich nur, was werden soll, wenn Jule übernächstes Jahr in die Schule kommt. Sie ist gerade vier geworden, und da klappt das noch, aber später? Ich muss mir da echt was einfallen lassen.«
»Da wird sich bestimmt auch eine Lösung finden, Frau ...«
»Niehus, Sie können mich aber ruhig Carina nennen.«
»Werner. Ich hab Jule nach ihrem Nachnamen gefragt, und sie

hat Nieslu gesagt … Tja, war nett, mit Ihnen zu plaudern, aber ich denke, ich sollte Sie besser wieder allein lassen. Vielleicht begegnen wir uns ja mal wieder. Es heißt ja, man trifft sich immer zweimal im Leben. Und schließen Sie in Zukunft die Tür ab, wenn Sie nicht wollen, dass Jule auf Ausflugstour geht.«

»Ich werd's mir merken. Wollen Sie nicht doch noch eine Tasse mit mir trinken, oder wartet Ihre Frau auf Sie?« Sie sah ihn bittend an, und er merkte, wie sehr sie sich freute, jemanden zu haben, mit dem sie reden konnte. Sie ist eine einsame Frau, dachte er, einsam und allein. Dabei könnte sie an jedem Finger mindestens zehn Männer haben.

»Ich bin nicht verheiratet, wer will schon einen Polizisten?!«, log Butcher blitzschnell, ohne zu wissen, warum er es tat.

»Aber der Ring …«

»Ach der«, Butcher seufzte auf und machte ein trauriges Gesicht. »Ich war verheiratet, meine Frau ist leider vor vier Jahren gestorben. Viel zu jung, sie war gerade mal achtundzwanzig.«

»Das tut mir leid. Ich weiß, ich bin neugierig, aber was …«

»Krebs. Als man ihn entdeckt hat, hatte er schon Metastasen in der Leber und der Lunge gestreut. Es hat nur drei Monate gedauert, bis ihr Leiden beendet war. Es war trotzdem eine schreckliche Zeit. Wir hatten noch so viele Pläne, und das Schlimmste war, dass sie unser erstes Kind erwartete. Nun ja, das Leben hat eben seine eigenen Gesetze, die wir nicht beeinflussen können. Trotzdem kann ich sagen, dass die zehn Jahre mit ihr die schönsten meines Lebens waren.«

»Und Sie haben nicht vor, wieder zu heiraten?«

»Nein, das heißt, eigentlich würde ich schon, aber es ist nicht leicht, jemanden zu finden. Wenn ich ganz ehrlich bin, habe ich den Tod meiner Frau bis heute nicht verwunden. Sie ist immer noch allgegenwärtig. Wenn ich durch die Wohnung gehe, habe ich das Gefühl, als wäre sie immer genau dort, wo

ich bin.« Er lachte kurz auf und fuhr fort: »Das hört sich bestimmt albern an, und ich will Sie auch gar nicht damit langweilen.«
»Sie langweilen mich nicht, ganz im Gegenteil. Ich bin eigentlich froh, dass überhaupt mal jemand hier ist. Es ist gar nicht so einfach, Freunde zu finden, wenn man nicht von hier stammt.«
»Und wo kommen Sie her, wenn ich fragen darf?«
»Aus Lüneburg. Ich wohne zwar schon seit fünf Jahren in Flensburg, aber bis jetzt habe ich keine Freunde gefunden, und die, die wir hatten, haben sich nicht mehr blicken lassen, seit mein Mann das Weite gesucht hat. Und ganz ehrlich, wer will schon was mit einer alleinstehenden Frau zu tun haben, die eine kleine Tochter hat? Ich kann's den Leuten irgendwie auch nicht verdenken. Ich bin eben nicht so flexibel, und einen Babysitter kann ich mir bei meinem Gehalt nicht leisten. Und so verbringe ich die meiste Zeit hier im Haus. Ich meine, wenn Sie Lust und Zeit haben, würde ich Sie gerne mal zum Abendessen einladen. Ich glaube, ich kann ganz gut kochen. Aber wirklich nur, wenn Sie Lust und Zeit haben.«
»Ich nehme das Angebot gerne an, bin aber in den nächsten Tagen ziemlich beschäftigt, das heißt, ich bin ganz sicher nicht vor acht mit dem Dienst fertig. Geben Sie mir doch Ihre Telefonnummer, dann rufe ich Sie an.«
Carina Niehus' Gesicht war vor Aufregung gerötet, als sie sowohl ihre Festnetz- als auch Handynummer auf einen Zettel schrieb und ihn Butcher gab. »Ich bin bis Freitag ab halb vier zu erreichen und am Wochenende sowieso den ganzen Tag, außer, wenn ich mal kurz einkaufen gehe. Wenn Sie es also doch irgendwie einrichten können, melden Sie sich einfach. Ich würde mich freuen.«
Butcher steckte den Zettel ein und sagte: »Das mach ich bestimmt. Jetzt muss ich aber wirklich los, ich hab meiner Mut-

ter versprochen, dass ich heute noch vorbeikomme. Seit mein Vater tot ist, ist mit ihr nicht mehr viel anzufangen. Sie leidet an Muskelschwund und verbringt zwangsläufig den ganzen Tag im Rollstuhl und wartet darauf, auch endlich sterben zu dürfen. Dabei ist sie erst sechsundfünfzig. Aber das erzähl ich Ihnen ein andermal.« Nach diesem letzten Satz erhellte sich Carinas Miene, entnahm sie doch seinen Worten, sie würde Werner wiedersehen, sonst hätte er nicht gesagt, das erzähl ich Ihnen ein andermal. »Es hat mich sehr gefreut, Sie kennen gelernt zu haben, und ich melde mich ganz bestimmt. Und passen Sie gut auf sich und Jule auf.«
Butcher reichte ihr die Hand. Ihre Augen strahlten, als sie ihn anschaute. Es war ein erwartungsvoller Blick. Am liebsten hätte er sie in den Arm genommen, doch Butcher wäre nicht Butcher gewesen, hätte er es getan.
»Rufen Sie mich an, und wenn es nur ist, dass Sie sagen, dass Sie nicht kommen können. Und nochmals vielen Dank, dass Sie sich so rührend um Jule gekümmert haben.«
»Das ist mein Job. Und außerdem sind Kinder das Wertvollste, was es gibt. Tschüs.«
Butcher machte sich auf den Weg nach Hause. Er hatte die Musik auf volle Lautstärke gestellt und blickte stur geradeaus. Alles in ihm war blankes Chaos, mehr denn je hasste er die Welt um sich herum, ohne genau definieren zu können, warum es gerade jetzt so extrem war. Unterwegs hielt er an einem Ort, den er schon einige Male aufgesucht hatte, und zog sich um und verstaute die Uniform wieder im Kleidersack. Danach stellte er auf Polizeifunk um und hörte zum zweiten Mal, dass die Leiche von Melanie in Neversdorf gefunden worden war und Hauptkommissar Henning die Untersuchungen leitete. Ja, dachte er und ballte die rechte Faust. Ich hab's doch gewusst. Sören Henning, wie lange hab ich auf diesen Moment gewartet. Jetzt endlich bist du da.

Um achtzehn Uhr kam er zu Hause an. Seine Schuhe waren zwar nicht schmutzig, aber er streifte sie dennoch gewohnheitsmäßig vor der Haustür ab und stellte sie auf den Lappen, der im Flur lag. Auf Strümpfen schlich er ins Wohnzimmer, wo Monika und seine Mutter saßen, beide sonntäglich devot gekleidet (wie Butcher zynisch dachte, es aber nie auszusprechen gewagt hätte). Jede hatte eine Tasse Tee vor sich stehen, und jede las in einem Buch. Eine erdrückende, eine erbärmliche Stille, wie Butcher fand. Lediglich die Stimmen der Mädchen hörte er ganz leise aus dem ersten Stock, wohin sie meistens verbannt wurden, weil sowohl Monika als auch seine Mutter großen Wert auf Disziplin legten und vor allem am Sonntag lautes Spielen verboten war.

»Wo warst du so lange?«, wurde er gefragt, ohne dass sie ihn dabei ansahen. Es wären ohnehin nur kalte Blicke gewesen.

»Wir haben nach der Übung noch ein Bier getrunken und uns unterhalten. War irgendwas?«

»Was soll denn gewesen sein?«

»Stimmt auch wieder. Ich geh nach unten, hab noch zu tun.«

In seinem Arbeitszimmer setzte er sich vor den Computer, schaltete ihn ein und nahm ein Buch mit Gedichten von Heinrich Heine aus dem Regal. Er schlug es auf und fand auf Anhieb das Gedicht, das ihn interessierte, zu oft schon hatte er es gelesen. Er tippte es ab und druckte es aus, doch bei näherem Hinsehen gefiel es ihm doch nicht so sehr, es passte nicht zu Melanie Schöffer. Sie war viel zu vulgär gewesen, zu obszön. Fünfzehn und verdorben bis ins Mark, dachte er. Na ja, jetzt nicht mehr, aus die Maus. Er würde Henning ein anderes schicken, und er wusste auch schon, welches. Er gab es in den PC ein, druckte es aus und steckte das Gedicht zusammen mit einem Foto von Melanie Schöffer in einen Umschlag, den er mit einem Klebestift versiegelte. Anschließend legte er eine CD mit einem Computerspiel ein, setzte Kopfhörer auf und spielte eine halbe Stunde lang einen schießwütigen Helden, um seine Aggressionen loszuwerden, was ihm aber nicht gelang. Der Aufruhr in ihm wurde immer mächtiger, alles in ihm war zum Zerreißen angespannt. Mehrere Minuten tigerte er in dem Zimmer auf und ab, die Hände in den Hosentaschen vergraben. Sein Blick war wie immer in diesen Momenten, die mal länger und mal kürzer waren, dumpf, seine Kiefer mahlten aufeinander, er war eine ganze Weile zu keinem klaren Gedanken fähig, bis sich der düstere Nebel lichtete. Er dachte an Carina Niehus und Jule, dieses kleine, hilflose Mädchen, das aber immer schneller älter werden und schon bald nicht mehr klein und schon gar nicht hilflos sein würde. Und doch war dieser Nachmittag etwas Besonderes gewesen, ohne dass er es hätte beschreiben können. Er begab sich in sein Fotolabor und betrachtete die Fotos an der Wand. Noch einige mehr, und er würde zusätzlichen Platz frei machen müssen. Er atmete schnell, sein Herz klopfte mit kräftigem Schlag in seiner Brust, sein Kopf schien zu zerplatzen. Am liebsten hätte er alles kurz und klein geschlagen. Und noch viel lieber hätte er sich in sein Auto gesetzt, um noch ein wenig durch die Gegend zu fahren. Dieses Haus erdrückte ihn, nur in diesem Raum fühlte er sich einigermaßen wohl. Ein Haus, fast wie ein riesiges Grab mit lebenden Toten, seiner Frau und seiner Mutter. Er hasste es, wenn er mit ihnen am Tisch saß und das Essen schweigend eingenommen wurde. Wenn er von seiner Mutter und Monika beobachtet wurde, lauernd wie Raubtiere, nur zu gern bereit, sich gleich auf das Opfer zu stürzen, um es zu zerfleischen. Wenn man ihn behandelte wie ein unmündiges kleines Kind, dem alles vorgeschrieben und nichts erlaubt wurde. Er hatte keine Macht in diesem Haus, er würde sie niemals haben. Wenn er draußen war, schon. Wenn er durch die Städte und Dörfer fuhr, ziellos und doch immer mit einem Ziel vor Augen.

Er zog den Zettel mit der Telefonnummer von Carina Niehus aus der Hemdtasche und legte ihn auf den Tisch. Er überlegte, ob er sie anrufen sollte. Sie würde seine Nummer auf dem Display nicht sehen, seine Rufnummer war unterdrückt. Butcher hob ab und wählte, ließ es mehrfach klingeln und wollte bereits auflegen, als am andern Ende abgenommen wurde.

»Ja?«, meldete sich die ihm bekannte Stimme.

»Carstensen hier, Sie erinnern sich bestimmt. Ich wollte nur fragen, ob es Ihnen gut geht?«

»Danke, sehr sogar. Ich hab nur gerade eben Jule zu Bett gebracht. Wie geht es Ihrer Mutter?«

»Wie immer. Ich dachte mir nur, ich melde mich noch mal, um mich für den netten Nachmittag zu bedanken. Ich habe übrigens gerade erfahren, dass ich morgen anders eingeteilt bin und spätestens um sieben fertig bin.«

Für einige Sekunden herrschte Schweigen am andern Ende, er hörte nur ihr Atmen. Schließlich sagte sie: »Heißt das, Sie nehmen meine Einladung zum Essen an?«

»Natürlich nur, wenn es Ihnen nichts ausmacht.«

»Warum sollte es mir etwas ausmachen, ich habe Sie eingeladen. Sagen wir um acht?«

»Das kann ich nicht genau versprechen, irgendwann zwischen acht und neun, ich möchte mich vorher noch etwas frisch machen. Ich bringe auch eine Flasche Wein mit, vorausgesetzt, Sie trinken gerne Wein.«

»Ja, doch, aber das ist nicht nötig.«

»Also dann, bis morgen. Und bitte, machen Sie sich nicht zu viel Mühe, ich ...«

»Das lassen Sie mal meine Sorge sein. Bis morgen und einen schönen Abend noch. Und danke für den Anruf. Ich muss gleich noch mal zu Jule und ihr eine Geschichte vorlesen, darauf besteht sie immer. Sie hat übrigens gesagt, dass Sie sehr nett sind.«

»Das Kompliment kann ich für Sie beide nur zurückgeben. Grüßen Sie sie von mir. Gute Nacht.«

»Gute Nacht.«

Sie legten gleichzeitig auf. Butcher steckte das Handy in seine Hosentasche. Den Zettel ließ er auf dem Tisch liegen, die Nummer hatte er während des Gesprächs gespeichert. Nicht ohne den Umschlag mitzunehmen, verließ er den Raum und zog die Tür hinter sich zu. Schon von der Treppe aus hörte er das Klappern von Geschirr, die Stimmen von Monika und seiner Mutter. Laura und Sophie hatte er zuletzt beim Frühstück gesehen. Er warf einen Blick in die Küche, wo Monika die Spülmaschine einräumte, während seine Mutter die Lebensmittel in den Kühlschrank stellte. Als er auf die Uhr sah, stellte er fest, dass er sich fast anderthalb Stunden im Keller aufgehalten und die andern ohne ihn zu Abend gegessen hatten. Er überlegte einen Augenblick und sagte: »Ich muss noch mal weg, weiß nicht, wie lang das dauern wird. Ich ess nachher was.«

»Tja«, entgegnete Monika mit beißendem Spott, ohne ihn dabei anzusehen, »wer zu spät kommt, den bestraft das Leben. Wir haben bereits zu Abend gegessen, und ich sehe nicht mehr ein, dir jedes Mal Bescheid zu sagen. Du kannst dir selber was machen oder auswärts essen.«

»Sicher. Bis später.«

Er erhielt keine Antwort, zog seine Schuhe wieder an und eine Jacke über, denn draußen war es kühl geworden. Der Himmel hatte aufgeklart, der Wind zugenommen. Obwohl es noch immer knapp vierzehn Grad waren, so fühlte es sich doch wesentlich kühler an. Butchers Laune war einmal mehr an einem Tiefpunkt angelangt. Er machte an einem spanischen Lokal in Schleswig Halt, wo man ihn bereits gut kannte, bestellte eine Paella und ein Glas Wein, was er zuvor noch nie getan hatte. Ein kleiner Vorgeschmack auf den morgigen Abend.

Nach einer Dreiviertelstunde machte er sich wieder auf den Weg, kam nach Gettorf, durchfuhr mehrere kleine Straßen und warf den Umschlag um kurz vor zehn in einen Briefkasten, den er an einer Straßenecke erblickte. Er wollte gerade wieder zu seinem Auto gehen, als ein junger, sehr großer und kräftiger Mann mit Vollbart und einer dicken Brille auf der menschenleeren Straße auf ihn zukam. Sein Gang war etwas unsicher, er hatte eine Zigarette in der Hand, die er vergeblich anzuzünden versuchte.

»Entschuldigung, haben Sie mal Feuer?«, lallte er, als er dicht vor Butcher stand, dem eine Alkoholfahne entgegenschlug.

»Nicht bei mir, aber ich hab einen Zigarettenanzünder. Kommen Sie mit ans Auto.«

»Danke, Mann.«

Butcher stieg ein, griff mit einer Hand ins Seitenfach und drückte mit der andern den Zigarettenanzünder hinein. Er sprang heraus, der junge Mann beugte sich ins Auto, Butcher hielt den Anzünder weit unten, der Mann verrenkte sich fast. Bis er einen unerträglichen Schmerz am Hals verspürte, der durch seinen ganzen Körper jagte. Er fiel in den Wagen. Butcher rannte um den Golf, hievte den Mann auf den Beifahrersitz und schnallte ihn an. Er startete den Motor, wendete und gelangte wieder auf die B 76. Noch zweimal betäubte er sein Opfer, bog nach gut zehn Minuten in einen Wald in unmittelbarer Nähe zur Ostsee ab, zog den Mann mit großer Mühe aus dem Wagen, band seine Hände hinter dem Rücken mit Kabelbinder zusammen und wartete.

Allmählich kam der Fremde zu sich. Butcher schätzte ihn auf Anfang bis Mitte zwanzig.

»He, was haben Sie mit mir vor?«, fragte er mit schwerer Stimme, als würde er noch nicht begreifen, was mit ihm geschah.

»Keine Ahnung, sag du's mir. Oder kannst du nicht hellse-

hen?«, erwiderte Butcher gelassen. »Schön liegen bleiben, sonst kriegst du gleich noch eins verpasst.«
»Brauchst du Geld? Ich hab keins, kannst nachschauen.«
»Nee, Geld interessiert mich nicht. Wie heißt du?«
»Markus.«
»Markus und weiter?«
»Markus Göden.«
»Und wo wohnst du? Jetzt lass dir doch nicht alles aus der Nase ziehen.«
»Osdorf. Sag schon, was du willst, wenn's kein Geld ist. Und was soll das überhaupt mit den Fesseln?«
»Nichts, eigentlich gar nichts. Ich fühl mich nur absolut beschissen. Weißt du eigentlich, dass Rauchen zu einem langsamen und schmerzhaften Tod führen kann? Steht auf fast jeder Packung.«
»Na und, was geht dich das an?«
»Das sagen alle, wenn sie rauchen und es ihnen noch gut geht. Aber an Lungenkrebs zu krepieren ist elend. Sauelend … Na ja, ich will dir das ersparen, bei mir geht's schnell und schmerzlos. Hast du Familie?«
»Nee, nur meine Eltern«, antwortete Markus, der noch immer nicht den Ernst der Lage zu begreifen schien.
»Keine Freundin oder Verlobte?«
»Nein«, antwortete Markus, der immer mehr zu sich kam und Butcher wütend anfuhr: »Würdest du mich jetzt bitte losmachen, meine Handgelenke tun weh.«
»Tut mir leid, ist nicht drin. Was arbeitest du?«
»Ich bin arbeitslos.«
»Ah, verstehe. Du hast keine Arbeit, liegst deinen Eltern auf der Tasche und schlängelst dich einfach so durchs Leben. So ein richtiger Sozialschmarotzer, wie unsere Bonzen stets zu sagen pflegen, obwohl sie sich selbst die Taschen bis oben hin voll stopfen. Es ist ein ungerechtes Land, ein sehr ungerechtes

Land. Nicht mehr lebenswert, da wirst du mir doch zustimmen. Nicht mehr lebenswert, nicht mehr liebenswert, nur noch ein verkommener Haufen Scheiße. Aber ich habe heute eine nette Frau kennen gelernt. Sie hat eine kleine Tochter und muss sie allein großziehen, weil ihr Ex sich aus dem Staub gemacht hat. Sie arbeitet und muss zusehen, wie sie von ihrem beschissen kleinen Gehalt als Krankenschwester über die Runden kommt. Scheiße, was?«
»Ja, find ich auch.«
»Und warum arbeitest du dann nicht? Keinen Bock, oder bist du krank? Na ja, krank siehst du nicht gerade aus, aber du säufst wie ein Loch, denn du stinkst wie eine Kneipe. Ich würd sagen, du könntest in vielen Jobs arbeiten. Schau, ich restauriere Oldtimer und verdiene damit meine Kohle. Was hast du gelernt?«
»Koch.«
»Koch. Hast du die Ausbildung zu Ende gebracht oder abgebrochen? Und lüg mich nicht an, ich krieg's sowieso raus.«
»Ich bin rausgeflogen, weil ich krank bin.«
»Du bist krank? Was fehlt dir?«
»Ich bin extrem kurzsichtig und Epileptiker.«
»Tz, tz, tz, Epileptiker. Und dann säufst du und qualmst. Du bist doch ein elender Wichser. Wie alt bist du eigentlich?«
»Siebenundzwanzig.«
»Hm, ich hätte dich jünger geschätzt. Na ja, wer nicht arbeitet, wird auch nicht so schnell alt. Guter Witz, was? Aber mir ist nicht nach Witzen zumute, heute schon gar nicht.«
»Meinst du vielleicht, mir? Machst du mich jetzt los oder nicht?«
»Nein.«
»Jetzt sag schon, was du willst? Du siehst nicht gerade so aus, als würdest du mich umbringen wollen.«
»Wie sieht denn deiner Meinung nach so jemand aus? Hat er

eine fiese Fresse, lauter Narben im Gesicht und einen teuflischen Blick? Tut mir leid, damit kann ich nicht dienen. Ich bin eben nicht der typische Mörder.«

Markus' Augen weiteten sich vor Angst. Er schien allmählich zu realisieren, dass Butcher keine leeren Phrasen drosch. Er riss an seinen Fesseln und wollte schreien, doch Butcher trat ihm mit voller Wucht gegen den Kopf.

»Halt's Maul, sonst weckst du noch jemanden auf, auch wenn ich kaum glaube, dass im Umkreis von fünfhundert Metern auch nur ein Mensch zu finden ist. Nicht gerade viel, fünfhundert Meter, aber genug, um nicht gehört zu werden. Hast du noch irgendwas zu sagen, bevor du deinen Ahnen begegnest?«

»He, Alter, mach keinen Scheiß! Ich bin doch noch viel zu jung ...«

»Halt's Maul. Weißt du, ich hatte einen beschissenen Tag, ich habe eine beschissene Familie, alles ist beschissen. Und bei dir ist es nicht anders. Du würdest mir doch jetzt alles versprechen, was ich hören will, aber es nützt nichts. Außerdem ist es mir schnurz, ob du Epileptiker oder was immer bist. Sorry, aber ich hab nun mal beschlossen, dass deine Lebensuhr abgelaufen ist.«

Er betäubte Markus ein viertes Mal und holte das Messer und die Infrarotkamera aus dem Auto. Mit einem geübten Schnitt durchtrennte er seine Kehle so, dass kein Blut an Butchers Kleidung spritzte. Er zog Markus den linken Schuh und die Socke aus und steckte diese in seine Jackentasche. Er überlegte ein paar Sekunden und beschloss, den Toten einfach so liegen zu lassen. Die werden schon merken, dass ich es war, dachte er.

»Mal sehen, wie lange es diesmal dauert, bis man dich findet«, murmelte er vor sich hin, machte mit der Infrarotkamera drei Bilder und fuhr nach Hause, wo er kurz nach Mitternacht an-

kam. Leise schloss er die Haustür auf und machte sie genauso geräuschlos hinter sich zu. Auf Zehenspitzen schlich er die Treppe nach oben in den ersten Stock, warf einen Blick in die Zimmer von Laura und Sophie, die beide tief und fest schliefen, entkleidete sich im Bad, nahm seine Hose und das Sweatshirt und machte vorsichtig die Schlafzimmertür auf. Es war dunkel. Er ging zum Bett und hielt in der Bewegung inne, als er nach der Decke tastete. Langsam ließ er seine Hände über die Matratze gleiten. Weder seine Bettdecke noch das Kopfkissen waren da. Er stieß die Luft hörbar aus. Monika schnarchte leise, sie schien ihn nicht bemerkt zu haben.
Er fand sein Bettzeug im Keller vor seiner Tür. Keine Notiz, nichts. Er gab den Code ein, klemmte alles unter einen Arm, drückte die Tür auf und kickte sie mit dem Absatz zu. Auch gut, dachte er und warf die Sachen auf die Couch. Er war müde und erschöpft und kam doch nicht umhin, noch einmal den PC zu starten und ein Gedicht abzutippen.
Eigentlich war dieser Tag gar nicht so schlecht gewesen. Eigentlich. Im Prinzip war es sogar ein guter und erfolgreicher Tag gewesen. Und die nächsten würden vielleicht noch besser werden, viel, viel besser.

MONTAG, 8.30 UHR

Polizeipräsidium Kiel. Dienstbesprechung.
Entgegen seiner ursprünglichen Absicht hatte Sören Henning auch in der vergangenen Nacht bei Lisa Santos geschlafen, wieder auf der Schlafcouch, nur mit einer Wolldecke zugedeckt. Er hatte zwar geduscht, sich aber nicht rasiert, und er war gespannt, ob ihn jemand darauf ansprechen würde. Lediglich Harms machte eine kleine Bemerkung, alle anderen

schienen es entweder nicht zu registrieren oder ignorierten es einfach, schließlich hatten sie ihn in den letzten Jahren häufig unrasiert erlebt.
Neben Henning, Santos, Harms und Friedrichsen war auch Staatsanwalt Kieper anwesend, den Henning gar nicht erwartet hatte, hatte er sich doch für zehn Uhr mit ihm verabredet. Er trug einen dunkelblauen Anzug, ein hellblaues Hemd und eine rote Krawatte und wirkte dadurch eher wie ein Politiker, und so gab er sich auch. Er war ein Rhetoriker allererster Güte, ein harter Hund, wie ihn viele nannten, einer, der nie lachte, selbst ein Lächeln war bei ihm eine Seltenheit. Er schien das Gesetzbuch gefressen zu haben, wie Henning zynisch sagte, warf mit Paragraphen nur so um sich, und wenn er einen Angeklagten am Wickel hatte, bedurfte es schon eines äußerst gewieften Verteidigers, um Kieper niederzuringen. Henning hatte ihm gegenüber ein zwiespältiges Gefühl, vor allem, weil er damals die Anklage gegen Nissen vertreten hatte und auch für ihn von Anfang an Nissens Schuld feststand. Doch dies wollte er sich nie eingestehen. Seiner Meinung nach hatte er keinen Fehler begangen, sondern sich lediglich auf die Fakten berufen, die Henning ihm geliefert hatte, womit dieser den schwarzen Peter zugeschoben bekommen hatte.
Henning war mitten in seinen Ausführungen, als eine noch junge Kollegin vom K 1 ins Zimmer trat und Harms einen Umschlag gab.
»Wir wollten doch nicht gestört werden. Was ist das?«
»Tut mir leid, aber lesen Sie selbst, könnte interessant für Sie sein.«
So leise sie gekommen war, so leise verschwand sie auch wieder.
Harms holte den Inhalt heraus, las ihn und reichte ihn gleich wortlos an Henning weiter. Der kniff die Augen zusammen und fuhr sich mit der Zunge über die Lippen. Er schluckte,

trank von seinem Wasser und sagte: »Ich hab's gewusst, er fängt an zu spielen.«
»Was ist los?«, fragte Kieper, der nicht verstand, was Henning meinte, da er bis jetzt nichts von einem Spiel erwähnt hatte. »Jetzt machen Sie's nicht so spannend.«
»Nichts weiter, nur ein Gedicht.« Er stand auf und las vor:

> »Über die Heide hallet mein Schritt;
> Dumpf aus der Erde wandert es mit.
> Frühling ist gekommen, Herbst ist weit;
> Gab es denn einmal selige Zeit?
> Brennende Nebel geistern umher;
> Grün ist das Kraut und der Himmel so leer.
> Hätt sie nur nicht gestanden im Mai!
> Leben, wie flog es vorbei.
> *In memoriam Miriam Hansen.*

Viel Glück! Ich hab's ein wenig abgeändert, passend zur Jahreszeit. Vielleicht kennt es ja einer von Ihnen. Ich melde mich wieder.«
Henning konnte sich ein ironisches Lächeln nicht verkneifen und fügte hinzu: »Leider hat er vergessen zu unterschreiben.«
Für einen Augenblick hätte man eine Stecknadel fallen hören können, bis Santos sagte: »Meinst du, das kommt von ihm?«
Henning sah sie beinahe mitleidig an. »Von wem denn sonst?! Außerdem hat er uns ein Foto von Miriam Hansen mitgeschickt. Hier«, er hielt es hoch. »Er hat es gemacht, nachdem er sie getötet hat. Der Poststempel ist von gestern, das heißt, er hat das hier entweder gestern in aller Herrgottsfrühe eingeworfen oder am Samstagnachmittag. Vielleicht sogar, nachdem er Melanie Schöffer getötet hat. Das bedeutet für mich, dass er hier aus der Gegend kommen muss.«
»Warum?«, fragte Kieper, der die Beine übereinander geschla-

gen hatte. »Er ist doch Ihrer Meinung nach viel unterwegs, das heißt, er könnte auch mal einen kurzen Abstecher hierher gemacht haben, um uns in die Irre zu führen.«

»Höchst unwahrscheinlich. Er will uns zeigen, wie nah er uns ist, dass wir ihn fast sehen können und doch nicht sehen. Für meine Begriffe wohnt er in einem Umkreis von maximal achtzig Kilometern, eher weniger. Ein unauffälliger Mann, der sich seiner Sache aber verdammt sicher ist.«

»Herr Henning, Ihre Theorie in allen Ehren, aber was veranlasst Sie konkret zu dieser Behauptung? Und was meinen Sie mit ›er fängt an zu spielen‹?«

»Ganz einfach, die beiden Morde an Miriam Hansen und Melanie Schöffer wurden genau innerhalb dieses Radius begangen. Dazu kommen aus der Vergangenheit noch weitere Taten, die ebenfalls innerhalb dieses Radius liegen. Genaugenommen gehen von den bislang zweiunddreißig Morden ...«

»Von denen Sie nicht wissen, sondern nur vermuten, dass sie auf das Konto dieses einen Mannes gehen«, warf Kieper mit seiner gewohnt kühlen Arroganz ein.

»Dann sehen Sie sich die Bilder der Opfer an und sagen Sie mir ins Gesicht, dass ich mich irre«, konterte Henning ebenso kühl, doch emotionsgeladener. »Hier«, sagte er und holte die Fotos aus der Mappe und breitete sie auf dem Tisch aus, »das sind zweiunddreißig Fotos von zweiunddreißig Menschen im Alter zwischen acht und sechsundvierzig Jahren. Es gibt keinerlei Verbindung zwischen den einzelnen Personen, aber es gibt eine Auffälligkeit, die selbst Ihnen nicht entgehen dürfte – die Positionierung der Leichen. Oder glauben Sie allen Ernstes, dass gleich eine ganze Heerschar von Mördern zur gleichen Zeit unterwegs ist und die Opfer auf die gleiche Weise ablegt? Oder glauben Sie, dass gleich mehrere Täter rumlaufen, die von ihrem Opfer immer nur eine Trophäe mit-

nehmen, in der Regel eine Socke oder einen Slip? Noch mehr Parallelen gefällig?«
Harms sah Henning an und machte eine unauffällige Handbewegung, mit der er ihn aufforderte, sich ein wenig zu mäßigen, doch Henning ignorierte es einfach.
»Es ist möglich, dass Sie Recht haben, aber …«
»Es ist nicht nur möglich, ich habe Recht! Außerdem, ist es nicht vollkommen egal, ob er drei oder dreißig Menschen auf dem Gewissen hat? Tatsache ist doch, dass er innerhalb von zwei Tagen zweimal zugeschlagen hat. Und das bereitet mir Kopfzerbrechen.«
»Trotzdem, ich würde die Kirche im Dorf lassen und nicht gleich von einem Serienkiller sprechen, der ins Guinness-Buch der Rekorde eingehen will.«
»Wer behauptet denn, dass er das will? Er verfolgt völlig andere Interessen. Der Mann, der uns diese Zeilen hat zukommen lassen, wohnt mit ziemlicher Sicherheit in unserer unmittelbaren Nähe. Er kennt die Örtlichkeiten gerade bei uns viel zu gut. Und mit dem Schreiben hat er ein weiteres Zeichen gesetzt. Er gibt uns zwischen den Zeilen zu verstehen: Sucht mich ruhig, ihr werdet mich doch nicht finden. Und ich werde weitermachen wie bisher, auch wenn ihr die Kinder und Jugendlichen wegsperrt, denn ich finde immer ein Opfer. Dr. Kieper, ich werde diesen Fall lösen, denn ich werde auf das Spiel eingehen, um damit Ihre Frage zu beantworten. Ich habe damit gerechnet, dass er Kontakt zu uns aufnimmt, ich war mir aber nicht klar, wie. Nun haben wir den Beweis. Aber wir werden alle kriminaltechnischen und -psychologischen Möglichkeiten und Fähigkeiten ausschöpfen, um ihn endlich aus dem Verkehr zu ziehen. Ich habe mich bereit erklärt, die Soko Phantom zu leiten, und ich werde das mit aller Kraft tun. Und genau das Gleiche erwarte ich von jedem, der im Team mitarbeitet. Freizeit wird so lange ein Fremdwort sein, solange wir

ihn nicht haben. Ganz besonders setze ich bei unseren Ermittlungen auf Herrn Friedrichsen, der in den nächsten Tagen ein Täterprofil erstellen wird. Ach ja, kennt irgendeiner hier dieses Gedicht?«

Kopfschütteln.

»Dann soll man schnellstens rausfinden, von wem es stammt und was daran abgeändert wurde. Vielleicht ist es ein Rätsel.«

Kieper erhob sich und sagte: »Gut, leiten Sie die Ermittlungen. Ich werde die zuständigen Dienststellen der anderen Bundesländer informieren und sie bitten, mit uns zu kooperieren. Ich erwarte regelmäßig Bericht über den Stand und die Fortschritte der Ermittlungen. Sollte ich merken, dass Sie auf der Stelle treten, werde ich veranlassen, dass das LKA übernimmt.«

»Ach ja?«, sagte Henning. »Läuft das so? Ich habe die ganze Vorarbeit gemacht, aber wenn wir jetzt nicht gleich Ergebnisse vorweisen können, wird uns der Fall entzogen? Einfach so? Ohne mich hätten Sie doch bis heute nicht den blassesten Schimmer, dass wir es mit einer Mordserie ungeahnten Ausmaßes zu tun haben. Unsere geschätzten Kollegen, wo immer sie auch sitzen mögen, würden doch weiter nach allen möglichen Tätern suchen, obwohl es sich nur um einen Einzigen handelt. Schönen Tag noch, Dr. Kieper.«

»Herr Henning«, entgegnete Kieper kalt und mit einem süffisanten Lächeln, »Ihr Engagement in allen Ehren, aber soweit ich informiert bin, haben Sie seit über vier Jahren in keinem einzigen Fall mehr aktiv ermittelt, sondern nur noch Schreibtischarbeit erledigt. Es ist doch immerhin möglich, dass Sie einen Trainingsrückstand haben, wie man im Fußball so schön zu sagen pflegt. Überzeugen Sie mich, und ich werde Sie unterstützen, wo ich kann. Im Übrigen bitte ich um Kopien sämtlicher Akten einschließlich Fotos. Und keine Sorge, ich werde diese nicht an die – Konkurrenz – weitergeben. Wann planen Sie, die Soko aufzustellen?«

»So schnell wie möglich.«
»Wann? Ich hätte gerne ein genaues Datum.«
»Innerhalb der nächsten achtundvierzig Stunden. Aber Sie wissen selbst, wie gering unsere Personaldecke ist. Es kann auch einen oder zwei Tage länger dauern, bis wir komplett sind.«
»Halten Sie mich auf dem Laufenden. Auf Wiedersehen.«
»Dr. Kieper«, sagte Harms, der sichtlich nervös wirkte, »dürfte ich Sie bitte kurz unter vier Augen sprechen? Nur fünf Minuten.«
»Bitte, gehen wir in Ihr Büro.«
Als sie allein waren, sagte Santos: »Warum hast du dich mit ihm angelegt? Du kennst doch Kieper und wie wenig Spaß der versteht. Der bringt es fertig und entzieht dir den Fall, ganz gleich, was du im Vorfeld geleistet hast. Der nimmt doch immer alles persönlich.«
»Dieses Arschloch kann mich mal kreuzweise. Hast du nicht diese unsägliche Arroganz bemerkt, als er hier gesessen hat? Und wenn einer von euch glaubt, dass er die Kopien für sich haben will, dann sag ich nur: blauäugig. Weiß der Geier, wem er das alles zeigt, aber es werden mit Sicherheit Typen sein, die wir hier nicht gebrauchen können.«
Friedrichsen, der sich wie stets dezent zurückgehalten hatte, meldete sich zu Wort. »Sören, ich weiß, dass du Ratschläge nicht gerne annimmst, aber ein klein wenig mehr Diplomatie könnte nicht schaden. Und noch was: Wenn du emotional an den Fall rangehst, wirst du verlieren. Nur ein gutgemeinter Rat von mir. Außerdem sind wir ein Team, doch ich werde das Gefühl nicht los, als ob du den Fall ganz allein lösen möchtest. Das schaffst du aber nicht.«
Henning setzte sich wieder und sagte: »Tut mir leid wegen eben, aber es gibt einfach Leute, da krieg ich die Krätze. Und Kieper zählt nun mal dazu. Egal. Doch um eins klarzustellen,

ich will keinen Alleingang starten, falls das so rübergekommen sein sollte. Ich brauch dich, ich brauch Lisa und Volker und wen immer wir noch kriegen können. Aber ich bin auch ganz ehrlich, ich bin heiß drauf, diesen verdammten Hurensohn zu schnappen. Ich will ihm die Handschellen anlegen, ich will ihm die Rechte vorlesen, und ich will abwechselnd mit Lisa das erste Verhör durchführen. Es geht mir nicht um Kompetenzen, es geht einfach darum, dass ich, und das mag sich überheblich anhören, noch der Einzige bin, der ihn einigermaßen kennt. Und er wird uns, da bin ich absolut sicher, in den nächsten Tagen und Wochen mit immer mehr Informationen füttern, sodass wir ihn noch besser kennen lernen und auch einkreisen können. Jan?«
»Einverstanden. Du teilst die Kompetenzbereiche auf, aber alles läuft Hand in Hand. Hab ich dich richtig verstanden?«
»Genau so war es geplant.«
Die Tür ging auf, und Harms kam zurück. Er blieb stehen und sagte: »Ich habe mit Kieper gesprochen und seine Laune ein klein wenig aufgehellt. Mann, Sören, lass mich in Zukunft mit Kieper reden, ich weiß, wie ich ihn anzupacken habe, und dann ist er auch ganz friedlich. Du rastest immer gleich aus, wenn du ihn siehst, ich frag mich nur, warum. Er hat dir nie was getan. Und wenn es wegen damals ist, tut mir leid, er kann so wenig dafür wie du ...«
»Das weiß ich selber. Aber gestern Abend hast du gesagt, dass er zufrieden ist mit meiner Arbeit. Allerdings kenne ich Kieper und konnte mir einfach nicht vorstellen, dass er das ernst meint. Um zehn hätte ich einen Termin mit ihm gehabt, und was macht er? Er hockt um halb neun hier und nimmt an unserer ersten Sitzung teil. Aber das ist typisch für ihn.«
»Okay, hören wir auf, darüber zu streiten, es gibt nämlich etwas viel Wichtigeres. Eben ging eine Vermisstenmeldung ein.

Ein gewisser Markus Göden aus Osdorf wird seit heute früh vermisst. Seine Eltern haben ...«
»Wie alt?«, wurde Harms von Henning unterbrochen, der wie elektrisiert war.
»Siebenundzwanzig.«
»Warum haben seine Eltern ihn als vermisst gemeldet? Wohnt er noch bei Mama und Papa?«
»Scheint so. Kümmert euch drum. Hier ist die Adresse.«
»Osdorf. Liegt ja gleich um die Ecke. Ich sag lieber nicht, was ich denke. Wann wurde er zuletzt gesehen?«
»Keine Ahnung, frag die Eltern, ich hab nur die Meldung bekommen.«
Henning gab Santos das Zeichen zum Aufbruch. Sie nahmen wieder den BMW. Nach zwanzig Minuten hielten sie vor einem Klinkerbau am Rand des kleinen Ortes Osdorf, keine fünf Minuten von Gettorf entfernt. Eine etwa fünfzigjährige Frau und ein bärtiger Hüne mit vollem grauem Haar standen in der Eingangstür und schauten immer wieder von rechts nach links, als würden sie hoffen, ihr Sohn würde die Straße entlangkommen und so tun, als wäre nichts gewesen. Eine Hoffnung, von der Henning nicht glaubte, dass sie sich erfüllen würde.
»Auf in den Kampf«, sagte er und schnallte sich ab. Sie stiegen aus und gingen auf das Haus zu.

MONTAG, 10.20 UHR

»Herr und Frau Göden?«, fragte Henning am Gartentor und zeigte seinen Ausweis. »Kriminalpolizei Kiel, Hauptkommissar Henning, das ist meine Kollegin Frau Santos.«
Der Hüne kam an das Tor und machte auf. Er hatte riesige

Hände, fast Pranken. »Moin. Kommen Sie rein«, sagte er mit tiefer, brummiger Stimme, während seine Frau, die fast zwei Köpfe kleiner war, die Beamten nur stumm ansah. Henning schätzte ihn auf Anfang bis Mitte sechzig und sie bei näherem Hinschauen auch auf etwa sechzig. Bei ihm waren wegen des Vollbarts nur die tiefen Falten auf der braungebrannten Stirn zu erkennen, ihre hingegen zogen sich über das ganze Gesicht und den Hals, auf ihren Händen waren Altersflecken, ihre Augen waren so grau wie die Haare. Im Haus schlug ihnen kalter Rauch entgegen, und Henning stellte fest, dass er seit gestern keine Zigarette mehr angerührt hatte.

»Hier, bitte«, sagte Göden und führte die Beamten ins Wohnzimmer, das unauffällig und sehr durchschnittlich eingerichtet war. Sie nahmen Platz. Frau Göden setzte sich eng zu ihrem Mann, als würde sie Schutz bei ihm suchen, während Henning und Santos sich in die beiden Sessel niederließen.

»Sie haben Ihren Sohn Markus als vermisst gemeldet. Seit wann genau vermissen Sie ihn?«, wollte Henning wissen.

»Seit heute Morgen. Es hat jemand für ihn angerufen, meine Frau wollte ihm das Telefon bringen, aber er war nicht in seinem Zimmer. Sein Bett war nicht angerührt, das heißt, er hat heute Nacht nicht hier geschlafen. Wir haben dann bei ein paar Bekannten durchtelefoniert, aber von denen konnte uns auch keiner sagen, wo Markus sein könnte.«

»Wann haben Sie ihn zuletzt gesehen?«

»Gestern so gegen vier, halb fünf, genau kann ich's nicht sagen. Ilse?«

»Ja, wie mein Mann sagt«, antwortete sie zurückhaltend.

»Ich nehme an«, meinte Santos, »er hat in etwa um die von Ihnen genannte Zeit das Haus verlassen. Wissen Sie, wo er hingegangen ist?«

»Wahrscheinlich hat er sich mit Freunden getroffen, von denen wir aber die wenigsten kennen. Ich weiß nur, dass die immer so Kneipentouren gemacht haben. Manchmal in Gettorf, aber auch in Eckernförde oder Kiel. Bloß gestern war er mit keinem von den Kumpels unterwegs, die wir kennen. Wir verstehen das auch nicht. An sein Handy geht er nicht, da springt immer nur die Mailbox an.«

»Wo arbeitet Ihr Sohn?«

Göden zögerte mit der Antwort und verzog den Mund, sofern dieser durch den dichten Bart überhaupt zu sehen war. »Markus ist arbeitslos. Er hat noch nie eine feste Arbeit gehabt.«

»Und warum nicht, wenn ich fragen darf?«

»Er ist Epileptiker und stark kurzsichtig. Aber das ist nicht der einzige Grund, warum er keine Arbeit findet. Ich habe ihm jahrelang geholfen, doch er hat jedes Angebot entweder abgelehnt oder hat sich nach ein paar Tagen wieder feuern lassen. Er hat vor Jahren eine Ausbildung als Koch begonnen, ist aber nach einem Jahr rausgeflogen. Seitdem reden wir uns den Mund fusselig, dass er endlich mal in die Pötte kommt, aber wir reden gegen Wände. Ich frag mich nur, wie das weitergehen soll. Er wird immer älter, und irgendwann ist der Zug abgefahren. Schauen Sie sich doch nur mal um, wie es auf dem Arbeitsmarkt aussieht«, sagte Göden mit Resignation in der Stimme. »Siebenundzwanzig und verhält sich, als würde er die Pest kriegen, wenn er mal was Sinnvolles in seinem Leben machen würde. Ich hab's inzwischen aufgegeben, ihm Vorhaltungen zu machen. Ich hab einfach keine Kraft mehr, mein Herz macht das nicht mehr mit. Einen Infarkt hab ich schon hinter mir, aber glauben Sie, das kümmert ihn? Das ist ihm so was von egal. Ich krieg höchstens von ihm zu hören, wie schlecht's ihm geht. Allerdings hab ich ihm ein Ultimatum gestellt. Sollte er nicht bis zum 1. Oktober eine Arbeit gefunden haben, schmeiß ich ihn raus, und wenn's sein muss, lass ich ihn von der Polizei abführen. Er ist siebenundzwanzig, und ich habe das Recht, ihn des Hauses zu verweisen. Ich hab mich da schlau gemacht. Wissen Sie, wie er reagiert hat? Er hat mich ausgelacht und gemeint, ich soll das ruhig probieren, ich würde schon sehen, was ich davon habe. Danach ist er mit seinen Freunden mal wieder auf Tour gegangen. Saufen und qualmen kann er, trotz seiner angeblichen Krankheit …« Und nach einer kurzen Pause: »Finden Sie unsern Sohn, und blasen Sie ihm mal ordentlich den Marsch, auf uns hört er ja schon lange nicht mehr. Ich bin's einfach leid.«

»Haben Sie ein Foto von ihm?«, fragte Santos.

»Ja, aber kein neues. Warten Sie, ich hol's.« Er wollte aufstehen, doch seine Frau sagte: »Bleib sitzen, ich mach das schon.«

»Wie ist Ihr Verhältnis sonst zwischen Ihnen und Ihrem Sohn?«

»Bis vor ein paar Jahren ganz passabel, aber in letzter Zeit ist es immer schlechter geworden. Ich hab keine Ahnung, was mit ihm los ist, er redet auch kaum noch mit uns. Aber wenn's um die Kohle geht, da kriegt er's Maul auf.«

»Hat er ein Auto?«

»Nein, das nicht, er hat auch keinen Führerschein. Er darf ihn nicht machen, aber nicht wegen seiner Krankheit, sondern weil er schon mehrfach ohne Lappen erwischt wurde. Doch er hat ja genug Freunde, die mobil sind.«

»Wenn er Epileptiker ist, darf er doch sowieso keinen machen«, warf Santos ein.

»Er dürfte schon, er hat ja nicht die schwere Form. Aber ich will mich nicht länger drüber auslassen.«

»Und was ist mit einer Freundin?«, wollte Santos wissen.

Göden schüttelte den Kopf. »Er hatte hin und wieder mal eine, aber das hat nie lange gehalten. Und außerdem … Nein, das ist nicht relevant.«

»Was ist nicht relevant? Wenn wir Ihren Sohn finden sollen, müssen wir alles wissen.«

»Seine letzte Freundin hat sich von ihm getrennt, weil er sie zusammengeschlagen hat. Danach haben wir erfahren, dass er das auch mit seinen andern Freundinnen gemacht hat. Ein Zug, den ich nicht gutheißen kann. Ich hab ihn darauf angesprochen, aber er hat nur gemeint, das wäre alles gelogen, und außerdem würde mich das nichts angehen.«
Ilse Göden kam mit einem Foto zurück und reichte es Santos. »Das ist vor etwa einem Jahr an seinem Geburtstag gemacht worden. Ich habe leider kein besseres gefunden.«
»Danke, das reicht schon«, sagte Santos und betrachtete den jungen Mann, der seinem Vater wie aus dem Gesicht geschnitten war, mit dem Unterschied, dass der Sohn eine Brille trug.
»Beschreiben Sie Ihren Sohn kurz, wie groß ist er, wie schwer?«
»Einsfünfundneunzig und etwa hundertzwanzig Kilo, genau kann ich das nicht sagen«, antwortete Ilse Göden. »Er hat ungefähr die Statur meines Mannes.«
»Könnten wir bitte die Handynummer von Ihrem Sohn haben?«
»Moment, ich hab sie nicht im Kopf«, sagte Göden und erhob sich, holte das Telefonbuch und notierte die Nummer auf einem Notizblock. Den Zettel riss er ab und gab ihn Santos.
»Okay, dann probieren wir's doch gleich noch mal.« Es klingelte zehnmal, bis die Mailbox ansprang. Santos schüttelte den Kopf. »Mailbox. Das Handy ist aber eingeschaltet, sonst würde die Mailbox schneller anspringen.« Sie warf Henning einen kurzen Blick zu und fuhr fort: »Wir nehmen das Foto mit und werden eine Suchmeldung rausgeben. Mehr können wir im Augenblick leider nicht tun. Vielleicht können Sie uns noch die Namen und Adressen seiner Freunde nennen, soweit diese Ihnen bekannt sind.«
»Gerne, ich fürchte nur, aus denen werden Sie nicht viel raus-

kriegen.« Und nach einer kurzen Pause: »Meinen Sie, dass unserm Sohn etwas zugestoßen ist?«
»Wir werden sein Handy orten lassen, und dann sehen wir weiter. Wir melden uns bei Ihnen, sobald wir Näheres wissen. Und sollte Ihr Sohn auftauchen, informieren Sie uns bitte umgehend, damit wir die Suche einstellen können. Hier ist meine Karte«, sagte Santos und gab sie Göden.
Nach einer guten halben Stunde gingen Santos und Henning wieder, riefen vom Auto aus im Präsidium an und baten darum, eine Ortung von Markus Gödens Handy vornehmen zu lassen.
»Deine Meinung?«, sagte Santos.
Henning zuckte mit den Schultern und antwortete: »Keinen Schimmer, aber mir schwant Böses.«
»Der Kerl ist fast zwei Meter groß. So leicht lässt der sich doch nicht überwältigen. Hören wir uns mal bei seinen Freunden um.«
Weitere anderthalb Stunden vergingen. Die Befragung der Freunde ergab, dass keiner von ihnen Markus Göden am Sonntag gesehen haben wollte. Allerdings sagten zwei von ihnen, dass er etwas von einer Verabredung erzählt habe, doch wo und mit wem er sich treffen wollte, habe er nicht erwähnt.
Santos und Henning klapperten die Kneipen in Gettorf ab und wurden schließlich in einer von ihnen fündig.
»Ja, dieser junge Mann war gestern Abend hier. Er hat dort drüben am Fenster gesessen und die ganze Zeit mit einem Kerl geredet, den ich noch nie hier gesehen hab.«
»Und er?«, fragte Henning und deutete auf das Foto. »Haben Sie ihn hier vorher schon mal gesehen?«
»Ja, ein- oder zweimal, aber da war er immer mit mehreren Typen hier.«
»Und wann haben die beiden Männer Ihr Lokal verlassen?«
»Genau kann ich's nicht sagen, es war ziemlich voll, aber ich

meine, das muss so zwischen halb zehn und zehn gewesen sein. Allerdings ist der eine früher gegangen, während der auf dem Foto noch mindestens eine halbe Stunde hier geblieben ist. Und er hat fünf oder sechs Halbe und genauso viele Klare getrunken. Ich hab ihn beobachtet, als er gegangen ist, ganz sicher war der nicht mehr auf den Beinen.«

»Können Sie den andern Mann beschreiben?«

»So groß wie ich, normale Figur, ansonsten ist mir nichts weiter an ihm aufgefallen.«

»Und wie alt schätzen Sie ihn?«

»So Mitte bis Ende dreißig, kann auch schon vierzig sein, aber wie gesagt, genau kann ich mich an den Typ nicht erinnern, war einfach zu viel los gestern.«

»Und Ihre Bedienung?«

»Kommt erst gegen sechs, hat Spätschicht.«

»Könnten Sie den Unbekannten einem unserer Phantomzeichner beschreiben?«

Der Wirt schüttelte den Kopf. »Nee, ich kann mich nicht mal mehr erinnern, was er anhatte. Vielleicht kann Silvia Ihnen weiterhelfen, die war für den Tisch zuständig.«

»Wo erreichen wir sie jetzt?«

»Gar nicht, sie ist im Krankenhaus, ihre Mutter liegt im Sterben. Ich würde sie jetzt nicht unbedingt behelligen. Kann auch sein, dass sie heute Abend gar nicht kommt, wenn sich der Zustand ihrer Mutter weiter verschlechtert. Ich geb Ihnen aber trotzdem die Adresse und Telefonnummer mit.«

Wieder draußen, sagte Henning: »Halten wir fest: Göden war gestern nicht mit seinen Freunden zusammen, sondern mit einem Mann verabredet. Er scheint ein gewaltbereiter Typ zu sein, der auch vor Frauen nicht Halt macht. Und er ist noch mindestens eine halbe Stunde im Lokal geblieben, nachdem der Fremde gegangen war.« Henning überlegte und ging ein paar Schritte die Straße entlang und stellte sich vor, wie es hier wohl nachts aussah. Die Haustüren abgeschlossen, die Rollläden heruntergelassen, die Bürgersteige hochgeklappt, vielleicht ein paar Katzen, die durch die Gärten und um die Häuser schlichen, aber ansonsten tote Hose. Er kannte diese Orte zur Genüge, ganz gleich, ob Gettorf oder Osdorf oder sogar Eckernförde oder Schleswig – solange die Urlaubssaison noch nicht angefangen hatte, war hier nichts los. Doch sobald die Touristen und Camper die Gegend überfielen, gab es auch so etwas wie ein Nachtleben, wenn auch längst nicht in dem Maße wie in anderen Touristenzentren. Hier lief alles gemächlicher und auch gemütlicher ab, dies war keine Gegend wie Mallorca, hier gab es keinen Ballermann und kaum einmal besoffene Randalierer oder die berühmten Kampf- oder Komatrinker, die meinten, der Urlaub wäre nur dazu da, sich hemmungslos zu besaufen, um dann irgendwann in einem Krankenhaus oder einer Ausnüchterungszelle ihren Rausch auszuschlafen.

Santos kam ihm nach und sagte: »Was denkst du?«

»Wie es wohl nachts hier aussieht. Selbst jetzt ist doch kaum was los. Gettorf hat nicht gerade viel zu bieten, den Tierpark mal ausgenommen. Und ich kann mir beim besten Willen nicht vorstellen, dass abends um zehn oder elf noch jemand auf der Straße ist, es sei denn, jemand, der mit seinem Hund Gassi geht, oder jemand, der aus der Kneipe kommt.«

»Du denkst also, unser Killer hat wieder zugeschlagen«, konstatierte Santos und sah ihren Kollegen an.

»Ich denke gar nichts, liebe Lisa, ich versuche lediglich Zusammenhänge herzustellen. Aber gut, sag mir, wie oft verschwinden hier in der Gegend Personen? Sagen wir pro Jahr. Fünf, sechs?«

»Meinst du jetzt Gettorf und die umliegenden Gemeinden?«

»Ja.«

»Maximal fünf, eher weniger. Wir brauchen nur mal einen Blick in die Statistik zu werfen, dann wissen wir's.«

»Siehst du, das ist das Problem. Das ist mir nämlich schon wieder ein bisschen zu viel Zufall. Eins ist sicher, Göden ist bis jetzt nicht aufgetaucht, sonst hätten seine Eltern sich längst gemeldet. Ich hoffe, der Mobilfunkbetreiber hat das Handy bald geortet, das kann doch nicht so lange dauern.«
Er hatte es kaum ausgesprochen, als Santos' Handy klingelte. Harms.
»Also, das Handy ist geortet worden. Es befindet sich ziemlich dicht am Schwulen-FKK-Strand bei Lindhöft in einem Waldstück.«
»Statisch?«
»Ja. Ich geb euch die Wegbeschreibung durch, und dann schaut ihr dort mal nach. Kann ja auch sein, dass dieser Göden es dort verloren hat.«
»Hat er nicht.«
»Wieso?«
»Ganz einfach, er hat kein Auto. Außerdem hat er ziemlich viel getrunken, wie uns ein Wirt eben bestätigt hat. Er muss also zu Fuß von Gettorf nach Osdorf gegangen sein, was etwa eine halbe Stunde dauert. Bis zum FKK-Strand in Lindhöft ist es aber mindestens noch mal eine Dreiviertelstunde bis eine Stunde. Warum hätte er mitten in der Nacht dorthin gehen sollen? Ist der Obduktionsbericht von Miriam schon eingetrudelt?«
»Vorhin, ist aber nicht weltbewegend. Tod durch Genickbruch, Vergewaltigung, Elektroschocker ... Das bekannte Muster. Bei Melanie ebenfalls Verwendung eines Elektroschockers, zweiunddreißig Einstiche, Vergewaltigung. Der Rest kommt später, dürfte aber nicht mehr sonderlich interessant sein. Bis dann.«
»Stopp, stopp, wir brauchen noch die genauen Koordinaten und die Wegbeschreibung.«
»Entschuldigung. Ihr fahrt nach Lindhöft und dann ...« Sie

notierte alles auf einem kleinen Block, bevor sie auf Aus drückte.
Santos hielt ihr Telefon in der Hand und sagte: »Auf nach Lindhöft. Zumindest Gödens Handy ist dort und wahrscheinlich auch er selbst.«
Henning zuckte nur mit den Schultern und stieg in den BMW. Kaum eine Viertelstunde später parkten sie in der Nähe der Stelle, die Harms ihnen genannt hatte. Sie gingen einige Meter, Henning den Blick nach links, Santos ihren nach rechts gewandt. Mit einem Mal sagte sie trocken: »Bingo, ich hab das Handy. Und auch den dazugehörigen Besitzer.« Sie beugte sich über ihn. Ein langer Schnitt zog sich über seinen Hals, die Augen waren weit geöffnet, die Brille verrutscht. Der linke Schuh war ausgezogen, die Socke fehlte.
»Damit wären's schon drei innerhalb von drei Tagen. Was will er, was geht in ihm vor? Und warum auf einmal so schnell hintereinander?« Henning stand neben Santos und sah auf den Toten.
Santos hatte nicht weiter zugehört, sie war noch immer über den Toten gebeugt und betrachtete ihn, ohne ihn dabei zu berühren. »Er hat Kabelbinder als Fesseln benutzt. Unser Mann hat wohl ein wenig Schiss gehabt, dass Göden sich wehren könnte. Aber wie hat er ihn hierher gebracht?«
»Vielleicht wollte Göden als Anhalter mitgenommen werden. Ich meine, einer wie er muss sich ziemlich sicher fühlen. Würd ich auch, wenn ich seine Körperstatur hätte. Aber da gibt es wohl doch jemanden, der noch stärker ist.«
»Vor allem, wenn man einem völlig ahnungslosen und dazu nicht mehr ganz nüchternen Typ unverhofft einen Elektroschocker an den Hals hält. Hier, schau, auf der linken Seite, wo der Schnitt zu Ende ist, kannst du noch die Abdrücke erkennen. Der konnte sich nicht mehr wehren, schon gar nicht, wenn siebenhundertfünfzigtausend Volt mehrere Sekunden

lang durch seinen ungeschützten Körper gejagt werden. Und so ein Gerät benutzt er. Der hält das Gerät wahrscheinlich so lange an den Körper, bis das Opfer das Bewusstsein verliert. Gibst du Volker Bescheid?«

Harms sicherte zu, sofort die Spurensicherung, den Fotografen und einen Rechtsmediziner vorbeizuschicken.

»Wozu brauchen wir eigentlich einen Fotografen?«, fragte er Santos, nachdem er das Handy wieder eingesteckt hatte. »Wir kriegen doch sowieso morgen oder spätestens übermorgen ein Foto geschickt.«

»Alter Zyniker. Außerdem, woher willst du wissen, dass er uns wieder eins schickt?«

»Er hat doch geschrieben, dass er sich wieder melden wird. Auf den ist Verlass, der hält seine Versprechen. Scheint ein grundehrlicher Kerl zu sein.«

»O Mann, deinen Humor möcht ich haben. Schauen wir doch mal, ob wir vielleicht diesmal irgendwelche Reifenspuren ausfindig machen können.«

Sie suchten sorgfältig den Boden ab, fanden jedoch keine Spuren.

»Wo hat der verdammte Mistkerl sein Auto geparkt? Es muss doch irgendwann mal Reifenspuren geben. Oder schleppt er seine Opfer kilometerweit auf der Schulter durch die Gegend?!«, bemerkte Henning sarkastisch.

»Wenn er auf dem Weg dort vorne gehalten hat, können wir das mit den Spuren abhaken.« Sie deutete auf den wenige Meter entfernten Weg, der mit lauter kleinen Steinen übersät war.

»Scheiße!«, entfuhr es Henning. »Der muss sich wirklich verdammt gut in der Gegend auskennen.«

»Der kennt sich in ganz Deutschland gut aus«, meinte Santos. »He, sag mal, hast du eigentlich mit dem Rauchen aufgehört?«

»Warum?«

»Du hast seit gestern Abend keine Zigarette mehr angerührt. Wie kommt's?«
Henning zuckte mit den Schultern. »Wenn ich bei dir übernachte, wo soll ich dann rauchen?«
»Ah, so gewöhnt man dir das also ab«, erwiderte sie schmunzelnd.
»Hab ich dir eigentlich schon gesagt, dass mir dein Bad gefällt? Wenn nicht, dann tu ich's jetzt. Dein Bad gefällt mir. Deine ganze Bude gefällt mir. Ehrlich. Wär auch was für mich. Auch von der Größe her. Und die Einrichtung sowieso. Du hast Geschmack.«
»Hast du mir zwar alles schon gesagt, aber heute schläfst du wieder bei dir, denn auf meiner Couch, das ist kein Zustand, da kriegt man nur Kreuzschmerzen.«
»Klar, ich muss ja bei mir mal wieder nach dem Rechten sehen. Außerdem muss ich mich dringendst rasieren. Trotzdem vielen Dank, war schön gestern und vorgestern.«
»Da nich für. Was glaubst du, wie lange wir hier noch rumstehen müssen, bis die Truppe antanzt?«
»Paar Minuten, dann verschwinden wir und überbringen den Eltern die traurige Botschaft. Aber ob die wirklich so traurig sein werden, wage ich zu bezweifeln. Die Mutter vielleicht, aber der Vater scheint einen ziemlichen Zorn auf seinen werten Herrn Sohn zu haben.« Mit einem Mal hielt Henning inne, fuhr sich über die Bartstoppeln und sagte: »Lisa, mal angenommen, der Killer weiß über das Leben seiner Opfer Bescheid und spielt sich als Richter auf?«
»Hä?«
»Na ja, pass auf. Fangen wir einfach mal bei der Körner an. Die haut von zu Hause ab, nennt ihm den Grund, und er beschließt, weil ihr Leben sowieso beschissen ist, sie kaltzumachen. Er erlöst sie quasi … Oder Miriam. Sie erzählt ihm von dem grapschenden Stiefvater oder wie immer man den nennen

mag und dass sie eigentlich nicht nach Hause möchte, aber muss, und dann schlägt er wieder zu ... Oder Melanie, die kleine ... Er stellt fest, dass sie ein biestiges Flittchen ist, und aus die Maus. Und von ihm hier hat er erfahren, dass er arbeitslos ist und vielleicht sogar das mit der Epilepsie ...«

»Sören, wenn ich dich unterbrechen darf, was ist mit den Kindern? Was haben die getan, oder was hat ihm an deren Leben nicht gefallen?«

»Vielleicht sein eigenes. Seine Kindheit, sein jetziges Leben. Ich weiß es nicht, aber das ist mir plötzlich so eingefallen. Was, wenn er schon viele Anhalter mitgenommen und sie unversehrt wieder abgesetzt hat, weil er festgestellt hat, dass bei ihnen alles in Ordnung ist? Dass ihr Leben glatt verläuft? Nur 'ne Theorie.«

»Zu weit hergeholt. Warum sollte er Kinder töten, nur weil bei ihnen zu Hause nicht alles in Ordnung ist? Das ergibt keinen Sinn. Du vergisst nämlich, dass er sich an vielen seiner Opfer auch vergangen hat, und dabei ist er keinesfalls zimperlich gewesen. Hinter seinen Morden steckt auch ein starkes sexuelles Motiv.«

»Ach ja, und warum hat er bislang keins seiner männlichen Opfer sexuell missbraucht? Nicht einen Einzigen, wohlgemerkt. Weder den Schwulen noch Richter oder ihn hier oder die andern knapp zwanzig. Er hat sich nicht an ihnen vergangen. Und ich bin auch ziemlich sicher, dass er keinen Orgasmus kriegt, wenn er tötet.«

»Aber warum vergewaltigt er dann seine weiblichen Opfer? Das ist doch der Trieb.«

»Die Körner hat er nicht vergewaltigt, sonst hätte man zwei Sorten Sperma gefunden. Ich könnte mir vorstellen, dass er es nur auf eine bestimmte Gruppe von Mädchen und Frauen sexuell abgesehen hat. Ich komm einfach nicht hinter sein Motiv. Was bewegt ihn dazu, solche Taten zu begehen?«

»Und ich dachte, du willst herausfinden, was es mit diesen zufälligen Ereignissen auf sich hat.«

»Will ich ja auch. Aber was, wenn das eine mit dem andern zusammenhängt?«

»He, das wird ja immer komplizierter. Weißt du, was der Unterschied zwischen Männern und Frauen ist? Ich sag's dir – Männer legen Wert auf eine sündhaft teure Hi-Fi-Anlage, den meisten Frauen genügt es, wenn sie einfach nur Musik hören können. Ihr braucht immer von allem das Beste …«

»Und? Was hat das hiermit zu tun?«

»Ich bin doch gerade dabei, es dir zu erklären. Du als Mann versuchst über alle möglichen Schleichwege alles Mögliche über die Hintergründe der Taten herauszufinden. Und weißt du, was ich will? Ich will lediglich diesen Kerl schnappen, die Hintergründe erfahren wir spätestens dann. Kapiert?«

»Ja, aber wie wollen wir ihn schnappen, wenn wir seine Beweggründe und auch die ganzen andern Sachen nicht kennen? Denk da mal drüber nach. Außerdem, ich hab nur ein schnödes Radio und keine Hifi-Anlage, die hat nämlich meine Ex mitgehen lassen.«

»Okay, okay«, sagte Santos und lehnte sich gegen den BMW, während die Sonne einen weiteren Anlauf versuchte, die Wolkendecke zu durchdringen. »Nehmen wir an, der Täter verfügt über einen hohen IQ, ist psychisch und emotional hochgradig gestört, aber geistig voll auf der Höhe. Wie willst du ihn kriegen?«

»Ich muss es so drehen, dass er Kontakt mit mir aufnimmt, mit mir ganz persönlich. So dass er nur noch mit mir kommunizieren will. Verstehst du, was ich meine? Ich glaube, er hat gar nicht vor, gegen einen ganzen Polizeiapparat zu kämpfen, ihm reicht es, wenn nur einer da ist, der ihm Gehör schenkt. Ich weiß, das hört sich vermessen an, und ich weiß auch nicht, ob mir das gelingt, aber wenn wir Glück haben, beißt er an. Und je enger der Kontakt wird, desto eher haben wir ihn.«

Santos wiegte den Kopf hin und her und sagte: »Ich frage mich nur, ob er genauso denkt wie du. Vielleicht will er ja doch gegen einen ganzen Polizeiapparat kämpfen, vielleicht will er seine Grenzen ausloten, wer weiß?«

»Nee, das will er nicht. Er kennt seine Grenzen, und je mehr ich über ihn nachdenke, hat er, so glaube ich zumindest, und das mag sich seltsam anhören, für mich ganz eigene Moralvorstellungen. Zum Beispiel, nie ein Kind sexuell missbrauchen. Kein geschlechtlicher Kontakt zu Männern …«

»Ganz schön verquere Moralvorstellungen! Nein, danke. Du darfst gerne mit ihm spielen, ich werde mich da raushalten. Und jetzt Schluss damit, unser Trupp rückt an. Wer sagt es den Gödens?«

»Du hast vorhin die meiste Zeit geredet, also übernimmst du auch diesen Teil«, meinte Henning grinsend.

»Es macht mir nichts aus. Ich dachte nur, du hättest vielleicht Lust …«

»Heut nicht. Mir hängt der Magen in den Kniekehlen. Können wir vorher nicht was essen? Wer weiß, wie lange das bei den Gödens dauert.«

»Lass uns das erst hinter uns bringen«, sagte Santos. »Nach zehn Minuten ist alles vorbei. Das gibt kein großes Heulen und Zähneklappern. Danach holen wir uns was zu futtern.«

MONTAG, 9.10 UHR

Butcher war dabei, dem Aston Martin den letzten Schliff zu verleihen, bevor morgen der Horch 835 geliefert wurde, als seine Mutter unerwartet in die Werkstatt kam. Es war ein Ort, den sie nur ganz selten betrat, und wenn, dann blieb sie meist in der Tür stehen, denn die Werkstatt bedeutete Schmutz und Dreck und einen in ihren Augen unerträglichen Gestank nach Benzin, Öl, Farbe und Lack. Sie hatte es nie verwunden, dass ihr angeblich über alles geliebter Sohn nach dem Abitur nicht die Universität besucht hatte, um *ihr* Wunschfach Medizin oder wenigstens ein naturwissenschaftliches Fach zu belegen, wo sie ihn doch all die Jahre hinweg begleitet und unterstützt hatte, in der Hoffnung, er würde auch weiterhin alles tun, was sie von ihm erwartete. Doch stattdessen begann er sich mit Autos zu beschäftigen. Er lernte autodidaktisch, wie man Motoren auseinander nahm und wieder zusammensetzte, ohne dass hinterher eine Schraube oder eine Dichtung fehlte, er lernte, die Sprache der Motoren zu verstehen wie seinen eigenen Herzschlag. Es gab kein Auto, das er nicht reparieren konnte, selbst die neuesten Modelle, auch wenn sie noch so kompliziert verschraubt waren. Doch er gab sich nicht mit neuen Autos ab, höchstens, wenn es um seinen Golf oder den Familienmercedes ging, seine große Liebe galt den Oldtimern, jenen Autos, die noch keinen Seitenaufprallschutz hatten oder Airbags oder Sicherheitsgurte, deren Knautschzone lediglich aus einer bisweilen unendlich langen Frontpartie bestand, die aber mit einer derartigen Hingabe zum Detail gefertigt waren, dass Butcher sich gar nicht lange genug an manchen Modellen satt sehen konnte. Und wenn er sich an die Arbeit machte, eine dieser Kostbarkeiten zu restaurieren, so kam er sich vor wie einer jener Männer oder eine jener Frauen, die das Deckenfresko von Michelangelo in der Sixtinischen Kapelle oder irgendein ramponiertes Gemälde eines großen Künstlers in den ursprünglichen Zustand versetzten. Und er fühlte sich selbst wie ein Künstler, dem die besondere Gabe gegeben war, etwas Altes, dem kaum einer Beachtung schenkte, wieder so herzustellen, dass später alle staunend davorstanden, um das

Meisterwerk zu bewundern. Das war für ihn das Größte, hatte er doch das Gefühl, dass diese von den meisten als leblos bezeichneten Autos ihm etwas gaben, was er von keinem Menschen bekam. Wenn die Farben leuchteten, das Chrom glänzte, die Weißwandreifen den Zauber längst vergangener Zeiten erstrahlen ließen, der Duft der neubezogenen Ledersitze das Wageninnere erfüllte, das Wurzelholz des Armaturenbretts eine gemütliche und exklusive Wohnzimmeratmosphäre schuf und schließlich der Motor wie eine Katze sanft schnurrte.

Der Aston Martin war erst fünfunddreißig Jahre alt, hatte aber fast zwanzig Jahre in einer Scheune vor sich hin gedämmert, bis der jetzige Besitzer ihn entdeckte und sich seiner erbarmte und beschloss, ihm sein altes Aussehen zurückzugeben. Es war eine Generalüberholung, die Butcher Spaß gemacht hatte, denn er konnte sich noch gut daran erinnern, wie zu der Zeit, als er seinen Führerschein erwarb, ein Aston Martin des Öfteren in der Nachbarschaft gestanden und er immer wieder hingegangen und hineingesehen hatte. Eigentlich war dies das Schlüsselerlebnis gewesen, dass er ein solches Interesse an Autos entwickelt hatte.

Bei diesem Modell hatte er die Sitze neu bezogen, den Himmel erneuert, die durchgerosteten Teile entweder komplett ersetzt oder mittels einer besonderen Technik verschweißt, die Scheiben ausgetauscht und den Dreilitermotor zum größten Teil ausgewechselt. Und nachdem alles fertig war, hatte er ihn neu lackiert, wobei er den alten Farbton verwendete, ein sattes Dunkelblau, das aussah wie der norddeutsche Himmel kurz nach dem Sonnenuntergang. Das Ganze hatte vier Wochen in Anspruch genommen, und allein für die Ersatzteile waren Kosten von über zwanzigtausend Euro angefallen, doch jetzt blitzte und blinkte dieses ehemalige Geschoss, das sich damals schon und auch heute nur wenige leisten konnten und das typisch britische Understatement widerspiegelte. Er würde noch ein paar letzte Korrekturen vornehmen, aber im Wesentlichen alles so belassen, dass niemand bemerken würde, wie viel Arbeit er in dieses Wunderwerk der Technik investiert hatte.

»Ich würde dich gerne sprechen«, sagte seine Mutter, die noch immer in der Tür stand.

»Um was geht's?«, fragte er, ohne sie anzusehen, während er die Rückfront polierte.

»Würdest du bitte herkommen?! Du weißt genau, dass ich deine Werkstatt nicht gerne betrete«, sagte sie in dem ihr eigenen unmissverständlichen Befehlston.

»Ich hab keine Zeit, Mutter. Der Kunde holt den Wagen in zwei Stunden ab.«

»Aber hättest du wenigstens die Güte, mich anzusehen, wenn ich mit dir spreche?! Das ist ungezogen. Außerdem möchte ich nicht schreien müssen, du weißt, dass ich nichts mehr hasse als laute Worte.«

Butcher stellte sich aufrecht hin, wischte sich die Hände an einem Tuch ab, trat näher und sah seine Mutter an, wobei er sich wieder einmal vorkam wie das Kaninchen vor der Schlange. Da war wieder dieses dumpfe Hämmern in seiner Brust und seinem Kopf, denn er wusste, sie würde gleich zuschlagen, nicht physisch, das hatte sie nicht mehr getan, seit er achtzehn war, sondern verbal, aber auch diese Schläge schmerzten. Er schluckte schwer. Alle Versuche in der Vergangenheit, ihren Schatten abzustreifen, waren fehlgeschlagen. Sobald er ihr gegenüberstand, und alle ernsten Gespräche wurden im Stehen abgehalten, war sein Kopf wie leer, konnte er keinen klaren Gedanken mehr fassen, als würde sie ihn hypnotisieren oder irgendeine Macht heraufbeschwören, die ihn für diese Momente zu einem willenlosen Objekt werden ließ.

»So ist es recht. Ich wollte dir nur sagen, dass ich es nicht gut finde, wie du mit Monika umspringst. So wie du verhält sich kein guter Ehemann und Vater.«

»Wie du meinst«, erwiderte er mit leiser Stimme.

»Sei nicht so patzig, ich bin immer noch deine Mutter! Also, warum tust du Monika das an?«

»Was tu ich ihr denn an?«, fragte er immer noch leise, während sein Herzschlag sich beschleunigte und er das Tuch umklammert hielt. Ihr eisiger Blick traf ihn wie Nadelstiche, ein Blick, dem er sich nicht entziehen konnte und der ihm immer noch Angst machte. Er war kein ängstlicher Mensch, doch sie und mittlerweile auch Monika waren die einzigen beiden Personen, die es schafften, dass er kaum noch atmen konnte, dass sein Mund trocken wurde und er sich vollkommen kraftlos fühlte, wenn sie ihn wie jetzt niedermachten. Sie besaßen die einmalige Gabe, mit Worten und Blicken zu zerstören. Wie Geschosse, die so schnell auf einen zugeflogen kamen, dass man ihnen unmöglich ausweichen konnte. Seit vierunddreißig Jahren kannte er dies, vierunddreißig verdammt lange Jahre. Und ein Ende war nicht in Sicht. Alles, was er tun konnte, war, sich in seiner Werkstatt zu verschanzen oder besser zu verkriechen, oder zu den regelmäßigen Übungen und Einsätzen bei der Freiwilligen Feuerwehr zu gehen oder sich in sein Auto zu setzen und seine Runden zu drehen, ein einsamer und hungriger Wolf auf der Suche nach Beute.

»Du weißt ganz genau, was du ihr antust. Aber es war ja schon immer eine Eigenschaft von dir, die Augen vor der Wahrheit zu verschließen. Wie damals nach dem Abitur. Oder als dein Vater, dieser Versager, sich zu Tode gesoffen hat. Allmählich denke ich, du hast sehr viele Eigenschaften von ihm, aber ich glaube auch, dass es noch nicht zu spät ist, dich zu ändern. Es ist alles eine Frage der Selbstdisziplin. Aber um auf Monika zurückzukommen, du hast sie geheiratet und ihr vor dem Altar versprochen, sie zu lieben und zu ehren, bis dass der Tod

euch scheidet. Und was tust du? Du behandelst sie wie den letzten Dreck.«
»Wer sagt das?«, fragte er.
»Monika und auch ich. Denn ich kenne dich, seit ich dich in meinem Bauch getragen habe. Warum tust du ihr das an? Warum behandelst du sie so schlecht? Was hat sie dir getan?«
»Ich weiß gar nicht, wovon du sprichst. Sie hat mich aus dem Schlafzimmer rausgeschmissen, und ich habe keine Ahnung, warum.«
»Dann überleg gut, es wird dir bestimmt einfallen. Sie hat so bitterlich geweint und mir noch einmal gesagt, wie sehr sie dich liebt. Und was machst du? Du trittst ihre Liebe mit Füßen. Ich möchte jetzt auch nicht auf Details eingehen, die kennt ihr beide am besten. Und außerdem solltest du nicht Monikas Erziehung in Frage stellen, sie weiß sehr wohl, was für Laura und Sophie gut ist.«
»Ja, Mutter.«
»Junge, wir haben dich von Herzen lieb, aber ich mache mir Sorgen, dass du so werden könntest wie dein Vater. Er hat auf ganzer Linie versagt, er hat nie begriffen, was im Leben wichtig ist, obwohl er so viele Talente besaß. Begeh du nicht den gleichen Fehler, sonst wird sich Monika über kurz oder lang von dir zurückziehen. Und die Kinder auch. Das kannst du doch nicht wollen, oder? Schau, ihr seid jetzt fast elf Jahre verheiratet, ihr habt so viele schöne Zeiten erlebt, das kannst du doch nicht einfach so kaputtmachen wollen. Ich meine es doch nur gut, ich bin eben besorgt, und mir würde es das Herz zerreißen, wenn ich eines Tages deine Ehe in Trümmern liegen sähe. Sei nicht so wie dein Vater, sei stark und sei vor allem lieb zu Monika. Sie wünscht es sich so sehr, und ich kann einfach nicht mit ansehen, wie sie leidet. Du bist mein Sohn, und ich weiß, dass du es schaffen kannst.«
Butcher sah sie an, wie sie vor ihm stand, aufrecht, den Blick

unverwandt auf ihn gerichtet, die Arme vor der Brust verschränkt. Er fühlte sich hilflos, schwach und ohne jegliche Energie. Für einen Moment dachte er an heute Abend, wenn er bei Carina Niehus sein würde, um mit ihr zu essen. Doch jetzt war da noch dieser Eisenpanzer um seine Brust, der immer stärker zugezogen wurde und ihm kaum noch Luft zum Atmen ließ, und er hoffte, dass seine Mutter die Werkstatt bald verlassen würde.

»Ja, ich schaff das schon.«

»Dann sprich mit Monika, sie wartet darauf. Aber nicht gleich, gib ihr noch ein paar Tage. Führe sie aus, lade sie zum Essen ein, wo ihr ganz ungestört über eure Ehe reden könnt. Sie hat mich gebeten, mit dir zu sprechen, und ich glaube, das war auch gut so. Sie ist so sensibel und zerbrechlich. Ich fürchte fast, du hast das noch gar nicht begriffen. Ihr beide seid zusammen so stark, ihr könnt die Welt aus den Angeln heben, wenn ihr zusammenhaltet. Aber ihr Männer seid manchmal so gefühllos … Nun, sieh zu, dass du deine Ehe wieder auf Vordermann bekommst, damit ich wieder ruhig schlafen kann.«

»Ich muss weitermachen, mein Kunde kommt bald, und ich …«

»Dein Kunde ist nicht so wichtig wie deine Ehe. Die Familie ist etwas Heiliges, daran solltest du immer denken. Aber ich lass dich jetzt trotzdem allein, schließlich musst du auch Geld für die Familie verdienen. Ich habe dich lieb, mein Sohn, vergiss das nie.«

Sie drehte sich nach diesen letzten Worten um und ging stolz und erhobenen Hauptes wieder zum Haus.

Schöne Liebe, dachte er, während sich der Panzer um seine Brust allmählich zu lösen begann. Damit ich wieder ruhig schlafen kann, dachte er höhnisch. Du kannst doch immer ruhig schlafen, du hast doch sogar ruhig geschlafen, als dein eigener Mann auf dem Sterbebett lag. Ich scheiß auf deine Liebe – Mutter!

Butcher erledigte die letzten Arbeiten an dem Aston Martin und dachte dabei an den Zeitungsartikel, in dem ausführlich über den Mord an Melanie Schöffer berichtet wurde. Ein Mord, so rätselhaft wie der an Miriam Hansen. Der Verfasser äußerte sogar die Vermutung, es könnte einen Zusammenhang zwischen beiden Morden geben, doch es war nichts als eine vage Andeutung. Er wischte noch einmal mit einem Spezialtuch über das Armaturenbrett und mit einem andern über die Ledersitze. Dann prüfte er, ob die Scheiben auch so sauber waren, dass der Eigentümer das Gefühl haben musste, durch sie hindurchgreifen zu können. Zum Abschluss strich er mit der Hand beinahe liebevoll über die Motorhaube, die fast seidig glänzte. Die Rechnung war geschrieben, alle Belege für die Ersatzteile beigefügt, er würde das Geld wie vereinbart in bar erhalten. Zweiundvierzigtausend Euro. Davon achtzehntausend für ihn, denn was seine Kunden nicht wussten, war, dass er alles allein machte, es keinen Mitarbeiter gab, der für die Polster und die Innenausstattung zuständig war. Nein, Butcher hatte nur zu einem Menschen Vertrauen, und das war er selbst.

Um Punkt elf kam der Kunde in einem 500er Mercedes mit Chauffeur auf den Hof gefahren, begutachtete sein Schmuckstück von allen Seiten, nickte immer wieder zufrieden, machte hier und da einige Bemerkungen, stieg ein und schien sich auf Anhieb wohl zu fühlen.

»Soweit ich das beurteilen kann, haben Sie hervorragende Arbeit geleistet«, sagte Dr. Martens, ein etwa sechzigjähriger Bankier aus Hamburg. »Und der Motor hört sich an wie damals bei meinem ersten Martin. Wo haben Sie bloß die Ersatzteile aufgetrieben?«

»Kleines Geheimnis. Aber Sie können mir vertrauen, es sind

alles Originalteile, nicht gebraucht, sondern neu«, entgegnete Butcher nicht ohne Stolz. »Sollten Mängel innerhalb eines Jahres auftreten, die mit der Reparatur zu tun haben, werde ich diese kostenlos beheben. Aber das haben wir ja bereits besprochen.«

»Gut. Dann regeln wir das Finanzielle. Sie haben mir am Freitag gesagt, zweiundvierzigtausend. Dabei bleibt es?«

»Sicher. Wenn Sie ihn jetzt verkaufen würden, würden Sie etwa zweihunderttausend dafür bekommen. Man würde Ihnen das Auto praktisch aus der Hand reißen.«

»Wenn Sie es sagen. Aber ich habe nicht vor, ihn zu verkaufen, er wird ein Bestandteil meiner Sammlung sein. Ich hätte da übrigens noch einen 64er Rolls-Royce Silver Cloud III. Sie kennen das Modell?«

»Dr. Martens, ich bitte Sie. Was fehlt ihm?«, fragte Butcher wie ein Arzt, der eine Ferndiagnose für einen Patienten stellen sollte. Aber für ihn waren die Autos, die in seine Hände gegeben wurden, wie Patienten – die einen hatten nur eine Erkältung, bei anderen mussten gleich mehrere Organe verpflanzt werden.

»Ich habe ihn erst vor zwei Wochen erworben. Er stammt aus dem Nachlass eines ehemaligen Kunden meiner Bank. Da ist wohl auch eine Generalüberholung fällig, allerdings bin ich kein Fachmann, lediglich ein Sammler kostbarer Raritäten. Würden Sie ihn sich ansehen?«

Butcher überlegte und meinte, nachdem er im Kopf seinen Terminplan durchgegangen war: »Sagen wir in zwei Wochen? Ich rufe Sie an, und dann machen wir einen Termin. Oder eilt es sehr?«

»Nein, es reicht, wenn ich ihn zu Weihnachten Isabelle, das ist meine Frau, schenken kann. Sie weiß noch nichts von ihrem Glück, aber sie wird sich freuen, vor allem, weil sie als Beilage noch einen Chauffeur bekommt, wenn Sie ver-

stehen«, antwortete Martens mit einem vielsagenden Lächeln, das Butcher allerdings nicht verstand.
Butcher hatte Isabelle Martens kennen gelernt, als er den Aston Martin vor sieben Wochen inspiziert und einen vorläufigen Kostenvoranschlag erstellt hatte, der nur unwesentlich von den tatsächlichen Kosten abwich. Sie war mindestens dreißig Jahre jünger als ihr Mann, eine klassische, rassige Schönheit, wie sie im Buche stand, doch keineswegs zickig oder affektiert und auch nicht arrogant, zumindest meinte er dies auf den ersten und auch zweiten Blick erkannt zu haben. Allerdings gehörte sie zu jenen geheimnisvollen Frauen, die schwer zu durchschauen waren. Ihm war damals jedoch aufgefallen, dass sie sich stark für seine Arbeit interessiert hatte. Und ein paarmal, während sie kurz allein waren, hatte sie sich so dicht neben ihn gestellt, dass er ihr sündiges und doch unaufdringliches Parfum riechen und ihren warmen Atem in seinem Nacken spüren konnte. Einmal hatte sie ihn sogar berührt und war neben ihm stehen geblieben, als Martens wieder herauskam, der dies, zumindest hatte Butcher es so empfunden, sichtlich amüsiert verfolgt hatte. Butcher hatte sofort gemerkt, dass er ihr gefiel und dass ihr Mann offenbar nichts dagegen hatte. Für Martens schien sie schmückendes Beiwerk zu sein, ihre körperlichen Bedürfnisse konnte er mit Sicherheit nicht mehr stillen, dazu war sie zu jung und auch zu temperamentvoll. Ein reicher alter Sack, hatte Butcher gedacht, einer, der sich alles leisten kann, selbst eine Frau, die leicht seine Tochter hätte sein können und die mit Sicherheit nicht anspruchslos und schon gar nicht wie eine Nonne lebte.
»Zu kaum einem Auto passt ein Chauffeur besser als zu einem Rolls-Royce. Und natürlich auch zu Ihrer Frau«, erwiderte Butcher, während er den exquisiten Koffer aus schwarzem Krokoleder in Empfang nahm. Er wollte ihn bereits öffnen,

um das Geld zu entnehmen, als Martens sagte, während er seine Hand auf den Koffer legte: »Der Koffer gehört dazu. Aber setzen wir uns doch in den Wagen, die Erfahrung hat mich gelehrt, dass es überall Ohren gibt.«
Butcher sah Martens fragend an, der sich auf die Beifahrerseite begab und hineinsetzte und die Tür zumachte, was sich wie ein edles leises Plopp anhörte.
Butcher nahm hinter dem Lenkrad Platz, nicht ohne ebenfalls die Tür zu schließen, den Koffer auf seinen Oberschenkeln.
»Bitte, zählen Sie nach.«
Butcher las die Zahlenkombination von einem kleinen Zettel ab und ließ die Schlösser aufspringen, kniff die Augen zusammen und sagte nach dem Zählen: »Das ist mehr als doppelt so viel wie ausgemacht. Das kann ich nicht annehmen.«
Martens lächelte nur verständnisvoll, auch wenn Butcher den Eindruck hatte, dass ihm die Situation nicht sonderlich angenehm war.
»Und jetzt?«, fragte Butcher überrascht.
»Das ist nicht ganz leicht für mich, aber ich hoffe, ich kann Ihnen meine Beweggründe plausibel erklären.« Er machte eine kurze Pause, bevor er weitersprach: »Würden Sie das Geld annehmen, wenn ich Sie um eine Gegenleistung bitten würde?«, fragte Dr. Martens so leise, dass unmöglich jemand anders es hören konnte, selbst wenn diese Person sich in der Werkstatt befunden hätte. Doch sie saßen in dem Aston Martin, die Türen und Fenster waren geschlossen und auch sonst gab es niemanden in der Werkstatt außer Butcher und Dr. Martens.
»Ich muss erst hören, um was es geht. Bei illegalen Geschäften muss ich leider passen.«
Martens lächelte erneut und schüttelte den Kopf. »Nein, es handelt sich nicht um illegale Geschäfte. Ich will auch nicht lange um den heißen Brei herumreden. Es geht um Isabelle.

Sie haben sie kennen gelernt und wahrscheinlich auch bemerkt, dass sie sehr jung, sehr schön und ausgesprochen attraktiv ist. Ich meine, wem fällt das nicht auf? Um ganz offen zu sein, sie ist sehr anspruchsvoll, sehr gebildet, aber ich kann längst nicht mehr alle ihre Ansprüche erfüllen, dazu bin ich einfach zu alt …«

»Aber …«

»Lassen Sie mich kurz meine Ausführungen zu Ende bringen. Wir haben uns nach Ihrem Besuch bei uns unterhalten, und da hat sie mir sehr liebevoll und doch deutlich zu verstehen gegeben, dass sie sich vorstellen könnte, einmal ein paar Tage mit Ihnen zu verbringen. In dem Koffer befinden sich genau hunderttausend Euro, steuerfrei, versteht sich.«

Butcher meinte nicht richtig zu hören. Er sah auf den Koffer mit dem vielen Geld und dann zu Martens. »Ich bin verheiratet und habe zwei Töchter. Ihr Angebot ehrt mich, aber ich muss das überdenken. Wie soll ich meiner Familie erklären, dass ich …«

»Ich habe einen Freund in der Schweiz, der ebenfalls ein Liebhaber von Oldtimern ist. In der Nähe seines Anwesens befindet sich ein Chalet, das mir gehört. Sie können sich gerne dorthin zurückziehen. Sie würden mir, vor allem aber Isabelle einen großen Gefallen erweisen. Sie liebt gepflegte Gesellschaft, und Sie haben sie schwer beeindruckt, denn unter einem Automechaniker hatte sie sich bis dato etwas völlig anderes vorgestellt. Sie haben sich, falls Sie sich erinnern, über Rilke und Fontane unterhalten. Isabelle liebt Fontane und überhaupt alle schönen Künste.«

Als hätte Butcher die letzten Worte nicht mehr wahrgenommen, fragte er: »Warum gerade ich?«

»Isabelle hat eben einen besonderen Geschmack. Außerdem sind Sie verheiratet, glücklich, davon gehe ich aus, und Sie haben Kinder. Und somit stellen Sie keine Gefahr für mich dar.

Oder vielleicht sollte ich besser sagen, keine Konkurrenz. Ich würde Ihnen dieses Angebot nicht unterbreiten, wenn Sie ledig wären, glauben Sie mir. Ich hätte viel zu viel Angst, Isabelle an Sie zu verlieren. Ich weiß, ich weiß, es mag sich unmoralisch anhören, aber diese ganze Welt ist ein verlogener, unmoralischer Sumpf. Als Bankier, der tagtäglich mit dieser Verlogenheit zu tun hat, kann ich ein Lied davon singen. Überlegen Sie es sich. Sollten Sie wider Erwarten ablehnen, dann behalten Sie das Geld einfach als Anzahlung für den Rolls-Royce. Wann kann ich mit Ihrer Antwort rechnen? Ich akzeptiere selbstverständlich jede Entscheidung.«

»Moment. Sie fragen mich, ob ich mit Ihrer Frau für ein paar Tage in ein Chalet in der Schweiz gehe und dort mit ihr …«

»Sie wird Ihnen ihre Wünsche mitteilen. Glauben Sie mir, sie wird nichts Unmögliches verlangen, dazu kenne ich sie zu gut. Es ist im Übrigen das erste Mal, dass ich so etwas mache, darauf gebe ich Ihnen mein Wort. Rufen Sie mich an. Sollten Sie sich für meinen Vorschlag entscheiden, so garantiere ich Ihnen, dass Ihre Familie nichts davon erfahren wird, dafür lege ich meine Hand ins Feuer. Im Gegenteil, Sie werden von mir einen schriftlichen Auftrag erhalten, sich eine Woche lang mehrere Oldtimer vor Ort anzuschauen. Diesen Auftrag können Sie dann Ihrer Familie zeigen. Und noch was: Das Glück meiner Frau liegt mir mehr als alles andere am Herzen. Ich möchte sie nicht verlieren und bin deshalb bemüht, ihr jeden Wunsch zu erfüllen, auch wenn er noch so ausgefallen ist. Wissen Sie, ich bin einundsechzig, und wer weiß, wie viel Zeit mir noch auf dieser Erde beschert ist, aber diese Zeit möchte ich genießen. Isabelle ist eine phantastische Frau, sehr gebildet, sehr einfühlsam, und trotzdem merke ich, dass sie oft einsam ist, was vielleicht daran liegt, dass unsere Ehe kinderlos geblieben ist, wenn Sie verstehen. Aber vielleicht können Sie uns da weiterhelfen.«

»Stopp! Sie wollen, dass Ihre Frau schwanger wird? Von mir?«
Martens lächelte nur, ohne Butchers Frage zu beantworten, und sagte: »Vertreiben Sie ihr einfach für eine Woche diese Einsamkeit, damit sie wieder etwas fröhlicher ist, denn ich weiß, dass sie auch mir nicht wehtun möchte und noch nie eine Affäre hatte, zumindest weiß ich nichts davon. Meine Telefonnummer haben Sie ja.«
»Sie könnte unzählige Männer haben …«
»Mag sein, aber sie will diese unzähligen Männer nicht. Und glauben Sie mir, es ist ihr schwer gefallen, mir gegenüber diesen Wunsch zu äußern. Sie hat es erst getan, nachdem ich sie explizit darauf angesprochen habe. Aber damit will ich Sie nicht weiter belasten.«
Martens öffnete die Tür und kam auf die Fahrerseite. Auch Butcher stieg aus dem Wagen.
»Danke für die gute Arbeit«, sagte Martens und reichte Butcher die Hand. »Wir hören voneinander. Ich hoffe, Sie nehmen mir diesen – Überfall – nicht übel. Falls doch, bitte ich Sie in aller Form, dies zu entschuldigen.«
»Warten Sie noch. Ich habe Ihre Frau nur einmal kurz gesehen …«
»Reicht das nicht? Wie gesagt, sie hat einen exquisiten Geschmack. Ich muss mich leider verabschieden, ich habe am Nachmittag noch einen wichtigen Geschäftstermin. Nochmals vielen Dank und auf Wiedersehen.«
Butcher öffnete das Hallentor, Martens fuhr hinaus, sein Chauffeur hatte bereits gewendet und folgte ihm in angemessenem Abstand. Nachdem er das Tor wieder geschlossen hatte, nahm er den Koffer und stellte ihn in das kleine Büro neben den Schreibtisch. Er ließ sich auf den Stuhl fallen, legte die Beine auf den Tisch und dachte nach. Er war verwirrt über das Angebot, das sicher verlockend war, aber Butcher gehörte

nicht zu den Männern, die einfach mit einer wildfremden Frau ins Bett stiegen, schon gar nicht auf Kommando. Er überlegte, was er tun sollte, und kam zu keinem Schluss. Dieser verdammte Geldsack!, dachte er. Hat Kohle ohne Ende, sucht sich eine junge Frau zum Angeben und kauft ihr auch noch die Liebhaber. Achtundfünfzigtausend Euro für eine Woche Schweiz. Für eine Woche mit sicher einer der schönsten Frauen, die er je gesehen hatte. Ein verlockendes Angebot, das zu überdenken sich allemal lohnte. Sein linkes Augenlid zuckte wie jedes Mal, wenn er nervös war, denn er wusste nicht, ob er auf das Angebot eingehen sollte. Es würde viele seiner Pläne zunichte machen, Pläne, die wichtiger waren als die perversen Wünsche eines stinkreichen Bonzen, der sich alles, aber auch wirklich alles leisten konnte. Selbst einen Liebhaber für seine Frau und einen Vater für ein Kind, das er als seines ausgeben würde. Du kannst mich mal, dachte Butcher und verengte die Augen zu Schlitzen. Er presste die Lippen zusammen und ließ das Gespräch ein weiteres Mal vor seinem geistigen Auge vorüberziehen. Nein, das kannst du dir abschminken, aber das Geld werde ich trotzdem behalten.
Er räumte die Werkstatt auf, machte sauber, kehrte den Boden und entfernte ein paar Ölflecken mit einem Spezialreiniger. Er hasste Unordnung, und wenn morgen der Horch kam, musste alles an seinem Platz sein. Den Geldkoffer verstaute er hinter dem riesigen Werkzeugschrank, wo weder seine Frau noch seine Mutter jemals rumschnüffeln würden. Um zwölf Uhr fünfzig ging er ins Haus, um zu Mittag zu essen. Er wusch sich ausgiebig die Hände und das Gesicht, duschen würde er gegen Abend, bevor er das Haus verließ, um zu Carina Niehus zu fahren. Ein Besuch, auf den er sich freute. Um Punkt dreizehn Uhr saß er am Mittagstisch, das Essen wurde einmal mehr wortlos eingenommen. Die Stille war unerträglich laut.

MONTAG, 13.55 UHR

Santos und Henning betraten zum zweiten Mal an diesem Tag das Haus der Gödens. Santos machte es kurz, sie wollte es so schnell wie möglich hinter sich bringen. »Wir müssen Ihnen leider mitteilen, dass Ihr Sohn einem Gewaltverbrechen zum Opfer gefallen ist.«

Herr Göden nickte, als hätte er mit einer solchen Nachricht bereits gerechnet, seine Frau sah die Beamten entsetzt an.

»Wo?«

»Wir haben ihn bei Lindhöft in der Nähe des Strandes gefunden. Wir wissen mittlerweile, dass er sich gestern Abend mit einer uns noch unbekannten Person in einem Lokal in Gettorf getroffen hat. Allerdings ist dieser Unbekannte lange vor Ihrem Sohn gegangen …«

»Wieso Lindhöft?«, fragte Göden. »Markus hat kein Auto, das habe ich Ihnen doch schon gesagt. Wie ist er von Gettorf nach Lindhöft gekommen? Zu Fuß sind das mindestens anderthalb Stunden. Ich versteh das nicht.«

»Wir auch nicht. Dürften wir bitte einen Blick in sein Zimmer werfen?«

»Natürlich, ich zeige es Ihnen.«

Sie begaben sich in den ersten Stock und betraten ein unaufgeräumtes, schmuddeliges Zimmer, in dem Kleidungsstücke kreuz und quer über den Boden, das Bett und den Sessel verteilt waren. Eine Kiste Bier stand in der Ecke neben dem Bett, das Fenster und die Balkontür waren geschlossen, die Luft war zum Schneiden dick, es schien lange nicht gelüftet worden zu sein.

»Das ist oder war sein Leben«, sagte Göden bitter. »Schauen Sie, ob Sie irgendwas finden, was Ihnen bei der Suche nach dem Mörder weiterhilft, ich glaube aber eher,

dass Ihre Suche zumindest in diesem Saustall erfolglos sein wird.«
»Er hat wohl nicht viel von Ordnung gehalten«, sagte Santos.
»Bis vor einem oder zwei Jahren hat meine Frau noch regelmäßig hier aufgeräumt. Bis ich ihr gesagt habe, sie soll das sein lassen, Markus wisse das doch überhaupt nicht zu schätzen. Es gab nichts mehr, was uns verbunden hat, aber auch wirklich gar nichts. Ich hätte so nicht hausen können.«
Santos warf Henning nur einen kurzen Blick zu und meinte: »Ich glaube, wir lassen das besser, hier finden wir nichts. Sagen Sie, Ihr Sohn war ziemlich groß und kräftig, und wir haben an seinen Händen Abschürfungen älteren Datums festgestellt. Ist er schon einmal mit dem Gesetz in Konflikt gekommen?«, fragte sie.
»Einmal?« Göden lachte bitter auf. »Er hat sich schon einige heftige Schlägereien geliefert, Sie brauchen nur die Leute im Ort zu befragen. Er war alles andere als beliebt, genau wie seine werten Freunde, weil die Herrschaften gerne mal randaliert haben, wenn sie wieder mal voll wie die Haubitzen waren. Vor zwei Jahren wurde er sogar zusammen mit drei seiner Kumpels wegen Einbruchs angezeigt und zu einer Bewährungsstrafe verurteilt. Aber das können Sie alles selber in Ihrem Polizeicomputer nachlesen. Er war krank und gewalttätig.« Er zuckte mit den Schultern. »Auch Frauen gegenüber.«
»Ihr Sohn wird in die Rechtsmedizin nach Kiel gebracht. Wir geben Ihnen Bescheid, sobald er zur Bestattung freigegeben wird. Tut uns leid, dass wir Ihnen keine bessere Nachricht überbringen konnten.«
Santos gab Henning das Zeichen zum Aufbruch. »Wiedersehen, und wie gesagt, Sie hören von uns.«
»Eine Frage noch. Können wir ihn sehen? Wenigstens ein letztes Mal?«

»Das wird sich einrichten lassen, allerdings frühestens in zwei oder drei Tagen.«
»Wie ist er überhaupt gestorben?«
»Jemand hat ihm die Kehle durchgeschnitten.«
Göden schaute zu Boden und sagte: »Seltsam, ich hätte nie gedacht, dass es jemanden geben könnte, der stärker ist als Markus. So kann man sich täuschen. Wiedersehen.«
Göden begleitete die Beamten zur Haustür und machte sie gleich hinter ihnen wieder zu.
»Na, was hab ich dir gesagt? Der war ziemlich gefasst«, sagte Santos auf dem Weg zum Auto.
»Noch. Aber irgendwann in den nächsten Tagen kommt auch bei ihm und seiner Frau das große Heulen. Sie werden Fotos rauskramen und sich Vorwürfe machen und sich fragen, was sie falsch gemacht haben. Ich glaube, jeder, der Kinder hat, stellt sich irgendwann die Frage, was er falsch gemacht hat. Doch ich sag mir, jeder entscheidet selbst, was er aus seinem Leben macht. Aber das ist jetzt nicht so wichtig, denn mir stellt sich einmal mehr die Frage: Warum sind sich Göden und unser Phantom ausgerechnet in einer Nacht über den Weg gelaufen, wo Göden ausnahmsweise mal nicht mit seinen Freunden auf Achse war? Zufall?« Henning schüttelte den Kopf, um gleich darauf das Thema zu wechseln. »In der Kantine werden wir jetzt nichts mehr kriegen. Ich hab aber einen Bärenhunger.«
Sie machten an einem Imbiss Halt, bestellten sich jeder eine Bratwurst und eine Cola und aßen im Stehen. Henning holte die noch fast volle Schachtel Zigaretten aus der Jackentasche und zündete sich eine an. Nach drei Zügen drückte er sie aus.
»Das Scheißzeug schmeckt einfach nicht.«
»Weise Erkenntnis«, entgegnete Lisa Santos lächelnd.
»Du brauchst gar nicht so zu gucken. Jedenfalls spar ich jetzt 'ne Menge Geld.«
»Wie wahr, wie wahr. Und jetzt ab aufs Präsidium.«

MONTAG, 15.30 UHR

Harms blickte auf, als Henning und Santos sein Büro betraten. »Das Gedicht ist von Storm, es heißt ›Über die Heide‹. Er hat es nur ein wenig abgeändert, wie er schon angemerkt hatte. Der Junge hat jedenfalls Sinn für Lyrik.«

»Ich sag doch, der hat was in der Birne. Was gibt's sonst?«, fragte Henning.

»Bericht der Spurensicherung vom Tatort von Melanie Schöffer. So aussagekräftig wie ein leeres Blatt Papier. Keine Reifenspuren, keine Fußspuren, nichts. Und sollte es etwas gegeben haben, dann hat's der Regen mitgenommen. Das von der Rechtsmedizin hab ich ja vorhin schon durchgegeben.«

»Presse, Medien?«, wollte Henning wissen.

»Die laufen logischerweise heiß, ziehen aber noch keine Verbindung zwischen den jeweiligen Morden. Sie fragen sich lediglich, wieso innerhalb von zwei Tagen zwei Morde in unserm beschaulichen Schleswig-Holstein geschehen sind. Und jetzt auch noch der an Göden.«

»Lass sie weiter rätseln. Nur bitte, halt mir die Meute vom Hals.«

»Das brauchst du mir nicht zu sagen.« Er machte eine bedeutungsvolle Pause, sah erst Henning, dann Santos an, fuhr sich mit der Zunge über die Lippen und meinte: »Ich hätte da noch eine Kleinigkeit für euch. Die Mitschülerinnen und Lehrerinnen von Melanie wurden noch mal befragt. Dabei stellte sich heraus, dass ein paar von ihnen einen Mann beobachtet haben wollen, der bei offenem Fenster in seinem Auto gesessen hat. Vier der jungen Damen behaupten, er habe eine Uniform angehabt. Wie hört sich das an?«

»Was für eine Uniform?«

»Da gehen die Meinungen auseinander. Vom Soldaten über den Feuerwehrmann bis zum Polizisten ist alles vertreten.

Und das Auto können sie auch nicht beschreiben, von hell bis dunkel ist alles dabei. Aber du kennst das ja mit den Zeugen und dem Wahrnehmungsvermögen.«

Henning lachte auf. »Na toll, da hat also jemand in einer Uniform in einem Auto gesessen! Wir haben hier oben eine Menge Soldaten von der Bundeswehr und der Marine, und wir haben eine Menge Polizisten. Das hilft uns wirklich enorm. Noch was?«

»Jan wartet schon auf euch.«

»Was will er?«, fragte Henning.

»Das soll er euch besser selber erklären. Er hat ganz interessante Ansätze, wie ich finde.«

Friedrichsens Büro befand sich am andern Ende des Flurs, Henning klopfte an und drückte die Klinke herunter, ohne ein »Herein« abzuwarten. An der Wand hingen chronologisch geordnet die Fotos aller Opfer, die mit dem Serienkiller in Verbindung gebracht wurden, auf dem Tisch und dem Boden lagen ausgebreitet die Akten der jeweiligen Fälle.

»Nur herein in meine gute Stube, sofern ihr noch Platz findet«, bat Friedrichsen sie in sein Büro.

»Was hast du denn vor?«, fragte Henning sichtlich verwirrt, als er die Tür hinter sich schloss.

»Ich mach es ein wenig anders als du, womit ich natürlich nicht deine Arbeit in Frage stellen will. Mir ist nur eins aufgefallen. Die ersten Morde geschahen nicht direkt in Norddeutschland, sondern eher zur Mitte oder Richtung Südwesten hin. Erst ab 1995 liegt der Schwerpunkt definitiv im Norden. Meine Theorie ist, unser Täter könnte vor 95 zwischen Hannover und, sagen wir, Frankfurt gelebt haben und ist dann hierher gezogen. Das würde auch das Verschwinden von Chiara Antonelli erklären. Und wir haben uns doch gefragt, wem sie in die Hände gefallen sein könnte. Ich hab vielleicht eine Erklärung. Angenommen, sie hatte ab, sagen wir, Mann-

heim einen Mitreisenden, der mit ihr in Frankfurt ausgestiegen ist.«
»Aber woher sollte dieser Mitreisende wissen, dass Chiaras Bruder sich verspäten würde? Und wenn es ein Mitreisender war, wo stand sein Auto? Oder hat er sich im Zug ein Opfer ausgespäht und konnte hellsehen, dass dieser Bruder sich verspäten würde?«
»Der berühmte Zufall. Er beobachtet sie eine Weile, wie sie nach ihrem Bruder Ausschau hält, spricht sie schließlich an und bietet ihr an, sie zu ihm zu bringen. Sie geht auf das Angebot ein, womit sie ihr Todesurteil unterschreibt.«
»Und wieso hat er ihre Leiche bis nach Braunlage transportiert?«, warf Henning zweifelnd ein. »Er hätte sie doch genauso gut irgendwo um Frankfurt herum ablegen können, wenn er schon in Frankfurt gewohnt hat.«
»Sicher. Aber wie wir ja wissen, muss er sehr häufig unterwegs sein. Ich will mich jetzt nicht zu weit aus dem Fenster lehnen, aber nehmen wir doch mal an, er ist beruflich viel auf Achse, vielleicht sogar ein Fernfahrer …«
»Passt nicht. Ein Fernfahrer fährt in der Regel nicht mit dem Zug. Und Chiara wurde an einer Stelle gefunden, wo du mit einem Truck nicht hinkommst, das würde auffallen. Ein Vertreter«, Henning hob die Hände, »möglich, aber mein Bauch flüstert mir was anderes zu. Ich glaube weder an einen Trucker noch an einen Vertreter. Die haben doch in der Regel einen Firmenwagen, und in einem Firmenwagen transportiert man keine Leichen, schon gar nicht über mehrere hundert Kilometer hinweg. Stell dir nur vor, da kommen Blutflecken auf die Polster oder die Kofferraumabdeckung, und irgendein anderer sieht das. Viel zu riskant.«
»Aber welcher Beruf kommt noch in Frage? Mir fällt keiner ein.«
»Muss er einen haben? Was, wenn er geerbt hat und es sich

leisten kann, einfach so durch die Gegend zu kutschieren? Von hier nach da, ganz wie es ihm gefällt.«

»Hältst du meine Theorie, er könnte von Süd nach Nord gezogen sein, für so abwegig?«

»Nein, das hab ich ja auch nicht behauptet. Ich find's sogar gut, nur, wie wollen wir rausfinden, wer irgendwann zwischen 93 und 95 von irgendwoher südlich von Hannover nach zum Beispiel Schleswig-Holstein gezogen ist? Das ist schlicht und ergreifend unmöglich. Und selbst wenn wir diesen immensen Aufwand betreiben, wer sagt uns denn, dass unser Mann nicht doch die ganze Zeit hier gelebt hat und nur ab und zu einen Abstecher in den Süden gemacht hat? Was uns allerdings helfen könnte, wäre, wenn wir ein Bewegungsprofil von ihm hätten.« Henning stieg vorsichtig über die auf dem Boden liegenden Akten und stellte sich vor die Deutschlandkarte. »Ich hab noch keins gemacht, aber vielleicht ist es möglich. Nehmen wir einfach den ersten von mir aufgeführten Mord, der ja nicht unbedingt der erste gewesen sein muss. Es kann ja auch sein, dass er schon viel früher damit angefangen hat. Aber ich will nicht abschweifen, beginnen wir 1990 im Juni. Paula Hermann aus Friedland, dreiundvierzig Jahre alt, verheiratet, Kellnerin. Ihr Mann soll sie um ein Uhr nachts von der Gaststätte, in der sie tätig war, abholen. Unglücklicherweise hat er eine Panne und keine Möglichkeit, seine Frau zu erreichen. Damals gab's ja noch keine Handys. Sie wartet vielleicht eine halbe Stunde, zumindest wurde sie gegen halb zwei noch gesehen, danach verliert sich ihre Spur. Bis man ihre Leiche eine Woche später in einem Getreidefeld bei Göttingen findet. Vergewaltigt und erwürgt.« Henning wandte sich an Friedrichsen und bat ihn um einen edding-Stift. »Ich ziehe jetzt die Linie von Friedland nach Göttingen. Fall Nummer zwei, wieder 1990. Friederike Schwan aus Bad Lippspringe. Ist auf dem Weg zu einer Freundin, bei der sie nie ankommt. Ihre Leiche wird drei Wochen darauf bei Paderborn entdeckt ...«

Nach einer Dreiviertelstunde war die Karte mit lauter Linien überzogen, von denen sich der überwiegende Teil in Norddeutschland befand.

»Bis jetzt haben wir nur die Linien zwischen den Orten, an denen die Opfer zuletzt lebend gesehen wurden, und den Fundorten gezogen. Wie gehen wir aber weiter vor? Wir könnten nun sämtliche Orte miteinander verbinden, was jedoch nicht sinnvoll wäre, wir würden nur den Überblick verlieren.« Henning fasste sich ans Kinn und fuhr fort: »Es sei denn, wir verwenden unterschiedliche Farben. Ach weißt du was, Jan, das überlass ich dir. Ich fürchte aber, es wird vergebene Liebesmüh sein, denn anhand eines von uns erstellten Bewegungsprofils werden wir ihn nicht kriegen, da es sich um ein rein hypothetisches Profil handelt. Uns fehlen schlicht und ergreifend die Fakten. Der südlichste Mord wurde bei Homburg/Saar begangen, der nördlichste bei Gelting. Dazwischen liegen bummelig achthundert Kilometer. Homburg im März 94, Gelting im September 94, dann aber Kassel im Dezember 94. Und damit sind wir so schlau als wie zuvor. Ich bin sicher, er wohnt hier und arbeitet hier. Der nette Nachbar von nebenan. Aber ein Einzelgänger, dem man das jedoch nicht anmerkt. Und einer, dessen Leben vollkommen aus dem Ruder gelaufen ist, der das aber nach außen hin nicht zeigt. Jan, vergiss das mit dem Bewegungsprofil, konzentrier dich lieber auf das Täterprofil.«

Friedrichsen nickte und sagte: »Ich hab schon längst damit angefangen. Es gibt einige Auffälligkeiten bei seinem Vorgehen, die du auch schon angesprochen hast. Zum Beispiel, dass er nur die weiblichen Opfer missbraucht und nur ihnen die Augen aussticht. Das könnte bedeuten, dass er sich Frauen gegenüber minderwertig fühlt oder dass er unter dem Pantoffel von einer steht. In Frage käme da in allererster Linie die berühmte Mutter, es könnte sich aber auch um die Ehefrau oder eine Freundin oder Lebensgefährtin handeln. Auf jeden Fall spielen Frauen in seinem Leben eine ganz wesentliche Rolle, und zwar im negativen Sinn. Er fühlt sich ihnen unterlegen und ist nicht in der Lage, seinem Unmut Luft zu verschaffen. So weit bin ich inzwischen. Gib mir noch ein paar Tage, dann hab ich garantiert mehr, das ich dann dem Team präsentieren kann.«

»Stopp«, sagte Henning, »das mit den Minderwertigkeitsgefühlen Frauen gegenüber hab ich auch schon durchgedacht. Aber wo ist die Verbindung zu den Kindern und den Männern? Jemand, der seine Mutter oder seine Frau hasst ...«

»Es muss nicht zwangsläufig um Hassgefühle gehen, sondern eher um eine abgöttische Liebe, die aber irgendwann in Hass umgeschlagen ist, ohne dass derjenige die Liebe aufgegeben hat. Eine sogenannte Hassliebe.«

»Alles schön und gut, trotzdem, was ist mit den Kindern und den männlichen Opfern? Das krieg ich nicht zusammen.«

»Ich auch nicht, um ganz ehrlich zu sein. Was war es denn bei diesem Tschikatilo? Ich hatte noch keine Zeit, mich mit seiner Vita zu beschäftigen, aber hat man rausgefunden, was sein Problem war?«

»Er war ein Ausgegrenzter, einer, der Frauen gegenüber sehr schüchtern war und der irgendwann merkte, dass es ihn erregte, wenn er Menschen Schmerzen zufügen und sie töten konnte. Er war sehr gebildet, hatte Sprachen und Literaturwissenschaften studiert und auch als Lehrer gearbeitet, bis er wegen sexueller Übergriffe an Schülerinnen vom Schuldienst suspendiert wurde. Er war verheiratet, hatte zwei Kinder und führte ein unauffällig normales Leben, was übrigens die meisten Serienkiller gemein haben. Und es war reiner Zufall, dass er der Polizei ins Netz ging. Was ihn von unserm Mann unterscheidet, ist, dass er keine Männer tötete, wohl aus Angst, ihnen unterlegen zu sein. Irgendwo auch kein Wunder, war doch Tschikatilo physisch nicht gerade der Stärkste. Es existiert genug Literatur über ihn. Besorg sie dir, und du wirst feststellen, dass es Parallelen zu unserm Fall gibt, mit dem Unterschied, dass unser Täter auch vor Männern nicht Halt macht, nicht mal vor einem Typ, der fast zwei Meter groß ist und so ziemlich jeden in Grund und Boden hätte rammen können. Das heißt, es gibt eigentlich niemanden, der vor ihm sicher ist.«

»Und er wird wieder zuschlagen«, bemerkte Santos. »Vielleicht schon heute, irgendwann und irgendwo. Aber wir können nicht überall gleichzeitig sein.«

»Wir müssten die Straßenkontrollen verschärfen«, sagte Henning.

»Und woher willst du all die Beamten nehmen? Und vor allem, was ist, wenn wir uns auf den Raum Schleswig-Flensburg oder Eckernförde-Kiel konzentrieren, und er hält sich gerade mal wieder hundert oder zweihundert Kilometer entfernt auf? Wir haben das Personal nicht für eine solche Aktion.«

»Stimmt auch wieder. Ich gehe übrigens davon aus, dass wir morgen wieder Post von ihm bekommen. Vielleicht sogar noch ein Gedicht.«

»Du meinst, er legt es jetzt wirklich drauf an?«, fragte Friedrichsen zweifelnd.

»Jan, du als Psychologe müsstest das doch am ehesten merken. Zwei Morde an fast der gleichen Stelle, dazu sein Brief. Was immer er auch will, eins ist sicher – er will unter anderem unsere Aufmerksamkeit. Wenn's weiter nichts gibt, ich habe ein dringendes Telefonat zu führen, außerdem muss ich noch kurz mit Lisa unter vier Augen sprechen.«

Auf dem Flur sagte Henning zu Santos: »Du kannst jetzt nach Hause fahren oder zu deiner Schwester. Wir sehen uns morgen ...«

»Aber …«
»Kein aber. Du hast dir das ganze Wochenende um die Ohren geschlagen und solltest dich ein bisschen ausruhen. Außerdem braucht dich deine Schwester. Ich hab was Dringendes zu erledigen.«
»Verrätst du mir, was?«
»Wie lange kann ich dich heute erreichen?«
Santos neigte den Kopf ein wenig und sah Henning mit schelmischem Blick an. »Warum?«
»Nicht hier. Und du brauchst gar nicht so zu gucken.«
»Sagen wir nach acht, dann bin ich aus Schleswig zurück. Aber bitte nicht später als zehn, ich brauch wirklich ein bisschen mehr Schlaf als in den letzten Tagen.«
»Sagen wir, um halb neun.«
»Du machst es ganz schön spannend. Was ist los?«
»Nachher. Und jetzt hau endlich ab, bevor ich's mir anders überleg.«
Lisa Santos nahm ihre Jacke, warf noch einen Blick auf ihren Schreibtisch und ging zum Parkplatz. Henning sah ihr lange und nachdenklich aus dem Fenster nach. Nachdem sie weggefahren war, griff er zum Telefonhörer und rief Staatsanwalt Kieper an. Von dessen Sekretärin erfuhr er, dass er bei Gericht war und direkt nach der Verhandlung nach Hause fahren wollte und auch morgen die meiste Zeit bei Gericht verbringen würde. Sie könne ihm jedoch eine Nachricht auf den Schreibtisch legen, dass er zurückrufen solle. Das sei nicht nötig, sagte Henning, er würde es in den nächsten Tagen eben noch mal probieren oder bei ihm zu Hause. Dann legte er auf. Okay, dachte er, dann eben morgen oder übermorgen. Irgendwann wirst du schon mal ein paar Minuten erübrigen können.
Er sah auf die Uhr. Ein Kollege kam herein und brachte den vorläufigen Bericht der Rechtsmedizin zum Tod von Markus Göden. Todesursache ein tiefer Schnitt in den Hals, bei dem

unter anderem die Halsschlagader durchtrennt worden war. Und er war vorher mehrfach mit einem Elektroschocker kampfunfähig gemacht worden. Bei dem Kabelbinder handelte es sich um ein Produkt, das in jedem Baumarkt erworben werden konnte. Es gab Fingerabdrücke des Täters am Schuh des Opfers, die identisch waren mit jenen, die man auch bei Melanie Schöffer und Miriam Hansen sichergestellt hatte.
Henning lehnte sich zurück, die Hände im Nacken verschränkt. Er spürte erst jetzt, wie müde und erschöpft er war. Die vergangenen Tage waren anstrengend gewesen, vor allem die Gespräche mit den Hinterbliebenen, die viele Rumfahrerei, der wenige Schlaf, aber auch die unzähligen Gedanken, die in seinem Kopf umherschwirrten und ihn nicht zur Ruhe kommen ließen. Und da war noch etwas, das er nicht einzuordnen vermochte, etwas, das ihm ein wenig Kopfzerbrechen bereitete, aber über das er nicht nachdenken wollte, auch wenn es ständig wie ein Geist in ihm rumspukte. Nein, nicht darüber nachdenken. Noch nicht. Vielleicht, wenn der Fall abgeschlossen ist, vielleicht aber auch nie.
Harms kam herein und sagte, es sei fast sechs und er fahre nach Hause und Henning solle es ihm gleichtun.
»Fahr nur, ich bleib noch einen Moment hier, ich will noch eine Akte lesen und mir ein paar Notizen machen. Schönen Gruß daheim.«
Harms setzte seine Kappe auf, ohne die er nie auf die Straße trat, machte kehrt und die Tür hinter sich zu. Henning stellte sich wieder ans Fenster, die Hände in den Hosentaschen vergraben. Der Himmel hatte aufgeklart, die Sonne hatte es endlich geschafft, die Wolken zu vertreiben. Die nächsten Tage würden aller Voraussicht nach schön werden, aber nirgends war der Wetterbericht unzuverlässiger als in diesem Teil Deutschlands. Das Wetter konnte von einer Minute zur nächsten umschlagen, unerwartet und von keinem Computer

vorausberechnet. Doch die Menschen hier waren auf alles vorbereitet, sie hatten sich mit den Launen der Natur abgefunden. Das schöne Wetter nutzte man, das schlechte war nicht schlecht, es war eben da.
Henning war hier geboren, zur Schule gegangen und hatte seine Ausbildung in Kiel gemacht. Er war zweimal im Ausland gewesen, einmal beruflich in Belgien und einmal mit seiner Familie, als sie noch seine Familie war, zum Campingurlaub in Dänemark. Das lag aber schon Jahre zurück, und es würde aller Voraussicht nach auch noch viele Jahre dauern, bis er sich wieder einen Urlaub würde leisten können.
Noch während er in seine Gedanken versunken war, summte sein Handy. Er erkannte die Nummer auf dem Display und verzog den Mund.
»Ja?«
»Deine Unterhaltszahlung ist drei Tage zu spät eingegangen. Ich will, dass das in Zukunft pünktlich erfolgt, ansonsten …«
»Ansonsten was?«, brauste er auf. »Ich habe einen Dauerauftrag eingerichtet, das weißt du genau, und wenn du dich beschweren willst, dann tu das gefälligst bei meiner Bank, ich hab Besseres zu tun …«
»Elisabeth braucht eine Zahnspange. Ich habe mit der Kieferorthopädin gesprochen, und sie hat mir einen Kostenvoranschlag geschickt, eine Kopie ist auf dem Weg. Wir müssen fünfhundert Euro dazubezahlen. Ich hab das Geld nicht.«
»Ich auch nicht. Geh arbeiten und verdien's selber. Ich komm kaum über die Runden, und das weißt du auch.«
»Ich habe zwei Kinder großzuziehen …«
»Das ist dein Problem, ich tu, was in meiner Macht steht, aber ich habe keine fünfhundert Euro für eine Zahnspange. Frag doch deinen werten Herrn Vater, ob er nicht mal einspringen kann, Geld genug hat er ja, der alte Geizkragen.«
»Du bist aber der Vater …«

»Und? Soll ich vielleicht wegen einer verdammten Zahnspange mit meiner Miete in Rückstand geraten? Wenn du mich komplett ruinieren willst, bitte, renn zu deiner Anwältin und frag sie, wie du das am besten bewerkstelligen kannst. Außerdem finde ich, dass Elisabeth wunderschöne Zähne hat.«

»Gut, du wolltest es nicht anders. Werden wir doch mal sehen, wer am längeren Hebel sitzt.«

»Claudia, ich sag's nur ungern, aber du entwickelst dich immer mehr zu einem Miststück. Ich frag mich, wie ich so blöd sein konnte, dich jemals zu heiraten. Wie hältst du es eigentlich so lange ohne Lover aus? Da ist doch bestimmt jemand, der dich noch zusätzlich unterstützt und von dem du dich …«

»Du wirst vulgär, mein Lieber. Aber das ist mal wieder typisch für dich. Nur weil du dein Leben nicht in den Griff bekommst …«

»Und tschüs.«

Er drückte auf Aus und warf sein Handy wütend auf den Tisch. Blöde Kuh, dachte er, holte sich einen Kaffee aus dem Automaten und verbrannte sich fast die Zunge. »Verdammte Scheiße!«, fluchte er. War er bis vor wenigen Minuten noch einigermaßen guter Laune gewesen, so hatte dieser Anruf sie schlagartig zerstört. Er steckte sich eine Zigarette an und inhalierte tief und blies den Rauch durch die Nase aus. Er war nur noch wütend. Sein Handy summte erneut.

»Was ist denn jetzt noch?«, fuhr er seine Ex barsch an.

»Ich wollte dir nur sagen, dass ich ein vorläufiges Besuchsverbot für dich erwirken werde. Ich habe eben mit meiner Anwältin telefoniert. Sie hat gesagt, das wäre relativ einfach durchzusetzen. Willst du es darauf ankommen lassen? Es tut den Kindern sowieso nicht gut, wenn sie dich nur alle paar Wochen sehen.«

»Hast du sie gefragt, ob sie mich nicht mehr sehen wollen?«

»Das brauche ich nicht, ich bin ihre Mutter und habe das alleinige Sorgerecht. Überleg dir also gut, ob du dich mit mir anlegen willst. Nur weil du bei der Polizei bist, bist du nicht das Gesetz. Außerdem bist du ein lausiger Bulle.«
»Deine Tiefschläge kommen immer häufiger, sie tun aber nicht mehr so weh. Und lieber ein lausiger Bulle als ein charakterloser Mensch. Ich frage mich, was ich dir getan habe, dass du einen solchen Hass auf mich hast? Was?«
»Du hörst von meiner Anwältin.«
Sie legte auf, ohne eine Erwiderung abzuwarten. Henning schüttelte nur den Kopf, trank seinen Kaffee aus, zog seine Jacke über und ging nach unten. Er schwang sich auf sein Fahrrad, das seit Samstag im Hof stand, und machte sich auf den Weg nach Hause. Er raste durch die Innenstadt, um seinen Frust abzubauen, und rannte mit dem Fahrrad auf der Schulter in den siebten Stock zu seiner Wohnung. Er stellte es auf den Balkon und deckte eine Plastikplane darüber. Ein Blick in den Kühlschrank, in dem nichts als ein angebrochenes Stück Butter, zwei Scheiben Wurst und drei Flaschen Bier waren. Das Brot, das er vor einer Woche gekauft hatte, war über das Wochenende schimmlig geworden, und er warf es in den Mülleimer. In einem kleinen Supermarkt kaufte er frisches Brot, zwei Tomaten, eine Tafel Schokolade und eine Schachtel seiner Billigzigaretten. Es war noch nicht einmal Mitte Mai, und er hatte noch genau hundertdreiundzwanzig Euro für den Rest des Monats. Sein Konto war heillos überzogen, der Dispo ausgeschöpft. Und er hatte keine Freunde, die ihm unter die Arme greifen würden. Seine Eltern waren vor beinahe zwanzig Jahren bei einem Verkehrsunfall ums Leben gekommen und hatten ihm nichts hinterlassen. Natürlich hätte er sich an Arbeitskollegen wenden können, von denen er wusste, dass sie ihm helfen würden, angeboten hatten zwei von ihnen es schon, aber dazu war er zu stolz. Ich schaffe es auch so,

dachte er und merkte doch bei jedem dieser Gedanken, wie er zunehmend desillusionierter und frustrierter wurde. Nur, diesmal durfte er persönlichen Gefühlen keinen Raum schenken, sie würden ihn bloß bei der Arbeit behindern. Dabei gab es persönliche Gefühle, die er nicht einfach ignorieren konnte.
Wieder in seiner Wohnung, schmierte er sich zwei Scheiben Brot, die er jeweils mit Wurst und Tomatenscheiben belegte, und machte sich eine Flasche Bier auf. Nach dem Essen schloss er sein Handy an das Ladegerät an und begab sich unter die Dusche. Er wusch sich die Haare und rasierte sich und fühlte sich für einen Moment etwas besser. Auf dem Balkon rauchte er eine weitere Zigarette, der einzige Luxus, den er sich erlaubte, auch wenn er ihn sich eigentlich nicht leisten konnte. Er versuchte die beiden Telefonate mit seiner Ex zu verdrängen, was ihm jedoch nicht gelang. Immer waren es neue Nadelstiche, die sie ihm versetzte. Ich bin nur der Zahlemann, dachte er, immer nur zahlen, zahlen, zahlen!
Vor fünf Jahren, kurz bevor der Mord an Sabine Körner geschah, hatten sie einen größeren Kredit für neue Möbel und ein paar Elektrogeräte aufgenommen, den Vertrag hatte nur er unterschrieben. Die Laufzeit betrug zweiundsiebzig Monate, die Höhe des Kredits dreißigtausend Mark. Damals brauchte er keinen Bürgen, er war glücklich verheiratet, als Beamter unkündbar und hatte ein regelmäßiges Einkommen. Nicht übermäßig viel, doch genug, um eine vierköpfige Familie zu ernähren. Und dann kam die alles verändernde Krise, die Trennung von der Familie und ein Leben, das er sich in seinen schlimmsten Alpträumen so nicht vorgestellt hatte. Und noch immer zahlte er den Kredit ab, obwohl nicht eines der damals angeschafften Möbelstücke in seiner Wohnung stand. Alles hatte sie mitgenommen, sie war gegangen, als er mal wieder bei einer Fortbildung war. Als er zurückkehrte, war die Wohnung leer, lediglich ein Zettel klebte an der Tür, lieblos dahin-

gekritzelte Worte, die ihm das Herz brachen. Das Loch, in dem er sich damals befunden hatte, war noch tiefer geworden. Es war ein Abgrund, in den er geblickt hatte, und für einige Tage hatte er mit dem Gedanken gespielt, seinem Leben ein Ende zu setzen. So wie Georg Nissen, der auch keinen Ausweg mehr gesehen hatte. Und er hatte lange Zeit gedacht: Das ist die gerechte Strafe, jetzt muss ich eben genauso leiden wie Nissen. Lange hatte es gedauert, bis er begriff, dass das Leben auch so weiterging, ohne Frau und ohne Kinder, auch wenn er Elisabeth und Markus oft vermisste.

Er rauchte noch eine zweite Zigarette, schaute auf die Uhr und rief bei Lisa Santos an. Er ließ es klingeln, bis die Verbindung automatisch getrennt wurde. Okay, dachte er, wir sehen uns ja morgen im Präsidium. Ist auch nicht so wichtig. Und doch war er ein wenig enttäuscht, sie nicht erreicht zu haben. Er legte sich auf die Matratze und zog die Bettdecke bis zum Kinn. Er schlief sofort ein, obwohl es draußen noch hell war.

MONTAG, 18.15 UHR

Butcher war am Nachmittag in Eckernförde gewesen, um einen Umschlag für die Kripo Kiel einzuwerfen und noch ein paar Sachen einzukaufen, die er für den Abend brauchte. Später hatte er ein längeres Bad genommen und ging die gewundene Treppe hinunter, als er seine Mutter unten stehen sah.

»Frau Kaiser hat eben angerufen. Ihr Wagen springt nicht an, und sie bittet dich, doch mal nachzuschauen, was damit sein könnte. Bevor sie morgen früh wieder abreist …«

»Ich geh rüber. Die sollte ihre alte Karre mal austauschen, Geld genug hat sie.«

»Sei nicht so gehässig, sie hält wenigstens ihr Geld zusammen, was man von dir nicht unbedingt behaupten kann.«
»Wieso, euch geht's doch gut«, erwiderte er ungewohnt schroff. »Monika gibt wesentlich mehr aus als ich.«
»Sie tut es für die Familie! Und …«
»Und ich gönne mir fast gar nichts. Ich hab nicht viel Zeit, ich hab noch einen wichtigen Termin.«
»Du immer mit deinen Terminen. Gibt es eigentlich auch mal einen Tag, wo du nichts vorhast? Wo du dich einmal ausgiebig und ausschließlich um die Familie kümmerst? Laura und Sophie wissen doch schon bald nicht mehr, dass du ihr Vater bist …«
»Sie sehen mich jeden Tag, und ich unternehme oft genug etwas mit ihnen, was ich von Monika nicht gerade behaupten kann. Ich habe mir nichts vorzuwerfen, Mutter.«
»Das sagst du. Doch würdest du einmal in dich hineinhorchen … Aber ich rede doch gegen Wände! Was ist mit Abendbrot und mal wieder einem gemütlichen Zusammensitzen in der Wohnstube? Lang, lang ist's her, kann ich da nur sagen.«
»Es tut mir leid, wenn ich viel arbeiten muss, aber irgendwie muss ich auch diese Familie und das Haus unterhalten. Ich schaff es nicht mehr, zum Abendbrot zu bleiben, wenn ich noch rüber zu der Alten soll. Ihr habt es doch sowieso lieber, wenn ich nicht mit am Tisch sitze, oder?«
Sie verengte die Augen zu Schlitzen und zischte: »Was soll dieser Ton? Hör zu, mein Junge, so redest du nicht mit mir! Nicht mit deiner Mutter. Hast du das verstanden? So nicht!«
»Ja, Mutter, ich hab's verstanden. Kann ich jetzt endlich gehen?«
Er zwängte sich an ihr vorbei, zog die Schuhe an und verließ das Haus, ohne sich von seiner Frau und den Kindern zu verabschieden.
Die Kaiser, wie er sie nannte, wohnte nur zweihundert Meter

entfernt in einem prachtvollen Bungalow, den ihr Mann, ein Architekt, gebaut hatte. Allerdings erlebte er den Einzug nicht mehr, ein Herzinfarkt, den er nach Butchers Meinung vornehmlich seiner Frau zu verdanken hatte, verhinderte es. Seitdem waren acht Jahre vergangen. Die Kaiser galt als die mit Abstand reichste Frau im Ort, fuhr aber einen achtzehn Jahre alten Mercedes, der in letzter Zeit immer häufiger Aussetzer hatte. Ihre spitze Zunge und ihr beinahe unerträglicher Geiz waren allseits bekannt und berüchtigt, genau wie ihre unausstehliche Arroganz, obgleich sie eine äußerst attraktive und gutgebaute Frau war, die nicht von hier stammte, sondern aus dem Fränkischen, was deutlich an dem rollenden R zu erkennen war. Doch trotz aller negativen Eigenschaften wurde sie von ein paar wenigen, die sich als ihre Freunde ausgaben, hofiert, wohl in der Hoffnung, ein paar Krumen des riesigen Kuchens würden eines Tages für sie abfallen. Jedoch hielt sie sich nur sporadisch in diesem Domizil auf. Mindestens die Hälfte des Jahres verbrachte sie auf Mallorca, wo sie eine Finca genau dort hatte, wo auch viele Prominente residierten und wohin sie sich zurückzogen, wenn sie dem Alltagsstress entfliehen wollten, der in Butchers Augen hauptsächlich darin bestand, so viel Geld wie möglich unter die Leute zu bringen. Außerdem besaß sie eine Villa am Hamburger Alsterufer, wo sie ebenfalls mehr Zeit als hier verbrachte. Ihre Ehe war kinderlos geblieben, wahrscheinlich hatte sie keine gewollt, sie hätten ja ihre Figur und vor allem ihr Leben ruiniert.
Vor gut einer Woche war sie nach langem mal wieder aufgetaucht, braungebrannt und elegant gekleidet wie immer, aber es würde sie nicht lange hier halten, nicht in diesem Nest, das für sie wie eine Einöde sein musste. Sie war wie ein Zugvogel, mit dem Unterschied, dass sie zwischen drei Orten hin und her pendelte und sich an keine festen Zeiten hielt.

»'n Abend«, wurde er von der Kaiser begrüßt, einer Frau, die er auf den Tod nicht ausstehen konnte, die aber mit seiner Mutter bestens auskam. Er hatte schon beim ersten Mal, als er sie beide zusammen sah, gedacht, hier haben sich zwei Seelenverwandte gefunden. »Er springt nicht an.«

»Mal sehen, ob da noch was zu retten ist«, sagte er, löste die Verriegelung der Motorhaube und öffnete diese. Er warf nur einen kurzen Blick hinein, wobei er spürte, wie die Kaiser ihm über die Schulter schaute, doch er stellte sich so hin, dass sie unmöglich würde erkennen können, was er machte. Sie roch wieder nach diesem entsetzlichen Parfum, das süßlich und aufdringlich in seine Nase stieg. Allein dafür hätte er sie abstechen können.

»Haben Sie mal einen Schraubenzieher?«, fragte er.

»Haben Sie keinen dabei?« Ihre Frage klang, als würde sie erwarten, dass er immer und überall einen Schraubenzieher dabeihatte, was auch der Fall war, doch er hatte keine Lust, seinen aus dem Golf zu holen, der nur wenige Meter entfernt stand.

»Nein, ich bin eigentlich auf dem Weg zu einem Kunden. Haben Sie nun einen oder nicht?«

»Moment«, antwortete sie schnippisch und eilte in die Garage, um kurz darauf mit einem großen Schraubenzieher zurückzukehren.

»Der ist zu groß, außerdem brauch ich einen Kreuzschlitz. Wo ist Ihr Werkzeugkasten?«

»Ich hole Ihnen schon den passenden Schraubenzieher, ich möchte nicht, dass Unordnung entsteht.«

Alte Fotze, dachte Butcher und wäre ihr am liebsten nachgegangen, um ihr den Schraubenzieher in den Hals und anschließend in die Augen zu stechen.

»Ist der richtig?«, fragte sie und hielt ihn Butcher vors Gesicht.

»Schon. Setzen Sie sich mal rein und starten Sie. Aber kein Gas geben … Stopp!«
Frau Kaiser stieg wieder aus und sagte: »Was hat er?«
»Er hat keine Lust mehr. Es wird Zeit, dass Sie sich nach was Neuem umschauen. Anlasser, Zündanlage, Vergaser, Einspritzung, alles hinüber, soweit ich das auf die Schnelle beurteilen kann.«
»Können Sie das nicht reparieren? Sie machen mir doch bestimmt einen Sonderpreis.«
»Nein, tut mir leid, ich bin für die nächsten Wochen komplett ausgebucht und habe keine Zeit. Wenn Sie ihn wirklich noch reparieren lassen wollen, müssen Sie sich schon eine andere Werkstatt suchen. Ich stehe Ihnen leider nicht zur Verfügung.«
»Und ich habe gedacht, Nachbarn helfen sich untereinander«, sagte sie spitz und sah ihn herausfordernd an, worauf Butcher jedoch nicht einging. »Außerdem fahre ich schon morgen früh wieder weg und komme erst im September wieder. Ich meine, bis dahin könnten Sie ihn doch repariert haben.«
»Sie wissen, ich helfe Ihnen gerne jederzeit, aber ich habe vorläufig keinen freien Termin. Wo geht's denn hin? Nach Mallorca?«
»Ja, aber was interessiert Sie das?«
»Reine Neugierde. Einen schönen Abend noch, Frau Kaiser.«
»Aber was soll ich jetzt machen? Ich muss nach Schleswig, ich treffe mich mit Freunden unten am Holm, und es wird bestimmt Mitternacht. Können Sie mich nicht wenigstens mitnehmen?«
»Nein, ich fahre genau in die entgegengesetzte Richtung. Nehmen Sie sich doch ein Taxi, oder fragen Sie meine Mutter oder meine Frau, ob sie Sie fahren. Ich muss los.« Und bevor er einstieg: »Kaufen Sie sich einen Neuen, eine Reparatur lohnt sich bei dem wirklich nicht mehr.«

»Das sagen Sie. Ich werde wohl doch eine Fachwerkstatt beauftragen müssen, dort werde ich mit Sicherheit kompetenter beraten.«
»Schon möglich.«
Butcher startete den Motor und brauste los. Du dumme alte Fotze! Dir müsste man den Hahn abdrehen. So ganz langsam. Ganz, ganz langsam.

MONTAG, 20.45 UHR

Butcher hatte von unterwegs Carina Niehus angerufen und ihr mitgeteilt, dass es etwas später werden würde, worauf sie antwortete, das mache überhaupt nichts, das Essen sei sowieso gerade erst fertig geworden. Während der Fahrt hörte er den Polizeifunk und erfuhr dabei von drei großen Verkehrskontrollen, einer auf der B 76 zwischen Schleswig und Fleckeby, einer auf der B 201 zwischen Schuby und Schleswig kurz vor der A 7 und einer unmittelbar hinter der Ausfahrt Harrislee bei Flensburg hinter der A 7. Wen oder was sucht ihr denn? Hier oben gibt's doch sonst fast nie Kontrollen. Und er nahm eine Ausfahrt früher, denn er hatte es eilig. Den ganzen Tag schon hatte er sich auf diesen Abend gefreut. Er hatte eine besondere Flasche Wein gekauft und war mittlerweile bester Stimmung, die auch von seiner Mutter oder der unerträglichen Kaiser nicht getrübt werden konnte. Nach einer halben Stunde parkte er vor dem kleinen Haus von Carina Niehus. Aus dem Kofferraum holte er einen Strauß Blumen und die Flasche Wein, schloss ab und klingelte einmal kurz.
»Hallo«, wurde er mit einem freudigen Lächeln begrüßt, »das ist schön, dass Sie da sind. Jule ist schon seit einer Stunde im Bett. Aber kommen Sie doch rein.«

»Hier, bitte schön«, sagte Butcher und überreichte ihr die in Cellophanpapier eingewickelten Blumen.
»Oh, das wäre doch nicht nötig gewesen. Aber ganz ehrlich, woher wissen Sie, dass Lilien meine Lieblingsblumen sind?«
»Ich dachte mir, dass Sie eher das Ausgefallene mögen«, entgegnete er. Der Boden knarrte wieder so angenehm unter seinen Füßen, und wäre er ein Dichter gewesen, er hätte vielleicht beschreiben können, was in ihm vorging, wenn er dieses Geräusch des Fußbodens hörte und in sich spürte, zumindest meinte er, es zu spüren, in seinen Beinen, seinem Bauch und seinem Kopf. Als würde irgendjemand oder irgendetwas zu ihm sprechen. Aber er war kein Dichter und auch kein Poet, auch wenn er viele seiner Gedanken in unzähligen Tagebüchern niedergeschrieben hatte. Manche davon schön, die meisten davon jedoch traurig, melancholisch, düster, depressiv. »Sie sind nicht der Rosen- oder Tulpentyp, Lilien passen viel besser zu Ihnen. Aber Sie wissen ja, Vorsicht mit dem Blütenstaub, den kriegt man nicht mehr aus den Klamotten raus.«
»Ich weiß, ich bin auch ganz, ganz vorsichtig. Wissen Sie, woran ich bei Lilien immer denken muss? Nein, bestimmt erraten Sie's nicht.«
Butcher machte ein fragendes Gesicht und zuckte mit den Schultern. »Ich hoffe nicht an Friedhof und Begräbnis, es sind schließlich keine weißen Lilien.«
»Nein, aber Sie sind gar nicht so weit entfernt. Es hat etwas mit der Bibel zu tun, und die wird ja in der Regel auch bei einer Beerdigung benutzt. Um Himmels willen, ich trete jetzt hoffentlich nicht in ein Fettnäpfchen, denn ich wollte alles, aber nicht über Religion sprechen, die Bibel ist nur ein Hobby von mir, müssen Sie wissen. Ich studiere sie seit vielen Jahren, mache mir Notizen und stelle mir Fragen, ob das alles so stimmen kann und so weiter.«
Butcher lächelte vergebend und runzelte die Stirn, was er äu-

ßerst selten tat. »Das hört sich ja gerade so an, als wollten Sie sich dafür entschuldigen. Ich finde es großartig, wenn Menschen sich heute noch mit spirituellen Dingen auseinander setzen. Soll ich Ihnen etwas verraten? Ich habe die Bibel auch schon mehrfach gelesen, und ich meine, wenn Sie mich so fragen, die Antwort zu kennen. Im Neuen Testament steht etwas von den Lilien auf dem Feld und dass Salomos Kleider nicht so schön waren wie eine von ihnen. Ist es das, was Sie meinen?«

»Du meine Güte«, rief sie freudig überrascht aus, »das hätte ich nun nicht erwartet.«

»Ich interessiere mich für Literatur insgesamt. Ich lese viel lieber, als vor dem Fernseher zu hocken. Auch die Bibel, obwohl ich mich nicht unbedingt als gläubig bezeichnen würde.«

»Ich gehe auch nicht in die Kirche, ich weiß aber ... Wollen wir hier vielleicht im Flur stehen bleiben? Entschuldigen Sie meine Unhöflichkeit, gehen Sie doch schon mal vor ins Wohnzimmer. Dort ist alles vorbereitet, ich muss nur noch das Essen holen. Oder wollen wir vorher einen Aperitif zu uns nehmen?«

»Gerne, aber denken Sie dran, ich muss noch fahren. Und als Polizist mit Alkohol am Steuer, da wäre ich ein ziemlich schlechtes Vorbild. Es duftet übrigens ganz herrlich. Was ist das?«

»Lassen Sie sich überraschen.«

Sie schenkte ein und stieß mit ihm an. Das Zimmer sah heute noch schöner aus als gestern, und Carina gefiel ihm auch noch einen Tick besser. Sie hatte sich hübsch gemacht. Sie trug ein bis über die Knie fallendes Sommerkleid, das ihre Figur betonte, war dezent geschminkt, und wie schon gestern fühlte er sich auch heute auf Anhieb wohl in ihrer Nähe, etwas, das er bei noch keiner Frau gespürt hatte, nicht einmal damals, als er Monika kennen lernte.

»So, ich hole das Essen, und Sie rühren sich nicht von der Stelle.«
Sie wollte bereits in der Küche verschwinden, als Butcher sagte: »Verzeihen Sie, aber hätten Sie vielleicht einen Flaschenöffner? Wir sollten den Wein ein paar Minuten ziehen lassen, damit er sein volles Bouquet entfalten kann.«
»Natürlich. Moment.« Sie zog eine Schublade des Sideboards heraus und reichte Butcher den Öffner. Er entkorkte die Flasche und stellte sie auf den Tisch.
Er sah sich im Zimmer um. Wieder brannten Kerzen und verströmten einen angenehmen Duft, die beiden Salzleuchten waren an und eine Stehlampe in der Ecke, wo sich auch der Fernseher befand. Er betrachtete zwei Fotos, die Carina mit Jule zeigten, eins, als Jule noch ein Baby war und in den Armen der Mutter selig schlummerte, das andere schien erst vor kurzem aufgenommen worden zu sein, beide hatten die Köpfe aneinander gelegt und lachten. Eine Idylle, die er so nicht kannte. Seine Mutter hatte nie ihren Kopf an seinen gelegt, er hatte sie nur äußerst selten lachen sehen, nein, es war kein Lachen, es war ein gekünsteltes Verziehen des Mundes, um den Schein der Freundlichkeit zu wahren. Er konnte sich nicht einmal daran erinnern, jemals von ihr in den Arm genommen worden zu sein, einfach so, wie Mütter es eben mit ihren Kindern machen. Auch hatte er nie auf ihrem Schoß gesessen, sie hatte ihm, als er noch klein war, keine Kindergeschichten oder aus Märchenbüchern vorgelesen oder erzählt, nein, stattdessen hatte sie ihm aus Gedichtbänden vorgelesen, Worte, die er nicht verstand, die ihn jedoch schnell einschlafen ließen. Und sie hatte ihn mit Geschenken überhäuft, zum Geburtstag oder an Weihnachten. Aber nur solche Geschenke, die auch pädagogisch wertvoll waren. Als er die Fotos sah, musste er unwillkürlich an seine Kindheit denken und was ihm alles vorenthalten worden war.

Carina hingegen schien glücklich zu sein, auch wenn sie Jule ohne Vater großziehen musste. Er stellte sich ans Fenster, das auf den kleinen Garten hinauszeigte, in dem eine Schaukel stand und mehrere Spielsachen von Jule herumlagen, etwas, das seine Weiber, wie er seine Mutter und seine Frau insgeheim nannte, nie geduldet hätten. Schon als Laura und Sophie noch sehr klein waren, hatten sie darauf bestanden, dass die Spielsachen vor dem Zubettgehen wieder dorthin gelegt wurden, wo sie hingehörten und niemanden störten. Noch während er hinausschaute, kam Carina mit dem Essen und sagte, ihn sanft auffordernd: »Kommen Sie weg vom Fenster, der Garten ist nicht sehr ansehnlich. Ich hab einfach nicht das Händchen dafür. Er ist hauptsächlich für Jule zum Spielen da, und wenn's warm ist, setze ich mich auch mal auf die Terrasse.«

»Es gefällt mir, wie Sie wohnen, sehr gemütlich«, entgegnete Butcher und drehte sich um. »Auch der Garten. Ich hasse diese Vorzeigegärten, Sie wissen schon, was ich meine.«

Carina lachte auf. »Schon. Trotzdem müsste ich da draußen mal was machen, die Nachbarn gucken schon ganz blöd …«

»Nachbarn! Wen interessieren Nachbarn?! Sie sind doch nicht der Typ, der sich von der Meinung anderer abhängig macht, oder?«

»Nein, das nicht. Und irgendwann mach ich's schon, wenn das Wetter schöner wird. Nehmen Sie Platz, ich hoffe, Sie mögen Rouladen mit Klößen. Ich habe sie nach dem Rezept meiner Mutter gemacht.«

»Das hab ich ewig nicht gegessen. Entweder geh ich in die Kantine oder ernähre mich von Dosenfutter«, sagte er lachend.

»Dann freut es mich umso mehr, ich hoffe nur, ich habe Ihren Geschmack getroffen.«

»Ihre Eltern leben noch in Lüneburg?«, fragte er, während er sich setzte und Carina aufzufüllen begann. Zwei Klöße, Rotkohl und eine große Roulade für ihn, auf ihren Teller gab sie nur einen Kloß, die Hälfte Rotkohl und eine halb so große Roulade.

»Nur meine Mutter, mein Vater hat es vorgezogen, sich eine Jüngere zuzulegen und wegzuziehen. Sie ist sogar jünger als ich, ich hab nur einmal ein Foto von ihr gesehen. Zum Glück hat meine Mutter auch wieder jemanden gefunden. Aber dort unten Arbeit zu kriegen ist fast unmöglich. Deshalb bin ich auch hier geblieben, denn einen solchen Dienstplan bietet mir kaum eine Klinik in Deutschland.«

»Und wo lebt Ihr Vater jetzt?«

»In Süddeutschland, dort, wo er auch seine neue Flamme kennen gelernt hat. Im Prinzip ist es mir egal, was er macht. Er will mit mir nichts mehr zu tun haben.«

»Vielleicht schämt er sich«, bemerkte Butcher.

»Mag sein. Aber lassen Sie uns lieber über etwas anderes reden. Wie war Ihr Tag?«

»Nichts Besonderes. Viele denken, bei uns müsste immer was los sein, aber wir haben die meiste Zeit nur mit Kleinigkeiten zu tun.«

»Bei welcher Polizeidienststelle sind Sie?«, fragte Carina und nahm ihm gegenüber Platz. Er schenkte etwas Wein in sein Glas, kostete, nickte und füllte die Gläser halb voll. Sie stießen an und nahmen einen Schluck.

»Eigentlich Kiel, aber …« Er wiegte den Kopf hin und her, sah Carina ernst und durchdringend an und meinte schließlich: »Okay, aber das ist eigentlich nicht für Ihre Ohren bestimmt. Sie müssen mir versprechen, es für sich zu behalten, sonst komme ich in Teufels Küche. Versprechen Sie's mir?«

»Natürlich, aber Sie müssen nicht darüber reden, wenn es ein Geheimnis ist. Tun Sie's nicht, wenn Sie nicht dürfen.«

»Danke. Die Sache ist wirklich sehr heikel und mit vielen Risiken behaftet. Um es klar auszudrücken, ich bin kein normaler

Polizist, wenn Sie verstehen. Eine undichte Stelle, und die ganze Aktion war umsonst.«

»Sicher, ich schwöre bei allem, was mir heilig ist, niemandem von Ihnen zu erzählen. Aber wieso hatten Sie gestern eine Uniform an? Ich dachte immer, Undercover-Polizisten ...«

»Verdeckte Ermittler nennt man das bei uns«, verbesserte Butcher sie.

»Na ja, ich dachte, verdeckte Ermittler laufen unauffällig herum. Aber ich kenn das nur aus dem Fernsehen.«

»Das stimmt auch in der Regel. Doch in meinem Fall ist es wichtig, dass ich die Uniform trage, denn es geht um polizeiinterne Ermittlungen. Mehr möchte ich aber nicht verraten. Ich darf Ihnen leider auch nicht sagen, bei welcher Dienststelle ich zur Zeit arbeite und an welchem Fall.«

»Was sagt eigentlich die Polizei zu den Morden, die in den letzten Tagen hier passiert sind?«, fragte Carina, nachdem sie einen Bissen runtergeschluckt und von ihrem Wein getrunken hatte. »Ist das nicht schrecklich? Im Radio sind das immer die ersten Meldungen.«

»Dazu habe ich keine Informationen, ich dürfte außerdem auch gar nicht über den Stand laufender Ermittlungen sprechen. Aber Sie haben schon Recht, es ist ziemlich schlimm, was sich da abspielt. Andererseits müssen wir konstatieren, dass Deutschland insgesamt unsicherer geworden ist. Es gibt kaum noch Orte, von denen man behaupten kann, dort wirklich sicher zu sein. Das ist leider eine Tatsache, der wir ins Auge blicken müssen. Deshalb nochmals meine Bitte – achten Sie auf Jule. Stellen Sie sich nur vor, sie wäre gestern einem Triebtäter in die Hände gefallen. Und von denen gibt es mittlerweile mehr als genug. Die Pädophilenszene ist dermaßen groß, das kann man sich gar nicht vorstellen, aber durch meine Arbeit kenne ich natürlich auch Zahlen.«

»Ich verspreche Ihnen, dass ich ab sofort wie eine Löwin über Jule wachen werde. Wie geht es Ihrer Mutter?«
»Es ist jeden Tag dasselbe. Sie wird wohl bald sterben, und ich denke, das ist auch besser so. Das ist kein Leben für sie. Ich kann mich auch nicht ständig um sie kümmern, ich habe nun mal keinen geregelten Dienst. Eigentlich müsste sie ins Heim, aber das will sie nicht. Dennoch werde ich nicht umhinkommen, sie in eins zu geben. Bisher kümmert sich eine Kraft vom Pflegedienst um sie, sie bekommt Essen auf Rädern und nach Feierabend bin ich oft bei ihr. Aber ob sie will oder nicht, ich werde sie ins Heim geben müssen, denn ich habe gemerkt, dass ich diese Doppelbelastung auf Dauer nicht aushalte.«
»Gibt es denn außer Ihnen und dem Pflegedienst sonst niemanden, der sich um Ihre Mutter kümmert?«, fragte Carina besorgt.
»Meine Tante, aber die ist die meiste Zeit nur am Jammern, wie schlecht es ihr geht, dabei ist sie topfit. Mein Gott, die ist gerade mal fünfzig. Wie gesagt, das Heim ist die einzige Lösung. Sobald ich ein bisschen Luft habe, werde ich alles in die Wege leiten. Auch wenn sie mich dafür verflucht.«
»Wird sie nicht, glauben Sie mir. Ich habe im Krankenhaus auch mit sehr schwierigen Fällen zu tun, wo sich die Angehörigen häufig zwischen der Pflege zu Hause oder in einem Heim entscheiden müssen. Wenn ich Sie so reden höre, denke ich, dass es für Ihre Mutter das Beste wäre.«
»Hm. Ich muss Ihnen übrigens ein großes Kompliment aussprechen«, wechselte Butcher das Thema, der nicht länger über eine Mutter sprechen wollte, die es gar nicht gab, die ihm aber allemal lieber gewesen wäre als die, die sich bei ihm zu Hause eingenistet hatte und das Zepter in der Hand hielt. Seit vierunddreißig Jahren bestimmte sie über ihn, maßregelte sie ihn, ermahnte sie ihn und gab ihm ständig das Gefühl, ein Nichts zu sein, ein Niemand im Gegensatz zu ihr oder zu Mo-

nika, selbst im Gegensatz zu den Kindern. »Ich habe noch nie bessere Rouladen gegessen. Ehrenwort.«
Carina errötete erneut wie ein junges Mädchen, das zum ersten Mal der großen Liebe gegenübersteht und kein Wort herausbringt, mit dem Unterschied, dass sie doch etwas erwiderte. »Ich habe Ihnen doch gesagt, es ist ein Rezept meiner Mutter, und die hat es von ihrer Mutter und so weiter und so fort. Freut mich, wenn es Ihnen schmeckt. Darf ich Ihnen noch etwas geben, ich habe genug gemacht.«
Butcher zögerte und sagte: »Hm, aber nur, wenn auch Sie noch etwas nehmen.«
»Einverstanden. Obwohl ich keine große Esserin bin. Ich esse zwar nicht wenig, aber ich vertrage nur kleine Portionen.«
Nach der Mahlzeit half Butcher, den Tisch abzuräumen, auch wenn Carina darauf bestand, es allein zu tun. Er füllte noch einmal die Gläser mit Wein, sie stießen erneut an, und Carina sagte, bevor sie einen Schluck nahm, und sie errötete wieder und schien kaum fähig, Butcher anzusehen: »Werner, ich danke Ihnen für den bis jetzt wunderschönen Abend. Würde es Ihnen etwas ausmachen, wenn wir das blöde Sie wegließen? Ich bin normalerweise nicht so direkt, aber ich finde, dieses Unpersönliche ist vollkommen fehl am Platz. Natürlich nur, wenn Sie damit einverstanden sind.«
»Natürlich bin ich damit einverstanden, Carina, du wunderbare Köchin«, sagte er lachend und hob sein Glas. »Auf dein Wohl.«
»Nein, auf unser Wohl«, entgegnete sie. »Weißt du, ich habe so selten Besuch, und wenn, dann schaut entweder mal eine Arbeitskollegin vorbei, oder meine Mutter kommt für ein paar Tage. Ansonsten lebe ich im wahrsten Sinn des Wortes allein mit Jule.«
»Und was ist mit Männern?«, wollte Butcher alias Werner wissen und ließ seinen Zeigefinger über den Glasrand gleiten.

»Es gab einige seit dem spurlosen Verschwinden meines lieben Gatten, aber die wollten entweder nur das Eine oder haben sich sofort wieder verzogen, sobald sie erfahren haben, dass ich eine Tochter habe. Fazit: Keine Männer, nicht mal einen. Andererseits habe ich mich damit abgefunden, auch wenn ich noch recht jung bin.«

»Darf ich fragen, wie alt du bist?«

»Siebenundzwanzig. Und du?«

»Vierunddreißig.«

»Du siehst jünger aus. Ich habe gedacht, du bist höchstens dreißig. Was für Musik hörst du gerne?«

»Eigentlich alles, was gut ist. Außer Techno und Volksmusik hör ich so ziemlich alles. Wenn's sein muss, auch mal deutsche Schlager, aber nur, wenn ich dazu gezwungen werde«, sagte er lachend. »Und du?«

»Ich mag Celine Dion wahnsinnig gern, aber auch Shania Twain oder U2, kommt ganz auf meine Stimmung an. Manchmal hör ich auch klassische Musik, am liebsten Beethoven und Tschaikowsky. Und was liest du so?«

»Auch alles, was gut ist. Sobald ich merke, dass ich in ein Buch nicht reinkomme, leg ich's weg. Ob du's glaubst oder nicht, ich hab die ganzen Klassiker durch, aber es gibt ein Buch, das mich besonders fasziniert hat, *Das Parfum*. Ich finde es einfach traumhaft geschrieben ...«

»Ist auch mein Lieblingsbuch, ganz ehrlich. Wie Süskind schon am Anfang diese Gerüche beschreibt, man meint, mitten im Paris des 18. Jahrhunderts zu sein. Die Geschichte an sich ist genial, wenn auch ziemlich brutal, aber so war die Welt damals, und so ist sie wohl auch heute noch«, sagte Carina und lehnte sich zurück, den Kopf in den Nacken gelegt, die Beine übereinander geschlagen, das Glas Wein in der Hand. »Ich lese gerade *Geschichte einer ungeheuerlichen Liebe*, ist fast so gut wie *Das Parfum*.« Sie wandte ihren Kopf in seine

Richtung und fuhr fort: »Und was ist mit Krimis? Ich meine, solche, die in der heutigen Zeit spielen. Liest man als Polizist überhaupt so was, oder sagt man sich, Krimiautoren schreiben doch nur meilenweit an der Realität vorbei?«
»Klar, solange es gut ist. Aber die meisten Autoren geben sich herzlich wenig Mühe bei der Recherche. Was da manchmal für ein Blödsinn verzapft wird, das geht auf keine Kuhhaut. Vor allem, wenn die Kommissare so ganz allein losziehen wie die einsamen Wölfe und die Fälle so mir nichts, dir nichts knacken. Bei uns ist das Team das Ein und Alles. Wir bringen Ideen ein und sprechen drüber. Na ja, der Polizeialltag ist auf jeden Fall nicht so, wie er in den meisten Filmen oder Büchern dargestellt wird. Ausnahmen bestätigen die Regel. Und zur Waffe wird nur ganz, ganz selten gegriffen, ich hab's nie machen müssen. Unser Job ist nicht so gefährlich, wie immer behauptet wird.« Butcher steigerte sich in seine Geschichte hinein und erzählte von seiner Arbeit im Allgemeinen, als wäre er tatsächlich ein Polizist. Nun, er kannte genügend von ihnen, hatte oft mit ihnen zu tun, wenn die Feuerwehr zu Einsätzen gerufen wurde. Aber er war noch nie mit dem Gesetz in Konflikt geraten, wenigstens nicht offiziell. Er lebte und arbeitete unauffällig, war freundlich zu allen im Ort, die Kaiser vielleicht ausgenommen, auch wenn er sich bemühte, und seine Familie galt als ein Musterbeispiel für Harmonie.
»Du hast noch nie auf jemanden geschossen?«
»Wenn ich's doch sage. Die Waffe gezogen schon, aber nicht davon Gebrauch gemacht. Meist reicht schon eine gezielte Ansprache. Erzähl mir von dir.«
»Da gibt es nicht viel. Morgens um sechs oder sieben aufstehen, erst mich und dann Jule fertig machen, frühstücken und zur Arbeit fahren. Es ist eigentlich immer dieselbe Leier, tagein, tagaus. Irgendwie ätzend. Manchmal frag ich mich, wozu das alles gut ist.«

»Du bist eine gute Mutter.«
»Woher willst du das wissen? Du kennst mich doch kaum.«
»Ich sehe das einfach.«
»Ach ja? Und woran?«
»An den beiden Fotos dort. Das Lachen ist echt, und Jule fühlt sich bei dir geborgen. Was kann es Schöneres geben?«
Carina lachte samten auf und antwortete: »Sicher, ich bin froh, dass ich die Kleine habe, ich würde sie auch nie weggeben wollen. Und trotzdem fehlt etwas in meinem Leben, du kannst dir sicher denken, was. Aber das kann man sich nicht basteln. Schau dich um, das ist ein kleines nettes Haus mit einem kleinen netten Garten in einer kleinen netten Wohnsiedlung. Seit über vier Jahren wohne ich hier, aber glaubst du, ich hätte auch nur zu einem der Nachbarn Kontakt? Die meisten kennen sich schon seit Jahrzehnten, für eine Zugezogene wie mich ist hier kein Platz. Kaum dass mich mal einer grüßt. Es ist eisig, selbst im Sommer.«
»Gehört das Haus dir?«
»Peter, mein Ex, hat's gekauft, als wir geheiratet haben. Es war ein Schnäppchen. Er hat das Geld bar auf den Tisch gelegt, er hatte es ja. Er ist oder war Vermögensberater. Und ich glaub, der hat auch Geschäfte gemacht, die nicht ganz astrein waren. Aber als Jule geboren wurde, ist er auf und davon. Ich hab mich gewundert, dass er mich und Jule nach der Geburt nicht besucht hat, er hat sich auch auf meine Anrufe hin nicht gemeldet. Das hat mich schon ein bisschen stutzig gemacht. Und als ich mit Jule nach Hause kam, war fast alles so wie vorher, nur dass er nicht mehr da war. Er hat mir nur einen Brief hinterlassen, in dem er mich um Verzeihung bittet, aber es gäbe da eine andere Frau, die er schon länger kennen würde und mit der er ein neues Leben beginnen möchte. Wo, das hat er natürlich nicht geschrieben. Ich hab ihn suchen lassen, ohne Erfolg. Er hat mal irgendwas gefaselt, dass er am liebsten nach

Neuseeland oder Südamerika ziehen würde, gefunden wurde er bis heute nicht.« Sie zuckte mit den Schultern und sah Butcher an. »Was soll's, ich habe mich vor einem Jahr scheiden lassen, um endgültig mit ihm abzuschließen. Und ich habe meinen Mädchennamen wieder angenommen. Das ist in Kurzfassung meine Geschichte.«
»Und wie stellst du dir die Zukunft vor?«
»Ich stelle mir gar nichts vor, ich denke nur von einem Tag zum nächsten. Ich kann keine Pläne machen, solange Jule noch so klein ist. Und du?«
Butcher hob die Schultern und verzog den Mund. »Ich kann auch keine Pläne machen, allein schon wegen meiner Mutter. Ich leb eigentlich auch nur von einem Tag zum nächsten.« Es entstand eine Pause, in der man nichts hörte als das Knistern der Kerzen. Carina hatte die Beine angezogen und schaute in das Glas, in dem noch ein wenig Wein war. Butcher, der normalerweise sehr schüchtern war, stand auf und setzte sich neben sie. Und er tat etwas, was er sich vorher nie getraut hätte. Er sagte mit leiser und doch fester Stimme, obgleich er unsicher war: »Darf ich dich in den Arm nehmen? Einfach so.«
Sie antwortete nichts darauf, sondern ließ es einfach zu – er hatte das Gefühl, dass sie nur darauf gewartet hatte – und legte ihren Kopf an seine Schulter. Er roch den Duft ihres Haares und dachte: So hat Monika nie gerochen, ich hasse ihren Geruch. *Sie* stinkt! Warum hab ich Carina nicht schon viel früher getroffen? Warum nur ist sie erst siebenundzwanzig? Egal, auch wenn ich sie früher getroffen hätte, Mutter hätte sofort auf der Matte gestanden und alles kaputtgemacht. Dabei verbindet Carina und mich so viel, wir lieben Bücher, Musik und gepflegte Unterhaltung. Und ihre Augen, manchmal strahlen sie, manchmal sind sie traurig. Aber sie sind nie kalt oder gar eisig, das können sie gar nicht sein, ich würde es sofort mer-

ken. Und sie hat wirklich schöne Hände. Ich möchte zu gerne wissen, wie es ist, wenn sie einen streichelt.
»Es ist schön, dass du hier bist«, sagte sie.
»Ich danke dir für die Einladung. Vielleicht können wir das mal wiederholen. Ich kann dich auch zum Essen ausführen oder ins Theater.«
»Das wäre schön, nur, es gibt da ein kleines Problem, und das liegt nebenan. Ich bräuchte einen Babysitter.«
»Hab ich vergessen. Und wenn wir einen suchen? Ich bezahl ihn auch«, sagte Butcher.
»Ich fände es schon toll, wenn ich mal hier rauskäme. Aber darüber reden wir ein andermal. Ruf mich einfach an, ich bin fast immer zu erreichen, außer, wenn ich im Dienst bin. Rufst du mich wieder an?« Sie sah ihn beinahe flehend an, als könnte er wie ein Geist wieder verschwinden oder als wäre er nur ein Traum, der bald wie eine Seifenblase zerplatzte. Enttäuschungen hatten ihr Leben geprägt, und das sah Butcher ihr an.
»Natürlich. Weißt du, wie ich mir eben vorkomme? Wie eine der Figuren auf den Gemälden von Edward Hopper, wo die Einsamkeit regiert. Dabei fühle ich mich im Moment überhaupt nicht einsam. Ich glaube, mir wird nur bewusst, was in der Vergangenheit alles war und wie die letzten Jahre verlaufen sind. Kennst du Hopper?«
»Ja, ich hab sogar einen Kalender von ihm im Schlafzimmer hängen. Ich schau da oft drauf und denke, diese oder jene Frau, das könnte ich sein. Komisch, dass wir so viele Gemeinsamkeiten haben.« Ein paar Tränen liefen ihr über die Wangen. Sie beugte sich nach vorn, nahm ein Papiertaschentuch vom Tisch und wischte sich über die Augen.
»Was ist los?«, fragte Butcher.
»Nichts, gar nichts. Es ist einfach ein schöner Abend. Ich hab schon gar nicht mehr damit gerechnet, dass ich so was noch

mal erleben würde. Komm, wir trinken noch den Rest, es sei denn, du ...«
»Schon gut, nach dem Essen wirkt der Alkohol nicht so stark. Ich muss auch bald los, mein Dienst beginnt um acht.«
»Verstehe. Und wenn ich dich bitten würde zu bleiben? Nur so.« Carina sah ihn von der Seite an. Ihre Haare waren leicht zerzaust.
»Nicht heute«, sagte Butcher und streichelte ihr übers Haar. »Lass es uns langsam angehen, die Zeit läuft uns nicht davon.«
»Entschuldigung, ist wohl der Wein. Du kannst kommen, wann immer du möchtest. Ich fühl mich wohl in deiner Nähe, irgendwie sicher und geborgen.«
»Das kommt daher, weil ich ein Polizist bin«, erwiderte er lachend.
»Nein, das hat damit überhaupt nichts zu tun. Es ist deine Art.« Sie füllte die Gläser mit dem restlichen Wein, nahm einen Schluck, stellte das Glas auf den Tisch und ließ sich zurückfallen und legte ihren Kopf auf Butchers Brust. »Ich habe mich ewig nicht so wohl gefühlt. Ich werde diesen Abend als einen ganz besonderen in meinem Kalender vermerken. Und das nur, weil Jule gestern abgehauen ist und ein Schutzengel sie mir zurückgebracht hat.«
»Zufall.«
»Nein, eher Fügung. Ich glaube nicht an Zufälle. Alles hat eine Bestimmung, doch wir erkennen sie meistens nicht.«
Ja, dachte Butcher, es gibt keine Zufälle. Aber warum musste ich ausgerechnet Carina kennen lernen? Warum?!
»Carina, es tut mir leid, aber ich sollte mich besser aufmachen. Es ist schon fast zwölf, und ich hab noch einen ziemlichen Weg vor mir.«
»Wo wohnst du eigentlich?«
»Gleich bei Böklund, da, wo die guten Würstchen herkommen. Und auch ein paar gute Menschen.«

»Trinken wir noch aus?«
»Klar.«
Sie leerten ihre Gläser und erhoben sich gleichzeitig. Butcher zog seine Jacke über, und Carina sagte: »Möchtest du noch einen Blick in Jules Zimmer werfen?«
»Wird sie nicht wach?«
»Wenn sie schläft, dann schläft sie. Die wird durch nichts so leicht wach. Und wenn doch, kommt sie eben in mein Bett. Manchmal darf sie das. Ich hab ja sonst niemanden zum Kuscheln.«
Sie öffnete leise die Tür, ein Nachtlicht in Form eines Halbmondes spendete mildes Licht. Jule schlief tief und fest. Die Bettdecke lag an ihren Füßen, wie er das auch von seinen Töchtern kannte, als sie noch kleiner waren.
»Du hast einen echten Schatz«, flüsterte er. »Pass gut auf ihn auf.«
»Mach ich.« Sie lehnte die Tür nur an und begleitete Butcher bis zum Ausgang. Sie stellte sich dicht vor ihn und sah ihn an. »Tschüs, und komm gut heim.« Ihr Blick drückte mehr aus, als tausend Worte es vermocht hätten. Butcher fühlte ein Kribbeln in den Beinen, im Bauch und im Kopf. Keinen Druck, sondern diese angenehme, sanfte Wärme, die ihn durchströmte. Er nahm Carina in den Arm und drückte sie fest an sich und küsste sie, wie er noch nie eine Frau geküsst hatte.
»Vielleicht bin ich schon morgen wieder hier. Du bist eine ganz besondere Frau. Tschüs, und schlaf gut.«
Sie wartete, bis er eingestiegen war und gewendet hatte, und winkte ihm nach, bis die Rücklichter um die Ecke verschwunden waren. Wieder im Haus, räumte sie die Gläser und die Flasche weg und setzte sich noch einen Moment auf das Sofa. Sie weinte, stand wieder auf und blies die Kerzen aus. Insgeheim hatte sie gehofft, er würde bleiben, andererseits fand sie es gut, dass er gefahren war. Er gehört eben nicht zu jenen, die

nur an das Eine denken. Komm morgen wieder, dachte sie, bitte, komm wieder. Carina wusch sich im Bad das Gesicht und putzte sich die Zähne und legte sich in Unterwäsche ins Bett. Sie lag noch lange wach, bevor sie einschlief und nur zwei Stunden später von einem seltsamen, verstörenden Traum geweckt wurde. Sie stand auf, trank ein Glas Wasser und legte sich wieder hin. Immer und immer wieder lief der Traum wie ein Film ab, und sosehr sie auch versuchte einzuschlafen, es gelang ihr nicht mehr. Um halb sechs stellte sie den Alarm des Weckers aus und blieb noch eine halbe Stunde liegen. Was hatte es mit diesem Traum auf sich? Sie wusste es nicht und wollte auch nicht darüber nachdenken. Ihre Beine waren schwer, als sie in die Küche ging, um eine Banane zu essen, in der linken Schläfe schien ein kleiner Mann zu sitzen, der mit einem winzigen Hammer von innen dagegenschlug. Das kann ja lustig werden, dachte sie und nahm eine Tablette, in der Hoffnung, sie würde helfen. Doch die Kopfschmerzen wurden nur noch schlimmer.

MONTAG, 23.58 UHR

Butcher hatte den Polizeifunk an und stellte fest, dass die Verkehrskontrollen aufgehoben worden waren. Es war ein schöner Abend gewesen, und er fühlte sich beschwingt und elend zugleich. Er mochte Carina, er meinte sogar zu spüren, dass er sich in sie verliebt hatte, und gleichzeitig wurde ihm bewusst, dass diese Liebe ihm nichts nützen würde. Er hatte sie belogen, alles, was er über sich gesagt hatte, war eine große Lüge. Lediglich der kurze Teil, als sie sich über Musik und Literatur unterhalten hatten, war nicht gelogen. Was für ein gottverdammtes Scheißleben!, dachte er und raste über die Autobahn, Rammstein dröhnte in seinen Ohren, und fuhr bei Schleswig ab und machte noch einen Schlenker Richtung Innenstadt, die wie ausgestorben war. Er kam am Hafen und den Königswiesen vorbei, und von der Königstraße bog er rechts in die Plessenstraße ab. Zu seiner Linken stand der Dom, rechts ein paar Häuser, dann kam die Schlei und weiter hinten der Holm, die alte Fischersiedlung.

Sie stand allein auf dem Bürgersteig, als würde sie auf jemanden warten. Er blickte in den Rückspiegel, vor und hinter ihm war kein Auto zu sehen. Er hielt, ließ das Fenster herunter und sagte ausgesprochen freundlich: »Darf ich Sie mitnehmen, Frau Kaiser? Oder warten Sie noch auf jemanden?«

Sie stöhnte auf und nickte. »Sie schickt der Himmel. Ich habe schon vor einer halben Stunde das Taxi bestellt, aber die werden auch immer unzuverlässiger. Na ja, dann spar ich mir wenigstens die Taxikosten, das kann sich ja sowieso bald keiner mehr leisten.«

Das musst gerade du sagen, dachte er und wartete, bis sie eingestiegen war und sich angeschnallt hatte.

»Was machen Sie um diese Zeit noch hier?«, fragte sie.

»Ich habe mich mit einem Kunden in Flensburg getroffen und hab danach noch ein Bier in meiner Stammkneipe getrunken.«

»Sie fahren alkoholisiert?«

»Sie haben doch auch was getrunken, oder etwa nicht? Und jetzt erzählen Sie mir bloß nicht, dass Sie abstinent bleiben, wenn Sie mit Ihrer eigenen Schrottkarre unterwegs sind.«

»Wie reden Sie mit mir? Das ist impertinent …« Zu mehr kam sie nicht, sie spürte nur noch, wie ihr etwas an die Seite gehalten wurde und ihr kurz darauf die Sinne schwanden. Mehrere Sekunden lang jagte ein gewaltiger Stromstoß durch ihren Körper. Frau Kaiser sackte in sich zusammen und schlug mit dem Kopf gegen die Seitenscheibe.

Endlich hältst du dein dummes Maul, dachte er und fuhr aus

Schleswig hinaus und gelangte nach mehreren Kilometern an ein kleines Waldgebiet in unmittelbarer Nähe zum Langsee, wo er sich auskannte wie in seiner Westentasche. Jeder Winkel dort war ihm vertraut, jeder Baum, jeder Stumpf, jeder Fuchsbau. Er lenkte den Wagen durch einen Waldweg und stellte ihn zwischen den Bäumen ab. Nur selten verirrte sich jemand hierher, schon gar nicht um diese Zeit. Er nahm die Tasche mit den Utensilien und das Nachtsichtgerät aus dem Kofferraum, den er fast geräuschlos zuklappte, zog die noch immer Bewusstlose heraus und schleifte sie zu einer sehr einsamen Stelle. Eine Stelle, die für ganz besondere Opfer reserviert war. Durch das Nachtsichtgerät erkannte er jede Unebenheit im Boden (die Unebenheiten stammten zum größten Teil von Bundeswehrfahrzeugen, die ab und an hier durchfuhren, wenn Übungen abgehalten wurden), und er sah Eulen, die er sonst nie zu Gesicht bekommen hätte. Ein paar Zweige knackten unter seinen Schuhen, Vögel zwitscherten, als würden sie sich in ihrem Schlaf gestört fühlen, bis er nach zwei Minuten zu der Hütte gelangte, die vom Weg aus durch die vielen Bäume und Büsche nur schwer zu erkennen war.
Es war eine alte Hütte, die er von einem alten Mann gekauft hatte, der längst nicht mehr lebte. Butcher hatte sie auch mehr zufällig auf einem seiner zahlreichen Ausflüge ausfindig gemacht, so wie vieles in seinem Leben zufällig geschehen war und immer noch geschah. Es war nicht lange nach seinem Umzug nach Norddeutschland, als er die Gegend erkundet hatte und dabei auf dieses fast unberührte Stück Natur stieß, das von der Außenwelt fast unbemerkt vor sich hin döste wie Dornröschen in ihrem hundertjährigen Schlaf. Er war des Öfteren auch bei Tag hier gewesen, selten in der Hütte, die von einem Zaun umgeben war, einfach nur in der Gegend, und nie hatte er jemanden angetroffen. Aber keiner wusste, dass ihm diese Hütte gehörte. Hierher verirrten sich nicht einmal aben-

teuerlustige Kinder oder Jugendliche, und falls doch, so würden sie in der Hütte selbst nichts finden, höchstens darunter, aber sowohl das Gartentor als auch die Tür waren stets verschlossen und die Fensterläden zugeklappt. Und bis heute war niemand auf die Idee gekommen, hier rumzuschnüffeln. Und sollte es doch mal jemanden geben und der- oder diejenige sein kleines Versteck entdecken, so würde keiner die Spur zu ihm zurückverfolgen können, denn er hatte keine Spuren hinterlassen. Sie waren so unsichtbar wie die Luft, die er einatmete.

An der Hütte angelangt, schloss er die Tür auf und schleifte die allmählich zu sich kommende Frau Kaiser hinein. Das Innere bestand aus einem Sofa, einem Tisch und einem Schrank, in dem sich eine Angelausrüstung und etliches Angelzubehör befanden, das er jedoch noch nie benutzt hatte. Nach dem Kauf hatte er die Hütte umgebaut, bis sie seinen Vorstellungen entsprach.

Er hatte alles dabei, Klebeband, Kabelbinder, ein Messer, die Digital- und die Infrarotkamera und eine winzige Taschenlampe, mit der er die Kaiser anleuchtete, die auf einer Plastikplane lag.

»Was …« Sie war kaum fähig zu sprechen.

»Halt's Maul, du alte Schnepfe!«, zischte er und trat ihr ins Gesicht, woraufhin sie wieder in Bewusstlosigkeit fiel. Butcher fesselte ihre Arme und Beine mit Kabelbinder, wobei er in die Hocke gehen musste, und wartete zwei, drei Minuten, bis sie wieder zu sich kam. Blut lief aus ihrem Mund und der Nase, in ihren Augen stand die nackte Angst.

»Na, wie fühlen Sie sich, Frau Kaiser?«, flüsterte er. »Beschissen, was? Würd ich auch an Ihrer Stelle. War es nicht so, dass Sie morgen wieder abreisen wollten? Wohin gleich noch mal? Hamburg oder Mallorca? Mallorca, ich meine mich zu erinnern, dass Sie Mallorca gesagt haben, als ich unter der Motorhaube ihrer elenden Karre gesteckt habe. Tja, daraus wird nichts. Sie sind jetzt hier, und Sie werden auch hier bleiben. Für immer und ewig. Ihre letzte Ruhestätte. Schön, nicht? So mitten im Wald, die Vögel zwitschern am Tag, die Blätter rascheln, vor allem jetzt im Frühling und im Sommer, und im Herbst fällt das Laub sanft auf das Dach und den Boden. Sie sehen, Sie sind nicht allein.«

»Was haben Sie vor?«, brachte sie mühsam heraus. Drei Zähne hatte sie durch den Tritt verloren, das Sprechen fiel ihr schwer.

»Sie töten. Ich finde, jemand wie Sie hat es nicht verdient, der Menschheit länger auf die Nerven zu gehen. Aber ich denke, wir sollten zum Du wechseln, schließlich sind wir Nachbarn, und ich habe dir doch schon so oft geholfen … Angst? Doch nicht eine toughe Frau wie du. Wie alt bist du eigentlich? Sechzig oder älter?«

»Siebenundvierzig«, antwortete sie noch, bevor Butcher ihr den Mund mit Klebeband verschloss.

»Du siehst älter aus«, sagte er kalt und sardonisch lächelnd. »Liegt wahrscheinlich daran, dass du so eine gehässige, geizige alte Fotze bist. Nichts kann man dir recht machen, du bist immer nur am Nörgeln, wie meine werte Frau Mama und meine über alles geliebte Ehefrau. Wie vorhin, da hab ich schon mal gedacht, dass ich dich eigentlich am liebsten killen würde. Und eigentlich wollte ich gar nicht den Umweg über den Holm machen, aber irgendwas hat mich dorthin getrieben. Vielleicht meine innere Stimme, die mir sagte, dass du dort auf mich warten würdest. Hast du nicht auch so ein komisches Gefühl gehabt, dass da gleich jemand kommen würde, den du kennst? … Oh, du hast ja solche Angst, aber das ganze Rumgestrampel bringt dir gar nichts, das haben schon andere vor dir versucht. Selbst der stärkste Mann der Welt könnte sich nicht aus diesen Fesseln befreien … Na, überlegst du, was du machen könntest, um mich davon abzuhalten, dich zu töten? Geld? Nein«, sagte er wieder mit diesem teuflischen Lächeln und schüttelte den Kopf, »dafür bist du viel zu geizig. Außerdem hab ich selbst genug davon, ich brauch dein Scheißgeld nicht. Oder glaubst du, ich würde dich aus reiner Menschlichkeit am Leben lassen? Ganz ehrlich, wie menschlich warst du denn, wenn du so zurückblickst? Komm, sag's mir. Ach, du kannst ja gar nicht reden, obwohl du sonst schnatterst wie eine Gans. Schnatter, schnatter, schnatter! Aber wo war ich gleich stehen geblieben? Ah, bei der Menschlichkeit. Na ja, jeder definiert das anders, aber du warst nie menschlich, kein Stück weit, du hast sogar deinen eigenen Mann unter die Erde gebracht. Du bist nichts als eine elende Kreatur, geldgeil und gierig und dabei so unerträglich geizig. Dabei könntest du so viel Gutes tun mit deinen Millionen. Aber das willst du ja nicht, du erwartest immer nur, dass die andern was für dich tun. Deine lausige Karre soll ich reparieren, obwohl du dir schon längst eine neue hättest kaufen können. Zu einem Sonderpreis hätte ich's machen sollen.« Butcher lachte auf und schüttelte wieder nur mitleidig den Kopf. »Manchen mach ich einen Sonderpreis, aber das sind andere Menschen, genau genommen sind es Menschen und nicht solche erbärmlichen Kreaturen wie du. Ich hab schon einigen aus dem Ort das Auto umsonst repariert, und deswegen mögen sie mich. Auch wenn ich ein böser Bub bin, aber ich war schon immer irgendwie böse. Richtig böse. Ich bin nicht nett, ich bin eine Bestie. Und ich denke, jetzt, wo wir hier so ganz allein sind und uns unterhalten, dass wir uns auf eine gewisse Weise sogar ähneln. Weißt du, ich hätte dich wahrscheinlich sogar in Ruhe gelassen, wenn ich heute nicht so einen wunderschönen Abend verlebt hätte. Da gibt es eine Frau, die ist einfach anders als die meisten. Sie duftet so herrlich, ganz anders als du mit deinem stinkenden süßlichen Parfum, das wahrscheinlich ein Heidengeld kostet, doch an dir stinkt es nur. Aber ich schweife ab. Weißt du, mir sind heute Abend bei besagter Dame einige

Dinge bewusst geworden … Ach, was soll ich dich damit langweilen, du würdest es ja sowieso nicht verstehen. Du bist so sehr auf dich selbst fixiert, du bist eine Egomanin, wie sie im Buche steht. Und deshalb werde ich dich töten. Tut mir leid, wenn ich dir nicht länger Gesellschaft leisten kann, aber ich muss mich irgendwann mal wieder zu Hause blicken lassen. Und jetzt guck nicht so, es wird ganz schnell gehen. Moment, gleich bin ich so weit.«

Er klappte den Teppich zurück, hob zwei Dielenbretter an und schob sie vorsichtig zur Seite. Darunter befand sich eine Grube, wo der Erbauer der Hütte früher Vorräte gelagert hatte, das hatte er ihm erzählt, aber als Butcher diese Hütte kaufte, war die Grube leer, ringsum jedoch zementiert. Jetzt lagen dort keine Vorräte, sondern etwas ganz anderes, etwas, das kaum noch zu erkennen war.

Er beugte sich über die Kaiser und flüsterte ihr ins Ohr: »Darf ich noch ein Foto von dir machen? Na ja, besser drei. Die brauch ich für meine Sammlung.« Butcher nahm die Infrarotkamera und machte kurz hintereinander drei Aufnahmen. »Adieu, du Miststück«, sagte er, legte seine Hände um ihren Hals und drückte so lange zu, bis auch die letzten Zuckungen vorüber waren. Er warf sie in die Grube, machte einen großen Sack mit Ätzkalk auf und verteilte mit einer Schaufel vorsichtig mehrere Kilo über die Tote. Bald würde von ihr nichts mehr zu erkennen sein, es würde kein Fäulnisgeruch entstehen, und auch die Tiere des Waldes würden sich von der Hütte fern halten. Er verschloss den Sack wieder, schob die Bretter an ihren ursprünglichen Platz zurück und legte den Teppich darüber. Er leuchtete den Boden nach Blutspritzern ab, entdeckte keine, denn er war inzwischen ein Meister im spurlosen Töten, faltete die Plastikplane zusammen, sah noch einmal um sich, setzte das Nachtsichtgerät wieder auf und begab sich zurück zum Wagen. Halb zwei, dachte er, startete den Motor und machte sich auf den Weg nach Hause. Mutter schläft garantiert schon, ich hoffe, Monika auch. Ich kann blöde Fragen nicht gebrauchen. Als er in den Ort fuhr, war alles wie immer bei Nacht. Kein Auto, das ihm begegnete, kein Fenster, hinter dem noch Licht brannte, nicht einmal eine Katze, die die Straße überquerte. Nachher kommt der Horch, dachte er mit Blick auf seine Werkstatt. Er atmete einmal tief durch. Die Außenbeleuchtung ging in dem Moment an, als er den Sensor passierte. Er zog die Schuhe aus, fuhr mit dem Lappen kurz darüber und begab sich in den Keller. Er fragte sich, ob Carina wohl schon schlief. Am liebsten hätte er sie angerufen, um ihr zu sagen, dass er am Abend wiederkommen würde. Nur ein kurzes Hallo. Aber er wollte sie nicht wecken. Die Fotos von der Kaiser würde er in den nächsten Tagen entwickeln, sie waren sowieso nur für seine Sammlung bestimmt. Vielleicht würde Henning sie irgendwann bekommen. Er nahm noch einen Schluck Wasser, legte sich hin und schlief sofort ein, doch kaum eine Stunde später wachte er aus einem seltsamen, beängstigenden Traum auf. Er wusste nicht, was er zu bedeuten hatte, doch er sah Carina für einen kurzen Moment darin, ihr Gesicht, ihre traurigen Augen und wie sie immer mehr zu einem schemenhaften Wesen wurde, das schließlich völlig verschwand, bis nur noch eine dunkle Wolke zurückblieb.

DIENSTAG, 8.30 UHR

Sören Henning war schon seit fünf Uhr wach. Er hatte aufgeräumt und gefrühstückt und noch einmal den gestrigen Tag Revue passieren lassen, bevor er sich aufs Fahrrad schwang und zum Präsidium fuhr. Harms und Santos waren bereits da und empfingen ihn mit einem gutgelaunten »Moin«.

»Alles ruhig geblieben letzte Nacht?«, fragte Henning, der Lisa einen kurzen, aber vielsagenden Blick zuwarf, den sie mit einem Lächeln erwiderte.
»Bis jetzt ist keine entsprechende Meldung eingegangen. Aber was nicht ist, kann ja noch werden«, antwortete Harms. »Deine Laune scheint nicht besonders zu sein. Was ist los?«
Henning setzte sich und sagte: »Ich hab mir noch mal alles durch den Kopf gehen lassen, und eigentlich wollte ich es euch nicht sagen, bevor ich nicht mit Kieper gesprochen habe, aber der ist zur Zeit nur ganz schwer zu erreichen. Es gibt für mich nur eine Möglichkeit, den Fall zu lösen, und das ist, wenn ich allein arbeite …«
»Moment, das ist nicht dein Ernst«, wurde er von Harms unterbrochen, der ungläubig den Kopf schüttelte. »Das ist unmöglich. Wir sind ein Team, und jeder hat seine Aufgabenbereiche …«
Jetzt unterbrach Henning ihn mit einer Handbewegung. »Lass mich dir erklären, was ich meine. Dass wir ein Team sind, weiß ich selbst. Aber ich möchte mich an seine Fersen heften, das heißt, ich möchte ihn herausfordern, ich muss ihn praktisch herausfordern. Irgendwie hab ich das Gefühl, dass ich ihm sehr nahe bin, aber noch ist eine Wand zwischen uns.« Er verzog den Mund. »Mir ist klar, dass das schwer zu verstehen ist. Die Soko wird wie besprochen gebildet, ich werde aber zusammen mit Lisa an vorderster Front arbeiten. Ich werde ein paar Entscheidungen treffen müssen, von denen ich nur Lisa in Kenntnis setzen werde, und ich bitte dich, mir dafür den Rücken zu stärken …«
»Nein, unmöglich«, sagte Harms entschieden. »Es wird keinen Alleingang geben. Entweder ziehen alle an einem Strang, oder wir können die ganze Aktion vergessen.«
»Ich habe doch deutlich genug gesagt, dass die Soko wie geplant gebildet wird. Lisa und ich werden uns lediglich hier

und da ausklinken. Nenn es von mir aus Alleingang. Aber Volker, wir haben es mit einer derartigen Häufung von Zufällen zu tun, dass ich der Meinung bin, dass es kein Zufall ist, dass ausgerechnet ich diese Zufälle erkannt habe. Warum ist nicht schon vor Jahren jemand darauf gekommen? Hast du dafür eine Erklärung?«

Für einen Augenblick herrschte Schweigen, bis Harms sagte: »Wie stellst du dir diesen Alleingang vor?«

»Das ist das Problem, ich weiß es nicht. Noch nicht. Ich bin die ganze Zeit am Überlegen, was er will. Spielen, das ist klar. Aber es ist kein Gesellschaftsspiel wie Monopoly, hier geht es um Menschenleben. Das Team soll alle Fakten sammeln, deren es habhaft werden kann. Sie sollen noch mal mit den Angehörigen der Opfer und der Vermissten sprechen, was sicher eine Schweinearbeit wird. Am besten wäre es, wenn diese Gespräche aufgezeichnet würden, damit wir uns ein genaueres Bild von den Familien und Angehörigen machen können. Außerdem schlage ich vor, dass bei jedem dieser Gespräche ein Psychologe anwesend ist, wobei ich in allererster Linie an Jan denke, der sich allerdings mit noch drei oder vier Kollegen kurzschließen müsste, um ihnen die Details der Fälle zu erklären. Wir könnten mit einer solchen Aktion Polizeigeschichte schreiben, denn soweit mir bekannt ist, wurde etwas Derartiges noch nie zuvor durchgeführt. Wir würden die vorhandene Literatur um ein wesentliches Kapitel erweitern und bereichern und wären somit in der Lage, in Zukunft bei ähnlichen Fällen schneller und effizienter zu reagieren. Wäre das nicht in unser aller Sinn?«

»Das klingt alles schön und gut, Sören, nur, wo willst du die ganzen Leute hernehmen? Weißt du eigentlich, wie viele Personen befragt werden müssen? Das sind Hunderte, vielleicht sogar mehr als tausend. Und denk nur mal an die Kosten …«

»O Gott, bitte verschon mich mit diesem Thema! Überall

wird Geld zum Fenster rausgeschmissen, nur bei uns wird an allen Ecken und Enden gespart. Nein, das lass ich nicht gelten. Deshalb wollte ich auch mit Kieper sprechen. Wir brauchen die Unterstützung von ganz oben.«

»Sören hat Recht«, meldete sich Lisa Santos zu Wort. »Er hat die Sache überhaupt erst aufgedeckt, er hat die Zusammenhänge als Erster erkannt, und ich denke, dass sein Ansatz wenigstens in Erwägung gezogen werden sollte. Der Täter hat immerhin schon Kontakt zu uns aufgenommen, was bedeutet, dass er die Herausforderung sucht. Aber wir müssen ihn in dem Glauben lassen, dass er am längeren Hebel sitzt, das heißt, er darf gar nicht merken, dass wir es sind, die ihn herausfordern. Ich sehe es als die einzige Chance, ihn zu überführen. Sören und ich haben uns gestern schon mal darüber unterhalten, nachdem wir Göden gefunden hatten. Wo steckt eigentlich Jan?«, fragte sie mit Blick auf die Uhr. »Der ist doch sonst nicht so spät.«

»Er kommt schon noch«, sagte Harms. »Also gut, nehmen wir an, dein Vorschlag wird akzeptiert. Was willst du machen? Warten, bis er sich bei dir meldet?«

»Das wird er. Und dann melde ich mich bei ihm. Solange werde ich ganz normal weiterermitteln.«

Die Tür ging auf, und Friedrichsen kam herein. Er hatte seinen Pilotenkoffer dabei und grüßte in die Runde. Noch bevor er sich setzen konnte, klopfte es, und die junge Beamtin, die bereits gestern einen Umschlag brachte, hatte auch diesmal einen in der Hand. Henning konnte sich einen leicht triumphierenden Gesichtsausdruck nicht verkneifen, ahnte er doch, was sich in diesem Umschlag befand.

»Geben Sie ihn mir«, sagte er und bedankte sich. Er öffnete ihn vorsichtig und zog den Inhalt heraus. Es waren drei Fotos von Melanie Schöffer, dazu ein Gedicht und noch ein paar weitere Sätze.

»Ich lese vor:

›Heute, nur heute
Bin ich so schön,
Morgen, ach morgen
Muss alles vergehn.
Nur diese Stunde
Bist du noch mein.
Sterben, ach sterben
Soll ich allein.
In memoriam Melanie Schöffer.

Schönes Gedicht, nicht? Ist übrigens auch von unserm großen Dichter Theodor Storm. Die Fotos von Melanie sind für Ihre Galerie. Ich denke, sie sind ganz gut gelungen. Wenn Sie möchten, sende ich Ihnen auch Abzüge aller anderen Fotos, es sind aber ziemlich viele. Ich würde mich über eine Antwort von Ihnen freuen. Wie Sie das anstellen, überlasse ich Ihrer Phantasie. Die Bilder von diesem Markus Göden folgen morgen, ich kam leider noch nicht dazu, sie zu entwickeln. Ich hoffe, Sie nehmen mir dies nicht übel, aber ich habe im Moment sehr viel zu tun. Ich wünsche Ihnen einen schönen Tag und viel Erfolg, Hauptkommissar Henning.‹«
Nach den letzten Worten hätte das Fallen einer Stecknadel wie Donnerhall geklungen. Henning starrte auf die Zeilen und immer wieder auf seinen Namen.
»Woher weiß der Mistkerl von mir? Woher um alles in der Welt kann er das wissen? Jetzt soll mir um Himmels willen keiner sagen, dass es einer von uns ist, dann dreh ich durch.«
»Vielleicht hört er regelmäßig den Polizeifunk ab«, bemerkte Santos.
»Ist da mein Name gefallen?«

»Natürlich«, sagte Harms. »Als du mit Lisa nach Neversdorf gefahren bist, oder als unsere Leute unterwegs waren ... Dein Name ist bestimmt hundertmal in den letzten Tagen gefallen.«

»Mein Gott, unser verrottetes Funksystem! Alle Länder funken verschlüsselt, nur wir sind neben den Albanern die Einzigen in Europa, die noch analog funken. Wie in der Steinzeit! Warum verständigen wir uns nicht gleich mit Rauchzeichen?! Womit wir wieder beim Geld wären.« Henning schnaubte wie ein wilder Stier. »Dadurch ist er natürlich über jeden unserer Schritte informiert.«

»Was vielleicht gar nicht so verkehrt ist«, sagte Santos. »Andererseits müssen wir auch die Möglichkeit in Betracht ziehen, dass es sich bei dem Gesuchten um einen Kollegen handelt. Was ich aber nicht hoffe, der Imageschaden wäre auf Jahre hinaus nicht wiedergutzumachen. Allerdings fallen mir da auch wieder die Aussagen von Melanies Mitschülerinnen ein, die einen Mann in Uniform gesehen haben wollen.«

Henning schüttelte energisch den Kopf. »Es ist keiner von uns, es kann keiner von uns sein, denn damit hätte er die Schlinge selbst um sich gelegt, er hätte quasi Selbstmord begangen. Außerdem wäre es ein Leichtes, die Alibis aller Polizeibeamten in Schleswig-Holstein für die Tatzeiten der Morde an Miriam Hansen und Melanie Schöffer zu überprüfen. So dumm ist er nicht. Er ist viel cleverer. Mit Sicherheit weiß er aber auch von unseren verschärften Verkehrskontrollen und umschifft sie elegant.«

»Braucht er doch nicht, wir haben ja keinen Schimmer, wie er aussieht. Er ist Mister Normalo«, sagte Santos lapidar.

Henning räusperte sich, legte alles auf den Tisch und stand auf. »Kommen wir auf das Schreiben zurück. Gestern hat er sich recht kurz gefasst, heute kriegen wir schon fast einen ganzen Brief. Er öffnet sich allmählich, ohne jedoch auch nur das

Geringste von sich preiszugeben. Jan, wie weit bist du mit dem Profil?«
Friedrichsen hatte das Schreiben genommen und las es noch einmal in Ruhe durch, ohne die Frage zu beantworten.
»Was und wie antworten wir ihm?«, fragte er. »Er hat den Brief diesmal in Eckernförde aufgegeben. Das heißt, er stammt tatsächlich aus dieser Gegend.«
»Hast du daran etwa gezweifelt?«, fragte Henning. »Noch mal, wie weit bist du mit dem Profil?«
»Noch nicht sehr weit. Er ist schwer zu greifen, wenn du verstehst. Aber ein bisschen was hab ich schon rausgefunden, denn sein markantestes Zeichen ist ja wohl diese fötale Lage der Opfer.« Er holte eine dünne Mappe aus seinem Koffer und schlug sie auf. »Also, er scheint seit seiner frühesten Kindheit traumatisiert zu sein. Unbewusst äußert er den Wunsch, wieder in den Mutterleib zurückzukehren, um noch einmal komplett von vorne anfangen zu können. Andererseits haben wir die nur bei den weiblichen Opfern ausgestochenen Augen, was ein Indiz dafür ist, dass er erhebliche Probleme mit Frauen hat. Es könnte sein, dass er es in der Vergangenheit mit Frauen zu tun hatte, die ihn dominiert haben oder es noch tun und deren Blick er nicht ertragen kann. Aber das ist eine Hypothese, und ich werde mich hüten, sie als gesichert hinzustellen. Wenn ich nun diese beiden Punkte verbinde, den Wunsch nach dem Mutterleib und die ausgestochenen Augen, so bleibt für mich nur der Schluss, dass er diese Welt als etwas Grausames empfindet und schon seit er denken kann mit einem unbeschreiblichen Zorn herumläuft. Ich gehe davon aus, dass er diesen Zorn als Kind und auch in seiner frühen Jugend anderweitig abreagiert hat, indem er unter anderem Tiere gequält oder getötet hat …«
»Wie kommst du darauf?«, wollte Henning wissen.
»Weil es bei Serientätern ein Muster gibt, das meist bis in die

früheste Kindheit zurückreicht. Die überwiegende Zahl der Serientäter gibt an, dass sie schon sehr früh Gewaltphantasien hatten, ohne zu wissen, woher diese stammten. Welches Kind weiß schon, warum es zornig ist? Es ist einfach ein Zustand, und wenn niemand da ist, der diesen Zorn erkennt und auffängt, dann entwickelt der Zorn eine Eigendynamik und kann nicht mehr kontrolliert werden. Bei unserm Mann scheint genau das der Fall zu sein. Im Mutterleib war vielleicht noch alles in Ordnung, da fühlte er sich vielleicht noch sicher und geborgen, worauf ich aber im Folgenden noch einmal zurückkommen werde. Doch in dem Moment, in dem er das Licht der Welt erblickte, wurde er erdrückt. Das mögen äußere Umstände gewesen sein wie etwa eine übermächtige Mutter, die von Anfang an alles bestimmt hat und ihm keinen Freiraum gelassen hat, es können aber auch noch weitere Faktoren hinzugekommen sein, die diese Übermacht noch potenzierten. Um das zu veranschaulichen: Jedes Kind durchläuft mehrere Entwicklungsphasen, die ich jetzt nicht alle aufführen will, aber wenn diese Phasen nicht erlebt und auch nicht ausgelebt werden dürfen, hat dieses Kind ein echtes Problem. Wohin mit dem Drang, Neues zu entdecken, wenn dieser Drang von außen nicht zugelassen oder unterdrückt wird? Nehmen wir ein Beispiel. Wir alle kennen das mit der heißen Herdplatte. Jeder von uns hat sich schon mal die Finger verbrannt, und wir haben unsere Lehren daraus gezogen und wissen, dass wir eine heiße Herdplatte nicht anfassen dürfen. Aber manche Kinder dürfen diese Erfahrungen gar nicht erst machen, weil da jemand ist, der ihnen sagt, fass das bloß nicht an, das ist gefährlich. Wie gesagt, das ist nur ein Beispiel. Aber es gehört zur Entwicklung eines jeden Kindes, sowohl negative als auch positive Erfahrungen zu machen, denn es sind Lernprozesse, die nichts mit der Schule zu tun haben, höchstens mit der Schule des Lebens. Wenn aber ständig gesagt wird, das ist bäh, das ist schmutzig, das tut weh, ohne dass das Kind dieses Bäh, diesen Schmutz oder den Schmerz erfahren darf, wie kann es dann wissen, was schmutzig und was schmerzhaft ist? Das Einzige, was dem Kind zugefügt wird, sind seelische Schmerzen, die es jedoch nicht erkennt, weil es noch zu jung ist. Aber in sich drin baut sich der eben schon erwähnte Zorn auf, Dinge nicht erleben zu dürfen, die andere erleben. Das geschieht ganz allmählich, bis der Zorn so groß wird, dass er außer Kontrolle gerät. Und vielleicht wurde unser Täter von der Mutter derart vereinnahmt, dass ihm die Möglichkeit genommen wurde, sich zu entfalten. Ein Kind muss spielen, was auch zum Lernprozess beiträgt. Wenn dieses Kind jedoch immer allein spielen muss und ihm verboten wird, mit andern zu spielen, kommt zu dem oben genannten Problem noch ein weiteres hinzu. Ihr kennt sicherlich das Lied ›Spiel nicht mit den Schmuddelkindern‹. Es liegt durchaus im Bereich des Möglichen, dass ihm das Spielen mit Gleichaltrigen verwehrt wurde. Vielleicht waren sie nicht gut genug für ihn, vielleicht hat die Mutter gesagt, diese Kinder kommen aus einem schlechten Elternhaus oder haben einen schlechten Einfluss …«

»Darf ich kurz unterbrechen?«, fragte Henning.

»Sicher.«

»Aber irgendwann kommt doch dieses Kind in die Schule. Da ist es der Kontrolle der Mutter zumindest für einige Zeit entzogen. Es hat Kontakt zu andern Kindern …«

»Aber nur in der Schule. Dort werden auch die häufigsten Freundschaften geknüpft. Wenn aber die Mutter untersagt, dass ihr Kind mit Schulkameraden außerhalb der Schulzeiten spielt, werden sich die Mitschüler zurückziehen. Was soll man mit einem anfangen, der nie raus darf? Die andern spielen Fußball und machen sich schmutzig, aber er ist nicht dabei. Er schaut vielleicht sehnsüchtig zu, aber er ist und bleibt ein Außenseiter. Das Ende vom Lied ist, dass er auch in der Schule ausgegrenzt wird. Und so entwickelt er sich zum Einzelgänger, ohne dass er es will. Er fängt an, sich mit sich selbst zu beschäftigen. Ich habe Straftäter kennen gelernt, denen die Kindheit auf eine ähnliche Weise geraubt wurde. Alle sozialen Kontakte wurden unterbunden, wofür es mehrere Gründe gibt. Einer ist, dass die andern Kinder, wie schon erwähnt, in den Augen der Mutter nicht der geeignete Umgang sind. Ein weiterer ist, dass die Mutter fürchtet, die vollkommene Kontrolle über ihr Kind zu verlieren, wenn es sich mehrere Stunden mit Freunden oder Freundinnen beschäftigt. Oder die Mutter fürchtet, dass ihr Kind in schlechte Gesellschaft gerät. Das sind nur drei Beispiele. Was ich damit sagen will, ist, dass dem Kind der Nährboden des Erlebens und Erfahrens entzogen wird. Viele dieser Kinder verkrüppeln seelisch und emotional, ohne dabei zu Mördern zu werden. Manche werden zu Strebern in der Schule und sind in jedem Fach Spitze, denn irgendwie müssen sie sich ja beweisen, wenn sie schon im Sportunterricht immer als letzte Alternative in die Mannschaft gewählt werden. Viele von ihnen sind aber in ihrem späteren Berufsleben nur einer von vielen. Jemand, der sein Abi mit der Note Eins abgeschlossen und anschließend studiert hat, muss nicht zwangsläufig Karriere machen. Er arbeitet vielleicht als Buchhalter völlig untergeordnet in einer unbedeutenden Klitsche, obwohl er von seinen Fähigkeiten her wesentlich mehr leisten könnte. Warum? Weil diese Menschen nie gelernt haben beziehungsweise nie lernen durften, sich sozial zu integrieren. Aber um zu überleben, haben sie sich ihren eigenen Lebens- oder auch Überlebensraum geschaffen, das heißt, er wurde ihnen geschaffen, und aus dem durften sie nie ausbrechen.« Friedrichsen räusperte sich und nahm einen Notizblock zur Hand. »Wenn ich mir nun das Material anschaue, das Sören mir überlassen hat, dann komme ich zu folgendem vorläufigen Schluss: Bei dem Täter handelt es sich um einen Außenseiter, der sich in den Mutterleib zurückwünscht. Aber, und jetzt kommt der Haken, er wünscht sich nicht in den Leib seiner Mutter zurück. Ich weiß von Rückführungen, in denen die Patienten von ihren Erlebnissen im Mutterleib berichtet haben …«

»Augenblick«, meldete sich Harms mit zweifelndem Gesichtsausdruck zu Wort, »wie kann sich jemand an etwas erinnern, das vor der Geburt stattgefunden hat?«

»Glaub mir, es gibt diese Möglichkeiten, auch wenn sie umstritten sind. Diese Rückführungen finden häufig unter Hypnose statt, und wenn man die Lebensgeschichten der Patienten mit diesen Rückführungen vergleicht, stellt man sehr häufig erstaunliche Parallelen zum späteren Leben fest. Es ergibt einfach ein komplettes Bild. Man mag das als Humbug abtun, ich war aber selbst bei solchen Rückführungen dabei und weiß, dass da nichts getürkt wurde.«

»Bei deiner Frau?«, fragte Santos grinsend, woraufhin Friedrichsen leicht errötete, die Brille abnahm und sie etwas verlegen mit der Krawatte putzte.

»Und wenn? Tut mir leid, ich kann auch nichts dafür, dass sie über solche Fähigkeiten verfügt …«

»Du brauchst dich nicht zu entschuldigen, das ist interessant. Fahr fort«, sagte sie.

»Gut. Um es kurz zu machen: Der Mann, mit dem wir es zu tun haben, hat mit größter Wahrscheinlichkeit keine Kindheit gehabt. Da war eine übermächtige Mutter, die die vollständige Kontrolle über sein Leben hatte und womöglich noch hat. Es kann sein, dass er verheiratet ist, es kann auch sein, dass er Vater ist, doch da will ich mich nicht festlegen. Er muss aber schon ziemlich früh Gewaltphantasien entwickelt und sie vermutlich auch ausgelebt haben. Wie schon erwähnt, beginnt dies bei vielen Serienmördern mit Gewaltphantasien, die dann in das Quälen und Töten von Tieren übergehen, bevor sie sich an Menschen herantrauen. Der aufgestaute Zorn muss irgendwie abgebaut werden ...«

»Aber es gibt doch unzählige Menschen, die eine beschissene Kindheit hatten, die missbraucht wurden oder misshandelt und die nicht zu Bestien mutierten«, sagte Henning verständnislos.

»Ich würde mit dem Begriff Bestie sehr vorsichtig umgehen. Kein Mensch wird als Mörder geboren, es sind immer Umstände, die ihn dazu werden lassen. Und im Vergleich zu allen andern Menschen, die eine, wie du es ausdrückst, beschissene Kindheit hatten oder haben, liegt die Zahl derer, die zu Mördern werden, im Promillebereich. Ich kenne nicht die genauen Zahlen, aber es dürfte so bei 0,00001 Promille liegen. Also verschwindend gering. Ich kann jedoch aus meiner beruflichen Erfahrung behaupten, dass kein Mensch, der Missbrauch oder Misshandlung an sich erfahren hat, in der Lage ist, ein normales Leben zu führen.«

»Und warum tötet er auch männliche Opfer, wenn sein Hass auf die Mutter projiziert ist?«, wollte Santos wissen.

»Diese Frage kann ich nicht beantworten. Und spekulieren möchte ich nicht. Frag ihn, wenn du ihn hast.«

»Ein übermächtiger Vater noch dazu?«, hakte Santos nach.

»Möglich, aber eher unwahrscheinlich. Das muss einen andern Hintergrund haben.«

»Und was glaubst du, welchen Beruf er ausübt?«

»Es gibt nicht so wahnsinnig viele Berufe, in denen man häufig unterwegs ist. Er kann Vertreter sein, er kann aber auch ein Freischaffender sein, ein Künstler zum Beispiel. Dafür sprechen würden die beiden Gedichte, die er dir geschickt hat und die recht gewählte Sprache. Auf jeden Fall verfügt er über einen hohen Bildungsgrad.«

»Lass mich noch mal auf deine These mit dem Mutterleib zurückkommen«, meinte Henning und schlug die Beine übereinander. »Du hast vorhin gesagt, im Mutterleib fühlte er sich vielleicht sicher und geborgen. Warum dieses vielleicht?«

»Es ist erwiesen, dass ein Fötus schon sehr früh die Stimme der Mutter und auch des Vaters wahrnimmt. Es kann sein, dass er ein ungewolltes Kind war oder dass er häufige Streitereien zwischen den Eltern miterlebt hat. Es gibt dazu interessante Studien, wie Ungeborene auf so etwas reagieren …«

»Wenn du ihn dir vorstellst, wie sieht er aus?«

»Ich kann ihn mir nicht vorstellen, ich bin kein Medium. Und wenn du jetzt wieder auf meine Frau anspielst, die kann so etwas auch nicht.«

»Warum tötet er Kinder, Jugendliche und Erwachsene? Warum Männer und Frauen?«

»Ich weiß es nicht. Warum hat dieser Tschikatilo es getan?« Friedrichsen zuckte mit den Schultern.

»Er war zornig«, sagte Henning leise.

»Siehst du, das ist die Antwort, die ich aber vorhin schon gegeben habe. Zorn. Unsäglicher, unbeschreiblicher Zorn. Das ist wie ein Druckluftkessel, in dem sich Enttäuschung, nicht erfahrene Liebe …«

»Wieso nicht erfahrene Liebe? Deinen Ausführungen zufolge hat seine Mutter ihn mit Liebe erdrückt.«

Friedrichsen lächelte still vor sich hin, bevor er antwortete: »Definier mir Liebe. Wie würdest du dich als Kind fühlen, wenn deine Mutter dir sagt, sie liebt dich über alles, aber gleichzeitig verbietet sie dir, mit andern Kindern zu spielen? Ist das Liebe? Eine solche Mutter benutzt das Kind für ihre eigenen Zwecke, sie ist die Herrscherin, der sich das Kind nicht entziehen kann, aber nicht nur das, es hat sich der Herrscherin bedingungslos unterzuordnen.«

»Okay, weiter«, sagte Henning.

»Ich war beim Druckluftkessel, oder?«

»Hm.«
»In dem befinden sich Enttäuschung, nicht erfahrene Liebe, Verbote, Maßregelungen und eine Menge mehr an Negativem. Das ist wie eine Hexenküche, es brodelt und brodelt, bis der Kessel, in dem Fall der Täter, zu explodieren droht. Aber bevor es so weit kommt, lässt er seinem Zorn und seiner Enttäuschung freien Lauf und tötet. Der Druck ist für den Moment weg, aber er kehrt wieder, immer stärker und immer schneller. Ich habe mir die Fälle angeschaut und dabei festgestellt, dass sich seine Rate von Jahr zu Jahr gesteigert hat. Und ich gebe dir Recht, es ist durchaus möglich, dass er für weit mehr als nur diese bisher dreiunddreißig Morde in Frage kommt. Ich gehe inzwischen auch von mindestens fünfzig aus, es kann aber auch sein, dass es hundert oder mehr sind.«
»Aber wieso passieren all diese Zufälle?«, fragte Henning. »Das geht nicht in meinen Kopf rein. Verfügt er über mediale Fähigkeiten, dass er sagen kann, hier und jetzt werde ich ein Opfer finden, weil zum Beispiel ein Zigarettenautomat kaputt ist?«
»Kein Kommentar. Ich habe bereits vorgestern versucht, euch den Begriff Zufall näher zu erläutern, ich werde mich nicht wiederholen. Fragt ihn, wenn ihr ihn habt. Doch ich fürchte, er wird euch auch keine Antwort darauf geben können.« Und nach einer Pause: »Ich bin mit dem Profil aber noch längst nicht fertig, die Persönlichkeit des Täters ist derart komplex, das dauert noch.«
»Wie alt schätzt du ihn?«
»Wenn wir davon ausgehen, dass er seinen ersten Mord vor vierzehn Jahren begangen hat, dürfte er zwischen Anfang und Ende dreißig sein.«
»Das könnte bedeuten, dass seine Mutter noch lebt«, sagte Henning und fasste sich ans Kinn. »Vorausgesetzt, sie lebt noch, wäre er in der Lage, sie zu töten? Ich meine, würde er es fertig bringen?«

»Schwer zu sagen, aber eher nicht. Sie ist der Grund für seinen Hass und seinen Zorn, aber sie ist seine Mutter, und an der vergreift man sich nicht. Sie hatte ihn im Bauch, sie hat ihn geboren, sie hat ihm zu essen gegeben ... Man sucht sich andere Opfer, die stellvertretend für sie stehen.«
»Kinder? Männer?«, meinte Santos zweifelnd.
»Ich sag doch schon, ich weiß viel zu wenig von ihm. Sonst noch Fragen? Wenn nicht, würde ich mich gerne wieder an die Arbeit machen.« Friedrichsen stand auf, steckte die Mappe in den Koffer und bewegte sich schon auf die Tür zu, als er innehielt und sagte: »Ach ja, das hätt ich beinahe vergessen. Er hat keine Lust mehr.«
»Stopp! Was meinst du mit er hat keine Lust mehr?«, fragte Henning.
»Er ist das Morden leid. Er will geschnappt werden. Deshalb auch seine beiden Schreiben. Er weiß, dass er das Spiel verlieren wird, weil er es verlieren will.«
»Was macht dich da so sicher?«
»Es muss irgendetwas in seinem Leben passiert sein, das ihn dazu bewogen hat, dem allen ein Ende zu bereiten.«
Friedrichsen wollte bereits die Hand auf die Klinke legen, als Santos sagte: »Hältst du es für möglich, dass er noch mit seiner Mutter unter einem Dach lebt?«
»Ja, ich halte es sogar für sehr wahrscheinlich. Sie lässt ihn nicht los, und er ist unfähig, sich von ihr zu lösen. Wenn ihr ihn finden wollt, müsst ihr seine Mutter ins Spiel mit einbeziehen. Sie ist der Schlüssel zu allem.«
»Danke, Jan«, sagte Harms, beugte sich nach vorn, wartete, bis Friedrichsen das Büro verlassen hatte, nahm einen Bleistift, drehte ihn zwischen den Fingern und sah Henning nachdenklich an.
»Wir verschwinden dann auch mal«, sagte Henning.
»Warte. Du hast mein Einverständnis. Er hat sich an dich per-

sönlich gewandt, und ich hielte es für besser, wenn du ... Beim Schach spielen auch nur zwei gegeneinander und nicht einer gegen eine Mannschaft. Ich bitte dich nur, mich regelmäßig über den neuesten Stand zu informieren.«
»Ich möchte aber auch Lisa dabeihaben.«
»Bitte, sofern Lisa einverstanden ist.«
»Natürlich bin ich das.«
»Schnappt euch diesen Mistkerl. Ich will aber hinterher nicht hören, was für eine beschissene Kindheit er hatte, dazu hat er zu viel Unheil angerichtet. Klar?«
Henning und Santos nickten synchron.
»Was habt ihr heute vor?«
»Das besprechen wir gleich draußen. Wir rufen dich von unterwegs an.«
»Dann haut ab.«
Auf dem Flur sagte Santos mit gerunzelter Stirn: »Was hast du vor?«
»Wir fahren ein bisschen in der Gegend rum. Einfach so.«
»Das glaub ich nicht! Du willst dich in ihn hineinversetzen?«
»Versuchen kann ich's ja mal. Das heißt, wir können es versuchen. Wie geht er vor, wo findet er seine Opfer? Verstehst du, was ich meine?«
»Keine schlechte Idee.«
»Das ist nicht alles. Ich will sehen, ob wir einfach so ein Opfer finden würden. Zufällig. Es ist ja nur ein Spiel.«

DIENSTAG, 7.15 UHR

Butcher saß mit seiner Familie am Frühstückstisch, Laura und Sophie hatten bereits aufgegessen und packten ihre Schulbrote in die Ranzen, als seine Mutter sagte: »Wieso hast du

Frau Kaisers Auto eigentlich nicht repariert? Sie war ziemlich ungehalten.«

»Ist sie das nicht immer, wenn nicht alles nach ihrem Willen läuft? Ich kann zwar Autos reparieren, aber keinen achtzehn Jahre alten Benz, bei dem so ziemlich alles kaputt ist, was nur kaputt sein kann. Die soll sich gefälligst einen neuen anschaffen, aber mich in Ruhe lassen.«

»Warum bist du nur so garstig? Sag nicht, ich hätte dir das beigebracht. Frau Kaiser ist eine sehr nette Frau. Aber wie heißt es doch so schön – wie man in den Wald hineinruft, so schallt es zurück.«

»Das solltest du ihr mal sagen.«

Laura und Sophie kamen zu ihm an den Tisch, gaben ihm zum Abschied einen Kuss auf die Wange, bevor Monika sie in die Schule fuhr.

»Wie lange habt ihr heute?«, fragte er.

»Ich bis zur fünften«, antwortete Sophie.

»Und ich bis zur dritten«, rief Laura vom Flur aus.

»Du solltest dich bei ihr entschuldigen«, sagte seine Mutter, als sie sicher war, allein mit ihrem Sohn zu sein. »Sie reist heute wieder ab und kommt erst in ein paar Monaten zurück.«

»Wofür soll ich mich entschuldigen? Ich hab ihr nichts getan, ich habe ihr lediglich zu verstehen gegeben, dass ihr alter Benz es nicht mehr macht. So, ich muss ins Büro und danach in die Werkstatt, der Horch wird nachher geliefert.«

»Wo warst du gestern Abend?«, fragte seine Mutter.

»Bei einem Kunden, das hab ich doch gesagt. Ich treff mich heute Abend noch einmal mit ihm. Und morgen oder übermorgen bin ich in Hamburg, mir einen Rolls-Royce anschauen. Warum fragst du?«

»Es ist sehr spät geworden, Monika hat es mir vorhin gesagt. Sie ist wach geworden, als du vorgefahren bist.«

»Und? Sie ist bestimmt gleich wieder eingeschlafen.«

»Hast du eine Geliebte?«, fragte sie geradeheraus.
»Nein, Mutter, ich habe keine Geliebte. Ich hätte gar keine Zeit dafür.«
»Du hast noch immer nicht mit Monika gesprochen, sie ist sehr traurig.«
»Ach ja, davon merk ich aber nichts. Ich muss arbeiten. Sobald der Horch angekommen ist, muss ich los, ein paar Teile besorgen. Kann sein, dass ich zwischendurch gar nicht mehr nach Hause komme, sondern gleich weiter nach Flensburg fahre. Hängt davon ab, wie schnell es geht.«
Er begab sich in den Keller, machte die Tür hinter sich zu und ging in die Dunkelkammer. Er entwickelte den Film, auf dem sich die Aufnahmen von Markus Göden und der Kaiser befanden, innerhalb von dreißig Minuten, machte die Abzüge, setzte sich danach an den Computer und schrieb ein paar Zeilen und ein Gedicht. Butcher schaltete sein Handy ein und steckte es in die Brusttasche des Hemdes. Er war müde, hatte eine miserable, fast schlaflose Nacht hinter sich, und ein anstrengender Tag stand bevor. Das Wetter war auch nicht gerade einladend, der Himmel wolkenverhangen, und ab und zu fielen ein paar Tropfen zur Erde. Er rief bei Reuter an und fragte, wann in etwa mit dem Horch zu rechnen sei, worauf Reuter antwortete, dass er gegen Mittag eintreffen müsse, er werde gerade auf den Transporter geladen. Er legte auf und dachte an den vergangenen Abend, den schönsten, an den er sich erinnern konnte. Doch er verdrängte diese Gedanken, denn er wusste, was immer er auch träumte, es würde nicht in Erfüllung gehen.
Mit einem Mal dachte er an die Kaiser, die langsam von dem Ätzkalk zerfressen wurde, bis nur noch ihre blanken Knochen übrig waren. Alte Hexe, obwohl du eigentlich noch gar nicht so alt warst. Mein Gott, was hättest du alles aus deinem verfluchten Leben machen können. Weißt du eigentlich, dass

du noch leben könntest? Du hättest mich gestern nur nicht bitten dürfen, deine Schrottlaube zu reparieren. Ach Quatsch, du hast nicht gebeten, du hast es befohlen, wie meine werte Frau Mama es immer zu pflegen tut. Ihr Weiber seid doch alle gleich, immer nur fordern, fordern, fordern. Und was gebt ihr? Nichts! Außer Carina vielleicht, aber ich kenne sie noch zu wenig. Vielleicht ist sie ja auch nur eine von denen, die am Anfang das liebenswürdige Gesicht zeigen, und in dem Moment, wo sie meinen, dich zu haben, siehst du nur noch eine Fratze … Nein, Carina ist nicht so, sie ist eine Ausnahme. Aber warum um alles in der Welt musste ich sie treffen? Ist das ein Zeichen? Warum will sie mich eigentlich? Weil ich Polizist bin und sie sich dadurch beschützt fühlt? Oder einfach nur, weil sie mich nett findet? So wie Isabelle Martens, die nur auf ein sexuelles Abenteuer aus ist? Martens, ich werde ihn anrufen und ihm sagen, dass ich ihn und seine Isabelle besuchen werde. Vielleicht lasse ich mich ja auf ein Abenteuer ein.
Butcher vergrub das Gesicht in den Händen und schüttelte den Kopf. Er stand auf und tigerte eine Weile ruhelos im Zimmer umher, kratzte sich ein paarmal am Kopf, merkte, wie er immer unruhiger wurde und der Druck, den er nicht mehr zu bändigen wusste, immer stärker in ihm hochkam. Es verging kaum noch ein Tag, an dem er den Druck nicht spürte, an dem er klar denken konnte. Immer öfter musste er sich ins Auto setzen und umherfahren, ständig auf der Suche nach Befreiung von dieser unsäglichen Anspannung. Ich hasse diese Welt, dachte er, ich hasse mich für alles, was ich getan habe. Aber ich kann doch nichts dafür, ich … Er ging in die Dunkelkammer, betrachtete die Abzüge, den toten Körper von Markus Göden und den – als er die Aufnahmen machte – noch lebenden von der Kaiser, deren Vornamen er nicht einmal kannte. Die Kaiser, wie sie guckt. Was für eine Angst in

ihren Augen. Verewigt auf diesem Papier. Schade, dass du das nicht sehen kannst. Das ist das erste Mal gewesen, dass ich eines meiner Schäfchen fotografiert habe, als es noch lebte. Liebe Frau Kaiser, Sie haben ein Privileg genossen. Diese Ehre wird wahrlich nicht jedem zuteil. Bin mal gespannt, wie Hauptkommissar Henning darauf reagiert. Er überlegte kurz und schüttelte den Kopf. Nein, ich werde ihm deine Fotos nicht schicken, damit würde ich mich ja verraten. Beinahe hätte ich einen Fehler gemacht. Butcher, du musst vorsichtig sein, es ist noch nicht zu Ende, denn das Ende bestimmst du. Du, nur du allein. Die Bullen können suchen, so viel sie wollen, es gibt nichts, was sie zu mir führen könnte. Und du alte Hexe, du bist abgereist, und irgendwann wird man dich vermissen. Aber nicht heute und nicht morgen. Es sei denn, du hast dich mit jemandem verabredet. Allerdings glaube ich, dass so ziemlich jeder auf deine Gesellschaft verzichten kann.
Er verließ die Dunkelkammer wieder, machte die Tür zu und setzte sich noch eine Weile an den Schreibtisch, nahm die Bibel aus dem Bücherregal und suchte die Stelle mit den Lilien auf dem Feld. Er fand sie nach wenigen Minuten und las das ganze Kapitel. Bullshit, dachte er und warf die Bibel in die Ecke. Alles nur Scheiße, was da drin steht! Seine Hände zitterten ein wenig, er versuchte sich abzulenken, was ihm nicht gelang. Ein Blick auf die Uhr, kurz vor zehn. Hoffentlich kommt der Horch bald, damit ich los kann. Ich halt's nicht mehr aus.
Butcher ging nach oben. Seine Mutter sagte: »Du, ich war eben drüben bei Frau Kaiser. Sie scheint schon abgereist zu sein, dabei wollte sie mir noch etwas geben. Das versteh ich nicht.«
»Was denn?«
»Normalerweise lässt sie ihren Schlüssel bei mir, damit ich ab und zu nach dem Rechten schaue.«

»Hat sie kein Handy, wo du sie erreichen kannst?«, fragte er.
»Hab ich schon probiert, aber sie geht nicht ran. Nur dieser Anrufbeantworter. Das ist gar nicht ihre Art.«
»Sind ihre Rollläden unten?«
»Ja, ich war doch eben drüben.«
»Na also, was regst du dich auf? Sie wird das mit dem Schlüssel vergessen haben, soll vorkommen. Vielleicht war sie in Eile.«
»Sie wollte erst um zehn fahren, das hat sie mir gestern noch gesagt. Ich wundere mich schon.«
»Mutter, du denkst schon wieder viel zu viel an andere. Das solltest du dir mal abgewöhnen. Ich bin in der Werkstatt.«
»Das ist typisch für dich. Du machst dir wohl keine Gedanken, was?«
»Nein, schließlich ist die Kaiser alt genug, um auf sich aufzupassen.«
»Sie ist nicht die Kaiser, sondern Frau Kaiser. Sei nicht so unhöflich.«
»Okay, Frau Kaiser ist alt genug, um auf sich aufzupassen. Wie alt ist sie eigentlich?«
»Siebenundvierzig, soweit ich weiß.«
»Sie sieht älter aus, älter als du«, sagte er, woraufhin ein seltenes Lächeln über das Gesicht seiner Mutter huschte und sie ihm mit einer noch selteneren Geste über die Wange strich.
»Danke für das Kompliment. Das liegt nur daran, dass ich sehr auf meine Gesundheit und viel Schlaf achte. Solltest du auch tun.«
»Ich bin gesund, das hat mir zumindest mein Arzt erst vor kurzem bestätigt. Ich muss rüber, noch ein bisschen aufräumen.«
»Meinst du nicht, dass wir die Polizei informieren sollten?«
»Wegen der … äh … wegen Frau Kaiser? Mutter, ich bitte dich. Die lachen dich höchstens aus. Sollen sie vielleicht die Tür aufbrechen?«

»Na ja, du wirst schon Recht haben. Monika wollte noch was von dir, bevor sie Laura von der Schule abholt.«
Butcher ging in den ersten Stock, wo Monika das Schlafzimmer aufräumte, obwohl es nichts aufzuräumen gab. Sie stand mit dem Rücken zu ihm und drehte sich erschrocken um, als er an die Tür klopfte.
»Was gibt's?«, fragte er.
»Komm mal rein, und mach die Tür zu, ich muss mit dir reden«, sagte sie in diesem bestimmenden Ton, der keine Widerworte zuließ.
»Ich hab aber nur ein paar Minuten.«
Sie kam auf ihn zu, blieb dicht vor ihm stehen und sah ihm von unten herauf in die Augen. »Wo warst du letzte Nacht?« Die Frage klang harmlos, doch sie war es nicht, dazu kannte er Monika zu gut.
»Das weißt du doch ...«
»Ja, du hattest angeblich einen Termin mit einem Kunden. Aber bis nachts um zwei? Ich hab dich kommen hören.« Ihre Stimme war leiser und gefährlicher geworden.
Butcher zuckte mit den Schultern und lächelte gespielt verlegen. »Tut mir leid, wir haben lange zusammengesessen und uns festgequatscht. Warum interessiert dich das?«
»Wo wohnt denn dieser ominöse Kunde, und wie heißt er?«, fragte sie.
»Hör zu, er ist kein ominöser Kunde, sondern ein leibhaftiger und vorerst potentieller Kunde. Er wohnt in Flensburg und hat vor, ein großes Geschäft mit mir abzuschließen. Drei Oldtimer, die ihm so viel wert sind, dass er hunderttausend Euro für ihre Restaurierung auszugeben bereit ist. Alles Weitere sollte für dich uninteressant sein.«
»Ach ja? Gestatte mir trotzdem die Frage: Hast du eine andere? Ich habe dich das am Samstag schon mal gefragt.«

»Komisch, dasselbe hat mich Mutter vorhin auch gefragt. Habt ihr euch abgesprochen?«
»Beantworte nur meine Frage.«
»Nein, ich habe keine andere. Mir reicht, was ich hier habe«, antwortete er sarkastisch.
»Was meinst du damit? Und was soll dieser Unterton?«, fragte sie mit zusammengekniffenen Augen, und ihre Stimme hatte wieder die Schärfe einer Rasierklinge.
»Nichts, nur dass ich zufrieden bin mit dem, was ich habe. Noch was?«
»Du verlogener Kerl! Du wirst dich nie ändern«, spie sie ihm entgegen. »Du bist und bleibst eben ein ungehobelter Klotz.«
»Du wiederholst dich. Wenn du gestattest, würde der ungehobelte Klotz sich gerne an die Arbeit begeben. Und noch mal, ich habe keine andere, denn ich habe dich geheiratet, weil ich dich geliebt habe.«
»Aha, so ist das also. Du hast mich geliebt. Schön, das zu erfahren. Und ich dumme Kuh wollte dir anbieten, wieder hier oben zu schlafen.«
»Tut mir leid, wenn ich mich falsch ausgedrückt habe, ich liebe dich noch immer«, log er und dachte: Wie gerne würde ich meine Hände um deinen Hals legen und zudrücken, bis du nie wieder dein dämliches Maul aufmachen kannst.
»Das war einen Tick zu spät und außerdem eine glatte Lüge, deine Augen haben dich verraten. Schlaf weiter unten, und mach doch, was du willst. Wenn du mich wirklich liebst, dann ändere dich.«
»Ich werd's versuchen, großes Ehrenwort.«
»Mach dich nicht lächerlich, auf dein Ehrenwort pfeif ich. Lass mich jetzt in Ruhe und geh wieder an deine Arbeit.«
Butcher machte auf dem Absatz kehrt und ging nach unten. Seine Mutter sah ihn mit diesem Blick an, der ihm verriet, dass sie vorher mit Monika gesprochen hatte, nein, sie hatten sich

abgesprochen. Wie immer. Die beiden hingen zusammen wie die Glucken, und er wusste seit einer halben Ewigkeit, dass ihr Hauptgesprächsthema er war. Was für ein böser Junge er sei, dass er noch erzogen werde müsse, dass er den Mädchen kein guter Vater sei, dass er nichts aus seinem Leben gemacht habe, dass er statt zu studieren lieber an alten Autos rumschraube. Und vor allem, dass er ein miserabler Ehemann sei, der seinem Vater immer ähnlicher werde. Seinem Vater, einem erbärmlichen Säufer, der nur gesoffen hatte, weil er seine Frau nicht ertragen hatte. Einige Male, wenn sie es nicht bemerkt hatten, hatte er gelauscht und so erfahren, wie sie über ihn dachten. Wie seine Mutter Monika immer mehr auf ihre Seite zog. Vielleicht war Monika gar nicht so, wie sie sich gab, aber das interessierte ihn nicht mehr. Er hatte mit dieser Familie abgeschlossen, einer Familie, die er so nie haben wollte.
Er zog seine Schuhe an und verließ das Haus und lief mit schnellen Schritten die wenigen Meter bis zur Werkstatt. Der Druck war übermächtig, am liebsten hätte er alles kurz und klein geschlagen, aber das hätte nicht geholfen. Es gab nichts mehr, was ihm helfen konnte.
Um fünf vor halb elf kam der Transporter mit dem Horch die schmale Straße entlanggefahren. Er wendete auf dem geräumigen Hof und fuhr rückwärts bis in das weit geöffnete Werkstatttor, bis Butcher den Fahrer mit der Hand zum Halten aufforderte. Das tonnenschwere Auto wurde vorsichtig mit dem Kran abgeladen, wobei Butcher mit Argusaugen darüber wachte, dass auch alles ordnungsgemäß geschah. Er drückte dem jungen Mann zwanzig Euro in die Hand und bedankte sich ein weiteres Mal, doch er war mit seinen Gedanken ganz woanders. Er wartete, bis der LKW den Hof verlassen hatte, ging noch einmal ins Haus, holte den Umschlag aus dem Keller, setzte sich in seinen Golf und fuhr los. Irgendwohin. Wohin, wusste er nicht, höchstens die Götter. Und er würde je-

manden finden, irgendwie und irgendwo. Er fand immer jemanden. Sein Hass steigerte sich ins Unermessliche, ohne dass er diesen Hass erklären konnte. Sein Denken war erlahmt, nur noch sein Instinkt funktionierte, während er Meter um Meter, Kilometer um Kilometer zurücklegte.

DIENSTAG, 10.25 UHR

Henning und Santos fuhren aus Kiel-Schilksee hinaus und Richtung Eckernförde, wobei sie diesmal nicht die B 76 nahmen, sondern die Umgehungsstrecke entlang der Ostsee, die an diesem trüben Tag nur verschwommen zu erkennen war. Sie durchfuhren etliche kleine und ein paar winzige Ortschaften, Marienfelde, Stohl, Dänisch-Nienhof, Surendorf und Krusendorf, dörfliche Gemeinden, die im Wesentlichen vom Tourismus lebten. Vor vielen Häusern hingen Schilder mit der Aufschrift »Ferienzimmer frei«, obwohl Anfang Mai nur wenige Touristen das Land bevölkerten, aber schon bald begann die Saison, und spätestens ab Juni war es schwer, noch ein freies Zimmer zu bekommen. Sie gelangten auf die 503 und kamen durch das kleine, beschauliche Noer und setzten ihren Weg fort bis Eckernförde, wo sie an einem Imbiss hielten, um eine Kleinigkeit zu essen und zu trinken.

»Ich hab gestern Abend versucht dich anzurufen«, bemerkte Henning wie beiläufig.

»Tut mir leid, aber ich hab's nicht mehr zu meiner Schwester geschafft, ich war einfach nur erschossen und habe mich schon um sieben hingelegt und das Telefon auf stumm geschaltet. Ich hab vorhin gesehen, dass du angerufen hast, aber …«

»Schon gut, vergiss es.«

»Und nun?«, fragte Santos, als sie wieder im Auto saßen.
»Was ist dir aufgefallen?«, fragte Henning zurück.
»Ich versteh deine Frage nicht«, erwiderte Santos.
»Na ja, wir sind jetzt eine Stunde lang durch die Dörfer kutschiert und haben einiges gesehen. Ist dir irgendwas aufgefallen?«
»Könntest du vielleicht etwas deutlicher werden?«, fragte Santos leicht ungehalten.
»Die Menschen. Was hast du gesehen?«
»Nichts Besonderes. Und du?«
»Lass uns noch mal dieselbe Strecke zurückfahren, und achte auf die Menschen. Mehr will ich jetzt noch nicht sagen.«
»Wenn du meinst. Ich halte das jedenfalls für relativ sinnlos.«
»Ist es nicht. Dir dürfte aber wenigstens aufgefallen sein, dass ich ein paarmal die Geschwindigkeit deutlich reduziert habe, oder?«
»Klar, wenn du durch die Orte gefahren bist.«
Henning lächelte geheimnisvoll. »Nein, nicht wegen der Geschwindigkeitsbeschränkung. Wir machen jetzt einfach einen Test. Ich möchte, dass wir uns in ihn hineindenken. Dass wir so sind, wie er ist. Wir haben jetzt genau neunzehn Minuten vor zwölf. Stopp mal die Zeit.«
Henning drehte den Zündschlüssel und wollte gerade losfahren, als sein Handy klingelte. Er sah auf die Nummer auf dem Display und meldete sich mit einem schroffen »Ja«.
»Hast du's dir überlegt?«, fragte seine Exfrau.
»Hab ich nicht, denn ich bin im Dienst. Ich kann jetzt nicht.«
»Wie immer. Dann wird dir meine Anwältin eben ein nettes Schreiben zukommen lassen.«
Er drückte auf Aus, er hatte keine Lust mehr auf diese unerquickliche Konversation, die ihn nur ablenkte und zudem wütend machte. Er legte das Handy in die Mittelkonsole, atmete tief durch, seine Kiefer mahlten aufeinander.

»Was ist?«, fragte Santos.
»Privat.«
»Claudia?«
»Hm. Die will mich fertig machen. Elisabeth braucht angeblich eine Zahnspange, und ich soll fünfhundert Euro dazuzahlen. Nur, woher nehmen und nicht stehlen. Aber wenn ich nicht zahle, will sie mir ihre Anwältin auf den Hals hetzen und mir verbieten, in Zukunft die Kinder zu sehen. Zufrieden?«, fragte er gereizt.
»'tschuldigung, ich wollte nicht zu neugierig sein.«
»Schon gut. Wir müssen uns jetzt konzentrieren.«
Lisa Santos wusste, dass es keinen Zweck hatte, ihn zu drängen, auch wenn sie spürte, wie sehr ihn diese private Situation beschäftigte und auch runterzog. Mit Sicherheit hätte er sich gerne mal alles von der Seele geredet, aber etwas in ihm hinderte ihn daran, es zu tun. Nicht einmal am Wochenende, als er zwei Nächte bei ihr übernachtet hatte, kam das Thema auf den Tisch.
Während der nächsten Minuten wechselten sie kein Wort. Henning brütete scheinbar dumpf vor sich hin und bog in Surendorf von der Eckernförder Straße ab und fuhr in den Ort hinein. Er hielt in der Seestraße und stellte den Motor ab.
»Was willst du hier?«, fragte Santos.
»Beobachten. Einfach nur beobachten. Merk dir alles, was um dich herum vor sich geht. Einfach alles.«
»Okay. Darf ich dabei sprechen?«
»Nein. Wie lange haben wir bis hierher gebraucht?«
»Knapp sechzehn Minuten.«
»Gut. Wir bleiben jetzt eine halbe Stunde hier stehen, also bis halb eins. Danach werten wir unsere Beobachtungen aus.«
Santos zuckte nur mit den Schultern und sah abwechselnd aus dem Seitenfenster und der Windschutzscheibe. Kinder kamen aus der Schule, ein paar Autos fuhren an ihnen vorbei, einige

Erwachsene gingen oder liefen über die Straße oder auf dem Bürgersteig entlang. Sie versuchte alle Eindrücke in sich aufzunehmen. Doch es waren nicht viele, denn Surendorf war ein kleiner Ort, in dem sie nie zuvor gewesen war, beschaulich, unmittelbar an der Ostsee gelegen, mit ein paar kleinen Straßen und ein paar Häusern. Aber es gab hier eine Schule, die auch von Kindern aus den umliegenden Gemeinden wie Krusendorf oder Dänisch-Nienhof besucht wurde. Ansonsten gab es hier nicht viel zu sehen und zu beobachten.

Um Punkt halb eins sagte Henning: »Und, was hast du gesehen?«

»Kinder, die aus der Schule gekommen sind, ein paar Eltern, die sie abgeholt haben ... Um ganz ehrlich zu sein, ich habe nichts Besonderes gesehen. Ich weiß gar nicht, was du willst.«

»Das hab ich erwartet. Ich sag dir, was ich gesehen habe. Eine alte Frau ist mit ihrem Dackel an uns vorbeigelaufen. Sie hat sich dort vorne an der Ecke mit einer Bekannten, die ebenfalls einen Dackel hat, etwa zehn Minuten unterhalten. Dann ist noch ein älterer Mann in einer hellen Hose und einer dunklen Strickjacke zu ihnen gestoßen, und zusammen sind sie in die Querstraße eingebogen. Dann kam eine sehr aufreizend gekleidete junge Frau von vielleicht Anfang zwanzig an uns vorbei. Sie hatte eine Zigarette in der Hand und schien es sehr eilig zu haben. Der Postbote hat mit dem Fahrrad dort drüben beim Bäcker gehalten und ist reingegangen, hat sich etwa drei Minuten dort aufgehalten und ist nach und nach von einem Haus zum andern gefahren. In dieser halben Stunde sind achtunddreißig Autos an uns vorbeigefahren, darunter zwei LKW. Vier Mütter und ein Vater, ich nehme an, es war der Vater, haben ihre Kinder von der Schule abgeholt, soweit ich das von hier aus sehen konnte. Die meisten Kinder sind aber entweder allein oder in Gruppen unterwegs gewesen. Einige sind dort vorne in den Bus gestiegen. Ich habe mindestens zwölf Kinder auf Fahrrädern gezählt. Außerdem sind noch mehrere Erwachsene an uns vorbeigelaufen, wobei ich glaube, dass um diese Zeit hier am meisten los ist. Das habe ich beobachtet.«

»Und, weiter?«

»Ich habe beobachtet und versucht mir so viele Dinge zu merken wie nur irgend möglich. Ich weiß, dass ich vieles übersehen habe, weil ich meine Augen nicht gleichzeitig überall haben kann, aber eins ist mir ganz besonders aufgefallen – nicht einer von denen, die an uns vorbeigekommen sind, hat auch nur einen Blick an uns verschwendet. Weder die Kinder noch die Erwachsenen. Wir waren nicht existent und sind es noch immer nicht. Wir haben ein ganz normales Auto und kommen aus Kiel. Nichts Ungewöhnliches, hier sieht man dauernd Autos aus Kiel. Und hier sieht man auch dauernd Autos aus irgendwelchen andern Städten. Urlauber zum Beispiel. Alles ganz normal. Und genau diese Normalität macht sich unser Täter zunutze. Wir sind unsichtbar für die da draußen. Und jetzt pass auf, ein kleines Experiment.«

Er stieg aus und ging auf ein vielleicht sechs- oder siebenjähriges rothaariges Mädchen zu, dessen Gesicht voller Sommersprossen war, und fragte es nach einer Familie, deren Namen er vergessen habe, die er aber dringend sprechen müsse.

»Wie heißt du denn? Du siehst nämlich genauso aus wie das Mädchen, das mir beschrieben wurde.«

»Christine«, antwortete sie schüchtern.

»Und wo wohnst du?«

»In der Alten Dorfstraße.«

»Siehst du, genau da will ich hin. Sind deine Eltern zu Hause?«

»Nur meine Mama, mein Papa ist bei der Arbeit.«

»Können wir hinfahren?«

»Wer bist du denn?«
»Ich habe deinen Papa gestern getroffen, und er hat mir gesagt, ich soll heute bei euch vorbeikommen und etwas mit ihm oder mit deiner Mama besprechen. Ich nehm dich mit, wenn du möchtest.«
Christine sah ihn einen Moment zweifelnd an und fragte: »Was willst du von meiner Mama?«
»Ich will ihr Geld bringen, das dein Papa gewonnen hat. Kommst du mit?«
Sie zögerte, schaute zum Auto hin und ging schließlich mit Henning mit. Er machte die Hintertür auf und schnallte das Mädchen an. Anschließend begab er sich zu einer jungen Frau und ihrem Freund, zumindest nahm Henning an, dass es sich um ein Pärchen handelte, und sagte: »Entschuldigung, wenn ich störe. Henning, Kripo Kiel.« Er zeigte seinen Ausweis und steckte ihn gleich wieder ein. »Ist Ihnen eben nichts Besonderes aufgefallen? Ich habe nämlich gesehen, dass sie seit etwa fünf Minuten hier stehen und sich unterhalten. Sie haben sogar ein paarmal zu mir hingeschaut.«
»Nein«, sagte die junge Frau kopfschüttelnd, doch sie errötete bei der Antwort. »Was soll mir denn aufgefallen sein?«
»Und Ihnen?«, fragte er den jungen Mann.
»Nö, mir auch nich.«
»Ich habe gerade eben ein kleines Mädchen, das jetzt in meinem Wagen sitzt, angesprochen, und es war für mich ein Leichtes, sie dazu zu überreden, obwohl ich sie heute zum ersten Mal gesehen habe. Es hat maximal zwei Minuten gedauert, bis ich sie dazu überreden konnte, einzusteigen. Ich würde mich freuen, wenn Sie in Zukunft die Augen ein klein bisschen besser aufhalten könnten. Schönen Tag noch.«
Er hätte noch mit anderen vermeintlichen Augenzeugen sprechen können, unterließ es jedoch, weil er wusste, dass es ohnehin sinnlos gewesen wäre.

Wieder im Auto, sagte er zu Christine: »Zeigst du mir jetzt, wo du wohnst?«
Ihre Angaben waren klar, Henning fand nach fünf Minuten das Haus, in dem Christine wohnte. Er klingelte, die Mutter kam an die Tür, Henning stellte sich vor und sagte: »Dürften wir bitte kurz allein mit Ihnen sprechen?«
»Um was geht's? Christine, gehst du schon mal rein?«
»Frau Vogel, meine Kollegin und ich haben eine halbe Stunde in der Seestraße gestanden und Menschen beobachtet. Danach habe ich einen Test mit Ihrer Tochter gemacht und ihr gesagt, dass ich ihren Vater kennen würde ... Sie ist ohne großes Zögern in meinen Wagen eingestiegen, obwohl sie mich zuvor noch nie gesehen hat. Bitte, tun Sie mir den Gefallen und instruieren Sie Christine, dass sie niemals, aber auch wirklich niemals mit Menschen mitgehen oder gar zu ihnen ins Auto steigen darf, die sie nicht kennt. Niemals.«
»Warum haben Sie das gemacht? Ausgerechnet mit Christine?«, fragte Frau Vogel aufgebracht.
»Weil wir nach einem Mann fahnden, der sich auf genau diese Weise seine Opfer holt. Es tut mir leid, wenn ich Ihnen Angst gemacht habe, aber ich denke, es ist besser so, als wenn Ihre Tochter oder irgendein anderes Mädchen eines Tages nicht mehr nach Hause kommen würde. Noch mal – erklären Sie ihr bitte, dass Sie unter gar keinen Umständen, ganz gleich, was man ihr auch erzählt, mit Fremden mitgehen darf. Schönen Tag noch.«
»Warten Sie. Läuft hier wirklich so jemand rum?«, fragte sie besorgt.
»Ob hier, kann ich nicht sagen. Aber wir ermitteln und können nur jedem raten, die Augen offen zu halten.«
Sie verließen Surendorf. Santos sagte: »Meinst du nicht, dass du dich ein wenig zu weit aus dem Fenster gelehnt hast? Du hast der armen Frau einen gehörigen Schrecken eingejagt.«

»Das macht nichts. Mir ist auf jeden Fall eins klar geworden: Unser Mann geht genauso vor, wie ich es getan habe. Zumindest bei Kindern bis vielleicht elf oder zwölf Jahren. Welche Methoden er sonst anwendet, kann ich nicht beurteilen, aber das krieg ich auch noch raus. Jedenfalls ist auch klar, dass selbst am helllichten Tag kaum einer mitkriegt, was um ihn herum vorgeht, selbst in so ’nem Kaff wie Surendorf. Wir hatten ja erst letztens den Fall, wo eine Frau auch um die Mittagszeit mitten in Kiel von einem Typ belästigt wurde. Sie hat um Hilfe geschrien, aber alle haben weggeschaut. Kein beherztes Eingreifen, keine Zivilcourage. Normalerweise hätten mindestens zehn Passanten mich fragen müssen, wer ich bin und was ich von der Kleinen will, denn wenigstens die Hälfte von ihnen wird sie gekannt haben. Mich kennen sie aber nicht, ich war nämlich noch nie zuvor hier. Und Hand aufs Herz – hättest du’s bemerkt?«

Santos presste die Lippen zusammen und überlegte. »Ich glaub nicht«, gab sie offen zu. »Das ist eben das Perfide, wir sehen und sehen doch nicht. Wie bist du auf diese Idee gekommen?«

»Ich hatte vorhin das Gefühl, ich müsste es einfach mal ausprobieren. Wie du die Dinge siehst, wie ich sie sehe und wie andere sich verhalten. Wir sind geschult, was die Beobachtungsgabe angeht, doch ganz sicher nicht geschult genug. Viel zu viele Dinge entgehen uns. Aber ich will durch diesen Dschungel durch, ich will wissen, wie er denkt und fühlt. Nur dann haben wir eine Chance. Lass uns noch ein bisschen durch die Gegend fahren, wir machen noch mal das Gleiche.«

»Meinetwegen.«

Fünf Stunden verbrachten sie im Auto, machten nur einmal Halt, um auszutreten und sich noch etwas zu essen zu holen.

Sie kamen nach Rendsburg, fuhren einen großen Kreis, bevor sie um halb vier in Süderbrarup an einer verkehrsreichen Straße stoppten und erneut die Menschen und die Gegend beobachteten. Sie blieben eine Stunde, Henning sprach wieder ein Kind an und stellte erneut fest, wie leicht es war, Kinder zu überreden, vorausgesetzt, man trat entsprechend auf. Schöne Geschichten, dachte er, kommen immer gut an. Vor allem, wenn es um Geld geht.

Um Viertel vor fünf erreichte sie ein Anruf von Harms, den Santos entgegennahm. »Wo seid ihr?«, fragte er.

»Wir fahren gerade aus Süderbrarup raus und sind auf dem Weg zurück ins Präsidium.«

»Fahrt mal nach Krusendorf, eine vierunddreißigjährige Frau wird seit heute Mittag halb eins vermisst. Ich habe gesagt, dass ihr das übernehmt. Ihr wisst, wo Krusendorf liegt?«

»Sicher. Name und Adresse?«

Harms gab sie durch und sagte, bevor er auflegte, dass ein Streifenwagen bereits vor Ort sei. Santos hatte das Gefühl, als würde sich ein Eisenpanzer um ihre Brust legen, während Henning, der das Gespräch mitgehört hatte, sich mit nervösen Fingern eine Zigarette aus der Brusttasche holte und sie anzündete.

»Denkst du das Gleiche wie ich?«, fragte sie.

»Wenn es stimmt, was ich denke, dann waren wir vorhin nur wenige Meter von ihm entfernt. Er hat sich schon wieder jemanden geholt. Halb eins, das war genau die Zeit, in der wir in Surendorf waren. Das sind vielleicht drei Kilometer. Drei gottverdammte Kilometer!«

»Doch hätten wir ihn auch bemerkt?«, fragte Santos.

»Gute Frage. Wahrscheinlich nicht. Aber warum waren wir vorhin ausgerechnet in dieser Ecke? Kannst du mir das verraten?«

Santos schüttelte den Kopf. Insgeheim hoffte sie, dass ihre

schlimmsten Befürchtungen sich zerstreuen würden, doch tief in ihrem Innern wusste sie, dass diese Befürchtungen sich bewahrheiten würden.

DIENSTAG, 12.15 UHR

Butcher war eine gute Stunde unterwegs, bis er das Tempo verlangsamte, als er eine Frau erblickte, die ein Fahrrad schob. Auf dem Rücken hatte sie einen Rucksack. Er hielt an, ließ das Fenster herunter und fragte, ob er helfen könne. Die Frau blickte ins Wageninnere und sagte, sie habe einen Platten am Hinterreifen und ausgerechnet heute das Notfallset und die Luftpumpe nicht dabei, weil sie sich gestern einen neuen Rucksack gekauft und beim Umpacken das Flickzeug vergessen habe.

»Steigen Sie ein, ich bring Sie nach Hause. Das Rad können Sie ja nachher holen. Es passt leider nicht hier rein, der Kofferraum ist voll.«

»Ich wohne aber in Krusendorf, das sind noch mindestens fünf Kilometer.«

»Kein Problem, meine Richtung.«

Sie sah die Uniform, legte das Rad ins Gebüsch, schloss es ab, nahm den Rucksack und setzte sich ohne zu zögern neben ihn.

»Ich weiß gar nicht, wie ich Ihnen danken soll. Na ja, die Polizei, dein Freund und Helfer. Ist wenigstens mal etwas Nettes, das mir widerfährt«, sagte sie mit einem leicht bitteren Unterton und Lächeln und betrachtete kurz Butchers Uniform, die Sicherheit und Schutz ausdrückte.

»Hm. Was ist passiert? Sind Sie über einen Nagel gefahren?«

»Keine Ahnung, ich hab's auch eben erst da hinten gemerkt.

Aber heute war sowieso schon ein lausiger Tag, da kommt's auf diesen Platten auch nicht mehr an.«

»Wieso?«

»Ich bin noch nicht lange hier und hab noch so meine Probleme mit den lieben Arbeitskollegen oder die mit mir. Weiß der Geier, woran das liegt, ich hab jedenfalls niemandem etwas getan. Aber die Leute hier oben sind schon ein besonderer Schlag. Entschuldigung, ist nicht gegen Sie gerichtet.«

»Kein Problem. Wo arbeiten Sie?«

»In der Kurklinik. Ich bin Physiotherapeutin.«

»Das heißt, Sie machen Leute wieder fit, die was an den Knochen oder Muskeln haben«, sagte Butcher lachend.

»So ähnlich kann man's ausdrücken. Aber nicht jeder, den ich behandle, ist hinterher auch fit. Oft versuch ich einfach nur, die Beschwerden zu lindern.«

»Und Sie haben kein Auto?«

»Doch, aber solange es nicht schüttet, nehm ich lieber das Fahrrad. Trotzdem bin ich froh, dass ich bei dem Nieselregen nicht die ganze Strecke laufen muss.«

»Ist doch selbstverständlich. Wo kommen Sie ursprünglich her? Nein, lassen Sie mich raten. Ihrem Akzent nach zu urteilen aus Thüringen, Sachsen oder Sachsen-Anhalt.«

»Ist ja wohl nicht zu überhören, auch wenn ich mir Mühe gebe, meinen Akzent nicht so durchscheinen zu lassen. Ich bin aus dem schönen Quedlinburg in Sachsen-Anhalt. Nach drei Jahren Arbeitslosigkeit bin ich heilfroh, endlich was gefunden zu haben.«

»Und Sie sind ganz alleine hier?«

»Leider ja. Das heißt, nicht ganz, ich wohne im Moment noch bei einer Freundin, die auch in der Klinik arbeitet. Mein Lebensgefährte will aber nachkommen. Er ist Assistenzarzt im Krankenhaus, wird jedoch Ende Juni hier eine eigene Praxis eröffnen. Die Räumlichkeiten haben wir schon, der alte Arzt geht in den Ruhestand, wir müssen nur noch die Wohnung einrichten. Sie können sich gar nicht vorstellen, wie sehr ich mich darauf freue, wenn wir endlich wieder zusammen sind. Aber anderthalb Monate muss ich noch durchhalten.«

»So 'ne Art Landarzt?«

»Nicht nur so 'ne Art, sondern so einer, wie er im Fernsehen gezeigt wurde. Bin gespannt, ob er sich da nicht übernimmt und ob er überhaupt von den Einheimischen akzeptiert wird«, sagte sie lachend.

»Das kenn ich, ich komm nämlich ursprünglich auch nicht von hier, sondern aus Marburg.«

»Sind Sie im Dienst, oder haben Sie gerade Feierabend?«

»Ich hatte Bereitschaft, und jetzt hab ich endlich mal zwei Tage frei«, log er und blickte aus dem Augenwinkel auf die junge Frau, die er auf höchstens dreißig schätzte und die ein herbes, aber nicht unansehnliches Gesicht hatte. Sie war sehr schlank, mit sehr kurzen blonden Haaren, die an der linken Seite von einer lila Strähne durchzogen wurden, hatte eine markante Nase und, soweit er das durch die Kleidung erkennen konnte, eine passable Figur. Ihre Stimme war hell und klar, vielleicht ein wenig schrill, aber das störte Butcher nicht weiter.

»Ich habe erst wieder am Wochenende frei. Und ich hoffe, das Wetter wird endlich mal schöner, lange genug angesagt haben sie's ja schon, aber …«

Sie hatte den Satz noch nicht zu Ende gesprochen, als er ihr den Schocker an den Hals setzte und ihn mehrere Sekunden lang gedrückt hielt, bis die junge Frau, deren Namen er nicht einmal kannte, auf dem Sitz zusammensackte, ohne noch einen Ton von sich zu geben. Er erhöhte die Geschwindigkeit, bis er zwischen Noer und Lindhöft in den Hegenwohld fuhr. An einer einsamen Stelle, die bei diesem trüben, nieseligen Wetter wie ausgestorben war, hielt er an. Er zerrte die Frau nach draußen und legte sie, nachdem er ihr den Schocker noch einmal für längere Zeit an die Brust gehalten hatte, in den Kofferraum. Bei Missunde, einem beschaulichen Ort an der engsten Stelle der Schlei, suchte er einen Platz auf, wo er ungestört sein Vorhaben vollenden konnte. Er entkleidete sie in aller Ruhe, betrachtete ausgiebig ihren Körper und dachte nichts. Alles, was er in den folgenden Minuten machte, machte er wie so oft zuvor, doch diesmal fühlte er nichts dabei. Keine besondere Erregung, keine besondere Erleichterung, nicht einmal, nachdem er ejakuliert und Dinge getan hatte, die er normalerweise nie tat. Nein, auch da keine Erleichterung. Nur ein wenig, aber bei weitem nicht genug, um das zu befriedigen, was in ihm wütete und ihn beinahe um den Verstand brachte.

Die Frau lebte noch zwanzig Minuten, bevor er eine Schlinge um ihren Hals legte und mit aller Kraft zuzog. Er warf sie in das dichte Ufergras direkt am Wasser. Diesmal ließ er die Kamera im Auto, er hatte keine Lust, die Tote zu fotografieren. Auch ihre Sachen durchsuchte er nicht so akribisch wie bei vielen seiner anderen Opfer, allein ihr Name interessierte ihn und ob sie ein Handy dabeihatte und ob es eingeschaltet war. Er fand es in einer extra dafür vorgesehenen Seitentasche, warf einen Blick auf das Display und nickte. Wenn die Bullen nicht zu blöd sind, werden sie dich bald finden, dachte er und steckte es zurück in den Rucksack. Mit mechanischen Bewegungen holte er das Portemonnaie heraus, in dem sich auch der Ausweis befand, und erfuhr, dass die Frau Mandy Schubert hieß. Geboren am 26. Oktober 1969 in Quedlinburg.

Er schluckte, steckte den Ausweis ein und dachte: Sie ist auf den Tag genauso alt wie ich. Zufall? Nein, es gibt keine Zufälle. Butcher, es wird Zeit für dich.

Er war nicht zufrieden, nicht eine seiner letzten Taten hatte ihm Freude oder ein besonderes Hochgefühl oder Befriedigung bereitet, im Gegenteil, er fühlte sich miserabel. Auch

wenn der Druck für einen Moment nachgelassen hatte, so war er doch noch immer vorhanden. Er hatte von Alkoholikern gehört, die, obwohl sie etwas getrunken hatten, doch immer weiter den Drang verspürten, noch mehr zu trinken, oder wie ein Junkie, der mehr und mehr Drogen brauchte, um zu überleben. So kam er sich jetzt vor, mit dem Unterschied, dass ein Alkoholiker oder ein Junkie niemandem wehtat, außer sich selber. Doch er zerstörte Leben, schnell und immer schneller, Menschen, die ihm zufällig über den Weg gelaufen waren, die er nicht kannte, die ihm nichts getan hatten. Ich bin eine reißende, tollwütige Bestie, dachte er auf der Fahrt nach Hause und umkrampfte das Lenkrad, als wollte er es zerquetschen. Ich töte, ohne zu wissen, warum. Warum morde ich? Warum? Warum, warum, warum???
Er fand keine Antwort, nur die, dass er sein Leben nicht ertrug. Aber warum müssen andere darunter leiden?, dachte er weiter und näherte sich immer mehr Schleswig. Was hat das eine mit dem andern zu tun? Es darf so nicht weitergehen, ich werde Schluss machen. Endgültig. Und ich habe auch schon eine Idee, wie. Vierunddreißig Jahre bin ich alt und nicht fähig, ein normales Leben zu führen. Diese Gedanken beherrschten ihn ein paar Minuten, bis sie wieder klarer wurden und er sich locker zurücklehnte. Der tranceähnliche Zustand hatte aufgehört, der Druck nachgelassen, aber er würde wiederkommen, vielleicht heute schon, vielleicht erst morgen, aber er würde kommen. So wie die Gedanken, seine Mutter und seine Frau umzubringen, doch dies schaffte er nicht. Er traute sich nicht, ihnen etwas anzutun, denn sie waren ja viel stärker als er. Sehr viel stärker. Die eine hatte ihn in ihrem Bauch getragen, zur Welt gebracht, ihn ernährt und erzogen, die andere hatte ihm zwei reizende Töchter geschenkt. Und doch, jeder ihrer Blicke war stärker, ließ ihn zusammenschrumpfen, bis er kaum größer als ein Baby war. Ängstlich

und zitternd, auch wenn er dieses Zittern mittlerweile zu verbergen wusste. Ich hasse euch, ich hasse euch mehr als alles auf der Welt.
Ich werde Carina nachher anrufen und sie fragen, ob ich am Abend kommen kann. Ich brauche ihre Gesellschaft. Aber vorher telefonier ich noch kurz mit Kiel. Mal sehen, ob dieser Henning zu erreichen ist.

DIENSTAG, 17.40 UHR

Henning und Santos hielten hinter dem Streifenwagen. Einer der Beamten stand vor dem Haus und begrüßte sie mit ernster Miene.
»Wer ist drin?«, fragte Henning.
»Meine Kollegin mit Frau Kerstin Wilhelmi, einer Freundin von Frau Schubert.«
»Danke, wir erledigen alles Weitere.«
Sie gingen durch die angelehnte Haustür ins Innere. Eine junge Polizistin saß mit einer etwa vierzigjährigen Frau im Wohnzimmer und stellte Fragen. Sie hatte eine sanfte, einfühlsame Stimme, die verstummte, als Henning und Santos den Raum betraten.
»Tag«, sagte Henning und stellte sich und Santos vor. »Danke, Frau Kollegin, wir übernehmen. Wenn Sie bitte so freundlich wären und draußen auf uns warten würden.«
Sie verließ den Raum, und bevor Henning noch etwas sagen konnte, bot Frau Wilhelmi ihnen einen Platz an. Sie war klein, pummelig und trug eine Brille. Eine unauffällige Person, die die Beamten stumm ansah, doch in ihrem Blick lagen Angst und Sorge um ihre Mitbewohnerin.
»Frau Wilhelmi, ich weiß, dass Sie schon einige Fragen beant-

wortet haben, aber wir müssen Ihnen noch ein paar stellen. Sind Sie bereit?«

»Natürlich.«

»Uns wurde mitgeteilt, dass Frau Schubert seit halb eins heute Mittag vermisst wird. Wie können Sie die Zeit so genau eingrenzen?«

»Mandy, Frau Schubert, hat als Physiotherapeutin in Dänisch-Nienhof gearbeitet«, antwortete sie und sprach in der Vergangenheitsform, woraus Henning und auch Santos schlossen, dass sie selbst nicht mehr damit rechnete, ihre Freundin lebend wiederzusehen. »Sie hatte heute ausnahmsweise nur bis zwölf Dienst, weil sie am Nachmittag einen Arzttermin gehabt hätte. Als ich um drei nach Hause gekommen bin, war sie jedoch nicht da. Ihr Termin wäre aber um halb vier gewesen. Ihr Fahrrad ist nicht da, aber ihr Auto. Ich bin auch erst stutzig geworden, als die Arzthelferin anrief und mich fragte, ob Mandy ihren Termin vergessen habe. Der Arzt ist in Kiel, ein Frauenarzt, und sie wäre mit dem Auto gefahren. Ihr ist bestimmt etwas passiert, ich spüre das. In den letzten Tagen passiert hier oben doch andauernd was Schreckliches, man braucht ja nur die Zeitung aufzuschlagen oder die Nachrichten anzumachen.«

»Wie lange kennen Sie und Frau Schubert sich?«

»Wir kennen uns schon seit unserer Kindheit, wir kommen beide aus Quedlinburg und sind praktisch miteinander groß geworden.« Sie nestelte nervös am Saum ihrer Bluse, ihre Augen gingen unruhig von Henning zu Santos.

»Quedlinburg?«, fragte Santos mit gerunzelter Stirn.

»Liegt im Harz. Wo kann sie nur sein? Das ist überhaupt nicht ihre Art, sie ist die Zuverlässigkeit in Person. Ich kann mir das alles nicht vorstellen …«

»Was können Sie sich nicht vorstellen?«

»Na, das alles. Mandy, mein Gott, sie hat sich so gefreut,

endlich eine Arbeit zu haben, sie war nämlich drei Jahre arbeitslos. Aber sie hatte Probleme in der Klinik. Einige Kollegen denken wohl, nur weil sie aus dem Osten ist, müsste sie auch blöd sein. Und ein paar männliche Kollegen dachten, weil Mandy ganz gut aussieht, könnten sie sie einfach mal so ins Bett kriegen. Aber nicht Mandy, nein, so eine ist sie nicht. Sie lebt in einer festen Beziehung und wäre nie fremdgegangen ...«

»Wieso lebt sie in einer festen Beziehung und wohnt bei Ihnen?«, wollte Santos wissen.

»Jürgen ist noch in Quedlinburg, er kommt Ende Juni nach, um eine Arztpraxis hier zu übernehmen. Unser alter Doktor geht in den Ruhestand und hat ... Ach, das ist doch unwichtig. Ich will lieber wissen, wo sie sein könnte.«

»Sie sagen also, dass Ihre Freundin um zwölf nach Hause gefahren ist. Mit dem Auto oder mit dem Fahrrad?«

»Mit dem Fahrrad. Sie hat das Auto nur benutzt, wenn es stark geregnet hat oder besonders kalt war. Sie ist sehr sportlich und eine Frischluftfanatikerin.« Henning fiel auf, dass sie abwechselnd in der Gegenwart und der Vergangenheit sprach.

»Gab es heute oder in den letzten Tagen irgendwelche besonderen Vorkommnisse in der Klinik oder privat?«

»Nein, nur das Übliche. Deshalb kann ich mir ihr Verschwinden so überhaupt nicht erklären.«

»Was hatte sie an?«, fragte Santos, doch bevor Frau Wilhelmi antworten konnte, klingelte Hennings Handy. Harms.

»Bitte? Moment, ich geh mal kurz raus ... So, noch mal. Wer hat angerufen? ... Was heißt, du hast keine Ahnung? War die Nummer nicht auf dem Display zu sehen? ... Und er wollte mich sprechen? Was hast du ihm gesagt? ... Dann gib ihm verdammt noch mal meine Nummer! ... Ja, verdammt, ich bin überzeugt, dass es sich um unsern Mann handelt, um wen denn sonst?! Hat er gesagt, er ruft noch mal an? ... Okay, du bleibst im Büro, bis wir wieder da sind. Mann, da hättest du ein klein bisschen mitdenken können. Der hat sich heute Mittag die Schubert gekrallt, und du … Nein, ich kann nicht sagen, wie lange wir hier noch brauchen, aber du wartest auf uns! Und sollte er noch mal anrufen, gib ihm um Himmels willen meine Nummer … Ja, bis nachher.« Er schüttelte fassungslos den Kopf und ging wieder ins Wohnzimmer.

»Alles okay?«, fragte Santos, die merkte, dass etwas nicht stimmte, und auch Frau Wilhelmi sah ihn erwartungsvoll und ängstlich zugleich an.

»Ja, ja, es gab nur ein kleines Problem. Wo waren wir stehen geblieben?«

»Was Frau Schubert anhatte.«

»Keine Ahnung, ich habe schon um sechs das Haus verlassen, weil ich Frühdienst hatte. Wir haben uns nur kurz in der Klinik gesehen, aber da trug sie ihre Dienstkleidung. Ich nehme aber an, dass sie eine Jeans, einen Pulli und die Regenjacke anhatte. Und sie hatte auch immer ihren Rucksack dabei.«

»Und welchen Weg nimmt sie in der Regel?«

»Den kürzesten, immer die Straße geradeaus bis Dänisch-Nienhof. Sie hat dafür nicht mal eine halbe Stunde gebraucht.«

»Und was für ein Fahrrad hat sie?«

»So ein modernes mit unzähligen Gängen … Ich kenn mich da nicht besonders aus, ich bin eher unsportlich.«

»Farbe?«

»Silber, mehr kann ich Ihnen nicht sagen.«

»Wir würden uns gerne mit den Kollegen Ihrer Freundin unterhalten. Würden Sie uns ein paar Namen nennen, auch von jenen, die ihr nicht so wohlgesonnen waren?«

Frau Wilhelmi überlegte und antwortete schließlich: »Das mit dem wohlgesonnen ist vielleicht nicht der richtige Ausdruck …«

»Aber Sie haben doch selbst gesagt, dass sie Probleme in der Klinik hat.«
»Man sollte das nicht auf die Goldwaage legen. Sie ist eine exzellente Therapeutin, und manch einem hat das eben nicht gefallen.«
»Wurde sie gemobbt?«
»So würde ich das nicht sagen, aber sie hatte keinen leichten Stand. Bei den Patienten ist sie beliebt, weil sie wirklich was drauf hat. Außerdem hat sich die anfängliche Abneigung ihr gegenüber in den letzten zwei, drei Wochen doch gelegt.«
»Trotzdem würden wir gerne mit einigen Mitarbeitern sprechen.«
Sie nannte ein paar Namen, Henning schrieb mit und bedankte sich. Er reichte ihr seine Karte und sagte: »Sollte Ihnen noch etwas einfallen, bitte melden Sie sich unverzüglich, auch wenn es mitten in der Nacht ist.«
»Sie glauben auch nicht, dass sie noch lebt, oder?« Kerstin Wilhelmi sah die Beamten an, als würde sie eine Antwort erwarten, doch weder Henning noch Santos hätten ihr eine gegeben, sie hätten ihr nicht einmal eine Vermutung mitgeteilt.
»Wir können noch überhaupt nichts sagen, Frau Wilhelmi«, erwiderte Santos und gab ihr die Hand. »Vielleicht ist bei Ihrer Freundin irgendwas Wichtiges dazwischengekommen und …«
Kerstin Wilhelmi schüttelte energisch den Kopf. »Dann hätte sie mich angerufen. Sie hat das Handy immer dabei, es ist auch immer eingeschaltet. Ich habe doch zigmal versucht sie zu erreichen, aber es ist immer nur die Mailbox angesprungen. Das ist einfach nicht Mandys Stil, dazu kenn ich sie zu lange. Ihr ist etwas passiert, etwas ganz Furchtbares. Finden Sie sie, bitte«, sagte sie mit flehendem Blick und Tränen in den Augen, ihre Stimme war voller Angst.
»Wie ist die Nummer Ihrer Freundin?«

Frau Wilhelmi diktierte sie, Santos schrieb mit.
»Wir werden versuchen das Handy zu orten, vorausgesetzt, es ist eingeschaltet.«
»Es ist eingeschaltet. Finden Sie sie«, wiederholte sie noch einmal, griff zu einem Taschentuch und wischte sich damit über die Augen und die Nase.
»Wir tun unser Bestes. Wiedersehen.«
Wieder draußen, rief Henning Harms an und bat darum, das Handy von Mandy Schubert zu orten. Währenddessen sprach Santos mit den Streifenbeamten und erklärte, dass die Strecke, die Mandy Schubert gefahren sein musste, Zentimeter für Zentimeter abgesucht werden solle. »Und auch und vor allem abseits der Straße beziehungsweise des Radwegs. Sollten Sie Verstärkung benötigen, dann fordern Sie diese an. Wir konzentrieren uns in erster Linie auf das Fahrrad. Falls Sie etwas finden, sofort melden. Hier ist meine Nummer. Ach warten Sie, ich geb Ihnen auch noch die von meinem Kollegen.«
»Geht klar«, entgegnete die junge Beamtin.
»Tschüs.«

DIENSTAG, 18.35 UHR

»Tut mir leid, aber Volker ist manchmal ein Arschloch«, stieß Henning wütend hervor. »Unser Kerl hat vorhin angerufen, mit ziemlicher Sicherheit war er's. Er wollte mich sprechen, aber Volker hat ihm nicht meine Nummer gegeben. Ich bin stocksauer!«
»Woher sollte Volker wissen, dass er …«
»Hör zu, der Anrufer hat den Namen Mandy Schubert genannt. Wer außer dem Täter ruft bei uns an und nennt diesen Namen?! Kein Außenstehender kann bis jetzt etwas davon wissen … Natürlich hat er nicht von einem normalen Telefon

aus angerufen, sondern allem Anschein nach von einem Handy mit Prepaidkarte oder von einer Telefonzelle. Er wollte sich mit mir verbinden lassen, Volker hat das Gespräch entgegengenommen. Ich hoffe, er meldet sich noch mal.«

»Wird er. Das ist für ihn der Kick.«

»Wie toll für ihn! Die Schubert ist tot, das ist so sicher wie das Amen in der Kirche. Fragt sich nur, wo er sein Opfer diesmal hingeschleppt hat. Ich wüsste gern, was der an sich hat, dass er mitten am Tag eine erwachsene Frau dazu kriegt, in sein Auto zu steigen.«

»Woher willst du wissen, dass sie in sein Auto gestiegen ist?«

»Weil es so ist oder war.«

Sie erreichten das Präsidium wenige Minuten nach halb acht. Harms wirkte leicht geknickt. Auch Friedrichsen war noch in seinem Büro.

»Tut mir leid wegen …«

»Vergiss es. Er hat sich nicht noch mal gemeldet?«

»Nee. Aber …« Er wollte noch etwas hinzufügen, als Hennings Telefon summte.

»Ja?«

»Wir haben das Fahrrad gefunden. Liegt direkt neben der Straße, ist aber trotzdem nicht gleich zu erkennen. Wollen Sie herkommen und es sich anschauen?«

»Nein, aber tun Sie mir einen Gefallen und rühren Sie es nicht an. Die Spurensicherung wird es untersuchen. Vorher lassen Sie es aber bitte von Frau Wilhelmi identifizieren. Wir müssen auf Nummer sicher gehen …«

»Wir haben es schon überprüft, es gehört der vermissten Mandy Schubert. Sie hat es registrieren lassen. Außerdem hat es einen Platten im Hinterreifen.«

»Sehr gut. Sie warten bitte noch, bis die KTU eintrifft.« Er blickte in die Runde und sagte: »Ihr habt's gehört, das Fahrrad wurde gefunden. Und was glaubt ihr wohl, was ich denke?«

»Jetzt mach's nicht so spannend«, entgegnete Lisa Santos. »Wir sind Bullen und keine Gedankenleser.«
»'tschuldigung, ich werde die Frage etwas konkreter stellen. Was glaubt ihr, wie hat sich die Sache zugetragen? Hat er sie mit seinem Wagen angefahren?«
»Möglich«, antwortete Santos.
Henning schüttelte den Kopf. »Im Leben nicht. Das wäre für ihn zu profan, viel zu simpel. Und bei Tag auch viel zu gefährlich, das könnte ja jemand mitkriegen. Er wird nie von sich aus aktiv, sondern nutzt die Gunst der Stunde oder der Minute oder der Sekunde. Mandy Schubert hatte übrigens eine Panne, und er war mal wieder zufällig in der Gegend. Ich kann mir nichts anderes vorstellen, denn woher sollte er wissen, dass eine junge Frau an einem bestimmten Tag zu einer bestimmten Zeit eine Fahrradpanne haben würde? Es passt einfach zu perfekt ins bisherige Bild. Noch eine Zufallsbegegnung.«
»Möglich«, meinte Friedrichsen, der zu ihnen gestoßen war. »Ich habe heute wieder den ganzen Tag die Akten studiert und gebe dir Recht, was diese Häufung von Zufällen angeht. Das lässt sich rational nicht mehr erklären. Um ganz ehrlich zu sein, ich bin ratlos.«
»Genau wie ich«, sagte Henning. »Ich kann mich nur wiederholen, er sucht nicht gezielt, er findet einfach. Was ist mit der Handyortung?«
»Läuft noch, müsste aber gleich fertig sein. Ich warte jeden Moment auf das Ergebnis.«
Henning berichtete von den Ereignissen des Tages, vor allem von denen in Surendorf und Süderbrarup. Wie leicht es war, Kinder zu überreden, ins Auto zu steigen, ohne dass ein Passant eingegriffen hätte. Als er geendet hatte, herrschte für einen Augenblick Stille, ein betretenes Schweigen, das Bände sprach.

»So einfach ist das heutzutage. Kaum noch einer achtet auf das, was um ihn herum vorgeht. Da stellt man sich die Frage: Wie abgestumpft sind wir geworden? Und hätte ich diesen Test heute nicht durchgeführt, wäre mir wahrscheinlich gar nicht bewusst geworden, dass ich selbst nicht viel anders bin als die meisten von uns. Es war jedenfalls eine traurige und erschreckende Erfahrung. Tut mir leid, aber diese Gleichgültigkeit hilft natürlich auch dem Mörder.«

»Kann sein«, erwiderte Friedrichsen, »trotzdem muss es noch etwas anderes sein, das ihm hilft, seine Opfer so einfach anzulocken. Jüngste Studien belegen zwar, dass die Mehrzahl der Bevölkerung immer weniger beobachtet oder beobachten will, was um sie herum vorgeht, dennoch gibt es auch immer wieder welche, die beherzt eingreifen und nicht alles einfach so geschehen lassen. Wenn diese Mandy Schubert um die Mittagszeit zu ihm ins Auto gestiegen ist, muss es doch jemanden gegeben haben, der es gesehen hat. Wir leben doch nicht in der Antarktis!«

»Sollte man annehmen, aber du sagst selbst, dass du die Fälle alle noch mal studiert hast, und dabei ist dir doch auch aufgefallen, wie viele Personen, Kinder, Jugendliche und Erwachsene, bei Tag verschwunden sind, ohne dass jemand etwas bemerkt hat. Ich bring's mal auf den Punkt – wir schauen weg, wenn etwas passiert, womit wir nichts zu tun haben wollen. Eine Frau wird in der S-Bahn von einem oder mehreren Männern bedrängt, und keiner der andern Fahrgäste greift ein, weil sie selber Angst haben oder sich sagen, warum soll ich mich da einmischen, geht mich doch nichts an. Das ist ein gesellschaftliches Problem. Nur, unser Killer geht viel subtiler vor. Er greift niemanden in der S-Bahn an, er entführt kein Kind mit brachialer Gewalt von der Straße, er schlägt niemanden in der Öffentlichkeit zusammen. Da muss etwas sein, das ihn so unscheinbar und unauffällig sein lässt ... Aber wir

könnten jetzt wieder quatschen ohne Ende, zu einem Ergebnis werden wir nicht kommen.«
Harms Telefon läutete, er nahm ab, notierte sich etwas und sagte zum Abschluss: »Ja, danke, wir schicken jemanden hin.« Er legte auf und griff sich mit einer Hand ans Ohrläppchen. »Das war der Mobilfunkbetreiber. Das Handy konnte ausfindig gemacht werden. Hier sind die Koordinaten und alles andere. Übernehmt ihr das noch, oder soll ich den KDD ...«
»Wir machen das erst mal allein, wir brauchen lediglich noch einen Streifenwagen zur Unterstützung, falls wir sie wider Erwarten doch nicht gleich finden. Und leite schon mal alles andere in die Wege. Die Kollegen von der Spurensicherung sollen sich bereithalten.«

DIENSTAG, 19.20 UHR

Missunde, eine knappe halbe Stunde später. Sie waren mit überhöhter Geschwindigkeit gefahren, das Blaulicht auf dem Wagendach, der angeforderte Streifenwagen war bereits vor Ort. Die Beamten stiegen aus, als sie Henning und Santos auf sich zukommen sahen. Der Himmel war noch immer bedeckt, aber es hatte aufgehört zu nieseln, der Boden war nass, die Wolken schienen über dem flachen Land fast die Erde zu berühren, die von einem kühlen, leicht böigen Wind gestreift wurde. Die Bäume bogen sich etwas zur Seite. Henning schlug den Kragen seiner Jacke hoch.
»Uns wurde nur mitgeteilt, dass wir hier auf Sie warten sollen«, sagte der ältere der beiden Polizisten zu Henning, nachdem sie sich begrüßt hatten.
»Wir suchen nach einer weiblichen Leiche«, entgegnete Hen-

ning trocken und bat den Beamten, sein GPS-System einzuschalten und die Koordinaten einzugeben.
»Das ist etwa zweihundert Meter runter am Wasser. Schon wieder eine Tote? Das nimmt allmählich überhand«, bemerkte der Beamte mit einem beinahe morbiden Humor, auf den Henning nicht einging. Dafür strafte Santos den Kollegen mit einem eisigen Blick. Die zurückliegenden Tage waren auch an ihm nicht spurlos vorübergegangen. Er spürte, wie seine Kräfte allmählich zur Neige gingen, ja, er hatte sogar für einen kurzen Augenblick das Gefühl, als würde ihm jemand diese Kräfte mit aller Macht entziehen.
Zu viert bewegten sie sich auf die Stelle zu. Henning wählte mehrmals die Nummer des Handys der Vermissten, bis Santos sagte: »Da vorne hör ich was.« Sie beschleunigten ihre Schritte, fanden den Rucksack und wenige Meter entfernt die Frau. Sie war vollständig entkleidet, die Beine gespreizt. Sie lag auf dem Rücken, die Augen unnatürlich weit geöffnet, die Augäpfel schienen fast herauszufallen. Der Mund war leicht geöffnet, die Zungenspitze zu erkennen, um den Hals ein dunkler Kreis wie von einer Schlinge. Die kurzen blonden Haare waren nass, der Regen hatte Perlen auf der jetzt unnatürlich weißen Haut, die einen leicht bläulichen Schimmer hatte, hinterlassen. Sie hatte einen schönen Körper, durchtrainiert, mit mittelgroßen, festen Brüsten, die die Beamten lange anstarrten.
»Das ist nicht die Handschrift unseres Mannes«, sagte Santos mit belegter Stimme und ging in die Hocke. »Unserer hat noch nie jemandem etwas abgebissen. Die Brustwarzen, die Schamlippen, die Ohrläppchen. Das ist nicht sein Stil.«
»Er ist es, er hat nur ausnahmsweise sein Vorgehen geändert. Das machen manche Serienkiller, hab ich nachgelesen. Er verliert die Kontrolle, er denkt, dass das, was er mit ihr macht, ihn befriedigen könnte. Das tut es aber nicht, im Gegenteil, es

zieht ihn nur noch mehr runter, gleichzeitig sucht er nach einer anderen Form der Befriedigung. Er kann nicht mehr zurück, und er weiß genau, dass er keine Befriedigung mehr erlangen wird. Und trotzdem wird er weitermachen. So lange, bis er einen Fehler begeht oder freiwillig die Segel streicht.«
Der jüngere der beiden Beamten übergab sich beim Anblick der Leiche, während sein Kollege wie gebannt auf die Tote starrte.
»So was schon mal gesehen?«, fragte Henning lapidar.
»Nö, ist hoffentlich auch das letzte Mal.«
»Wollen Sie sich nicht um Ihren Kollegen kümmern?«
»Der kommt schon allein klar. Kann ich was helfen?«
»Wieso, wollen Sie's mit Mund-zu-Mund-Beatmung probieren?«, fragte Henning sarkastisch, während er die Tote begutachtete, ohne sie zu berühren. Sie lag nur etwa einen Meter vom Wasser entfernt, an einer unzugänglichen, mit Schilfgras bewachsenen Stelle, das so scharf war, dass man sich damit leicht Schnittverletzungen zufügen konnte. »Er war's«, sagte er zu Santos und deutete auf einen Abdruck, der beiden nur zu bekannt vorkam. »Glaubst du's jetzt?«
»Muss ich wohl. Mein Gott, wenn ich mir vorstelle, wie sie gelitten hat …«
»Nicht, wenn sie bewusstlos war oder er sich erst nach ihrem Tod an ihr vergangen hat. Das werden unsere Spezies in der Rechtsmedizin hoffentlich rausfinden. Ich wünsche mir auch, dass sie nicht gelitten hat. Volker soll die ganze Truppe herschicken«, sagte Henning müde und erhob sich wieder. »Sag ihm auch, dass wir warten, bis sie eingetroffen sind.« Und an die beiden Beamten gewandt, der jüngere hatte sich wieder einigermaßen gefangen: »Lassen Sie uns bitte einen Moment allein, halten Sie sich aber trotzdem noch zu unserer Verfügung.« Er zündete sich eine Zigarette an und meinte: »Lisa, auch das ist seine Handschrift. Lass es nicht zu dicht an dich

rankommen, wir müssen jetzt analytisch denken und handeln.«

»Keine Sorge, ich hab mich in der Gewalt. Nur, gestern und heute schien es noch so, als wollte er spielen. Inzwischen glaub ich, dass er das Spiel selber nicht mehr beherrscht.«

»Er beherrscht es, aber er beherrscht sich nicht mehr. Das ist der Unterschied. Wir müssen verdammt auf der Hut sein …«

»Und wir sollten die Bevölkerung warnen, dass sie unter gar keinen Umständen zu einem Fremden ins Auto steigen dürfen, ganz gleich, wie seriös er auch auftritt. Mir fällt da grad was ganz Blödes ein. Als ich noch klein war, habe ich meine Mutter mal gefragt, wie der Teufel aussieht. Sie hat gesagt, er nimmt immer eine andere Gestalt an, mal ist er ein seriöser Geschäftsmann, mal eine wunderschöne Frau, mal der nette Nachbar, der das Haus hütet, wenn man in Urlaub fährt … Haben wir es mit dem Teufel zu tun?«

»Ich hab mit Religion nichts am Hut, ich glaube weder an Gott noch an den Teufel«, entgegnete Henning und nahm einen tiefen Zug von seiner Zigarette. »Und außerdem würde diese Warnung nur zu einer unnötigen Hysterie führen. Die Eltern würden ihre Kinder wegsperren, keiner würde sich mehr auf die Straße trauen, denn du weißt, wie die Medien in der Regel den Sachverhalt verfälschen. Wir dürfen die Sache nicht zu sehr öffentlich machen.«

»Und damit lieber weitere Opfer riskieren …«

»Er würde so oder so Opfer finden. Akzeptier's einfach, und sieh den Tatsachen ins Auge. Panikmache würde nur unsere Arbeit behindern, weil dann die Hyänen von der Presse wie Kletten an uns hängen würden, und was das bedeutet, weißt du.«

»Aber wir haben seit Donnerstag vier Tote! Vier unschuldige Menschen, die kaltblütig ermordet wurden«, fuhr sie ihn wütend an. »Vier! Geht das in deinen Schädel?! Das haben wir normalerweise in einem ganzen Jahr nicht.« Sie war sich im

Klaren, dass die letzte Bemerkung nicht ganz stimmte und sie allein in Kiel im vergangenen Jahr einundzwanzig Straftaten gegen das Leben zu verzeichnen hatten, darunter fünf Morde und elf Totschlagsdelikte.

»Ich kenne die Zahlen. Aber du wirst emotional und damit …«

»Na und, dann werd ich eben emotional! Was schlägst du denn vor, wie's weitergehen soll? Abwarten und Tee trinken?«

»Nein, denn er wird sich noch mal bei uns melden. Er hat's einmal getan und wird es erneut versuchen.«

»Dein Wort in Gottes Ohr. Die Presse wird uns trotzdem in der Luft zerreißen.«

»Das ist mir egal. Nur, wir werden den Leuten nicht sagen, wie sie sich zu verhalten haben. Moment«, sagte er und nahm einen Anruf entgegen, die Nummer war unterdrückt.

»Ja?«

»Hallo, Herr Kommissar. Haben Sie Mandy schon gefunden?«

»Wer sind Sie?«

»Ach kommen Sie, Sie wissen doch genau, dass ich Ihnen das nicht verraten werde. Das müssen Sie schon selber rausfinden. Ich wollte nur mal Ihre Stimme hören, damit ich weiß, mit wem ich es zu tun habe.«

»Und, wissen Sie's jetzt?«, fragte Henning zynisch.

»Ich wusste es eigentlich schon vorher. Gratulation übrigens, dass Sie die Verbindung hergestellt haben. Sie waren das doch? Oder hat das ein Kollege von Ihnen rausgefunden? Aber ganz ehrlich, ohne meine aktive Mithilfe wären Sie nie darauf gekommen. Irgendwann werden Sie erfahren, wie viele es wirklich sind. Aber das nur nebenbei. Sie haben meine Gedichte erhalten, nehme ich an. Morgen kommt noch was, um Ihren Tag zu versüßen. Ich wünsche Ihnen einen schönen Abend.«

»Warten Sie, nur eine Frage. Warum tun Sie das alles?«
»Können Sie sich das nicht denken? Ich muss jetzt aber leider auflegen, ich habe da eine wunderbare Frau kennen gelernt, die ich unbedingt wiedersehen will, und ich will sie nicht zu lange warten lassen. Sie ist wirklich nett. Bis bald.«
»Werden Sie sie auch umbringen?«
»Ich habe mich noch nicht entschieden. Das hängt von der Situation ab. Sie werden es rechtzeitig erfahren.«
Henning stand wie versteinert da und starrte sein Handy an, das nur kurz darauf erneut summte. Harms. Er wollte lediglich wissen, ob der große Unbekannte, das Phantom, sich gemeldet hatte. »Morgen im Präsidium«, sagte Henning und steckte das Telefon in seine Jackentasche.
»Sag bloß, das war er?« Santos stellte sich neben ihn und fasste ihn bei der Schulter. Henning nickte nur.
»Was hat er gesagt?«
Henning wirkte abwesend, während er sprach. »Er ist so verdammt selbstsicher. Und er klang so unglaublich zynisch.«
»Du aber auch. Wie hat sich seine Stimme angehört?«
»Wie eine ganz normale Männerstimme, er hat aber keinen norddeutschen Dialekt. Ich möchte wissen, was er vorhat. Er sagt, er hat eine Frau kennen gelernt, die er heute Abend wiedersehen will. Wenn ich nur wüsste, von wo aus er angerufen hat.«
»Die Frau, die er kennen gelernt hat, wird er sie umbringen?«
Henning zuckte nur mit den Schultern und strich sich mit der Zunge über die Innenseite der Wange.
»Hat er gesagt, dass er sich wieder melden wird?«
»Ja, aber nicht, wann. Diese verdammte Drecksau!«
»Jetzt wirst du emotional. Warum bist du so geknickt? Du wolltest doch unbedingt mit ihm spielen ...«
»War vielleicht doch keine so gute Idee. Unsere Leute mar-

schieren an. Erteil du die Instruktionen, und dann lass uns fahren. Ich muss das Gespräch erst mal sacken lassen.« Er setzte sich in den Wagen und schrieb aus dem Gedächtnis die Worte des Unbekannten auf. Santos stieß nach fünf Minuten zu ihm.

»Wollen wir noch ein Glas Wein bei mir trinken?«, fragte sie.

»Und dann?«

»Was, und dann? Nur noch ein bisschen zusammensitzen und reden. Oder auch nicht.«

»Aber ich schlaf nicht wieder auf deiner Couch, das ist mir ein bisschen zu unbequem. Außerdem hab ich Hunger, auch wenn mir der Appetit vergangen ist.«

»Holen wir uns eine Pizza? Pizza und Wein ist immer gut. Ich könnte uns aber auch belegte Brote machen …«

»Warum bist du auf einmal so gut drauf?«, fragte er.

»Wir können doch nicht beide gleichzeitig in Depressionen verfallen. Komm, lächle, das steht dir besser als dieser verkniffene Gesichtsausdruck. Den hast du zu lange mit dir rumgetragen. Du wirst den Fall lösen, da bin ich mir ganz sicher. Und dann wird dieser Bastard für alle Ewigkeit hinter Gittern schmoren.«

»Mir reicht schon lebenslänglich mit anschließender Sicherungsverwahrung. Über das Ewig entscheidet eine andere Instanz.«

»Oh, du glaubst also doch, dass da noch was anderes existiert«, sagte Santos schmunzelnd und sah Henning von der Seite an.

»Ich glaube gar nichts. Ich habe nur Angst, dass er heute noch mal zuschlägt. Es wäre nicht das erste Mal, dass er sich zwei Opfer an einem Tag holt.«

»Wie hat er von dieser Frau gesprochen?«

»Warum?«

»Es interessiert mich eben.«

»Dass sie wunderbar und nett ist und er sie unbedingt wiedersehen will. Aber als ich ihn gefragt habe, ob er sie umbringen wird, hat er nur gemeint, das hänge von der Situation ab. Ich würde es rechtzeitig erfahren.«

»Er hat wirklich gesagt, dass sie wunderbar und nett ist?«

»Ja«, antwortete er unwirsch, worauf Santos jedoch nicht einging.

»Ich hab da eine Idee, aber ich kann sie noch nicht in Worte fassen. Es hat mit seiner Persönlichkeit zu tun. Ich muss das mal in aller Ruhe überdenken.«

»Na toll! Uns läuft die Zeit davon. Er wird sie umbringen, da bin ich fast sicher ...«

»Und wenn er doch nicht vorhat, sie umzubringen? Er hat doch bis jetzt keinen seiner Morde geplant. Was, wenn er tatsächlich eine Frau kennen gelernt hat, die er mag? Sören, sollte Jan Recht haben, dann gibt es auf diesem Planeten nur eine, höchstens zwei Frauen, die er niemals umbringen würde – seine Mutter und, sollte es noch eine geben, seine Frau. Die beiden, wenn es zwei sind, sind unantastbar.«

»Aber er scheint nicht verheiratet zu sein, sonst hätte er doch nicht von dieser einen wunderbaren und netten Frau gesprochen.«

»Oder er ist doch verheiratet und bricht aus seinem bisherigen Leben aus. Ach, weißt du was«, sagte Santos, »ich kann nicht mehr klar denken, der Tag war mir einfach zu viel. Wir Bullen sind eben auch nur Menschen. Was jetzt, Pizza oder belegte Brote?«

»Pizza oder belegte Brote«, antwortete Henning grinsend. »Ich überlass dir die Entscheidung.«

»Sag mal, seid ihr Männer eigentlich alle so? Ich meine, müsst ihr die Entscheidungen immer uns armen Frauen überlassen?«

»Scheint so. Wir jagen, und wir sammeln, und ihr seid für alles

andere zuständig. Kinder kriegen und erziehen, das Haus in Ordnung halten, Wäsche waschen …«
Santos boxte ihn leicht in die Seite und schüttelte den Kopf. »Typisch Mann. Ich hab's doch immer gewusst, du unterscheidest dich kein bisschen von den andern«, erwiderte sie mit sanftem Spott.
»Hab ich das je behauptet?«, fragte er mit einem noch breiteren Grinsen.
»Nee, aber ich hatte es gedacht. So werden Illusionen zerstört.«
Henning hörte sehr wohl den Unterton in ihrer Stimme und zuckte zusammen. Er hatte es schon am Samstag gemerkt und auch am Sonntag, doch er hatte diesen Gedanken einfach verdrängt, weil er sich nicht vorstellen konnte, dass eine Frau wie Lisa auch nur das geringste Interesse an ihm zeigen könnte. Ihm, einem Loser und Versager, einem, der sein Leben in den Sand gesetzt hatte, der für mehrere Jahre in einem riesigen See aus Selbstmitleid beinahe ertrunken wäre. Aber jetzt war da dieser Unterton, den er sehr wohl zu deuten wusste. Und er kapierte ebenso schlagartig, warum sie sich bei Harms so sehr für ihn stark gemacht hatte, warum sie so oft in sein Büro kam, als er sich noch hinter Akten verkroch und mit dem Rest der Truppe nichts zu tun haben wollte, und sich für ein paar Minuten zu ihm setzte und sich mit ihm unterhielt. Und ihm fiel auf, dass sie dieses Interesse schon ansatzweise gezeigt hatte, als er noch verheiratet gewesen war, auch wenn sie sich damals sehr dezent zurückgehalten hatte, denn Lisa gehörte nicht zu den Frauen, die einfach wie ein Dieb in der Nacht in eine Ehe einbrachen und sich holten, was ihnen ihrer Meinung nach zustand. Selbst jetzt hielt sie noch Distanz, auch wenn der Abstand zwischen ihnen immer geringer wurde. Natürlich gefiel sie ihm, sie war hübsch, hatte Temperament

und war intelligent. Und sie hatte ihm auch schon gefallen, als sie gerade von der Polizeischule zu ihm in die Abteilung gekommen war. Und er mochte ihre Stimme und wenn ihre Augen wütend funkelten. Er warf, während sie an einer Ampel standen, einen verstohlenen Blick zur Seite, sah kurz auf ihre Hände und die Beine, die von einer Jeans bedeckt waren. Er fragte sich, ob er schon für eine neue Beziehung bereit wäre, ob Lisa es überhaupt mit ihm aushalten würde. Sie hatte noch nie eine längere Beziehung gehabt, das hatte sie ihm am Freitag erzählt, als sie bei ihrer Schwester gewesen waren. Sie war jetzt fast fünfunddreißig, doch sie machte nicht den Eindruck, als würde sie in Torschlusspanik geraten, wie so viele Frauen, die in diesem Alter noch keinen Mann abbekommen hatten. Sie nahm das Leben locker und leicht, keine Spur von Bitterkeit oder Selbstmitleid. Sie hat mir eine Menge voraus, dachte er, als die Ampel auf Grün umsprang.

»Um deine Illusionen nicht ganz zu zerstören, wir holen uns mal wieder Pizza. Bald haben wir sie so über, dass wir die nächsten zehn Jahre keine mehr anrühren. Und ich lade dich ein.«

»Kommt gar nicht in Frage, du hast das jetzt schon zweimal gemacht und …«

»Keine Widerrede. Du spendierst den Wein, ich die Pizza. Das nennt man gerechte Aufteilung.«

»Es ist dein Geld.«

»Genau. Außerdem hab ich mir vorgenommen, mit der Qualmerei aufzuhören, da spar ich wieder eine Menge.«

Er hielt vor der Pizzeria, gab die Bestellung auf und wartete zehn Minuten im Wagen. Sie ist eine tolle Frau, dachte er noch einmal, wirklich eine tolle Frau.

Sie unterhielten sich bis nach Mitternacht. Schließlich sagte Lisa, dass es an der Zeit sei, zu Bett zu gehen. Henning hatte zwei Gläser Wein getrunken und fühlte eine bleierne Schwere in den Beinen. Er stand auf und wollte sich verabschieden, als sie wie beiläufig sagte: »Du kannst ruhig hier schlafen.«

»Ich weiß nicht, ich …« Er druckste herum wie ein pubertierender Jüngling, der zum ersten Mal in seinem Leben vor der Frau seiner Träume stand und nicht wusste, wie er sich verhalten und vor allem, was er sagen sollte.

»Wovor hast du Angst?«, fragte sie und sah ihn mit einem Blick an, dem er nicht ausweichen konnte. »Vor mir?«

»Nein, verdammt noch mal, ich habe keine Angst vor dir.«

»Wovor dann?«

Er holte tief Luft und sagte: »Vielleicht davor, einen Fehler zu machen.«

»Du hast immer Angst, einen Fehler zu machen. Brauchst du aber nicht. Ich hab doch auch keine Angst. Du kannst dir aussuchen, wo du schlafen möchtest, hier oder drüben.« Sie deutete mit dem Kopf zum Schlafzimmer. Ihr Blick war ernst, und er meinte zu sehen, wie sie bei dem letzten Wort leicht zitterte.

»Ist da drüben überhaupt genug Platz?«, fragte er mit einem gequälten, unsicheren Lächeln.

»Genug für zwei. Es ist deine Entscheidung, und ich möchte, dass du sie ganz alleine triffst.«

Zum ersten Mal, seit er Lisa kannte, nahm er sie in den Arm und roch an ihrem Haar. Eine lange, eine verdammt lange Zeit war vergangen, seit er eine Frau im Arm gehalten hatte, er wusste schon gar nicht mehr, wie gut sich das anfühlte. Und hätte ihm jemand vor ein paar Tagen prophezeit, dass es ausgerechnet Lisa sein würde, er hätte denjenigen für verrückt erklärt, schließlich kannten sie sich schon seit fast zehn Jahren. Und nun standen sie hier und hielten sich umklammert wie zwei Ertrinkende; oder wie zwei Menschen,

die einsam waren und endlich dieser Einsamkeit entfliehen wollten.
»Komm«, sagte sie und nahm ihn bei der Hand, »du brauchst wirklich keine Angst zu haben.«

DIENSTAG, 20.00 UHR

Butcher war um fünfzehn Uhr von seiner Ausflugstour zurückgekehrt, war in die Werkstatt gegangen, hatte den Horch eingehend inspiziert und sich eine Liste mit allen Teilen gemacht, die er normalerweise in der ersten Phase der Reparatur benötigte. Allein dies nahm über eine Stunde in Anspruch, eine Stunde, in der er abgelenkt war und an nichts dachte als an das Auto. Er ließ den Motor eine Weile laufen, überprüfte die Achsen und das Fahrgestell, die Bremsen und den Auspuff. Einiges war noch in relativ gutem Zustand, an den meisten Teilen jedoch hatte der Zahn der Zeit unerbittlich genagt. Und doch war dieser Wagen eine Luxuskarosse, die sich in den dreißiger Jahren nur die Wohlhabenden leisten konnten. Wer das Geld hatte, kaufte sich einen Horch oder einen Mercedes oder gar beides und vielleicht als kleine Beigabe noch einen Bugatti. Er kannte die Geschichten und Legenden, die sich um diese Marken rankten, er hatte unzählige Bücher darüber gelesen und mit einigen älteren Menschen gesprochen, die sich noch an ihre Kindheit und Jugend erinnerten und an die Ausflugsfahrten in diesen edlen Wagen, die von den einfachen Bürgern bestaunt und bewundert wurden. Damals waren sie Meisterwerke der Technik, heute würde keiner mehr damit fahren, weil sie viel zu viel Benzin verbrauchten, viel zu schwer waren und technologisch mit den modernen Autos in keinster Weise mithalten konnten. Bevor er die Werkstatt verließ, begab er sich in sein kleines Büro, machte die Tür hinter sich zu und holte den Aktenkoffer mit dem Geld hinter dem Schrank hervor. Eine weitere Stunde verging, bis er den Koffer wieder in sein Versteck zurückschob. Auf dem Weg nach draußen ließ er seine Finger über die Karosserie gleiten, als würde es sich um eine schöne Frau handeln. Im Haus begrüßte er seine Mutter und Monika, die ihm einen kurzen Blick zuwarfen und meinten, es sei noch Mittagessen da, er müsse es sich jedoch in der Mikrowelle warm machen. Er hatte keinen Hunger, ging in den Keller und rief erst bei Carina an und fragte, ob es ihr recht wäre, wenn er am Abend für ein Stündchen vorbeikäme, worauf sie antwortete, dass sie sich sehr freuen würde. Sie verschwieg ihm, dass sie in der vergangenen Nacht nur sehr wenig geschlafen hatte und eigentlich früh zu Bett gehen wollte. Sie nahm es in Kauf, länger als geplant aufzubleiben, denn sie hatte sich in diesen Polizisten verliebt, der in geheimer Mission unterwegs war, dessen Augen sie so mochte und mit dem sie sich so gut unterhalten konnte. Für zwanzig Uhr verabredeten sie sich, womit Butcher noch gut zwei Stunden hatte, sich zurechtzumachen, zu duschen, zu rasieren und vielleicht doch noch eine Kleinigkeit zu essen, obwohl er sicher war, bei Carina etwas zu bekommen. Vorher aber rief er noch bei Dr. Martens in Hamburg an und fragte, ob es ihm passen würde, wenn er morgen im Laufe des Vormittags bei ihm vorbeikäme, zum einen, um sich den Rolls-Royce anzuschauen, zum andern, um noch einmal über das Angebot zu sprechen, das er ihm gestern gemacht hatte. Martens zeigte sich überaus erfreut und sagte, er sei morgen sowieso den ganzen Tag zu Hause und seine Frau ebenfalls. Butcher meinte, er komme so zwischen neun und zehn, allerdings habe er nicht viel Zeit, da er noch zu einem andern Kunden müsse. Als Letztes wählte er die Nummer der Mordkommission Kiel und sprach mit dem Kommissariatsleiter Volker Harms, der ihm jedoch die Handynummer von Sören Henning nicht geben wollte, obwohl Butcher

Harms von Mandy Schubert berichtete. Er würde es später noch einmal probieren.

Um halb acht setzte er sich in seinen Golf, schaltete den Polizeifunk in dem Moment ein, in dem er vom Hof fuhr, und stellte fest, dass auf den Straßen alles ruhig war. Auf halber Strecke zwischen Schleswig und Flensburg hielt er an und wählte ein weiteres Mal die Nummer der Mordkommission Kiel. Diesmal dauerte es nur wenige Sekunden, bis er Hennings Handynummer hatte. Er war gespannt, wie dieser auf seinen Anruf reagieren würde. Nach dem Telefonat dachte er: Du wirst dich noch wundern, das war noch längst nicht alles, was du erlebt hast. Der große Hammer kommt noch, einer, mit dem du niemals rechnest, denn du weißt nicht, was ich alles über dich in Erfahrung gebracht habe. Ich kenne dein beschissenes Leben in- und auswendig. Eigentlich gleichen wir uns auf eine gewisse Weise sogar, wir sind nämlich beide Verlierer des Lebens. Du hast einen Unschuldigen in den Knast gebracht und getötet, ich habe ein paar mehr auf dem Gewissen. Von Frauen hast du die Schnauze voll, seit deine Alte sich mit den Kindern aus dem Staub gemacht hat, weil sie dich nicht mehr ertragen konnte. Aber tröste dich, meine Leute können mich auch nicht ertragen, obwohl ich ihnen nichts getan habe. Nun, das sind die verfluchten Weiber, lässt sich eben nicht ändern. Wir könnten eigentlich richtige Freunde sein, wenn du nicht bei den Bullen wärst. Na ja, lass dich einfach überraschen, ich bin schließlich immer für eine Überraschung gut.

DIENSTAG, 20.10 UHR

Carina hatte sich wieder hübsch gemacht, diesmal trug sie eine sehr körperbetonte Jeans und eine schwarze, tief ausgeschnittene Bluse, unter der sich ihr voller Busen deutlich abzeichnete, und wenn Butcher sich nicht täuschte, trug sie nicht einmal einen BH. Ihre Augen strahlten, als sie ihn hereinbat und mit einem langen Kuss begrüßte, als würden sie sich ewig kennen. Und da war wieder dieser unvergleichliche Duft, den er so liebte, seit er am Sonntag zum ersten Mal bei ihr war. Sie ist eine außergewöhnliche Frau, und sie will mich, dachte er, sonst würde sie sich nicht so aufreizend kleiden. Sie hat bestimmt lange keinen Mann mehr im Bett gehabt, und vielleicht lasse ich mich ja dazu hinreißen, mit ihr zu schlafen. Es macht sicher mehr Spaß als mit Monika. Der Boden knarrte wieder so vertraut unter seinen Schuhen, als wäre er sein Leben lang über diesen Boden gelaufen.

»Hi«, sagte er, nachdem sie sich voneinander gelöst hatten. »Schick siehst du aus.«

Carina lächelte verlegen. »Danke für das Kompliment, aber so lauf ich meistens zu Hause rum.« Was glatt gelogen war, das wusste er, denn keine Frau zog sich zu Hause so an. Oder vielleicht doch, nur hatte er bislang keine solche Frau kennen gelernt.

»Wie war dein Tag?«, fragte er.

»Anstrengend, ich habe letzte Nacht miserabel geschlafen. Ich hatte einen blöden Traum ...«

»Komisch, ich auch. Wenn's hochkommt, hab ich zwei Stunden geschlafen. Wir müssen es ja heute nicht so ausdehnen, wir haben ja noch oft Gelegenheit, uns zu sehen.«

»Och, so müde bin ich nun auch wieder nicht. Es kommt eben auf die Gesellschaft an«, sagte sie mit einem schelmischen Aufblitzen der Augen. »Du hast doch bestimmt noch nichts gegessen, ich hab uns aber nur belegte Brote und Tee gemacht, ich bin heute einfach nicht zu mehr gekommen.«

»Du brauchst dir nicht immer solche Mühe zu machen.«

»Das ist keine Mühe, ich tu's gern.«

»Schläft Jule schon?«
»Natürlich, ich mach sie immer zwischen sieben und halb acht fertig, damit sie spätestens um acht im Bett ist. Heute war's sogar schon ein bisschen früher.«
Die Kanne Tee stand auf dem Stövchen, die Brote lagen auf einer Porzellanplatte, die wie das restliche Geschirr mit Delfter Dekor verziert war. Kerzen brannten, die Vorhänge waren zugezogen.
Während sie aßen, sprachen sie kurz über den zurückliegenden Tag. Sie fragte ihn, wie es seiner Mutter gehe, worauf er antwortete: »Same procedure as every day. Ihr Zustand verändert sich nicht. Ich war aber eben nur kurz bei ihr, denn ich sage mir, ich muss auch mal an mich denken, wenn du verstehst, was ich meine.« Dabei sah er ihr in die Augen, die etwas feucht glänzten.
»Manchmal muss man Entscheidungen treffen, die einem schwer fallen. Aber wenn du willst, helfe ich dir dabei.«
»Danke, das ist lieb, doch das mit dem Heimplatz wird schon klappen, und dann fange ich an zu leben. Im Moment ist es ein ständiges Hinundherhetzen zwischen Arbeit und Zuhause, das halt ich nicht mehr lange durch. Es hört sich jetzt vielleicht grausam an, aber ich denke gerade in letzter Zeit immer öfter daran, dass es besser wäre, wenn sie ...« Butcher stockte, blickte zu Boden und presste die Lippen zusammen. Carina setzte sich zu ihm auf das Sofa und legte mitfühlend einen Arm um seine breite Schulter.
»Ich kann dich verstehen. Wie gesagt, wenn du Hilfe brauchst, ich bin da.«
»Wechseln wir lieber das Thema, das nimmt mich alles zu sehr mit. Die letzten Jahre waren wirklich nicht einfach. Und jetzt hast du hier auch noch einen Bullen, der kurz davor ist zu heulen. Kommt auch nicht gerade gut an.«
»Quatsch!«, sagte sie und strich ihm sanft über den Rücken.

»Du bist eben ein sensibler Mensch, das hab ich gleich vom ersten Moment an gespürt. Allein, wie du mit Jule umgegangen bist. Als wenn du selber Kinder hättest. Sie schwärmt total von dir und fragt mich andauernd, wann du wiederkommst. Und was hast du ihr erzählt, wo du wohnst? In Taka-Tuka-Stadt?«, sagte sie lachend. »Sie hat mich gefragt, Mama, wo ist das, und ich musste mir eine wirklich abenteuerliche Geschichte einfallen lassen. Hast wohl früher zu viel *Pippi Langstrumpf* gelesen, was?«

»Nein, das nicht, aber es macht mir halt Spaß, mit Kindern rumzualbern. Ich hätte gerne welche. Leider hat es nicht sollen sein.«

»Du bist doch noch jung«, erwiderte sie. »Und ich wollte eigentlich auch mehr als eins haben. Mindestens zwei, am liebsten drei. Mal schauen, was die Zukunft bringt.«

»Hm, mal schauen«, sagte er und fuhr sich übers Gesicht. »Es wäre schon schön, nicht mehr allein zu sein, sondern stattdessen im Haus das Gequake von den Gören zu hören. Reimt sich sogar.«

»Das wird schon noch«, entgegnete sie und schenkte Tee nach, stellte die Kanne wieder auf das Stövchen, ließ sich zurückfallen, legte den Kopf in den Nacken und schloss die Augen. Butcher betrachtete sie und verspürte, je länger er hier und vor allem in ihrer unmittelbaren Nähe war, das unstillbare Verlangen, mit ihr zu schlafen. Sie war die Frau, von der er schon in seiner Jugend geträumt hatte, nur leider war er ihr zu spät begegnet. Und er wusste, dass auch sie mit ihm schlafen wollte. Sie sandte Signale aus, die er empfing und nur zu gut verstand. Wie etwa durch ihre Kleidung mit dieser dünnen schwarzen Bluse und der hautengen Jeans, ihrem unaufdringlichen Parfum (nicht so ein süßliches, ekelhaftes Zeug, wie die Kaiser es benutzt hatte), das den Duft der Kerzen überdeckte, sobald sie ihm nahe kam. Oder wie sie ihn immer wieder berührte, als wollte sie damit sagen, komm, ich will dich, ich will alles von dir. Oder wenn sie ihn ansah mit diesem unwiderstehlichen Blick, wenn er in ihre Augen eintauchte wie in einen Ozean und meinte, auf den Grund ihrer Seele sehen zu können. Aber am meisten war es der warme, sanfte Klang ihrer Stimme, der ihn so faszinierte. Noch nie hatte er eine solche Stimme gehört. Sie schmeichelte seinen Ohren und ließ gleichzeitig alles in ihm vibrieren. Carina war die Frau, nach der er sich immer gesehnt hatte und die er doch nie bekommen würde. Das Leben hatte etwas anderes mit ihm vorgehabt, etwas Schlimmes, Furchtbares, es hatte ihn zu einem Monster werden lassen, ohne dass er es wollte. Aber da war diese Wut, diese gewaltige, unbändige Wut, die er schon als Kind in sich hatte und die sich mit jedem Jahr steigerte. Und was er auch tat, er vermochte sie nicht zu unterdrücken oder zu besiegen. Er wusste, was schief gelaufen war, und er hätte jetzt, in diesem Augenblick, alles dafür gegeben, die Zeit um zwanzig Jahre zurückdrehen zu können. Mindestens zwanzig Jahre.

»Woran denkst du?«, fragte Carina, ohne die Augen zu öffnen, und suchte seine Hand.

»An dich. Du bist schön.« Er sagte ihr etwas, das er noch keiner Frau zuvor gesagt hatte, nicht einmal Monika. Er hatte es nie geschafft, dies über die Lippen zu bringen. Ein Mann hatte sich zu beherrschen. Er erinnerte sich, wie sein Vater, als er noch klein war, einmal diese Worte zu seiner Mutter gesagt hatte – du bist schön – und sie daraufhin geantwortet hatte, er solle nicht so einen Unsinn reden, das sei Kindergeschwätz und albern. Und nun sprach Butcher diese Worte, und ein Lächeln huschte über Carinas Gesicht.

»Meinst du das ernst?«, fragte sie.

»Würd ich es sonst sagen?«

»Weißt du eigentlich, dass mir das noch nie jemand gesagt hat?

Meine Eltern schon, aber das ist nicht das Gleiche, wie wenn ein Mann das sagt. Peter hat es nie gesagt. Er hat nicht mal gesagt, dass er mich liebt. Irgendwann ganz am Anfang schon, aber als wir verheiratet waren, haben wir uns kaum noch gesehen. Er war ständig irgendwo in der Welt unterwegs, und er hatte mit Sicherheit in jedem Hafen eine Braut.«
»Ich denk, er ist Vermögensberater«, entgegnete Butcher. »Wieso ist er dann so viel unterwegs?«
»Was glaubst du denn, wen er so beraten hat? Bestimmt nicht die einfachen Arbeiter. Seine betuchten Kunden saßen in ganz Deutschland, und viele auch im Ausland.«
»Ich will dir jetzt nicht zu nahe treten, aber dann hat er dieses doch eher bescheidene Haus gekauft?«
Carina öffnete die Augen und lächelte wieder. »Er wusste wohl damals schon, dass er hier nicht bleiben würde. Wie gesagt, er hat es bar bezahlt. Und ich vermute, dass er schon damals viel mehr Geld hatte, als ich dachte. Er wird sich wohl mit seinen Millionen irgendwo ein schönes Leben machen. Ich war ihm wahrscheinlich nicht gut genug dafür, vielleicht bin ich ihm zu einfach und nicht repräsentativ genug.«
»Der ist ganz schön dumm, wenn er so denkt«, bemerkte Butcher.
»Ich bin nicht die Schlaueste, das weiß ich selber, und ich sehe auch nicht wie ...«
»Du bist schön, und du bist schlau.«
»Du kennst mich doch noch gar nicht. Du kennst nicht meine Macken und meine Unarten, ich ...«
»Pssst, ich will gar nichts hören. Jeder von uns hat doch seine Macken. Egal, ich glaube, ich sollte besser gehen«, sagte er und sah Carina an, die nach den letzten Worten ein ernstes Gesicht machte.
»Warum? Wer wartet auf dich? Doch niemand, oder?«
Er schüttelte den Kopf.

»Dann bleib bitte noch ein bisschen, ich bin so gern mit dir zusammen.«
Butcher blickte zur Uhr, die ihm gegenüber an der Wand hing, es war kurz nach zehn, und sagte: »Überredet. Du hast Recht, es gibt niemanden, der auf mich wartet.«
Carina legte ihren Kopf auf seine Schenkel und sah ihn von unten herauf an. Sie streichelte über seine Hand, Minuten vergingen, ohne dass ein Wort gesprochen wurde. Schließlich fragte sie: »Wo würdest du am liebsten mal hinfahren?«
»Was meinst du?«
»Na ja, es gibt doch bestimmt Orte auf der Welt, die du gerne mal besuchen würdest. Ich wäre gerne mal auf Hawaii, das ist mein großer Traum. Nur einmal für ein paar Tage. Aber wie es aussieht, wird dieser Traum nie Wirklichkeit werden.«
»Warum nicht? Man soll die Träume nicht einfach so aufgeben, sondern an ihnen festhalten. Ich bin ganz sicher, dass du eines Tages Hawaii sehen wirst. Das verspreche ich dir hoch und heilig.«
»Wie kannst du so was versprechen? Willst du vielleicht mit mir dorthin fahren? Wir verdienen doch beide nicht genug, als dass wir uns das leisten könnten. Aber es ist trotzdem schön, dass du das gesagt hast.«
Sie zog seinen Kopf zu sich nach unten und küsste ihn wieder. Jede Berührung von ihr war etwas Besonderes, ihre Lippen schmeckten anders als die von Monika, die er schon seit Jahren nicht mehr gerne geküsst hatte, weil er nichts dabei fühlte. Mit einem Mal stand sie auf, streckte ihre Hand aus, er nahm sie und erhob sich ebenfalls. Wortlos begaben sie sich ins Schlafzimmer und machten leise die Tür hinter sich zu.
Es war fast ein Uhr, als er sagte, dass er gehen müsse, er habe einen langen und harten Arbeitstag vor sich.
»Du kannst doch hier schlafen. Ich werde dich das bestimmt nicht jeden Tag bitten, nur heute. Bitte bleib.« Sie sah ihn mit

einem Blick an, dem er nicht widerstehen konnte, schon gar nicht nach den Stunden, die er mit ihr verbracht hatte. Nie hatte er sich so angenommen und geliebt gefühlt, nie hatte er etwas Zärtlicheres erlebt.

»Wenn du meinst …«

»Nein, ich will nicht, dass du wegen mir bleibst, sondern weil du es möchtest.«

»Ich möchte es. Aber ich muss um fünf aufstehen, damit ich mich noch kurz um meine Mutter kümmern kann, bevor ich zum Dienst gehe.«

»Dann stell ich den Wecker auf fünf. Darf ich dir noch etwas sagen?«

»Was?«

»Ich glaube, ich hab mich in dich verliebt. Nein, ich glaube es nicht, ich weiß es. Ist das jetzt schlimm für dich?«

Er schüttelte den Kopf und streichelte ihren nackten Körper.

»Im Gegenteil. Mir geht es genauso.«

»Und warum machst du dann so ein trauriges Gesicht? Ist es wegen deiner verstorbenen Frau?«

»Mach ich ein trauriges Gesicht?«

»Na ja, vielleicht auch nur melancholisch.«

»Es hat nichts mit meiner Frau zu tun. Ich habe nur nicht gedacht, dass ich jemals wieder so etwas erleben würde. Ich bin wahnsinnig gerne mit dir zusammen. Und das ist keine Lüge.«

Wobei nur er wusste, was er mit dem letzten Satz meinte.

Carina schlief in seinem Arm ein, während er noch lange wach dalag. Bestimmt wundern sie sich zu Hause, warum ich nicht heimkomme, aber das ist alles so egal. Ihr braucht mich doch sowieso nicht, dachte er. Wenn ich um fünf aufstehe, bin ich um halb sechs zu Hause. Vielleicht merkt ihr's gar nicht. Und wenn, wen kümmert's, ich bin dann sowieso gleich wieder weg. Ich muss nach Hamburg und danach noch etwas erledigen. Etwas ganz Wichtiges.

MITTWOCH, 8.30 UHR

Die Nacht war kurz gewesen, erst um halb vier hatten sie das Licht gelöscht, und Lisa Santos war in seinem Arm eingeschlafen. Henning konnte noch immer nicht begreifen, was geschehen war, dass es überhaupt geschehen war. Mit allem hatte er gerechnet, aber nicht damit, dass er die Nacht mit Lisa verbringen würde. Während sie schon schlief und gleichmäßig atmete, dachte er noch über sein Leben nach und wie viele Windungen es darin gegeben hatte und immer noch gab. Er hatte Lisa immer gemocht, ihre direkte und doch unaufdringliche Art, wie sie sprach, und wenn sie etwas sagte, dann war es kein oberflächliches Geschwätz wie bei den meisten Menschen, die er kannte. Er erinnerte sich, wie sie damals ihm zugeteilt wurde und wie er dachte, was für eine außergewöhnliche und hübsche Frau. Doch nie hätte er sich vorgestellt, dass jemals etwas zwischen ihnen laufen könnte. Er war verheiratet gewesen und hatte zwei Kinder. Eine glückliche Ehe, in der er sich geborgen fühlte. Und nun waren fast zehn Jahre vergangen, und erst jetzt begriff er, dass er Lisa eigentlich schon immer mehr als nur gemocht hatte, allein, er konnte und wollte es sich nicht eingestehen. Aber die letzten Tage hatten eine Wende gebracht, doch warum, das wusste er nicht. Alles war so schnell gegangen. Er erinnerte sich noch genau an vergangenen Freitag, als sie in seinem Büro stand und ihn unmissverständlich aufforderte, ihr gefälligst bei dem Mordfall Miriam Hansen zur Seite zu stehen. Er war nicht fähig gewesen, ihr eine Absage zu erteilen, und im Nachhinein betrachtet empfand er es als gut so. Sehr gut sogar. Exzellent. Und gleichzeitig fragte er sich, ob, und wenn, wie es weitergehen würde. Noch meinte er sich in einem surrealen Traum zu befinden, obgleich er wusste, dass es kein Traum, sondern eine schöne Realität war. Zufall?, fragte er sich und musste unwillkürlich an die vielen unglaublichen Zufälle denken, die den Täter, den sie jagten, und seine Opfer zusammengeführt hatten. Und auch in seinem Fall konnte er diesen Begriff nicht definieren. Niemand würde es können.

Irgendwann, er hatte nicht mehr auf die Leuchtziffern des Digitalweckers geschaut, war auch er eingeschlafen. Um sieben wurde er von Lisa mit einem zärtlichen Kuss geweckt, ihre Haare kitzelten in seinem Gesicht.

»Guten Morgen. Ich glaube es wird Zeit, aufzustehen.«

»Hm«, murmelte er und legte seine Arme um sie und genoss die Wärme, die sie ausstrahlte.

»Ich geh schnell ins Bad, ich brauch nicht lange«, sagte sie nach einer Weile und stand auf.

Sie frühstückten, räumten gemeinsam den Tisch ab und fuhren ins Präsidium. Auf der Fahrt fragte er: »Was werden die Kollegen sagen, wenn sie das von uns erfahren?«

»Müssen sie es erfahren?«

»Irgendwann auf jeden Fall. Und du musst dir im Klaren darüber sein, dass man sich die Mäuler über uns zerreißen wird.«

»Na und? Du machst dir schon wieder viel zu viele Gedanken.«

»Das ist halt mein Problem, aber vielleicht hilfst du mir ja, es zu bewältigen.«

»Ich werde mein Bestes tun.«

Harms saß, wie nicht anders zu erwarten, bereits hinter seinem Schreibtisch. Seine Miene wirkte ernst, ein Umschlag lag vor ihm, den er nach einem knappen »Moin« Henning und Santos zuschob. »Der wurde vorhin beim Pförtner abgegeben. Wir wissen nicht, wer der Unbekannte ist.«

Henning nahm den Inhalt heraus und las leise:

»Tadle nicht der Nachtigallen
Bald verhallend süßes Lied;
Sieh, wie unter allen, allen
Lebensfreuden, die entfallen,
Stets zuerst die schönste flieht.

Ein schönes Gedicht, nicht? Ich habe Ihnen auch ein Foto von diesem Göden beigelegt. Er hat mich um Feuer gebeten, als ich zufällig in Gettorf war, um einen Brief für Sie, Herr Henning, einzuwerfen. Er hätte mich besser nicht darum bitten sollen, denn ich war ziemlich schlecht drauf. Außerdem bin ich militanter Nichtraucher. Aber das nur nebenbei. Sind Sie bereit? Ich melde mich heute noch bei Ihnen, ich habe nämlich eine Überraschung für Sie.«
Santos hatte mitgelesen und machte ein ratloses Gesicht.
»Wozu soll ich bereit sein?«, fragte Henning mehr sich selbst.
»Keinen Schimmer«, antworteten Harms und Santos synchron.
»Ich begreife diesen Typ nicht. Er ist Lyriker und Mörder in einem. Was will er uns mit diesem Gedicht sagen?«
»Nicht uns, dir«, entgegnete Santos. »Alles, was er bisher geschickt hat, war für dich bestimmt.«
»Aber warum? Warum ausgerechnet ich?«
»Das wirst du möglicherweise heute noch erfahren. Was habt ihr vor?«, fragte Harms.
»Warten. Wir können nichts anderes tun, als zu warten. Jan muss uns helfen.«
»Er kommt erst gegen Mittag.«
»Okay, dann vertreiben wir uns die Zeit damit, noch ein wenig durch die Gegend zu kutschieren. Was haben unsere Kollegen alles herausgefunden? Es sind doch etliche Angehörige von früheren Opfern befragt worden, oder?«
»Nichts, was uns weiterhelfen könnte. Es ist im Prinzip

das, was auch in den Akten steht. Nur eins ist bemerkenswert – in allen Familien scheinen zufällige Begebenheiten eine wesentliche Rolle zu spielen, jedenfalls mehr, als in andern Familien.«

»Woher willst du das wissen?«, fragte Henning mit einem angedeuteten Lächeln, dessen Grund nur er kannte. »Hast du schon mal überlegt, wie oft Dinge in deinem Leben zufällig geschehen sind?«

»Das ist doch was völlig anderes«, erwiderte Harms leicht ungehalten. »Du hast selbst davon gesprochen, dass du den Eindruck hast, Täter und Opfer würden auf eine seltsame Weise zusammengeführt …«

»Ich frag mich, wo der Unterschied ist. Zufall, Schicksal, Fügung, nimm irgendeinen Begriff und versuch ihn zu definieren, es wird dir nicht gelingen. Lass mal deine letzten vierzig Jahre Revue passieren, und du wirst feststellen, dass sehr häufig Dinge geschehen sind, für die du keine rationale Erklärung hast. Unser ganzes Leben ist von Zufällen geprägt oder wie immer man bestimmte Ereignisse auch nennen mag …«

»Das hört sich aber auf einmal ganz anders als am Samstag und Sonntag an«, fiel ihm Harms ins Wort. »Woher der Sinneswandel?«

»Ich habe nachgedacht, das ist alles. Lisa, bist du bereit?«

Sie erhob sich wortlos und sah Henning an. »Wo wollen wir hinfahren?«

»Wo der Wind uns hinträgt«, antwortete er. »Ich habe kein Ziel, ich lasse mich leiten.«

»Das ist aber keine gute Ermittlungsarbeit«, bemerkte Harms mahnend.

»Ich denke schon. Außerdem, warum sollen wir hier rumhocken und darauf warten, dass er sich meldet? Mit dem Handy bin ich überall erreichbar, er hat ja meine Nummer. Vielleicht statten wir auch den Gödens oder den Hansens oder den Schöffers noch einen Besuch ab. Wie gesagt, wir lassen uns leiten.«

»Na, dann mal viel Spaß. Die andern reißen sich den Arsch auf, und ihr gondelt mal so ein bisschen in der Gegend rum.«
Henning stützte sich auf dem Tisch ab und sah Harms direkt in die Augen. »Hör zu, dieser Typ will was von mir, und ich kann nicht aktiv werden, solange ich nicht weiß, was er will. Meine Arbeit und auch die von Lisa besteht darin, dass wir versuchen uns in seine Welt hineinzudenken. Du verstehst das nicht, aber ich habe immer mehr das Gefühl, dass es mir gelingt. Jan hat gestern ziemlich viel über ihn erzählt, du warst dabei. Und was er mit dieser Mandy Schubert angestellt hat, das war schlimmer als alles, was ich bisher gesehen habe. Mir kommt es vor, als ob er die Sache auf die Spitze treiben will, das Problem ist nur, ich weiß nicht, wo diese Spitze ist und wo wir im Augenblick stehen. Ich habe aber die Hoffnung, dass dieses unsägliche Spiel bald ein Ende hat, weil er es so will. Ohne seine Hilfe werden wir ihn nicht kriegen, das ist so sicher wie das Amen in der Kirche. Aber er wird wieder Kontakt zu mir aufnehmen, denn ich gehe davon aus, dass er zu seinem Wort steht. Und außerdem, du hast mir gestern noch zugesagt, mir den Rücken freizuhalten.«
»Ist ja gut, du brauchst dich nicht gleich so aufzuregen. Für mich ist das alles auch nicht gerade leicht. Ich hab dir das gar nicht gesagt, aber Kieper hat mich gestern Nachmittag zugetextet. Der darf nie erfahren, dass du einen Alleingang unternimmst.«
»Von mir bestimmt nicht. Können wir jetzt gehen?«
»Verschwindet endlich aus meinem Büro. Aber meldet euch mal zwischendurch. Ach übrigens, wie war eigentlich dein Telefonat gestern mit unserem Mörder?«
Henning fasste sich an die Stirn und machte ein entschuldigendes Gesicht. »O Mann, das hab ich total vergessen. Er klang sehr selbstsicher. Und sehr zynisch. Ich fürchte, da kommt noch einiges auf uns zu, zumindest hat er das so durchklingen lassen.«

»Was schätzt du, wie alt er ist?«
»Keine Ahnung, aber das hab ich gestern auch schon zu Lisa gesagt, dass es fast unmöglich ist, das Alter eines Menschen anhand seiner Stimme auszumachen.«
»Ungefähr.«
»Volker, bitte, ich kann's nicht sagen. Zwischen fünfundzwanzig und fünfzig, such dir irgendeine Zahl raus. Können wir jetzt endlich gehen?«
»Ja«, entgegnete er milde lächelnd. »Aber bitte meldet euch, ich hab nämlich keine Lust, dauernd hinter euch herzutelefonieren. Und nun haut ab.«
»Worauf du dich verlassen kannst.«
Auf dem Weg zum Auto sagte Santos: »Warum bist du auf einmal wieder so gereizt?«
»Ich bin nicht gereizt, nur wahnsinnig angespannt. Ich halt's da drin einfach nicht aus.«
»Komisch, vor ein paar Tagen noch warst du aus deinem Büro nicht rauszukriegen und jetzt …«
»Jetzt ist eine andere Zeitrechnung angebrochen«, entgegnete Henning grinsend, auch wenn er die ganze Situation als geradezu grotesk empfand. Sie jagten einen Serienkiller und wussten doch nichts über ihn. Seine Fingerabdrücke und seine DNA waren zwar inzwischen gespeichert, doch sie gehörten zu einem Unbekannten, einem Phantom, einem Gesicht aus der Menge. Ein teuflisches Gesicht, dem man das Teuflische nicht ansah. Und er würde nicht aufhören sein grausames Werk fortzuführen, sofern er das nicht wollte. Doch Hennings Bauchgefühl sagte ihm, dass der Täter kurz davor stand, seinem grausamen Treiben ein Ende zu setzen. Aber noch war er nicht sicher, noch vertraute er seinem Bauch, seiner Intuition nicht so recht, es war etwas, das er noch lernen musste, war er doch eigentlich ein nüchterner Pragmatiker, ein Analytiker, ein Kopfmensch.

»Was für eine Zeitrechnung?«, fragte Santos.
»Ein andermal.«
»Ich will's aber wissen.«
Sie setzten sich in den BMW und fuhren los. Der Verkehr war dichter als gewöhnlich, was mit zwei Baustellen zu tun hatte, die am Morgen eingerichtet worden waren. Lange Staus hatten sich vor ihnen gebildet, aber Henning machte das nichts aus. Nach einigen Minuten sagte er: »Also gut, *du* hast meine neue Zeitrechnung eingeführt.«
»Und das meinst du ernst?«
»Ich pflege nicht zu lügen. Weißt du, was wir jetzt machen? Wir fahren nach Schleswig und besuchen deine Schwester. Und keine Widerrede, braucht ja keiner aus der Abteilung zu wissen.«
»Du bist verrückt, doch von mir aus. Aber warum willst du Carmen besuchen?«
»Einfach so.«

MITTWOCH, 5.00 UHR

Butcher wurde von Carina um Punkt fünf geweckt, indem sie sich wie ein Kätzchen an ihn schmiegte und ihm die Brust kraulte.
»Ich muss los, die Arbeit ruft. Schlaf noch ein bisschen«, sagte er und gab ihr einen Kuss.
»Ich kann mit aufstehen, und wir könnten noch etwas essen …«
»Nein, bitte versteh mich, es geht nicht. Ich bekomm sonst Ärger. Ich hab dir doch erzählt, dass ich verdeckt ermittle, und heute muss ich nach Hamburg, das heißt, ich muss spätestens um zehn dort sein. Ich werde aber heute am späten Nachmittag garantiert vorbeischauen. Einverstanden?«

»Ja. Aber ich möchte dir noch eins sagen. Es war eine wunderschöne Nacht.«
Butcher lächelte und streichelte ihr übers Haar. »Das war es für mich auch. Wir sehen uns nachher.« Er zog sich an, Carina begleitete ihn zur Haustür, wo sie sich noch einmal von ihm verabschiedete. Sie wartete, bis er in seinen Wagen eingestiegen war, und winkte ihm nach, bis sie ihn nicht mehr sehen konnte.
Es war längst hell, die Sonne schälte sich aus dem Horizont, als er zu Hause ankam. Er ging so leise wie möglich hinein, lauschte, aber da war kein Geräusch, das verriet, dass irgendwer schon wach war. Seine Mutter würde erst um sechs aufstehen und Monika um halb sieben. Er war müde, die letzten Nächte waren sehr kurz gewesen, doch das störte ihn nicht. Dieser Tag sollte ein besonderer werden, in jeder Beziehung. Er schlich auf Zehenspitzen in den Keller, gab den Code ein und schloss die Tür lautlos hinter sich. Aus einem kleinen Nebenraum holte er die Utensilien, die er schon seit langem dort aufbewahrte und die er für heute benötigte, überprüfte sie noch einmal und schrieb zwei Briefe auf dem PC, druckte sie aus und steckte sie in Umschläge, die er mit der Hand adressierte.
Er war bereit.

MITTWOCH, 6.05 UHR

»Wo warst du heute Nacht?«, wurde er von Monika empfangen, deren eisgraue Augen ihn wütend anfunkelten. Sie stand am oberen Treppenabsatz und versperrte ihm den Weg.
»Hab ich doch gesagt, bei einem Kunden.«
»Und wieso bist du erst heute Morgen nach Hause gekommen? Ich bitte um eine Erklärung.«

»Die wirst du bekommen, aber nicht jetzt, ich habe nämlich zu tun. Ich mach mir nur schnell was zu essen, ich muss nach Hamburg und werde mit Sicherheit nicht vor heute Nacht zurück sein.«

»Das wird ja immer schöner«, spie sie ihm entgegen. »Wo treibst du dich bloß andauernd rum?! Welche Hure vögelst du?«

»Ich vögle keine Hure, ich darf ja nicht mal dich richtig vögeln«, erwiderte er ruhig.

»Wie hab ich das zu verstehen?«

»Du interpretierst ja sowieso immer alles auf deine Weise, also tu's auch diesmal, Liebling. Wenn du jetzt bitte Platz machen würdest, ich bin in Eile.«

»Ich wusste es doch, da ist eine andere! Aber so leicht kommst du damit nicht durch, das schwöre ich dir. Du wirst die Hölle auf Erden erleben …«

»Warum bist du nur so gereizt?« Er wollte sie in den Arm nehmen, doch sie entzog sich ihm und gab ihm noch einen Schubs vor die Brust. Er hatte Mühe, nicht das Gleichgewicht zu verlieren und die Treppe hinunterzustürzen. Er hielt sich an dem Geländer fest und tat, als würde er nachdenken.

»Also gut, du willst wissen, wo ich war? Überleg mal, was in genau einundzwanzig Tagen ist.«

Sie dachte nach, zählte im Geiste die Tage durch und runzelte die Stirn. Ihr Blick hellte sich auf und wurde mit einem Mal versöhnlicher, auch wenn da noch immer ein leichtes Misstrauen in ihren Augen war. Kalte Augen, dachte er, so verflucht kalt. Aber wenn es um ein Geschenk für dich geht, wirst du auf einmal weich. Butterweich.

»Aber wieso bist du dann die ganze Nacht weg?«, wollte sie mit einem Restzweifel in den Augen wissen.

»Ich bin bei einem Freund, der mir bei etwas helfen muss«, log er und sah ihr dabei in die Augen.

»Was für ein Freund? Du hast doch keine Freunde, außer deine Saufkumpane von der Feuerwehr.«
»Du weißt, dass ich nicht saufe, ich trinke nur hin und wieder ein Bier. Und jetzt bitte, ich habe eine lange Nacht hinter mir, und es wird noch einige davon geben. Vertrau mir einfach. Ich weiß, ich habe in der Vergangenheit eine Menge Fehler gemacht, und ich bitte dich um Verzeihung dafür. Deshalb will ich dir auch ein ganz besonderes Geschenk zum Geburtstag machen«, sagte er sanft und streichelte ihr über die Wange, auch wenn er viel lieber zugeschlagen hätte.
Monikas Haltung entspannte sich. »Soll ich dir schnell was zu essen machen? Auch was für die Fahrt?«
»Gerne, wenn es nicht zu viel Mühe macht.«
»Wo hast du denn übernachtet?«, fragte sie in der Küche.
»Wenn ich dir das verrate, ist doch die ganze Überraschung dahin. Halt einfach noch die paar Tage durch, auch wenn's schwer fällt. Ich weiß doch, wie ungeduldig du sein kannst. Es ist jedenfalls eine ganz besondere Überraschung, etwas, das ich mir nur für dich ausgedacht habe.«
Sie lächelte verstohlen und machte ihm das Frühstück und schmierte, während er aß, noch vier Brote für unterwegs.
Nach kaum zehn Minuten stand er auf, wischte sich mit der Serviette über den Mund, nahm die Tüte mit den Broten und gab Monika einen schnellen Kuss auf den Mund, um seinen gleich darauf mit dem Handrücken abzuwischen.
»Bis später«, sagte er. »Ach ja, beinahe hätt ich's vergessen – ich liebe dich.«
»Gute Fahrt. Wird es wieder sehr spät?«
»Leg mich nicht fest, ich kann's nicht sagen.« Er fasste sich an die Stirn und meinte: »Ich hab was ganz Wichtiges vergessen. Aber bitte, nicht schauen, wenn ich hochkomme, das gehört zur Überraschung. Versprichst du mir das?«

»Ich geh nach oben, die Mädchen stehen mal wieder nicht von allein auf.«

»Wo ist eigentlich Mutter?«, fragte er.

»Spazieren. Du kennst sie doch, sobald die Sonne scheint, muss sie morgens an die frische Luft. Aber es soll bald wieder anfangen zu regnen. Sie wollte auch noch mal bei Frau Kaiser vorbeischauen. Sie kann noch immer nicht glauben, dass sie einfach so abgereist ist.«

»Das ist eben die Kaiser. Sie tut so, als wäre sie unsere Freundin, in Wirklichkeit sind wir ihr doch gar nicht gut genug. Ich kann sowieso nicht begreifen, wie Mutter sich mit ihr so gut versteht. Soll nicht meine Sorge sein, ich muss los.«

Er ging in den Keller, holte einen Seesack und die Umschläge und lief mit schnellen Schritten zum Auto, wo er den Sack in den Kofferraum legte und die Umschläge auf den Beifahrersitz. In der Garage zog er den edlen Aktenkoffer, den er von Martens bekommen hatte, hinter dem Werkzeugschrank hervor und legte ihn neben den Seesack. Er machte die Klappe zu und stieg ein.

Von Monika war nichts zu sehen. Erst als er wendete, erblickte er sie am Flurfenster im ersten Stock, von wo sie ihm nachwinkte. Er hielt die Hand aus dem Seitenfenster und winkte zurück.

Du blöde Kuh, dachte er. Aber ich hab dich ganz schön geleimt. Du wirst die Hölle auf Erden erleben, äffte er sie nach. Das tu ich doch schon. Ich weiß, wie die Hölle sich anfühlt, ich erleb sie ja jeden Tag in diesem gottverdammten Haus. Und du freust dich schon auf die Überraschung zu deinem Geburtstag. Wie leicht man dich doch überzeugen kann. Na ja, ich bin eben ein perfekter Lügner. Du kannst mich mal kreuzweise. Du kannst mich am Arsch lecken, aber ich will nie wieder von dir angefasst werden. Und ich will dir auch nie wieder ein guter Ehemann sein. Genieß den schönen Tag, du wirst noch lange an ihn denken. Du, Mutter und all die andern. Verpiss dich einfach aus meinem Leben, stinkende, dreckige Fotze!

Er hörte den Polizeifunk ab und stellte fest, dass alles ruhig war. Heute musste er besonders vorsichtig sein, er konnte es sich nicht erlauben, in eine Kontrolle zu geraten und vielleicht sogar den Kofferraum öffnen zu müssen. Wenn sie die Sachen in dem Seesack fanden, würden sich all seine Pläne in Luft auflösen. Aus diesem Grund ließ er den Funk an, hielt sich an die Geschwindigkeitsbeschränkungen, sofern es welche gab, und erreichte schließlich um fünf vor neun die Luxusvilla von Dr. Martens, von denen es in dieser Gegend nur so wimmelte. Das Grundstück war von einem hohen, fast unüberwindbaren Zaun umgeben, das parkähnliche Gelände beherbergte zahlreiche Bäume, die den Blick auf das Haus beinahe unmöglich machten, am Zufahrtstor befand sich in etwa drei Metern Höhe eine Überwachungskamera. Butcher klingelte, das Tor öffnete sich wie von Geisterhand. Er fuhr über einen langen, leicht gewundenen Kiesweg bis zum Eingang. Martens kam heraus. Er trug eine beige Sommerhose, ein blaues Poloshirt und modische Slipper, am Handgelenk blitzte eine goldene Uhr, doch es war keine Rolex, Martens begnügte sich nicht mit so etwas Profanem. Er empfing Butcher mit einem erwartungsvollen Lächeln und schüttelte ihm die Hand.

»Schön, dass Sie gekommen sind. Wollen wir hineingehen, oder möchten Sie sich erst den Rolls-Royce anschauen?«

»Widmen wir uns doch erst mal dem Rolls«, sagte Butcher und folgte Martens in die riesige Garage, in der Platz für mindestens fünfzehn Autos war. Der Silver Cloud III stand hinten rechts, die Plane war bereits entfernt worden. Ein Schmuckstück, wie Butcher auf den ersten Blick erkannte, eine Rarität, wovon es in Deutschland nur noch ein paar Exemplare gab. Er hatte bislang nur einmal einen gesehen, bei einem potentiellen Kunden, schwerreich, dem aber die Kosten für die Restaurierung zu hoch waren. Er wollte Butcher so weit herunterhandeln, dass dieser am Ende noch draufbezahlt hätte. Aber sosehr er Autos auch liebte, dieser unerträgliche Geiz ließ ihn einfach kehrtmachen. Martens war anders, er war großzügig, nicht nur sich selbst, sondern auch andern gegenüber.

»Und, wie gefällt er Ihnen?«, fragte er nicht ohne Stolz.

»Ein sehr gut erhaltenes Stück«, antwortete Butcher anerkennend. »Es wird mir ein Vergnügen sein, ihn auf Vordermann zu bringen. Allerdings wird das erst im Herbst möglich sein, vorher bin ich komplett ausgebucht.«

»Ich kann warten. Mir ist es lieber, Sie machen das, als irgendjemand anders. Ich glaube, so wie Sie den Aston Martin hingekriegt haben, das kann niemand sonst.«

»Danke, ich tue mein Bestes.« Und nach einer kurzen Inspektion: »Es sind natürlich einige Korrekturen notwendig und …«

»Sie brauchen es mir nicht zu erklären, ich verstehe davon sowieso nichts. Ich gebe ihn vertrauensvoll in Ihre Hände. Wollen wir jetzt ins Haus gehen?«

»Gerne«, sagte Butcher.

Es waren kaum fünfzehn Minuten vergangen. Sie kamen durch eine gewaltige Eingangshalle, wie er sie zuvor noch nie gesehen hatte, nicht einmal bei seinem ersten Besuch, als er den Auftrag für den Aston Martin übernahm. Damals war das Geschäft in der Garage abgewickelt worden, Martens hatte ihm den Vorschuss in die Hand gedrückt, und Isabelle, seine Frau, hatte fast die ganze Zeit dicht bei ihm gestanden und ihn gemustert. Er roch noch heute ihr Parfum, ein nobler Duft, den er nie vergessen würde, wie er überhaupt fast nie etwas vergaß. Sein Kopf, so kam es ihm manchmal vor, war wie eine riesige Festplatte, auf der er fotografisch alles speicherte, alle

Erinnerungen, alle Erlebnisse, alles, was er jemals gemacht hatte. Wenn er ein Buch las, so tat er dies in einer überraschenden Geschwindigkeit und konnte trotzdem alles behalten und wiedergeben, und Butcher hatte seit seiner Kindheit unzählige Bücher gelesen. Er liebte Gedichte, aber auch Sachbücher über alte Kulturen, er interessierte sich für moderne Technologien, wissenschaftliche Themen, doch er las auch gerne Romane, sofern sie seinem hohen Anspruch genügten. Und doch galt seine ausschließliche Liebe den Autos, die keine Ansprüche an ihn stellten, die ihm nichts abverlangten, außer seiner Fähigkeit, ihr Inneres zu begreifen. Und er vergaß keinen Menschen, der je seinen Weg gekreuzt hatte, und Isabelle Martens gehörte zweifellos zu jenen, die er besonders gut in Erinnerung behalten hatte.
Martens ging vor ihm in den großzügigen, riesigen Wohnbereich, dessen Interieur aus edelsten Materialien bestand, was Butcher sofort erkannte, vom Boden aus feinstem Marmor, auf dem einige höchst kostbare Teppiche scheinbar wahllos lagen, doch bei näherem Hinsehen ergaben sie eine Symmetrie, über die Möbel, die sicher mehr wert waren als der teuerste Mercedes, bis hin zu den Gemälden an einer extra dafür freigehaltenen Wand, Meisterwerke, wie sie sich nur ganz wenige leisten konnten. Butcher erblickte einen Degas, einen Toulouse-Lautrec und einen Modigliani, Bilder, wie sie unterschiedlicher nicht hätten sein können und doch eine Einheit bildeten. Er fragte sich, ob diese Gemälde echt oder nur perfekt gemachte Kopien waren, aber wie er Martens einschätzte, investierte er nicht in eine billige Kopie, sondern in ein Original. Alles bestand aus hellen, warmen Tönen und war farblich aufeinander abgestimmt.
»Bitte, nehmen Sie Platz, wo Sie möchten, Isabelle wird jeden Moment hier sein. Darf ich Ihnen etwas zu trinken anbieten? Einen Cognac vielleicht oder einen Whiskey?«

Butcher schüttelte den Kopf. »Nein, danke, ich trinke fast überhaupt keinen Alkohol, schon gar nicht so früh am Tag. Aber zu einem Glas Wasser sage ich nicht nein.«
»Kommt sofort«, erwiderte Martens und ging zur Bar, um eine Flasche Perrier herauszuholen. Er öffnete sie, schenkte das Glas halb voll und stellte es vor Butcher auf den Glastisch, dessen Platte auf einem braunen Stück Fels lag, der nur an der Ober- und Unterseite so zugeschliffen worden war, dass er sowohl die Platte trug als auch einen festen Stand hatte. Martens selbst genehmigte sich einen Whiskey und setzte sich Butcher gegenüber in einen der drei weißen Ledersessel.
»Auf Ihr Wohl«, sagte Martens, hob sein Glas und trank es in einem Zug leer.
Butcher nippte nur an seinem Wasser, als Isabelle Martens hereinkam, obgleich es mehr ein Schweben war. Ihre langen, fast schwarzen Haare hatte sie hinten zusammengebunden, aus ihren dunklen, feurigen Augen sah sie erst zu ihrem Mann, dann zu Butcher.
»Hallo«, begrüßte sie ihn und reichte ihm die Hand. Er stand auf und erwiderte den Gruß. Sie hatte schmale Hände mit langen grazilen Fingern, deren Nägel in einem dezenten Rosa lackiert waren. Diesmal hatte sie ein anderes Parfum aufgelegt, das aber genauso ihre sinnliche Erotik unterstrich wie jenes, das er vor zwei Monaten an ihr gerochen hatte. Sie trug eine hautenge Jeans, die ihre langen Beine betonte, hochhackige Schuhe (Butcher fragte sich, warum eine Frau zu Hause solche Schuhe trug) und eine rosa Bluse, die aus einem transparenten Hauch von Stoff bestand, der ihre von sonst nichts verhüllte Brust sehr deutlich erkennen ließ. Isabelle war groß, Butcher schätzte sie auf einsachtzig, und damit größer als beide Männer. Sie nahm Platz und schlug die Beine übereinander.

»Darf ich dir auch etwas zu trinken geben, Liebes?«, sagte Martens und erhob sich.
»Für mich auch ein Wasser, Liebling«, säuselte sie, den Blick unverwandt auf Butcher gerichtet. »Mein Mann hat gesagt, Sie sind in Eile?«
»Ja, leider. Ich habe noch einen dringenden Termin, der nicht aufschiebbar ist.«
»Das ist schade, ich hatte gehofft, Sie hätten etwas Zeit mitgebracht. Wann müssen Sie wieder los?«
Butcher schaute auf die Uhr und sagte: »Spätestens um elf.«
»Schatz«, wandte Isabelle sich an ihren Mann, »hättest du etwas dagegen, uns für einen Moment allein zu lassen?« Es war nicht so sehr eine Frage, eher eine Aufforderung.
»Nein, natürlich nicht. Ich bin in meinem Arbeitszimmer, ich habe sowieso noch einige wichtige Telefonate zu erledigen.«
Butcher dachte: Sie hat die Hosen an, obwohl er ihr Vater sein könnte. Sie sagt hopp, und er springt. Wie ein Äffchen springt er von Ast zu Ast, um ihr die süßesten Früchte zu bringen.
Sie wartete, bis Martens den Raum verlassen hatte, nippte an ihrem Wasser und hielt das Glas in der Hand. »Kommen wir zum Wesentlichen. Mein Mann hat ja bereits mit Ihnen gesprochen. Ich weiß nicht, ob er sich klar genug ausgedrückt hat ...«
»Das hat er«, erwiderte Butcher lächelnd, dem es nicht schwer fiel, Isabelles Blick standzuhalten.
»Dann gleich meine Frage. Wann würde es Ihnen denn passen? Ich richte mich da ganz nach Ihnen.«
»Zeigen Sie mir Ihr Haus, und wir unterhalten uns dabei«, sagte Butcher.
»Gerne. Was möchten Sie zuerst sehen? Das Schlafzimmer?«, fragte sie mit spöttischem Lächeln.

»Das überlasse ich Ihnen. Ich bin ganz ehrlich, ich war noch nie in einem solchen Haus. Es übertrifft alle meine Vorstellungen.«
»Ach wissen Sie, man gewöhnt sich an alles. Ich bin jetzt seit fast zehn Jahren mit Jürgen verheiratet, ich habe allen Luxus, den man sich wünschen kann, aber glauben Sie mir, es ist irgendwann genauso normal, wie es für jemanden normal ist, in einer Dreizimmerwohnung zu leben mit ganz normalen Möbeln und einem normalen Auto vor der Tür. Für Außenstehende mag es etwas Exotisches, vielleicht sogar Erotisches sein, für mich ist es Alltag.« Ihre Stimmlage war warm und weich und hatte doch, so gegensätzlich dies auch scheinen mochte, etwas Berechnendes, Arrogantes und auch Eisiges, das ihre Worte für Butcher auf einmal wertlos machte.
»Lieben Sie Ihren Mann?«, fragte er, während sie die Bibliothek betraten. Butcher stockte der Atem. Er war schon oft in öffentlichen Bibliotheken gewesen, aber dies hier war etwas anderes, hier standen Bücher hinter Glas, von denen viele ein Vermögen wert sein mussten. Bücher, die nicht für die Allgemeinheit bestimmt waren, sondern einem Mann allein gehörten.
»Warum interessiert Sie das?«, fragte sie.
»Einfach so. Weil ich mir eine Ehe ohne Liebe nicht vorstellen kann.«
»Ja, ich liebe ihn, sonst hätte ich ihn nicht geheiratet«, antwortete sie kühl. »Er ist der beste Mann, den eine Frau sich wünschen kann. Vermutlich spielen Sie auf unseren Altersunterschied an, aber meine Entscheidung, ihn zu heiraten, war nicht sein Geld, falls Sie das meinen. Habe ich damit Ihre Frage zufriedenstellend beantwortet?«
»Natürlich. Darf ich trotzdem fragen, wie alt Sie sind?« Butcher ging langsam an den Regalen entlang, ließ seinen Blick über die Buchrücken gleiten und hätte am liebsten eines dieser

Prachtexemplare herausgeholt, um es in seiner Hand zu fühlen. Wenn Geld nicht deine Entscheidung war, was dann? Seine Attraktivität? Du kannst mir viel erzählen, für dich zählt doch nur das Geld.

»Ich werde am 1. Juni dreißig. Jürgen ist einundsechzig. Und Sie?«

»Vierunddreißig. Meine Frau hat auch am 1. Juni Geburtstag. Hätten Sie etwas dagegen, wenn wir uns duzen?«

»Nein, den gleichen Vorschlag wollte ich auch schon machen. Isabelle.«

»Butcher, einfach nur Butcher.«

»Du siehst aber gar nicht wie ein Metzger aus. Wer hat dir denn diesen Namen verpasst?«

»Meine Mutter. Ich kann damit leben. Wie alt ist das älteste Buch hier?«

»Es ist eine Bibel aus dem 16. Jahrhundert. Ich kann sie leider nicht lesen, ich verstehe diese Sprache nicht. Aber du vielleicht.«

Ohne darauf einzugehen, sagte er: »Und welches sind deine Lieblingsbücher?«

»Ich habe eine Menge Lieblingsbücher. Das hat wohl damit zu tun, dass ich Germanistik studiert habe. Sagen wir es so – ich mag alles, was gut ist. Ein gutes Buch, einen guten Wein, ein gutes Mahl, einen guten Mann …«

»Und warum willst du dann mich haben?«, fragte er, ohne sie dabei anzusehen. »Es gibt viele Männer, die gut im Bett sind.«

»Weil du mir gefällst und weil du anders bist. Ich war bisher der irrigen Meinung, Automechaniker müssten alle sehr simpel gestrickt sein. Das ist wahrscheinlich ein Klischee, dem ich aufgesessen bin. Zumindest weiß ich, dass du sehr intelligent bist. Ich habe dich beobachtet, wie du dir den Aston Martin angeschaut hast. Ich hatte das Gefühl, du betrachtest ihn wie eine schöne Frau. Und deine Hände sehen auch nicht aus wie die Hände eines Automechanikers. Und wir lieben beide Gedichte und Literatur. Ich kann mich noch sehr gut an unsere erste Begegnung erinnern, auch wenn sie sehr kurz war, zu kurz, wie ich finde.« Sie machte eine Pause und fuhr fort: »Ich hoffe, es stört dich nicht, wenn ich so offen rede.« Sie stellte sich dicht neben ihn und berührte ihn mit ihrem Arm, wie damals in der Garage.

»Bekommst du eigentlich immer alles, was du willst?«, fragte er, ohne auf ihre letzten Worte einzugehen.

»In der Regel schon. Manchmal muss ich auch nachhelfen. Aber es ist ein Spiel, das ich nur ganz selten verliere. Eigentlich kann ich mich gar nicht erinnern, wann ich zuletzt verloren habe.«

»Ja, das Leben ist ein großes Spiel. Nur, woher willst du wissen, dass ich deine Bedürfnisse auch befriedigen kann?«

»Von welchen Bedürfnissen sprichst du?«

»Sex«, antwortete er lapidar.

Sie lachte auf. »Sex ist ein ganz normaler Trieb. Und meine Bedürfnisse unterscheiden sich nicht wesentlich von denen anderer Menschen. Es war Jürgens Idee, um das klarzustellen, auch wenn er dir vielleicht etwas anderes erzählt hat. Ich fand dich nett, sympathisch und irgendwie attraktiv. Wir haben uns darüber unterhalten, und dann kam ihm diese Idee. Ich weiß, er will mir damit eine Freude machen, auch wenn sich das vielleicht pervers anhört. Aber Jürgen legt großen Wert darauf, dass es mir gut geht.«

»Du könntest jeden Mann haben …«

»Darum geht es nicht. Jürgen und ich, wir wünschen uns ein Kind. Adoptieren können wir keins mehr, dazu ist er zu alt, doch ich könnte noch eins bekommen. Das ist der Grund für seinen Vorschlag, aber das hat er dir doch schon alles gesagt, oder?«

Er drehte sich zu ihr und sah sie an. »Heißt das, du willst tat-

sächlich ein Kind von mir?«, fragte er mit zusammengekniffenen Augen.
»Ja. Jürgen ist nicht zeugungsfähig, aber er möchte, dass sein Name weiterlebt, auch wenn ich das ehrlich gesagt für verrückt halte. Sein Name würde eventuell auf dem Papier weiterleben, aber es wäre nicht sein Blut …« Sie zuckte mit den Schultern. »Deshalb darf auch niemand erfahren, dass dieses Kind nicht von ihm ist.«
»Und woher willst du wissen, dass es genau in der Woche, in der wir zusammen sind, klappt?«
»Ich gehe einfach davon aus.«
»Und was gibt dir die Gewissheit, dass es ein Junge wird?«
»Dann suche ich mir eben jemand anders.«
»Warum lässt du dich nicht künstlich befruchten?«
»Das ist mir zu kühl. Ich will auch meinen Spaß dabei haben.«
»Und woher willst du wissen, dass du mit mir Spaß hast?«
»Ich probiere gerne Neues aus«, antwortete sie vielsagend lächelnd.
»Ich auch. Was wäre, wenn wir heute, ich meine, du verstehst … Würdest du heute schwanger werden?«
»Die Wahrscheinlichkeit ist nicht gering, aber warum die Dinge übereilen? Und ich muss zugeben, ich habe nicht mit diesem Vorschlag gerechnet …«
»Es war kein Vorschlag, es war eine Frage. Außerdem siehst du ziemlich aufreizend aus.«
»Soll ich das als Kompliment werten? Wir können es natürlich versuchen. Wir hätten allerdings nur eine Stunde Zeit, denn du musst ja um elf schon wieder weg.«
»Warum die Dinge auf die lange Bank schieben? Können wir uns irgendwohin zurückziehen?«, fragte Butcher und betrachtete eingehend die Bibel, von der Isabelle gesprochen hatte.
»Das hätte ich nun nicht erwartet. Aber gut, gehen wir nach

unten, dort habe ich ein Zimmer direkt neben dem Schwimmbad, wo wir völlig ungestört sind. Ich sage Jürgen nur schnell Bescheid, dass wir in meinem Ruheraum sind. Ich halte mich oft dort auf, wenn ich allein sein möchte.«
»Nein, überrasch ihn einfach, wenn es geklappt hat. Ich meine, solltest du schwanger werden.«
Sie überlegte einen Moment und nickte. »Dann komm.«
Sie gingen in das Untergeschoss und betraten einen großen, gemütlich eingerichteten Raum. Sie schloss die Tür ab und zog sich aus, bis sie vollkommen nackt vor ihm stand, eine Frau, wie ein Bildhauer sie nicht schöner hätte meißeln können, und trotzdem kalt wie der Stein, den er bearbeitete.
»Du bist eine Nymphomanin, hab ich Recht?«, sagte er, während er seinen Blick über diesen perfekten Körper gleiten ließ. »Und es kommt dir auch nicht auf ein Kind an, du willst gar keins haben, es würde dich nur stören. Du würdest immer eine Ausrede finden, warum es nicht geklappt hat. Stimmt's?«
»Und wenn?«, fragte sie spöttisch und in einem Ton, der einem Ja gleichkam.
»Es war nur eine Feststellung. Wie magst du es am liebsten?«, fragte er.
»Langsam, ganz langsam. Und ich habe nichts gegen etwas Härte, wenn du verstehst«, antwortete sie und fuhr sich mit der Zunge über die Lippen.
»Diesen Wunsch kann ich dir erfüllen.«
Sie kam auf ihn zu, kniete sich vor ihn und begann seine Hose aufzuknöpfen. Er streichelte durch das volle, seidig glänzende Haar und über ihr Gesicht, legte eine Hand unter ihr Kinn und griff mit der andern nach hinten.
»Ich glaube, ich kann es nicht langsam machen«, sagte er. Sie sah ihn von unten herauf an, doch bevor sie etwas erwidern konnte, verspürte sie einen stechenden Schmerz in

ihrem Genick und dem Kopf. Isabelle war nicht sofort tot, ihre Augen blickten ihn ungläubig an, ihre Arme fielen kraftlos nach unten. Er legte seine Hände um ihren Hals und drückte zu. Sie war unfähig, sich zu wehren, nur ein paar erstickte Laute kamen aus ihrem Mund, bis auch diese verstummten.

Butcher legte sie aufs Bett und deckte sie zu. Es sah aus, als würde sie schlafen. Du wolltest es langsam und hart. Ich war vielleicht ein wenig zu schnell, dachte er. Aber warum glaubst du eigentlich, dir alles nehmen zu dürfen, was du willst? Na ja, jetzt brauchst du dir darüber keine Gedanken mehr zu machen, du kleine dumme Fotze.

Er schloss die Tür auf und von draußen wieder ab, steckte den Schlüssel ein und begab sich nach oben. Er war allein. Er ging noch einen Stock höher und hörte ganz leise die Stimme von Martens, der telefonierte. Butcher klopfte an, Martens winkte ihn herein. Er beendete das Telefonat und bot seinem Gast einen Platz an.

»Und, haben Sie mit Isabelle alle Details besprochen?«, fragte er und lehnte sich zurück, die Hände über dem Bauch gefaltet.

»Ja, es ist alles geklärt. Sie hat mich gebeten, Ihnen auszurichten, dass sie in die Stadt gefahren ist. Sie hat sich das wohl doch ein wenig anders vorgestellt.«

»Ja, ja, das ist Isabelle«, erwiderte Martens lachend. »Sie ist einfach unberechenbar. Aber ist sie nicht umwerfend? Hat sie gesagt, was sie in der Stadt will?«

»Ich denke, sie will jetzt erst einmal ein bisschen Geld unter die Leute bringen. Wir haben übrigens schon mal geprobt, Sie wissen schon, die Chemie muss stimmen.«

»Ach ja?«, sagte Martens mit hochgezogenen Brauen und sichtlich irritiert. »Ging die Initiative von ihr aus?«

»Wir beide wollten es. Ich muss mich auf den Weg machen.

Vielen Dank und viel Glück für die Zukunft. Und grüßen Sie Isabelle noch mal von mir.«

»Ich werde es ihr ausrichten. Warten Sie, ich begleite Sie zur Tür.«

»Danke, das ist nicht nötig. Ach ja, ich hoffe, Sie werden irgendwann Ihren Sohn in die Arme schließen dürfen. Falls nicht, wird sich bestimmt jemand anders finden, der die Aufgabe übernimmt.«

»Ich sehe, sie hat es Ihnen erzählt. Ich entschuldige mich dafür, es nicht selbst getan zu haben, aber welcher Mann gibt schon gerne zu, dass es bei ihm da unten nicht mehr so richtig funktioniert. Ich wünschte, ich wäre zwanzig Jahre jünger und könnte ihr all das geben, was sie braucht.«

»Das können Sie nicht mehr, dazu ist sie zu jung, und Sie sind zu alt. Sie sollten sich eine Frau suchen, die Ihrem Alter entspricht, es würde Ihnen eine Menge Kummer und Ärger ersparen.«

»Was meinen Sie damit?«, fragte Martens auf einmal scharf und beugte sich nach vorn.

»Fragen Sie Ihre kleine Fotze selbst, vielleicht erhalten Sie eine befriedigende Antwort, was ich jedoch nicht glaube, dazu ist sie zu verlogen. Sie spielt mit Ihnen, und Sie merken es nicht. Oder wollen Sie es nicht merken?« Martens wollte ihn unterbrechen, doch Butcher hob die Hand. »Lass mich ausreden, du stinkender Geldsack. Deine Fotze Isabelle und du, ihr seid krank und pervers. Was wolltet ihr wirklich? Mit ein paar versteckten Kameras ein paar nette Filmchen drehen, damit du alter Hurenbock dich aufgeilen kannst? Soll ich dir was sagen, ich brauch dein Fickgeld nicht, ich behalt's aber trotzdem.«

»Was nehmen Sie sich heraus?!«, brüllte Martens mit hochrotem Kopf und sprang auf. »Verschwinden Sie sofort aus meinem Haus, und lassen Sie sich nie wieder hier blicken. Hören

Sie, nie wieder! Isabelle ist meine Frau und wird es bleiben, bis ich eines Tages tot bin ...« Martens kam um den Tisch herum und riss die Tür auf.
»Warten Sie noch«, sagte Butcher mit versöhnlicher Geste. »Ich möchte mich entschuldigen, ich habe mich vermutlich im Ton vergriffen ...«
»Raus!« Martens machte eine eindeutige Handbewegung. »Und ich möchte das Geld wiederhaben, ich werde es mir zurückholen, und wenn es durch meinen Anwalt ist. Es wird keine Geschäftsbeziehung zwischen uns mehr geben.«
»Nein, ganz sicher nicht«, erwiderte Butcher und traf Martens unvermittelt mit einem gezielten und sehr kräftig geführten Schlag in die Magengrube. Er sackte zusammen und fiel auf die Knie, er röchelte und japste nach Luft. Seine Augen waren weit geöffnet und starrten Butcher ungläubig an, während dieser in aller Ruhe eine schwere Messingstatue vom Schreibtisch nahm, Martens kalt und ohne jegliches Erbarmen ansah und den schweren Fuß der Statue mehrfach und sehr wuchtig auf Martens Schädel niederfahren ließ, bis Teile seines Gehirns herausquollen. Als auch das letzte Zucken wie ein Stromstoß durch Martens Körper gejagt war, warf Butcher die Statue einfach neben ihn, stieg über den Toten hinweg, machte die Tür zu und schloss auch diese von außen ab.
Er wusch sich die Hände und das Gesicht in dem ballsaalähnlichen Bad, schaute an sich hinunter, um sich zu vergewissern, dass auch kein Blut an seinen Schuhen war, und bemerkte ein paar kleine Spritzer, die er mit einem nassen Handtuch abwischte. Die Kleidung würde er gleich wechseln, erst musste er das Aufnahmegerät der Videoüberwachungsanlage finden. Nach fünf Minuten hatte er sie entdeckt. Er entnahm das Videoband und zog sich im Haus um. Ein weiterer Blick auf die Uhr, er musste sich beeilen, denn er durfte seinen nächsten Termin um halb zwölf auf gar keinen Fall verpassen.

MITTWOCH, 12.40 UHR

Henning und Santos waren bei Lisas Schwester Carmen gewesen, die im Rollstuhl vor dem Fenster saß und auf den in tristes Grau getränkten Park schaute. Ob sie etwas von dem wahrnahm, was draußen geschah, ob sie die Menschen sah, keiner wusste es. Lisa hatte ihr die Haare gemacht und Henning einmal für ein paar Minuten nach draußen geschickt, als sie Carmen mit einer speziellen Bodylotion einrieb. Um halb zwölf sagte Lisa, dass sie jetzt doch besser gehen sollten, gleich würde es Mittagessen geben, und Carmen würde es zusammen mit den andern Heiminsassen im Speisesaal einnehmen, wo sie von einer Pflegerin gefüttert wurde.

»Wer hat den Fall damals bearbeitet?«, fragte Henning und setzte sich mit Lisa noch für einen Moment auf eine Bank im Park vor dem Heim, obwohl es kühl und der Himmel bedeckt war. Am Morgen noch schien es, als würde der Wetterbericht Unrecht behalten mit seiner Vorhersage von starker Bewölkung mit zeitweiligem Regen. Noch hatte es nicht geregnet, aber der Wind trieb die immer dunkler werdenden Wolken vor sich her.

»Unsere Kollegen aus Flensburg. Man hat damals die Bevölkerung um Mithilfe gebeten, aber es war wie bei uns jetzt vergebens. Keiner hat was gesehen oder bemerkt. Und jetzt sag schon, warum wolltest du heute mit mir herkommen?«

»Du hast gesagt, es war am 12. Mai 1984. Heute ist der 12. Mai. Es ist genau zwanzig Jahre her. Deshalb.«

»Das hast du so gut behalten?«, sagte sie anerkennend. »Ich hätte sie später sowieso besucht. Mein Gott, wenn ich mir vorstelle, wie sie heute leben könnte. Sie wäre bestimmt verheiratet, hätte Kinder ... Es hat nicht sollen sein. Wir können eben das Schicksal nicht beeinflussen.«

»Oder den Zufall«, bemerkte Henning.

»Ist es nicht völlig egal, wie wir es nennen? Am Ende steht doch sowieso nur ein Ergebnis. Weißt du, die Definition von Zufall, Schicksal oder was immer überlasse ich lieber den Philosophen oder Theologen. Ich sehe nur, dass viele Dinge passieren, ohne dass wir einen Einfluss darauf haben. Manchmal fordern wir das Schicksal sicher heraus, aber Carmen hat das ganz bestimmt nicht gemacht. Sie ist nicht zu ihren betrunkenen Freunden ins Auto gestiegen, weil sie Angst vor einem Unfall hatte. Sie war sehr vorsichtig. Sie hat auch mir immer gesagt, ich solle nie zu jemandem ins Auto steigen, den ich nicht kenne. Aber was immer auch in dieser unsäglichen Nacht passiert ist, wir werden es nie erfahren. Ich hoffe nur, diese Typen werden irgendwann in der Hölle schmoren.« Sie hielt inne und fuhr fort: »Was ist, wollen wir zu einem erstklassigen Spanier fahren und zu Mittag essen? Du kennst meine Eltern nicht, oder?«
»Nein.«
»Dann wird es aber höchste Zeit. In ganz Deutschland gibt es keine bessere Paella, das garantiere ich dir.«
Sie gingen zum Auto und brauchten nur wenige Minuten bis zum Restaurant. Lisas Vater war ein mittelgroßer, untersetzter Mann mit einem Schnauzbart und freundlichen Augen. Er umarmte seine Tochter herzlich und sagte mit Blick auf Henning: »Und wen hast du mitgebracht?«
»Das ist mein Kollege Sören Henning. Sören, darf ich dir meinen Vater vorstellen, ihm gehört diese schäbige Spelunke.«
»Angenehm«, sagte Henning und reichte ihm die Hand.
»Hören Sie nicht auf Lisa, das ist ein sauberes Restaurant. Sie können schauen, hier kann man vom Boden essen. Und irgendwann bekomme ich auch noch einen Stern im Guide Michelin.«
»Ja, ja, Papa, das sagst du schon seit einer halben Ewigkeit. Wo dürfen wir uns hinsetzen?«

»Am besten hinten am Fenster, dort seid ihr garantiert ungestört. Darf ich euch einen Aperitif anbieten?«

»Papa, wir sind im Dienst …«

»Lisa«, sagte er und breitete theatralisch die Arme aus, »ihr sollt euch doch nicht betrinken, und außerdem bekommt ihr gleich ein hervorragendes Essen.«

Lisa sah Henning an und meinte schließlich: »Okay, einen Aperitif. Und dann hätten wir gerne deine Paella, du weißt schon. Wo ist Mama?«

»In der Küche, wo sonst? Sie wird gleich kommen und euch begrüßen.«

Lisas Vater nickte und verschwand durch die Küchentür.

»Du hast einen netten Vater«, sagte Henning.

»Ich weiß. Er ist immer gutgelaunt, auch wenn er es wahrhaft nicht leicht hat. Meine Eltern müssen sich ganz schön krummlegen, um …« Sie stockte. Henning legte seine Hand beruhigend auf ihre und sah Lisa an.

»Ich kann's mir vorstellen.«

Lisas Vater kam mit zwei Gläsern, stellte sie auf den Tisch und schaute Henning bedeutungsvoll an. Ein leichtes Schmunzeln war auf seinen Lippen, als er Hennings Hand auf der von Lisa sah. »Bitte schön, zweimal Sherry. Wussten Sie, Herr Henning, dass der original Sherry aus Spanien kommt? Die meisten glauben, weil er einen englischen Namen hat, müsste er auch aus England oder den USA kommen …«

»Papa …«

»Ja, ja, schon gut, ich rede wieder viel zu viel. Was kann ich euch noch zu trinken anbieten? Zu einer Paella passt natürlich ein exzellenter Rotwein, aber ich fürchte, den darf ich euch nicht kredenzen, oder?«

»Nein, darfst du nicht. Aber wenn wir mal nicht im Dienst sind, dann gerne. Ich nehme ein Wasser und du?«

»Ich auch.«

In den folgenden Minuten lernte Henning auch noch Lisas Mutter kennen, eine kleine, sehr resolut wirkende Frau, der Lisa wie aus dem Gesicht geschnitten war. Ihre Augen musterten Henning immer wieder, und er meinte zu erkennen, dass sie ahnte, dass zwischen ihrer Tochter und ihm mehr als nur ein kollegiales Verhältnis bestand. Lisa erzählte von ihrem Besuch bei Carmen, woraufhin ihre Mutter meinte, dass sie und ihr Mann in der Mittagspause auch hinfahren würden.
Um kurz vor zwei verabschiedeten sie sich. Draußen sagte Henning: »Deine Eltern gefallen mir. Und du hast nicht gelogen, was die Paella betrifft. Aber ich muss zugeben, es war das erste Mal, dass ich so was gegessen habe.«
»Freut mich. Sie mögen dich übrigens auch.«
»Woher willst du das wissen?«
»Fast fünfunddreißig Jahre Erfahrung«, antwortete sie nur und stieg in den Wagen.
Henning schnallte sich gerade an, als sein Handy klingelte. Er sah die Nummer und rollte mit den Augen.
»Ja, was gibt's schon wieder? … Bitte? Wann war das?« Sein Gesicht wurde mit einem Mal aschfahl, die Hand, die das Telefon hielt, zitterte. »Und du bist ganz sicher? … Mein Gott, jetzt reg dich nicht so auf, ich kann nichts dafür. Ich habe niemanden geschickt … Ja, ich werde alles in die Wege leiten und … Jetzt beruhig dich bitte und hör auf zu schreien, ich bin nicht schwerhörig. Noch mal, wann genau war das? … Gut, ich werde mich drum kümmern … Ja, ich melde mich bald wieder.«
Er drückte auf Aus, sah Lisa mit besorgtem Blick an und atmete schnell. »Kannst du fahren?«
»Was ist passiert?«
»Elisabeth ist aus der Schule entführt worden …«
»Versteh ich nicht.«
»Ein Polizist ist um kurz nach halb zwölf in die Schule ge-

kommen. Er hat sich im Sekretariat nach Elisabeth erkundigt und gesagt, dass er sie dringend ins Krankenhaus bringen solle, weil ich einen schweren Unfall hatte. Angeblich hätte Claudia ihn geschickt. Das kann nur dieses gottverdammte Schwein gewesen sein. Er hat Elisabeth, er hat meine Tochter in seiner Gewalt! Mein Gott, das kann nicht sein. Ich darf's mir nicht vorstellen ...«

»Lass uns die Plätze tauschen«, sagte Lisa. Und kurz darauf: »So, und jetzt ganz ruhig. Er hat sich also als Polizist ausgegeben. Das heißt, er muss eine Uniform tragen. Vielleicht ist es ja doch einer von uns, einer, dem keiner zutrauen würde, dass er solche Verbrechen begeht.«

Henning schloss die Augen und trommelte mit den Fingern auf die Oberschenkel. »Nein, es ist keiner von uns, ich glaub das nicht. Ich weiß, dass es keiner von uns sein kann. Es ist relativ einfach, an Uniformen zu kommen und sie sich so zurechtzumachen, dass sie von einem Original kaum zu unterscheiden sind. Und bei einer Uniform fragt auch keiner nach dem Ausweis. Mein Gott, melde dich, du verdammter Mistkerl!«

»Wo fahren wir hin?«, fragte Lisa.

»Nirgendwo. Wir bleiben hier und warten auf seinen Anruf. Er wird sein Versprechen halten, du weißt schon, dass er sich heute noch bei mir meldet. Ich hoffe nur, er hat Elisabeth noch nichts getan. Wenn doch, dann gnade ihm Gott.« Henning ballte die Fäuste und schüttelte immer wieder den Kopf.

»Sind schon andere Kollegen eingeschaltet?«

»Nein, Claudia hat mich zuerst angerufen, weil sie dachte, ich hätte die Hände im Spiel ... Was soll sie auch sonst denken?!«, stieß er bitter hervor.

»Lass jetzt mal alle Animositäten außen vor. Ich kann verstehen, wenn sie dich in Verdacht hat, auch wenn es unbegründet ist. Aber so, wie du sie mir geschildert hast ...«

»Das ist ja das Problem, da ist nur noch Hass von ihrer Seite, obwohl ich ihr überhaupt nichts getan habe … Okay, ich bin jetzt ganz ruhig. Kurz nach halb zwölf, das war vor zweieinhalb Stunden. Er könnte inzwischen wer weiß wo mit ihr sein. Dieser gottverdammte Bastard!«
»Hör zu, ich weiß, dass du aufgebracht bist, trotzdem darfst du jetzt nicht die Beherrschung verlieren. Es geht um deine Tochter. Ich denke, er wird ihr nichts tun.«
Henning lachte gequält auf. »Und was macht dich da so sicher?«
»Keine Ahnung, vielleicht mein Gefühl.«
»Na toll! Ich habe jedenfalls nur Angst.«
Hennings Handy summte. »Ja?«, meldete er sich, ohne auf die Nummer zu schauen.
»Ich bin's. Wo seid ihr gerade?«, fragte Harms.
»Flensburg«, log Henning aus ihm selbst unerfindlichen Gründen. »Fass dich kurz, ich erwarte einen dringenden Anruf.«
»Jan wollte eigentlich mit dir über das Täterprofil sprechen, er hat ein paar wichtige Erkenntnisse gewonnen.«
»Geht nicht. Lisa und ich sind ihm dicht auf den Fersen. Stell aber keine Fragen, wir müssen das jetzt ganz allein durchziehen.«
»Hat er sich wieder gemeldet?«
»Ja, und genau deshalb muss ich auflegen. Bis ich mich melde, bitte keinen Anruf und auch keinen Funkkontakt.«
»Braucht ihr Verstärkung?«
»Nein, verdammt noch mal, keine Verstärkung! Ich erklär dir alles später.«
Er behielt das Telefon in der Hand und starrte aus dem Fenster.
»Wieso hast du ihm gesagt, dass wir in Flensburg sind?«, fragte Santos irritiert.

»Keine Ahnung, einfach so. Ich will keine andern Bullen sehen.«
Sie warteten zwanzig Minuten, eine halbe Stunde, bis es nach fünfunddreißig Minuten wieder klingelte. Keine Nummer auf dem Display.
»Ja?«
»Na, schon ungeduldig? Keine Sorge, Sören, deine Kleine lebt noch, sie ist im Augenblick nur ein wenig in ihrer Bewegungsfreiheit eingeschränkt. Außerdem schläft sie. Ich hab jetzt aber nicht viel Zeit, ich hab noch einiges zu erledigen. Ich würde sagen, wir telefonieren so gegen Viertel nach fünf noch mal. Ich hoffe, du hältst das nervlich durch. Wo bist du jetzt?«
»Schleswig.«
»Das ist gut. Dann bleib auch da, wir spielen nämlich nachher noch ein bisschen.«
»Warten Sie. Kann ich mit ihr sprechen, ich will wissen, ob es ihr gut geht?«
»Es geht ihr gut, glaub mir. Ach ja, sollte ich andere Bullen außer dir und deiner bezaubernden Kollegin sehen, kannst du dein Töchterchen vergessen.«
Henning sagte nach dem Telefonat: »Er hat sie. Um Viertel nach fünf ruft er wieder an. Angeblich geht es ihr gut. Nur, was will das bei so einem Typen schon heißen?! Wenn ich mir vorstelle, er macht mit ihr das, was er mit den andern gemacht hat …«
»Ganz ruhig, wir fahren jetzt einfach ein bisschen rum und …«
»Nein, er hat gesagt, wir sollen hier bleiben.«
»Wir bleiben ja auch hier, aber … Ich hab eine bessere Idee – wir gehen wieder zu meinen Eltern und warten dort. Die haben jetzt Mittagspause, und wir hätten unsere Ruhe.«
»Von mir aus. Ich brauch jetzt doch ein Bier, ich bin völlig durch den Wind.«

»Du musst aber einen klaren Kopf behalten.«
Sie stiegen wieder aus und gingen auf das Lokal zu, als Lisa sagte: »Wir müssen hinten rein. Ich hoffe nur, dass meine Eltern noch da sind, ich hab nämlich keinen Schlüssel.«
Lisas Eltern befanden sich gerade im Aufbruch. Lisa erklärte ihnen, dass sie und Henning einen wichtigen Einsatz hätten, aber in Schleswig bleiben müssten und ob sie im Lokal warten dürften.
»Natürlich«, sagte ihr Vater. »Wie lange wollt ihr bleiben?«
»So bis fünf, halb sechs.«
»Wenn ihr was trinken wollt, du kennst dich ja aus. Ist alles in Ordnung, du machst ein sehr besorgtes Gesicht?«
»Es ist nur die öde Warterei, sonst nichts«, beruhigte sie ihn.
»Brauchst du einen Schlüssel? Deine Mutter kann dir ihren geben.«
»Das wäre gut. Danke, Papa.«
Drinnen zog sich Henning als erstes eine Packung Zigaretten aus dem Automaten und zündete sich gleich eine an. Währenddessen zapfte Lisa zwei Gläser Bier und setzte sich zu ihm.
»Du auch?«, fragte er erstaunt.
»Meinst du vielleicht, ich lass dich alleine saufen. Mehr als das eine gibt's aber nicht. Auf dein Wohl, es wird schon alles gut gehen.«
Sie stießen an, Henning trank in kleinen Schlucken, und Lisa konnte sich nur annähernd vorstellen, was in ihm vorging, auch wenn sie unwillkürlich wieder an ihre Schwester Carmen denken musste. Sie legte einen Arm um seine Schulter und sagte: »Damit konnte doch keiner von uns rechnen, du am wenigsten.«
»Doch, denn ich weiß, wie er tickt. Ich hätte schon hellhörig werden müssen, als er sich direkt an mich wandte. Aber ich hab den Hinweis nicht verstanden.«

Mit einem Mal fing er an zu weinen und legte seinen Kopf an ihre Schulter. Lisa sagte nichts, es hätte keinen Sinn gehabt, ihm jetzt Ratschläge zu erteilen oder Mut machen zu wollen. Es war sein Kampf, den er allein ausfechten musste. Ein Kampf nicht nur gegen den großen Unbekannten, sondern auch gegen seine Exfrau. Sie wusste, dass in diesen Minuten in Henning all das noch einmal hochkam, was er in den vergangenen Jahren durchgemacht hatte. Und das waren Erinnerungen, die er am liebsten aus seinem Gedächtnis gelöscht hätte, das hatte er ihr erst letzte Nacht noch einmal gesagt. Die einzige Hilfe, die sie ihm geben konnte, war, ihm zur Seite zu stehen.

Um drei rief seine Ex erneut an. Sie war völlig aufgelöst. Henning hatte auf Freisprechen geschaltet, sodass Lisa mithören konnte.

»Der Entführer hat sich bei mir gemeldet …«

»Wieso bei dir? Was hast du damit zu tun?! Und wieso weiß ich nichts davon?«, schrie sie durchs Telefon.

»Das kann ich dir nicht erklären, weil ich es selbst nicht weiß. Bitte, ruf nicht mehr an, die Leitung muss frei bleiben, denn er wird sich bald wieder bei mir melden.«

»Wo zum Teufel bist du jetzt?«

»Kann ich dir nicht sagen. Aber glaub mir, ich hab mindestens so viel Angst wie du.«

»Ich will meine Tochter wiederhaben, das ist alles, was ich will.«

»Elisabeth ist auch meine Tochter, falls du das vergessen haben solltest, und ich werde alles dafür tun, dass sie lebt. Vertrau mir einfach.«

»Dir vertrauen?! Ich habe eben mit Harms gesprochen, er will die Sache jetzt in die Hand nehmen. Er weiß wenigstens, was er tut, du Versager!«

»Nimm was zur Beruhigung«, sagte Henning zum Schluss und beendete das Gespräch. Sein Blick drückte mehr aus, als tausend Worte es vermocht hätten.

Harms rief kurz darauf bei Santos an und berichtete von dem Gespräch mit Hennings Ex. Santos sagte noch einmal, dass keine Unterstützung erwünscht sei, und machte ihm noch einmal klar, dass es um das Leben von Hennings Tochter ging. »Er hat Sören angerufen und ausdrücklich verlangt, dass keine Bullen erscheinen. Wir sollten das sehr ernst nehmen.«
»Also gut, ich will sehen, was ich für euch tun kann. Ich drück euch beide Daumen.«
Das Warten war quälend, Henning trank sein Bier und fragte nach einer Stunde zögerlich, ob er nicht doch noch eins haben könne. Lisa stand wortlos auf und füllte sein Glas. Er würde nicht betrunken werden, nicht in diesem Zustand der Anspannung. Und die Zeit verstrich langsamer denn je zuvor.

MITTWOCH, 15.00 UHR

Butcher war seit elf Uhr vierzig unterwegs. Er hatte Elisabeth Henning mit einem einfachen Trick, von dem er genau wusste, dass er funktionieren würde, aus der Schule geholt, sie in einem einsamen Waldstück bei Schleswig mit dem Schocker außer Gefecht gesetzt und ihr K.-o.-Tropfen eingeflößt, die sie für ein paar Stunden schlafen lassen würden. Er hatte sie geknebelt und gefesselt und schließlich in den Kofferraum gelegt und den Seesack und alles andere auf dem Rücksitz verstaut.
Sie war ein hübsches, aufgewecktes Mädchen, mit dem er sich die ganze Fahrt über gut unterhalten hatte. Er hatte noch mehr über ihren Vater erfahren, als er ohnehin schon wusste, und sie hatte ihm erzählt, dass sie am liebsten bei ihm wohnen würde. Zu keiner Zeit war sie argwöhnisch gewesen, die Uniform hatte auch bei ihr Wirkung gezeigt.

Er hielt vor einem Blumenladen, wo ihn keiner kannte, ging hinein und tat, als wäre er in Eile.
»Ja, bitte?«, fragte ihn eine junge Frau freundlich.
»Ich habe hier einen Umschlag. Nachher wird ein Kollege, ein Hauptkommissar Henning aus Kiel, vorbeikommen und ihn abholen. Das wird so zwischen halb sechs und sechs sein. Es ist sehr wichtig, und ich bitte Sie, keine Fragen zu stellen und auch niemandem davon zu erzählen. Haben Sie das verstanden?«
»Ich versteh trotzdem nicht, warum Sie ausgerechnet bei uns …«
»Bitte, keine Fragen. Es handelt sich um eine verdeckte Ermittlung, mehr darf ich nicht verraten.«
»Wir haben aber nur bis sechs auf.«
»Er wird garantiert vorher kommen. Ich bedanke mich für Ihre Hilfe.«
Butcher fuhr weiter nach Flensburg, stoppte vor einem anderen Blumenladen und ging hinein. Eine ältere Frau stand am Tisch und beschnitt die Stiele von Rosen. Sie wandte sich ihm zu, wischte die Hände an der grünen Schürze ab und fragte, ob sie ihm helfen könne.
»Ich würde gerne jemandem ein paar Blumen zukommen lassen. Da ich das nicht persönlich erledigen kann, bitte ich darum, sie zu liefern. Ich habe da auch einen ganz besonderen Wunsch, nämlich einen Strauß mit sieben gelben Lilien, fünf weißen Calla und in der Mitte drei dunkelroten Rosen.«
»Das ist eine ungewöhnliche Mischung. Soll er genau so gebunden werden?«
»Ja, außen die Lilien, dann symmetrisch angeordnet die Calla und in der Mitte die Rosen. Und dazwischen noch etwas Grünes. Aber die Symmetrie muss stimmen.«
»Wo soll es denn hingehen?«
»Hier nach Flensburg.«

»Ich müsste erst schauen, ob wir diese Farbe der Lilien und der Calla vorrätig haben. Falls nicht, darf es auch eine andere Farbe sein?«
»Nein. Aber ich bin sicher, Sie werden das schon hinbekommen.« Er zog ein paar Geldscheine aus der Hosentasche und legte hundert Euro auf den Tisch. »Meinen Sie, das reicht, um meinen Wunsch zu erfüllen?«
»Ich werde sehen, was ich machen kann«, antwortete sie zögernd.
»Gut, dann liefern Sie sie.«
»Und wann und wohin?«
»Um Punkt sieben Uhr morgen früh. Hier ist die Adresse ... Die Blumen müssen aber morgen früh um Punkt sieben geliefert werden. Ich verlasse mich darauf. Sie sind für meine Frau, sie hat Geburtstag, und ich bin leider die nächsten Tage nicht zu Hause.«
»Also gut, das ist ja nicht weit von hier.«
»Ich verlasse mich darauf.«
Er verließ das Geschäft und fuhr nur ein paar hundert Meter weiter und traf fast zeitgleich mit Carina Niehus vor ihrem Haus ein. Er stieg aus, umarmte sie und beugte sich nach unten und sagte zu Jule: »Na, junge Dame, war es schön im Kindergarten?«
»Hm. Bleibst du heute hier?«
»Das geht leider nicht, ich hab noch eine Menge zu tun.«
»Komm rein«, sagte Carina strahlend, die sichtlich überrascht war von seinem Besuch. »Was führt dich denn um diese Zeit her?«
»Du. Warte, ich hol nur schnell was aus dem Wagen.« Er griff nach dem Koffer, schloss ab und sagte: »Ich hab nicht viel Zeit, nur ein paar Minuten.«
»Was ist los? Du wirkst so abgehetzt.«
»Kann ich dir nicht erklären, noch nicht.«

Er machte die Tür hinter sich zu, warf einen langen Blick über den Boden mit den Flickenteppichen und ging langsam zum Wohnzimmer, um das Knarren der Dielen zu hören und zu spüren.
»Tut mir leid, aber ich bin noch nicht dazu gekommen, aufzuräumen. Es war eine kurze Nacht und …«
»Du brauchst dich doch nicht zu entschuldigen. Pass auf, dieser Koffer bleibt bei dir, er ist mit einer Zahlenkombination verschlossen. Hier hab ich noch einen Umschlag, den du allerdings erst morgen früh aufmachen darfst. Es ist eine Überraschung. Erst morgen früh, ich verlasse mich auf dich.«
»Könntest du bitte mal weniger in Rätseln sprechen?«, fragte Carina sichtlich verwirrt.
»Nein. Macht's gut, ihr zwei. Bis dann.«
»Moment«, sagte Carina und legte ihre Arme um ihn, »wo willst du denn jetzt schon wieder hin?«
»Arbeiten, es wird eine lange Nacht«, antwortete er ernst. »Du bist eine großartige Frau, weißt du das eigentlich?«
»Und du bist ein großartiger Mann«, erwiderte sie und wollte ihm einen Kuss geben, doch er löste sich schnell aus ihrer Umarmung und sagte: »Nicht jetzt, ich muss los. Ciao.«
»Wann seh ich dich wieder?«, fragte sie.
»Bald«, antwortete er nur und ging mit ausgreifenden Schritten nach draußen. Er ließ den Motor an, sah noch einmal kurz zu Carina, die ihm zuwinkte, wendete und gab Gas.

MITTWOCH, 17.15 UHR

Henning hatte in den letzten Minuten immer wieder auf die Uhr geblickt, er zählte die Sekunden, bis endlich sein Handy klingelte.

»Ja?«
»Fahr jetzt in das Blumengeschäft in der Schubystraße. Ist nicht direkt in der Schubystraße, sondern mehr so Ecke Schützenredder/Königsberger Straße, das ist gleich, wenn du von der Schubystraße abbiegst. Du wirst das schon finden. Dort liegt ein Umschlag für dich. Ich rufe in genau einer Stunde wieder an. Du solltest dir übrigens ein portables Aufnahmegerät besorgen, am besten einen MP3-Player. Näheres später.«
Die Verbindung wurde getrennt, ohne dass Henning etwas erwidern konnte.
»Los«, gab er das Zeichen zum Aufbruch und drückte seine Zigarette im Aschenbecher aus. »Weißt du, wo diese Straßen sind?«
»Hallo, ich bin hier aufgewachsen. Auf geht's, ich fahre.«
Nur sechs Minuten später hielten sie vor dem Geschäft, Henning rannte hinein, wies sich aus, und die junge Frau reichte ihm den verschlossenen Umschlag, auf dem Hennings Name stand.
»Sagen Sie, wie sah der Mann aus, der das hier abgegeben hat?«
Sie zuckte mit den Schultern und antwortete: »Wie ein Polizist. Ich hab ihn mir nicht so genau angeschaut. Warum?«
»Nur so. Danke und schönen Tag.«
Noch im Gehen riss er den Umschlag auf und holte ein Blatt Papier heraus. Er setzte sich ins Auto und las:

»Meine Mutter hat's gewollt
Meine Mutter klag ich an,
Sie hat nicht wohlgetan;
Was somit in Ehren stünde,
Nun ist es worden Sünde.
Und, was fangt ihr an?

Muss ich noch Erklärungen dazu abgeben? Das Gedicht stammt von Theodor Storm und heißt ›Elisabeth‹. Sehr passend, was? Bis bald!«

»Diese verdammte Drecksau! Der hat das alles von langer Hand geplant. Und ich dachte immer, seine Begegnungen wären zufälliger Natur gewesen«, sagte Henning verzweifelt und ballte die Fäuste.

»Das waren sie auch«, erklärte Santos, »er hat nur die Entführung von Elisabeth geplant. Ich weiß nicht, was er vorhat, aber ich werde immer sicherer, dass er keine Lust mehr hat. Ich kann mich natürlich auch täuschen.«

»Das ist mir wurscht. Wo kriegen wir jetzt so ein Gerät her?«, fragte Henning nervös.

»Ich kenne ein Elektrogeschäft gleich hier vorne in der Breslauer Straße. Die haben so was, und außerdem kenne ich auch den Geschäftsführer. Falls sie's wider Erwarten nicht haben, beim *real* kriegen wir's auch.«

Nach zehn Minuten kehrte sie zurück, gab Henning das Gerät und sagte: »Ich hab's mir erklären lassen, ist ganz leicht zu bedienen. Ich ruf jetzt noch mal Volker an …«

»Nein, ich mach das«, sagte er und drückte die Kurzwahlnummer. »Sören hier. Volker, ich bitte dich noch einmal, tu mir einen Gefallen, keine Kollegen. Ich weiß, dass dir das schwer fällt und dass du am liebsten gleich das volle Programm anfordern würdest, nur, das würde der sofort merken und Elisabeth umbringen …«

»Kieper ist inzwischen auch schon informiert worden, er ist ziemlich aufgebracht wegen deines Alleingangs. Er sagt, du könntest doch die Situation gar nicht mehr einschätzen, weil du befangen bist …«

»Ich bin nicht befangen, es geht um meine Tochter«, ereiferte sich Henning.

»Wo seid ihr jetzt?«

»In der Nähe von Husum.«
»Ich könnte euch orten lassen«, sagte Harms, der die Lüge durchschaut zu haben schien.
»Volker, wir kennen uns nun schon seit achtzehn Jahren, und ich bitte dich nur um eins: Sieh zu, dass die Kollegen sich raushalten. Auch wenn er Elisabeth hat, wir haben jetzt die einmalige Chance, ihn ein für alle Mal zu schnappen. Mach das nicht durch eine unbedachte Aktion zunichte. Du würdest unter Umständen nicht nur Elisabeth damit töten, er würde uns mit ziemlicher Sicherheit auch wieder entkommen.«
»Und was macht dich so sicher, dass er Elisabeth nicht schon längst umgebracht hat und du als Nächster auf seiner Liste stehst?«
»Ich weiß es doch selbst nicht! Ich weiß nur, er will was von *mir*, aber ich stehe nicht auf seiner Liste.«
»Aber …«
»Kein aber, ich muss auflegen. Du hörst erst wieder von mir, wenn alles vorbei ist. Ich kann jedoch nicht sagen, wann das sein wird. Denk an uns und bete für Elisabeth.«
Henning beendete das Gespräch. Wieder das Warten, wieder unsägliche Gedanken, was wohl die nächsten Stunden bringen könnten. Die Anspannung und die Sorge waren unerträglich. Lisa fuhr zum Hafen, kam am Holm, der alten Fischersiedlung, vorbei, wendete an der stillgelegten Kaserne und sagte, als sie am Dom vorbeifuhren: »Er müsste gleich anrufen.«
»Hm«, murmelte Henning nur gedankenverloren.
Weitere zwanzig Minuten vergingen, bis das schier endlose Warten ein Ende hatte.
»Wo seid ihr?«
»Schleswig, am Dom.«
»Seid in genau einer Viertelstunde in Idstedt. Dort biegt ihr von der Hauptstraße in die Straße Osterfeld ein und fahrt immer geradeaus. Wenn ihr am Ende angelangt seid, wo ihr nur

noch rechts oder links fahren könnt, haltet ihr, dann bekommt ihr von mir weitere Instruktionen. Und denkt dran, ich merke sofort, wenn ihr nicht allein seid. Es täte mir um Elisabeth wirklich leid.«

»Wir kommen garantiert allein.«

»Brav. Bis gleich.«

Santos beschleunigte, während Henning eine weitere Zigarette rauchte.

»Auch wenn's bescheuert klingt, aber wie geht's dir?«, fragte sie, während sie mit überhöhter Geschwindigkeit die Flensburger Straße hoch- und aus Schleswig hinausfuhr.

»Kann ich nicht sagen. Wenn ich nur wüsste, was er bezweckt.«

Nach elf Minuten bogen sie in die Straße Osterfeld ein. Kein Auto war vor oder hinter ihnen und niemand kam ihnen entgegen. Am Ende der Straße, wo sie nur nach rechts oder links abbiegen konnten, hielten sie an und warteten erneut.

Hennings Handy klingelte. »Seht ihr den Weg vor euch? Den fahrt ihr rein und stoppt, wenn ich es euch sage.« Santos lenkte den BMW vorsichtig über den holprigen Weg. Es war eine menschenleere und trostlose Gegend, besonders, weil der Himmel wolkenverhangen war und es vor wenigen Minuten wieder einmal angefangen hatte zu regnen. »Stopp! Und jetzt steigt ihr beide langsam aus und schmeißt eure Waffen schön weit weg.« Henning und Santos folgten dem Befehl. »So, und jetzt bewegt ihr euch vorsichtig auf die Hütte zu und bleibt am Tor stehen ... Gut so.«

Butcher trat in seiner Uniform aus der Hütte heraus und sah die Beamten an. Henning hatte sich den Mann, der so viele grausame Morde begangen hatte, ganz anders vorgestellt, doch wie, das konnte er nicht sagen. Vielleicht wie eine Bestie, wie ein Monster oder ... Doch vor ihm stand ein etwa einssiebzig bis einsdreiundsiebzig großer Mann mit kurzen mittelbraunen Haaren, braunen Augen und einem beinahe feminin anmutenden Mund. Er war schlank und wirkte doch sehr kräftig. Er hatte breite Schultern und große, aber schlanke Hände. Ein Mann, dem keiner solche Verbrechen zutrauen würde. Schon gar nicht, wenn er dazu noch eine solche Uniform anhatte.

»Wo ist meine Tochter?«, fragte Henning, ohne den Blick von Butcher zu lassen, während ein Regenschauer auf sie niederprasselte und er und Santos im Nu bis auf die Haut durchnässt waren, während Butcher in der Tür stand und für einen Moment grinste. Dazu wehte ein kühler Wind, der den Regen normalerweise noch unangenehmer machte, doch Henning spürte weder den Regen noch den Wind, all seine Konzentration galt dem ihm noch unbekannten Mann.

»Hier drin. Es geht ihr gut, sie ist nur noch ein wenig schläfrig. Sie müsste aber bald wieder vollkommen da sein.«

»Ich will sie sehen.«

»Nein, noch nicht. Aber du kannst reinrufen, sie wird bestimmt gleich hellwach sein, wenn sie deine Stimme hört.«

»Elisabeth!« Keine Antwort. »Elisabeth, ich bin's, Papa!«, rief er noch lauter.

»Papa?«, kam es leise zurück. Henning atmete erleichtert auf.

»Was haben Sie mit ihr gemacht?«, fragte er scharf.

Butcher zuckte mit den Schultern. »Du kannst von Glück reden, dass ich mich zurückgehalten habe. Du weißt ja, ich bin normalerweise nicht zimperlich. Ich habe heute ausnahmsweise einen guten Tag erwischt, das heißt, deine Tochter hat einen guten Tag erwischt. Entschuldige, ich wollte nicht unhöflich erscheinen, die beiden Stühle hier sind für euch reserviert.« Er deutete auf zwei Holzklappstühle, die auf dem aufgeweichten Boden standen. »Nehmt Platz und macht es euch gemütlich. Ach ja, bevor ich's vergesse, solltet ihr irgendwelche Tricks versuchen, wirst du deine Tochter nicht wiederse-

hen. Seht ihr das hier in meiner linken Hand? Ich brauch nur auf den einen Knopf zu drücken, und schon macht es peng … und alles fliegt in die Luft. Die gesamte Hütte ist vermint, nur modernster Sprengstoff, versteht sich. Nur, damit ihr Bescheid wisst. Aber bitte, nehmt doch Platz, das ist doch viel gemütlicher. Bloß das Wetter will nicht so richtig mitspielen, aber das ist halt der Norden, unberechenbar und kühl.«
Henning und Santos gingen fünf Schritte und setzten sich auf das nasse Holz. Ein paar Enten flogen kreischend über ihre Köpfe hinweg, die Blätter der Bäume raschelten.
»Warum haben Sie uns herbestellt?«, fragte Henning.
»Was für eine Frage! Und ich dachte, du wärst schlau. Da hab ich mich wohl getäuscht …«
»Wollen Sie sich stellen?«, fragte Santos.
»Nein, ich möchte euch eine Geschichte erzählen, und ich möchte, dass sie aufgezeichnet wird. Es ist eine spannende Geschichte. Habt ihr das Aufnahmegerät dabei?«
Henning holte wortlos das Gerät aus seiner Jacke und hielt es hoch.
»Sehr gut. Dann drück mal auf Aufnahme. Ihr dürft natürlich auch Fragen stellen, wir sind schließlich in einer ungezwungenen Atmosphäre. Ich werde versuchen alle Fragen nach bestem Wissen und Gewissen zu beantworten.«
»Warum haben Sie all diese Menschen getötet?«, fragte Henning, der innerlich fast zu zerplatzen schien, dem das Herz bis zum Hals schlug und der sich doch zur Ruhe mahnte.
Butcher zuckte mit den Schultern. »Warum, warum, warum?! Warum töten Menschen andere Menschen? Kannst du mir das sagen? Die häufigste Antwort ist wohl Hass. Purer, blanker Hass. Bei mir ist es nicht anders. Ich hasse, seit ich denken kann. Aber ist Hass nicht sowieso die treibende Kraft hinter den meisten Morden? Manchmal ist der Hass gegen andere gerichtet, manchmal gegen sich selbst, manch-

mal ist es eine Kombination aus beidem. Bei mir ist es die Kombination.«

»Kein Mensch hasst, seit er denken kann, das nehme ich Ihnen nicht ab«, warf Santos ein.

»Dann eben nicht. Aber ich möchte euch eine Geschichte erzählen, meine Geschichte«, sagte Butcher, zog sich einen Stuhl, der neben der Tür stand, heran und setzte sich ebenfalls. »Ich wurde am 24. Oktober 1969 in Marburg geboren. Mein Vater war in der Forschungsabteilung eines großen Pharmakonzerns und hat sehr gutes Geld verdient. Meine Mutter stammt aus gutbürgerlichen Verhältnissen und hat meinen Vater, solange ich zurückdenken kann, immer unterdrückt. Sie hatte die Hosen an, wie man so schön sagt. In ihren Augen war er ein Versager. Nun, sie hat meinen Vater ins Grab gebracht, da war ich gerade mal neun. Er war Alkoholiker und starb an Leberzirrhose. Sein Ende war qualvoll, er hat nur noch Blut gespuckt, so viel Blut, dass er schließlich daran erstickt ist. Er hat geschrien, wie ich noch nie zuvor jemanden habe schreien hören. Sei's drum, ich habe jedenfalls an seinem Bett gesessen, als er starb, und habe seine Hand gehalten, bis sie kalt wurde. Meine Mutter hat währenddessen in ihrem Bett im Zimmer nebenan gelegen und geschlafen. Sie hat nie ihren Rhythmus aufgegeben, bis heute nicht. Das war vor fünfundzwanzig Jahren. Mein Vater war ein guter Mensch, aber sie hat ihn kaputtgemacht. Nichts konnte er ihr recht machen, bis er irgendwann zur Flasche griff und so viel soff, bis seine Leber aufgegeben hat. Das ist meine Mutter, wie sie leibt und lebt. Fragen dazu?«

»Wo ist Ihre Mutter heute?«

»Bei mir zu Hause, wo sonst?! Sie ist immer da, wo ich bin. Sie muss schließlich wissen, ob ich auch alles richtig mache.«

»Dann ist also das Gedicht, das Sie mir heute zukommen ließen, auf Ihre Mutter gemünzt …«

»Bravo, sehr gut erkannt. Andererseits, so schwer war das nun auch wieder nicht. Und jetzt werdet ihr euch fragen, ob ich meine Mutter hasse. Ja, das tue ich. Und zwar aus tiefstem Herzen und mit tiefster Inbrunst. Und ihr werdet euch fragen, warum ich sie bis jetzt nicht abgemurkst habe. Ganz ehrlich, diese Frage habe ich mir auch oft genug gestellt und bin zu keiner Antwort gelangt. Mag sein, weil ich Angst vor ihr habe, sie schafft es nämlich noch heute, dass ich Angst vor ihr habe. Wenn sie vor mir steht, bin ich wie gelähmt. Dabei wäre es für mich ein Leichtes, sie umzubringen, doch ich schaffe es nicht«, sagte Butcher mit leerem Blick. »Aber das Beste kommt noch. Sie hat mich so erzogen, dass ich keine Freunde hatte. Sie hat es nicht zugelassen, es gab einfach niemanden, der gut genug für mich war. Dafür durfte ich schon mit vier Jahren Klavierunterricht nehmen, und sie hat mir Geschichten von Tolstoi und Goethe vorgelesen. Mit zehn oder zwölf hatte ich selbst mehr gelesen als die meisten Menschen in diesem Land. Sie hat mich jeden Tag in die Schule gebracht und wieder abgeholt, ich hätte ja auf dumme Ideen kommen können. Und wenn ich einmal unartig war, was schon bedeuten konnte, dass ich ein Wort bei den Hausaufgaben falsch geschrieben habe oder mit einer schlechteren Note als einer Zwei nach Hause kam, hat sie mir entweder drei Tage lang nichts zu essen gegeben, oder sie hat mich eine Stunde lang unter die kalte Dusche gestellt. Wenn ich ein böses Wort gesagt habe, hat sie mir den Mund mit Seife ausgewaschen, so lange, bis ich gekotzt habe, und wenn das passiert ist, hat sie mein Gesicht hineingetunkt und ganz ruhig gesagt, so was machen wohlerzogene Jungs nicht. Ich musste die ganze Sauerei dann jedes Mal wegmachen. Sie hatte für alles Strafen, und ich hatte keine Chance, mich gegen sie zu wehren. Mein Vater hatte es da besser, er durfte rechtzeitig gehen, auch wenn es ein grausamer Abschied war … Sie hat mich gewaschen und gebadet, bis ich sechzehn war, genauso lange hat sie mich auch angezogen. Jeans waren für mich natürlich tabu, ich trug immer einen Anzug und ein weißes Hemd, und meine Schuhe waren stets blank poliert. Und ich war immer allein. Kein Wunder, wer wollte schon etwas mit einem Streber zu tun haben, der nicht mit Fußball spielte, obwohl er es gerne getan hätte. Aber Mutter sagte, ich würde mich da nur schmutzig machen und Fußball sei nur etwas für den Pöbel ... Doch es gab da einen kleinen Wald mit einem See, so ähnlich wie hier, wo ich damals oft hingegangen bin. Seltsamerweise hat sie mich immer gelassen. Sie dachte wohl, ich würde die Natur erkunden. Na ja, sie konnte auch nicht misstrauisch werden, schließlich kam ich immer in sauberen Klamotten wieder heim. Aber wisst ihr, was ich dort wirklich gemacht habe?« Butcher lachte auf und sah Henning an. »Ich habe Frösche gefangen und ihnen ganz langsam die Beine ausgerissen. Oder ich habe sie an einen Baum genagelt. Das Gleiche habe ich mit Eichhörnchen und Vögeln gemacht, ich hatte ziemlich schnell raus, wie man Vögel fängt. Und soll ich euch was sagen – es hat mir Spaß bereitet, ich fühlte mich wie befreit. Das ist jetzt bestimmt etwas für eure Psychologen, aber glaubt mir, ich kenne mich und auch die Ursachen für mein Verhalten. Ich bin eben nicht normal. Kein Wunder bei so einer Mutter. Nun, ich schweife ab ...«

»Papa!«, rief Elisabeth von drinnen.

»Ah, deine Tochter ist endgültig von den Toten auferstanden. Sie kann sich nur leider nicht bewegen. He, Elisabeth, ich muss mich mit deinem Daddy noch ein bisschen unterhalten, halt solange die Klappe, sonst muss ich dich leider wieder knebeln, und das willst du doch nicht, oder?«

»Nein«, kam es zaghaft aus der Hütte.

»Braves Mädchen. Du hast eine nette Tochter, sehr intelligent, wie ich feststellen musste. Viel intelligenter als meine Töchter,

die eher nach ihrer Mutter kommen. Aber darüber reden wir später. Wo war ich gleich stehen geblieben? Ah ja, bei dem Spaß, den mir das Töten der Tiere gebracht hat. Es war fast ein Glücksgefühl zu erleben, wie diese Kreaturen gelitten haben. Ich meinte zu hören, wie sie schrien, obwohl sie gar nicht geschrien haben. Tiere sind da viel tapferer im Augenblick des Todes. Ganz anders als Menschen, sie jammern und klammern sich an das Leben, als ob sie irgendwas versäumen würden … Jedenfalls blieb es nicht bei Tieren, und mein erster Mord an einem Menschen war wirklich vom Zufall geprägt.«
Und dann erzählte er, wie er von Katharina Wolf, einer Bekannten seiner Mutter und Edelhure, im Alter von achtzehn verführt worden war, wie sie ihn ausgelacht hatte, seine Finger sich um ihren Hals legten und er sie erwürgte.
Butcher hielt inne und sah die Kommissare an. Er lächelte verklärt, als er fortfuhr: »Das war im Juli 1988. Da habe ich gemerkt, wie einfach es ist, einen Menschen zu töten. Es ist kein Unterschied zu einem Tier … Mein zweites Opfer war eine Straßennutte, die ich ein halbes Jahr später in Frankfurt aufgegabelt habe. Sie war jung, gerade mal sechzehn, und total auf Dope. Sie stand komischerweise ganz allein da und hat auf einen Freier gewartet. Ich hab sie bei Fulda entsorgt. Soweit ich weiß, hat sie keiner vermisst. Und so ging das weiter und weiter, ich nehme an, ihr habt inzwischen herausgefunden, wie viele Opfer auf mein Konto gehen, oder?«
Henning schüttelte den Kopf, er wollte es von seinem Gegenüber hören.
»Schätz doch mal.«
»Zehn?«
Nun schüttelte Butcher den Kopf und lachte auf. »Ach komm, hören wir doch auf mit diesen blöden Spielchen, so was langweilt mich nur. Lüg doch bitte nicht, ich bin schließlich auch ganz ehrlich.«

»Siebzig?«
»Nicht schlecht. Legen wir noch sechsundzwanzig drauf, dann stimmt's. Sechsundneunzig sind's, um genau zu sein. Nein, ich glaub, ich hab mich doch glatt verzählt. Es werden achtundneunzig sein. Überrascht?«
»Warum haben Sie so viele unschuldige Menschen umgebracht?«, fragte Henning.
»Unschuldig, unschuldig, unschuldig! Wer ist schon unschuldig? Niemand, absolut niemand. Aber um deine Frage zu beantworten – Hass. Ich hasse Menschen. Vielleicht nicht alle, aber die meisten. Und es wurde mir verdammt leicht gemacht, diese ganzen erbärmlichen Kreaturen zu beseitigen.«
»Das heißt, Sie hassen auch Kinder?«
»Wo ist der Unterschied?«, fragte Butcher gleichgültig zurück. »Kinder, Erwachsene, für mich sind alle Menschen gleich. Heute Vormittag habe ich noch mal zwei gekillt. Einen gewissen Dr. Martens und seine werte Gattin. Er ist oder besser war Bankier aus Hamburg. Er hat gemeint, sich mit Geld alles kaufen zu können. Ich hatte eigentlich nicht vor, ihn umzubringen, aber als ich bei ihm zu Hause war, hat es mich wieder überkommen. Wenn sie noch nicht gefunden wurden, liegen sie noch immer dort. Ich habe für ihn einen Aston Martin aus den sechziger Jahren restauriert, und er hat mir dafür hunderttausend Euro gegeben. Zweiundvierzigtausend für die Restaurierung und achtundfünfzigtausend dafür, dass ich seine Alte ficke, wobei sie gar nicht alt war, gerade mal dreißig und wahrlich eine Schönheit, wie sie im Buche steht. Aber verdorben bis ins Mark. Und kurz danach hab ich einen Abstecher nach Elmshorn gemacht, aber das wisst ihr ja.«
»Sie haben jemanden wegen Geld umgebracht?«, fragte Henning überrascht.
»Bullshit, nicht wegen Geld, ich bin doch kein Raubmörder.« Er zog die Mundwinkel nach unten und dachte laut nach: »Ich

glaube, da war wieder dieser Druck. Oder auch nicht. Ich weiß nicht, warum ich sie umgebracht habe, wahrscheinlich haben mir ihre Visagen nicht gefallen. Nein, das war's nicht. Diese dummen Säue wollten mich kaufen. Sie wollten einfach nur, dass ich diese gottverdammte Hure Isabelle durchvögle. Angeblich wollten sie, dass ich ihr ein Kind mache, aber das war gelogen. Die und ein Kind! Im Leben nicht. Na ja, und falls doch, jetzt ist es sowieso zu spät. Ich denke, es waren ihre Visagen, die mir nicht gefallen haben.«

»Oder die Welt, in der sie lebten.«

»Auch möglich. Aber deine Welt ist auch nicht gerade schön, wie du zugeben musst. Wie lebt es sich denn in so einer Baracke voller Kanaken?«

»Ich bin zufrieden mit meinem Leben«, sagte Henning gelassen.

»Das kannst du erzählen, wem du willst, aber nicht mir. Ich hätte die Bude schon längst in die Luft gejagt und das ganze Gesocks dazu.«

»Haben Sie die Namen aller Opfer für uns?«, fragte Henning.

»Jeden Einzelnen, ich habe nämlich ein hervorragendes Gedächtnis. Soll ich anfangen?«

»Bitte.«

In den folgenden vierzig Minuten führte Butcher chronologisch nicht nur die Namen, sondern auch die genauen Daten, wann er die Taten begangen hatte, sowie das Alter seiner Opfer auf und wo er sie abgelegt und was er mit ihnen vor oder nach ihrem Tod gemacht hatte. Er sprach monoton und mit einer Emotionslosigkeit, die Henning und auch Santos erschrecken ließen. Als er geendet hatte, sagte er grinsend: »Und, komm ich jetzt ins Guinness-Buch der Rekorde als Deutschlands schlimmster Serienkiller aller Zeiten?«

»Möglich«, antwortete Santos. »Aber wieso hat Sie nie jemand gesehen?«, wollte sie wissen.

Butcher zuckte mit den Schultern. »Zufall? Nein, kein Zufall, es gibt keine Zufälle. Aber es ist schon erstaunlich, wie mir die Leute so zugelaufen sind. Ich hab einige der Berichte verfolgt und musste feststellen, dass da wohl eine höhere Macht ihre Hand im Spiel hatte. Ich …«
»Sie glauben doch wohl nicht im Ernst, dass eine höhere Macht Ihnen einen Freibrief erteilt hat, all diese Menschen umzubringen?! Was glauben Sie eigentlich, wer Sie sind? Gott selbst?!«, fuhr Henning ihn an.
»Nein, aber warum ist mir nie jemand auf die Spur gekommen? Habt ihr euch das schon mal gefragt? Irgendein Sinn muss doch dahinterstecken. Ich würde auch gerne wissen, warum es mir so leicht gemacht wurde, und ich habe keine Antwort darauf erhalten. Und ganz ehrlich, ihr würdet heute noch rumkrebsen, wenn ich diese Miriam Hansen nicht fast an genau der gleichen Stelle umgebracht hätte wie damals Sabine Körner. Und dann hab ich mit dieser kleinen dummen Fotze Melanie das Gleiche noch mal gemacht. Dabei hab ich doch in der Vergangenheit wahrlich genügend Spuren hinterlassen. Da frag ich mich echt, wozu ist die Polizei mit modernster Technologie ausgestattet, wenn sie nicht mal in der Lage ist, zwei und zwei zusammenzuzählen. Seid ihr so blöd, oder kommt ihr mit eurer Technik nicht klar?«
»Ich habe seit mehr als zwei Jahren in ungeklärten Todesfällen recherchiert und habe herausgefunden, dass viele Morde auf das Konto eines Täters gehen«, bemerkte Henning.
»Und, was hätte es dir gebracht, wenn ich dir nicht geholfen hätte?«, fragte Butcher maliziös lächelnd. »Nichts, aber auch rein gar nichts.«
»Und warum haben Sie heute dieses Treffen einberufen?«, fragte Henning zurück.
Butcher überlegte und sagte schließlich: »Weil mir klar geworden ist, dass es so nicht weitergehen kann. Ich weiß, dass

ich noch jahrelang ungehindert hätte weitermorden können, ohne dass auch nur der geringste Verdacht auf mich gefallen wäre, weil ich mir sonst nichts zuschulden habe kommen lassen. Ich bin mit drei meiner Opfer in mehrere Polizeikontrollen geraten und bin jedes Mal durchgewunken worden. Zufall?« Er schüttelte den Kopf. »Nein, hinter allem steckt ein tieferer Sinn, den wir meist nicht in der Lage sind zu erkennen. Ich nehme an, es war Fügung. Ich hatte diesen entsetzlichen Hass und diesen unerträglichen Druck, und irgendwo war immer jemand, der auf mich gewartet hat. Vor der Haustür, an einem Zigarettenautomaten, an der Straße. Nehmen wir diese Mandy Schubert. Hätte sie keinen Platten gehabt, die Ärmste würde sich bester Gesundheit erfreuen … Oder reden wir doch mal über Sabine Körner, vorausgesetzt, ihr wollt diese Geschichte überhaupt hören. Ich hab die Sache damals sehr genau verfolgt, ging ja ziemlich ausführlich durch die Presse. Da wird sie von einem Typ mitgenommen, der sie nach Schleswig bringen will. Die beiden schieben eine schnelle Nummer, und dann merkt dieser geile Bock, dass er seine Tasche in Eckernförde vergessen hat. Er setzt Sabine bei Ahrensberg ab, und dann komm ich. Warum hat sie dort auf mich gewartet? Hätte er sie nicht ein paar Minuten später dort absetzen können? Und dann kommst du ins Spiel und bringst ihn in den Knast, wo er sich aufhängt. Ab da hab ich deinen Lebenslauf verfolgt. Ich weiß von deiner kaputten Ehe, Elisabeth hat mir sogar noch ein bisschen mehr erzählt, so ein paar Details, die ich natürlich nicht wissen konnte. Aber ich habe festgestellt, dass unser Leben doch ziemlich beschissen ist, und nicht nur das, es gibt sogar eine Menge Parallelen. Findest du nicht auch, Henning?«
»Ich habe niemanden umgebracht.«
»Du kannst dich verteidigen, so viel du willst, aber dieser Nissen würde heute noch leben, hättest du deine Hausaufgaben

ein bisschen besser gemacht. Und das weißt du auch. Und ich wette, das hat ein tiefes Loch in deine kümmerliche Seele gebrannt. Hab ich Recht? Die Schuldgefühle müssen doch enorm gewesen sein, oder? Was soll's, geht mich nichts an. Und dann hör ich doch auf einmal am Sonntag im Polizeifunk deinen Namen. Und da dachte ich mir: Hallo, der Henning ist ja plötzlich aus der Versenkung wieder aufgetaucht. Tja, und nun sitzen wir hier und plaudern so richtig gemütlich.«
»Wenn Sie meinen. Aber beantworten Sie mir eine Frage. Wie kommt es, dass Sie in fast ganz Deutschland gemordet haben?«
Butcher zuckte wieder mit den Schultern und sagte: »Ich bin viel unterwegs. Oft geschäftlich, oft einfach nur so, wenn mir die Decke zu Hause mal wieder auf den Kopf fällt.«
»Was machen Sie beruflich? Sie haben vorhin was von einem Aston Martin erwähnt, den Sie restauriert haben.«
»Mann, du passt ja richtig gut auf. Ja, ich restauriere Oldtimer. Es heißt, es gebe niemanden, der dies besser könne als ich. Mag sein, ich liebe Autos. Sie stellen keine Ansprüche, sie wollen nur gut behandelt werden. Meine Kunden sitzen überall. Im Augenblick steht ein Horch aus den dreißiger Jahren in meiner Werkstatt. Tja, ich werde wohl nicht mehr dazu kommen, ihm sein altes Gesicht zurückzugeben. Glaubst du eigentlich an Zufälle?«, fragte Butcher unvermittelt.
»Nein.«
»Aber du hast dich bestimmt oft gefragt, wie ich all diese armen Kreaturen ins Jenseits befördern konnte, ohne dass irgendjemand was davon mitbekommen hat. Ich kann es dir nicht sagen, ich kann nur wiederholen, dass sie mir alle zugelaufen sind. Wie räudige Köter. Es hat mich nicht mal große Anstrengung gekostet, sie aufzulesen und sie von ihrem Leid zu erlösen.«
Henning folgte fassungslos und doch gebannt den Ausfüh-

rungen seines Gegenübers, und er war entsetzt ob der Kälte und des Zynismus in Butchers Worten, versuchte aber sich dies nicht anmerken zu lassen, denn jede Form von Schwäche würde dieser sofort gnadenlos ausnutzen. Und er würde womöglich den Knopf drücken und sie damit alle töten. Er fragte stattdessen ruhig und beherrscht: »Warum haben Sie Mandy Schubert so zugerichtet? Das haben Sie doch vorher nie gemacht.«

»Ich war ganz besonders wütend. Ich könnte euch jetzt etwas erzählen, aber ihr würdet es mir vermutlich sowieso nicht glauben …«

»Versuchen Sie's doch einfach.«

»Ich habe da diese Frau kennen gelernt. Den Namen werde ich euch nicht verraten. Aber diese Frau ist einmalig. Ich habe vom ersten Augenblick an gespürt, dass sie etwas ganz Besonderes ist. Sie ist alleinstehend, hat eine Tochter, und …« Butcher holte tief Luft, bevor er fortfuhr: »Ich habe mich verliebt. Glaube ich zumindest. Dabei dachte ich immer, ich könnte keinen Menschen lieben. So kann man sich täuschen. Sie ist die erste Frau, bei der ich nicht den Wunsch verspürt habe, sie zu töten. Ganz im Gegenteil, ich würde sie beschützen, wenn es in meiner Macht läge. Gleichzeitig ist mir klar geworden, dass ich mein Leben nicht rückgängig machen kann. Es gibt keine Zukunft für uns. Sie denkt wohl, wir hätten eine, aber ich konnte ihr natürlich nicht sagen, dass ich der Teufel höchstpersönlich bin, obwohl sie es sowieso spätestens morgen erfahren wird – oder auch nicht. Also habe ich beschlossen, dem allen ein Ende zu bereiten. Ich werde nicht mehr nach Hause zurückkehren, wo ich die dummen Fressen meiner werten Frau Mama und meines lieben Weibes sehen muss. Um meine Töchter tut es mir ein bisschen leid, wenn sie erfahren, was ihr Vater angerichtet hat. Aber in ein paar Minuten ist alles vorbei, und dann brauch ich nicht mehr drüber nachzudenken. Außerdem werden sie irgendwann sowieso ihr eigenes Leben führen.«

Henning merkte, dass sein Gegenüber zu allem entschlossen war, auch wenn er ganz ruhig wirkte. Er fragte, um ihn hinzuhalten: »Warum haben Sie nie versucht sich von Ihrer Mutter zu lösen?«

»Hast du es je geschafft, dich ganz von deiner Mutter zu lösen …?«

»Meine Mutter ist schon lange tot.«

»Wie gut für dich, wie gut, wie gut, wie gut. Manche Menschen sind eben echte Glückspilze. Aber um deine Frage zu beantworten – sie hat es nicht zugelassen. Sie hat mich mit meiner Frau verkuppelt, sie ist mit uns hier hoch gezogen und hat sich gleich von Anfang an bei uns eingenistet. Die beiden hängen zusammen wie die Glucken, und meine Frau ist inzwischen genauso geworden wie meine Mutter. Ich habe keine Lust mehr auf diese blöden Weibsbilder. Deshalb wird es jetzt gleich einen großen Knall geben.«

»Und was ist mit meiner Tochter?«, fragte Henning sichtlich aufgewühlt und sah zu Lisa, die völlig gelassen schien.

»Ach, die liebe Elisabeth«, antwortete Butcher und machte ein gespielt trauriges Gesicht. »Da fällt mir doch glatt ein altes Lied ein, du weißt schon: Wenn die Elisabeth nicht so schöne Beine hätt … Sie wird bestimmt mal eine hübsche junge Dame, doch wahrscheinlich lässt sie sich schon in ein oder zwei Jahren von irgend so einem dahergelaufenen Kerl durchficken. Die Jugend heute ist verdorben, aber das weißt du ja selbst. Nun, ich habe mir da was überlegt, ich weiß aber nicht, ob du damit einverstanden bist. Ich würde gerne die Hundert voll machen, die Hundert, die Krönung, bin ich, nur die Neunundneunzig fehlt. Kannst du dir denken, was jetzt kommt? Nein, vermutlich nicht, deshalb werde ich es dir sagen: Ich schlage dir einen Deal vor – deine liebenswerte Kollegin gegen deine Tochter. Bin ich nicht nett? Du oder besser ihr habt die Wahl.«

»Das ist Wahnsinn! Sie sind wahnsinnig!«, schrie Henning Butcher an und wollte aufspringen, doch Lisa legte eine Hand beruhigend auf seinen Arm. »Sie verlangen, dass Frau Santos …«

»Piano, piano, du brauchst nicht so zu schreien, ich bin nicht schwerhörig, außerdem ist das hier ein friedliches Stück Land. Schreie ich vielleicht? Selbst im Angesicht des nahenden Todes bewahre ich die Contenance, das habe ich schon früh gelernt. Immer die Ruhe bewahren. Es liegt in deiner Hand, Monsieur Le Commissaire. Und natürlich auch in deiner, liebste Lisa, ich möchte die Entscheidung schließlich nicht für dich treffen.« Und an Henning gewandt: »Denk mal praktisch. Mit dem Tod deiner Tochter hättest du die Schuld gesühnt, die du durch den Tod von Nissen auf dich geladen hast. Aber ich will nett sein und schlage deshalb diesen Kompromiss vor. Man soll hinterher nicht sagen, ich sei nicht wenigstens ein bisschen entgegenkommend und human gewesen. Mein Abgang wird jedenfalls ein richtiges Feuerwerk sein. Hier oben ist ja sonst nicht gerade viel los. Also, was ist? Ich gebe euch fünf Minuten Bedenkzeit.«

»Wie kann ich Sie nur dazu bringen, meine Tochter gehen zu lassen?«

»Gar nicht, weil ich das personifizierte Böse bin …«

»Nein, das stimmt nicht«, unterbrach ihn Henning entschieden. »Es gibt kein personifiziertes Böses. Sie wurden doch nicht als Mörder geboren …«

»Spar dir deine philosophisch-religiösen Ergüsse. Klar, meine Mutter ist schuld, nur, ich hatte keine Wahl. Wusstest du eigentlich, dass die ersten acht Lebensjahre einen Menschen am meisten prägen? Aber wenn man sein Leben lang gegängelt wird, ohne die geringste Chance, sich dem Einfluss eines verhassten Menschen entziehen zu können, baut sich ein derartiger Druck auf, der einfach nicht zu beschreiben ist. Er ist einfach da, wie in einem Vulkan brodelt es, und man kann den Ausbruch nicht verhindern. Und in den letzten Monaten ist dieser Druck immer stärker geworden. Und dann musste ich auch noch diese Frau kennen lernen. Ohne sie würden wir heute nicht hier sitzen. Oder vielleicht doch, denn meine Entscheidung, das alles zu beenden, habe ich bereits vor einiger Zeit getroffen. Ich denke, bei jedem Serienmörder kommt irgendwann der Punkt, wo er nicht mehr will. Lisa, hast du es dir überlegt?«

»Eine Frage noch – wie heißen Sie und wo wohnen Sie?«

»Oh, ich bitte vielmals um Entschuldigung für diese Unhöflichkeit. Matuschek, Dieter Matuschek, aber alle nennen mich nur Butcher. Was für ein passender Name. Meine Mutter hat mich immer so genannt, als hätte sie geahnt, was eines Tages aus mir werden würde. Doch das nur am Rande. Ich wohne oder besser gesagt wohnte in Stolk, denn ich werde mit Sicherheit nicht mehr dorthin zurückkehren. Man kennt mich dort übrigens ziemlich gut, ich bin bei der freiwilligen Feuerwehr und auch sonst ein richtig liebenswürdiger, netter Nachbar. Ich würde zu gern die Gesichter sehen, wenn sie erfahren …«

»Butcher ist wirklich ein sehr passender Name«, bemerkte Santos spöttisch, auch wenn ihr nicht danach war.

»Ja, der Name ist bei mir Programm. Metzel, metzel, meuchel, meuchel. Butcher, der Schlachter.«

»Hängen Sie eigentlich gar nicht an Ihrem Leben?«, fragte Henning.

»Um unseren großen Meister Goethe zu zitieren: ›Das Leben ist der Güter höchstes nicht.‹ Ist es nicht so, wir hängen alle viel zu sehr am Leben und haben Angst vor dem Tod? Ich wollte immer einen schnellen Tod, ich wollte nie leiden wie

mein Vater. Ihr könnt ja eure Psychoheinis fragen, was für eine Persönlichkeit ich bin, das heißt, nur Henning wird das können, vorausgesetzt, der Tausch kommt zustande. Leider werd ich's nicht mehr erfahren, was die sich so ausdenken. Ich kenn mich sowieso viel besser als alle Psychologen dieser Welt. Ich bin gespannt, ob es was danach gibt. Ehrlich. Aber ich hab keine Angst. Hauptsache, es geht schnell ... Glaubt ihr eigentlich an ein Leben nach dem Tod? Ich könnte mir vorstellen, dass da was ist. Aber das ist mir wurscht, ehrlich.«
Er redet wirres Zeug, dachte Santos und erhob sich langsam. »Schicken Sie Elisabeth raus.«
»Lisa«, versuchte Henning sie zurückzuhalten, »tu's nicht. Bitte! Und Herr Matuschek, ich flehe Sie an, verschonen Sie das Leben meiner Tochter und das von Frau Santos. Bitte!«
»Tut mir leid, einer von beiden geht mit mir. Lisa, wenn du möchtest, dann tritt bitte näher, aber Vorsicht, mein linker Zeigefinger ist verdammt nervös. Keine Tricks, sonst sind es zwei mehr, als ich eigentlich wollte.«
Lisa bewegte sich langsam auf Butcher zu und sagte: »Bevor ich bei Ihnen bin, möchte ich, dass Elisabeth zu ihrem Vater kommt. Wissen Sie, ich bin auch ein bisschen misstrauisch, hat mit meinem Job zu tun.«
»Natürlich, ich pflege meine Versprechen zu halten. Ach, da fällt mir noch eine ganz witzige Geschichte ein. Hat mit dem Horch zu tun. Als ich am Samstag in Buxtehude war, um mir den Wagen anzuschauen, da hab ich gedacht, ich seh nicht recht. Da stand doch bei dem Kunden ein Foto auf dem Sideboard mit einem Mädchen und einer Frau, die ich nur zu gut kannte. Emma Reuter, sie war zwölf Jahre alt, als ich sie abends mitgenommen habe. Sie hat damals noch in Emden gewohnt. Ihre Mutter Nadine habe ich mir ein gutes Jahr später geholt, damit ihr nicht lange suchen müsst. Nadine liegt hier unter der Hütte, zusammen mit einunddreißig andern Lei-

densgefährten. Die letzte hab ich übrigens am Montag hier abgelegt, eine Frau Kaiser. Ein ekelhaftes Weib, das es nicht verdient hat zu leben. Aber sie war eine gute Freundin meiner Mutter, was wohl alles sagt. Mittlerweile dürfte nicht mehr allzu viel von ihr übrig sein, ich pflegte die Damen und Herren mit Ätzkalk zu bestreuen. Wisst ihr, wie Ätzkalk wirkt? Einfach ätzend«, sagte Butcher diabolisch grinsend. »So, der Worte sind genug gewechselt, lasst mich auch endlich Taten sehn, um den großen Meister Goethe noch einmal zu bemühen. Ich gehe jetzt da rein und hole Elisabeth. In dem Moment, wo Lisa an meiner Seite steht, übergebe ich sie Ihnen.«
Butcher ging in die Hütte, löste die Fesseln von Elisabeths Hand- und Fußgelenken und nahm ihr die Augenbinde ab. Sie hatte Mühe zu gehen, ihre Hände und Füße waren eingeschlafen und kribbelten, als ob Tausende von Ameisen durchliefen.
»Du gehst jetzt rüber zu deinem Vater. War nett, dich kennen gelernt zu haben. Lisa, wenn ich bitten darf, an meine rechte Seite. Du bist eine schöne Frau und«, er griff mit der freien Hand an ihre Brust, »du hast schöne Titten. Wer hat denn zuletzt daran gelutscht? Irgendwie ahne ich, wer das gewesen sein könnte. Henning, sag deiner Kollegin und Geliebten adieu, du wirst dir eine andere Fotze suchen müssen. Henning, altes Haus, bleib tough, du findest schon wieder ein geiles Weib.«
»Du gottverdammtes, perverses Arschloch!«, stieß Henning mit Tränen der Wut hervor und schloss Elisabeth in die Arme.
»So, ihr habt gleich genau zehn Sekunden Zeit, und ich würde euch raten, rennt, was das Zeug hält, denn was hier gleich hochgeht, damit hätte man das World Trade Center in die Luft jagen können«, sagte er mit irrem Lachen. »Man wird's auf jeden Fall bis weit hinter Schleswig hören. Bereit?«
»Können wir uns nicht irgendwie anders einigen?«, fragte Henning, obwohl er wusste, wie sinnlos diese Frage war. Eli-

sabeth hatte sich an ihn geklammert. Sie zitterte vor Angst, Kälte und Erschöpfung.
»Wie denn? Willst du mir ein voll getanktes Auto, zehn Millionen Euro und ein Flugzeug geben, damit ich mir in einem andern Land eine neue Existenz aufbauen kann? Ah, damit ist bis jetzt noch keiner durchgekommen. Außerdem fühle ich mich hier gar nicht so unwohl, wie es scheinen mag. Eigentlich hat es das Leben recht gut mit mir gemeint, auch wenn sich das vorhin vielleicht anders angehört hat. Und so, wie mein Leben war, so soll auch mein Abgang sein – bombastisch. Ich weiß eben, wann etwas zu Ende ist.« Butcher sah Henning an und fuhr fort: »Wenn ich von zehn rückwärts zähle, fangt ihr an zu rennen. Verstanden? Ihr könnt natürlich auch stehen bleiben, aber das würde eurer Gesundheit nicht gut tun.«
»Stopp ...«
»Zehn«, Henning nahm Elisabeth bei der Hand und rannte, als wäre der Teufel hinter ihnen her, »neun, acht, sieben, sechs, fünf, vier ...«
Weiter kam Butcher nicht. Er verspürte plötzlich einen unerträglichen Schmerz in den Augen, seine Hände gingen gleichzeitig zum Kopf, während er blitzschnell von weiteren harten und sehr gezielten Schlägen getroffen wurde und schließlich besinnungslos zu Boden fiel. Lisa schnallte ihm vorsichtig den Gürtel ab, an dem die Fernbedienung hing, und legte ihn ein paar Meter entfernt auf den Boden und atmete tief durch.
»Sören!«, rief sie, woraufhin dieser langsam hinter dem Auto hervorgekrochen kam und Lisa ungläubig anblickte, als wäre sie ein Geist. »Kannst wieder herkommen, ich hab alles unter Kontrolle.«
Butcher kam allmählich wieder zu sich. Er stöhnte und hielt sich den Kopf und schrie: »Ich kann nichts mehr sehen! Du verdammte Fotze, was hast du mit mir gemacht?!«

»Du wirst schon wieder was sehen, dauert nur einen Augenblick. Oder auch ein bisschen länger. Aber weißt du was, du jämmerliches Stück Scheiße, so leicht machst du dich nicht aus dem Staub. Wir haben noch einiges zu bereden, du verdammter Waschlappen. Du magst vielleicht clever sein, aber ich bin es auch. Oder um auch Goethe zu zitieren: ›Ein guter Mensch in seinem dunklen Drange, ist sich des rechten Weges wohl bewusst.‹ Na ja, im Moment bist du nicht aufnahmefähig, das kommt aber schon noch.«

»Was hast du mit mir gemacht, du alte Fotzenschlampe?!«, jaulte er und versuchte aufzustehen, doch Santos stellte ihren Fuß auf seine Kehle und zischte: »Nette Ausdrücke hast du in deinem Vokabular. Eine falsche Bewegung, und ich drück dir ganz langsam den Kehlkopf rein, bis du kaum noch Luft kriegst. Das ist qualvoll, kann ich dir sagen, sehr, sehr qualvoll. Am liebsten würd ich's tun, aber ab und zu kommt bei mir noch die Menschlichkeit durch. Bleib einfach ganz ruhig liegen und die Hände schön hinter den Kopf. Sören, wirf mal die Handschellen her, am besten zwei Paar. Und fordere Verstärkung an, ich hab keine Lust, diese Ratte in unserm Wagen mitzunehmen. Und die sollen auch jemanden vom Sprengkommando schicken. Außerdem braucht der hier einen Arzt, ich will, dass er bald wieder fit ist.«

Sie fesselte Butcher alias Dieter Matuschek an den Hand- und Fußgelenken, woraufhin er erneut aufschrie, denn sie machte die Handschellen fester zu als üblich.

»Jetzt weißt du endlich auch mal, was richtiger körperlicher Schmerz ist. Den hast du viel zu vielen Menschen zugefügt, bevor du sie umgebracht hast. Und soll ich dir noch was sagen: Deine verfluchte Kindheitsgeschichte interessiert mich einen feuchten Dreck. Es gibt unzählige Kinder, die eine noch viel beschissenere Kindheit haben oder hatten und nicht zu Mördern werden. Es gibt für alles eine Lösung, du hast dir die denkbar schlechteste ausgesucht, Arschloch! Und noch was – du hättest besser recherchieren sollen, was meine Person betrifft. Meine Hände sind meine Waffen, was anderes brauch ich nicht.«

Henning rief Harms an und gab die Anweisung durch und sagte anschließend zu Elisabeth, dass sie sich ins Auto setzen solle. Danach rannte er zu Lisa. Er nahm sie in den Arm, als wollte er sie nie mehr loslassen.

»Wie zum Teufel hast du das gemacht?«

»Du hättest hinschauen sollen, dann hättest du's gesehen. Oder hast du etwa vergessen, dass ich nicht nur den schwarzen Gürtel in Karate habe, sondern auch eine exzellente Nahkampfausbildung genossen habe?«, antwortete sie trocken, obwohl ihr Herz noch immer wie wild pochte, denn sie war sich bewusst, wie knapp sie dem Tod entronnen war.

»Nein, hab ich nicht, aber ich dachte nicht, dass er dir auch nur den Hauch einer Chance geben würde …«

»Er hat mir keine Chance gegeben, ich hab sie mir genommen. Das ist der Unterschied. Denk mal drüber nach.«

»Du bist der blanke Wahnsinn. Warum hab ich das bloß so spät gemerkt?«

»Hör zu, das ist jetzt nicht der richtige Zeitpunkt. Kümmer dich lieber um Elisabeth, sie braucht dich. Ich muss jetzt erst mal einen Moment für mich sein.«

Sie ging an den See und schaute aufs Wasser. Es hatte wieder angefangen zu regnen, doch sie spürte es nicht. Die letzten Minuten hatten an ihren Kräften gezehrt, die Sekunde, wo sie sich entschloss, den Platz mit Elisabeth zu tauschen, die Minuten der Ungewissheit, ob der Plan, den sie hatte, sich umsetzen lassen würde. Und doch war sie im entscheidenden Augenblick vollkommen ruhig gewesen. Sie hatte wie in Trance und doch sehr beherrscht gehandelt, wie sie es gelernt hatte. Sie hätte Matuschek auch töten können, man hatte ihr beigebracht, schnell und lautlos zu töten, doch das wollte sie nicht. Und sie würde es auch nie tun, ganz gleich, in was für einer Situation sie sich auch befand. Aber allein zu wissen, dass sie auch den stärksten Mann würde besiegen können, gab ihr ein Gefühl von Sicherheit. Matuschek würde noch lange Schmerzen haben, und sein Augenlicht würde möglicherweise auf immer geschädigt sein, doch das war ihr egal. Und wenn er blind wird, dachte sie, ging in die Hocke und riss ein paar Halme vom Ufergras ab. Allmählich beruhigte sich ihr Pulsschlag. Sie beobachtete die Kreise, die von den dicken Tropfen auf das Wasser gezeichnet wurden, und dachte an das, was Henning gesagt hatte. Sie erhob sich erst wieder, als sie die Sirenen hörte. Sie ging zum Wagen, nicht ohne vorher noch einen Blick auf den auf dem nassen Boden liegenden Matuschek zu werfen, der vor sich hin jammerte und immer wieder aufstöhnte.

»Und, alles in Ordnung?«, fragte sie Henning, der seine Tochter im Arm hielt.

»Alles in Ordnung. Wenn ich dich nicht hätte …«

Lisa ging nicht auf den letzten Satz ein und sagte zu Elisabeth: »Und du? Auch bei dir alles okay? Hast du schon mit deiner Mutter telefoniert?«

»Hm, ich werd gleich nach Hause gebracht.«

»Du kennst mich doch noch, oder? Na ja, ist schon ein paar Jahre her, geb ich ja zu. Können wir dich für ein paar Minuten allein lassen? Wir müssen mit unsern Kollegen sprechen.«

»Klar. Und danke für …«

»Du brauchst mir nicht zu danken, das hab ich gern gemacht. Der wird jedenfalls keinem mehr was tun.«

Die Streifenwagen rückten näher. Henning sagte: »Weißt du eigentlich, dass ich noch nie so viel Angst um einen Menschen hatte wie um dich?«

»Du vergisst Elisabeth«, antwortete sie mit hochgezogenen Brauen und ernstem Blick.
»Nein, das ist etwas anderes. Ich hatte natürlich auch Angst um sie, aber sie ist meine Tochter, wenn du verstehst.«
»Wir reden ein andermal drüber, die Kollegen sind da.«
Vier Streifenwagen und zwei Zivilfahrzeuge waren eingetroffen. Die Männer sprangen heraus.
»Alles okay?«, fragte Fischer von der Kripo Flensburg.
»Dort liegt er. Er braucht als Erstes einen Arzt. Ich will, dass er fit ist, wenn wir ihn vernehmen. Ist auch schon jemand vom Sprengkommando da?«
»Sind unterwegs. Wie sieht's denn in der Hütte aus?«
»Da ist genug Sprengstoff, um ganz Schleswig in die Luft zu jagen.«
»Und wie habt ihr ihn überwältigt?«
»Er hat Lisa als Geisel genommen und wollte sich mit ihr …«
»Ist ja gut«, wurde Henning von ihr unterbrochen. »Ich hab ihm eine Lektion erteilt, das ist alles. Fahren wir?«
»Lisas Bescheidenheit«, sagte Henning und zuckte mit den Schultern. »Ich will mich noch von Elisabeth verabschieden.«
Er ging zu ihr, umarmte sie noch einmal und streichelte ihr übers Haar. »Richte deiner Mutter liebe Grüße aus. Und Markus natürlich auch. Wenn ich's schaffe, besuch ich euch am Wochenende. Ich hab dich lieb.«
»Hm«, murmelte sie nur und stieg in den Streifenwagen, der sie nach Elmshorn bringen würde.
»Jungs, fahrt vorsichtig, ihr habt 'ne kostbare Fracht an Bord«, sagte er, klopfte dreimal leicht aufs Dach und kehrte zu Lisa zurück. »Lisa?«
Sie stand vor der Hütte, die Hände in den Taschen ihrer Jeans. Mit einem Mal drehte sie sich um und sah Henning sehr ernst an. »Wir können noch nicht fahren. Er hat von hundert Opfern gesprochen. Er hat aber bis jetzt nur sechsundneunzig

umgebracht, hat gesagt, es werden achtundneunzig sein, und mit mir und ihm wären es hundert gewesen. Wo sind die andern beiden? Ich hab da eine Vermutung, und ich hoffe, dass sie nicht wahr wird.« Sie ging zum Krankenwagen, stieg ein und setzte sich neben Butcher, der festgezurrt auf der Liege lag und den Kopf wandte. Zu den beiden Sanitätern sagte sie: »Wie geht es ihm?«

»Den Umständen entsprechend gut.«

»Würden Sie uns bitte für einen Moment allein lassen? Es ist wichtig.« Sie wartete, bis sie mit Butcher allein war, und sagte: »Wer sind Ihre letzten beiden Opfer? Zwei fehlen, um die Hundert voll zu machen.«

»Wie clever. Aber spar dir die Mühe, ich werde es dir nicht verraten.«

»Es ist die Frau, die Sie kennen gelernt haben. Hören Sie, Sie leben, auch wenn Sie das angeblich nicht wollten. Was haben Sie mit ihnen gemacht, und wo finden wir sie?«

»Vergiss es.«

»Sie haben doch selbst gesagt, dass es die einzige Frau in ihrem Leben ist, die sie je geliebt haben. Ist sie schon tot, oder soll sie erst noch sterben. Vielleicht auch durch eine Bombe?«

»Und wenn? Außerdem sag ich viel, wenn der Tag lang ist. Sie soll von mir aus zur Hölle fahren, sie und ihre Brut.«

»Haben Sie überhaupt kein Mitleid? Vermutlich liebt diese Frau Sie auch. Sie wäre vielleicht die Einzige, die Sie im Gefängnis besuchen würde.«

»Laber, laber, laber! Verpiss dich, und lass mich zufrieden. Spätestens morgen früh um kurz nach sieben wird es sie und ihre Tochter nicht mehr geben. Es sei denn, die alte Schlampe ist zu neugierig. Und jetzt kannst du dich auf den Kopf stellen und mit den Ohren wackeln oder mir einen blasen, du wirst es nie erfahren.«

»Sie können die Hundert nicht voll machen. Nicht mehr. Das

war doch Ihr Ziel, Herr Matuschek. Knapp daneben ist auch daneben. Lieben Sie sie oder nicht?«

»Und wenn, was spielt das schon für eine Rolle?«

»Eine gewaltige. Sie hatten vorhin Recht, Herr Henning und ich haben uns ineinander verliebt. Hat zehn Jahre gedauert, bis wir es gemerkt haben. Und unser Leben war wahrlich nicht einfach. Wissen Sie, meine Schwester wurde genau heute vor zwanzig Jahren von mehreren Männern vergewaltigt und wäre beinahe gestorben. Sie dachten, sie sei tot, und haben sie einfach liegen lassen. Jetzt lebt sie in einem Pflegeheim. Ich liebe sie, weil sie ein Vorbild für mich war und ist. Wenn Sie diese Frau wirklich lieben, dann nennen Sie mir ihren Namen. Bitte.«

»Wie rührselig! Lass mich zufrieden, mir geht's nicht gut.«

Santos merkte, dass sie an Matuschek nicht herankam, und sagte, bevor sie ausstieg: »Du tust mir nicht mal leid. Du bist einfach nur ein widerliches Stück Scheiße. Ich hoffe, dass der Knast für dich die Hölle wird. Weißt du, wer in der Knasthierarchie ganz unten steht? Kinderschänder, Kindermörder und Frauenmörder. Ich könnte ein gutes Wort für dich einlegen, dass du ein einigermaßen friedliches Leben dort führen kannst, aber das werde ich nicht tun. Sollen sie dir doch in der Dusche den Arsch aufreißen und dich vögeln, bis du vor Schmerzen nur noch darum winselst, endlich sterben zu dürfen. Aber das werden die nicht zulassen, dazu kenn ich die Knackis zu gut. Bereite dich innerlich schon mal drauf vor.«

Draußen sagte sie zu Henning: »Er will nicht mit der Sprache rausrücken. Vielleicht finden wir in seinem Haus einen Hinweis auf die Unbekannte. Los!«

Bevor sie fuhren, schilderten sie Fischer in knappen Worten den Fall und baten ihn, noch einmal mit Matuschek zu sprechen, auch wenn die Hoffnung gering war, dass Fischer Erfolg haben würde.

Sie klingelten Sturm, bis endlich eine kleine, zierliche Frau die Tür öffnete.
»Ja?«
»Santos, Kripo Kiel, das ist mein Kollege Herr Henning. Es geht um Ihren Mann, wir haben ihn festgenommen …«
»Was? Sie haben Dieter …«
»Wir haben jetzt keine Zeit für lange Erklärungen. Hat Ihr Mann ein eigenes Zimmer?«
»Ja, unten im Keller. Aber da kommen Sie nicht rein, er hat es mit einer Zahlenkombination gesichert. Fragen Sie ihn doch nach der Kombination. Was hat er getan?«
»Später. Würden Sie uns bitte hinführen.«
Monika Matuschek ging voraus und zeigte auf die Tür, die zum Glück nach innen aufging. Henning griff zum Telefon und forderte zwei Kollegen mit einer Ramme an.
»Würden Sie mir jetzt vielleicht erklären, was los ist?«
»Ihr Mann ist ein gesuchter Serienkiller, der sich vorhin in die Luft sprengen wollte. Aber es gibt noch jemanden, der in Gefahr ist. Eine Frau und ihre Tochter.«
Monika wurde aschfahl im Gesicht, sie zitterte und stützte sich an der Wand ab. »Was, Dieter soll ein Mörder sein? Das glaub ich nicht, nicht Dieter. Der kann keiner Fliege was zuleide tun.«
»Da irren Sie sich. Hat Ihr Mann in den letzten Tagen irgendwas davon gesagt, wo er sich aufgehalten hat?«
»Er war heute in Hamburg und am Montag und gestern in Flensburg. Ich hab mich schon gewundert, dass er immer so spät nach Hause gekommen ist. Heute Morgen war es halb sechs.«
»Ganz sicher Flensburg?«
»Er hat gesagt, er hätte was Geschäftliches zu erledigen, aber

heute Morgen habe ich ihn zur Rede gestellt, und da hat er gesagt, dass er mit einem Freund an einer Überraschung für meinen Geburtstag arbeitet. Ich glaube Ihnen nicht, dass er Menschen umgebracht hat. Nein, Butcher niemals.«
»Doch, er hat die Morde alle gestanden. Tut mir leid.«
»Und was soll jetzt aus uns werden? Wir haben zwei Töchter, und seine Mutter lebt auch hier.«
»Darum müssen Sie sich selbst kümmern. Er hat gesagt, dass genug Geld da sei.«
Henning war nach oben gegangen und wartete auf die Kollegen, die nur wenige Minuten nach seinem Anruf eintrafen.
»Frau Matuschek, ich muss Sie bitten, nach oben zu gehen«, sagte Santos.
»Warum, ich …«
»Tun Sie einfach, was ich sage.«
Die Polizisten mussten mehrere Anläufe nehmen, bis sie die schwere Eisentür aufgebrochen hatten. Santos und Henning blickten sich um, fanden die Dunkelkammer mit den unzähligen Fotos der Opfer, ein riesiges Bücherregal, sahen den PC und viele kleine Zettel auf dem Schreibtisch. Henning hielt einen davon hoch und sagte: »Hier, das könnte sie sein. Carina, 0461, das ist Flensburg. Ich ruf an.«
Er gab die Nummer ein und wartete, wobei er mit dem Fuß immer wieder auf den Boden tippte. Nervosität pur.
»Sie meldet sich nicht«, sagte er besorgt. »Vielleicht ist sie schon im Bett …«
Er hatte es noch nicht ganz ausgesprochen, als ein Anruf einging. »Fischer hier. In Flensburg ist vor wenigen Minuten ein Einfamilienhaus in die Luft geflogen. Wir haben Matuschek gefragt, ob er was damit zu tun hat, aber er hat nur gegrinst und …«
Henning hörte nicht weiter zu. Er steckte das Handy in die Tasche und meinte: »Gehen wir. Wir waren ein paar

Minuten zu spät. Er hätte es verhindern können, aber er wollte nicht.«
Santos drehte sich um und sagte zu den beiden Beamten: »Sorgen Sie dafür, dass die Tür wieder eingesetzt und versiegelt wird. Die Kollegen von der Spurensicherung werden sich morgen alles angucken.«
Auf der Fahrt nach Kiel schwiegen sie eine lange Zeit, bis Santos sagte: »Wir fahren zu mir. Ich kann heut nicht allein sein.«
»Ich auch nicht. Ich glaub, wenn ich allein wär, würd ich mich sinnlos besaufen.«
»Ich brauch jetzt auch was. Ich hab noch ein paar Flaschen Wein. Und ich hab Hunger, auch wenn ich keinen Appetit habe.«
Sie saßen bis um vier Uhr zusammen, bevor sie zu Bett gingen. Sie hatten zwei Flaschen Rotwein getrunken und doch zu wenig, um das Erlebte zu verdrängen, zu aufgewühlt waren sie, zu sehr hallten die vergangenen Stunden nach. Nie würden sie diesen Tag vergessen, nie den leeren und doch teuflischen Gesichtsausdruck von Matuschek, als er kurz davor stand, sich und Lisa in die Luft zu sprengen.

DONNERSTAG, 9.00 UHR

Henning brummte der Schädel, als er mit Lisa, die erstaunlich fit wirkte, ins Büro kam. Sie wurden von den Kollegen wie Helden empfangen, doch sie fühlten sich nicht so.
»Das war verdammt gute Arbeit«, wurden sie von Harms begrüßt, der, was noch nie vorgekommen war, beide umarmte. »Wie habt ihr das geschafft? Ich will Einzelheiten hören.«

Lisa setzte sich, schlug die Beine übereinander und sagte: »Wo ist Matuschek?«
»Im Krankenhaus. Wer von euch hat ihn so zugerichtet?«
»Lisa«, antwortete Henning. In den folgenden Minuten erzählte er, was am vergangenen Abend vorgefallen war. Er ließ kein Detail aus. Das Einzige, was er nicht wusste, war, wie Lisa Matuschek bezwungen hatte, weil er sich mit Elisabeth hinter dem Auto in Sicherheit gebracht hatte.
»Wie hast du's gemacht?«, wollte Harms wissen.
»So, wie ich's gelernt habe. Erst die Augen, dann die andern empfindlichen Stellen. Aber das ist doch unwichtig. Ist er vernehmungsfähig?«
»Schon, aber das hat Zeit. Außerdem sagen die Ärzte, dass er eventuell sein Augenlicht verliert.«
»Meinst du, dass mich das interessiert?«, entgegnete sie lakonisch.
»Du siehst besorgt aus. Ist es wegen dieser Carina Niehus und ihrer Tochter?«
Lisa blickte zu Boden und strich sich eine Strähne aus der Stirn. »Hätte dieses gottverdammte Arschloch uns nur ihren Namen gegeben, wir hätten sie retten können. Wir waren doch so kurz davor. Mein Gott, wir hatten ihre Telefonnummer, Sören hat angerufen, aber da war es schon zu spät. Vielleicht fünf, höchstens zehn Minuten haben uns gefehlt. Sollte irgendeiner von euch glauben, dass wir einen Erfolg zu verbuchen hätten, dann täuscht er sich. Erfolge sehen anders aus. Das war ein Pyrrhussieg par excellence …«
»Aber ihr habt einen Serienkiller der übelsten Art unschädlich gemacht, wie es ihn in Deutschland meines Wissens nach bisher nicht gegeben hat, das solltest du sehen. Das mit der Niehus tut mir auch leid, aber …«
»Hören wir auf damit. Wir haben Matuschek, wir werden ihn vernehmen und irgendwann wieder zur Tagesordnung über-

gehen. Trotzdem ist es Scheiße. Gibt es ein Foto von Carina Niehus und der Kleinen?«
Harms ging zu seinem Schreibtisch und holte es. »Das haben die Kollegen von der Feuerwehr gefunden.«
Lisa seufzte auf, ein paar Tränen stiegen ihr in die Augen, als sie die junge Frau sah. Keine überwältigende Schönheit, aber sie hatte Ausstrahlung, etwas Liebenswertes, Zartes. »Wie heißt die Kleine?«
»Jule.«
»Jule und Carina. Zwei hübsche Namen.«
»Warum hat er sie mit einer Bombe getötet?«, wollte Harms wissen.
»Frag ihn. Aber ich kann's mir schon denken. Er wollte wohl mit ihr zusammen sein, für immer und ewig. Keine Ahnung, was in diesem kranken Hirn vor sich geht.«
»Krank ist der richtige Ausdruck«, sagte Friedrichsen. »Der Mann ist krank im klinischen Sinn. Es wird mir eine Freude sein, mich mit ihm zu unterhalten.«
Lisa sah ihn giftig an und erwiderte: »Ob du wohl so reden würdest, wenn du gestern dabei gewesen wärst? O nein, der ist nicht krank, der hat genau gewusst, was er getan hat. Und bitte schön, wenn es dir Freude macht, mit einem Monster wie ihm ein Pläuschchen zu halten, es sei dir gegönnt. Aber komm mir um Himmels willen nicht mit seiner gestörten Kindheit, seiner dominanten Mutter und seiner ebenso dominanten Frau, das hat er uns gestern schon die ganze Zeit vorgejammert. Weißt du, wie viele Jungs und Mädchen in diesem Augenblick auf der Welt missbraucht werden? Tausende und Abertausende, und sie werden nicht zu Bestien. Und unzählige Menschen leiden unter einem dominanten Vater oder einer Übermutter. Aber das ist noch lange kein Grund, andere brutal und grausam zu ermorden. Menschen, die er nicht einmal gekannt hat, die ihm einfach so über den Weg gelaufen

sind. Jeder kann für sich selbst entscheiden, was er tut, und Matuschek wusste es. Er ist nicht schizophren oder eine multiple Persönlichkeit, er ist kein von der Gesellschaft Ausgegrenzter, er ist nicht behindert, ganz im Gegenteil, er ist hochintelligent. Er hat sich eine Polizeiuniform angezogen und hat einen auf netten Bullen gemacht. Ich hatte gestern für einen Augenblick den Gedanken, ihn umzubringen, es wäre ein Leichtes für mich gewesen, aber ich hab's nicht getan. Und weißt du auch, warum? Weil mein Ehrgefühl es mir verbietet. Der soll im Knast verrotten und möglichst lange leben, damit er Tag für Tag und Nacht für Nacht die Bilder seiner Opfer vor Augen hat. Denn die werden kommen, ganz unweigerlich. Das wird für ihn die Hölle auf Erden sein. Und die wünsch ich ihm von ganzem Herzen.«
»Lisa, ein solcher Mensch muss krank sein«, verteidigte sich Friedrichsen. »Kein normal gepolter Mensch begeht solche Taten …«
»Aber ja doch«, entgegnete sie ironisch. »Wenn ihr Psychologen nur tief genug bohrt, findet ihr schon einen Grund für was auch immer. Frag doch mal die Eltern und Angehörigen der Opfer, was sie darüber denken.« Sie wandte sich an Harms und fragte: »Sind schon Kollegen in seinem Haus?«
»Ja«, antwortete er sichtlich bedrückt. Die Worte von Lisa hatten ihn nachdenklich gemacht. »Das ist das reinste Horrorkabinett. Und unter der Hütte hat man eine ganze Menge Skelette gefunden. Wir können nur hoffen, dass unsere Rechtsmediziner sie noch entsprechenden Personen zuordnen können. Was hast du jetzt vor?«
»Sören und ich werden Urlaub machen. Vier Wochen. Ich will mit Matuschek nichts mehr zu tun haben.«
»Sören und du?«
»Was dagegen? Wir können nicht zur Tagesordnung übergehen, als wäre nichts gewesen. Alles, was jetzt noch kommt,

Vernehmungen und so weiter, sollen andere übernehmen. Sein Geständnis haben wir aufgezeichnet, wir mussten uns dafür extra gestern noch einen MP3-Player besorgen. Hier ist die Quittung. Du siehst, ihr braucht uns im Augenblick nicht.«

»Ihr müsst den Urlaubsantrag einreichen …«

»Gib her, wir unterschreiben ihn.«

»So einfach geht das nicht, wir sind hier nicht in …«

»Volker, Sören und ich haben uns diesen Urlaub verdient. Kapiert?!«

»Kommt mit in mein Büro. Ach ja«, sagte er noch im Kreis der Kollegen, »ich werde dich zur Beförderung vorschlagen. Hauptkommissarin Lisa Santos hört sich doch ganz gut an.«

»Danke. Können wir jetzt in dein Büro gehen?«

Henning machte die Tür hinter sich zu und lehnte sich dagegen. Harms holte die Anträge aus seinem Schreibtisch und legte sie vor Lisa.

»Warum wollt ihr beide gemeinsam in Urlaub fahren?«

»Warum nicht?«, fragte sie zurück, füllte den Antrag aus und setzte ihre Unterschrift darunter. »Sören?«

»Ich will ja nicht neugierig sein, aber läuft da was zwischen euch?«

»Volker«, sagte Henning, »das geht dich nichts an. Okay?«

Nachdem auch er seinen Antrag ausgefüllt hatte, fragte Harms: »Und wohin soll's gehen?«

Lisa und Henning sahen sich an und zuckten mit den Schultern. Lisa antwortete: »Keine Ahnung, irgendwohin, wo uns nichts an Kiel erinnert. In vier Wochen stehen wir wieder auf der Matte. Bis dann. Und versuch auch nicht, uns zu erreichen, wir lassen unsere Handys nämlich zu Hause.«

»Und wo ist dieser MP3-Player?«

»Liegt auf Sörens Schreibtisch.«

Sie verließen das Präsidium. Unten sagte Lisa: »Ich möchte

noch mal zu meinen Eltern und zu Carmen. Ich muss ihr noch was erzählen.«

»Kann ich mitkommen?«

»Das erwarte ich von dir.«

»Wie bist du überhaupt auf die Idee mit dem Urlaub gekommen? Du hättest mich wenigstens mal fragen können.«

»Deine Entscheidungen dauern mir immer zu lange. Wenn du nicht schnell genug bist, muss ich das übernehmen«, sagte sie und lächelte zum ersten Mal an diesem Morgen.

»Aber mich würde schon interessieren, wo wir unsern Urlaub verbringen.«

»In Spanien. Meine Eltern haben ein wunderschönes Haus an der Costa del Sol. In Fuengirola, das liegt zwischen Torremolinos und Marbella. Dort sind wir völlig ungestört und können uns die Sonne auf den Pelz brennen lassen. Nur deshalb will ich bei ihnen vorbeischauen, ich muss sie schließlich fragen. Weißt du eigentlich, dass das mein erster Urlaub seit fast zehn Jahren ist? Bisher bin ich immer hier geblieben, wegen Carmen.«

In Schleswig besuchten sie Lisas Eltern, die noch nichts von dem wussten, was sich gestern Abend abgespielt hatte. Lisa erzählte es ihnen, denn sie würden es ohnehin spätestens morgen aus der Presse erfahren, wenn nicht schon vorher durch einen Kollegen der hiesigen Polizei.

»Sören und ich würden gerne in eurem Haus Urlaub machen. Habt ihr was dagegen?«

Lisas Mutter lächelte und schüttelte den Kopf. »Nein, nein, überhaupt nicht. Fahrt nur, und lasst es euch gut gehen. Dein Vater und ich fahren erst im August für zwei Wochen, wie du ja weißt. Ihr habt also das ganze Haus für euch. Lisa, kann ich dich mal kurz unter vier Augen sprechen? Gehen wir in die Küche.«

Henning wusste, was das Thema war. Er musste schmunzeln,

vor allem, als Lisas Vater sich zu ihm setzte und zwei Gläser Sherry auf den Tisch stellte. »Auf Ihr Wohl«, sagte er und hob sein Glas. »Ich liebe Lisa über alles, sie ist eine wunderbare Frau.«
»Ich weiß. Sie hätten sehen sollen, wie sie gestern diesen Typ außer Gefecht gesetzt hat ...«
»Nein, das meine ich nicht. Hier«, sagte Ricardo Santos und schlug sich mit der Faust auf die Brust, »das ist Lisas Stärke. Sie hat ein großes Herz. Ich wünschte manchmal, meins wäre nur halb so groß. Das hat sie von ihrer Mutter. Die stehen jetzt in der Küche und unterhalten sich über Sie. Meine Frau will immer alles ganz genau wissen. Sie verstehen, Frauen. Ich habe gestern schon gemerkt, dass zwischen Ihnen und Lisa mehr ist, als nur der Beruf. Ich kenne die Menschen, die wenigsten können sich verstellen. Behandeln Sie sie gut, sie hat es verdient.«
»Ich werde mir Mühe geben.«
Nach einer Viertelstunde kamen Lisa und ihre Mutter zurück. Lisa sagte: »Fahren wir zu Carmen. Mama, Papa, wir melden uns, wenn wir angekommen sind. Und noch mal danke.«
Auf der kurzen Fahrt zum Pflegeheim meinte Henning: »Du hast wirklich großartige Eltern. Da kann man richtig neidisch werden.«
»Irgendjemand hat mal gesagt, dass wir uns im Himmel unsere Eltern ausgesucht haben. Keine Ahnung, ob da was dran ist, aber ich bin ganz zufrieden.«

Carmen saß wie jeden Tag am Fenster und schaute hinaus, wo es nicht viel zu sehen gab. Der Himmel war wie seit Tagen schon ein großes tristes Grau, gegen das die Sonne noch immer machtlos war.
Lisa zog sich einen Stuhl heran und setzte sich neben ihre

Schwester. Wie immer streichelte sie ihre Wangen und ihre Hände und sagte schließlich: »Carmen, ich muss dir was erzählen. Sören und ich fahren für vier Wochen nach Spanien, du kennst ja noch das Haus. Wir müssen einfach mal abschalten. Gestern war ein schlimmer Tag, ich glaube, es war mit einer der schlimmsten Tage in meinem Leben. Weißt du, zum ersten Mal hatte ich Todesangst, und ich konnte mir auch zum ersten Mal vorstellen, wie du dich damals gefühlt haben musst, als diese Männer über dich hergefallen sind. Ich hatte Angst, entweder zu sterben oder auch im Rollstuhl zu enden. Aber ich dachte mir, das darf ich nicht zulassen, ich habe doch eine Schwester, die mich braucht. Und da hab ich meinen ganzen Mut zusammengenommen. Kannst du das verstehen? … Natürlich verstehst du's, du kannst es mir nur nicht sagen. Papa und Mama werden dich jetzt öfter besuchen, solange ich weg bin. Ich werde aber an dich denken. Ich hab dich lieb. Und denk auch mal an mich. Tschüs und hasta luego.«
Lisa gab Carmen einen Kuss auf die Stirn und verließ mit Henning das Heim. Sie fuhren zurück nach Kiel, packten ihre Koffer und machten sich am nächsten Tag auf die Reise. Vier Wochen, in denen sie nichts wollten als nur abzuschalten. Und sich vielleicht noch näher kennen zu lernen. Und vielleicht Zukunftspläne zu schmieden …